Anika Beer

Succession Game

Anika Beer

SUCCESSION GAME

Roman

PIPER

Entdecke die Welt der Piper Science Fiction:
Piper Science-Fiction.de

Wenn Ihnen dieser Roman gefallen hat, schreiben Sie uns unter Nennung des Titels »Succession Game« an *empfehlungen@piper.de*, und wir empfehlen Ihnen gerne vergleichbare Bücher.

Unser Versprechen für mehr Nachhaltigkeit
Klimaneutrales Produkt
FSC®-zertifiziertes Papier
Hergestellt in Europa

FSC
www.fsc.org
MIX
Papier | Fördert gute Waldnutzung
FSC® C083411

Originalausgabe
ISBN 978-3-492-70588-2

Satz: Satz für Satz, Wangen im Allgäu
Gesetzt aus der The Sans/The Serif
Druck und Bindung: CPI Books GmbH, Leck
Printed in the EU

Für dich, Théo, und all deine Personas.
Da hast du deinen Himmel.

VORBEMERKUNG DER AUTORIN

Liebe Leser_innen,

der Roman, den ihr ab der nächsten Seite lesen werdet, spielt im Jahr 2054. Das ist die Zukunft, wenn auch keine allzu ferne. Daher werdet ihr in dem Setting, durch das sich die Figuren bewegen, viele der heute relevanten gesellschaftlichen Probleme wiederfinden. Manche haben sich weiterentwickelt, manches hat sich verschärft, für manches wurden Lösungen gefunden.

An dieser Stelle daher ein Hinweis zur Verwendung genderinklusiver Sprache im Roman: In der Realität von »Succession Game« ist es gesellschaftlich normalisiert, dass das Geschlecht nicht binär, sondern ein Spektrum ist. Das schlägt sich im alltäglichen Sprachgebrauch durch die Verwendung unterschiedlicher Neopronomen nieder, wie zum Beispiel durch das englische Pronomen »they«, das im Singular benutzt wird, das deutsch ausgesprochene Pendant »sey« oder »sier«, eine Zusammenziehung von »sie« und »er«. Letzteres hat sich in der formellen Schriftsprache durchgesetzt, wenn die Pronomen unbekannt sind.

In der höflichen Anrede findet neben den altgebräuchlichen »Frau« und »Herr« die allgemeine Anrede »Vorname Nachname« immer breitere Verwendung.

Falls ihr euch für meine Gedanken zu diesem oder anderen setting-relevanten Themen interessiert, findet ihr weitere Erläuterungen, grammatikalische Hinweise und Quellen zum

Buch auf meiner Homepage (http://www.anikabeer.de/), meinem Instagram-Account (https://www.instagram.com/anika.beer.autorin/) und bei Patreon (http://www.patreon.com/whitechapel).

Das Succession Game ist ein düsterer Ort, in dem unter anderem Gewalt ausgeübt, Alkohol und Drogen konsumiert und mit Tieren und Menschen experimentiert wird. Damit ihr diesbezüglich besser auf euch achtgeben könnt, findet ihr am Ende des Buches eine Liste mit sensiblen Themen. Wenn euch darüber hinaus im Text Themen begegnen, die dort nicht erfasst sind, schreibt mir gern, damit es auf meinen Social-Media-Kanälen und in zukünftigen Auflagen angepasst werden kann.

Aber damit nun auch genug der Vorrede. Alles Weitere möchte ich euch beim Lesen selbst herausfinden lassen. In dem Sinne: Wir sehen uns im Game!

Eure Anika

WILLKOMMEN IM SUCCESSION GAME™!

Willkommen, Contender! Du wurdest als Teilnehmer_in für die 12te Staffel von SUCCESSION GAME™ ausgewählt. Erschaffe deine eigene Held_innenpersona und stürze den Champion Successor vom Thron!

Um deine Teilnahme zu bestätigen, folge dem Link zum Anmeldeformular. Bitte beachte, dass die Anmeldung nach Abschluss des *dEEp.sign*-Verfahrens verbindlich und ein Rücktritt nur bis zur Zustellung des SUCCESSION GAME™-Equipments möglich ist.

Weitere Informationen und das Starterkit werden dir nach bestätigter Anmeldung persönlich zugesandt.

Viel Spaß im SUCCESSION GAME™!

E.E.

TEIL I.

PLAYING THE GAME.

– STAGE 00 –

OPENING SEQUENCE

1stPersonCam: THÉO
Location: THE FINAL STRAIGHT

»Lauf, Théo!«

Théo läuft. So schnell wie vielleicht noch nie in seinem Leben. Hinter ihm erlöschen die grellbunten Lichtröhren, die den fensterlosen Gang erhellt haben, eine nach der anderen. Vor ihm blockiert Bolts breite Gestalt die Fahrstuhltür, hält sie geöffnet – für ihn. Bläuliche Blitze umspielen die massiven Schultern, fließen über die muskulöse Brust unter dem zerrissenen Shirt und beleuchten zuckend das markante Gesicht des Mannes, der sich selbst Donnergott nennt. Wenn Théo ihn erreicht, ehe die Dunkelheit ihn einholt, hat er es geschafft. Und Miramis, im anderen Fahrstuhl, am anderen Ende des Flurs, wird fallen.

Er hört sie seinen Namen rufen. Aber Théo sieht nicht noch einmal zurück. Nur zwei von ihnen können die nächste Stage erreichen. Er und Bolt. Er und Miramis. Oder Bolt und Miramis, wenn er sich von der Dunkelheit erwischen lässt.

Er hat seine Entscheidung längst getroffen.

»Lauf, verdammt!«, brüllt Bolt.

Aber die Dunkelheit ist zu nah. Er wird es nicht schaffen, egal wie schnell er rennt. Das GAME will nicht, dass er schon wieder gewinnt.

»SPRING!«

Bolt streckt die Hand nach ihm aus, und Théo springt. Kräftige

Finger schließen sich um sein Handgelenk und reißen ihn nach vorn, in den Fahrstuhl hinein. Im letzten Moment.

Ein Schrei zerreißt die Schwärze. In der Ferne, im hellbunt leuchtenden Rechteck der anderen Tür, stürzt Miramis' Silhouette zu Boden wie eine Marionette, deren Fäden durchschnitten wurden – das sehen sie noch, ehe das Licht verlischt und die Türen sich schließen. GAME OVER.

»Gut«, murmelt Bolt heiser. »Gut gemacht, Kleiner.«

Sekundenlang ist es dunkel und still, bis auf ihrer beider schweren Atem. Dann leuchten die bunten Neonröhren an der Wand der kleinen Kabine wieder auf, und der Fahrstuhl setzt sich mit einem leichten Ruck in Bewegung. Aufwärts, dem Dach entgegen. Doch sie werden nicht dort ankommen. Nicht zusammen. Das weiß Théo, und das weiß auch Bolt, aber sie sprechen es nicht aus, als könnten sie so das Unausweichliche aufhalten – bis der Fahrstuhl plötzlich mitten im Nichts erneut stoppt.

»Herzlichen Glückwunsch, Théo und Bolt. Ihr habt STAGE 05. Endgame erreicht. Dies ist eure letzte Aufgabe: Die Tür in der Decke der Kabine wurde entriegelt. Doch nur einer von euch wird sie durchqueren und den Titel CHAMPION SUCCESSOR erringen. Alle Mittel sind erlaubt. Sobald der zukünftige Successor die Kabine verlassen hat, wird der letzte Contender fallen.«

Théo und Bolt sehen sich durch das kühlbunte Licht an. Gemeinsam sind sie so weit gekommen. Weiter, als einer von ihnen es je allein geschafft hätte. In diesem Spiel erreicht man das Finale nur mit loyalen Verbündeten. So loyal, dass sie sich am Ende für dich opfern. Seit vier Jahren ist das Théos Weg zum Sieg, und nun ist auch in dieser Runde der Augenblick gekommen, in dem sich herausstellt, ob er seine Wahl gut getroffen hat. Denn rein körperlich hat er gegen Bolt nicht die geringste Chance.

Da legt der Donnergott seine riesigen Hände auf Théos Schultern, beugt sich zu ihm und drückt die Lippen auf seine. Fest. Rau. Sein Bart streift kratzig Théos Wange.

Théo seufzt leise auf, spürt, wie ihr Atem sich vermischt. So sehr er seine Allys jedes Mal mit Kalkül wählt, so präzise er seine Spielzüge berechnet, um ihre emotionale Bindung zu festigen – am Ende zerreißt ihm der Abschied das Herz. Jedes Mal.

»Du wirst es sein, Théo. Ich werde nicht gegen dich kämpfen.« Bolt drückt Théos Schultern so fest, dass es schmerzt. »Bring zu Ende, was du angefangen hast.«

Théo kann nicht antworten. Auf seinen Lippen schmeckt er jetzt Salz, aber er spürt keine Tränen.

»Wir sehen uns draußen«, sagt Bolt. Seine Stimme klingt heiser und sanft zugleich. »Es ist nur ein Spiel, das hast du selbst gesagt.« Mit diesen Worten verschränkt er die Hände ineinander, um eine Trittstufe zu bilden.

Ohne ein weiteres Wort steigt Théo auf Bolts Schultern, stemmt die Luke auf, schwingt sich aufs Dach des Fahrstuhls und dann hinüber auf die Wartungsleiter. Nicht eine Sekunde zweifelt er daran, dass geschehen wird, was die KI angekündigt hat.

Der Fahrstuhl fällt fast lautlos. Bis zum letzten Augenblick starrt Théo durch die Luke hinunter zu Bolt. Sieht ihn fallen, die Haare im Neonlicht flatternd. Bis das Licht verlischt und die Schwärze ihn verschluckt. GAME OVER.

Théo ist jetzt in der Dunkelheit allein. Doch von weit über ihm dringt ein Luftzug zu ihm herab. Und der verführerische Geruch nach Freiheit.

Mit zusammengebissenen Zähnen macht er sich an den Aufstieg, Sprosse um Sprosse durch den Wartungsschacht hinauf. Er sieht nicht mehr zurück. Sonst würde er sich vielleicht ebenfalls einfach fallen lassen. In die Dunkelheit, in der Bolt verschwunden ist und Miramis und all die anderen vor ihnen. Heute, gestern, letztes Jahr oder in denen davor. Wohin? Er weiß es nicht. Immer noch nicht.

»Bring zu Ende, was du angefangen hast.«

Der Wind wird stärker, treibt ihm wirre Strähnen ins Gesicht. Und dann, endlich: die letzte Tür.

Grelles Licht blendet ihn, als er auf das Flachdach hinaustritt. Ein gleißend blauer Himmel, eine blasse Wintersonne. Théo kneift die Augen zusammen. Doch schon im nächsten Moment reißt er sie wieder auf, denn wenn er auch sonst nichts weiß, eines ist ihm so klar wie der Himmel über ihm, dessen Weite und Schönheit ihm schier die Brust sprengen will: Er ist immer noch online. Die ganze Welt kann ihn sehen. Seinen Sieg. Seinen Triumph. Und auch die Tränen auf seinen Wangen, die der Wind nicht rasch genug trocknet. Bombastische Musik dringt über den Audiochip in sein Ohr. Die Dächer Berlins leuchten zu seinen Füßen im weißgoldenen Licht.

Er hat gewonnen. Wieder gewonnen. Gar nichts gewonnen.

Und so viel verloren.

Théo zwingt ein Lächeln auf sein Gesicht, ringt mühsam nach Luft. Kostbare Momente darf er feiern. Atmen. Und dann ... Eine stumme Nachricht auf seinem Display. Nicht fürs Publikum. Sondern nur für ihn allein.

HERZLICHEN GLÜCKWUNSCH, SUCCESSOR.
DU HAST ES NICHT ANDERS GEWOLLT.
ZURÜCK IN DEN KÄFIG MIT DIR.

DIE REGELN (PREGAME).

1. **Schweigepflicht**
   Die Teilnahme an SUCCESSION GAME™ unterliegt absoluter Geheimhaltung. Eine Weitergabe von Identitäten, Locations oder sonstigen Spielinterna führt zum sofortigen Ausschluss vom Spiel und kann Reparaturzahlungen nach sich ziehen.
2. **Medizinisches Monitoring**
   Eine Teilnahme an SUCCESSION GAME™ erfordert konstante Überwachung des Gesundheitszustandes der Teilnehmenden in Bezug auf Verträglichkeit der spieleigenen Neuroforming Transmitters(NfT) und sonstiger Substanzen, die für die Implementierung der Gamepersonas zum Einsatz kommen. Mit der verbindlichen Anmeldung zur Teilnahme am Spiel stimmen die Teilnehmenden dem zu. Zudem ist eine Einwilligungsverfügung über sämtliche medizinische Behandlungen und Eingriffe erforderlich, die das ärztliche Supportteam

für notwendig erachtet. Ein Anspruch auf Haftung oder Schadenersatz bei etwaigen Komplikationen besteht nicht.

3. **Spielausschluss vor Staffelstart**
   Sollte in den Prätests zur Spielvorbereitung bei einzelnen Teilnehmenden eine körperliche oder geistige Nichteignung offenkundig werden, behält die Spielleitung sich vor, die fraglichen Personen noch vor Staffelbeginn vom Spiel auszuschließen. Der vorläufig geschlossene Vertrag verliert in diesem Fall seine Gültigkeit.

RENDERING: A NEW ENTRANCE.

Zentraleuropäische Union (ZEU)
Zentralballungsraum Berlin
Neu-Friedrichshain

»Geh noch nicht!«

Rafael schreckte aus einem unruhigen Schlaf. Das Hotelzimmer war dunkel, bis auf das mattgrüne Licht der EXIT-Leuchte über der Tür und ein fahles Dämmern von Morgenlicht vor dem Fenster. Der Platz neben ihm war leer. Nur ein Abdruck im Kopfkissen und die halb zurückgeschlagene Decke zeugten davon, dass er das Zischen und Klicken einer sich schließenden Tür nicht bloß geträumt hatte.

»Geh noch nicht!«

Wie oft hatte er diese Worte in der kaum vergangenen Nacht gehört? Offenbar war nun stattdessen sie gegangen.

Verdammt, Lynn.

Rafael drehte sich mit einem Stöhnen auf den Rücken und tastete nach dem *Eira*-Injektionsarmband an seinem Handgelenk. Ein kurzer Druck, er spürte die feinen Nadeln an seinem Puls kaum, dann war das Nikotin in seinen Adern und verteilte sich in seinem Körper, bis es kribbelnd hinter seiner Stirn ankam.

Nicht, dass es viel geholfen hätte. Lynn war weg, das war in Ordnung. Besser noch wäre aber gewesen, er hätte sie nie ins Hotel mitgenommen. Hätte sie nicht geküsst in dieser Kneipe am Abend zuvor, nein – hätte ihr erst gar nicht diese Nachricht geschrieben, dass er nach zwanzig Jahren zum ersten Mal wieder in der Stadt war. Oder am allerbesten: Er wäre nie nach Berlin zurückgekehrt.

Was hatte er sich bloß dabei gedacht?

Die Antwort war einfach: Nichts natürlich. Außerhalb seiner durchstrukturierten Arbeitswelt in der Pariser Universitätsklinik war Rafael im rationalen Denken leider nicht besonders gut. Schon gar nicht, wenn es um seine Vergangenheit ging. Und Berlin war voll von Vergangenheit.

Mit einer schroffen Bewegung griff er seine *dEEp.insight*-Cyberbrille vom Nachttisch und setzte sie auf. »Wie spät?«

ES IST 4:37 UHR. DU SOLLTEST NOCH WEITERSCHLAFEN.

»Weiterschlafen am Arsch.« Rafael schob etwas schwerfällig die Beine aus dem Bett und setzte die Brille wieder ab. Body Monitoring schön und gut, aber er wusste schon selbst, wann er zu früh aufstand oder zu spät schlafen ging, sich zu viel Nikotin spritzte oder die Diät ignorierte, die das Fitnessmodul für sinnvoll hielt. Manchmal war eine nackte, nüchterne Welt einfach besser.

Rafael stand auf und zog die Laufschuhe aus dem Koffer. Immerhin blieb ihm jetzt noch mehr als genug Zeit, um den Kopf wieder frei zu bekommen. Frei genug zumindest, um sich dem zu stellen, was ihn tatsächlich nach Berlin zurückgeführt hatte.

Es war eine leere Hoffnung. Natürlich halfen weder die zusätzlichen Kilometer noch die anschließende viel zu heiße Dusche gegen das dumpfe Gefühl, einen Fehler gemacht zu haben. Eine Affäre aus Studienzeiten wiederbeleben und dann noch ausgerechnet diese, wie kam er bloß auf so einen Unsinn? Lynn hätte niemals erfahren dürfen, dass er hier war und beabsichtigte, morgen schon wieder abzureisen. Jetzt hatte er den Schlamassel.

Während das Taxi nahezu lautlos durch die City navigierte, starrte Rafael durch die regennasse Scheibe auf die grauen Straßen hinaus, die sich zwischen den hochaufragenden Kastenbauten der *NeoEco*-Wohnkomplexe von Neu-Friedrichshain hindurchwanden. Im Display seiner *insight* blinkten Ortsnamen auf, die ihm vertraut waren, obwohl er die Gegend kaum wiedererkannte. Die Straßen waren schmaler, die Häuser höher als früher und enger zusammengerückt, hatten den Platz eingenommen, den vor zwanzig Jahren noch die vielen tausend Autos gebraucht hatten, die jetzt auf den Schrotthalden draußen in den Industrievierteln zu Baumaterial für die *NeoEco*-Gebäude zerlegt und upgecycelt wurden. An vielen der Fassaden war nicht einmal die Begrünung abgeschlossen, nur spärliches Grasgewächs und Unkraut in den vertikalen Wassersystemen, obwohl offensichtlich schon Menschen in den Kompartments einquartiert worden waren. Neue Gebäude. Neue Menschen. Ein dichtes Gedränge von Schirmen und Regenmänteln, auf den Gehwegen und Bahnsteigen, in den Magnetschwebebahnen und Schlangenbussen, auf Fahrrädern und in den wenigen H^+-Mobilen des Individualverkehrs, die sich selbst als Taxi nur noch die Reichen leisten konnten.

Rafael hatte lange darüber nachgedacht, mit der Bahn zu fahren, und sich schließlich doch für ein Taxi entschieden. Er hasste es, ein reicher Snob zu sein. Aber die Nähe fremder Menschen hasste er noch viel mehr. Schlimm genug, dass er Namen, Alter, Pronomen und Beziehungsstatus der meisten seiner Mitmenschen mit nur einem Blick durch die *insight* aufgedrängt bekam. Im Vorbeifahren. Für Rafael würde das in diesem Leben definitiv nicht mehr normal werden.

Nur leider war die Alternative an diesem Morgen nicht nennenswert weniger erdrückend.

»Geh noch nicht.«

Da war sie schon wieder. Die Erinnerung an Lynns raues Wispern kribbelte in seinem Nacken und bis zu seinem Steißbein hinunter. Rafael seufzte und schloss die Augen. Er hätte wissen müssen, dass Berlin das mit ihm machen würde. Es war ja nicht nur Lynn, nicht nur der Sex, nicht nur ihre Stimme. Es hatte keinen Sinn, sich in dieser Hinsicht etwas vormachen zu wollen. Denn wann immer er erwacht war, nach einer der vielen kurzen Schlafphasen der letzten Nacht, und Lynns warme nackte Haut an seiner spürte, hatte er für eine endlose Sekunde Ivana dort liegen sehen.

Rafael drückte zwei Finger gegen seine Nasenwurzel und atmete tief durch.

Ivana kann nicht hier sein. Sie ist tot.

Er war heilfroh, als er aussteigen und seine Gedanken für eine Weile vom Weg über das erschlagend große dEEp Inc.-Firmengelände gefangen nehmen lassen konnte. Der Hauptgebäudekomplex des weltweit einflussreichsten medialen Megakonzerns war eine eigene kleine Stadt innerhalb der Stadt, und das Foyer der Zentralverwaltung erinnerte mehr an eine Messehalle als an den Empfangsbereich eines Bürogebäudes. Der Boden aus blau gemasertem Kunstharz spiegelte schillernd das Licht, das durch die gigantische Kuppel aus Stahlstreben und Milchglas hereinfiel. Mechanische Wale und Pinguine aus Leichtmetall glitten darunter wie schwerelos durch die Luft, um die von dEEp Inc. entwickelten Navigationssensoren und Degravitationsmodule zu demonstrieren. Der schnittige Tresen im Zentrum der riesigen Fläche wirkte zwischen all dem ein wenig verloren und deplatziert, ebenso wie der einsame Mensch im knielangen Pulloverkleid mit aufgesticktem Firmenlogo und breitem Gürtel nach der neuesten Mode.

PAVEL NĚMEC|24|ER/IHM|REZEPTIONIST, ließ Rafaels *insight* ihn wissen.

Spielereien, dachte er und seufzte innerlich. Menschliches Personal an einem typischen KI-Arbeitsplatz war genau so eine Spielerei wie diese Cybertiere, die sich verstörend lebensecht durch ihr luftiges Aquarium bewegten. Nichts als eine überhebliche Zurschaustellung von Macht, Geld und technischer Überlegenheit. Offenbar hatte Eduard sich zumindest in dieser Hinsicht nicht verändert.

»Dr. Álvarez?« Der Rezeptionist hob den Blick von seinem *dEEp.touch*-Tablet. »Eduard Engel empfängt Sie jetzt. Bitte kommen Sie.«

Rafael folgte ihm zu einem Fahrstuhl aus Glas, der kurz darauf ebenso freischwebend wie die cybertechnischen Tiere aufwärts glitt. Im vierten Stock entließ er sie auf eine schmale Brücke, die sie quer durch die Kuppel zu einer Galerie führte. Von dort aus betraten sie einen lang gestreckten Gang, an dessen rechter Seite zahlreiche Türen in die Büros der leitenden Angestellten führten. Linker Hand gab die vollverglaste Fassade die Sicht auf die trübbraun dahinfließende Spree frei. Der Regen hatte aufgehört, aber das Wasser war noch unruhig.

Endlich, nach einem schier endlosen Marsch den Gang hinunter, ließ der Rezeptionist seine ID-Card durch ein Türschloss gleiten und gab Rafael den Weg in ein besonders geräumiges Büro frei.

»Eduard Engel wird gleich bei Ihnen sein.« Damit zog der Rezeptionist sich zurück, und Rafael war im Raum allein.

Er stellte sich an die Fensterfront und starrte mit leerem Blick auf das Panorama der endlosen vertikal begrünten Fassaden am jenseitigen Spreeufer und die gigantischen Glaskuppeln des Zentraleuropäischen Naturpräservatoriums. Dabei wünschte er sich, er hätte die zwei Nikotinkapseln in seinem *Eira* nicht schon im Taxi verbraucht.

Als sich hinter ihm endlich die Tür öffnete, drehte er sich um. Auf der Schwelle stand Eduard Engel, Gründer und CEO des größten Medienkonzerns der Zentraleuropäischen Union – und einstmals Rafaels bester Freund.

»Rafael.« Eduard blieb im Türrahmen stehen, als bräuchte auch er einen Moment, um das Bild aus der Zeit, als sie sich zum letzten Mal gesehen hatten, mit der Gegenwart zusammenzubringen. Stumm nickte Rafael ihm zu.

Eduards Haar, früher aschblond, war vollständig silbern geworden und lichtete sich an den Schläfen, was seine Stirn noch höher und seine stahlblauen Augen noch heller wirken ließ. Sein Blick hinter dem neuesten Modell der *dEEp.insight* war messerscharf wie eh und je und wirkte zugleich ein wenig abwesend, als sei er in Gedanken an mehr als einem Ort – was vermutlich auch zutraf. Dass er vor inzwischen fast zweieinhalb Jahrzehnten die *insight* entwickelt und damit von einer winzigen Garagenfirma zum Megakonzern und Monopolisten der Cybertechnologie aufgestiegen war, war im Grunde nichts als eine logische Erweiterung seiner markantesten Wesenszüge: Eduards Kopf arbeitete unentwegt, checkte Fakten im Internet, verfolgte Aktienkurse, modellierte Versuchsaufbauten und programmierte rekurrente neuronale Netzwerke, während er mindestens drei Gespräche gleichzeitig führte. Digital oder real machte für ihn dabei kaum einen Unterschied. Mit der Cyberbrille konnte er das alles auf einem einzigen Gerät tun und dabei sogar noch am echten Leben teilnehmen. Mehr oder weniger.

»Nimmt er sie wenigstens beim Sex ab?«

Ivanas ruhige Augen sehen ihn tadelnd an. »Zu was ist diese Frage gut, außer um dich selbst zu quälen?«

Die Erinnerung traf Rafael so unvermittelt, dass er zusammenzuckte.

Eduard lächelte schmal, als seien Rafaels Gedanken als Nachricht auf seinem Display aufgetaucht. »Setz dich.«

Er sagte nicht, dass es schön war, Rafael wiederzusehen, und Rafael war froh, dass sie sich nicht gegenseitig anlogen. Tatsächlich hatte er darüber nachgedacht, nostalgisch zu werden, auf dem langen Weg vom Zentralballungsraum Paris-Südeuropa bis hierher. Aber in Wahrheit, so hatte er sich schließlich eingestehen müssen, war er nur hier, um Eduards Stellenangebot persönlich auszuschlagen. So viel war er ihm schuldig und ihrer alten Freundschaft – zumindest wollte er sich das einreden.

»Was kann ich für dich tun?« Rafael blieb hinter dem Stuhl stehen, selbst als Eduard sich hinter seinen Stahlschreibtisch setzte und mit wenigen knappen Bewegungen seines Handgelenks mehrere transparente Displays in verschiedenen Größen aktivierte.

»Für mich arbeiten.« Eduard wischte mit dem Finger über eines der Displays, dann aktivierte er sein Injektionsarmband, während er gleichzeitig auf sein *touch* sah und die Stirn runzelte.

Rafael zog die Brauen zusammen. »Hast du mich zweitausend Kilometer hierherkommen lassen, um den Inhalt deiner Nachricht zu wiederholen?«

Eduard rieb sich geistesabwesend das Kinn und tippte mit nervösem Finger auf ein anderes Display, während er etwas murmelte. »Nein«, sagte er dann und fingerte an der Brusttasche seines Hemds herum, um kurz darauf eine zerdrückte Zigarettenpackung hervorzuziehen.

Rafael hob erstaunt die Brauen. Eduard hatte immer viel geraucht – aber Zigaretten wurden schon seit mehr als einem Jahrzehnt nicht mehr produziert, seit das *Eira* und die Klimanotstandsregelungen den Markt dafür zugrunde gerichtet hatten. Es passte allerdings zu Eduard, dass er dennoch irgendwo einen Vorrat angelegt hatte, von dem er vermutlich noch sein Leben lang zehren konnte. Und als Eduard ihm kurz darauf kommentarlos das Päckchen hinhielt, konnte Rafael nicht anders, als das Angebot anzunehmen.

Ein freudloses Lächeln zuckte um Eduards Mundwinkel. »Du bist Arzt.« Für einen kurzen, fast skurrilen Moment, als das elektrische Feuerzeug aufleuchtete und er den ersten Zug nahm, schien Eduard mit all seinen Sinnen nur an einem einzigen Ort zu sein. Zum ersten Mal sah er Rafael direkt in die Augen. »Mein Spiel braucht einen Arzt.«

»SUCCESSION GAME?« Rafael lachte trocken und griff

ebenfalls nach dem Feuerzeug. »Wie viele medizinische Fakultäten hat Berlin inzwischen? Vier? Fünf?«

Ein Muskel unter Eduards linkem Auge zuckte. Es dauerte mehrere Sekunden, bis er antwortete. »Sieben. Aber ich brauche jemanden, dem ich vertrauen kann.«

Rafael zündete die Zigarette an, nahm einen tiefen Zug und ließ seinen Blick durch die Fensterfront hinunter zur Spree wandern. »Da bin ich nicht sicher, ob ich der Richtige für den Job bin.« Ein weiterer unangenehmer Moment der Stille entstand.

»Darüber wirst du sicher anders denken, sobald ich dir unsere Forschungsleiterin vorgestellt habe.«

Da war etwas in Eduards Stimme, das Rafael nicht deuten konnte. Spott? Mitleid? Triumph?

»Sie ist führende Wissenschaftskoordinatorin bei *Asgard Pharmaceutics* und verantwortlich für das körperliche Wohlergehen unserer Persona-Hosts. Sie war maßgeblich an der Entwicklung der *Eira*-Variante beteiligt, die im Spiel eingesetzt wird, und wird deine direkte Vorgesetzte sein, bis du vollständig eingearbeitet bist.« Er beugte sich vor und drückte auf einen Knopf. »Komm zu uns, Lynn.«

Rafael spürte, wie sich alles in ihm versteifte. Im gleichen Augenblick sah er an Eduards rechter Hand etwas aufblitzen, das ihm bisher entgangen war. Einen schmalen Ehering aus Platin. Prompt flackerte ein Fragment der Erinnerung an den vergangenen Abend in der Bar in ihm auf. Ein scheinbar bedeutungsloser Moment in Lynns und seinem wehmütigen Schwelgen in alten Zeiten. Dem Gedenken an all die Abende in vertrauter Runde. Sie beide. Eduard. Ivana.

»Siehst du Eduard noch?«

»Ab und zu.«

Sie hatte genau so einen Ring getragen. Schmal, schlicht und unfassbar teuer. Kein Zweifel möglich.

Beinahe hätte Rafael gelacht. Die Vergangenheit. Er konnte ihr nicht entkommen. Er war kaum in Berlin eingetroffen und schon hatte er – *wieder* – mit Eduards Frau geschlafen. Nur dass es diesmal eine andere war.

»Also, was sagst du?« Eduard scrollte bereits wieder über eines seiner Displays und tippte rasche Nachrichten, während er zwischenzeitlich an seiner Zigarette zog und kurze Blicke auf seine *dEEp.watch* warf. »Alte Freunde wie wir drei. Das wird doch sicher fabelhaft.« Er lächelte, freudlos zynisch, wie nur er es konnte, drückte die Kippe aus und stand auf, gerade als die Tür zum Büro sich ein weiteres Mal öffnete.

Und dort stand sie, kein bisschen weniger atemberaubend als in der vergangenen Nacht. Lynn.

»Ich habe leider in fünf Minuten ein Meeting.« Eduard sah erneut auf seine Uhr und schob sein *touch* in die Gesäßtasche seiner Jeans. »*Dr. O'Leary* wird dieses Gespräch mit dir weiterführen. Sie kann dir alles erklären, was nötig ist – weitaus besser als ich. Immerhin ist es ihre Stelle, die du antreten wirst. Und ich weiß ja, wie gut ihr euch immer verstanden habt, nicht wahr?« Ein letzter scharfer Blick traf Rafael. »Ich zähle auf dich, Rafael. Ich hoffe, du weißt, was das bedeutet.«

Und ehe Rafael noch etwas sagen oder auch nur denken konnte, hatte Eduard sich an Lynn vorbeigeschoben. Seine Hand streifte dabei flüchtig ihre Schulter. Aber auch zu ihr sagte er kein weiteres Wort.

Als die Tür sich hinter ihm schloss, war es im Raum plötzlich sehr still. Rafael konnte das Blut in seinen Ohren rauschen hören. Lynn sah ihn kaum an, und er war froh darüber. Sie hatte es gewusst. Sie *musste* es gewusst haben. *Ihre* Stelle! Und er sollte sie ablösen? Warum? Rafael begriff es nicht, und er fühlte sich außerstande zu entscheiden, was er in diesem Moment empfinden sollte. Nein, falsch. Mindestens ein Körperteil wusste es sehr genau. Aber das war leider nicht sein Kopf.

Lynn lächelte zaghaft. Der goldbraune Wollstoff ihres Rollkragenkleides umschmeichelte ihre sanften Rundungen, die kupferroten Haare lockten sich schimmernd um ihr Gesicht, und Rafael fragte sich, wie zur Hölle sie selbst jetzt noch so verdammt sexy auf ihn wirken konnte, wo doch ein anderer, vernünftiger Teil von ihm so verdammt wütend auf sie war.

»Es tut mir leid«, sagte sie leise.

Rafael ballte in der Hosentasche die Faust. Es kostete ihn alle Beherrschung, die er aufbringen konnte, nicht auf der Stelle zu explodieren.

»Was?« Es fühlte sich an, als würde er das Wort ausspucken. Eindringlich starrte er Lynn in diese viel zu schönen rauchgrauen Augen. Waren das Tränen an ihrem Wimpernkranz? Warum?! Wollte sie ihm ernsthaft weismachen, dass sie ihn gestern Nacht nicht aus eiskaltem Kalkül verführt hatte, um ihn in Handlungszwang zu bringen, damit er für sie bei Eduards High-Trashgame einstieg? Lächerlich.

»Was zum Teufel wollt ihr, dass ich tue? Und was war das verdammt noch mal ...« Er unterbrach sich abrupt. Schwer zu sagen, was Eduard von der ganzen Sache wusste. Oder ob er ihrem Gespräch nicht immer noch zuhörte und zusah, während er vorgab, in einem Meeting zu sein.

Rafael nahm einen letzten Zug von der fast heruntergebrannten Zigarette, ehe er sie in den Aschenbecher auf Eduards Schreibtisch warf. Dann zog er sich gereizt die *insight* von der Nase und schob sie tief in seine Hosentasche. Starrte Lynn an – die echte, unverzerrte. Ohne glättende Filter, mit silbernen Fäden im leuchtend roten Haar und feinen Fältchen in den Augenwinkeln. Sorgenfalten. »Also was soll das alles?«, murmelte er finster.

Für einen winzigen Moment zuckte Lynns Blick zu ihm, verfing sich in seinem. »Ich will schwanger werden.«

Jetzt war Rafael endgültig unfähig, seine Gedanken in irgendeine auch nur annähernd klare Form zu bringen. Er hatte mit vielem gerechnet. Aber damit ganz sicher nicht. Lynn wollte *ein Kind?* Und letzte Nacht hatten sie ... Oh, es ergab plötzlich alles so viel Sinn. Und zugleich überhaupt keinen.

Sein Blick wanderte zu ihrem Ehering und dann zu ihrem

flachen Bauch, als müsste der sich allein durch seine Erkenntnis im nächsten Moment wölben und wachsen – obwohl das natürlich Unsinn war. Sie hatten verhütet. Und doch ... »Das ist nicht dein verdammter Ernst.«

Er sah sie die Lippen zusammenpressen, leicht den Kopf schütteln. »Ich bin einundvierzig«, fuhr sie mit eigentümlich belegter Stimme fort. »Meine biologische Uhr tickt, und ich habe über die letzten Jahrzehnte genug in meine Karriere gesteckt. Also haben Eduard und ich gemeinsam beschlossen, für die kommende Staffel jemand Neues einzustellen, um ... meinen Platz einzunehmen, sobald ich nicht mehr arbeiten darf.« Ihre Schultern bebten. Ganz leicht nur, ehe sie sie wieder straffte. »Ich habe allerdings nicht gewusst, dass du es sein wirst. Wirklich nicht. Nun ja. Bis gestern Abend. Denn warum hättest du sonst herkommen sollen? Nachdem du so lange verschwunden warst. Ohne ein einziges Wort.« Jetzt klang sie wirklich bitter, aber Rafael konnte es kaum verarbeiten. Es rauschten so viele Empfindungen durch ihn hindurch, dass ihm flau davon wurde. Dumpfer Schmerz und irrationale Schuld, die ihre Wurzeln weit in der Vergangenheit hatten. Und Wut. Wut auf Lynn, weil sie ihm all das aufzwang.

Lynn machte einige Schritte auf ihn zu. »Irgendwann wird der Tag kommen, an dem Eduard seine Firma nicht mehr selbst führen kann. Ich habe schon immer ein Kind gewollt, das weißt du. Und jetzt werde ich alles tun, was ich kann, damit es so schnell wie möglich geschieht.«

Rafael zog finster die Brauen zusammen. »Ich sollte jetzt gehen. Sofort.«

Lynn blieb dicht vor ihm stehen. Fast konnte er die Wärme ihres Körpers auf der Haut spüren. »Aber das wirst du doch nicht, oder?«, flüsterte sie. »Geh nicht. Bitte bleib.«

Er sah sie an, lange. Ihr *»Geh nicht!«* war heute ein so anderes als das der letzten Nacht, und doch ... als er den Kopf schütteln und sich abwenden wollte, gelang es ihm genauso wenig.

Ganz leicht nur legte Lynn ihre Hand auf seine Brust, machte ihm das Atmen schwer. »Bitte, Rafi. Ich habe wirklich nicht gewusst, dass er ausgerechnet dich fragen würde. Was gestern passiert ist, war nicht geplant – *du* hast mir die Nachricht geschickt, dass du hier bist, weißt du noch? Aber ich war so froh ... so froh, dich zu sehen.« Jetzt sah er wieder Tränen in ihren Augen. Und als die erste über ihre Wange lief, konnte Rafael nicht anders, als berührt davon zu sein. Wie sie ihn damals berührt hatte. Und in der vergangenen Nacht. Wie es ihr schon immer gelungen war, trotz allem. Sogar trotz Ivana. Selbst wenn er wie jetzt fürchten musste, dass all das nur gelogen war.

»Bitte«, flüsterte sie erneut. »Geh nicht wieder weg. Es tut mir leid, dass ich es dir gestern nicht gleich gesagt habe. Und ich möchte, dass du ...« Sie brach ab. »Bitte. Ich *brauche* dich, Rafi. Als ... Freund.«

Sekundenlang sah Rafael sie nur an. Sah in ihre Augen, die ihm so vertraut und zugleich so fremd geworden waren. Ihr Freund. Konnte er das noch sein, nach allem, was damals und dann wieder allein in den letzten vierundzwanzig Stunden zwischen ihnen geschehen war?

Lynn indes gab ihm keine Antwort auf die unausgesprochenen Fragen. Sie stand einfach nur dort, mit diesen tränenvollen Augen. Und vermutlich war es am Ende nichts anderes als die vage Ahnung, dass der Kern ihrer Gefühle doch noch immer echt sein könnte, die Rafael schließlich nachgeben ließ. Und die Hoffnung, sie würde ihm auf diese Weise irgendwie verzeihen, dass er zwanzig Jahre lang so getan hatte, als hätte es sie, sie *beide*, niemals gegeben. Mit einem Schritt überbrückte er die letzte Distanz zwischen ihnen und zog sie in seine Arme, legte seine Wange auf ihren Scheitel und lauschte ihrem Atem, der sich langsam beruhigte.

»Einverstanden«, sagte er, als er seine Sprache endlich wiederfand, und hörte seine Stimme bedenklich rau klingen. »Also wo ist dieser Vertrag?«

05/11/2053

snake_deep_under: Willst du SUCCESSION GAME gewinnen? Lass uns reden. (22:51)

passepartout: Wer bist du? (22:59)

snake_deep_under: Ich kann dich reinbringen. (22:59)

passepartout: Woher kennst du mich? (23:01)

snake_deep_under: Dein Name steht auf der Auswahlliste. Das weißt du doch. (23:01)

passepartout: ... und warum schreibst du ausgerechnet mir? (23:05)

snake_deep_under: Ich habe Informationen über ArcEnCiel. (23:05)

snake_deep_under: Deine Antwort? (23:10)

snake_deep_under: ? (23:13)

snake_deep_under: ? (23:17)

snake_deep_under: Ich kann den Platz anderweitig vergeben. (23:21)

snake_deep_under: Das ist keine Falle. Wir können uns gegenseitig helfen. Aber du musst erst zustimmen. (23:21)

passepartout: Beweise? (23:21)

snake_deep_under: Sieh vor deiner Wohnungstür nach. (23:34)

CUT SCENE.

Zentraleuropäische Union (ZEU)
Zentralballungsraum Berlin
GAME SHIP (Location: Top Secret)

Das GAME SHIP – jenes streng geheime Gebäude, in dem das Spielareal des SUCCESSION GAME untergebracht war – war zwischen den Staffeln fast völlig leer. Lynn hörte ihre und Rafaels Schritte dumpf von den nackten Wänden widerhallen, als sie ihn durch das Erdgeschoss des riesigen Kastenbaus zum Zimmer des Champion Successors führte. Der Medizinkoffer in ihrer Hand schien schwerer zu wiegen als sonst, und sie spürte seltsam überdeutlich, wie er ihr bei jedem Schritt leicht gegen das rechte Knie schlug. Zehn Jahre. Seit zehn Jahren ging sie jeden Monat diesen Weg. Aber diesmal war alles anders. Und das nicht nur, weil sie zum ersten Mal seit langer Zeit nicht allein hier war.

Wie jedes Mal klopfte Lynn an, ehe sie das Zimmer des Successors betrat, aber sie wartete nicht auf seine Erlaubnis. Sie wusste zu gut, dass sie sonst ewig auf dem Flur hätten stehen müssen.

»Hallo, Théo. Ich möchte dir jemanden vorstellen.«

Der Successor saß am Fenster. Er wandte sich nicht zu ihnen um, als sie eintraten, sondern starrte nur weiter nach draußen in den von Milchglas überdachten Innenhof, der genauso kahl war wie alles andere im unbespielten GAME SHIP. Selbst als Lynn zu ihm hinüberging, einen zweiten Hocker unter dem Tisch hervorzog und nach seinem Handgelenk mit dem *Eira* griff, um die Fassung für die Kapseln aufspringen zu lassen, ignorierte er sie. Nicht einmal für Rafael, der mit verschränkten Armen und skeptischer Miene bei der Tür stehen blieb, hatte er einen Blick übrig.

Lynn seufzte leise. So ein Tag war heute also. »Warum nimmst du die Psychopharmaka nicht?«

Immer noch keine Reaktion.

»Théo?«

Nun endlich rührte er sich. Langsam wandte er den Kopf und sah sekundenlang auf die unangetasteten bernsteinfarben getönten Kapseln in seinem Injektionsarmband hinunter. Dann zuckte er die Schultern. Auch das etwas zu langsam. Selbst seine Stimme klang schleppend. »Wer weiß schon, was ihr da alles untermischt.« Sein Blick wanderte wieder nach draußen, in den Hof, der während des Spiels so oft den Garten oder ein anderes outdoor-ähnliches Areal darstellte. Scheinbar geistesabwesend entzog er ihr dabei seinen Arm, um den schwarzen Kater zu kraulen, der sich auf seinen Schoß zusammengerollt hatte.

Lynn griff nach dem Tier und hob es beiseite. Sie war nicht in Stimmung für Spielchen, schon gar nicht, solange Rafael sie von der Tür her beobachtete. Ganz bestimmt hatte sie nicht vor, sich ausgerechnet vor ihm als hilflos und inkompetent darstellen zu lassen.

Der Kater maunzte protestierend, und auch Théo schoss ihr einen wütenden Blick zu, der bemerkenswert lebendig wirkte im Vergleich zu der Lethargie, die er Sekunden zuvor noch zur Schau getragen hatte.

Lynn lächelte schmal. »Um die Untersuchung kommst du nicht herum. Genieß es lieber. Ist wahrscheinlich das letzte Mal, dass wir uns sehen.«

Das entlockte ihm tatsächlich ein leichtes Heben der linken Braue. »Warum?«

Lynn zwang sich, keine Miene zu verziehen und vor allem nicht zu Rafael hinüberzusehen, während sie mit bewusst ruhigen Bewegungen Théos Blutdruck maß, in seine Augen leuchtete und seine Brust abhörte.

»Ich werde Mutter«, erklärte sie dann mit der gleichen erzwungenen Ruhe. »Ich kann mich nicht gleichzeitig um dich und um ein Kind kümmern. Darum ist Rafael hier, um dich kennenzulernen. Er wird von jetzt an euer Arzt sein.«

Théo musterte sie lange und aufmerksam – und noch immer, ohne Rafael auch nur eines Blickes zu würdigen. Die Müdigkeit war aus seinen dunklen Augen völlig verschwunden.

Sie sehen so alt aus, diese Augen, dachte Lynn unwillkürlich. *Viel zu alt und weise für einen Menschen, der noch keine fünfundzwanzig Jahre alt ist.*

»Das ist das 21. Jahrhundert. Du musst nicht Mutter werden, wenn du nicht willst.«

Lynn hielt in ihrer Bewegung inne. Dieser Théo! Er überraschte sie einfach immer wieder. Und wie jedes Mal empfand sie seine Direktheit gleichermaßen befreiend wie schmerzhaft. Nicht zum ersten Mal fragte sie sich, wie es überhaupt möglich war, dass er mit seinem halb von Neuroaffektiva zerfressenen Hirn so klar und präzise ihre Gefühle lesen konnte. Trotzdem, und auch dieser Gedanke kam ihr nicht zum ersten Mal, wurde sie den Eindruck nicht los, dass Théo allzu oft besser begriff, was in ihr vorging, als sie selbst.

»Natürlich will ich es.« Ihr Tonfall fiel schroffer aus, als er es vermutlich verdient hatte. Aber Théo musterte sie bloß weiter. Schweigend und seltsam eindringlich ließ er seinen Blick auf Lynns Gesicht ruhen, während sie die Untersuchung abschloss, indem sie eine Blutprobe aus seiner Ellenbeuge nahm. Er sah aus, als wüsste er genau, dass sie ihm die Nadel in diesem Moment am liebsten irgendwohin gestochen hätte, wo es richtig wehtat. Aber natürlich tat sie es nicht.

Als sie die Kanüle aus seiner Haut zog, wandte sich Théo endlich wieder ab. Als wolle er sagen: »Was weiß ich schon.« Und so war es ja auch; was wusste er schon, so ein junger Mensch, der sich seit fünf Jahren in einem kahlen Zimmer isolieren und mit identitätsverändernden Drogen vollpumpen ließ für ein dämliches Spiel? Fast schon grob packte Lynn ihre Sachen in den Medizinkoffer zurück und ließ ihn zuschnappen.

»Also dann. Das war's. Zeit, Lebwohl zu sagen.« Sie stand auf und registrierte dabei ärgerlich, dass ihre Stimme immer noch flach und belegt war. »In zwei Wochen geht es wieder los. Staffel 12. Wenn du aussteigen willst, sag es jetzt. Sonst musst du mitspielen. Die neuen Contenders sind schon unten in der Prep.«

Théo antwortete nicht. Er drehte sich nicht einmal mehr um.

Lynn wartete. Innerlich zählte sie langsam bis dreißig. Nichts. Nicht ein einziges Wort, das nach all der Zeit irgendwie nach Abschied geklungen hätte. Die Erkenntnis war wie ein Stich in die Brust, auch wenn Lynn selbst nicht hätte sagen können, warum eigentlich. Sie und Théo waren keine Freunde. Nicht mal so was Ähnliches.

Sie wechselte einen Blick mit Rafael, dessen Miene irgendwo zwischen Verwirrung und Fassungslosigkeit schwankte. Dieser Mensch hatte einfach noch nie verbergen können, was er dachte und empfand. Vermutlich hatte er es auch nie versucht. Für einen Moment fühlte es sich fast so an, als wäre er nie weg gewesen. Der Gedanke ließ unvermittelt Tränen in Lynns Augen treten. Sie blinzelte heftig.

»Gut, also dann. Gehen wir nach unten zu den anderen«, sagte sie rasch. »Hier sind wir fertig.«

Rafael nickte. Ganz kurz hatte Lynn den Eindruck, ein Zögern auf seinem Gesicht zu sehen, als wolle er noch etwas sagen. Dann aber ging er doch wortlos voraus auf den Flur – allerdings nicht, ohne noch einen letzten langen Blick auf den Successor am Fenster zu werfen. Lynn konnte das nachvollziehen. Auch ihr fiel es schwer, sich endgültig vom Bild der schmalen Silhouette vor dem hellen Rechteck zu lösen.

»Leb wohl, Théo«, sagte sie leise, ehe sie die Tür hinter sich und Rafael schloss. »Viel Glück.«

– STAGE 01 –

DIE REGELN (INGAME).

1. **Public Stages und Equipment**
   Teilnehmende, die in den Prätests als geeignet bewertet wurden, spielen bis zum Sieg oder einem Ausscheiden durch GAME OVER in den Public Stages. Im interaktiven Social-Gaming-Erlebnis von SUCCESSION GAME™ soll es allen User_innen des *dEEp.net* jederzeit möglich sein, den Fortschritt der Teilnehmenden lückenlos zu verfolgen. Daher findet auch im Zeitraum zwischen den Public-Stages-Livestreams eine Aufzeichnung und späterer Zusammenschnitt des Geschehens im GAME SHIP statt. Den Teilnehmenden ist es daher nicht gestattet, jegliche Funktionen ihres spiel- und streaming-relevanten Equipments zu deaktivieren oder es zu beschädigen. Eine Missachtung hat sofortiges GAME OVER zur Folge.
2. **Spielsieg**
   Im SUCCESSION GAME™ gibt es nur eine_n Sieger_in. Den Titel (Champion-)Successor und das Preisgeld erhält, wer die letzte Tür der letzten Stage öffnet, nachdem alle anderen Teilnehmenden GAME OVER gesetzt wurden.
3. **Stages**
   Jede Stage besteht aus mehreren Phasen, die Escape Rooms und Aufgaben beinhalten, deren Lösung zur Transition in die nächste Stage führt. In jeder Transition werden ein oder mehrere Teilnehmende GAME OVER gesetzt.
4. **Körperliche Gewalt im SUCCESSION GAME™ und die Sonderregel ›Alle Mittel sind erlaubt‹**

Körperliche Gewalt sowie der Einsatz scharfer Waffen sind im SUCCESSION GAME™ untersagt und werden mit sofortigem GAME OVER bestraft. In Einzelfällen kann die Sonderregel ›Alle Mittel sind erlaubt‹ ausgerufen werden. In diesem Fall sind Handgreiflichkeiten, nicht aber scharfe Waffen oder potenziell letale Techniken zulässig.

5. **GAME OVER**
   GAME OVER gesetzte Teilnehmende scheiden unwiderruflich aus dem Spiel aus. GAME OVER kann durch Nicht-Erfüllen einer Aufgabe, Regelbruch, zufälliges GAME OVER im Rahmen einer Team-Niederlage oder gezieltes Einwirken anderer Teilnehmender erfolgen.

PHASE 01: ASSEMBLY.

Asgard International Academy (AIA), Berlin
Wohnkompartments der Studierenden
Kompartment 503

Am Neujahrsabend 2054 hatte sich dichter Nebel auf die Berliner Innenstadt gesenkt. Die Luft war durchzogen von blassen Schlieren, als hätte jemand einen Tropfen Milch in klares Wasser gegeben, der nun langsam in jeden Winkel und jede Ritze diffundierte. Die Lichter der Straßenbeleuchtung glommen trüb mit weißlichem Strahlenkranz.

In der Campus-Straße mit dem hochtrabenden Namen *Inspiration*, wo die Wohnkompartments der Studierenden lagen, hatten sich Yezmin Zervakis, Hathaichanok Nikolajew und Başar Mutlu-Meyer in ihrer WG-Wohnküche versammelt, um gemeinsam den Start der zwölften Staffel von SUCCESSION GAME zu verfolgen.

»Also, es nervt mich ja immer noch«, grummelte Yezmin, schob sich die Cyberbrille in den kurzen braunen Lockenschopf und starrte auf den Countdown, der auf dem externen

75″-*insight*-Display an der Wand gegenüber dem Sofa die Sekunden rückwärts zählte. »Ich sollte jetzt auf der anderen Seite dieses Bildschirms sein. Warum wählen die mich nie aus?«

Hathaichanok, die gerade ein schwer beladenes Tablett voll Snacks auf den Couchtisch stellte, warf sem einen belustigten, aber liebevollen Blick zu. »Nicht traurig sein, Dramatierchen. Sei lieber froh, dass du nicht wirklich mitspielen musst. Ganz ehrlich, ich würde nicht mal drüber nachdenken, und wenn die mich dreimal anschreiben würden.«

»Liegt vielleicht daran, dass sey diesen traurig persistenten Crush auf den Successor hat«, warf Başar trocken ein, ohne den Blick von seinem *dEEp.touch* zu lösen. Er hockte in der Kissenecke beim Fenster und kaute nachdenklich auf dem Bügel seiner *insight*, während er irgendeinen superpsychologischen Ethik-Kram für seine *Psychology and Personalityforming Studies* las. Das Studierendenwerk der AIA achtete bei der Vergabe der Wohnkompartments streng darauf, dass stets alle drei Fakultäten unter den Mitbewohnenden vertreten waren, um den interdisziplinären Gedankenaustausch zu fördern. Baş allerdings tauschte seine Gedanken nicht allzu gern mit egal wem, solange es nicht um Themen ging, die er für soziopsychologisch relevant hielt. Bloß für unnötige Kommentare reichte es hin und wieder.

»Aber niemand auf der Welt kann so heiß sein, dass ich mir freiwillig diese ganzen NfTs und das übrige Zeug drücken lassen würde«, beharrte Hathaichanok und stibitzte sich eine gezuckerte Tamarinde aus einer der Schalen, ehe sie sich zu Yezmin aufs Sofa fallen ließ und die langen Beine auf den Fußbock ausstreckte.

Yez hob eine Braue. »Euer Institut *entwickelt* dieses Zeug, Hathi.«

Und tatsächlich war es nicht nur so, dass Hathaichanok im *Biochemical Lab Design* Branch der AIA studierte. Sie würde ihren Master-Abschluss in exakt der Arbeitsgruppe machen, die an den Personality Formern für SUCCESSION GAME forschte.

»Und wehe, du erzählst mir noch ein einziges Mal, dass ihr Default-Personas designen durftet.« Yezmin schnaufte. »Deine hat doch sowieso niemand genommen.«

Hathi streckte sem die Zunge raus. »Ich weiß, du bist furchtbar neidisch. Aber nur dafür hab ich diesen Studiengang überhaupt gewählt. Hättest du halt auch tun sollen.«

Yez schnalzte verächtlich. Tatsächlich *war* sey neidisch auf Hathis Projektmodul, und das nicht zu knapp. An Hathis Stelle wäre sey längst ausgerastet bei dem Gedanken, in wenigen Minuten möglicherweise eine Variante *des eigenen Persona-Designs* im SUCCESSION GAME spielen zu sehen. Andererseits hätte Yez seren *Bioware Engineering* Masterstudienplatz um nichts in der Welt gegen einen in Hathis Hexenküche eingetauscht.

»Jedenfalls weiß ich ebendarum, dass ich das Zeug nicht in mir drin haben will«, fuhr Hathi fort, während sie ihre glatten dunkelblonden Haare zu einem Knoten an ihrem Hinterkopf aufzwirbelte. »Macht das Hirn ultramatschig, und ich brauche meins noch. Stimmt's nicht, Baş?«

Baş brummte etwas Undeutliches und schob die *insight* auf seinen Kopf, um sich die halblangen schwarzen Haarsträhnen aus dem Gesicht zu halten.

»Schaaaaatziii«, flötete Hathi, als eine weitere Antwort ausblieb. »Deine fachliche Meinung ist gefragt!«

Gereizt sah Baş auf. »Wenn du es genau wissen willst: Es geht mir nicht in den Kopf, dass vernunftbegabte Menschen wie ihr dermaßen auf diesen Mist abfahrt. Sinnloser und trashiger geht's ja wohl kaum.«

Hathi kicherte, schwang die Beine vom Sofa und hockte sich vor Baş, um mit der Hand über seinem Text herumzuwedeln, bis er sie wieder ansah. »Das Game oder der Successor? Na komm, der ist doch aber wirklich heiß. Ich stell mir gerade vor, wie er mit Hundeohren aussehen würde. *CringeWorks* haben da diesen Retrofilter, der aussieht wie die aus den Zwanzigern, nur besser. An dir ist er jedenfalls zu niedlich, und wenn ich dir dann noch türkise Strähnchen mache ...«

»Du bist unmöglich«, schnaufte Baş, legte aber sein *touch* zur Seite und zog Hathi auf seinen Schoß. »Küss mich lieber, bevor du noch mehr Unsinn redest.«

Yez seufzte, verdrehte die Augen und stand auf, um sere *insight* vom Couchtisch einzusammeln und ein paar Tom-Yam-Erdnüsse und Grünkohlchips zusammen in eine Schale zu werfen, ehe sey sich damit in sere eigene Kompartmentzelle verkrümelte. So viel zum gemeinsamen Countdown-Schauen auf dem großen Display. Dieses wilde Rumgeknutsche war jedes Mal der Punkt, an dem die Unterhaltung endete – und das für eine ganze Weile. Was in Ordnung gewesen wäre, wäre es nur beim Knutschen geblieben, aber das blieb es selten. Schon jetzt nestelten Hathis Finger viel zu eindeutig an Başars oberstem Hemdknopf. Da sah sich Yez den Start der neuen Staffel doch lieber allein auf serer *insight* an.

Und Théo. Natürlich Théo. Wenn *er* ser Mitbewohner gewesen wäre, dachte Yez verdrießlich, hätte sey vielleicht mehr Verständnis für Hathi und Baş aufgebracht. Aber das würde natürlich nie passieren. Genauso wenig wie alles andere, was sey sich in Bezug auf ser Guilty-Pleasure#01 so vorstellte.

Seufzend ließ sich Yez aufs Bett fallen, schaltete den Livestream an und schob sich eine Handvoll wild zusammengewürfelter Snacks aus der Schale in den Mund. Hathi hätte sem sicher vorwurfsvoll angeschaut und etwas gesagt wie *»Essen sollte immer genossen werden, Yezzi. Selbst wenn es Snacks aus der Tüte sind!«* Aber das war Yezmin gerade wirklich egal. Sey drehte den Sound der rückwärts tickenden Zahlen lauter, als eindeutige Geräusche aus dem Nebenraum herüberdrangen.

Noch 2 Minuten und 53 Sekunden.

Also schön. Was treibst du so, Champ?

1stPersonCam: CLUE
Location: UNDERGROUND LOBBY

Die Versammlungshalle im Erdgeschoss des GAME SHIP hält in ihrer schäbigen Grungyness alles und noch mehr, was die verrostete Eingangstür verspricht. Riesengroß und leer ist sie und die kleine Menschengruppe geradezu verschwindend winzig unter den nackten, graffitibesprühten Betonwänden und den verwitterten Stahlstreben.

Seit mehr als einer halben Stunde warten sie nun schon hier – die außergewöhnlichen Gestalten, die im diesjährigen SUCCESSION GAME gegeneinander antreten werden. Sie sind vereinzelt eingetroffen, jede Persona aus einer eigenen Tür wie aus ihrer eigenen Welt. Clue war die Erste, aber auch die anderen haben nicht lange auf sich warten lassen. Nun allerdings ist schon seit einer ganzen Weile niemand mehr aufgetaucht. Und trotzdem geschieht nichts.

Clue hält sich bewusst ein Stück abseits der restlichen Gruppe, um sie in Ruhe beobachten zu können. Neun Personen befinden sich bisher in der Halle, sie selbst eingeschlossen. Aber dort in die Wand eingelassen sind *zehn* rostige Stahltüren. Also warten sie wohl nicht auf etwas, sondern ... auf *jemanden*.

Wie so oft in den letzten Minuten unterdrückt Clue den Impuls, über die dumpf pochende Stelle an ihrer Stirn zu reiben, und lässt stattdessen den Blick wieder hinunter zu ihren Händen wandern, die für ihre Teilnahme an SUCCESSION GAME in schwarzen Sensorhandschuhen stecken. An der linken Handkante scheint eine kleine Wunde unter dem Stoff zu sein, ein Schnitt oder Kratzer, noch nicht ganz verheilt. Wann immer Clue mit dem Finger darüberstreicht, spürt sie einen leichten Schmerz, und jedes Mal überkommt sie das unbestimmte Gefühl, dass er sie an etwas erinnern sollte. Nur an was?

Sie könnte ja nicht einmal sagen, wie genau sie eigentlich hierhergekommen ist. Clue weiß, dass Erinnerungslücken zum Spiel gehören und Nebenwirkungen der Personality Former sein können. Unangenehm ist es trotzdem, und sie kann nicht anders, als immer wieder zu versuchen, den Ablauf der letzten Tage gedanklich zu rekonstruieren. Sie hat in ihrer winzigen Privatdetektei in Helsinki gesessen und die Indizien über den Fall eines Hacker-Angriffs auf einen zentralen Güterhafen sortiert, als das Päckchen kam. Das Päckchen mit dem Basis-Equipment – Handschuhe, *insight*, *Eira* – und den Flugtickets für SUCCESSION GAME. Und dann?

Nichts. Ihr Gedächtnis endet dort wie abgeschnitten – und setzt erst an dem Zeitpunkt wieder ein, als sie den Raum verlassen hat, der für die Dauer des Spiels ihr Quartier sein wird, um sich auf den Weg in die Eingangshalle zu machen. Von dem, was dazwischen liegt, fällt ihr rein gar nichts mehr ein.

Aber das vielleicht Verstörendste an der ganzen Sache ist: Sie weiß nicht mal, ob das, *woran* sie sich erinnert, wirklich zu ihr gehört – oder zu ihrer Game-Persona. Was hat sie augmentiert? Was sind die Unterschiede zu ihrem realen Ich? Es fühlt sich an wie … nichts. Aber das ist doch nicht möglich. Oder zumindest sehr unwahrscheinlich. Geht es den anderen auch so? Oder ist sie ein besonders schwerer Fall?

Clue lässt den Blick noch einmal über die bemerkenswerte Ansammlung von Persönlichkeiten schweifen, die mit ihr in der Halle warten. Im Display ihrer *insight* blinken die Basisinformationen der Spielpersonas über ihren Köpfen auf. NIMA|GEISTERSEHERIN|21|-WEIBLICH|SIE/IHR ist ein rundliches Mädchen im schwarzen Rüschenkleid mit übernatürlich großen Augen. Sie unterhält sich leise mit SAM|KAMPFSPEZIALISTIN|27|WEIBLICH|SIE/IHR – einer sehnigen Frau mit kurz rasierten Haaren und einem Kinn wie eine Pfeilspitze, und ZEKE|BOY OF STEEL|25|MÄNNLICH|ER/IHM – einem übertrieben muskulösen Typ mit metallischem Schimmer auf der Haut.

Ein kleines Stück abseits dieser Gruppe haben sich die zwei körperlich auffälligsten unter den diesjährigen Teilnehmenden postiert: QUENTIN|WOLFSMENSCH|31|MÄNNLICH|ER/IHM mit den zottigen Wolfsohren und blitzenden Fangzähnen, und ONYX|DIE SPINNE|29|NICHT-BINÄR|SIE/IHR mit den langen dünnen Gliedmaßen, auf deren breiter Stirn sechs zusätzliche Augen in alle Richtungen gleichzeitig zu schauen scheinen. Dagegen wirkt PIRI|UNPREDICT-

ABLE|17|NICHT-BINÄR|SIER/SIEM, die winzige Person mit den Wuschelhaaren und dem zarten, spitzen Gesicht, geradezu verstörend schutzbedürftig – noch schutzbedürftiger sogar als JASPER|MUSIKER|15|NICHT-BINÄR|ER/IHM, ein schlaksiger Teenie mit großen Kopfhörern auf den Ohren. Bei beiden trügt dieser Anschein der Hilflosigkeit vermutlich. Trotzdem hat sich MAY|ERFINDERIN|40|WEIBLICH|SIE/IHR mit dem strengen pechschwarzen Haarzopf, den muskulösen Armen und dem schweren Werkzeuggürtel vor sie gestellt, als wolle sie sie von den anderen abschirmen.

Ein ohrenzerfetzendes Quietschen reißt Clue aus ihren Gedanken. Ihr Blick zuckt zurück zu der Wand mit den Türen.

Na schau. Da ist ja Nr. 10.

Die Tür ganz links in der Reihe steht jetzt offen. Auf der Schwelle ist eine weitere Person erschienen. THÉO|25|MÄNNLICH|ER/IHM, meldet die *insight*. Sonst nichts, als sei sein Name allein genug, um ihn zu beschreiben. Er trägt eine knallrote Strickmütze auf dem platinblonden Strubbelhaar, Piercings in Unterlippe, Ohr und Augenbraue, ein übergroßes schwarz-weißes Ringelshirt und löchrige Jeans. Er grinst schief und hebt flapsig grüßend die Hand, als er einen Schritt in die Halle hineinmacht. Eigentlich sieht er ziemlich normal aus, denkt Clue belustigt. Und trotzdem ... Irgendetwas ...

Bevor sie den Gedanken zu Ende denken kann, lässt ein bombastischer Paukenschlag die Halle erzittern. Im nächsten Augenblick leuchtet an der nackten Betonwand ein flimmerndes Rechteck auf wie die Projektion eines Super-8-Films aus dem vergangenen Jahrhundert, inklusive Staubflimmern und rückwärts laufender Zahlen. Und in der rechten oberen Ecke von Clues *insight*-Display wechselt ein kleines rotes Licht seine Farbe zu grün.

Sie sind online.

Noch ein Paukenschlag, mit lang gezogenem Hall diesmal, ehe er im Knarzen und Jaulen einer elektrischen Rückkopplung verklingt. Für einige Sekunden wird das Bild an der Wand wieder dunkel. Dann erscheinen blutrote Buchstaben auf dem schwarzen Grund.

WILLKOMMEN ZURÜCK ...

Die Schrift wird akustisch untermalt von waberndem niederfrequentem Rauschen. Erste Umrisse beginnen sich aus den Schatten zu schälen.

... IM **SUCCESSION GAME!**

Der schmuddelige Sound von E-Gitarren und Synthesizern schwillt weiter an und unterlegt das Intro mit einer verzerrten Version des nach zwölf Jahren nichts weniger als ikonischen SUCCESSION GAME Titeltracks. Eine rasante Kamerafahrt durch die Halle mit ihren Graffitis und Stahlstreben, ein schneller Zusammenschnitt zehn verschiedener Hände, die die immer gleiche angerostete Stahltür öffnen. Ultrakurze Blicke auf schmuddelige Räume, Fahrstühle und Treppenhäuser. Dann flackern in abgehackter Folge Comic-Porträts der Spielpersonas durchs Bild, unterlegt mit ihren Basisdaten wie Sammelkarten. Und dann, zum Abschluss, ein dramatisches Negativ ihrer Silhouetten, über das sich in flackernden Lettern ein Schriftzug legt.

STAGE 01.
PHASE 01: ASSEMBLY.

Das Bild verblasst. Das Rechteck auf der Wand verdunkelt sich erneut zu Tintenschwarz. Doch oben links erscheint ein blinkender weißer Cursor, der kurz darauf eilig die Zeilen entlangwandert und ebenfalls weißen Text erscheinen lässt, als tippe jemand gerade in diesem Moment eine Nachricht in einen uralten Kommunikator. Obwohl, denkt Clue und muss grinsen, uralte Kommunikatoren ihre Nachrichten üblicherweise nicht zeitgleich mit einer freundlichen KI-Stimme vorlesen. Dieser hier aber schon.

»Willkommen, CONTENDERS!« Die Worte klingen dabei nicht nur aus dem Voicemodul in Clues Ohr, sondern mit minimaler Verzögerung auch aus unsichtbaren Lautsprechern irgendwo weit über ihnen wie ein rauschendes, knisterndes Echo. *»Herzlichen Glückwunsch. Ihr seid die Auserwählten der zwölften Staffel von SUCCES-*

SION GAME: Underground Bunker. Erforscht die Geheimnisse des Bunkers in -5- Stages und erobert den Titel des CHAMPION SUCCESSOR.«

Das Kommunikator-Display verblasst, und an seine Stelle tritt eines der Bilder aus dem Intro. Der Typ mit der roten Mütze.

»Seit vier Staffeln ungeschlagen: THÉO. Der Preis für seinen Sturz in diesem Jahr beträgt 2 500 000 €.«

Langsam dreht sich Clue zu ihm um. Aber nicht nur sie, auch die anderen haben sich ihm zugewandt. Und nun endlich begreift Clue, was an ihm so seltsam ist. Weshalb ihr sein Gesicht so vage bekannt vorkommt, wie bei einem Schauspieler, bei dem man verzweifelt überlegt, in welchem Film oder welcher Serie er wohl noch mitspielt. Er ist der SUCCESSOR, gegen den sie hier antreten müssen. Und zwar seit vier Jahren.

Clues Magen zieht sich mit einem eigentümlichen Kribbeln zusammen. Wie eine weitere Reihe von Kandidaten läuft nun eine Art Diashow vor ihrem inneren Auge ab. Ja, natürlich. Er war immer da. Hat sogar die Mütze getragen. Diese *enorm auffällige* rote Mütze! Jedes Jahr.

Sie hätte das wissen müssen, denkt Clue erschüttert. Sich erinnern müssen, und zwar vom ersten Moment an. Irgendetwas stimmt mit ihrem Kopf ganz gewaltig nicht. Das sind doch nicht nur die normalen Nebenwirkungen. Oder?

Théo indes lächelt ein halbes Lächeln und schiebt die Hände tief in die Taschen seiner löchrigen Jeans. *Kenn ich schon*, sagt das Lächeln. *Eure Überraschung langweilt mich.* Es ist ein Lächeln, das Clue wütend macht. Wie er dort steht und sich einfach wieder der Betonwand zuwendet. Er trägt keine *insight*. Auch das fällt Clue erst jetzt wirklich auf. Sein Gesicht wirkt dadurch seltsam nackt. Ist das nicht gegen die Regeln? Oder gelten für ihn andere? Kann er den Film ohne Brille überhaupt sehen?

»Jede der -5- Stages wird durch ein Stockwerk repräsentiert«, fährt die Stimme der KI inzwischen fort, während an der Wand eine weitere Kamerafahrt durch schattige Gänge gezeigt wird, *»und hält ihre ganz eigenen Herausforderungen und Regeln bereit. Hier sind die Herausforderungen von STAGE 01. Phase 01: Assembly.«*

Eine dramatische Pause. Ein Pochen wie ein Herzschlag.

»Auf STAGE 01 befinden sich neben euren Unterkünften zwei Escape Rooms. Bildet zwei Teams und erforscht die Rätsel von GRUNGE BAR und CONTENDER CANTINE, um sie in der Freizeit als Gruppenräume nutzen zu können. Das schnellere Team gewinnt einen Datenchip mit wertvollen Informationen für STAGE 02. Unter den Contenders des unterlegenen Teams hingegen wird schließlich eine Persona zufällig ausgewählt und in der Transition zu STAGE 02 GAME OVER gesetzt.«

»Unter den *Contenders*?« Die Stimme gehört zu dem Mann mit dem Namen Zeke – dem *Boy of Steel*. Er klingt genau so, wie er aussieht. Zu glatt, zu hart, zu kalt. Zeke verschränkt die Arme vor der muskulösen Brust und schiebt das kantige Kinn vor. »Warum nicht der Successor?«

Die KI gibt keine Antwort darauf. Stattdessen dreht sich Théo zu Zeke um. Mustert ihn eingehend. Und schüttelt dann mit einem spöttischen Lächeln den Kopf. »Auch der Successor zählt laut Regeln zu den Contenders.« Es ist das erste Mal, dass Clue ihn sprechen hört. Im Gegensatz zu Zeke hat er eine volle und weiche Stimme mit der winzigen Spur eines französischen Akzents. Théo legt einen Zeigefinger auf seine Nasenwurzel zwischen die dichten Brauen. »Aber keine Sorge, Stahljunge. Das Fadenkreuz auf meiner Stirn ist groß genug auch ohne deine unnötige Feindseligkeit. *On verra bien.*«

Zeke verzieht finster das Gesicht – aber er schweigt jetzt. Vielleicht auch, weil die KI inzwischen unbeeindruckt fortfährt, die Abläufe zu erläutern. *»Der Code für die Teambildung in STAGE 01 lautet: SUCCESSOR'S GAME. ALLYS vs. CHALLENGERS. THÉO. Du darfst jetzt -2- Alliierte wählen.«*

Sekundenlang senkt sich angespanntes Schweigen über die Halle. Dann lacht Théo leise. »Na, siehst du«, sagt er zu Zeke. »Geht schon los.« Er zwinkert dem Steelboy noch einmal zu, dann schlendert er mit federndem Schritt an allen vorbei und bleibt schließlich vor der Wand stehen, matt beleuchtet von dem Bild über ihm, das jetzt blankes Grau zeigt.

Drei gegen sieben, denkt Clue unbehaglich. *Ziemlich unfair bei einem Rätselspiel auf Zeit.*

Sekundenlang steht Théo reglos da. Nur sein Blick wandert langsam über die Gruppe. Mustert. Prüft sie alle ganz genau. Und bleibt schließlich an dem großen Mann mit den langen Armen, den stechenden gelben Augen und den zottigen Wolfsohren hängen.

QUENTIN. Wolfsmensch.

»Du. Wölfchen.« Théo legt den Kopf schief und lächelt, als betrachte er tatsächlich einen putzigen Hundewelpen und nicht ein riesiges grimmiges Muskelpaket, von dem Clue sich noch nicht sicher ist, ob sie wissen will, warum er sich ausgerechnet in einen Werwolf oder so was augmentiert hat. »Komm in mein Team.«

Sein Lächeln verbreitert sich, als Quentin zuerst misstrauisch die Zähne bleckt, dann aber offenbar doch entscheidet, sich den Regeln zu beugen, und zu ihm hinübertrottet. Clue hätte sich in diesem Moment nicht einmal mehr sonderlich gewundert, wenn Théo die Hand ausgestreckt hätte, um sein erstes Teammitglied an seinen Fingern schnüffeln zu lassen und anschließend hinter den Ohren zu kraulen. So lebhaft ist die Vorstellung, dass sie einen Moment braucht, um zu verarbeiten, dass sich Théos Hand, als er sie tatsächlich hebt, stattdessen auf sie richtet.

»Und du.«

Clue starrt ihn an, in dieses verhaltene Lächeln, das so gar keine Absichten preisgibt. Jedes einzelne Härchen in ihrem Nacken stellt sich auf. Überdeutlich spürt sie die Blicke der anderen auf sich ruhen.

»Ich wähle Quentin und Clue«, sagt Théo laut und deutlich. Dann lächelt er wieder Clue an. »Na los. Kommst du?«

Sie hat gar keine Wahl. Clue begreift es in dem Moment, als die KI wieder zu sprechen beginnt, noch ehe sie auch nur den Hauch einer Gelegenheit hatte, zu nicken oder den Kopf zu schütteln. Der Successor hatte die Wahl, und er hat sie getroffen.

*»Die Teams für **STAGE 01** wurden gebildet«*, verkündet die Stimme, während hinter Théo an der Projektionswand die blau gerahmten CONTENDER CARDS von ihm, Clue und Quentin in der Zeile TEAM

ALLY erscheinen. Die übrigen Contenders reihen sich nur Sekunden später in einer dicht gedrängten Zeile grün gerahmter Karten mit dem Titel TEAM CHALLENGER auf. Clue aber kann den Blick nicht von Théo lösen.

Warum? Warum ich?

Unter all diesen beeindruckenden Gestalten hat er ausgerechnet sie gewählt. Dabei hatte sie doch im Hintergrund bleiben wollen. Still beobachten, so lange sie konnte.

»Begebt euch nun zu euren Escape Rooms. Ihr erhaltet weitere Informationen im Inneren.«

Zwei Türrahmen leuchten bei diesen Worten an der Wand auf, wie mit fluoreszierender Farbe von Geisterhand auf den Beton gemalt. Einer blau. Einer grün. Innerhalb der Rahmen öffnen sich zwei rostige Stahltüren mit hörbarem Quietschen, und Clue sieht, wie Théos Lächeln verlischt. Erneut heften sich seine Augen auf ihr Gesicht. Seine Lippen bewegen sich, als würde er die nächsten Worte der KI synchronisieren und zu seinen eigenen machen.

»Eure Zeit startet, sobald die Tür sich schließt.«

Im Raum hinter der blauen Tür sind die Wände mit E-Gitarren, Drumsticks und Autogrammkarten etlicher Grunge-Rock-Bands dekoriert. Ein paar abgewetzte schlammgrüne Samtsessel drängen sich um zwei verschrammte Tischchen aus dunklem Holz. Der Teppichboden ist so verschlissen, dass Clue unmöglich sagen kann, welche Farbe er einmal hatte. Zudem ist er übersät von Brandlöchern zu Boden gefallener Zigaretten. Ein interessantes Detail, denkt Clue, wo man Zigaretten doch heutzutage nur noch aus alten Filmen kennt. Ganz abgesehen davon, dass sie noch nie, nicht mal in Filmen, eine Bar gesehen hat, die mit Teppichboden ausgelegt gewesen wäre. Trotzdem hat es auf seine schmuddelige Art irgendwie Charme – besser jedenfalls als das kühl-futuristische *Neon Castle* der letzten Staffel und definitiv besser als der psychedelische *Prismatic-Strawberry*-Look aus der davor. Clue ist wirklich froh, dass sie nicht tagelang von glitzernden Früchten und leuchtenden Zuckerstreuseln umgeben sein wird. Ihr Bedürfnis, in Sitzsäcken zu sitzen, die wie ein gigantischer Sahneklecks aussehen, hält sich ebenfalls in Grenzen. Dann lieber Brandlöcher im Teppich.

In diesem Moment hört sie hinter sich ein leises Zischen. Dann ein Klacken, dicht gefolgt von einem lang gezogenen Piepton. Mit einem Ruck dreht Clue sich um und zieht scharf die Luft ein. Die Tür hat sich geschlossen. Und schon im nächsten Augenblick erscheint auf dem Display ihrer *insight* ein neuer Text im Kommunikator-Stil.

WILLKOMMEN IN DER ERSTEN PHASE VON STAGE 01!
DIES IST EUER ESCAPE ROOM. LÖST DIE RÄTSEL UND
FINDET DEN MARKER, DER DAS PORTAL ZUM SAFE MIT DEM
SCHLÜSSEL VERBIRGT. ÖFFNET DEN RAUM IN 60 MINUTEN,
ODER EUER GESAMTES TEAM WIRD GAME OVER GESETZT.
DAS SCHNELLERE TEAM GEWINNT UND ERHÄLT DEN PREIS.
DENKT DARAN, DASS EIN ABLEGEN DER INSIGHT ODER DER
SENSORHANDSCHUHE ZUM SOFORTIGEN GAME OVER FÜHRT.
EURE ZEIT STARTET JETZT.

Der Text verblasst, und oben in der Ecke beginnt ein kleiner roter Counter von 60 Minuten rückwärtszuzählen.

Ein Schauer rieselt über Clues Haut. Sie hat gewusst, was sie erwarten würde. Trotzdem fühlt sich das Geräusch des Türschlosses viel beklemmender an, als sie es sich vorgestellt hat; als wolle es ihr sagen, dass sie jetzt endgültig keine Chance auf einen Rückzieher mehr hat. Jetzt müssen sie spielen, den Schlüssel finden, und das so schnell wie möglich. Sonst wird ein Mitglied ihres Teams heute noch ausscheiden. Oder sie alle drei.

Wirklich keine gute Quote.

Clue wirft einen raschen Blick zu ihren Mitstreitern. Quentin erwidert ihn ebenso finster, wie sie sich fühlt, die gelben Augen verengt, die spitzen Ohren zucken angespannt. Sein Nicken ist kaum wahrnehmbar, ehe er sich ohne ein weiteres Wort abwendet und damit beginnt, die Bar zu durchsuchen.

Théo hingegen ist reglos in der Mitte des Raums stehen geblieben und scheint gar nicht zu bemerken, dass Clue ihn ansieht. Er steht bloß da, den Blick auf die Wand hinter der Bar gerichtet, wo über einem Regal voller fast leerer Schnapsflaschen ein einzelnes Graffiti auf den nackten Klinkersteinen prangt. Nur vier Worte in rostbraunem Rot, zum Teil verschmiert und wackelig, in einer Sprache, die Clue nicht spricht.

RIEN NE VA PLUS.

Französisch. *Seine* Sprache, wenn sie nicht alles täuscht.

Sie räuspert sich vernehmlich. »Also, *Champion* Successor. Hast du so einen Raum schon mal gesehen?«

Beim Klang ihrer Stimme zuckt Théo sichtlich zusammen und dreht sich mit einer abgehackten Bewegung zu Clue um. Für einen Moment ist sie überzeugt, dass er sie barsch anfahren wird.

Er tut es nicht.

»Natürlich habe ich schon mal eine Bar gesehen«, sagt er bloß, und das verhalten spöttische Lächeln kehrt auf sein Gesicht zurück. »Du nicht?«

Clue runzelt die Stirn. »Aber du musst im Gegensatz zu uns armen Normalsterblichen offenbar keine *insight* benutzen. Und du warst schon mal hier. Also was *siehst* du?«

Théo schiebt zwei Finger unter seine Mütze, um sich am Kopf zu kratzen, ehe er fast lautlos seufzt.

»Doch. Natürlich benutze ich eine«, sagt er dann. »Man sieht sie bloß nicht. Ich mag mein Gesicht lieber ohne.«

Clue hebt zweifelnd die Brauen. Wegaugmentiert? So einfach soll das sein? Andererseits … nach vier Jahren als Successor weiß Théo vielleicht besser, was möglich ist und was nicht. »Okay«, murmelt sie. »Meinetwegen.«

»Was deine Frage angeht, schlage ich vor, dass wir nicht zu kompliziert denken«, erklärt Théo weiter und schwingt sich auf einen der Barhocker, wo er die Ellbogen rücklings auf die Theke stützt und den Unterkörper leicht hin und her dreht. »Du hast es selbst gehört, es geht um Schnelligkeit. Wenn ich raten soll, dann ist das Portal, das uns zum Safe führt, in einer der Flaschen da oben versteckt«, er deutet vage über seine Schulter, »und die Autogrammkarten da drüben werden uns verraten, in welcher. Stimmt's, Quentin?«

Der Wolfsmensch, der gerade an der Wand gegenüber der Theke schnüffelnd die Autogrammkarten inspiziert, die dort aufgehängt sind, dreht sich mit einem Ruck zu ihnen um, die Augen misstrauisch verengt. »Jede Karte riecht anders«, knurrt er. »Es sind Abdrücke von Gläsern drauf, in denen unterschiedliche Arten von Schnaps waren.«

Clue wirft Théo einen überraschten Blick zu.

Beeindruckend. Ich hätte nicht gedacht, dass seine Erfahrung so *hilfreich sein würde.*

Wieder zuckt dieses schiefe Lächeln um Théos Mundwinkel. »Sehr gut, Wölfchen. Sehr gut.« Er wendet sich wieder an Clue. »Keine Sorge. Es gibt noch einen ganzen Haufen anderer Hinweise hier, die du garantiert in überdurchschnittlich kurzer Zeit gefunden hättest, *Privatdetektivin* Clue. Aber weißt du, ich mach das jetzt schon eine Weile, und die Sache ist die: Es gibt immer einen Shortcut, wenn man die richtigen Skills im Team hat. Und bei einem Spiel auf Schnelligkeit dachte ich, es wäre doch *très pratique*, ein paar Rätsel überspringen zu können. Deshalb hab ich nicht nur dich, sondern auch den Wolf mitgenommen. Die richtigen Tricks zur richtigen Zeit. Das ist das ganze Geheimnis.«

Für einen Moment ist Clue völlig perplex. *Und für welchen Trick hast du mich mitgenommen?* Die Frage liegt ihr auf der Zunge, aber sie spricht sie nicht aus.

Sekundenlang hängen ihre Blicke aneinander fest, und Clue überkommt das eigenartige Gefühl, dass Théo viel zu genau weiß, was sie denkt. Aber ob das nun stimmt oder nicht, er gibt keine Antwort auf ihre unausgesprochene Frage. Stattdessen rutscht er wieder vom Hocker und umrundet die Bar, um – plötzlich erstaunlich energisch, angriffslustig fast – drei Gläser auf die Theke zu knallen. »Also dann, Quen. Was trinken wir?«

Quentin unterbricht mit einem gereizten Knurren seine Inspektion der Autogrammkarten und dreht sich zu ihnen um. »Woher soll ich das wissen?«, grollt er. »Meine Nase kann dir sagen, welche Flasche zu welcher Karte gehört. Und dass dein Grinsen mir auf den Sack geht. Find den Rest gefälligst selbst raus.«

Darüber lacht Théo. »*Ah, d'accord.* Berechtigter Einwand.« Er stützt sich mit beiden Händen auf die Theke, verengt die Augen und lehnt sich ein Stück vor. »Zweite Reihe, dritte von links.«

Woher weiß er das nun wieder? Clue wirft ihm einen schnellen Blick zu, dann geht sie kurz entschlossen zu Quentin hinüber, der bereits die Karte von der Wand gerissen hat.

»APRIL'S UNEVEN?« Der Wolfsmensch schüttelt verständnislos den Kopf, seine pelzigen Ohren zucken unruhig. »Was für ein beknackter Bandname soll das denn sein?«

Clue späht an seinem haarigen Oberarm vorbei auf die Karte. Dann sieht sie zurück zu Théo. Zu dem Schriftzug, der über seinem Kopf an der Wand prangt. *RIEN NE VA PLUS*.

»Ein Anagramm«, murmelt sie verblüfft.

Wieder verhaken sich ihre Blicke ineinander. Wieder ist da dieses Lächeln, das nur in der Tiefe von Théos Augen schimmert und seine Lippen kaum erreicht. Genugtuung. Und eine sehr eigentümliche Art von Ungeduld.

»Ganz genau«, erwidert er ebenso leise. Und dann, zögernd, als müsse er sich mit Gewalt von ihr losreißen, lässt er seinen Blick zu Quentin weiterwandern. »Also noch mal, Quen. Welche Flasche?«

Der Wolfsmensch erhebt jetzt keine Einwände mehr. Mit vier großen Schritten ist er bei Théo hinter der Bar und greift zielsicher eine Flasche aus dem Regal. Übersee-Rum, steht darauf. 60% Alkohol. Aromatisiert mit Vanille. Clue wird schon schlecht, bevor Quentin auch nur den Stopfen aus dem Flaschenhals gezogen hat. Der Geruch, der sich kurz darauf in der Bar ausbreitet, ist allerdings gar nicht so schlimm wie befürchtet. Scharf, aber würzig und definitiv keine Vanille. Whiskey vielleicht?

Théo grinst, als er die Flasche von Quentin entgegennimmt. Mit einer nachlässigen Bewegung verteilt er den Schnaps auf die Gläser. Er reicht genau für drei großzügige Shots. »*À votre santé!*« Er hebt sein Glas. »Und auf einen schnellen Sieg.«

Mit scharfem Klirren stoßen die Gläser aneinander. Clue kippt die Flüssigkeit in einem Zug hinunter – und schnappt nach Luft. Ihre Kehle brennt wie Feuer, ihr Hirn zieht sich kribbelnd zusammen, und für einen seltsam klaren, fast absurden Moment fühlt es sich an, als würde eine Blase in ihrem Kopf platzen und glitzernde Sprinkler auf ihre Gedanken spritzen.

Wow. Harter Stoff.

»*Sacre bleu.*« Auch Théo verzieht das Gesicht und blinzelt, als müsse er Tränen zurückdrängen. Dann hält er Clue die leere Flasche entgegen. Auf dem Boden, unter dem letzten Rest der bernsteinfarbenen Flüssigkeit, schimmert ein feines Netz schillernder Linien, kaum sichtbar im schummrigen Licht. Théo lächelt Clue an – das vielleicht freundlichste Lächeln, das sie bisher an ihm gesehen hat. »Also dann, *Clue la Détective*. Erweist du uns die Ehre, das Portal zu öffnen?«

Clue runzelt überrascht die Stirn. *Ich? Warum? Ich weiß doch nicht mal, wie ...*

Wieder platzt eine Blase, und ihre Gedanken stolpern.

In einem kurzen Moment, als das Deckenlicht in flachem Winkel auf das Werbekärtchen traf, sah sie es.

Ein Geflecht aus feinen Kontaktlinien, das unter der glänzenden Oberfläche verlief. Hauchdünn wie ein Spinnennetz, mikroskopisch feine Adern, die eine ganze Welt codieren konnten.

Clue schüttelt sich. *Was zum ...?*

Nein. Das Bild ist weg. Spurlos. Und doch ...

Ihr Blick zuckt zu ihrem linken Sensorhandschuh, in dessen Handrücken ein Miniatur-*dEEp.touch* eingebettet ist. Ein Icon ist dort zu sehen. Es trägt den Titel *dEEp.layers*.

Ich weiß es. Ich weiß, was zu tun ist. Ich habe das schon einmal getan.

Zögernd nimmt sie die Flasche von Théo entgegen und stellt sie vor sich auf den Boden. Dann tippt sie auf den Miniscreen auf ihrem Handrücken.

Die Welt hinter ihrer *insight* färbt sich anthrazitgrau. Ein klingelndes Geräusch ertönt im Audio-Modul, und der Flaschenboden leuchtet in schillerndem Violett auf – und quer über Clues Sichtfeld läuft erneut die weiße Schrift:

PORTAL ENTDECKT. EINTRETEN?

Clue wird ein bisschen schwindelig. »Ja«, flüstert sie rau. »Lass uns rein.«

Der leuchtende Fleck über der Flasche beginnt sich zu dehnen, wächst und formt schließlich einen glühend violetten Torbogen.

»Verflucht«, murmelt Quentin hinter Clue, und das ist ziemlich genau das, was auch ihr selbst durch den Kopf schießt: *O verflucht.*

Mit nur einem Schritt nach vorn steht sie direkt unter dem Bogen. So groß. So echt. Und zugleich so eindeutig surreal. Es ist schier überwältigend.

Und dort an der Wand, die nun das Zentrum des Korridors hinter dem Portal bildet, ist eine winzige Tür erschienen. Nein. Es ist ein Tresor.

Als erneut die weiße Schrift vor ihren Augen erscheint, zuckt Clue nicht einmal mehr.

HERZLICHEN GLÜCKWUNSCH, TEAM ALLY.
IHR HABT DEN SAFE GEFUNDEN.

Etwas später hockt Clue in einem der ranzigen Sessel der Bar und starrt auf den golden verschalten Datenträger in ihrer Hand, den sie als Belohnung – zusätzlich zu der Schlüsselkarte des Escape Rooms – aus dem Safe hinter dem Portal geholt haben. Er ist kaum so groß wie ihr Daumennagel und so leicht, dass sie sein Gewicht auf dem Stoff des Sensorhandschuhs nicht einmal spürt. Es ist, als wäre er dort und zugleich nicht – wie eine Illusion, die sie jenseits ihres Sehsinns nur erfahrbar machen kann, indem sie mit dem Zeigefinger der anderen Hand an den schmalen Kanten entlangstreicht. Und selbst dann ist es noch, als ertaste sie etwas, das eigentlich gar nicht da ist. Das Gefühl kribbelt wie Ameisen auf der Haut. Mehr denn je möchte Clue sich die Handschuhe von den Fingern streifen. Aber das ist verboten. **GAME OVER.** Das wird sie nicht riskieren.

Clue legt den Chip neben die Schlüsselkarte auf den niedrigen

Tisch vor ihr. Sie sollte besser damit aufhören, sich mit Wahrnehmungsexperimenten aus dem Konzept zu bringen. Der Countdown, der im Display ihrer *insight* die verbleibende Zeit rückwärtszählt, zeigt noch 8 Minuten. 8 Minuten, bis sie sich der nächsten Aufgabe stellen müssen – von der Clue natürlich noch nicht weiß, wie sie aussehen wird, aber vermutlich ist es von Vorteil, alle fünf Sinne beisammenzuhaben.

Clue lässt den Blick zu Quentin wandern, der rastlos und mit gespitzten Ohren schnüffelnd an den Wänden der Bar entlangstreunt, als wolle er jeden Zentimeter vermessen und sich auch das kleinste Detail einprägen – und anschließend zu Théo, der kopfüber in einem der anderen Sessel hängt, die Beine über der Lehne baumelnd und den Kopf über die Kante der Sitzfläche gekippt, und auf das Graffiti über der Bar starrt, als könne es ihm aus dieser Perspektive etwas verraten, das er noch nicht weiß. Die rote Mütze ist auf den Boden gefallen, aber das scheint ihn nicht sonderlich zu kümmern. Überhaupt ist er sehr still, seit sie den Safe geöffnet haben. In sich gekehrt geradezu. Auf Quentins Vorschlag, mit ihrem Preis direkt zurück in die Eingangshalle zu gehen, hat er bloß nüchtern gefragt, wozu es denn gut sein solle, sich dort die Beine in den Bauch zu stehen, wenn sie es sich auch hier bequem machen und die restliche Zeit abhängen können? Und seitdem liegt er verkehrt herum in diesem Sessel und sagt kein Wort mehr.

Er ist schon ein schräger Typ, denkt Clue. Unmöglich zu sagen, was man von ihm zu erwarten hat, oder auch nur, was er eigentlich kann oder weiß und wie es ihm dabei hilft, so außergewöhnlich erfolgreich in diesem Spiel zu sein. Er ist ziemlich freiheraus ein Arschloch, so viel scheint ihr inzwischen sicher. Und trotzdem fällt es Clue seltsam schwer, sich seinem spitzbübischen Charme zu entziehen und dem Lachen in seinen Augen, das immer ein wenig zynisch wirkt, als wäre es ihm weitaus lieber, wenn ihn alle hassten, als wenn sie ihn vergötterten. Aber wie viel davon ist wohl echt und was bloß Show für die Leute draußen, die ihren Champion ein weiteres Mal feiern – oder ihn vielleicht stürzen sehen wollen? Würde er es ihr erklären, wenn sie ihn fragte?

Vermutlich nicht. Immerhin werden sie beobachtet. Von der ganzen Welt. Die ganze Zeit.

Als der Timer auf 5 Minuten springt, schwingt Théo abrupt die Beine von der Lehne, streckt sich wie eine Katze und stülpt die Mütze auf das wilde Nest aus Strubbelhaar, als wäre zwischen jetzt und vorhin überhaupt keine Zeit vergangen. Dann klatscht er einmal in die Hände, so laut, dass Clue zusammenzuckt und Quentins Zottelkopf mit einem Ruck zu ihnen herumschnellt. »Also gut! *On y va, mes ami.e.s!*«

»Kotzbrocken. Wir sind nicht deine Freund_innen«, murmelt Clue halblaut, während sie sich aus dem Sessel hochstemmt.

Théo legt leicht den Kopf schief. Das verhaltene Lachen zuckt nun auch in seinen Mundwinkeln. Dann fischt er den goldenen Datenchip vom Tisch und schiebt ihn in seine Hosentasche, wo er sofort durch ein Loch wieder herausfällt. »*Oups.*« Jetzt lacht er wirklich, hebt den Chip auf und steckt ihn in eine andere Tasche. Dann greift er auch nach der Schlüsselkarte und schlendert damit zur Tür, um sie durch den Schlitz zu ziehen. Als die Leuchtdiode von rotem auf grünes Licht umspringt und ein leises Piepen die Entriegelung des Schlosses anzeigt, dreht er sich wieder zu Clue und Quentin um.

»Natürlich seid ihr meine Freund_innen. Bis zum Ende von Stage 01 sogar meine allerbesten.« Er zwinkert ihnen zu. »Aber sag doch mal, Clue: Woher kann eine Privatdetektivin aus Helsinki eigentlich so entzückend auf Französisch schimpfen? Das wüsste ich wirklich gern.« Er tippt sich an die Stirn und schlüpft durch die Tür auf den Gang hinaus.

Clue starrt ihm perplex nach. Auf Französisch? Was ...? Aber sie hat doch nicht ...

Und da ist es wieder. Dieses Gefühl, als würde in ihren Gedanken eine Blase zu funkelnden Sprinklern zerplatzen.

Peigne-cul, klingt ihre eigene Stimme ihr wie ein fernes Echo im Ohr. *Wir sind nicht deine Freund_innen.*

Auf Französisch. O ja, sie hat. Aber ...

Ein Knurren ganz in ihrer Nähe bringt ihre Gedanken in Sekundenschnelle zurück in die Bar. »Arschloch«, grollt Quentin, während er sich an ihr vorbeidrängt. Dabei klopft er ihr ein wenig unbeholfen auf die Schulter. »Hör einfach nicht hin. Der macht uns nicht fertig. Komm.« Das letzte Wort geht beinahe in einem noch tieferen Knurren unter. Mit einem scharfen Ruck seines Kopfes deutet er auf die Tür.

Doch das wäre gar nicht nötig gewesen. Denn in diesem Moment taucht erneut die weiße Schrift im Display auf:

CONTENDERS. DIE ZEIT IST ABGELAUFEN.
BEIDE ESCAPE ROOMS WURDEN ERFOLGREICH GEÖFFNET.
DIE ZEIT-CHALLENGE GEWINNT **TEAM ALLY**.
VERSAMMELT EUCH IM FOYER FÜR WEITERE ANWEISUNGEN.

Clue und Quentin wechseln einen Blick. Nun ist es also offiziell. Sie haben die erste Runde gewonnen. Aber das Triumphgefühl, das Clue an dieser Stelle erwartet hätte, bleibt aus. Zu seltsam ist ihr Weg zum Erfolg gewesen und zu gering ihr Eigenanteil. Was wird jetzt passieren? Was wird die nächste Aufgabe sein, und haben sie eine Chance, sie zu bestehen?

Es gibt nur eine Möglichkeit, das herauszufinden:

Sie folgen dem Champion Successor.

PHASE 02: CAPTURE.

Asgard International Academy (AIA), Berlin
Wohnkompartments der Studierenden
Kompartment 503

Mit einem Schnaufen schaltete Yezmin den Livestream aus, schleuderte die *insight* achtlos in die nächste Ecke und starrte an die nun völlig nacktweiße Decke über dem Bett in serer Schlafzelle.

Es war nicht fair. Warum durfte sey nicht mit dem Champ und einem durchtrainierten Wolfsmenschen in einer Bar hocken, Rätsel lösen und Schnaps trinken? Warum traf dieses Glück eine alte Miesepetra, die sich nicht mal die schiefe Nase zurechtaugmentiert hatte, von den silbergrauen Fäden in den struppigen Locken ganz zu schweigen? Und wie maximal unfair war es, dass sie trotzdem auf eine raue Art so hübsch war? Na gut, sie schien außerdem ziemlich clever zu sein. Aber wenn es nach all diesen Kriterien gegangen wäre, hätte Yez schon längst ausgewählt werden müssen. Sey war *auch* schlau, sey war *auch* hübsch und sey hatte verdammt noch mal Bock auf das Spiel. Es war einfach *nicht fair.*

Yez seufzte schwer und legte den Unterarm über die Stirn. Jetzt sah sey gar nichts mehr außer ein paar dunkle Härchen auf olivbrauner Haut – verdammt, sogar sere *Hautfarbe* war ähnlich wie die der Detektivin! Und trotzdem war sie im Spiel und nicht Yez. Weil Yez nämlich *niemals* ausgewählt werden würde. Weil sey ausgerechnet die eine von 10 000 Personen sein musste, deren Gehirn aufgrund einer neurologischen Filteranomalie Augmentationen nicht realistisch dreidimensional wahrnehmen konnte. Augmentationen, egal wie gut gemacht, sahen für Yez bestenfalls papierflach aus, oft sogar noch wie durch einen leichten Glitch verzerrt oder als wären sie wie ein schlechter Sticker in die Realität geklebt. Austricksen ließ sich dieser Fehler nur, wenn die Augmentationen über eine weitere Cam zwischenprojiziert wurden, wie zum Beispiel in den SUCCESSION GAME Streams, die mit leichter Zeitverzögerung über eine Zwischenplattform gespreaded oder als Videoaufzeichnung gesendet wurden. Wenn Yezmin selbst im GAME steckte, wäre dieser Trick natürlich nicht möglich. Und sey konnte sich durchaus denken, dass das in einem Spiel, das vom High-End-Superrealismus seiner Augmentationen lebte, als Ausschlusskriterium diente.

Drüben in der Wohnküche war es ruhig geworden – bis auf das Klingeln im Soundsystem, als das externe Giga-Display an der Wand aus dem Stand-by erwachte. Hathi schaltete endlich auch im Gemeinschaftsraum SUCCESSION GAME ein. Es würde also keine dreißig Sekunden dauern, bis sie an Yezmins Tür klopfte, um sem zurück aufs Sofa zu beordern.

Yez hatte den Gedanken kaum zu Ende gedacht, als ein spitzer Schrei aus der Wohnküche sem förmlich vom Bett warf.

»Yeeeezzzziiiiii! Aaaaaaaaaaaahhhhhh!«

Yezmin hatte Hathi vermutlich noch nie auf diese Art und in dieser Tonlage kreischen gehört. Sey sprang auf die Füße und rannte in den Nebenraum hinüber. »Was ist passiert?!«

Hathi saß auf dem Sofa, die Hand um die Fernbedienung des Giga-Displays verkrampft, und starrte mit aufgerissenen Augen auf das flimmernde Bild. »Sie ist drin«, flüsterte sie atemlos und hob einen zittrigen Zeigefinger, um auf die Gruppe der Contenders zu deuten, die sich gerade wieder in der Grunge-Lobby versammelte. »Yezzi ... Yezzi, sie ist DRIN! Jemand spielt meine Persona! Ich STERBE!«

»Nein!« Yez stürzte zu ihr hinüber. Hathi hatte seit Monaten ein riesiges Geheimnis darum veranstaltet, wie die Persona aussah, die sie für ihr Projekt entworfen hatte. Und jetzt ... »*Das* ist ...?!«

Hathi nickte und drückte etwas fahrig auf der Fernbedienung herum, um eine bestimmte Cam-Ansicht so nah wie möglich heranzuzoomen: den Wolfsmenschen, den sie gecodet hatte und der nun eine echte Persona im SUCCESSION GAME war. Als Yez sich neben sie setzte, packte Hathi sere Hand und drückte sie so fest, dass sere Finger taub wurden.

»Sie *lebt* jetzt«, flüsterte sie, und ihre Augen füllten sich mit Tränen. Ihre Lippen bebten, als sie lächelte. »Hi, Quentin. Oh, Yez, ist er nicht wunderschön?«

Ja, das war er wirklich, dachte Yez. Verdammt. Diese Staffel würde noch spannender werden, als sey gehofft hatte.

»Baş!«, kommandierte Hathi inzwischen und entriss ihrem Freund das *touch*, mit dem er selbst in diesem denkwürdigen Moment noch standhaftes Desinteresse vorzutäuschen versucht hatte. »Hol den Birkensekt! Wir feiern mit einem LaunchDay-Livestream-Marathon! Und diesmal schaust du mit bis zum bitteren Ende. Keine Widerrede!«

1stPersonCam: THÉO
Location: UNDERGROUND LOBBY

Team CHALLENGER wartet bereits in der riesigen Eingangshalle, als Théo und sein Team durch die blaue Tür treten. Die Gruppendynamik hat sich im Escape Room geändert, das fällt ihm sofort auf. Zuvor hat sich der größte Teil der Truppe um Sam und Zeke geschart – die Kampfspezialistin mit dem spitzen Gesicht und den kühl-glatten *Boy of Steel*. Das ist zu Staffelbeginn immer so. Die vermeintlich Starken sammeln die noch Unsicheren um sich, während ein paar wirklich interessante Typen übrig bleiben. In diesem Fall sind das Quentin, die Erfinderin May mit der braunen Haut, dem Pokerface und dem schweren Werkzeuggürtel und Onyx, die sehnig bleiche, achtäugige Spinne. Nun ja, und Clue, die sich sogar von diesen dreien distanziert hat, solange sie konnte. Nachdem Théo ihnen Quentin und Clue weggenommen hat, bilden May und Onyx nun offenbar eine Art *Duo fatale* als Gegenpol zu den Tanks auf der anderen Seite. Die Übrigen stehen etwas verloren dazwischen, als wären sie sich noch nicht schlüssig, ob *Tanks* oder *Underdogs* die bessere Leadership ist. Aus irgendeinem Grund findet Théo diesen Gedanken so lustig, dass er nur mit Mühe ein Kichern unterdrücken kann. Vielleicht liegt es am Alkohol. Es war ja nur dieser eine Shot, aber der haut mächtig rein. Nicht, dass er viel gewöhnt wäre. Es gibt nicht viele Gelegenheiten zum Trinken im GAME SHIP. Aber dieses Kitzeln im Kopf, das kennt er, das ... ah, er kann nicht mehr geradeaus denken. Besser, er reißt sich jetzt zusammen, oder ... Théo atmet tief durch die Nase ein. Aber das Grinsen auf seinem Gesicht ist immer noch zu breit. Energisch klatscht er sich mit beiden Händen auf die Wangen. Jetzt starren sie ihn an. Oder haben sie das vorher schon getan?

Fantastique! Ich hätte mich in dieser Staffel einfach »Prince des Sots« nennen sollen. Mehr Narrenprinz geht ja kaum noch.

»Sieh an, der Champion. Du kommst dir wohl besonders clever vor.« Die Stimme von Sam, der Kampfspezialistin, bricht das Schweigen schroff und ein wenig schrill zugleich. Sie hat die Arme vor der Brust verschränkt. »Aber noch ist diese Stage nicht vorbei!«

Théo spürt seine linke Braue zucken. Dass sie so aggressiv auf ihn zukommt, überrascht ihn. Wie erstaunlich unvernünftig von ihr, sich so unbeliebt bei ihm zu machen. Er öffnet den Mund, um etwas zu sagen – da trifft ihn von hinten ein Schlag zwischen die Schulterblätter, der ihn einen Schritt nach vorn taumeln lässt.

»Ich hab dir doch gesagt, du sollst mit dem beschissenen Grinsen aufhören«, knurrt Quentin dicht hinter ihm. »Kein Wunder, dass dich alle hassen.«

Eine unerwartete Welle der Erleichterung überflutet Théo. Seine Allys. Sie sind endlich da. Etwas blitzt in seinem Kopf wie eine spontane elektrische Entladung. Eine Erinnerung daran, wie es war, als zum letzten Mal jemand hinter ihm stand. Wer? *Irgendwer.* Verschwunden in Dunkelheit. Wie viele waren es schon? Er weiß es nicht mehr.

Das Grinsen ist jetzt fort. Ganz langsam lässt Théo den Atem ausströmen und richtet den Blick wieder auf Sam.

»Nein«, sagt er und lächelt freundlich. »An mir ist nichts clever, nicht mal mein kleiner Finger. Aber das wird mich nicht aufhalten. Du kannst es allerdings gern versuchen.«

Sekundenlang hängen die Worte in der Kluft zwischen den beiden Teams. Die Kampfspezialistin und der Steelboy wechseln einen vielsagenden Blick.

»Und ob wir es versuchen werden«, knurrt Zeke. »Diesmal stürzt du, *Successor.* Verstanden?«

»Hey, warum hackt ihr denn so auf ihn ein?«, ertönt in diesem Moment eine helle Stimme. »Er hat euch doch gar nichts getan.«

Sam und Zeke drehen sich mit einem Ruck um. Zu PIRI| UNPREDICTABLE|17|NICHT-BINÄR|SIER/SIEM, jener winzigen Person, die sich so unerwartet eingeschaltet hat.

»Dein Ernst?!«, schnappt Sam, wütend wie eine Schlange. »Die ganze Zeit im Room kriegst du dein Maul nicht auf, um uns zu helfen. Und jetzt sagst du, wir sollen ihn in Ruhe lassen? Auf wessen Seite stehst du eigentlich? Jemand aus *unserem Team* wird heute noch gehen. *Seinetwegen*. Kapierst du das?«

»Nein, sier hat recht«, fährt May dazwischen, tritt einen Schritt näher und legt eine Hand an den Werkzeuggürtel, als stecke in Wahrheit eine Waffe darin. »Eure Verschwörungstheorien sind Bullshit. Théo versucht bloß, zu gewinnen. Wie wir *alle*.«

Nima, die blasse Geisterseherin in dem schwarzen Rüschenkleid, tritt an ihre Seite. »Für Urteile und Allianzen ist es noch viel zu früh«, stimmt sie zu und lächelt Théo dabei kurz und seltsam wissend an.

Sam wendet sich mit einem scharfen Zungenschnalzen ab. Offenbar ist sie immerhin aufmerksam genug, um zu sehen, dass die Waage sich gerade zu ihren Ungunsten neigt. »Das heißt nicht, dass er nicht verprügelt gehört«, knurrt sie – an den Steelboy gerichtet und so leise, dass Théo ohne Mühe so tun kann, als hätte er nichts davon mitbekommen. Aber er *hat* es gehört. Und Piri auch, nach sierem feinen Lächeln zu urteilen.

Sier ist so klein, denkt Théo. So zart, dass er sien sofort in den Arm nehmen und beschützen möchte. Aber hinter dem Spiegel der offenherzigen braunen Augen schimmert etwas, das eine andere Sprache spricht. Klug. Und gefährlich. Sier eignet sich sicher gut als Ally. Für einen oder mehrere der nächsten Tage.

Vorerst aber leuchtet jetzt das flackernde Rechteck wieder auf, das die beiden Teams an die Wand über den Türen projiziert. Und dann ist auch die Stimme der KI wieder da: *»Contenders. Ihr habt STAGE 01. Phase 01: Assembly abgeschlossen. Das erste Spiel gewinnt Team ALLY. Unter den Contenders von Team CHALLENGER wird daher -1- Person zufällig ausgewählt und beim Transit zu Stage 02 GAME OVER gesetzt.«* Die Stimme macht eine kunstvolle Pause, in der die Worte in ihre Gehirne einsickern können: Noch heute wird jemand aus dem Spiel fliegen.

»Zuvor allerdings folgt STAGE 01. Phase 02: Capture. Team CHALLENGER erhält die Chance, das Schicksal abzuwenden«, fährt die KI

fort. Théo hasst es, wie menschlich sie dabei klingt und wie entspannt. Als hätte irgendeine fremde Person tatsächlich Freude daran, ihnen zu erklären, wie ihr Untergang aussehen wird.

»Team ALLY hat für den Sieg im Escape Room einen Datenchip erhalten.« An dieser Stelle erscheint auf der Projektionsfläche eine Nahaufnahme der golden verschalten Platine. Théo unterdrückt den Reflex, in seiner Hosentasche danach zu tasten. *»Wenn es Team CHALLENGER gelingt, diesen Chip innerhalb von 60 Minuten an sich zu bringen, wird der Sieg gewendet und Team ALLY verliert ein Mitglied. Gelingt es Team CHALLENGER nicht, verliert es sogar zwei Mitglieder. Wer in Phase 02 für ein GAME OVER gewählt wird, entscheiden die Gewinner_innen.*

Achtung: In dieser Phase sind alle Mittel erlaubt.«

Die Stimme verstummt. Théo fühlt plötzlich sämtliche Augen auf sich gerichtet. Niemand muss auch nur einen Ton von sich geben, um zu wissen, wen das GAME OVER treffen wird, sollte Team CHALLENGER diese Phase gewinnen. Und die Chancen, da macht er sich nichts vor, stehen nicht schlecht.

Das Grinsen ist schon wieder da. Warum kann er nicht damit aufhören? Théo dreht sich zu seinen Allys um, wohl wissend, dass er riskiert, Quentins Faust ins Gesicht gerammt zu bekommen. »Na, da müssen wir uns wohl ein bisschen anstrengen, wie?«

Clue und Quentin starren ihn an, die Gesichter blank, als hätte er den Verstand verloren. Und das hat er ja auch. Oder vielmehr hat er ihn bewusst ausgeschaltet, ihn direkt vor Staffelbeginn einfach aus seinem Hirn ausgesperrt. Denn nur so ist dieses Spiel zu gewinnen.

Die KI erklärt inzwischen in ihrem ungerührt fröhlichen Ton weiter: *»Der Chip muss sich immer in unmittelbarer Nähe eines Contenders befinden und darf nicht in einem der Räume versteckt werden. Spielareal sind die zwei gelösten Escape Rooms, die Eingangshalle und die Gänge zwischen den Unterkünften. Vom Spiel ausgeschlossen sind die persönlichen Räume der Contenders. Eine Missachtung dieser Regeln hat ein sofortiges GAME OVER zur Folge.*

Team ALLY erhält nun -20- Minuten Beratungszeit. Team CHALLENGER verbleibt so lange in der UNDERGROUND LOBBY. Der Signalton startet die Jagd auf den Chip. Gelingt es Team CHALLENGER vor Ablauf der Zeit, den Chip an sich zu bringen, endet die Phase sofort und Team CHALLENGER siegt.«

In der Eingangshalle ist es sehr still, nachdem die Stimme verstummt ist.

Théo rückt seine Mütze zurecht. »Tja, ich weiß ja nicht, wie es euch geht«, sagt er laut in die Stille hinein, »aber ich brauche erst mal was zu essen auf den Schnaps. Vielleicht finden wir ein paar Erdnüsse. Quentin, Clue – bei Fuß!« Er klatscht zweimal in die Hände, und ohne noch einen zweiten Blick auf sein kleines Team zu werfen – oder auf das derjenigen, die ihn ernsthaft herausfordern wollen –, schlendert er in Richtung des zweiten Escape Rooms. Weil ihm wirklich nach Erdnüssen ist, und ganz davon abgesehen: Wenn es im ganzen GAME SHIP einen Raum gibt, den er als Startpunkt für ein Capture-Spiel ausgesucht hätte, dann ist es dieser.

Es ist immer gut, ein Geheimnis mehr zu haben als die anderen.

1stPersonCam: CLUE
Location: CONTENDER CANTINE

»Was machst du da?« Clue starrt auf Théos Beine und sein Gesäß in den löchrigen Jeans – viel mehr ist nicht von ihm zu sehen, da er halb in einen der Küchenschränke gekrochen ist und darin herumwühlt.

Er hat sich nicht einmal damit aufgehalten, die große Essküche genauer zu inspizieren, in die er sie geschleppt hat. Das hat er Clue und Quentin überlassen und stattdessen so zielstrebig den Schrank hinter dem Küchentresen angesteuert, als ginge es ihm tatsächlich nur um einen Snack auf diesen Schnaps von vorhin. Dabei ist es doch bestimmt das Vernünftigste, was sie in der knappen Vorbereitungszeit tun können: die Lage möglichst schnell und möglichst gründlich abzuchecken, wenn es schon die Kantine sein muss.

Rein intuitiv würde Clue sich lieber in der Bar verschanzen, die sie wenigstens schon kennen, die Sessel und Tische benutzen, um die Tür zu blockieren, und versuchen, die sechzig Minuten bis zum Sieg irgendwie auszusitzen. Eine offene Konfrontation mit Team CHALLENGER ist absolut aussichtslos, da ist sie sich sicher. Da in dieser Runde alle Mittel erlaubt sind, wird es beim Kampf um den Chip sicher zur Prügelei kommen, und der Einzige von ihnen, der auf diesem Gebiet etwas ausrichten kann, ist Quentin. Aber selbst der hat gegen die geballte Kraft des gegnerischen Teams vermutlich keine Chance.

Théo scheint die Dinge jedoch anders zu sehen, und Clue hat sich schon wieder von ihm auf die herablassendste Weise herumkommandieren lassen. Das macht sie wütend, vor allem auf sich selbst, weil sie ihm rein gar nichts entgegengesetzt hat. Aber er ist aktuell nun mal derjenige mit dem besten Überblick über das Spiel, und deshalb ist es sinnvoll, auf ihn zu hören, oder? Es wäre natürlich auch möglich, dass er genau so ein Depp ist, wie es den Anschein hat. Bloß wie hat er dann die letzten vier Staffeln gewonnen?

»Du suchst nicht wirklich Erdnüsse, oder?«, setzt sie nach, als sie auch nach etlichen Sekunden keine Antwort auf ihre Frage erhält.

»Wieso, hast du keinen Hunger?«, erklingt Théos Stimme leicht gedämpft aus dem Schrank. »Ein paar Elektrolyte sind nach Alkohol immer gut. Hier, nimm.« Im nächsten Moment fliegt ein Tütchen Erdnüsse aus dem Schrank, direkt vor Clues Füße.

Clue wechselt einen verzweifelten Blick mit Quentin, der ein Gesicht macht, als hätte er nicht übel Lust, Théo aus dem Schrank zu zerren und ihm rechts und links eine zu verpassen. Clue würde ihn in diesem Moment tatsächlich nicht aufhalten. Doch noch ehe es dazu kommen kann, zieht Théo den Kopf von selbst wieder hervor, steht auf und streckt knackend den Rücken durch.

»Keine Sorge. Ich verschwende nicht wirklich unsere Beratungszeit auf Nüsse. Nicht nur jedenfalls. *Voilà!* Ein Geheimgang.« Er deutet auf den Schrank.

»Was?« Clue bückt sich. Tatsächlich hat Théo offenbar die Rückwand des Schranks zur Seite geschoben und ein enges Loch mit bröckelig staubigen Rändern freigelegt. Fast hätte Clue ihre Wut vergessen. »Das ist ein Geheimgang?«

Théo zuckt mit den Schultern. »Hab ich selbst gegraben. Mit einem Löffel. Zwischen den Staffeln ist mir hier manchmal ziemlich langweilig, weißt du?« Er grinst. »Führt direkt zu meinem üblichen Kompartment, theoretisch jedenfalls. Ich passe nur leider nicht durch.« Das Grinsen verschwindet und macht einem plötzlich sehr eindringlichen Blick Platz. »Aber du, Clue, du schon.«

»Ich.« Clue starrt ihn perplex an. Oh, sie hasst es einfach, wie er sie alle zwei Minuten aus dem Takt bringt. »Toller Plan, wirklich. Die persönlichen Zimmer sind verboten. GAME OVER, weißt du noch?«

Théo wedelt mit der Hand. »Ja, *sicher*, Clue. Ich kann mir schon denken, dass du sehr dringend in mein Zimmer kriechen und dort rumschnüffeln möchtest.« Er gluckst und schlägt sich im nächsten Moment leicht mit der Hand auf den Mund. »Pst. *Pardon*. Aber im Ernst: Du wirst doch nicht *in* mein Zimmer gehen, es sei denn, du wünschst dir sehr, dieses Spiel möglichst schnell zu verlieren – und ich glaube nicht, dass das so ist, nicht wahr? Du sollst dich nur da unten verstecken. Wenn du weg bist, werden die anderen denken, dass du den Chip hast, und die komplette Stunde damit verbringen, dich zu suchen. Während der Chip aber in Wahrheit bei Quentin ist. Klingt das logisch?«

Clue blinzelt. Dieser Typ! Er macht sie völlig fertig.

»Mit einem hatte Sam recht«, grollt Quentin, der bisher die Vorratsregale im hinteren Teil der Kantine untersucht hat, jetzt aber zu ihnen herüberkommt, um ebenfalls den Geheimgang zu inspizieren. »Du gehörst wirklich verprügelt.«

Clue ist sich nicht sicher, ob sie so weit gehen würde, sich mit Sam zu solidarisieren. Aber an Théos Plan stimmt tatsächlich so vieles nicht, dass sie kaum weiß, wo sie anfangen soll, es zu erklären. Sie entscheidet sich für das Offensichtlichste. »Und was soll sie daran hindern, sich aufzuteilen? Sie sind so viele, sie können ohne Probleme gleichzeitig Quentin ausschalten *und* nach mir suchen. Und was machst du eigentlich in der Zwischenzeit?«

Théo lehnt sich rücklings gegen die Arbeitsplatte und seufzt. »Clevere Menschen haben es schon wirklich schwer, oder?«

»Wie?«

Théo lacht, und schon wieder ist sich Clue nicht sicher, ob es wirklich fröhlich klingt oder ob er ihr gerade mental in die Eingeweide tritt. »Ich mag dein Gehirn, Clue. Ich mag es wirklich. Aber findest du es nicht manchmal anstrengend, so schlau zu sein? Na gut. Lass uns Mindgames spielen.«

»Mindgames?«

Théo verschränkt belustigt die Arme vor der Brust. »Wir tun so, als wären wir ein Computer und simulieren alle möglichen Szenarien durch, damit wir uns für das beste entscheiden können.«

»Also ...«

»Schön, du hast recht. Keine Zeit für solchen Unfug, nicht wahr? Weil du so *unfassbar* schlau bist, nehmen wir also deinen Vorschlag statt meinen. Und wenn es schiefgeht, überzeugst du sie, dich rauszuwählen anstatt mich. Deal?«

Clues Mund klappt auf, sie kann nichts dagegen tun. »Ich habe gar keinen Vorschlag gemacht.«

Etwas blitzt in Théos Augen auf. »Aber das wirst du gleich, richtig? Wäre zumindest besser für dich. Für uns alle, ehrlich gesagt. Denn sonst müssen wir ja doch meinen nehmen.«

»Ich ...« Clue beißt sich ärgerlich auf die Lippe. Erfahrener Champion hin oder her, dermaßen vorführen lassen muss sie sich wirklich nicht. »Na schön. Und wenn ich einen Vorschlag mache und wir *tatsächlich* gewinnen? Zu einem Deal gehören immer zwei Seiten.«

»Hm.« Théo bückt sich nach dem Tütchen mit den Erdnüssen. »Hm«, machte er dann noch einmal, reißt das Tütchen auf und beginnt, gemächlich zu essen, Nuss für Nuss, während er sekundenlang ins Leere starrt. Und dann, als wäre ihm ein zugleich wunderbarer und belustigender Gedanke gekommen, huscht ein Lächeln über sein Gesicht.

»Dann«, er schiebt sich die letzte Nuss in den Mund und wirft das leere Tütchen mit einer nachlässigen Bewegung in den offenen Schrank zurück, »verrate ich dir ein Geheimnis. Eines, das du unbedingt wissen willst, das garantiere ich dir. Also – lass hören.«

Clue zwingt sich, seinem Blick standzuhalten, der schon wieder so schalkhaft belustigt und zugleich unangenehm scharf ist. Es drängt sie, nachzubohren, was das für ein Geheimnis sein könnte. Aber die Blöße wird sie sich nicht geben. »Gibt es einen anderen Weg aus der Küche als die Tür in die Eingangshalle?«

Théo nickt. »Ich denke, Quentin hat die Tür zwischen den Vorratsregalen schon gefunden. Die entscheidende Frage ist: Ist sie noch verschlossen?«

Clue sieht zu Quentin. Der Wolfsmensch geht ohne einen weiteren Kommentar hinüber zu den Regalen, die er vorhin noch inspiziert hat. Ein leises Knarren ertönt, und eine schmale Tür, fast vollständig zwischen den Metallstreben verborgen, schwingt nach innen und gibt den Blick auf einen trüb beleuchteten Gang frei.

»Ah, *fantastique*.« Théo fischt einen dicken schwarzen Stift aus einer seiner Hosentaschen, um ihn auf die blanke Arbeitsfläche der Küchenzeile aufzusetzen. »Dann werde ich euch jetzt einen Plan der Gänge und Räume im Erdgeschoss aufmalen, soweit ich meinem Gehirn trauen kann. In der Zeit kann uns Clue so schnell wie möglich ihren fabelhaften Plan verraten. Einverstanden?«

1stPersonCam: THÉO
Location: CONTENDER CANTINE

Nur wenige Sekunden nachdem das Signal zum Start der Jagd ertönt – ein schepperndes Dröhnen, das das ganze GAME SHIP erzittern lässt –, fliegen beide Türen zur Kantine gleichzeitig auf und schlagen krachend gegen die Wand.

Théo gibt sich Mühe, überzeugend überrascht zusammenzufahren. Es verblüfft ihn ein wenig zu sehen, wie gut dieses Schauspielkunststück auch Quentin gelingt, mit dem er sich gerade über den Plan des Erdgeschosses auf dem Küchentresen gebeugt hat.

»Ihr hockt also wirklich noch hier drin.« Sam, die flankiert von Nima, Onyx und May auf der Schwelle der Haupttür erscheint, grinst höhnisch. »Selbst schuld.«

Ganz wie von Clue vorausgesehen, hat sich Team CHALLENGER in zwei Gruppen gesplittet. Da sie den Escape Room in der Kantine gelöst haben, kennen sie sich hier bestens aus – *natürlich* wissen sie von der zweiten Tür.

»Wo ist Clue?«, verlangt Zeke mit seiner eisigen Steelboy-Stimme zu wissen, während er zwischen den Regalen hervortritt.

Théo zuckt lächelnd die Schultern. »Nicht hier, wie du siehst.«

Zeke und Sam wechseln durch den Raum hindurch einen Blick.

»Sucht sie!«, zischt Zeke, und Jasper hinter ihm nickt hastig und verschwindet in den Gängen jenseits der Tür, genau wie Onyx, die sich fast zeitgleich aus Sams Trupp zurückzieht.

Théo verspürt eine gewisse Befriedigung bei dem Gedanken, dass zumindest dieser Teil seines Plans funktioniert hätte, wenn sie ihn in die Tat umgesetzt hätten. Aber das tun sie nun mal nicht. Und das wiederum macht ihn durchaus ein wenig nervös angesichts dessen, was der nächste Punkt auf seiner Liste ist.

»So.« Sam reckt das spitze Kinn vor. »Und wir warten jetzt schön auf ein Zeichen von den beiden. Keine Tricks.« Langsam tritt sie näher, die Hände hinter dem Rücken verborgen.

Sie versteckt eine Waffe, denkt Théo. *Oder zumindest irgendwas, das sie als Waffe benutzen will. Immerhin ist sie die Kampfspezialistin. Hoffentlich hat Quen es auch gesehen.*

»In der Zeit werden wir euch zwei Spaßvögel sicherheitshalber durchsuchen. Besser, ihr macht einfach mit. Ihr habt keine Chance, das wisst ihr, oder?«

An dieser Stelle muss Théo beinahe lachen. Denn auch Clue hat natürlich recht gehabt. »Ach, komm schon. Ein bisschen Zeit schinden kann man doch immer.« Aus dem Augenwinkel sieht er, wie Quentin sich kaum merklich bewegt.

»Hinten«, knurrt der Wolfsmensch, das Wort fast unverständlich hinter gefletschten Zähnen verborgen.

Théo nickt so unauffällig wie möglich. Er kann so einiges, aber sich vernünftig oder gar erfolgreich zu prügeln, gehört nicht dazu. Also ist es sicher ratsam, Quentins Urteil zu vertrauen.

Auch Zeke tritt jetzt weiter in den Raum hinein, und May, die bisher stumm und grimmig hinter der Kampfspezialistin gewartet hat, folgt Sam auf dem Fuß. So harte Konkurrentinnen die beiden auch sind, offenbar haben sie beschlossen, für den Sieg in dieser Runde zusammenzuarbeiten. Nur Piri und Nima bleiben jetzt noch an den Türen zurück.

»Spart euch die Mühe«, grollt Quentin, als die Kampfspezialistin, der Steelboy und die Erfinderin sich immer weiter nähern. Natürlich konzentrieren sie sich auf ihn, der so offensichtlich viel stärker ist als Théo. Théo hätte das auch so gemacht. »Ihr tut euch nur weh.«

Zeke lacht hart und kalt auf. »Wer hier gleich Schmerzen hat, hängt von euch ab. Wenn ihr euch widerstandslos den Chip abnehmen lasst, müssen wir auch niemandem wehtun. Also warum hört ihr nicht mit den Spielchen auf und sagt uns, wer von euch ihn hat?«

Théo atmet ein letztes Mal tief durch. »Okay. Okay. Ihr habt ja recht.«

Quentins Kopf zuckt in seine Richtung, und Théo hört ihn warnend knurren, aber er erwidert den Blick nicht. Stattdessen hebt er die Hand und streckt Zeige- und Mittelfinger in die Luft, zwischen denen – winzig klein, aber unübersehbar – der goldene Chip funkelt. »Ihr wollt das hier. Ich weiß. Und ihr seid jetzt vielleicht überrascht, dass von uns dreien gerade ich ihn habe, aber …« Er spürt, wie dieses verdammte Grinsen sich schon wieder auf seinem Gesicht ausbreitet. »Ich kann einfach am schnellsten rennen.«

Damit schiebt er den Chip tief in seine Hosentasche, springt mit einem Satz über den Küchentresen und mit den Beinen voran auf Sam zu, die in diesem Moment nichts anderes tun kann, als so schnell wie möglich auszuweichen, und dann rennt er. Auf die Hintertür zu, wie Quentin ihm geraten hat, wo nur noch Piri steht und nicht einen Finger rührt, um ihn aufzuhalten. Hinter sich hört er Quentin brüllen, und etwas zischt an seinem Knie vorbei, um klirrend gegen die Wand zu prallen.

Eine Gabel? Im Ernst, Sam?!

Théo verschwendet keine Zeit damit, zurückzusehen. Er weiß auch so, dass Quentin kämpft wie ein Berserker und dass er doch auf Dauer keine Chance gegen die Übermacht hat. Darum muss Théo jede Sekunde nutzen, die ihm der Wolfsmensch verschaffen kann.

Ein zweites Wurfgeschoss trifft ihn an der Wade, vielleicht ein

Buttermesser. Er spürt es kaum, nicht weiter schlimm. Er zählt die Schritte, während er rennt.

Irgendwann verstummen hinter ihm die Kampfgeräusche, und Théo ahnt, dass sie Quentin womöglich überwunden haben. Jetzt werden sie ihn jagen. Aber das Labyrinth ist nicht mehr fern – jenes unüberschaubare Gewirr aus Gängen, das die Quartiere der Contenders untereinander verbindet. Mit etwas Glück kann er sie dort drin abhängen, sich verstecken und sie lange genug verwirren, um irgendwie die endlosen Minuten zu überstehen, die dieses Capture-Spiel noch dauert. Noch 14 Schritte, dann muss ein Gang nach links führen. 10 ... 8 ...

In diesem Augenblick gerät er ins Netz der Spinne. Im schummrigen Licht des *Underground Bunker* ist es nahezu unsichtbar – nur ein hauchfeines Schimmern silbriger Fäden, die in einem weitmaschigen Gewebe den Weg versperren – und Théo erkennt zu spät, worauf er gerade zurennt. Ihm bleibt kaum Zeit, sich für seine Gedankenlosigkeit zu verfluchen. Selbst wenn er bisher keine Gelegenheit hatte, herauszufinden, was die Contender-Personas können: Dass eine Spinne ein Netz weben würde, darauf hätte er vorbereitet sein müssen!

Aber da hängt er auch schon in der Luft, seine Nase nur eine Handbreit über dem schmuddeligen Betonflur und die rechte Fußspitze gerade noch so am Boden, während seine im Netz verklebten Arme sich schmerzhaft nach hinten und oben verdrehen. Vergeblich versucht Théo, mit dem großen Zeh einen Widerstand zu finden und sich abzudrücken, sich irgendwie aufzurappeln. Aber das Ergebnis ist bloß, dass sich seine linke Schulter anfühlt, als würde sie gleich ausgekugelt werden, und dass mehr von den haardünnen, aber unglaublich klebrig-zähen Fäden an seinem Gesicht haften bleiben, sodass er sein eines Auge nicht mehr öffnen kann. Es ist nicht nur *ein* Netz. Es sind mehrere, mindestens drei, in verschiedenen Ausrichtungen über den Gang gespannt, und inzwischen hängt er in wirklich jedem von ihnen fest. Nun flucht Théo laut und aus tiefstem Herzen, stößt die wüstesten Verwünschungen auf die Spinne aus, die seine Muttersprache zu bieten hat.

Aber Onyx ist nirgendwo zu sehen. Dafür hört Théo umso deutlicher die Schritte der übrigen CHALLENGERS, die sich unaufhaltsam nähern. Ihm bleibt nicht mehr viel Zeit, um etwas zu tun – also tut er das Erste, was ihm einfällt: Er beginnt zu schaukeln. Er schaukelt und dreht und windet sich, so viel er kann, und es ist ihm nicht nur egal, dass er sich dabei immer weiter in den klebrigen Fäden verstrickt – er legt es sogar absichtlich darauf an. Wenn sie ihn nach dem Chip durchsuchen wollen, müssen sie erst mal an ihn rankommen, und das wird er ihnen verdammt noch mal so schwer wie möglich machen. Mehr Fäden wickeln sich um seine Arme, seine Beine, legen sich über Mund und Nase, bis er fürchtet, vielleicht bald daran zu ersticken.

Und dann sind sie da, umringen ihn in einem Halbkreis. Théo kann sie nicht besonders gut sehen, so fest hat er sich in die Spinnenseide eingewickelt; es ist mehr ein Fühlen und Hören und ein Schielen aus dem Augenwinkel. Aber zwei Dinge erkennt er sogar besser, als ihm lieb ist: das Grinsen auf Zekes Gesicht und die glänzende Sammlung von Messern und Gabeln in Sams Hand.

Auch die Spinne ist jetzt da. Sie sitzt über ihm an der Decke, mustert ihn mit ihren acht Augen und lächelt dünn.

Sie kann Wände hochklettern. Muss ich mir merken.

»Na, schau an! Der *Champion.*« Sam lässt eines der Buttermesser an seiner Spitze zwischen Daumen und Zeigefinger baumeln. »Jetzt kannst du dich nicht mehr so überheblich rausquatschen, wie?«

Théo sagt nichts, weil sein Mund mit Spinnenseide verklebt ist.

Das Grinsen des Steelboys wird breit und regelrecht bösartig, als er neben Sam tritt. »Tja. Schätze, das heißt dann wohl GAME OVER, Arschloch.«

1stPersonCam: CLUE
Location: CONTENDER CANTINE

Der Geheimgang, wie Théo ihn genannt hat, ist eher ein Geheimloch, und genau so eng und staubig, wie es von außen aussieht. Théo hatte recht: Clue passt hinein, aber nur gerade noch. Sie ist rückwärts hineingekrochen, so tief sie es wagt, ohne vielleicht stecken zu bleiben, denn der Gang, wenn man ihn nun wirklich so bezeichnen will, verengt sich mehr und mehr, je weiter er in die Wand hineinführt. So liegt sie dort und lauscht, während draußen in der Küche gekämpft wird – wütend gekämpft. Und es dauert. Lange. Doch dann ertönt ein besonders schmerzerfülltes Jaulen und Winseln und ein dumpfer Laut, nicht weit von Clues Versteck entfernt. Rasche Schritte und schließlich Stille. Stille, die sich scheinbar endlos dehnt.

Clue harrt weiter reglos aus und zählt dabei langsam bis zwanzig. Erst dann wagt sie, sich zu rühren. Das Herz klopft ihr bis zum Hals, als sie bäuchlings durch den engen Gang nach vorn robbt, die Rückwand des Küchenschranks beiseiteschiebt und behutsam die Tür einen Spalt breit aufdrückt.

Und da liegt er. Der Chip. Klein, golden und viel zu auffällig funkelnd, in Armesreichweite von ihrem Versteck entfernt – dort, wo zuvor Théo gestanden hat und wo der Chip, ganz nach Plan, durch jenes Loch in seiner Hosentasche herausgefallen ist, das er ihnen versehentlich in der Bar demonstriert hat. Hastig greift Clue danach und umschließt ihn mit ihrer Faust. Dann lauscht sie noch einmal angespannt. Aus den Gängen jenseits der Tür zwischen den Vorratsregalen dringen verzerrte Stimmen. Schwer zu sagen, wie weit sie entfernt sind. Haben sie Théo erwischt, oder hat er sie abhängen können, wie er so großspurig behauptet hat? Wie viel Zeit müssen sie noch überstehen, bis diese Runde endlich vorbei ist? Clue weiß, dass sie besser in ihr Versteck zurückkehren sollte. Doch es drängt sie, aufzustehen und zu sehen, was mit Quentin passiert ist.

Nein. Zu gefährlich. Er muss jetzt durchhalten bis zum Schluss der Runde und sie auch.

Rasch krabbelt Clue rückwärts zurück in das Geheimloch und zieht Tür und Schrankwand an ihren Platz. Dann liegt sie wieder in der Dunkelheit, die Augen geschlossen, und versucht, die Sekunden zu zählen. Es gelingt ihr nicht. Wie geht es Quentin? Und Théo? Von hier drin ist jetzt nichts mehr zu hören.

Allmählich kommen ihr die Sinne abhanden. Sie spürt nicht mal mehr den winzigen Chip in ihrer Hand, seit das Metall ihre Körpertemperatur angenommen hat. Es ist warm im Gang. Inzwischen ist sie völlig durchgeschwitzt, und in der Enge überkommt sie nach einer Weile das Gefühl, nicht richtig atmen zu können. Aber sie muss warten, aushalten, bis die anderen von draußen das Versteck öffnen oder sie den Signalton hört, der ihr sagt, dass die Zeit um ist.

Wie lang kann eine einzige Stunde sein?!

Da hört sie endlich, wie Tür des Küchenschranks von außen geöffnet wird und wie es an der Rückwand des Schranks kratzt und schabt, ehe das dünne Sperrholz beiseitegeschoben wird.

Verdammt, endlich.

Aber es sind nicht Théo und Quentin.

Gegen das Neonlicht aus der Küche können Clues ans Dunkel gewöhnte Augen nicht mehr als eine Silhouette erkennen, aber das müssen sie auch nicht.

»Ach, das ist ja ulkig.« Piris Stimme klingt genauso hell und klar wie zuvor in der Halle, als sier Théo verteidigt hat. »Irgendwie dachte ich mir doch, dass ich dieses Küchenmesser noch brauchen könnte.« Ein Lachen perlt in sieren Worten, und für einen seltsam grellen Moment sieht Clue den Messerblock aus der Küche vor sich. Leer. »Kommst du raus? Ach nein, warte, ich komme rein.« Noch vor dem Ende des Satzes beginnt Piri, in den Gang hineinzukrabbeln. Ein Rest des weißen Lichts aus der Küche funkelt in den dunklen Iriden und auf der blanken Klinge in sierer Hand, der Rest des Gesichts liegt im Schatten.

Was zur ... Fuck. Das kann sier nicht ernst meinen! Scharfe Waffen sind verboten!

Clue rutscht noch ein Stück rückwärts und stößt sich dabei den Kopf an einer vorstehenden Steinkante. Piri passt sehr viel besser in dieses Loch als sie, und wenn sie noch weiter nach hinten kriecht, wird Clue sich am Ende jeden Handlungsspielraum nehmen, der ihr noch bleibt.

»Komm schon.« Piri lacht erneut. »Gib mir den Chip. Du hast doch gar nichts zu befürchten. Ich verspreche hoch und heilig, dass ich nicht für dich stimme, und die anderen wählen sowieso den Successor. Also wovor hast du Angst?«

Das klingt bestechend logisch, denkt Clue. Und warum sollte sie sich Théo gegenüber zu irgendwas verpflichtet fühlen? Allerdings wird ihr fast im gleichen Moment klar, dass sie vor etwas anderem noch viel mehr Angst hat, als möglicherweise für ein GAME OVER ausgewählt zu werden – und zwar vor Piri und diesem Funkeln in sieren Augen. Clue weiß plötzlich sehr genau: Wenn sie jetzt wählen dürfte, würde sie definitiv lieber Théo im Spiel behalten als Piri.

Und deshalb, bevor sie zu lange darüber nachdenken kann, steckt Clue den Chip in den Mund und schluckt ihn hinunter. Die kleine Platine ist scharfkantig und ihr Hals wie ausgetrocknet, und für einen Moment fühlt sie den Chip so deutlich ihre Kehle hinunterrutschen, dass sie fürchtet, er könne ihr die Speiseröhre aufschlitzen.

»Tut mir leid«, bringt sie hervor, als sie endlich wieder zu Atem kommt. »Daraus wird wohl nichts.«

Sie kann Piris Gesicht in den Schatten immer noch nicht sehen. Aber sie hört ein leises, ungläubiges Lachen.

»Oh, wow. Du bist keine Verräterin, das werde ich mir merken. Trotzdem, das war nicht sehr klug von dir, das weißt du doch? Jetzt müsste ich dir den Bauch aufschneiden, um an den Chip zu kommen. Und das hier drin, wo uns niemand sieht. Meinst du, das lassen sie mir durchgehen?«

Clue hätte sich im Leben nicht vorstellen können, dass jemand so unbekümmert davon sprechen kann, einem anderen Menschen den Bauch aufzuschlitzen. Für einen Moment ringt sie um Worte, um eine passende Antwort und findet keine.

Da platzt wieder eine dieser Blasen in ihrem Kopf. Und in dem schier endlosen Moment, als die funkelnden Sprinkler auf ihre Gedanken regnen, glaubt sie plötzlich, Piris echtes Gesicht zu erkennen. Ein fremdes, kühl entschlossenes, sehr *erwachsenes* Gesicht, das nichts Unbekümmertes mehr an sich hat. »Mir tut es auch leid, Clue. Aber ich muss noch im Spiel bleiben.«

Sier hat noch nicht ganz ausgesprochen, da verzerren sich siere Züge plötzlich zu einem spitzen Schrei. Der schmächtige Körper krümmt sich, und es dauert einen Augenblick, bis Clue begreift, dass es Schmerz ist, den sie da hört und sieht. Im nächsten Moment wird Piri rückwärts aus dem Geheimgang gezerrt. Ein Knurren ertönt, dann ein Knacken wie von einem entzweibrechenden Ast. Und dann Stille.

»Clue?«, raunt eine bekannte Stimme in diese Stille hinein. »Bist du in Ordnung?«

Quentin.

Clue lässt die Luft in einem zittrigen Atemzug entweichen und die Stirn auf ihre Hände sinken. Etwas Warmes, Klebriges benetzt ihre Handschuhe. Blut.

»Clue?«

»Alles okay.« Die Worte gehorchen ihr nicht recht. Noch immer fühlt es sich so an, als würde ihr der Chip halb im Hals stecken. Vor dem Loch, das nach draußen führt, ist jetzt ein unförmiger Schatten zu sehen und die vagen Umrisse einer großen Hand, die sich ihr entgegenstreckt.

»Wir sollten hier schnell verschwinden«, knurrt Quentin. »Die haben Théo inzwischen erwischt, also finden sie auch bald raus, dass er den Chip nicht hat. Dann sollten wir weg sein.«

Das klingt leider vernünftig, obwohl Clue sehr viel lieber einfach liegen bleiben und die Erleichterung auskosten würde. Aber sie zwingt sich, nach vorn zu robben und Quentins Hand zu nehmen, auch wenn sie plötzlich am ganzen Körper zittert – wie ein Nachhall der Angst, die sie im wahrhaft gefährlichen Moment gar nicht wirklich gespürt hat. Sekunden später krabbelt sie aus dem Loch und richtet sich auf wackeligen Beine auf, wobei sie sich halb am Küchenschrank und halb an Quentins Shirt festhält. Der Wolfsmensch stützt sie mit einer seiner riesigen Hände, während er den Blick grimmig auf die Tür gerichtet hält. Den Kopf hat er schief gelegt und ein zottiges Ohr aufgestellt, um zu lauschen.

»Tapferer, als ich dachte«, grollt er schließlich. Auch er selbst sieht ziemlich geschunden aus. Sein rechtes Auge ist zugeschwollen und der Wangenknochen darunter blau geschlagen. Außerdem muss er aus mehreren Wunden geblutet haben, sein Shirt ist fleckig und zerrissen, die Spitze seines linken Ohrs zerfetzt, und dicht über seiner rechten Braue zieht sich ein Schnitt über seine Stirn bis zum Haaransatz. Zu seinen Füßen liegt Piri, offenbar bewusstlos. Sier Arm, der das Messer gehalten hat, sieht seltsam verdreht aus. Aus den Gängen jenseits der Tür zwischen den Vorratsregalen werden die Stimmen jetzt lauter. Clue kann Théo allerdings nicht heraushören.

»Sollten wir ihm nicht helfen?«

»Wem, Théo? Gegen die? Nein.« Quentin bückt sich und hebt das Küchenmesser auf. Die Klinge ist noch blank. Also war es nicht Piri, dier ihm die Verletzungen zugefügt hat. »Théo hat den Chip nicht, also je länger sie sich mit ihm beschäftigen, desto besser. Wenn sie kommen, bin ich der Nächste, der sie hoffentlich lange genug von dir fernhält.« Er zieht düster die Brauen zusammen. »War doch dein Plan.«

Daran hätte er sie nicht erinnern müssen. Aber Clue kommt sich inzwischen bei Weitem nicht mehr so überlegen vor wie in dem Moment, als sie Théo und Quentin ihre Idee erläutert hat.

»Dann gehen wir in die Bar«, schlägt sie vor, »und verbarrikadieren uns dort.« Sie fühlt sich furchtbar, das zu sagen. Wie die letzte Verräterin und feige noch dazu. Wenn Théo gerade tatsächlich allein gegen den Rest der CHALLENGERS antritt, um sie möglichst lange in dem Glauben zu lassen, dass *er* den Chip bei sich hat ... Clue ist sich sicher, dass Zeke und Sam keineswegs zimperlich mit ihm umspringen werden. Und dann ist es auch egal, ob der Rest vielleicht nur zusieht. »Oder wenigstens ich verbarrikadiere mich, und du siehst nach, ob du Théo ...«

»Ich«, fährt ihr Quentin mit einem heiseren Schnappen ins Wort, »halte sie von *dir* fern und von dem verdammten Chip. Was mit diesem Arschloch passiert, interessiert mich nicht, ich dachte, das hätte ich deutlich genug gemacht.« Er starrt auf das Messer in seiner Hand und murmelt etwas, das Clue nicht versteht, doch es lässt sie zusammenzucken, als hätte ein unbewusster Teil ihres Gehirns es doch verarbeitet und begriffen, dass es etwas Beängstigendes gewesen ist.

»Was hast du gesagt?«

Quentin schüttelt nur den Kopf und greift energisch nach Clues Handgelenk, ehe er Piri noch einmal mit der Schuhspitze in die Seite tritt. Der fragile Körper rührt sich nicht.

»Los, gehen wir. Irgendwas ist da draußen los. Sie kommen sicher gleich her.«

Überrascht und erschrocken sieht Clue zu ihm auf. Sie kann immer noch nichts als entferntes Stimmengewirr ausmachen. Vielleicht ist es etwas lauter geworden? Jemand schreit etwas, aber wer? Unwichtig. Sie sollte Quentins Ohren lieber vertrauen.

Als sie in Richtung der Vordertür loslaufen, fällt Clue auf, dass die zuvor so kraftvollen Bewegungen des Wolfsmenschen ein wenig schleppend wirken. Er humpelt auch leicht. Clue presst betroffen die Lippen zusammen. Und sie wollte ihn gegen die wütenden CHALLENGER antreten lassen. Allein.

So schnell und so leise wie möglich schlüpfen sie durch die grüne Tür zurück in die Lobby und von dort aus weiter durch den blauen Türrahmen in die Bar. Jetzt kann sogar Clue die Schritte hören, die sich in die aufgeregten Stimmen mischen und rasch näher kommen. Sie sind wirklich sehr wütend. Sie haben begriffen, dass der Chip nicht bei Théo ist, und vermutlich auch, dass Clue und Quentin dabei sind, ihnen zu entwischen. Aber was bedeutet das für Théo? Wo ist er und wie geht es ihm?

Es ist schon erstaunlich, denkt Clue, als sie die Tür der Bar hinter sich zuschlagen, wie vertraut und vergleichsweise sicher ihr dieser abgeranzte Raum plötzlich vorkommt. Quentin beginnt sofort damit, den alten Billardtisch aus der Ecke vor den Eingang zu schieben, und auch Clue sieht sich hastig nach etwas um, das sie benutzen kann, um die Barriere zu verstärken. Vielleicht die Hocker oder die grünen Sessel ... hinter denen sie in diesem Augenblick durchgelatschte rote Sneaker hervorstaken sieht.

Clue erstarrt. Das kann doch nicht ...! Im nächsten Augenblick stürzt sie zu den Sesseln hinüber. Und tatsächlich, dort liegt er, wie auch immer er das gemacht hat. Théo.

Er hat die Hände vors Gesicht gelegt, sein ganzer Körper ist mindestens so zerschunden wie Quentins, und von seinen Klamotten sind bis auf die Schuhe und die Mütze bestenfalls Fetzen übrig – dafür ist er über und über bedeckt von einer klebrigen silbrigen Substanz. Aber er atmet sichtbar, und als Clue sich ihm nähert, blinzelt Théo zwischen seinen Fingern hindurch zu ihr hoch. »Na endlich«, murmelt er undeutlich.

»Hol mich doch der Teufel«, knurrt Quentin.

»Wie ...?«, setzt Clue an zu fragen, aber weiter kommt sie nicht, weil Théo schmerzerfüllt aufkeucht, als er sich mühsam bewegt, um in den Überresten seiner Jeans zu kramen. »Betriebsgeheimnis«, schnauft er und zerrt die Schlüsselkarte aus der Tasche, die sie in der Runde zuvor im Safe der Bar gefunden haben. Er hält sie Clue entgegen. »Los, schließ ab.«

Clue starrt perplex auf die Karte. »Man kann die Tür damit auch *abschließen?*«

»*Mon dieu*. Es ist ein Schlüssel. Natürlich kann man die Tür damit abschließen.« Mit einem weiteren Stöhnen lässt sich Théo gegen die Lehne eines der Sessel sacken. »Beeil dich, ja? Die sind sicher gleich hier.«

»Moment mal, Moment mal.« Clue drückt sich die Karte vor die Stirn, als könne das ihre Gedanken daran hindern, zu explodieren. »Hätten wir das *die ganze Zeit* tun können? Uns hier einschließen?!«

Théo seufzt leise. »Ja, aber das hätte sie nicht lange genug aufgehalten. Die Tür sieht nur aus wie Stahl, ist aber keiner. Jetzt reicht die Zeit vielleicht, dein Plan war ganz okay, würde ich sagen.« Er lacht heiser. »Nun schließ schon ab. Und du, Quen, gib mir Schnaps. Gib uns allen Schnaps. Sobald du diesen Billardtisch vor die Tür geschoben hast.«

Clue will in diesem Moment wirklich gern einen Haufen Fragen stellen. Aber nun kommt Quentin zu ihr herüber, reißt ihr wortlos die Schlüsselkarte aus der Hand und zieht sie mit einem Ruck durch den Kartenleser an der Tür, ehe er mit einem Schnaufen den Billardtisch das letzte Stück vor den Rahmen wuchtet.

Keine zehn Sekunden später erbebt der Stahl, der keiner ist, unter einem schweren Tritt, gefolgt von einem heftigen Fluch.

»Macht auf!«, ertönt Sams schrille Stimme dumpf von draußen. »Wir kriegen euch sowieso!«

Mehr Tritte. Mehr Flüche. Théo lacht erneut, packt die Lehne des Sessels neben ihm mit beiden Händen und zieht sich daran hinauf, bis er es irgendwie auf die Sitzfläche geschafft hat. »Gleich holen sie Werkzeug«, sagt er, und bei aller Zerschlagenheit sieht er nun wieder regelrecht vergnügt aus. »Also, wo bleibt nun dieser Schnaps?«

Zentraleuropäische Union (ZEU)
Zentralballungsraum Berlin
GAME SHIP (Location: Top Secret)

»O Gott ... ja! *Ja!*«, flüsterte Lynn dicht an Rafaels Ohr. Er spürte, wie ihr Körper unter seinen Händen erbebte, sich zitternd anspannte. Ihre Fingernägel gruben sich tief in die Haut an seinem Nacken, und Hitze überflutete ihn, von der er nicht wusste, ob es ihre war oder seine, ehe die Spannung in einem tiefen, rauen Atemzug wieder aus ihr herausströmte.

Dann war es vorbei.

Sekundenlang standen sie noch so da, ermattet gegen die Wand der Umkleide im Ärzt_innenzimmer des GAME SHIP gesunken. Stille, bis auf ihrer beider Keuchen, das sich langsam beruhigte. Dann griff Rafael wortlos neben sich und zog zwei Papierhandtücher aus dem Spender neben dem Waschbecken, um sie Lynn zu reichen, ehe er sich von ihr löste. Sich selbst säuberte. Die Hose schloss.

Sie sprachen nie danach. Es war besser, es nicht in Worte zu fassen und damit endgültig zur Realität werden zu lassen. Geschweige denn, darüber nachzudenken, was sie hier eigentlich taten. Weil die Ernüchterung jedes Mal ein so großer Faustschlag war.

Er verließ die Umkleide zuerst, um Lynn Zeit zu geben, die Contenance der Ärztin zurückzugewinnen, die sie jetzt wieder sein musste. Als er die *insight* aufsetzte, sagte ihm ein Blick auf den Countdown, dass noch sieben Minuten bis zum Ende des zweiten Spiels blieben. Sieben Minuten, damit auch er wieder Arzt werden konnte. Obwohl er an seiner Ausübung dieser Rolle derzeit vermutlich mehr Zweifel hatte als je zuvor in seinem Leben.

Kurz darauf stand er neben Lynn vor der Displaywand im Kontrollraum des GAME SHIP und beobachtete die Contenders im Spiel. Oder vielmehr einen Teil von ihnen. Es war wirklich schwer, die Augen von dem Trio in der Bar zu nehmen. Dem Champion Successor, der Detektivin und dem Wolfsmenschen. Die drei waren in ihrem Zusammenspiel auf eine sehr spezielle Art faszinierend. Rafael wusste, er hätte seine Aufmerksamkeit besser teilen müssen. Alle Contenders beobachten und vor allem ihre medizinischen Monitore, die ihm zusätzlich über seine *insight* angezeigt wurden. Auch die, die *vor* der Tür der Bar standen und versuchten, hineinzugelangen – oder bewusstlos in einem ganz anderen Raum lagen. Gleichzeitig war er froh, sich überhaupt auf etwas anderes konzentrieren zu können als auf die Frau neben ihm und zumindest für ein paar Minuten an etwas anderes zu *denken* als daran, wann sie ihn zum nächsten Mal bitten würde, ihm in die Umkleide zu folgen. Die anhaltende Affäre mit Lynn – und ihre Absicht dahinter – bereitete ihm fortwährendes Kopfzerbrechen und nicht zu geringe Bauchschmerzen. Dabei war das Spiel selbst sogar noch viel schlimmer. Menschen für ein Unterhaltungsformat dermaßen gefährliche Substanzen zu verabreichen, hatte nichts, wirklich gar nichts mit Rafaels Verständnis von Medizin zu tun.

Er sollte gehen, solange er noch konnte.

Er konnte es nicht, weil er es Lynn versprochen hatte.

Die unerträgliche Gedankenschleife wiederholte sich seit Wochen in seinem Kopf. Und mit ihr die Gewissheit, dass mit jedem Tag, jeder verstrichenen Stunde ein Entkommen unmöglicher wurde. Wenn sie ihm wenigstens genau erklärt hätten, was er da eigentlich tat! Aber nicht einmal das gestanden sie ihm zu.

»Alles zu seiner Zeit, Rafael«, hatte Lynn auf seine hitzigen Fragen etwas früher in dieser Woche erwidert und ihn mit diesem kühlen Blick angesehen, der ihn innerlich jedes Mal aus der Haut fahren ließ, weil er das komplette Gegenstück zu der fiebrig-leidenschaftlichen Vertrautheit war, die sie abseits der Arbeit am GAME teilten. »Selbst du erfährst nicht sofort sämtliche Betriebsgeheimnisse.«

Und dabei war es bis jetzt geblieben. Er tat, was man ihm sagte. Darüber hinaus blieb ihm nur, zu beobachten – oder die Augen zu schließen, wenn es sein musste. In nichts davon war er besonders gut.

Rafael ballte die Hand in der Hosentasche, bis es schmerzte, und starrte weiter auf den Bildschirm.

Konzentrier dich auf die Arbeit. Du bist Arzt. Denk wie ein verdammter Arzt.

»Schon wieder gewonnen, Théo?«, sagte Lynn in diesem Moment. »Na, so eine Überraschung!« Sie sprach leise, mehr zu sich selbst als zu Rafael. Ihre Miene war angespannt und ihre Augen auf die Kampfspezialistin und ihr Team gerichtet, die immer noch auf der anderen Seite der Bartür wüteten. Nur noch drei Minuten übrig. Sie würden, sie konnten es gar nicht mehr schaffen.

Lynn wandte sich Rafael zu. »Also, was denkst du? Wen nehmen wir raus?«

Etwas in Rafael zuckte. Ein Kribbeln wie eine vage, aber doch sehr eindrücklich ungute Ahnung. In der Stellenbeschreibung hatte definitiv nichts davon gestanden, dass er über ein GAME OVER zu entscheiden hatte – eines, das zudem angeblich zufällig sein sollte. Wären seine Nerven nicht ohnehin völlig überreizt gewesen, spätestens diese Eröffnung hätte ihn sehr nah an einen wütenden Ausbruch getrieben.

Was zur Hölle geht mich das an? Die schroffe Antwort lag ihm auf der Zunge. Aber ein zweiter Blick in Lynns Augen hinter den leicht spiegelnden Gläsern ihrer *insight* hielt ihn davon ab, sie auch auszuspucken. Sie fragte nicht nach einer subjektiven Meinung, sondern nach einer Diagnose.

Bewusst langsam wandte Rafael sich wieder den Bildschirmen zu. Und den Gesundheitsmonitoren, die er jetzt sehr viel aufmerksamer studierte als vorher. Sie gaben die Antwort. Eine eindeutige Antwort.

»Nein«, sagte Lynn neben ihm. »Nur aus dem Verlierer_innenteam.«

Die unbestimmte Wut wurde stärker, sie kribbelte förmlich auf seiner Haut. Es war falsch. Schlicht und ergreifend falsch! Wenn es hier darum ging, die Person mit der höchsten organischen Belastung zu identifizieren, war diese definitiv in der Bar zu finden und nicht vor der Tür. Wie um alles in der Welt sollte er eine so schwere Fehlentscheidung vor sich selbst verantworten? Rafael atmete tief und mühsam durch. »Schön. Dann den Musiker. Wie alt ist er, fünfzehn? Viel zu jung für dieses Zeug. Besser, wenn er so früh wie möglich rauskommt. Wieso lasst ihr überhaupt Kinder mitspielen?«

Lynn blinzelte, für einen Moment sah sie verblüfft aus. Dann verschloss sich ihr Gesicht. »Du hast es noch nicht verstanden«, murmelte sie.

»Ach so? Tja, das liegt möglicherweise daran, dass du mir *verdammt noch mal* nichts erklärst!« Eine steile Furche kerbte sich zwischen Rafaels Brauen. Vor zwanzig Jahren hätte er mit der Faust auf den Tisch geschlagen, geflucht, vielleicht sogar gebrüllt, und er sah, wie Lynn sich anspannte, weil sie genau das von ihm erwartete.

Aber Rafael war nicht mehr so explosiv, wie er einmal gewesen war. Das hatte er verloren, irgendwo zwischen hier und Paris und in den Tiefen der Erinnerungen, die ihn nicht losließen. Stattdessen drückte er auf die Knöpfe an seinem *Eira*, obwohl er wusste, dass Nikotin ihm nicht helfen würde.

Endlose Sekunden verstrichen. Dann wandte Lynn sich ab, immer noch etwas steif, und rief am Kontrollterminal eine Eingabemaske auf.

PLEASE ENTER RANDOM GAME OVER: _

»Also bist du dir sicher? Den Musiker?«

Rafael sah wieder zu den Bildschirmen. Natürlich war er sich nicht sicher. Weil die Werte immer noch etwas ganz anderes sagten.

Da seufzte Lynn leise. Sie machte einen Schritt auf ihn zu, und mit einem Mal spürte Rafael ihre Hand an seinem Oberarm. Flüchtig, kaum fühlbar durch Kittel und Pullover, und doch weckte sie eine Spur von Nähe und Vertrautheit in ihm, ob er wollte oder nicht. »Du hilfst damit trotzdem jemandem.« Auch ihre Stimme klang jetzt viel weicher. »Wir können uns nicht völlig über die Ergebnisse hinwegsetzen. Aber wen auch immer du aus dem Spiel nimmst, es wird für den Organismus eine immense Erleichterung sein. Du kannst gar nicht falsch wählen.«

Rafael ließ die Worte auf sich wirken. Vermutlich hätten sie ihn beruhigen sollen. Stattdessen wurde sein innerer Aufruhr mit jedem Atemzug unerträglicher. Wie sollte er das hier auch nur eine Minute länger durchziehen? Als Arzt? Oder auch nur als Mensch?

In diesem Moment nahm er aus dem Augenwinkel etwas wahr. Eine Bewegung auf den Monitoren, die die Bar zeigten, unruhiger und lebhafter als das, was sich zuvor dort abgespielt hatte.

»Warte mal.« Er zoomte das Bild heran und sah noch mal hin. »Was machen die da? Betrinken die sich gerade?«

»Was?« Lynns Hand verschwand von seinem Arm, aber er hatte das Zucken darin gespürt. Auch sie war jetzt ganz auf die Displays fixiert, trat sogar darauf zu, als könne ihr das noch mehr Details sichtbar machen als der hochauflösende Zoom. Dabei waren die Bilder nicht misszuinterpretieren. Der Successor und seine Allys in der Bar leerten eine Schnapsflasche nach der anderen. Und die Werte auf ihren Monitoren begannen bereits, verrücktzuspielen.

»Lynn!« Rafael spürte, wie sein Puls sich beschleunigte. »Ist da *echter* Schnaps in diesen Flaschen?«

Wir haben doch ewig darüber gesprochen, warum Alkohol sich nicht mit den Personality Formern verträgt.

Lynn presste die Lippen zusammen und schüttelte den Kopf. »Nur aromatisiertes Wasser. Aber …«

… aber die Werte sagten etwas anderes. Etwas ganz anderes. Genau wie Lynns leiser, aber ausdrucksstarker Fluch.

»Ich gehe runter.« Rafael war schon auf dem Weg zur Tür. Es war schwer, abzuschätzen, was der Alkohol in den Gehirnen der drei da unten anrichten würde, bei seiner noch sehr dürftigen Erfahrung mit der Materie erst recht. Aber er würde es definitiv nicht einfach geschehen lassen.

»Warte! Rafael.« Lynns Stimme hielt ihn im letzten Moment zurück. »Wir haben keine Befugnis, während der Übertragung dort reinzugehen.«

Rafael fuhr herum. »Das ist nicht dein verdammter Ernst! Du kannst sie doch nicht einfach weitersaufen lassen!«

Lynn verzog keine Miene, obwohl ihre äußerliche Ruhe nichts anderes als erzwungen sein konnte. »Natürlich nicht. Aber es sieht schlimmer aus, als es ist. In den Flaschen sind höchstens Reste, was immer dort drin ist, wird ihnen bald ausgehen, also beruhige dich. Ich gehe runter zum Support. Die werden sich darum kümmern. Du bleibst hier, behältst die Werte im Auge und reichst unsere Entscheidung ein. Wie es dein Job ist.«

»*Mein Job* ist es, für die Gesundheit der Menschen da unten zu sorgen! Verflucht noch mal, Lynn! Ich werde jede einzelne dieser Flaschen mit meinen eigenen Händen zerschlagen!«

»Das wirst du nicht!« Auch sie wurde jetzt lauter. »Du kannst nicht einfach da reinmarschieren und eine Millionenshow sprengen, Rafael! Du bist noch keine drei Wochen hier, und noch bist du nicht der medizinische Leiter, sondern ich. Also erledige jetzt gefälligst *deinen* Teil der Aufgaben und überlass mir meinen.«

Als sie sich an ihm vorbei aus der Tür schieben wollte, hielt Rafael sie am Oberarm fest. Ein wenig gröber als nötig vermutlich. Aber sie starrte ihn nur aus ihren grauen Augen an. Zu kühl. Zu entschlossen. Das war nicht die Lynn, die er kannte. Nicht die, für die er diesen verfluchten Vertrag unterschrieben hatte.

»Es reicht.« Er hörte seine eigene Stimme bedenklich rau klingen. »Sag mir, worum es in diesem Spiel eigentlich geht. Rede endlich mit mir, oder ich kündige. Gleich morgen bin ich weg, ich schwöre es dir.«

Sekundenlang standen sie stumm voreinander. Er konnte ihr Gesicht nicht lesen, das ihm doch so vertraut sein sollte, und er hasste es.

»Ich muss gehen«, sagte Lynn schließlich leise und sehr bestimmt, »und dem Team Instruktionen geben, damit diese Sache keine schwerwiegenderen Auswirkungen auf unsere Schützlinge nach sich zieht. Lass mich bitte los.«

Nur widerwillig gaben seine Finger ihren Arm frei. Lynn nickte, ein kaum sichtbares Senken ihres Kinns. Doch als Rafael schon dachte, sie würde sich ohne ein weiteres Wort abwenden, sah sie noch einmal zu ihm auf.

»Vertrau mir nur noch das eine Mal, Rafi. Ich erkläre dir alles, sobald ich kann. Ich verspreche es dir. Aber dieser Zeitpunkt ist einfach nicht jetzt.«

Rafael stieß einen gequälten Laut aus und fuhr sich durch die Haare. Alles in ihm sträubte sich vehement, das einfach so hinzunehmen. Aber was sollte er tun? Was *konnte* er tun?

Nur warten. Oder gehen. Und gehen konnte er nicht. Immer noch nicht. »Also gut. Ich verlasse mich auf dich.«

Ein seltsam bitteres Lächeln huschte um Lynns Mundwinkel. »Danke. Dann gib jetzt bitte unsere Entscheidung ab, während ich weg bin. Wir sehen uns später.«

Mit diesen Worten wandte sie sich endgültig ab, und Rafael blieb allein zurück – allein mit sich, den Überwachungsdisplays und dem Blick auf die Party in der Bar, die inzwischen aus Mangel an Nachschub ein scheinbar friedliches Ende gefunden hatte, genau wie Lynn vorausgesagt hatte. Auch die wild blinkenden Gesundheitsmonitore hatten sich weitgehend stabilisiert, wenn auch einzelne Peaks immer noch besorgniserregend waren und nur langsam abflachten.

PLEASE ENTER RANDOM GAME OVER: _

Die Eingabemaske wartete immer noch auf ihn.

Rafael rieb sich angestrengt über die Stirn. Hatte Lynn recht gehabt? Hatte er überreagiert?

»Du behältst die Werte im Auge und reichst unsere Entscheidung ein. Wie es dein Job ist.«

Sein Job. Teufel noch mal! Nichts von dem hier kam den Gründen, aus denen er Arzt geworden war, auch nur ansatzweise nahe.

Noch einmal warf er einen Blick auf die Displays, die die Räume von Stage 01 zeigten. Zwang sich, alle Contenders genau anzusehen, jeden Monitor noch einmal nach bestem Wissen und Gewissen zu bewerten und dabei die katastrophalen Werte zu ignorieren, die beständig in seinem Augenwinkel aufblinkten.

»Nur aus dem Verlierer_innenteam.«

Dann schickte er seine Entscheidung ab.

1stPersonCam: CLUE
Location: GRUNGE BAR

Clue ist betrunken. Nein, mehr noch: sturzbetrunken. So betrunken, dass sie sich am liebsten unter die schmierige Bar übergeben würde. Sie tut es nicht, nicht vor dem durchgerockten Champion Successor und seinem ebenso zerschlagenen Wölfchen, so viel Würde bewahrt sie sich immerhin. Stattdessen hockt sie wie hingespuckt in einem der ranzigen Sessel, spürt ihn unter sich schwanken wie ein Schiff bei Seegang und lauscht dem Schaben und Hämmern an der verschlossenen Tür. Théo hat recht behalten: Irgendwelche Arten von Werkzeug benutzen sie da draußen. Aber sie scheinen nicht recht voranzukommen, auch wenn es im Schloss bereits mehrmals bedenklich geknirscht und geknackt und einmal auch ordentlich gekracht hat – gefolgt von einem deftigen Fluch. Seitdem haben sie sich wieder auf rohe Gewalt verlegt. Allmählich zeigen sich unten am Türrahmen erste Risse im Material. Clue hofft, dass sie am Ende selbst die Tür noch werden öffnen können. Was würde wohl passieren, wenn das Schloss irreparabel beschädigt ist und sie hier einsperrt? Aber die Sorge dauert nur kurz, denn in erster Linie ist ihr Kopf damit beschäftigt, mit dem Feuerwerk hinter ihrer Stirn fertigzuwerden. Wahrscheinlich muss sie schon froh sein, wenn sie in absehbarer Zeit wieder laufen kann. Ihre Beine scheinen sehr weit weg zu sein, der Boden unter ihren Füßen fühlt sich zu hart an für Teppich und der Samtbezug des Sessels zu … glatt? Immer wieder zuckt Clues Hand zu ihrer *insight*, um herauszufinden, wie die unaugmentierte Einrichtung des Raums aussieht, und immer wieder hält sie sich zurück.

Brille abnehmen verboten. Handschuhe ausziehen verboten.

Clue lässt ihren schwerfälligen Blick zu Théo wandern, der sich inzwischen wieder rücklings auf den Boden verlegt hat; ein bemerkenswertes Bild in seinem Fetzen-und-Spinnweben-Look, das Clue an einem anderen Tag vielleicht entweder witzig oder sexy gefunden hätte. Er lässt einen silbernen Kettenanhänger an einem Lederband über seinem Gesicht baumeln und singt etwas vor sich hin, das wie ein uralter Chanson aus dem letzten Jahrtausend klingt; über

Seemänner und Segelschiffe im Hafen von Amsterdam. Wie hat dieser Typ es bloß geschafft, sie dermaßen zum Trinken zu überreden? Das hat nichts, wirklich gar nichts mehr damit zu tun, ihren Sieg zu feiern. Sie hätte nach dem zweiten oder spätestens dritten Shot aufhören müssen. Aber Théo hat nachgeschenkt, bis auch die letzte Flasche leer war, und Clue hat getrunken. Und nicht nur sie – auch Quentin, dieser sonst so unbeugsame Wolfsmensch, der jetzt auf einem Barhocker sitzt und den zottigen Kopf auf die Theke gelegt hat, als wolle er ihn nie wieder heben. Nur die pelzigen Ohren zucken von Zeit zu Zeit.

Also, wie hat Théo das geschafft, und vor allem: Was verdammt noch mal bezweckt er damit?

Als ihre Augen ein weiteres Mal sein Gesicht finden, bemerkt sie, dass er sie ebenfalls mustert. Ein wenig zu wach und ein wenig zu klar, gemessen daran, wie betrunken er sein muss. Er hat aufgehört zu singen.

»Sag mal, Clue.« Er grinst, sein Gesicht verrutscht dabei ein bisschen – oder ist es bloß ihre Sicht, die verrutscht? Nein, auch seine Worte torkeln. »Wo ist eigentlich dieser Chip?«

Clue zuckt ein wenig zusammen, und selbst Quentin hebt den Kopf und starrt zu ihnen herüber. Der Chip. Den hat sie in all der Aufregung beinahe vergessen.

»Ich. Also.« Clue legt unwillkürlich die Hand auf ihren Bauch. Beinahe glaubt sie, erneut zu spüren, wie die scharfkantige Platine durch ihren Hals rutscht, und sie räuspert sich in der Hoffnung, dass ihre schwere Zunge ihr dann vielleicht besser gehorcht. »Ich hab ihn runtergeschluckt. Da drin schien er mir am sichersten, wenn sie mir zu nah kommen. Und Piri ... war sehr nah.«

Etliche Sekunden lang ist es still.

Dann setzt sich Théo mit einem Ruck auf. Clue weiß nicht, warum sie erwartet hat, dass er über ihre Eröffnung lachen würde; dass er vielleicht einen schlechten Witz machen oder sie für ihre Geistesgegenwärtigkeit loben wird. Stattdessen starrt er sie an, die Miene wie eingefroren. »Du hast was?«

Im nächsten Moment kommt er stolpernd auf die Füße, schwankt und bekommt gerade noch die Kante des Beistelltischs zu fassen. Aber schon mit dem nächsten Schritt verliert er wieder das Gleichgewicht und wäre direkt auf Clue gelandet, wenn er sich nicht im letzten Moment rechts und links von ihr auf den Armlehnen abgestützt hätte. »Du ... hast *was?*«

Er ist ihr jetzt plötzlich ebenfalls sehr nah, näher vielleicht sogar, als es Piri im Geheimgang war. Clue kann aus dieser Nähe winzige dunkelbraune Flecken im hellen Graugrün seiner Iriden sehen und seinen schnapsschweren Atem auf den Wangen spüren. Seine Stimme ist leise und so scharf, dass Quentin von seinem Hocker aufsteht und ein warnendes Knurren hören lässt.

Clue aber wiederholt ihre Worte nicht. Denn offensichtlich hat Théo sie sogar viel zu gut verstanden. Vage kommt ihr die KI in den Sinn, die etwas davon erzählt, dass der Chip wertvolle Informationen für Stage 02 enthält. Aber sie weigert sich, sich daran aufzuhängen. Wie wichtig können die schon sein? Wichtiger als ein GAME OVER bestimmt nicht.

»Es gibt keine Regel dagegen«, sagt sie also bloß.

Théos Augen scheinen plötzlich von einer seltsam grauen Finsternis umschattet. »Dann ist er jetzt kaputt«, flüstert er. »Wie kann man bloß so dämlich sein?«

»Hey, Arschloch«, knurrt Quentin. »Beruhig dich.«

Es ist, als hätte er einen Schalter umgelegt. Théo fährt herum und tritt mit überraschender Wucht gegen den Beistelltisch, der polternd beiseitefliegt und auf seiner Platte landet.

»ICH WILL MICH ABER NICHT BERUHIGEN!«

Dann geht alles sehr schnell. Mit einem Satz ist Quentin bei Théo, packt ihn am Kragen seines zerfetzten Shirts und drückt ihn gegen die Wand mit den Autogrammkarten, dass seine Füße mehrere Zentimeter über dem Boden in der Luft baumeln.

»Doch«, sagt Quentin, und es klingt, als würde er Théo am liebsten beißen.

Und jetzt lacht Théo. Er lacht und weint dabei, dass ihm die Tränen über die Wangen kullern. »Warum ...?«, keucht er. »Warum seid ihr bloß immer alle so dumm?«

In diesem Augenblick erklingt endlich der lang gezogene Signalton, der das Ende der zweiten Phase von Stage 01 verkündet. Von draußen vor der Tür ist nur kurz darauf eine wilde Fluchtirade zu hören. Das Capture-Spiel ist vorbei.

Clue, Théo und Quentin wechseln einen langen Blick. Langsam, ganz langsam lässt Quentin Théo wieder zu Boden sinken, während auf ihrer aller Displays die inzwischen wohlbekannte weiße Schrift erscheint.

HERZLICHEN GLÜCKWUNSCH, TEAM ALLY. IHR HABT
STAGE 01. PHASE 02: CAPTURE GEWONNEN. THÉO.
DU DARFST JETZT -1- CONTENDER AUS TEAM CHALLENGER
FÜR DIE ELIMINATION WÄHLEN. DEINE BEDENKZEIT
BETRÄGT -5- MINUTEN.

Oben rechts in ihren Displays beginnt ein roter Timer zu laufen.

Théo sackt schwer gegen die Wand und massiert die Stelle, an der Quentins Knöchel dicht unter seinem Schlüsselbein rote Male auf seiner Haut hinterlassen haben. Das helle Haar hängt ihm tief ins Gesicht, sodass Clue seine Augen kaum sehen kann. Doch sie spürt seinen Blick.

»Also«, wispert Théo endlich, als bereits eine halbe Minute verstrichen ist. Seine Stimme klingt heiser, und es ist kein Lachen mehr darin übrig. »Was meint ihr? Wen ... müssen wir loswerden?«

Clue und Quentin wechseln einen überraschten Blick. Er fragt sie nach ihrer Meinung? Jetzt und hier, direkt nachdem er seine *»Ihr seid alle dumm!«*-Show zum Besten gegeben hat?

»Piri«, sagt Clue, bevor sie zu lange darüber nachdenken kann, ob sie bei dieser Entscheidung überhaupt helfen *will* oder ob es sie weiterbringt, wütend zu sein. Allein beim Gedanken an ihre Begegnung im Geheimgang beginnt ihr Puls erneut zu rasen. »Quentin hat siem den Arm gebrochen und ich den Chip verschluckt. Ich fürchte, sier hasst uns.«

Quentin nickt mit einem düsteren Brummen.

Théo streicht sich die Haare aus den Augen, die jetzt nur noch minimal vom Alkohol verschleiert scheinen. »Piri«, sagt er gedehnt, »hat das GAME verstanden, denke ich. Diesmal war sier im falschen Team. Aber es müssen auch starke Verbündete im Spiel bleiben. Falls ich morgen gegen euch antreten muss, zum Beispiel. Ich schmeiße sien auf keinen Fall raus.«

Clue spürt, wie eine Gänsehaut unter dem warmen Pulli über ihre Arme kriecht. Niemals, sie darf einfach niemals vergessen, dass dieser Typ SUCCESSION GAME schon viermal gewonnen hat. Er kennt diese taktischen Spielchen genau, und vermutlich ist er in Wahrheit kein Stück weniger gefährlich als Piri. Wenn Clue in der nächsten Runde gegen ihn spielen muss ... was wird dann passieren?

»Dann Sam«, knurrt Quentin. »Oder Zeke. Die beiden werden uns hassen, egal, in welchem Team sie sind.«

Théo nickt, langsam und bedächtig. »Sam also«, wiederholt er. »Na gut. Ich konnte sie von Anfang an nicht leiden.«

Er schließt kurz die Augen, und Clue sieht, wie seine Finger nach dem *dEEp.touch* in seinem Sensorhandschuh tasten. »Okay«, flüstert er dann. »Bestätigen.«

Der Countdown stoppt und verschwindet. Wieder senkt sich Stille über sie, und erst jetzt, da es verschwunden ist, wird Clue bewusst, dass jede Sekunde von einem leisen Ticken begleitet worden ist.

CONTENDERS. TEAM ALLY HAT SEINE AUSWAHL BESTÄTIGT.
DIE ELIMINATION CAPSULES WERDEN JETZT IN DIE SAFES
DER CONTENDER KOMPARTMENTS TRANSFERIERT. DAMIT
IST STAGE 01 ABGESCHLOSSEN.
STAGE 02 BEGINNT -MORGEN- UM -10:00- UHR. DIE ZEIT
BIS DAHIN STEHT EUCH ZUR FREIEN VERFÜGUNG.
ACHTUNG: ALLE ELIMINATION CAPSULES MÜSSEN BIS
-00:00- UHR INJIZIERT WERDEN. CONTENDERS, DIE IHRE
KAPSELN NICHT INJIZIEREN, WERDEN MIT SOFORTIGER
WIRKUNG GAME OVER GESETZT.

Als Théo die Augen wieder öffnet, ist jede Spur von Zweifel oder Finsternis daraus verschwunden, als hätte es sie nie gegeben. Wie in einem leicht glitchenden Replay ihres ersten Besuchs in der Bar hebt er seine Mütze vom Boden auf, stülpt sie auf den Kopf und klatscht laut in die Hände, ehe er sich mit wackligem Schritt auf den Weg zur Tür macht. »Also dann! *On y va, mes ami.e.s!*«

Diesmal widerspricht Clue ihm nicht.

1stPersonCam: THÉO
Location: UNDERGROUND LOBBY

Team CHALLENGER weicht hastig auseinander, als sich die Tür zur Grunge Bar öffnet. Schon bei ihrer letzten offiziellen Zusammenkunft waren sie gereizt und angespannt. Jetzt kann Théo ihre Feindseligkeit beinahe mit den Händen greifen. Oder liegt das am Alkohol?

Schon möglich, du verballerter Clochard, sagt eine Stimme in seinem Kopf, die verdächtig nach seiner eigenen klingt.

Théos Sicht schwankt beachtlich. Er spürt, wie sein Körper der Bewegung folgen will, und entscheidet sich im letzten Moment, sich lieber in den lädierten Türrahmen zu lehnen, als einen weiteren Schritt nach vorn zu versuchen.

»Ah, bonsoir les coccinelles. Das war doch eine gute Runde, oder? Also wer will beim nächsten Mal in mein Team?«

Gute Güte, er ist so unfassbar betrunken. Warum genau hat er das noch mal gemacht? Er weiß es nicht mehr – eben weil er zu betrunken ist. Schon lustig. Aber eigentlich ist es ja auch ganz egal, was ihn dazu getrieben hat. Es ist nicht wichtig. Er ist sogar so betrunken, dass *gar nichts* mehr wichtig ist. Nicht, wie sie ihn anstarren oder wie sich ihre Gesichter verzerren, bis er ihre Mimik kaum noch erkennen kann. Und die Schmerzen von der Prügelei sind auch gleich nicht mehr so schlimm.

Schmerzen am Arsch. Konzentrier dich, du Vollpfosten.

Schon wieder diese Stimme. Théos Finger verkrampfen sich um den Türrahmen. Ah, na gut, natürlich weiß er es. Er weiß genau, was oder besser *wer* ihn wirklich zum Saufen getrieben hat. Er weiß bloß den Grund nicht mehr, obwohl er es vermutlich wissen sollte.

»Selber Pfosten, du Kohlkopf«, nuschelt er so undeutlich, dass er es nicht mal selbst versteht. »Lass mich in Ruhe.«

Aber es ist nicht aufzuhalten. Die Erinnerungsblasen, die in seinem Hirn blubbern und platzen, als hätte jemand eine Flasche Coke hineingeschüttet, kennt Théo aus der Zeit zwischen den Staffeln – er spürt sie immer dann, wenn die Personality Former nachlassen und das Drinnen und Draußen allmählich ineinander verschwimmt. Aber warum jetzt? Wie war das gewesen, worüber hatten sie doch gleich gesprochen, beim letzten Mal, als ... Ah, verdammt, er weiß es nicht mehr. Aber was immer es war, es ist nicht das, was Théo will. Er ist hier, um zu gewinnen. Wie immer.

»...éo? Théo! Alles in Ordnung mit euch?«

Verblüfft erkennt Théo, dass es Nima ist, die ihn angesprochen hat. Die Geisterseherin. Ihre Haut ist so weiß. Wie ein fabrikneuer Plastikeimer oder ein Baguette von innen. Plastikbaguette. Fast hätte Théo unkontrolliert gekichert. Sie ist ganz nah. Wann ist sie so nah gekommen, und warum ist der Blick in ihren Augen so besorgt? Sollte sie nicht wütend und nervös sein? Sie und die anderen auch? Zwei von ihnen werden heute noch aus dem Spiel ausscheiden, und sie wissen nicht mal, wen es treffen wird, also warum ... Moment mal, hat sie *mit euch* gesagt?

Théo dreht sich um, ein bisschen zu schnell, denn er taumelt und wäre fast gestürzt. Irgendjemand packt ihn am Arm und stützt ihn, aber er spürt es kaum.

Und da stehen sie. Seine Allys. Clue. Quentin. Auch sie sehen irgendwie ungesund aus. Auch sie haben getrunken, zu viel getrunken, seinetwegen. *Seinet*wegen! Was hat er getan?!

Was soll der Scheiß, Théo? Lass mich sofort raus!

O nein. Nein, Théo will das nicht. Ganz bestimmt will er nicht, dass das Prickeln in seinem Hirn alles zersetzt, was ihn ausmacht. Er braucht einen Fix, und das schnell, sonst ...

Das war so nicht abgemacht, du Arsch! Reiß dich gefälligst zusammen!

Seine Gedanken driften auseinander. Zerfasern. Zersprudeln. Mit jeder Sekunde wird es schlimmer. Er kann sie kaum genug beisammenhalten, um auch nur ein einziges der Gesichter vor ihm zu fokussieren. Auch die Hardware setzt immer wieder aus, lässt ihn Dinge sehen, die nicht da sind oder schon vor vielen Staffeln mal da gewesen sind ... oder vielleicht sogar erst irgendwann da sein werden? Das ist schlecht. Sehr schlecht. Er muss bei sich bleiben. Zu sich zurückkommen.

Théo! Hör jetzt auf, verdammt noch mal!

»Hey, was ist mit dir ...«

Das ist Onyx. Ihre Stimme verschwimmt in undeutliches Knistern. Die Zeit verlangsamt sich. Théo spürt, wie seine Augen sich nach innen verdrehen, wie seine Knie nachgeben, wie ...

»STOP!« Sein wüster Schrei lässt sie alle zurückschrecken. Sogar *ihn*.

Théo steht jetzt wieder ganz allein. Auf seinen eigenen Füßen. »Wir sollten«, zwingt er seine träge Zunge zu sagen, »einfach erst mal alle zusammen was essen gehen.« Ein vereinzelter Schluckauf gluckst seine Kehle hinauf. Kurz hat er das Gefühl, Nima gleich auf die hübschen Lackschuhe zu kübeln, und darüber lacht er schon fast wieder. Nur fast. Er zieht seine Mütze tiefer in die Stirn. »Bisschen reden, uns besser kennenlernen, bevor zwei von uns schon gehen müssen ... hoppla, von *euch* natürlich. Na los, auf, auf!«

Entschlossen strafft er die Schultern. Macht einen Schritt in die Lobby hinein und dann noch einen.

Lass ...

Ganz kurz spürt er Triumph, weil er – diesmal – gewonnen hat. Er ist noch da, er lässt sich nicht ausschalten, so einfach nicht!

... mich ...

Dann beginnt die Welt sich zu drehen.

... RAUS!

Und im nächsten Moment ist sie einfach weg.

INTERIM: FREE TIME.

1stPersonCam: CLUE
Location: UNDERGROUND LOBBY

Nachdem Théo umgefallen ist, dauert es ein paar Sekunden, bis sich jemand rührt oder auch nur etwas sagt. Nicht mal Sam oder Zeke haben einen höhnischen Spruch übrig. Alle stehen nur da und sind sehr offensichtlich unschlüssig, was jetzt zu tun ist. Clue spürt das Entsetzen in der Luft, das jeden Moment in Panik umschlagen könnte; wie ein kaltes Kribbeln in ihrem Nacken, das sich immer weiter ausdehnt, ihr bis ins Hirn kriecht und an ihrem Hinterkopf pocht. Denn ja: Théo hat furchtbar übel ausgesehen vor seinem Zusammenbruch. Nicht mehr bloß betrunken, sondern krank. Sterbenskrank. Und das so plötzlich – der Gedanke liegt so nahe, dass ...

Da schiebt sich Quentin an allen vorbei nach vorn und wälzt Théo mit der ihm eigenen Grobheit auf den Rücken, um das pelzige Ohr über seinem Gesicht zu spitzen.

»Schläft«, brummt er.

Ist das ein Aufatmen, das Clue in seiner Stimme hört? Sie ist jedenfalls verblüfft, wie stark die Erleichterung ist, die sie selbst verspürt, und wie groß daran gemessen die Befürchtung gewesen sein muss, dass etwas Schlimmeres passiert ist. Denn auch sie hat diesen Schnaps getrunken, genau wie Quentin. Tatsächlich geht es ihr immer noch nicht so richtig gut, ihr ist ein wenig übel, und ihre Knie fühlen sich an, als hätte jemand Gelee in die Zwischenräume gespritzt. Aber dass sie im nächsten Moment umfallen wird, glaubt Clue nicht. Und auch Quentin scheint nicht annähernd so sehr neben der Spur zu sein, denn jetzt lädt er Théos schlaffen Körper auf seine Arme und mustert sie nacheinander mit durchdringendem Blick.

»Er hatte recht. Wir sollten gemeinsam essen, ehe wir uns die Kapseln drücken.«

Das überrascht alle. Clue spürt es an sich selbst und sieht es an den verblüfften Gesichtern der anderen. »Du gibst ihm recht? Ausgerechnet du?«

Quentin zuckt die breiten Schultern. »Ich bleibe dabei, dass er ein Arschloch ist. Aber er kennt dieses Spiel wie keiner von uns. Ich denke, wir hören besser auf das, was er für schlau hält. Also wer kann kochen?«

Zwei Hände heben sich, noch ehe Quentin ganz ausgesprochen hat. Onyx und Nima. Die Spinne und die Geisterseherin. Was für ein Küchenteam! Beinahe hätte Clue gegrinst.

Auch auf Quentins Gesicht erscheint für Sekundenbruchteile ein Schmunzeln, obwohl er es sofort wieder unterdrückt. »Gut. Ich bringe den besoffenen Vogel hier in sein Kompartment. Wir treffen uns in der Kantine.« Damit wendet er sich ab und trottet durch die Halle davon.

Als die Tür hinter ihm ins Schloss gefallen ist, lässt Sam ein vernehmliches Zischen hören. »Gemeinsam essen! Von wegen! Da gehe ich lieber in die Bar und sehe nach, ob ihr wenigstens einen kleinen Shot übrig gelassen habt. Wer kommt mit?«

Ohne eine Reaktion abzuwarten, macht sie auf dem Absatz kehrt und marschiert durch den grünen Türrahmen. Zeke folgt ihr augenblicklich, nicht ohne einen kalten Blick zurück auf den Rest ihres Teams zu werfen. Doch von denen rührt sich niemand. Immerhin etwas.

»Also«, sagt Onyx schließlich. Ein zurückhaltendes Lächeln ist auf dem schmalen Mund unter den acht langsam blinzelnden Augen erschienen. »Ich hoffe, ihr mögt mongolisches Essen?«

Etwas später sitzt Clue mit Jasper, dem Musiker, und May, der Erfinderin, an einem der Tische in der Kantine, nahe bei der Küchenzeile, wo Clue so kurz zuvor noch in den Schrank mit Théos Geheimloch gekrochen ist. Sie und Quentin haben es sorgfältig wieder versteckt, ehe sie die Küche verlassen haben. Nichts ist mehr davon zu sehen. Aber auch Piri ist verschwunden, und Clue kann nicht anders, als sich zu fragen, wo sier hin ist. Ist sier selbst gegangen? Wurde sier Arm medizinisch versorgt? Clue hofft darauf, aber sie kann sich ebenso gut vorstellen, dass Piri vielleicht immer noch im Geheimloch hockt.

Das Küchenmesser immerhin hat sier nicht mehr. Es hat wieder im Messerblock auf der Arbeitsplatte gesteckt, als Clue und die anderen in die Kantine zurückgekehrt sind. Nima schneidet in diesem Moment damit Zwiebeln und Knoblauch, während Onyx mit energischen Bewegungen einen hellen Teig knetet. Wäre die Stimmung nicht so angespannt, es könnte fast gemütlich sein. Zumal der Geruch von köchelndem Reis ein seltsames Gefühl in Clue hervorruft. So ähnlich wie Nostalgie. Als hätte sie Onyx und Nima schon einmal beim Kochen zugesehen, obwohl sie den beiden hier drin ziemlich sicher zum allerersten Mal begegnet ist. Völlig ausschließen kann sie natürlich nicht, dass sie sich kennen, so unzuverlässig, wie ihr Kopf derzeit funktioniert. Aber Clue wird das Gefühl nicht los, dass das nicht die Lösung des Rätsels ist. Dass ihr etwas fehlt, dass sie etwas übersieht, dass ...

»Hey, Clue.« Eine leise Stimme reißt sie aus ihren Gedanken. Eine Stimme, die sie, und das wird ihr erst jetzt wirklich bewusst, seit Beginn des Spiels noch nicht ein einziges Mal gehört hat. Jasper. Er sitzt neben ihr und schaut sie aufmerksam an, als würde er sich jedes einzelne Detail genau einprägen wollen. Und auch Clue nimmt ihn vielleicht zum allerersten Mal wirklich wahr. Alles an ihm ist ungewöhnlich klar und fein, als sei seine ganze Erscheinung mit einem Bleistift mit sehr dünner Mine gezeichnet, ohne sich dabei an härtere, kontrastreiche Striche zu wagen.

»Kann ich dich was fragen?« Obwohl er so leise gesprochen und sich dabei nur an Clue gerichtet hat, liegt die Aufmerksamkeit aller im Raum jetzt auf ihm. Als er die bohrenden Blicke spürt, zieht Jasper sofort die Schultern hoch und scheint ein Stück in sich selbst hineinkriechen zu wollen wie eine verängstigte Weinbergschnecke. Aber als Clue bloß nickt, stellt er seine Frage trotzdem. »Habt ihr mich fürs GAME OVER gewählt?«

Ein paar Sekunden lang ist es sehr still in der Kantine. Clue spürt ihr Herz plötzlich unangenehm heftig pochen.

»Nein«, sagt sie, so ruhig sie kann. »Niemanden von euch.«

Wieder Stille. Nur das Zischen des Reiskochers ist zu hören.

»Gut«, sagt May endlich, und in ihrer tiefen Stimme klingt die Erleichterung, die sie alle empfinden – sogar Clue, die in diesem Moment wirklich nicht wissen will, wie der Abend weiter verlaufen wäre, wenn sie hätte zugeben müssen, dass ihr Team eine der anwesenden Personen aus dem Spiel gewählt hat. Immerhin ist sie ganz allein hier. Ohne Théo oder Quentin. Überhaupt, wo steckt Quentin eigentlich? Es kann doch nicht so lange dauern, einen Bewusstlosen ins Bett zu bringen? Ist mit Théo wirklich alles in Ordnung?

Der Anflug von Gemütlichkeit ist verschwunden. Auch den Restalkohol merkt Clue jetzt wieder stärker als zuvor. Oder ist das die Nervosität? Vielleicht sollte sie mal nachsehen, wo Quentin bleibt.

»Nun ja«, sagt Onyx schließlich, und ihre ruhige Art löst wenigstens einen Teil der Anspannung, die sich über den großen Raum mit seinem kühlen Neonlicht und den weißen Kacheln gelegt hat. »Das schützt allerdings niemanden vor der Zufallsauswahl aus Runde eins, nicht wahr? Außer dir natürlich, Clue.«

Clue blinzelt verblüfft. Möglich, dass sie sich täuscht – Onyx' Gesicht mit den sechs zusätzlichen Augen auf der Stirn ist nicht leicht zu lesen. Aber Clue bildet sich ein, dass sie ihr bei den letzten Worten mit einem etwas schrägen Lächeln zugezwinkert hat. Als wolle sie sagen: *Mach dir keine Sorgen. Niemand wird je herausfinden können, ob du gelogen hast.* Aber als Clue der Spinne noch einmal ins Gesicht sehen will, um herauszufinden, ob sie es tatsächlich so gemeint hat, hat diese sich schon abgewandt, um die Teigtaschen in eine tiefe Pfanne voll brutzelnden Fetts zu geben.

»Hey.« Diesmal ist es nicht Jasper, der sie anspricht, sondern May. Sie begleitet ihre Worte mit einem leichten Faustschlag gegen Clues Oberarm. »Mach dir nicht so viele Gedanken.« Ihre dunklen Augen blicken regelrecht streng. »Es ist ein Spiel, vergiss das nicht. Heute haben wir gegeneinander gespielt. Aber wer weiß, ob wir morgen nicht schon im selben Team sind.«

Auch Nima lächelt vom Küchentresen zu Clue herüber. »Oder in dem von Théo oder Quentin, wenn wir Glück haben.« Sie zuckt wegwerfend die Schultern. »Ich meine, nichts für ungut. Es war leider ziemlich offensichtlich, wer heute am meisten zu eurem Sieg beigetragen hat, und das warst nicht du.«

Clue ist so verblüfft, dass sie nicht sofort antworten kann. Mit so viel unverblümter Geringschätzung hat sie nicht gerechnet, und für einen Moment will sie eine scharfe Erwiderung zurückgeben, weil sie sich zu Unrecht unterschätzt fühlt. Aber da sieht sie das Lächeln in den Grübchen auf Nimas runden Wangen.

Oder unterschätze ich jetzt gerade beinahe dich?

»Schluss mit der Taktiererei.« Onyx kommt hinter dem Tresen hervor und stellt zwei große Schalen auf den Tisch. Nima bringt eine dritte dazu. Chuuschuur und Reis und gedünstetes Gemüse. Clues Magen beginnt vernehmlich zu grollen. »Wir essen.«

Es ist nicht leicht, geradeaus zu denken – nicht mit dem Alkohol, der Clue immer noch im Hinterkopf herumschwappt. Fett und Salz werden ihr guttun. Trotzdem kann sie nicht verhindern, dass ihr schon wieder Théo einfällt. Oder vielmehr das, was er über das GAME gesagt hat. Dass sie und Quentin seine Freund_innen sind – zumindest bis zum Ende von Stage 01. Dass starke Verbündete im Spiel bleiben müssen, falls er morgen gegen sie antreten muss. Und dass Piri das Spiel verstanden hat. Auch die anderen hier haben das offenbar. Nur sie selbst wohl nicht, wenn sie bedenkt, wie gern sie glauben möchte, dass die Gefahren, die sie heute mit ihrem Team durchgestanden hat, auch morgen noch etwas bedeuten. Und auf einmal sieht Clue der nächsten Stage mit einem noch übleren Gefühl entgegen als zuvor.

Das Essen verläuft im Weiteren schweigend. Alle scheinen mit ihren eigenen Gedanken beschäftigt zu sein. Clue wundert das wenig. *Lass uns Mindgames spielen*, sagt Théo in ihrem Kopf. Und das tut sie, sie kann einfach nicht anders. Mögliche Teamkonstellationen, Bündnisse, theoretische Dialoge, alles durcheinander.

Irgendwann hält sie es nicht mehr aus. Die Uhr im Display ihrer *insight* zeigt 19:27. Mehr als zwei Stunden sind vergangen, seit sie sich in die Kantine gesetzt haben. Quentin ist immer noch nicht hier, und Clue muss jetzt endlich wissen, was los ist.

»Also, ich gehe ins Bett«, erklärt sie, schon im Aufstehen. Natürlich werden die anderen sofort durchschauen, dass das höchstens die halbe Wahrheit ist. Aber das ist egal. »Wir hatten … ein bisschen viel in der Bar.« Noch ein Stück der Wahrheit und immer noch nicht die ganze.

»Sicher.« Onyx lächelt. »Dann gute Nacht.«

Nima gluckst leise in sich hinein, und sogar May erlaubt sich ein kurzes trockenes Lachen. »Schöne Grüße an den Champion.«

Jasper hingegen sieht Clue nicht mal an. Er hat seine Kopfhörer aufgesetzt und scheint völlig in sich versunken.

Aber Clue entscheidet, dass sie jetzt nicht darüber nachdenken will, was die drei wirklich denken.

Erst zurück in der Lobby wird ihr klar, dass sie keine Ahnung hat, wo Théos Schlafkompartment eigentlich ist. Clue überlegt kurz. Natürlich weiß sie noch, aus welcher Tür er zu Beginn des Spiels gekommen ist. Aber nachdem sie den weitverzweigten Plan der Gänge im Erdgeschoss gesehen hat, den Théo beim Capture-Spiel auf den Küchentresen gemalt hat, ist sie sich nicht mehr sicher, ob ihr das weiterhilft.

In diesem Moment hört sie etwas. Oder vielmehr wird ihr etwas bewusst, das sie schon die ganze Zeit gehört, aber nicht weiter beachtet hat: Aus der Bar hinter dem grünen Türrahmen dringen Stimmen. Sam und Zeke, natürlich. Aber noch eine dritte, tief und rau, die Clue inzwischen sehr gut kennt.

Quentin? Etwas in Clue zieht sich kribbelnd zusammen. Er ist dort drin? Bei Sam und Zeke, etwa schon die ganze Zeit? Zögernd nähert sie sich der Tür. Doch bevor sie auch nur in Reichweite der Klinke kommt, verstummt drinnen das Gespräch.

Er hat sie gehört. Natürlich hat der Wolfsmensch sie gehört.

Als Clue die Tür aufstößt und die Bar betritt, sehen sie ihr alle drei mit finsteren Mienen entgegen. Sie trinken Wasser. Es gibt hier schließlich nichts anderes mehr.

»Hey.« Clue bleibt kurz hinter der Schwelle stehen. »Sorry. Bin gleich wieder weg. Ich wollte nur …«

… wissen, ob es Théo gut geht. Sie kann es nicht aussprechen. Die Worte stecken in ihrem Hals fest, und es fühlt sich regelrecht gefährlich an, sie trotzdem herauszuwürgen, solange die Kampfspezialis-

tin und der Steelboy sie so feindselig anfunkeln. Was zur Hölle macht Quentin hier? Mit ihnen? Nicht, dass er ihr irgendwas schuldig wäre, aber ...

»Denkt dran, dass ihr bis Mitternacht die Elimination durchziehen müsst«, beendet Clue ein wenig ungelenk ihren Satz. »Gute Nacht.«

»Wow. Danke für den Hinweis, *Safegame*.« Sam spuckt ihr die Worte geradezu vor die Füße.

Quentins linkes Ohr zuckt, als er Clue knapp zunickt. Die gelben Augen glühen stechend wie eh und je in dem rauen Gesicht. »Gute Nacht.« Eine kurze Pause. Noch ein unruhiges Zucken der Ohren. »Es geht ihm gut«, sagt er dann mit eigentümlich nüchterner Stimme. »Pass du auch auf dich auf.«

Im ersten Moment möchte Clue am liebsten noch etwas sagen. Fragen. Nein, am allerliebsten möchte sie ihn zwingen, ihr zu erklären, was verdammt noch mal das hier zu bedeuten hat. Aber sie dreht sich bloß um und geht.

1stPersonCam: ???
Location: ???

»Der Vorhang hebt sich.«

Mit trübem Blick starrt er den silbergrauen Gang hinab, der sich wie ein endloser Tunnel in der Ferne verliert. Breite Streifen sanft glimmender Dioden sind in die Fußleisten eingelassen und verstärken das Gefühl, zwischen zwei Spiegeln gefangen zu sein und in die Unendlichkeit zu sehen – nur dass sein eigenes milliardenfaches Spiegelbild fehlt.

Es ist nicht richtig. Es müssten exakt 64 Schritte sein bis zur nächsten Kreuzung. Der Alkohol hat sein Hirn ganz schön plattgemacht. Vielleicht war es doch ein bisschen viel, aber was weiß er schon über die richtige Dosierung von Whiskey mit den Substanzen im SUCCESSION GAME? Am Ende hat es funktioniert, das ist alles, was zählt. Théo hat den Code gesagt, und nun ist er hier. Obwohl sie gerade mitten im Spiel sind.

»Der Vorhang hebt sich.«

Aber jetzt muss er sich beeilen. Die Dinge, die er in Erfahrung bringen muss, für die er den ganzen riskanten Aufwand betrieben hat, kann er nur in diesem kurzen Zeitfenster herausfinden. Er muss mit Clue sprechen. Und wer weiß schon, wie viel Zeit ihm die Referees dafür geben, bis sie kommen, um Théo zu fixen.

Seine Uhr funktioniert nicht mehr. Nichts funktioniert mehr.

RIEN NE VA PLUS.

Er atmet langsam und bewusst ein. Beginnt zu zählen, während er läuft. 64. 37. 49.

Und klopft schließlich an Clues Tür.

1stPersonCam: CLUE
Location: CLUES CONTENDER KOMPARTMENT

Eine knappe halbe Stunde nachdem sie die Küche verlassen hat, sitzt Clue auf der schmalen Pritsche in ihrem Kompartment und starrt an die Wand. Eine vergilbte Stofftapete ist dort augmentiert, gelblich grün mit braunem Ranken- und Blütenmuster. Aber irgendetwas stimmt nicht damit. Manchmal scheinen die Stockflecken und Risse im alten Gewebe sich für einen Moment in pixeliges Rauschen aufzulösen und die nackte glattweiße Wand zu zeigen, die dahinterliegt. Das war heute Morgen definitiv noch nicht so. Vielleicht ist etwas mit ihrer *insight* nicht in Ordnung.

Oder kann das vom Alkohol kommen? Trotz des guten und reichlichen Essens ist Clue nämlich immer noch nicht annähernd wieder nüchtern, im Gegenteil: Sie hat das unangenehme Gefühl, als würde der Alkohol immer tiefer in sie hineinsickern, statt langsam abgebaut zu werden. Und noch irrationaler: als würde sie stattdessen selbst langsam abgebaut, wie ein alter Wollpullover, aus dem jemand einen Faden gezogen hat und ihn unaufhaltsam aufribbelt. Reihe für Reihe. Bis nichts als krisselige Fäden übrig sind. Das Gefühl ist nahezu unerträglich. Vielleicht hat sie sich deshalb noch nicht überwinden können, sich den Inhalt der *Elimination Capsules* zu spritzen, die bei ihrer Rückkehr im Safe in der Wand neben der Tür lagen. Dabei ist es schon nach 22 Uhr. Und sie hat ja nichts zu befürchten. Sie spielt heute ein Safegame, wie Sam gesagt hat. Oder?

In diesem Moment klopft es an der Tür. Zweimal. Kurz und hart. Clue schreckt zusammen und springt auf die Füße. Die Welt scheint kurz zu schwanken, Clue taumelt und ringt um ihr Gleichgewicht.

Wieder klopft es. »Clue?«

Clue ballt die Fäuste und öffnet sie wieder, zwingt ihren Atem zur Ruhe. »Wer ist da?«

Mehrere nervöse Herzschläge lang bleibt es auf der anderen Seite still. Dann ertönt ein leises Räuspern. »Théo.«

Théo! Also ist er wach, also geht es ihm wieder gut? Auf wackeligen Beinen nähert sich Clue der Tür. »Théo?«

»Ich muss mit dir reden. Wegen der Sache in der Bar.«

Ja, das ist seine Stimme. Aber sie klingt irgendwie anders als sonst. Clue hält den Atem an und lauscht angespannt.

»Allein.«

Clue weiß nicht, woher der Schauer kommt, der ihr über die Wirbelsäule rieselt, aber eins ist sicher: Er ist eiskalt. Die Bilder des Abends ziehen an ihr vorbei. Théo, wie er umfällt. Quentin, der ihn davonträgt. Was ist hier nur los? Wie passt das alles zusammen?

Clue weiß es nicht, und deshalb zögert sie im letzten Moment damit, die Tür zu öffnen, obwohl ihre Hand mit der Schlüsselkarte bereits über dem Schloss schwebt. »Mit mir? Was ist …« Sie zögert erneut. »Wieso nicht mit Quentin?«

»Er versteht mich nicht. Du schon.«

Versteht …?

Ein leises, seltsam trockenes Lachen ertönt auf der anderen Seite. »Oder tust du nur so, als würdest du in meiner Sprache reden? Dann bist du ziemlich überzeugend.«

Clue hält inne. Lauscht dem Klang ihrer eigenen Worte. Und seinen. *Unmöglich.* Sie sprechen Französisch miteinander, und sie hat es nicht einmal bemerkt. Kurz entschlossen zieht Clue die Schlüsselkarte durch den Schlitz und tritt einen Schritt von der Tür zurück. »Komm rein.«

Das Türschloss klickt. Kurz darauf schiebt sich Théo durch den Spalt, nur um die Tür direkt hinter sich wieder zu schließen und sich gegen das schäbige Holz zu lehnen.

»Hey«, sagt er. »Clue.« Ihr Name aus seinem Mund klingt fast wie eine Frage.

Doch, denkt Clue. Er ist es, irgendwie. Aber zugleich weiß sie jetzt auch, woher der Zweifel kommt, den sie bereits durch die Tür gespürt hat. Er klingt nicht nur anders. Er sieht auch anders aus, und das liegt nicht daran, dass er die zerfetzten Klamotten gewechselt hat. Da sind die zerwühlten blonden Haare und das schmale Gesicht mit den Piercings, dazu ein verwaschenes dunkelviolettes Shirt mit Halloweenkürbis-Aufdruck und eine graue Jeans – genauso kaputt wie die, die von den CHALLENGERS zerstört worden ist. All das passt zu Théo, wie Clue ihn inzwischen kennt, und doch ... Seine Haltung, sein Ausdruck. Der Blick, mit dem er sie mustert. Das ist fremd. Da ist kein Schalk in seinen Augen, kein Spiel mit der eigenen Unberechenbarkeit. Nicht mal die unerwartet heftige Wut, die in der Bar aus ihm hervorgebrochen ist, scheint noch dort zu lauern. Sie sind dunkel. Warum sind seine Augen so dunkel? Selbst die Mütze hat er abgesetzt; er trägt sie wie eine Trophäe in den schwarzen Nietengürtel an seiner Hüfte geklemmt.

Clue beißt sich auf die trockene Unterlippe, bis sie Blut schmeckt. Aber selbst der Schmerz hilft ihr nicht, ihre Gedanken zu sammeln. »Also, was gibt's?«

»Ich wollte mich entschuldigen.« Théos Finger nesteln an der Mütze herum, zupfen unstet kleine Fusseln aus der roten Wolle. »Dass ich dich zum Trinken überredet habe. Ich hoffe, du hast keine Kopfschmerzen ... oder so.« Etwas in seinem Gesicht zuckt. Es macht seine Miene seltsam finster. »Aber vor allem wollte ich dich darauf vorbereiten, dass sie heute Nacht kommen und dir einen Fix spritzen werden, um die Effekte wieder rückgängig zu machen.«

Er spricht jetzt sehr schnell. Clue kann ihm kaum folgen, so überwältigt ist sie von dem Gefühl, ihm wie selbstverständlich in einer Sprache zuzuhören, von der sie nicht gewusst hat, auch nur ein einziges Wort zu beherrschen.

»Wer? Was für Effekte?«, wirft sie hastig ein. »Und fuck, was für Spritzen?« Vermutlich sollte sie dieser Teil sogar noch viel mehr entsetzen. Aber Théo schüttelt nur den Kopf.

»Wenn sie kommen, hab keine Angst. Tu am besten so, als ob du schläfst. Es schadet dir nicht. Nicht bei dem einen Mal. Aber wir müssen vorher miteinander reden.«

»Sprichst du von Drogen?« Das würde natürlich so einiges erklären. »Werden die mir Drogen spritzen?«

Théo lacht trocken auf. »Nicht *diese* Art Fix, nein. Eher im Sinne von ... etwas, das dich repariert. Clue.«

Was meint er damit nun wieder? Warum betont er ihren Namen schon wieder so eigenartig? Clue schwirrt der Kopf, und trotzdem fühlt es sich an, als würde etwas in Théos Worten sanft in ihrem Unterbewusstsein anklopfen. Sie ist so beschäftigt mit diesem Gefühl, dass sie viel zu spät reagiert, als er zwei Schritte auf sie zutritt, bis er nah vor ihr steht. Sehr nah. Mindestens so nah wie vorhin in der Bar, als sie dachte, dass er ihr wegen des verschluckten Chips an die Kehle gehen würde. Ganz kurz legt er einen Finger auf seine Lippen und neigt sich dann noch weiter zu ihr. Clue spürt seinen Atem an ihrer Wange, während seine Finger in die Haare an ihrem Hinterkopf greifen und sich sein Handballen mit bestimmtem Druck über ihr linkes Ohr legt, bis sie das Blut darin rauschen hört.

»Ich bin nicht Théo«, wispert er fast lautlos an ihrem anderen Ohr. »Mein Name ist ArcEnCiel. Deiner ist passepartout, und ich denke, du bist entweder hier, um mich zu retten – oder um mich fertigzumachen.«

Im ersten Moment kann Clue sich nicht rühren. Sie kann nicht mal denken. Es ist, als hätten die Worte einen Schalter in ihrem Kopf umgelegt. Passepartout. Hier um ... was? Ihre Gedanken können nicht mithalten mit den Eindrücken, die plötzlich auf sie einstürzen. Und erst jetzt wird ihr bewusst, dass sich Théos Finger schmerzhaft um ihr Handgelenk geschlossen haben. Als würde er sie festhalten wollen. Oder muss er sich *an ihr* festhalten?

»Also für welche Seite spielst du?«, flüstert er weiter. »CORE oder dEEp? Warum bist du hier, passepartout?«

Das Rauschen an der Tapete wird stärker. Clue blinzelt heftig, ringt nach Luft und greift nach den ersten Worten, die sich richtig anfühlen. »Um dich zu … finden?«

Théo weicht ein Stück von ihr zurück, gerade so weit, dass er ihr eindringlich ins Gesicht starren kann. »Okay. Ich hoffe, du meinst das ernst. Ich zähle auf dich.«

Und noch ehe Clue verarbeiten kann, was er da eigentlich gerade gesagt hat, sind seine Finger an ihrem *Eira*. »Denk an deine Kapseln.« Zwei Stiche an ihrem Puls, so fein, dass sie kaum spürbar sind. Ein leichtes Brennen, als der Wirkstoff aus den Kapseln in ihre Adern gedrückt wird.

»Gute Nacht, Clue.« Damit drückt er sie überraschend unsanft ein Stück von sich weg. Clue taumelt. Stolpert. Flucht.

Als sie ihre Balance wiedergefunden hat, fällt die Tür bereits hinter Théo ins Schloss.

CUT SCENE.

Zentraleuropäische Union (ZEU)
Zentralballungsraum Berlin
GAME SHIP (Location: Top Secret)

Lucille hatte das Gefühl, dass ihr Körper nur langsam zu ihr zurückkehrte. Um sie herum war es dunkel, aber sie konnte nicht einmal sagen, ob sie die Augen geöffnet oder geschlossen hatte. Sie spürte die Finger ihrer linken Hand, die auf einem kratzigen Polsterbezug ruhten, aber der Rest ihres Arms schien einfach nicht da zu sein. Erst ab der Schulter fühlte sie das Polster wieder. Ihre Hüfte kribbelte. Ihr großer Zeh zuckte, und in der Wade kündigte sich ein Krampf an. Hinter ihrer Stirn pochte ein dumpfer Nachhall bereits abgeebbter Schmerzen.

Ein Krachen durchfuhr die Stille. Im gleichen Augenblick flutete grelles Licht den Raum und stach Lucille in die Augen, die – das wusste sie jetzt – die ganze Zeit offen gewesen waren. Lucille keuchte auf und fuhr in die Höhe oder wollte es zumindest. Aber sie konnte sich nicht bewegen. Panik ergriff sie. Wieso konnte sie sich nicht bewegen?!

Sie sah an sich herunter und entdeckte ihre eigenen Hände, mit breiten Gummimanschetten an eine Bahre gefesselt. Ihr Arm, bleich wie Paraffin. Eine Kanüle in der Ellenbeuge. Links von ihr bewegten sich flüsternde Schatten.

Dann setzte ihr Sichtfeld flimmernd aus, und ein heftiger Schmerz zuckte durch ihren Kopf. Mit einem Mal fühlte sie sich seltsam leicht, und als sie die Augen wieder aufriss, fand sie sich vor ihrer eigenen Wohnungstür wieder, ein Päckchen in der Hand.

Was passiert hier?!

Das Päckchen fiel ihr aus den zitternden Fingern.

Wieder Schmerz. Und wieder das Flimmern, heftiger diesmal. Tiefer, wie Feuer unter ihrer Schädeldecke.

»Willst du SUCCESSION GAME gewinnen?«

Lucille wand sich, stemmte sich gegen die Fesseln. Der Schmerz kam schon wieder, rollte heran wie eine Welle.

»Mein Name ist ArcEnCiel. Deiner ist passepartout, und ich denke, du bist entweder hier, um mich zu retten – oder um mich fertigzumachen.«

Lucille wusste, dass sie es war, die schrie. Sie spürte die Manschetten um ihre Handgelenke, um ihre Füße und ihre Brust und wie ihr Körper sich aufbäumte. Doch als sie diesmal die Augen aufriss, sah sie nichts mehr. Nur Dunkelheit, von feurig roten Adern durchzogen.

Jemand packte ihren Oberarm. Ein tiefes Murmeln erklang dicht an ihrem Ohr. Ein feines Brennen floss von ihrem Ellbogen aus bis in jede Pore, bis sie glaubte, bei lebendigem Leib zu verglühen.

Und dann gar nichts mehr.

– STAGE 02 –

PHASE 01: CUBE SEARCHING.

1stPersonCam: CLUE
Location: CLUES CONTENDER KOMPARTMENT

»Clue?!«

Ein rasches Klopfen weckt Clue aus einem bleiernen Schlaf. Im ersten Moment gelingt es ihr kaum, die Augen zu öffnen. Ihr ganzer Körper fühlt sich schwer und zerschlagen an, wie nach einer Nacht vor dem Bildschirm mit zu vielen Flashes im *Eira*. Aber das kann nicht sein. Sie hat doch nur diesen einen Shot im Escape Room getrunken. Davon bekommt man keinen Filmriss.

Wild geträumt hat sie allerdings auch. Von Théo, der an ihre Tür geklopft und französisch mit ihr gesprochen hat. Vielleicht kommt es daher, dass ihr Kopf so übel dröhnt und selbst der matte Lichtschimmer, der unter ihrer Türschwelle hindurchdringt, ihr schmerzhaft in die Augen sticht. Die Erinnerungen an den vergangenen Tag, an den Escape Room und das Capture-Game, die nach und nach in ihr Bewusstsein zurücktröpfeln, sind auch nicht eben hilfreich. Von der grellweißen Schrift, die in diesem Moment vor ihren Augen entlangzuwandern beginnt, ganz zu schweigen.

GUTEN MORGEN, CLUE. WILLKOMMEN ...

Clue stöhnt und kneift die Augen zusammen.

… IN STAGE 02. PHASE 01: CUBE HACKING
BEGINNT IN -1- STUNDE UND -39- MINUTEN.
IHR ERHALTET EURE NÄCHSTEN
ANWEISUNGEN UM -10- UHR. VIEL SPASS!

Clue reißt die Augen auf. Blinzelt. Was war das? Hat sie gerade ihr Display … mit geschlossenen Augen gesehen? Sie blinzelt noch einmal. Aber die Schrift ist bereits wieder verschwunden.

Da klopft es wieder. »Clue! Clue, bist du wach?«

Das ist Nimas Stimme. Oder? Noch immer ein wenig neben sich, zwingt Clue ihre Beine aus dem Bett. »Licht«, murmelt sie widerwillig, und die Neonröhre an der Decke erwacht zuckend und flackernd zu blau-weißem Leben.

»Bin wach!«, ruft sie dann etwas lauter, obwohl ihr die eigene Stimme unangenehm in den Ohren rückkoppelt. »Warte.« Sie quält sich auf die Füße und zerrt sich Hose und Shirt über Glieder und Kopf. Dann fährt sie sich notdürftig mit den Fingern ein paarmal durch die vom Schlaf verfilzten Locken und schlurft zur Tür.

Draußen steht tatsächlich Nima. Auch die tags zuvor so sorgfältig frisierten Zöpfe der Geisterseherin wirken heute derangiert, und auf dem runden Gesicht und an ihrem Hals haben sich nervöse rote Flecken ausgebreitet. »Na end…«, beginnt sie und stockt. »Wow, siehst du übel aus!«

»Danke gleichfalls«, murmelt Clue und reibt sich schwerfällig durchs Gesicht. »Was gibt's denn? Ist doch noch Zeit bis 10 Uhr.«

Nima starrt sie aus kullerrunden Augen an, und Clue fällt auf, dass ihr Atem eigenartig abgehackt geht. Es ist ein so anderes Bild als die füchsische Abgeklärtheit, mit der sich die Geisterseherin bisher präsentiert hat, dass selbst in Clues heute Morgen so trägem Verstand allmählich ankommt, dass etwas ernsthaft nicht in Ordnung ist.

»Nima? Alles okay?«

»Du solltest sofort in die Bar kommen«, bringt Nima beinahe tonlos hervor. »Es ist Quentin. Er … er …« Noch ein mühsamer, zittriger Atemzug. »Er ist tot.«

Es braucht ein paar Herzschläge, bis die Worte zu Clue durchdringen.

Tot.

»Was meinst du damit?«, hört sie sich selbst sagen, etwas dumpf, wie von weit weg. »GAME OVER? Aber …«

Aber das sollte nicht möglich sein. Team ALLY war gestern safe.

Nima schüttelt den Kopf. »Sam und May sind raus. Glaub ich. Ihre Kompartments sind leer. Aber Quentin ist …«

Tot. Wirklich tot.

Clue wartet nicht ab, was Nima noch zu sagen hat. Sie drängt sich an der Geisterseherin vorbei und rennt los. Nimas Nachricht hat ihr nach dem ersten Schock einen derart heftigen Adrenalinstoß durch den Körper gejagt, dass sie keinen zweiten Gedanken daran verschwendet, dass ihre Beine sich noch viel zu taub für einen Sprint anfühlen. Als sie in der Bar ankommt, ist ihr schwindelig, und ihr Herz pumpt wie wild.

»Quentin?!«

Vier Gesichter wenden sich in ihre Richtung. Sie sind alle schon hier. Onyx und Jasper. Zeke. Piri, dieren Arm mit einer elastischen Schiene ruhiggestellt ist. Und Théo. Er ist der Einzige, der nicht zu ihr hinsieht, als Clue – gefolgt von einer schwer atmenden Nima – in die Bar platzt. Er hockt neben der reglosen Gestalt des Wolfsmenschen am Boden und ist damit beschäftigt, ihm den Finger in den Hals und den Unterkiefer zu piksen, seine schlaffe Hand hochzunehmen und wieder fallen zu lassen.

Er trägt Schwarz heute Morgen. Clue weiß nicht, warum ihr das so ins Auge springt. Ein schwarzes Kurzarmshirt mit großer Kapuze über einem anthrazitgrauen Langarmshirt und wieder die graue Jeans, in deren Gesäßtasche er die rote Mütze geschoben hat. Seine hellen Haare bilden einen scharfen Kontrast zu der dunklen Kleidung und wirken noch zerwühlter als sonst.

Wie gestern Abend. Nein. Das war ein Traum. Oder?

In diesem Moment hebt Théo den Kopf. »Ah. Unsere *Privatdetektivin*. Gerade richtig. Hier ist deine Leiche. Ziemlich sicher tot, aber vermutlich noch nicht so lange.«

Erst jetzt wird Clue bewusst, dass die Blicke der anderen immer noch auf ihr ruhen. Erwartungsvoll. Als könne sie eine Antwort auf das Rätsel geben.

CLUE. Privatdetektivin. Ihre GAME-Persona.

Es ist dieser Moment, in dem Clue zum ersten Mal wirklich klar wird: Sie ist es gar nicht. Sie ist keine Detektivin, und all die Erinnerungen, die sie so verzweifelt versucht hat zusammenzupuzzlen, bis sie ein sinnvolles Ganzes ergeben – der Auftrag mit dem Hackerangriff, die Reise nach Berlin, ihr Einstieg ins Game, an den sie sich nicht erinnern kann – all das ist gar nicht ihres. Das ist nur ihre Persona. Die Spielfigur, die sie für SUCCESSION GAME entworfen und entschieden hat zu sein. Aber ... wer ist dann sie selbst?

Mit einem Mal hat Clue das Gefühl, am Rand eines sehr tiefen Lochs zu stehen, das sie lockt, hineinzuspringen. Nach ihr ruft, ihr verspricht, dass sie dort unten Antworten finden wird. Clue wird ein wenig schwindelig. Sie schüttelt sich innerlich und macht einen schwankenden Schritt nach vorn, während ihr Kopf damit beginnt, die Einzelheiten der Szenerie zu erfassen. Sie zu ordnen, zu verstehen versucht. Denn es spielt ja keine Rolle, wer sie wirklich ist. Sie muss das hier jetzt durchziehen, bis sie herausfindet, was es zu bedeuten hat.

Quentin liegt am Boden zwischen Barhockern und Sesseln, nicht weit von der Stelle, an der gestern noch Théo gelegen hat. Eine umgekippte Schnapsflasche liegt auf der Bar, die Scherben eines zerbrochenen Glases am Boden.

Hat er getrunken? Heute Nacht, hier, allein?

Nein. Das kann nicht sein. Denn in diesem Moment fällt Clue auch das wieder ein: Dass sie selbst keineswegs nur einen einzigen Shot getrunken hat am Vortag. Sondern dass sie mit Théo und Quentin die ganze verdammte Bar leer gesoffen hat, während Team CHALLENGER von draußen versucht hat, die Tür aufzubrechen.

Nun, immerhin erklärt das ihren Kater. Und die Gedächtnisaussetzer. Zögernd geht sie gegenüber von Théo neben Quentin in die Hocke. Sie hat keine Ahnung, was sie jetzt tun soll. Sie kann sich nicht mal überwinden, ihn anzufassen.

Und da passiert es wieder. Eine Blase platzt in Clues Kopf, die Sicht in ihrem Display verschwimmt zu einem pixeligen Rauschen, und plötzlich sieht Quentin gar nicht mehr aus wie Quentin, sondern ... wie ein Fremder. Ganz kurz nur. Dann ist es wieder weg.

Scheiße. Quentin, verdammt. Wer warst du?

»Ich habe damit nichts zu tun.« Zekes kühlglatte Steelboy-Stimme bricht das Schweigen so unerwartet, dass alle zusammenfahren. Die Worte klingen brüchig, gar nicht so übermäßig selbstbewusst, wie es sonst seine Art ist.

Natürlich, begreift Clue. *Er weiß, dass er verdächtig ist.*

»Ach so?« Nimas Stimme klingt ein wenig zu schrill. »Dann erklär uns doch mal, was ihr gestern hier in der Bar gemacht habt. Wo er *gestorben* ist!«

»Er hat getan, was ich gesagt habe«, wirft Théo scheinbar seelenruhig ein, bevor Zeke dazu kommt, ihr eine Erwiderung entgegenzuschleudern. »Dass ihr euch mal ein bisschen kennenlernen sollt, damit wir besser zusammenarbeiten können. Hat ja *fantastisch* geklappt.«

Er wirft einen Blick in die Runde, und erst jetzt sieht Clue, wie wütend er in Wahrheit über die Situation ist. So wie er lächelt, hätte er sie ebenso gut alle mit Benzin übergießen und in Brand setzen können – nur ganz kurz, ehe er sich wieder Quentin widmet und sich mit schroffen Bewegungen an dessen Kleidung zu schaffen macht.

Clue beobachtet ihn irritiert. »Was machst du da eigentlich?«

Er sieht sie jetzt nicht mehr an. »Die Leiche fleddern. Was bleibt uns schon noch anderes übrig?«

Beinahe wäre Clue der Mund offen stehen geblieben. »Dafür hätte er dir eine reingehauen, das weißt du, oder?« Die Vorstellung ist zugleich tröstlich und befreiend.

In Théos Gesicht zuckt etwas. Ein verdächtiges Glitzern in seinen Augen unter all dem Zorn. »Ja. Kann er aber nicht mehr. Und meine Schuld ist das nicht.« Mit einem Ruck steht er auf, zerrt seine Mütze aus der Hosentasche und zieht sie tief in die Stirn, ehe er auch noch die schwarze Kapuze darüber stülpt. »Mach deine Arbeit, *Détective*. Ich bin hier fertig.«

In diesem Moment tut es Clue beinahe leid, was sie gesagt hat. Und sie wünscht sich nichts mehr, als dass sie seiner Aufforderung hätte folgen können. Aber sie weiß immer noch nicht, wo sie auch nur zu denken anfangen soll.

Da knackt und rauscht es in den Lautsprechern an der Decke und zugleich auch im Voice Module ihrer *insight*.

»Achtung, Contenders. Es ist eine Störung aufgetreten. Alle Contenders verlassen sofort folgende Location: GRUNGE BAR. Ich wiederhole: Es ist eine Störung aufgetreten. Alle Contenders verlassen sofort folgende Location: GRUNGE BAR. Die Tür zur GRUNGE BAR schließt in -30- Sekunden.«

Eine Störung.

Eine Störung?!

Es bleibt keine Zeit, sich zu beraten. Keine Zeit, *irgendetwas* zu tun, außer sofort aufzustehen und die Bar zu verlassen. Niemand von ihnen weiß, was geschehen wird, wenn sie sich der Anordnung widersetzen. Niemand will es ernsthaft herausfinden. Aber Clue ist sich sicher: Falls sie diesen Raum überhaupt jemals wieder betreten können, wird Quentin nicht mehr da sein. Und vielleicht wird sie niemals herausfinden, was an diesem Morgen mit ihm geschehen ist. Aus einem Impuls heraus legt sie die Hand an seine kalte Wange und flüstert einen Abschiedsgruß. Dann folgt sie den anderen hinaus. Hinter ihr verriegelt sich die Tür mit jenem endgültigen Piepen.

Die Bar ist jetzt geschlossen.

Zentraleuropäische Union (ZEU)
Zentralballungsraum Berlin
GAME SHIP (Location: Top Secret)

Rafael starrte fassungslos auf den Monitor. Es war nicht wahr. Es konnte einfach nicht wahr sein. Was zur Hölle war da unten los? Warum hatte ihn niemand früher geholt? Und wo, in drei Teufels Namen, steckte Lynn?!

Rafael fluchte, sicher zum zwanzigsten Mal in den letzten zwei Minuten, und schickte die ungefähr hundertste Nachricht an sie ab. Er hatte es überall versucht. Auf ihrer privaten Nummer. Über den *dEEp.voice* Channel. Über das GAME-interne Supportnetz. Auf ihrem verdammten Analog-Pieper. Nichts.

Nur noch 18 Minuten bis zum Beginn von Stage 02. Und der Mensch, den er gestern der katastrophalen Werte wegen aus dem Spiel hatte nehmen wollen, war jetzt tot.

Wäre es nach Rafael gegangen, er wäre längst in der Bar gewesen und hätte den Wolfsmenschen untersucht. Aber er war nicht der medizinische Leiter, noch nicht. Er kannte die Abläufe nicht gut genug. Er hatte keine Ahnung, wonach er suchen, worauf er achten musste, wenn es um die veränderten Organismen der Contenders ging. Verdammt, er wusste nicht mal, wie er dort reinkommen sollte! Neben Lynn, deren Stelle Rafael mitsamt ihren Schlüsseln übernehmen würde, gehörten noch zwei Postdocs zum medizinischen Observationsteam, die im Notfall uneingeschränkten Zugang zu den Spielarealen besaßen. Aber weder Dr. Gellrich noch Dr. Immer waren an diesem Morgen im SHIP, und den Umweg über den technischen Support zu nehmen, war zu lang und zu brutal für Rafaels Nerven, von denen er ohnehin kaum welche übrig hatte.

»Rafael?« Als Lynns Stimme durch das Voice Module seiner *insight* erklang, wäre Rafael beinahe an die Decke gesprungen.

»Lynn! Verdammt, wo steckst du?!« Er hätte nicht brüllen müssen, damit sie ihn verstand. Aber wohin sonst mit der Anspannung?

»Tut mir leid.« Lynns Stimme klang seltsam matt und belegt. »Ich kann nicht kommen. Mir ist nicht gut, Rafi, ich ... Verstärkung ist unterwegs, ja? Tut mir leid, auch wegen gestern ... ich ...« Ein seltsamer Laut drang aus dem Modul, der sich nur entfernt nach Lynn anhörte, und Rafael erkannte erst mit etwa zweisekündiger Verzögerung, was es war: Ein mühsam unterdrücktes Würgen. Dann brach die Verbindung ab.

Ein paar Atemzüge lang war in Rafael alles ganz still. Lynn war übel. Es war früh am Morgen und Lynn war übel.

Morgenübelkeit.

»*Santa mierda!*« Um ein Haar hätte mit der Faust auf den Monitor vor ihm geschlagen. Stattdessen trat er gegen den Abfalleimer, der scheppernd gegen die Wand flog. Am liebsten hätte Rafael seine *insight* gleich hinterhergeworfen. Er tat es nur nicht, weil in diesem Moment die Milchglastür zum Observationsraum mit leisem Zischen zur Seite glitt.

»Guten Morgen, Rafael.« Auf der Schwelle stand Eduard. Sein unsteter Blick zuckte von Rafaels Gesicht zu den Monitoren, zurück zu Rafaels Gesicht, zum Abfalleimer und wieder zu den Monitoren. Ein freudloses Lächeln erschien auf den schmalen Lippen. »Energiegeladen wie eh und je. Man könnte meinen, es wäre etwas vorgefallen, das dich *aufregt*.«

Rafael starrte ihn fassungslos an. Undenkbar, dass Eduard nicht wusste, was hier los war. Das hier war *sein* Spiel, und Rafael hätte seine rechte Gehirnhälfte darauf verwettet, dass er auf irgendeinem Monitor rund um die Uhr verfolgte, was im SUCCESSION GAME geschah.

»Was mich aufregt?« Er ballte die Fäuste und machte einen Schritt auf Eduard zu. »Da unten liegt eine verdammte *Leiche!* Zwei weitere Contenders haben schwere Glitches in der neurophysiologischen Signalverarbeitung, trotz der Fixes, die letzte Nacht injiziert wurden. Und ich habe auf nichts davon Zugriff, weil Lynn und die beschissenen Schlüssel nicht hier sind! Aber weißt du, was mich *wirklich* aufregt?« Jetzt schrie er schon wieder, aber es war ihm egal. »Dass du hier stehst und nicht bei Lynn zu Hause bist, denn ihr geht es heute offenbar sehr schlecht!«

»Halt die Luft an, Rafael.« Eduard ging seelenruhig weiter in den Raum hinein. Vor dem Monitor, der die Bar zeigte, blieb er stehen und fingerte sein Zigarettenpäckchen aus der Brusttasche. Diesmal bot er Rafael keine an, was nicht schlimm war, da Rafael auch ohne Rauch das Atmen schwerfiel. »Es läuft alles nach Plan. Ich versichere dir, die Situation im SHIP ist vollständig unter Kontrolle.«

Rafael spürte, wie sich jeder vernünftige Gedanke zunehmend in Luft auflöste. »Nach Plan also, ja?«, presste er hervor. »Jemand stirbt, während ich verantwortlich bin, und das soll ein Plan sein? Wenn das so ist, sage ich dir, du hast mich hier zum letzten Mal gesehen. Ich gehe zurück nach Paris. Heute noch.«

Eduard warf einen Blick auf sein *touch*, zog an seiner Zigarette und tippte kurz auf seine *dEEp.watch*, als hätte er Rafael gar nicht gehört. »Das wirst du nicht«, sagte er dann und sah wieder auf den Monitor, wo das Supportteam gerade den reglosen Körper des Wolfsmenschen aus der Bar trug. »Du wirst runtergehen und diesen Leichnam obduzieren.«

Es fiel Rafael schwer, überhaupt noch etwas zu sagen, so zugeschnürt war seine Kehle vor Wut. »O nein. Räum deinen Dreck selbst weg, Eduard. Ich hätte nie herkommen sollen.«

Jetzt lachte Eduard. Ein trockenes, nervenaufreibendes Lachen. »Das ist wahr. Aber du hast es getan, *und* du hast dich mal wieder entschieden, meine Frau zu vögeln. Du hast ihr ein verdammtes Kind gemacht, und deshalb wirst du jetzt *mein Spiel* mitspielen, wenn du nicht willst, dass diesem Kind etwas zustößt, Rafael.«

Seine Worte trafen Rafael bis ins Mark. Er fühlte sich wie betäubt. Selbst für Wut war kein Raum mehr neben dem, was Eduard ihm da gerade zwischen zwei Nachrichten in sein *dEEp.touch* vor den Kopf geknallt hatte.

»Es könnte auch dein Kind sein«, brachte er heiser heraus.

Ein Lachen, noch unheimlicher als das erste, rüttelte kurz an Eduards Brustkorb. »Das wird es. Sobald es geboren ist und ich es dazu machen kann. Bis dahin ist es nichts als ein Zellhaufen, der entstanden ist, weil du Arsch deinen Schwanz noch nie bei dir behalten konntest.« Jetzt endlich starrte er

Rafael gerade ins Gesicht. Seine blassen Augen glitzerten kalt. »Wie kann ein so kluger Mensch nur so dumm sein! Dachtest du wirklich, ich würde erlauben, dass du herkommst und mit Lynn allein bist, wenn ich selbst Kinder zeugen könnte? Nach allem, was war? O nein. Alles ist exakt so gelaufen wie vorgesehen. Du hast deinen Teil erfüllt, was Lynn angeht. Jetzt besteht keine Notwendigkeit mehr, dass ihr euch noch einmal begegnet.« Er zog ein schwarzes Notizbuch aus der Innentasche seines Sakkos und legte es zusammen mit einer Schlüsselkarte und einem Datenstick auf den Tisch. »Deine Einarbeitung ist hiermit abgeschlossen. Hier sind der Generalschlüssel und der Spielplan für diese Staffel, wie Lynn ihn entworfen hat. Darin steht auch, wie mit dieser *Leiche* umzugehen ist. Viel Glück, Rafael. Ich werde dich beobachten.« Er wandte sich zum Gehen. Erst auf der Türschwelle sah er sich noch einmal um. »Und sprich sie nie wieder an. Sonst wird dein Kind dafür bezahlen.«

1stPersonCam: THÉO
Location: UNDERGROUND LOBBY

DIES IST EINE NACHRICHT AN ALLE CONTENDERS.
DIE ÜBERTRAGUNG VON STAGE 02 BEGINNT IN -10- MINUTEN.
DIE ZUGÄNGE ZUM NÄCHSTEN STOCKWERK SIND AB SOFORT GEÖFFNET. VERSAMMELT EUCH FÜR DIE VERKÜNDUNG DER ELIMINATION IM AREAL **CENTER CUBE**.

Der Center Cube. Théo schließt mit einem Seufzer die Augen, lehnt den Hinterkopf gegen die Wand in seinem Rücken und wünscht sich, er könnte die weiße Schrift aussperren, die sich quer über sein Blickfeld zieht.

Aber so leicht ist das natürlich nicht. Selbst in der Dunkelheit schweben die Buchstaben noch wie ein greller Negativabdruck hinter seinen Lidern. Da bringt es auch nichts, sich auf die Wand der Eingangshalle hinter ihm zu konzentrieren. Oder auf den harten, kalten Betonboden unter seinem Hintern, auf dem er jetzt schon so lange hockt, dass es allmählich wehtut. Die Schrift bleibt, solange sie will. Also öffnet Théo die Augen wieder und beobachtet, wie sich nicht weit von ihm entfernt die Wand verändert. In pixeligem Rauschen wird dort eine Fahrstuhltür sichtbar, die bisher durch Augmentation verborgen gewesen ist.

Center Cube also. Eigentlich mag er den sehr. Aber die aktuellen Umstände machen alles furchtbar kompliziert. Quentin ... Er sollte noch hier sein. Dass er es nicht ist, ändert alles und doch gar nichts. In jedem Fall war es nicht das, was Théo als Erstes sehen wollte, nachdem Arc endlich wieder aus seinem Kopf weggefixt worden ist.

Überhaupt ist in dieser Staffel so vieles anders als sonst. Das weiß er, und das weiß auch Arc, sonst hätte der sich wohl kaum so sehr in Théos Spiel eingemischt.

RIEN NE VA PLUS.

Théo schnaubt leise. Er will mit all dem nichts zu tun haben. Er will nur spielen und gewinnen, dafür ist er da. Die Frage ist, ob das unter den aktuellen Umständen möglich ist. Aber das wird sich bald zeigen. Das GAME, so viel ist sicher, geht jedenfalls einfach weiter.

Théo faltet die überkreuzten Beine auseinander und spürt das Blut kribbelnd in seine Unterschenkel zurückfließen, als er vorsichtig aufsteht. Auch die anderen kommen langsam näher. Seit sie aus der Bar geworfen wurden, sind sie wie versprengt. Es werden kaum noch Worte gewechselt, dafür umso mehr misstrauische Blicke. Nichts und niemand ist mehr sicher oder gar vertrauenswürdig.

Nur wenige Schritte von Théo entfernt bleibt Clue stehen, die auf ihre Hände starrt und den rechten Daumen immer wieder über die linke Handkante streichen lässt. Es überrascht ihn, dass sie ihn noch nicht angesprochen hat. Es ist ja offensichtlich, dass irgendetwas sie umtreibt, und Théo kann sich denken, dass es dabei um ihn geht, so wie sie ihn vorhin angesehen hat.

Aber das ist das Gute an Kapuzen: Wenn man sie nur weit genug ins Gesicht zieht, wissen alle, dass man unter keinen Umständen irgendwas mit irgendwem zu tun haben will. Und das will er gerade wirklich nicht. Er war doch nur so kurz fort. Wie kann es lange genug gewesen sein, um ihm Quentin wegzunehmen? Das macht alles so *schwierig!*

In diesem Moment öffnet sich mit rostigem Schaben die Fahrstuhltür. Dahinter tut sich ein mäßig beleuchtetes Loch auf: der Weg ins nächste Stockwerk. Etliche Sekunden stehen sie alle da und starren in den von flackerndem, schmutzig gelbem Licht erhellten Drahtkäfig.

»Ob sie es uns jetzt sagen?« Es ist Jaspers leise Stimme, die das Schweigen schließlich bricht. »Was mit Quentin passiert ist?«

Darüber muss Théo lachen. Er weiß selbst nicht, wo das plötzlich herkommt, aber er lacht so laut, dass es von den Stahlträgern an der hohen Decke der Lobby widerhallt. Es ist kein fröhliches Lachen, und es schürt seine Gereiztheit mehr, als sie zu erleichtern, aber er kann auch nicht aufhören. Selbst dann nicht, als die andern ihn verwirrt bis verärgert anstarren und fast geschlossen einen Schritt von ihm zurücktreten.

»Also ihr seid doch wirklich ...« Er schüttelt den Kopf und zeigt ihnen mit ausgestrecktem Zeige- und Mittelfinger das Peace-Zeichen. »Wisst ihr, was? Quetscht ihr euch da drin zusammen, ich nehm die Treppe.«

Damit wendet er sich ab und zählt sechs Schritte zur Seite, ehe er mit voller Kraft gegen die Tür zur Notstiege tritt, die hinter den augmentierten Graffitis fast komplett unsichtbar ist. Aber Théo weiß, dass sie da ist, sie ist immer da. Er spürt, wie sie krachend aufspringt, und geht einfach durch. Was soll's, dass das fast so aussieht, als würde er durch die Wand gehen, was soll's, dass sie jetzt einen seiner wichtigsten Tricks mit minimaler Anstrengung durchschauen könnten? Es ist ihm egal. Dieses eine Mal hat Théo wirklich keine Lust mehr, zu tun, was taktisch clever wäre. Und so vergräbt er die Hände tief in den Hosentaschen und stapft durch das düstere Treppenhaus aufwärts.

»Théo!«

Er hat kaum den zweiten Absatz erreicht, als Clue ihn einholt. Théo ist nicht überrascht, dass ausgerechnet sie es ist, die ihm durch die Wand hindurch nachläuft. Das wird wieder reichlich Stoff für

Spekulationen bieten, was sich da wohl zwischen ihnen anbahnt. Irgendwann ist es ja in jeder Staffel so weit. Und das ist im Grunde gut, immerhin ist es der Kern seiner Spielstrategie: Starke Verbündete finden. Emotionale Nähe aufbauen, damit sie mit ihm gemeinsam das Finale erreichen – und ihn am Ende gewinnen lassen. Gerade hat er zwar eigentlich nicht die Nerven dafür, aber ... dies ist wohl wichtig. Jetzt, da Quentin weg ist, ist Clue immerhin die bisher aussichtsreichste Kandidatin für seine Nummer eins in dieser Staffel. Mit ihrem Schlabberpulli-Understatement-Look, dem etwas schroffen und trotzdem zugänglich hübschen Gesicht und ihrem superschlauen Kopf ist sie sympathisch und stark zugleich. Théo ist ziemlich sicher, dass er mit ihr zusammen sehr weit kommen kann.

Er dreht sich um und achtet sorgsam darauf, dass seinem Lächeln nichts von der säuerlich scharfen Wut anzusehen ist, die ihm im Magen rumort, seit er Quentins Leiche in der Bar entdeckt hat. »Clue! Sieh an. Willkommen im geheimen Reich des Champions!«

Clue runzelt die Stirn, entscheidet sich aber offenbar, seinen Kommentar zu ignorieren. Überhaupt ist sie erstaunlich unbeeindruckt von seiner kleinen Showeinlage, und Théo muss zugeben: Er mag das an ihr, Strategie hin oder her.

»Tu mir einen Gefallen und rede normal mit mir, okay? Was soll das alles?«

Théo zieht sich die Mütze ein wenig tiefer in die Stirn und mustert sie spöttisch. »Was meinst du denn?«

Clue unterdrückt ein angestrengtes Seufzen. »Alles. Warum bist du so? Warum lachst du so ätzend über nichts? Und warum verdammt noch mal trägst du diese Klamotten?«

Théo hebt eine Braue. »Weil Kapuzen über Mützen cool sind?«

»Nein.« Clue starrt ihn herausfordernd an. »Ich meine: Warum trägst du *Trauer*? Du konntest heute Morgen beim Aufstehen nicht wissen, dass Quentin tot sein würde. Oder?«

Oh. Daher weht also der Wind. Diesmal muss Théo sich ein wenig mehr zum Lächeln zwingen. *Beschuldigt* sie ihn gerade, etwas mit Quentins Tod zu tun zu haben? »Vorsichtig mit den Verdächtigungen. Ich bin nicht dein Feind.«

»Ich wünschte, ich könnte mir da sicher sein. Aber ich denke, du weißt mehr, als du zugibst. Also spuck's aus.«

Die Wut in seinem Magen wird wieder stärker. Schlägt Wellen und bricht sich in etwas anderes. Trauer. Verlust. Seine Hand in der Hosentasche ballt sich zur Faust. »Also schön ...« Er zieht die Worte in die Länge, um Zeit zu gewinnen. Ruhe. Die Kontrolle zu behalten ist in dieser Staffel so wichtig wie nie zuvor. »*Vielleicht* weiß ich etwas. Sag mir nur zuerst: Was hat er zu dir gesagt?«

Clue sieht ihn verblüfft an. »Gesagt?«

»Quentin. Als er mich gestern ins Bett gebracht hat, hat er etwas zu mir gesagt, das mir komisch vorkam. Ich dachte, zu dir vielleicht auch.«

Clue zieht die Brauen zusammen und kraust die Nase, als müsse sie über seine Frage angestrengt nachdenken. Für einen Moment sieht es aus, als wolle sie den Kopf schütteln. Aber dann leuchtet etwas in ihrem Blick auf.

»Ja«, murmelt sie. »Gestern, als uns klar wurde, dass die anderen dich erwischt haben. Da meinte ich, er soll dir helfen, aber er wollte nicht. Und er sagte etwas. Ich hab es zuerst nicht verstanden, aber ...« Sie zieht die Augenbrauen zusammen und lauscht in sich hinein.

»Ich will noch nicht sterben.«

Sie flüstert die Worte im gleichen Moment, als auch Théo sie ausspricht. Sekundenlang sehen sie sich stumm in die Augen. Dann nickt Théo langsam.

»Ganz genau«, sagt er leise. »Das sollten wir uns merken, Clue. Ich fürchte, es wird noch wichtig.«

»Ja«, erwidert Clue. Mehr nicht. Aber in ihrem Blick sieht Théo jetzt, dass sie es auch spürt. Wie bedeutsam das alles sein könnte. Und in diesem Moment möchte er sie plötzlich am liebsten in den Arm nehmen. Ihr Herz schlagen und ihren Atem auf seiner Haut spüren. Nicht unbedingt, weil er sie so gernhat, obwohl er sie ja durchaus irgendwie mag. Sondern weil er mit einem Mal das Gefühl hat, dass er etwas, jemanden braucht, um zu wissen, dass er noch da ist ... und bleiben wird. Dass das Spiel nicht bald einfach *vorbei* ist.

RIEN NE VA PLUS.

»Komm«, sagt er mit einer Stimme, die sich leise und eigentümlich weich anfühlt. »Wir reden nachher weiter, versprochen. Jetzt müssen wir erst mal spielen.«

Und obwohl er sich definitiv nicht sicher ist, ob gerade jetzt wirklich der beste Zeitpunkt dafür ist, greift er kurz entschlossen nach Clues Hand. Ihre Finger in den Sensorhandschuhen zucken. Aber sie zieht sie nicht weg.

Schweigend steigen sie gemeinsam weiter die Treppe hinauf. Théos Herz schlägt ein bisschen schneller, je näher sie ihrem Ziel kommen. Denn was auch immer Stage 02 diesmal sonst noch bereithält – die Räume dort mag er. Sehr sogar.

Vor der Tür, die sie zurück ins Spiel führt, lässt er Clue schließlich wieder los. »Also, bereit?«

Clue zuckt die Schultern. Ihr Gesicht ist angespannt, und Théo ruft sich ins Gedächtnis, dass sie ja gar nicht weiß, was dort draußen auf sie wartet. Noch so viel weniger als er. Deshalb versucht er ein aufmunterndes Grinsen. »It's Champ Time!«, flüstert er und deutet mit den Fingern eine Explosion an. Dann stößt er die Tür auf.

Das GAME erwartet sie bereits. Mit einem heruntergekommenen, matt beleuchteten Gang, auf dem die anderen Contenders den Fahrstuhl bereits verlassen und sich vor dem Eingang zum Center Cube versammelt haben. Sie beachten Théo und Clue nicht. Stattdessen starren sie auf die schmutzig graue Doppeltür aus rostigem Stahl, die gegenüber der Fahrstuhltür liegt und hinter der sich wie in jeder Staffel die GAME SHIP-Version eines Innenhofs oder Gartens befinden dürfte. Oh, Théo hofft so sehr, dass es ein Garten ist. Mit blauem Himmel oder Regen, das ist ihm egal. Wenigstens ein bisschen gefakten Wind, den er auf der Haut spüren kann.

Aber als er sich zwischen den anderen hindurchdrängt und das Graffiti sieht, das auf der Tür prangt, ahnt er bereits, dass ihm diesmal wohl nichts von alldem vergönnt sein wird. Große Buchstaben leuchten ihm geradezu schreiend rot entgegen.

RIEN NE VA PLUS.

1stPersonCam: CLUE
Location: CENTER CUBE

»Contenders. Willkommen zu STAGE 02. Phase 01: Cube Searching. Dies sind die Ergebnisse der gestrigen Elimination.«

Die letzten Töne des Intros sind verklungen. Gemeinsam stehen Clue und die anderen Contenders inmitten einer weitläufigen Halle, die so etwas wie ein Maschinenraum zu sein scheint. Mehrere Reihen gigantischer Konstrukte, die ein wenig wie heruntergekommene Dampfkessel aussehen, bestimmen das Bild. Kranhaken und Greifer hängen von Stahlarmen und an Schienen, die weit oben unter der hohen Decke entlangführen. Doch die Maschinen schweigen. Die Armaturen sind schmutzig und verrostet, aus manchen hängen durchtrennte, offensichtlich nutzlose Kabel. Weiter hinten verliert sich die Halle in einem schattigen Wirrwarr aus noch mehr alten Kabeln und zerrütteten Stahlkonstruktionen, die beinahe wie ein bizarrer, lebloser Wald wirken. Und überall sind Graffiti. Auf den Maschinen, an den Wänden, sogar auf dem Boden. Oder vielmehr ist es immer dasselbe. Jene Worte, die auch auf der Tür stehen und die sie tags zuvor in der Bar gesehen haben.

RIEN NE VA PLUS.

Clue wirft einen raschen Blick zu Théo, der seltsam blass um die Nase wirkt, ansonsten aber so tut, als würde ihn das alles nicht jucken. Clue ahnt, dass das nicht stimmt. Eine so fatalistische Botschaft. In seiner Sprache. Immer wieder. Das kann kein Zufall mehr sein. Erst recht nicht nach dem, was mit Quentin passiert ist. Wie wird die Spielleitung wohl erklären, dass er weg ist? Das grüne Licht oben im Display der *insight* zeigt unmissverständlich, dass sie jetzt wieder ungeschnitten online sind, bis heute Abend um 17 Uhr. Aber der Morgen in der Bar, wo sie Quentin gefunden haben ... das lief nicht im Stream.

Nachdem die KI zu Ende gesprochen hat, werden nun die Contender Cards der Reihe nach eingeblendet. Théo. Clue. Nima. Zeke. Piri. Jasper. Onyx. Die Bilder von Sam und May sind heute schwarz-weiß und werden, unterlegt von einem kleinen Paukenschlag, mit einem dicken roten GAME OVER-Stempel versehen. Und schließlich: Quentin. Clues Herz setzt einen Schlag aus, als er auf dem Bildschirm erscheint. Seine Karte ist noch farbig, aber verblasst, wie mit einem grauen Schleier überlegt. Und auch bei ihm erscheint ein Stempel, diesmal allerdings in Grün: MISS A TURN.

Eine Runde aussetzen?! Clue kann kaum glauben, was sie da liest.

Sie vertuschen es. Die Gewissheit breitet sich unangenehm dumpf in ihrer Brust aus. Natürlich. Nicht auszudenken, wenn an die Öffentlichkeit käme, wie sie ihn am Morgen gefunden haben. Es wäre ein Skandal.

Aber wäre es nicht besser, richtiger, wenn es eben doch alle wüssten? Was, wenn sie sich nun einfach hinstellen und es laut aussprechen würde? Millionen Menschen können sie in diesem Moment sehen und hören.

Clues Blick trifft Théos, und sie ist sich eigenartig sicher, dass er die gleichen Gedanken hat wie sie. Stumm schüttelt er den Kopf, mit so beredter Miene, dass sie fast meint, seine Stimme zu hören. *Keine gute Idee. Sogar eine richtig, richtig schlechte Idee. Woher weißt du, dass wir nicht die Nächsten sind?*

Und so abwegig, denkt Clue und schaudert unwillkürlich, ist das tatsächlich nicht. Denn sie wissen ja nicht, warum Quentin gestorben ist. Oder wie.

»Der Teammodus in STAGE 02. Phase 01: Cube Searching ist EINS GEGEN EINS«, erklärt die KI inzwischen. *»Hier sind die gesetzten Teams.«*

Wieder blendet sich das Display der *insight* ab, aber diesmal werden immer zwei Contender Cards nebeneinander sichtbar – mit farblich identischen Rahmen und einem dramatisch gezackten *VS.* dazwischen.

THÉO VS. ZEKE (TEAM ROT)
CLUE VS. ONYX (TEAM BLAU)
NIMA VS. PIRI (TEAM GRÜN)
JASPER VS. QUENTIN (TEAM GELB)

Quentin! Clue starrt auf die Teamaufstellung. Sie haben Quentin aufgestellt, obwohl er aussetzt?

»Die Teams spielen zugleich miteinander und gegeneinander«, fährt die KI fort. Gleichzeitig öffnet sich eine Klappe im Boden, und ein Podest fährt daraus hervor, auf dem ein faustgroßer Holzwürfel mit seltsam verschlungenen Zeichen liegt. *»Eure Aufgabe ist es, die zwei für euer Team bestimmten Rätselwürfel zu finden und sie in den passenden Escape Room zu bringen.«* Die KI hält kurz inne, während an vier der großen Maschinen farblich zu den Teams passende Türrahmen aufleuchten. *»Das Spielareal ist ausschließlich der Bereich CENTER CUBE. Die Suche ist nicht zeitlich limitiert. Dies gilt allerdings nur, bis das erste Team seinen Raum betritt und mindestens -1- Würfel in den dafür vorgesehenen Docking Stations platziert. Sobald der erste Würfel platziert wurde, beginnt Phase 02: Cube Hacking. Ab diesem Startpunkt haben ALLE Teams -60- Minuten Zeit, um einen oder beide ihrer Würfel in den Escape Rooms zu platzieren und zu lösen. In einem der Würfel befindet sich der Schlüssel. Im anderen ein Teil eines Rätsels. Das Öffnen des Bonuswürfels ist für das Lösen des Escape Rooms nicht erforderlich. Aber nur mit dem Inhalt aller vier Bonuswürfel kann der Bonus Content für STAGE 03 vollständig freigeschaltet werden.*

VORSICHT: Teams, die ihre Escape Rooms nicht innerhalb des Zeitlimits für Phase 02: Cube Hacking öffnen können, werden automatisch GAME OVER gesetzt.«

Wieder macht die KI eine Pause. Und die braucht es auch – was für ein komplexes Spiel das ist! Clue begreift nicht alles auf Anhieb, aber sie spürt all die Möglichkeiten für unterschiedliche Strategien: miteinander und gegeneinander, ein Würfel oder zwei, Risiko oder Sicherheit. Es zieht in ihrem Magen, als würde sie im freien Fall von einem Hochhausdach springen.

»Kommen wir zuletzt zu den Bonusinhalten aus STAGE 01«, verkündet die KI. *»Der Chip, den Team ALLY gestern erspielt hat, ist an der zentralen Stele auslesbar. Er enthält Hinweise auf die Verstecke der Würfel und welche von ihnen die Schlüssel enthalten. Ehemaliges Team ALLY. Entscheidet jetzt, ob ihr diese Information mit den anderen Contenders teilen wollt.«*

Clues Herz pocht mit einem Mal ungewöhnlich laut. Der Chip! Den hatte sie beinahe vergessen. Die anderen vielleicht auch, aber spätestens jetzt erinnern sie sich natürlich. Was soll sie tun? Soll sie erzählen, was gestern passiert ist …?

»Oh, na, da ist es aber besonders schade«, lässt sich da unerwartet Théo vernehmen, »dass der Chip unbrauchbar gemacht worden ist. Man könnte fast meinen, das war *Absicht.*«

Clue starrt ihn entgeistert an. Fällt er ihr gerade in den Rücken? Aber als sich ihre Blicke begegnen, sieht sie darin keine Wut. Nicht wie gestern in der Bar. Oder heute Morgen. *Spiel besser mit!*, sagt sein Blick, und das würde Clue ja gern. Wenn sie nur wüsste, was er vorhat.

Auch die anderen scheinen verwirrt. »Was meinst du damit?« Zeke hat die sonst so stahlglatte Stirn in tiefe Falten gelegt. »Wo ist der Chip? Oder ist das wieder einer von deinen Successor-Tricks?« Er schnauft verächtlich.

Théo dreht sich zu ihm um. »Nein«, sagt er so freundlich, dass Clue ein Schauer über den Rücken läuft. »Die kommen gleich erst. Der Chip ist, sagen wir mal, an einem Ort, den keiner von uns jetzt noch erreichen kann, wenn ihr versteht.«

»Du meinst …«, flüstert Nima.

»Ja«, sagt Théo laut und deutlich. »Quentin hatte den Chip. Wir werden ihn in dieser Runde nicht nutzen können. Niemand von uns.«

Clue kann nicht verhindern, dass ihr der Mund aufklappt. Das ist so furchtbar offensichtlich gelogen! Und doch … nur eine einzige Person außer ihnen beiden kann das wirklich wissen. Clues Blick zuckt zu Piri, auf dieren Lippen ein kleines Lächeln erschienen ist. Und ihr fällt ein, was Théo über sien gesagt hat. Dass sier das Spiel *verstanden* hat. Zugleich hat Clue aber auch noch viel zu deutlich das funkelnde Messer vor Augen.

»Mir tut es auch leid, Clue. Aber ich muss noch im Spiel bleiben.«

Clues Magen verknotet sich. Was für ein riskanter Zug! So hätte sie niemals gespielt. Aber Théo ist kein Typ, der sich um so was schert.

»Aber …« Das ist Jasper. Wie immer braucht Clue ein paar Sekunden, um seine Stimme einzuordnen. Weil sie sie so selten hört und weil sie so zurückhaltend und unauffällig ist, wie Jasper als ganze Person zurückhaltend und unauffällig ist. So zurückhaltend und unauffällig, dass man ihn einfach immer wieder vergisst. Jetzt allerdings klingt er beinahe panisch. »Quentin ist doch nicht da. Ich bin ganz allein im Team! Heißt das, ich muss in 60 Minuten beide Würfel lösen, um sicher zu sein, dass ich nicht GAME OVER gehe? Vielleicht sogar noch weniger? Und ganz ohne Bonushinweise? Ich ... ich ...« Er ringt nach Atem.

Da tritt Théo vor und legt ihm eine Hand auf die Schulter. »Ruhig. Ich denke schon, dass sie das meinen, aber das wirst du nicht müssen.«

Jasper hält verblüfft inne. Aber Théo lächelt nur.

»Ich hab doch gesagt, es kommt gleich ein Successor-Trick.« Er zieht ein Lederband mit einem Anhänger aus der Tasche. Clue erinnert sich plötzlich, dass er es gestern schon in der Hand hatte. Als er betrunken auf dem Boden der Bar gelegen und Chansons gesungen hat. Kurz bevor sie ihn zum ersten Mal hat wütend werden sehen. Jetzt hält er die Kette in die Luft, sodass der Anhänger im matten Licht schimmert. Es ist eine Münze mit einem Loch in der Mitte.

»REFEREES: Ich möchte einen Successor Perk einsetzen«, sagt er, die Worte jetzt mehr an die hohe Decke gerichtet als an die Menschen, die mit ihm hier sind. »Aus den erweiterten Regeln: Das Token BODY SWITCH berechtigt dich dazu, einmalig im Lauf einer Staffel zwei Teammitglieder zu vertauschen.«

Aus der Höhe der Halle ertönt ein dumpfes Klingeln wie eine Antwort. Es ist ein Geräusch, das sie alle kennen. Sie haben es schon oft gehört, nicht nur hier drin, auch draußen, in ihrem echten Leben, jeden Tag – immer, wenn sie im *dEEp.net* eine Anfrage per Spracheingabe stellen. Die KI ist bereit, zuzuhören.

»Token erkannt. Codewort: BODY SWITCH. Du kannst jetzt zwei Teammitglieder vertauschen. Nenne mir die Namen.«

Nun starren alle Théo an. Ungläubig. Schockiert. Vor allem Zekes Gesicht verzieht sich auf geradezu bizarre Weise. Natürlich – nach allem, was tags zuvor passiert ist, wäre es für ihn definitiv die beste Option, mit dem Champion Successor in einem Team zu sein. Stattdessen muss er nun fürchten, dass Théo Jasper in sein Team holt und stattdessen er diese Runde allein bestreiten muss. Clue ist selbst überrascht, wie sehr sie plötzlich darauf hofft, dass Théo genau das tun wird.

Théo holt tief Luft. »Jasper«, sagt er mit fester Stimme. »Und Clue.«

Für einen Moment scheint alles Blut aus Clues Kopf bis hinunter in ihre Füße zu sacken. Dann rauscht das volle Begreifen wie eine Flutwelle über sie hinweg.

Théo hat sie solo gesetzt. Nicht Zeke. Sondern sie.

»Willst du mich loswerden?« Sie hört ihre eigene Stimme als atemloses Keuchen aus ihr herausbrechen.

Théo dreht sich zu ihr um. Ein Lächeln kräuselt seine Augenwinkel. »Aber nicht doch, Clue. Was denkst du wohl? Wer sonst soll denn Quentins Rätsel lösen können? Außerdem hast du jetzt keinen Gegner mehr. Na ja, außer ... uns alle natürlich.«

Clue kann die Worte kaum greifen. Sie kann einfach nicht glauben, dass er das getan hat.

Da knistert es wieder in den unsichtbaren Lautsprechern. *»Verstanden«*, sagt die KI. *»Ich habe die Teams neu gesetzt.«*

Erneut flackern die Contender Cards auf dem Display auf.

THÉO VS. ZEKE (TEAM ROT)
JASPER VS. ONYX (TEAM BLAU)
NIMA VS. PIRI (TEAM GRÜN)
CLUE VS. QUENTIN (TEAM GELB)

»STAGE 02. Phase 01: Cube Searching beginnt jetzt«, verkündet die KI in ihrem üblichen fröhlich entspannten Ton. *»Viel Erfolg, Contenders.«*

Asgard International Academy (AIA), Berlin
Institute for Bioware Engineering
Workgroup: Enhanced Artificial Tissue Modeling and Integration

Yez warf einen Blick durchs Mikroskop und justierte den Fokus auf die reiskornförmigen Alpha-Proteobakterien ein wenig nach.

»Na endlich, das sieht doch gut aus.« Zufrieden wählte sey die nächststärkere Linse, bis sey die fuchsinroten Einzeller auf den malachitgrün gegengefärbten Flügelhautzellen auszählen konnte, ohne dabei ins Schielen zu geraten. Es hatte deutlich länger gedauert als geplant, bis die Symbiontendichte in der Zellkultur hoch genug war. Signifikant länger als bei den vorherigen fünf Versuchstieren jedenfalls. Aber heute war es endlich so weit.

»Heute Nachmittag geht's los, Alexios«, sagte Yez mit einem Grinsen zu dem Langfühler-Heuschreckenbock, der in einem kleinen Glaskasten neben sem auf dem Tisch saß. »Bald bist du wieder heil und darfst zurück zu deinen Freunden. Und du wirst der coolste Boy der Gang sein, versprochen.«

Der Heuschreckenbock bewegte matt die verstümmelten Flügel. Wie bei jedem neuen Projekt war es Yezmin zu Beginn furchtbar schwergefallen, einem hilflos fixierten Lebewesen ein daumennagelgroßes Stück Haut aus dem Flügel zu trennen. Und wenn sey sich noch so oft sagte, dass Heuschrecken kein zentrales Nervensystem und kein Bewusstsein besaßen, mit dem sie Angst oder Schmerz hätten empfinden können: Die Schwelle zum allerersten Schnitt war kaum zu überwinden gewesen. Es war sem nur gelungen, weil sey wusste, dass es beim zweiten Mal schon leichter gehen würde. Beim dritten oder vierten Mal dachte sey dann schon kaum noch darüber nach. Zumindest nicht, so lange sey sich nicht klarmachte, wie beängstigend dieser Abstumpfungsprozess im Grunde war. Oder sich fragte, ob sey bei Versuchen an Säugetieren ähnlich reagieren würde. Oder an Menschen.

Manchmal machte Yezmin dieser Gedanke wirklich Angst. Vor allem, wenn sem dann auch noch bewusst wurde, wie oft sey inzwischen darüber nachdachte, sich vielleicht selbst einmal eine Hautprobe zu entnehmen, mit Elektrozyten zu pimpen und wieder einzusetzen. Stromschlag durch Fingerschnipsen. Wäre das etwa nicht cool?

Yez musste lachen, als eine Comicversion von Baş in serem Kopf auftauchte und begann, einen Ethik-Vortrag zu halten. Vielleicht war es ganz gut, dass Anwendung am Menschen noch nicht möglich war.

Sey schüttelte den Gedanken ab und griff nach dem Kulturgefäß mit den Hautzellen des Zitteraals. »Du bekommst die längste Elektrozytenkette von allen, wusstest du das?«, erklärte sey Alexios, während sey auch in den Zitteraal-Zellen die Symbiontendichte kontrollierte. »Damit kommst du vielleicht sogar auf 200 Volt – oh, na, das ist ja perfekt! Beinahe maximale Kompatibilität.« Sey schaltete das Mikroskop aus und klatschte zweimal in die Hände. »Zeit für die Hydrogel-Matrizen, Lexi!«

In diesem Moment klopfte es hinter sem an das abgeblendete Fenster. Yez fuhr heftig zusammen.

»Oh, verflucht, du sollst das nicht immer machen!«, schnappte sey, ungeachtet der Tatsache, dass Hathi, die in diesem Moment wild mit beiden Armen fuchtelnd vor der Scheibe stand, sey weder sehen noch hören konnte. Auch Yez erkannte durch das Abblendglas nicht viel mehr von ihr als eine dunkelbraune Silhouette. Aber das reichte. Der bizarre Tanz, den diese Silhouette da draußen vollführte, sprach eine eindeutige Sprache: *Komm sofort nach draußen!*

Yez seufzte. Was konnte wohl nun wieder so wichtig sein? Es war immer schwer, vorherzusagen, ob Hathi wirklich ein dringendes Anliegen hatte (Schlüssel vergessen und Kochfeld nicht ausgeschaltet?) oder einfach bloß Gesellschaft wollte, während sie ihre anderthalb Liter Getreidekaffee aus der Thermoskanne trank.

So oder so, wenn Yezmin ehrlich war, war jetzt ein guter Moment für eine Pause. Also klopfte sey zurück an die Scheibe, woraufhin Hathi aufhörte zu winken und nach letztem nachdrücklichem Gestikulieren in Richtung des Hinterausgangs vom Fenster verschwand.

Yez seufzte erneut. »Sorry, Bad Boy«, sagte sey zu Alexios. »Du musst noch kurz warten.«

Dann drückte sey auf den Knopf für die Tür zur Dekontaminationsschleuse.

Zwischen dem Hinterausgang des Labortrakts und dem Gebäude für die Seminarräume und Verwaltungsbüros des Instituts für *Bioware Engineering* gab es einen kleinen Innenhof, leidlich begrünt mit ein paar Platanen. Leicht angerostete Maschendrahtbänke standen darunter. Yez und Hathi trafen sich nicht zum ersten Mal hier, weil es zwischen Mittag und frühem Nachmittag zumindest ab und an ein paar Sonnenstrahlen bis zwischen die eng stehenden Gebäude schafften.

Heute aber war der Himmel neblig und schneeregengrau. Und auch Hathis Gesicht sah irgendwie grau aus, wie sie auf einer der Bänke hockte, fest in ihre senfgelbe Strickjacke gewickelt, die Knie bis unters Kinn gezogen und mit einer Miene, als wäre sie am liebsten in ihre Thermosflasche gekrochen. Sie hatte nicht mal ihre *insight* aufgesetzt.

Aber erst als Yezmin bis auf wenige Schritte herangekommen war, erkannte sey, dass sere Freundin weinte.

Erschüttert blieb sey stehen. Seit etwas mehr als vier Jahren lebte sey nun mit Hathi und Baş zusammen und hatte Hathi in vielen verschiedenen Gemütszuständen kennengelernt. Euphorisch, hoch konzentriert oder gut gelaunt bis zur Albernheit, aber auch wütend, genervt, traurig oder resigniert. Aber diese Hathi, an diesem grauen Nachmittag im Innenhof, war so ratlos, dass es an Verzweiflung grenzte. Diesen Ausdruck hatte Yez noch nie an ihr gesehen.

»Hey.« Ein wenig unschlüssig blieb Yezmin vor ihr stehen und setzte sich schließlich neben sie auf die Kante der Bank. Beinahe hätte sey gefragt, ob alles in Ordnung war. Aber das war es sehr offensichtlich nicht, also ließ sey es bleiben. »Was ist denn los?«, fragte sey stattdessen leise, als sich Hathi mit einem seltsamen Seufzer an sere Schulter lehnte.

»Darf ich dich GAME-spoilern? Nur ein einziges Mal?«

Yez legte den Arm um Hathis Taille und drückte sie leicht an sich. »Ich hoffe, du hast einen guten Grund dafür, und ich hoffe, es ist nicht, mit wem Théo diese Staffel knutscht. Sonst müsste ich dich hinterher leider hassen.«

Hathi lachte, auch wenn es ein bisschen nach Schluchzen klang. »Es ist erst Tag zwei. Théo hat noch nie an Tag zwei geknutscht, das wäre ein Rekord.« Sie richtete sich wieder ein Stück auf und sah Yez frustriert an. »Yezzi, mit meiner Persona stimmt was nicht. Er setzt diese Runde aus.«

»Was?!« Yez riss die Augen auf. »Aber wieso? Er hätte doch safe sein sollen.«

»Er ist auch nicht raus-raus. Es stand nur *MISS A TURN* dran bei der Verkündung.«

»Also, das check ich jetzt aber gar nicht. So was gab's noch nie. Was heißt denn das?«

Hathi zuckte etwas verkrampft die Schultern und starrte in den Deckel ihrer Thermoskanne, in dem noch eine Pfütze Kaffee übrig war. »Woher soll ich das wissen? Gab ja auch noch nie eine studentische Pre-Design Persona im Spiel. Technischer Fehler, vermute ich. Ach, wahrscheinlich hab ich einfach irgendwas verbockt, und jetzt müssen sie es erst fixen oder so. Wer weiß, ob er überhaupt wiederkommt. Yezzi! Was soll ich jetzt machen? Ich hab mich so gefreut, und jetzt fühl ich mich so ... jämmerlich.«

»Bist du aber nicht«, erklärte Yez energisch. »Dein Code ist garantiert so perfekt wie immer. Es könnte sonst was sein, mit dem du überhaupt nichts zu tun hast.«

Hathi stieß einen verzweifelten Laut aus. »Ach, ich hab

doch keine Ahnung, Yezzi! Ich meine – gestern Abend sah er ja noch ganz frisch aus, und im Best-of-Channel hab ich auch nichts gefunden, dabei hab ich mir jedes Video angesehen. *Jedes,* okay?«

»Ja, klar«, murmelte Yez, fummelte sere eigene Thermotasse vom Gürtel und deutete auf die Kanne in Hathis Hand. »Ist da noch was drin?«

Hathi schüttete sem kommentarlos einen Schluck Getreidekaffee ein und schenkte auch sich selbst nach.

Nachdenklich schlürfte Yez an dem heißen Getränk. »Hat deine Prof was dazu gesagt?«

»Hab noch nicht mit ihr gesprochen«, nuschelte Hathi in ihren Becher. »Trau mich nicht.«

»Aber das *musst* du!« Yez starrte sie an. »Mensch, Hathi, du musst doch rausfinden, woran das liegt!«

»Aber ...«

»Defekte sind immer die beste Möglichkeit, ein System zu verbessern!« Yez packte Hathi an den Schultern. »Das lernen wir im Engineering gleich am ersten Tag! Am besten schreibst du ihr jetzt gleich. Schreib, du würdest gern darüber reden, was der Fehler sein könnte. Los. Tu es, solange ich hier sitze und aufpasse, dass du nicht kneifst.«

Hathi seufzte tonlos. Dann zog sie ihre bestickte Umhängetasche auf den Schoß und kramte ihr *dEEp.touch* daraus hervor. »Ja ... ja, ich weiß. Du hast recht.« Sie tippte ein paarmal auf das Display. Dann verharrte ihre Hand erneut.

»Was ist? Na los, du kannst es.«

Hathi schüttelte den Kopf. »Ich ... hab eine Mail bekommen.« Sie sah auf, und Yez erkannte einen Anflug von Panik in ihrem Blick. »Im Betreff steht ›SUCCESSION GAME Persona‹. Kennst du einen Dr. Álvarez?«

Yezmin spürte, wie sere Gesichtszüge entgleisten. Ser Herz schlug schneller, und sey wusste genau, was Hathi dachte: Das konnte kein Zufall sein. Nicht ausgerechnet heute. »Nie gehört. Was will er denn?«

Hathi zuckte ein wenig zittrig die Schultern. »Ich ... schau mal ... oder?«

»Natürlich schaust du, aber sofort!«

Hathi nickte und tippte auf ihr *touch*. Im nächsten Moment quietschte sie auf und packte Yez so fest am Arm, dass sey ebenfalls aufschrie.

»*Yezzi!* O mein Gott, das ist der medizinische Leiter von SUCCESSION GAME!« Sie starrte Yez aus weit aufgerissenen Augen an. »Er will mit mir reden! Und ... und ...« Sie rang nach Atem. »Und mit dir.«

1stPersonCam: THÉO
Location: CENTER CUBE

»Also was machen wir jetzt? Dieses Areal ist riesig.«

Es ist wieder einmal Jasper, der das Schweigen bricht, das sich nach den letzten Worten der KI über die Halle gelegt hat. Der junge Musiker macht immer noch einen zittrigen Eindruck, offenbar hat er noch nicht ganz verarbeitet, was gerade passiert ist. Dass er solo gehen sollte und doch wieder nicht und dass es natürlich längst nicht bedeutet, dass er jetzt sicher ist.

»Ich finde, wir sollten uns aufteilen und zusammenarbeiten.« Auch Clue wirkt noch etwas aus der Bahn geworfen, und sie meidet standhaft Théos Blick. Théo versteht das, aber gefallen tut es ihm nicht. Er hat seinen Perk schließlich nicht geopfert, um sie zu quälen, sondern weil er denkt, dass es eine taktisch kluge Entscheidung *für sie beide* war. Théo hofft, dass Clue das bald begreift. Und dass sie tatsächlich leisten kann, was er ihr zutraut.

Sein Blick huscht zu Zeke, und um ein Haar hätte er aufgeseufzt. Ja, nun. Vielleicht macht er sich besser erst mal Sorgen um sich selbst.

»Wir tragen alle Würfel hier zusammen«, fährt Clue inzwischen fort. »Wenn wir sie auf einem Fleck sehen, erkennen wir vielleicht Hinweise, die uns sonst nicht auffallen. Das könnte wichtig sein, jetzt, da wir den ... Chip nicht nutzen können. Außerdem können wir dann alle gemeinsam mit den Rätseln starten und die maximale Zeitspanne nutzen.«

Théo muss lächeln. Dieser zielorientierte Pragmatismus. Er mag, wie sie denkt. Er mag es fast zu sehr.

Ein gereiztes Schnauben ertönt, noch ehe Clue ganz ausgesprochen hat. Zeke. Wer sonst?

»Man kann es mit der Zusammenarbeit auch übertreiben. Es geht hier immer noch um ein GAME OVER. Ich für meinen Teil beabsichtige jedenfalls, die Chance zu nutzen, die der Successor uns verschafft hat.« Er lacht, ein kaltes, hässliches Geräusch, und nickt Théo ungewohnt anerkennend zu. »So kickt man Favoritinnen. Nicht übel.«

Théo schiebt die Hände in die Hosentaschen. »Ah, *touché*, du hast recht«, sagt er und blinzelt freundlich. »Ich lasse eben nur die im Spiel, die ich für ungefährlich halte.«

Für einen Moment sieht Zeke aus, als wolle er auf ihn losgehen. Aber dann entscheidet er sich noch einmal für dieses hässliche Lachen. Immerhin sind sie jetzt ein Team. *Freunde* bis zum Ende der Stage. Er weiß, dass er Théo braucht, um zumindest im Mittelfeld zu landen.

»Ich finde ihren Vorschlag gut«, wirft Nima ein, und Théo ruft rasch sein game-internes Notepad auf, um festzuhalten, dass Nima vermutlich nicht besonders gut in logischen Knobelrätseln ist – oder aber Piri für nicht gut darin hält. Wer weiß, wann er diese Erkenntnis noch brauchen kann.

Nima senkt halb die Lider, und ihr Blick wird seltsam leer. »Ich spüre hier mehrere Felder, an denen sich die Energie konzentriert«, murmelt sie. »Noch weiß ich nicht, wie ich sie lokalisieren soll. Aber ich denke, ich kann eine Hilfe sein.«

Ihre Worte lassen Théo aufhorchen. *Oh? Spürst du die Interaktionspunkte? Ist das deine Fähigkeit, Geisterseherin?*

»Na schön. Aber wenn wir uns dafür entscheiden«, wirft Onyx ein, »bedeutet das auch, dass wir einander vertrauen müssen. Dass kein Team das Versteck eines Würfels aus den gegnerischen Teams verschweigen und dann doch einen Alleingang versuchen darf. Denkt ihr, dass unsere Gruppe das schafft?«

Théo unterdrückt ein weiteres Seufzen. Wie sehr ihn dieses Gerede jedes Mal anstrengt! Die Argumente sind immer die gleichen und verlogen noch dazu. *Niemand* will doch je wirklich etwas für die Gruppe tun, sondern immer nur für sich oder maximal das aktuelle eigene Team. Sogar hier, sogar jetzt, da einer von ihnen einfach tot ist – das GAME bleibt das GAME, und es ist nicht zu gewinnen, indem man sich mit *allen* verbündet. Am Ende spielt man doch für sich allein. So ist das nun mal.

Er stellt sich neben Zeke und beugt sich zu ihm. »Du hast also einen Plan, ja?«, sagt er so leise, dass ganz sicher niemand sonst es hören kann. »Dieses Areal ist *wirklich* riesig. Wir werden vielleicht Tage brauchen, wenn wir nicht zusammenarbeiten. Und wenn wir nicht diejenigen sind, die ihre Würfel zuerst finden, müssen wir *wirklich* schnell sein mit den Rätseln. Ich bin dir da keine allzu große Hilfe, das sage ich dir schon jetzt.«

Zeke wirft ihm einen Blick zu, der genauso emotionslos ist wie sein dünnes Lächeln, und öffnet und schließt vielsagend seine Faust. »Ja. Ich denke, den habe ich.«

Natürlich, denkt Théo. Er hat gesehen, dass die Würfel nur aus Sperrholz sind. Der Steelboy will sich auf seine Stärke verlassen. Und vermutlich ... ja, vermutlich *kann* man das Problem auf diese Art lösen. Aber schön ist das nicht.

»Du musst sie nur für uns finden«, sagt Zeke noch immer sehr leise. »Und das wirst du doch, oder? Du, der sich hier besser auskennt als wir alle zusammen.«

Théo erwidert seinen Blick, ohne zu blinzeln. Was soll er darauf bloß antworten? Wie ehrlich sollte er ausgerechnet zu Zeke sein, selbst wenn der nun für schlimmstenfalls mehrere Tage sein Partner ist? »Ja«, murmelt er schließlich widerstrebend. »Das werde ich wohl.«

Und tatsächlich stehen die Chancen dafür gar nicht so schlecht. Nach Nimas Andeutung über Energieansammlungen könnte es sich jedenfalls lohnen, die Interaktionspunkte abzulaufen, die er aus den letzten Staffeln kennt. Vielleicht haben sie Glück. Vielleicht auch nicht. Und für Théos langfristige Strategie für diese Stage spielt es ohnehin keine Rolle. Er klopft Zeke auf die Schulter.

»Also schön«, sagt er laut. »Unser Team hat entschieden. Der Stahljunge und ich spielen für uns und gegen euch. Viel Erfolg dem schäbigen Rest.« Er hebt noch einmal grüßend eine Hand. Dann dreht er sich um und schlendert davon, in den Maschinenwald des Center Cube hinein. Zeke folgt ihm dichtauf, aber Théo beachtet ihn kaum. Er wird schon einen Weg finden, seinen *Partner* loszuwerden. Wenn die Zeit gekommen ist.

1stPersonCam: CLUE
Location: CENTER CUBE

Clue starrt Théo und Zeke hinterher, wie sie im Hintergrund zwischen den Maschinen verschwinden. Schon nach kürzester Zeit sind sie nicht mehr zu sehen, aber es fällt ihr schwer, ihre Aufmerksamkeit wieder auf die zu richten, die noch da sind. Mehr noch als zuvor fühlt es sich an, als hätte Théo sie eiskalt ausgeliefert. Aber warum bloß? Wollte er wirklich eine Favoritin kicken, wie Zeke sagt? Ist Clue das überhaupt, eine Favoritin? Oder geht es hier um etwas ganz anderes?

Es ist sinnlos, darüber nachzugrübeln. Die Dinge sind jetzt, wie sie sind, und sie muss das Beste aus der Situation machen. Also sieht sie die verbliebenen Contenders der Reihe nach an.

»Und wir?«, fragt sie, so ruhig sie kann. »Was entscheiden wir?«

Einige quälend lange Sekunden sagt niemand etwas. Dann erscheint ausgerechnet auf Piris Gesicht zuerst ein Lächeln. Es wirkt entwaffnend herzlich, und vermutlich hätte es Clue ein sicheres Gefühl gegeben, wenn nicht … ja, wenn dem nicht ein anderes Bild in so hartem Kontrast gegenübergestanden hätte.

»Ich spiele mit dir«, erklärt Piri leichthin. »Ich weiß ja, dass du keine Verräterin bist.«

Das macht Clue fast schon wieder sprachlos. Wie kann sier an einem Tag verkünden, ihr den Bauch aufzuschlitzen und ihr am nächsten sier Vertrauen aussprechen?

Piri dreht sich zu sierer Teampartnerin um. »Nima?«

Die Geisterseherin zuckt die runden Schultern. »Ich habe ja schon gesagt, gute Idee.«

Onyx wechselt derweil einen Blick mit Jasper, ehe sie sich wieder der Gruppe zuwendet. Drei ihrer acht Augen blinzeln nachdenklich, die anderen sind starr auf Clue gerichtet. »Also suchen wir unabhängig voneinander und bringen unsere Würfel hierher. Und wenn wir Würfel eines anderen Teams finden, geben wir Bescheid.«

Alle nicken bestätigend.

»Außer die von Team Rot«, fügt Jasper hinzu – in fast flüsterndem Ton und mehr eine Frage als eine Aussage, aber trotzdem hat Clue das Gefühl, dass ihr seine melodische Stimme die Luft abschnürt.

»Ja«, sagt sie und hat nun absurderweise selbst das Gefühl, Théo auszuliefern. »Außer die von Team ROT.«

»Großartig! Also Hand drauf«, fordert Piri mit unverändert munterer Stimme und streckt den gesunden Arm aus. »Lasst uns versprechen, einander nicht zu verraten. Einverstanden?«

Clue zögert. Dann gibt sie sich einen Ruck. Kurz darauf legen sich fünf Hände in schwarzen Sensorhandschuhen in der Mitte ihres Kreises übereinander.

»Wir treffen uns kurz vor Ende des Livestreams wieder hier«, schlägt Clue vor. »Dann sehen wir, was wir haben.«

Die anderen nicken oder geben zustimmende Laute von sich. Dann trennen sie sich und machen sich auf den Weg hinein in den Maschinenraum. In den Wald aus Kabelranken und hochaufragenden Stahlgerippen, in dem auch Théo und Zeke verschwunden sind und in dem ihnen von jedem Träger und jeder angerosteten Metallplatte das unheilverkündende Graffiti entgegenstarrt:

RIEN NE VA PLUS.

Zwischen den alten Metallriesen ist es dunkel. Nur wenig Licht erreicht den Boden und zeichnet verschwommene Schattenmuster auf den Beton. Es knarzt und ächzt in den schwankenden Kabeln und Stahlgewinden, und manchmal ist ein Pfeifen und Zirpen zu hören wie schlecht imitierte Vogelstimmen und anderes Getier. Es ist eine bedrückende Imitation eines echten Waldes – und umso bitterer, denkt Clue, da es weltweit nur noch sehr wenige Wälder gibt, die von Menschen überhaupt betreten werden dürfen.

Und trotzdem ... während sie zwischen den verbogenen und verzweigten Stahlträgern hindurchwandert, rufen der Anblick und die Geräusche seltsam friedliche Erinnerungen in ihr hervor. Erinnerungen an Sonnenstrahlen, die sich durch dichtes Zedern- und Fichtengeäst drängen. An leuchtendes, duftendes Grün und warmen Sommerwind, der in den Nadelzweigen raschelt. An schroffe Berghänge und plätschernde Bäche und vertraute Menschen, die lachen und singen.

Clue bleibt stehen. Etwas an dieser Erinnerung passt nicht zusammen. Nicht nur, dass sie sehr alt zu sein scheint, wie ein fernes Echo aus ihrer Kindheit. Nein. Die Wälder vor ihrem inneren Auge gibt und gab es definitiv nicht in Finnland, und es sind auch keine finnischen Lieder, die in ihr nachklingen.

Clue spürt dem Gefühl noch ein wenig tiefer nach, und wieder holt sie der Gedanke ein, den sie am Morgen neben Quentins Leiche gespürt hat: Clue, die Privatdetektivin aus Helsinki ... *ist nicht sie*. Ist die Erinnerung an den Wald also vielleicht das Einzige, das wirklich stimmt, und darüber hinaus auch noch etwas, an das sie sich in diesem Moment gar nicht erinnern *sollte*?

»Woher kann eine Privatdetektivin aus Helsinki eigentlich so entzückend auf Französisch schimpfen? Das wüsste ich wirklich gern.«

Théos Worte, gestern in der Bar. Ein Prickeln breitet sich hinter Clues Stirn aus. Eine Blase platzt in ihrem Kopf. Schon wieder?! Wieso hört das nicht auf?

Das Flugticket in ihrer Hand wog so viel schwerer, als es sollte. Helsinki – Berlin.

Die Erinnerung flimmert.

Nein. Es war Beirut – Berlin.

Beirut. Noch eine Blase platzt und hinterlässt nichts als einen unzusammenhängenden Gedanken, fast ebenso fern wie die Erinnerung an den Wald: *Ich wollte dieses Land nie verlassen. Egal, wie kaputt es ist. Aber die Zedern brennen.*

Clue schließt fest die Augen. Eine schwere, wütende Traurigkeit staut sich in ihr auf wie Wasser hinter einem Damm. Beinahe weiß sie es jetzt wieder. Beinahe kann sie greifen, wer sie war, wer sie ist, und sie schiebt ihren Ärmel zurück, um ...

»Hey, Clue. Nicht erschrecken!«

Clue fährt heftig zusammen. Was immer sich gerade in ihr aufgebaut hat, zerfällt. »O verdammt, Jasper!«

Der Musiker tritt zögernd aus den Schatten eines in sich verdrehten Stahlbaumes, der seine ausladende Krone so weit in die Höhe reckt, dass der Wipfel nicht zu sehen ist. »Tut mir leid. Ich bin dir nicht nachgelaufen oder so, ich hab ... dich gerade bloß zufällig gehört, und da dachte ich ...« Er bleibt vor ihr stehen und starrt sekundenlang auf seine Schuhspitzen, ehe er vorsichtig aufschaut. »Ich wollte dir nur sagen, es tut mir leid, dass du meinetwegen in Schwierigkeiten bist.«

Er wirkt so unsicher, denkt Clue. Wie ist ein halbes Kind wie er überhaupt in dieses Spiel geraten? Was hat ihn dazu getrieben, sich zu bewerben? Hat er ... *Moment.* Sie stockt. *Ist* er denn überhaupt ein Kind? Er könnte in Wahrheit dreimal so alt sein, wie er aussieht. Und wenn dem so ist ... weiß er es? Clues Kopf beginnt zu schmerzen. Selten hat sie sich so sehr gewünscht, ihr Gehirn wenigstens ein paar Sekunden vom Denken abhalten zu können. Immerhin hat sie gerade ganz andere Probleme als ihre oder seine Vergangenheit – ihre unmittelbare Zukunft nämlich, die viel zu leicht direkt in ein GAME OVER führen könnte. Sie muss sich konzentrieren.

»Mach dir keinen Kopf. Wir arbeiten doch zusammen.« Sie probiert ein ermutigendes Lächeln. »Vielleicht finden wir irgendwie heraus, in welchem Würfel der Schlüssel steckt, dann kann ich mich für den richtigen entscheiden und habe die gleichen Chancen wie ihr alle.«

Obwohl sie die Würfel dazu natürlich erst einmal finden muss – und zwar bevor es Zeke und Théo gelingt oder eines der anderen Teams sich doch entscheidet, dass ein schneller Start die besseren

Chancen verspricht. Leider sind beide Varianten nicht ausgeschlossen, Versprechen hin oder her.

Auch Jasper scheint ähnliche Gedanken zu haben, denn sein Nicken fällt zögerlich aus. »Okay. Aber ich mein's ernst. Ich möchte dir helfen. Ich meine ... ich höre so einiges, was ich nicht hören sollte, also wenn du mal Infos brauchst ... Verstehst du?«

Clue runzelt verwirrt die Stirn. »Ehrlich gesagt, nein.«

Jasper sieht sich nervös um und fummelt an den Kopfhörern um seinen Hals. Dann tritt er noch einen Schritt näher. »Weißt du, der Name meiner Persona ... ist eigentlich bloß Tarnung. In Wahrheit hab ich keine Ahnung von Musik. Ich habe nur ... Also, ich vergesse nie ein Geräusch, das ich gehört habe.«

Clue sieht ihn verblüfft an. »Im Ernst? Du vergisst nie ... also gar nichts?« Das erscheint ihr beinahe unmöglich. Unfassbar in jedem Fall.

»Nur wenn es um Geräusche geht.« Jasper zuckt die Schultern und wirft einen weiteren unruhigen Blick in die Runde. »Ist eine neurologische Filteranomalie. Angeboren. Deswegen brauche ich manchmal die hier, um ein bisschen Ruhe zu haben.« Er deutet auf seine Kopfhörer. »Na, jedenfalls ... ist meine eigentliche Persona *Der Unsichtbare*.« Er räuspert sich verlegen. »In allen augmentierbaren Optionen das genaue Mittelmaß. Ich falle durch gar nichts auf, also vergessen die anderen schnell, dass ich da bin ... und so höre ich quasi alles. Gestern zum Beispiel hab ich Zeke und Sam zugehört. Sie müssen den Successor stürzen, haben sie gesagt. Um jeden Preis. Ehrlich, die hassen ihn. Und jetzt ... mache ich mir Sorgen um Théo.« Jasper lacht nervös. »Naiv, oder?«

»Überhaupt nicht«, murmelt Clue überwältigt. Tatsächlich kann sie kaum fassen, *wie* wenig naiv das ist und wie gut seine Strategie funktioniert. Wann hat sie selbst zum ersten Mal wirklich bemerkt, dass er da ist? Gestern in der Küche. Als schon alles vorbei war und er sie direkt angesprochen hat. Und auch seitdem fällt er immer wieder sofort aus ihrem Aufmerksamkeitsfokus, solange er sich nicht bemerkbar macht. Das ist wirklich faszinierend.

»Verrat's niemandem«, bittet er jetzt.

Clue nickt und sieht ihm direkt in die Augen. »Versprochen.« Und sie meint es ernst. Denn einmal abgesehen von der Tatsache, dass ihr Lügen und Taktieren weder liegen noch mit ihrem Sinn für Gerechtigkeit vereinbar sind: Ihn zu verraten, nachdem er gerade so offen zu ihr war, könnte sie vor sich selbst niemals verantworten. Also fügt sie ihren Worten noch ein Lächeln hinzu. »Wollen wir ein Stück zusammen weitersuchen?«

Auch auf Jaspers Gesicht erscheint nun ein erleichtertes Lächeln. Er glaubt ihr. »Gern.«

Gemeinsam wandern sie eine ganze Weile schweigend unter den bizarren Stahlgewächsen hindurch. Seit Jasper ihr seine Geschichte erzählt hat, glaubt Clue die Geräusche des Maschinenwaldes sehr viel deutlicher zu hören. Das Zirpen und Ächzen, das Knarren und Pfeifen, als könne es hier tatsächlich einen Wind geben, der um die metallenen Stämme streicht.

Und dann erreichen sie das Ende. Eine Wand, die den Wald einfach abschneidet, grauer Stahlbeton wie überall, aber fast verdeckt von einem dicht rankenden Kabelgeflecht.

»Oh …« Jasper legt den Kopf in den Nacken, um an der Wand emporzusehen, die weit über ihnen in den Schatten verschwindet. »Ich hab fast vergessen, dass es irgendwo ein Ende geben muss.«

Er hat recht, denkt Clue. Sie sind so weit gelaufen, dass ihr irgendwann das Bewusstsein abhandengekommen ist, dass sie sich eigentlich in einer Halle befinden.

»Ich auch«, stimmt sie verwirrt zu und legt die Hand an die Wand. Der raue Beton unter ihren Fingerspitzen fühlt sich massiv an und sehr real. Und trotzdem … irgendetwas kommt ihr falsch daran vor. Als müsste sie eigentlich etwas anderes fühlen. Als dürfte das kein Beton sein, sondern … *Glas. Das ist Glas.*

Clue zuckt zurück. Fasst dann noch einmal hin und spürt wieder nur Beton. Sekundenlang kämpft sie gegen den nahezu überwältigenden Drang, die Sensorhandschuhe auszuziehen. Ihre Ahnung zu überprüfen. *Nein! Verboten!*

In diesem Moment spannt Jasper sich neben ihr ein wenig an. »Hey, Clue«, zischt er. »Hast du das auch gehört?«

Clue wirft ihm einen raschen Blick zu. Er hat den Kopf lauschend geneigt, und die Konzentration lässt seine Augen ganz klein und seine Lippen schmal werden. Clue lauscht ebenfalls, aber die Geräusche des Stahlwaldes scheinen ihr die gleichen zu sein wie vorher auch.

Jasper hebt den Finger an die Lippen. »Da! Hörst du?«

Ein Krächzen ertönt ganz in der Nähe, ein rasselndes *Krschääh-Krschääh*.

»Ist das eine Krähe?«, fragt Clue verwirrt.

»Nein. Ein Eichelhäher.«

Clue hört noch einmal hin, aber wenn sie ehrlich ist, hat sie keine Ahnung, wie ein Eichelhäher klingen sollte.

»Aber weißt du, was komisch ist?«, fährt Jasper nachdenklich fort. »Das ist der erste echte Vogelruf, den ich hier gehört habe.«

Jetzt hat er Clue völlig abgehängt. »Du meinst, weil die anderen so nach Konservendose klingen?«

»Nein. Ich meine, ja. Aber es *gibt* solche Vögel nicht mal. Zumindest nicht in der Vogelstimmendatenbank, die ich auswendig gelernt habe. Und das waren rund zwei Millionen.«

Darauf weiß Clue nichts mehr zu sagen. Diese Art der Über-Wahrnehmung kann sie sich nicht mal vorstellen.

Ein Flattern und Rascheln ertönt ganz in der Nähe.

»Da ist er!« Jasper zeigt nach oben. Und tatsächlich, dort im Astgewirr der Stahlstreben hockt ein mechanischer Vogel aus poliertem Blech. Er hat nicht einmal Augen. Doch sein Schnabel öffnet sich – und ja, sein Ruf klingt im Vergleich mit den übrigen Waldgeräuschen wirklich sehr natürlich, selbst für Clues ungeübte Ohren. Im nächsten Moment breitet er die Metallflügel aus und fliegt davon.

»Komm!«, sagt Jasper und rennt bereits los. Clue folgt ihm, ohne zu zögern.

Sie müssen nicht weit laufen. Schon nach einer kurzen Strecke an der Mauer entlang macht diese einen scharfen Knick nach links. Genau auf der Ecke steht ein besonders mächtiger Stahlbaum, der wie mit der Wand verwachsen zu sein scheint. Und auf einem der untersten Äste, nur etwa einen knappen Meter über ihren Köpfen, sitzt der mechanische Eichelhäher und scheint sie aus seinem augenlosen Vogelgesicht zu beobachten. Die Härchen in Clues Nacken stellen sich kribbelnd auf. Wie kann ein mechanisches Tier so echt wirken?

Der Eichelhäher krächzt. Zweimal. Hüpft hin und her, schlägt mit den Flügeln. Aber er fliegt nicht noch einmal davon – und da erkennt Clue plötzlich, worauf er sie aufmerksam machen will: das Nest in einer Gabel zwischen zwei Stahlstreben, leicht schimmernd, als würde es von einem gedimmten Spotlight beleuchtet. »Jasper, da oben!«

»Meinst du, das ist …?« Jaspers Stimme bebt vor Aufregung.

Clue zuckt die Schultern und verschränkt die Hände zu einer Räuberleiter. »Wir sehen nach, dann wissen wir es, oder? Los, ich helfe dir hoch.« Sie grinst aufmunternd. »Hey, vielleicht hast du gerade dieses Rätsel geknackt.«

»Oh. Ja, vielleicht …« Selbst im schummrigen Licht sieht Clue, dass Jasper rot wird. Und jetzt zögert er nicht länger, setzt den Fuß in ihre Hände und stemmt sich auf ihre Schultern, bis er den Ast erreicht, auf dem der Eichelhäher sitzt. Mit einem letzten Schwung kommt er ganz hinauf. Der Eichelhäher schlägt noch einmal mit den Flügeln, bleibt aber sitzen.

Jasper wirft über die Schulter einen unbehaglichen Blick zu dem Vogel. »Aus der Nähe ist er ganz schön groß.«

Clue legt den Kopf in den Nacken und späht zu ihm hinauf. »Ich glaube, du kannst ihn erst mal ignorieren. Was ist mit dem Nest?«

»Ich kann's nicht gut sehen. Warte.« Vorsichtig rutscht Jasper ein Stück auf dem Ast nach vorn, dann noch eins, reckt den Hals … und schnappt hörbar nach Luft.

»Clue!«, zischt er, und seine Augen sind groß, als er zu ihr herunterstarrt. »Es ist wirklich ein Würfel!« Er senkt die Stimme noch weiter, bis Clue ihn kaum noch versteht. »Ein roter.«

Ein roter. Fuck.

Team ROT. Théo und Zeke. Ausgerechnet.

»Was jetzt?«, flüstert Jasper, und in seiner Miene liest Clue den gleichen Zwiespalt, der auch ihr die Brust eng werden lässt. Für das Triumphgefühl, das sie eigentlich hätte empfinden müssen, ist daneben kaum noch Platz. Denn Zeke und Théo haben unüberhörbar verkündet, dass sie nicht mit dem Rest der Gruppe zusammenarbeiten wollen, also dürfen Clue und Jasper ihnen nicht helfen – so lautet die Abmachung.

Aber Théo hat auch Jasper davor gerettet, solo gehen zu müssen, und so wenig es Clue gefällt, dass sie nun selbst allein ist, Théo hat diesen Zug offenbar nicht zu seinem eigenen Vorteil geführt. Mehr denn je wünscht sich Clue, zu verstehen, was in ihm vorgeht – was sein Ziel ist und ob sie es unterstützen möchte. Und dennoch ... am Ende siegt ihr Bauchgefühl. Eine vage und vielleicht bodenlos leichtsinnige Ahnung von Loyalität, die seit dem Moment, als Théo sie gestern in sein Team geholt hat, beständig gewachsen ist.

»Nimm ihn«, flüstert sie ebenso leise.

Jasper presst die Lippen zusammen, sein Gesicht im Halbschatten wirkt geisterhaft fahl. Dann aber nickt er entschlossen, schiebt sich ein letztes Stück weiter auf dem Ast nach vorn und streckt die Hand nach dem Würfel aus.

In diesem Augenblick sieht Clue aus dem Augenwinkel eine Bewegung. »Jasper, Vorsicht!«

Da steigt auch schon mit einem grellen Schrei der Eichelhäher hinter ihm in die Luft. Die Metallflügel blitzen im dumpfen Licht auf.

Jasper verharrt mitten in der Bewegung, die ausgestreckten Finger zittern über dem Würfel. Der Eichelhäher kreischt erneut und hält sich mit heftig schlagenden Schwingen direkt über ihm.

»Verdammt, ich glaub, das ist nicht gut.«

»Definitiv nicht. Sieht aus, als würde er ihn bewachen.«

»Aber warum hat er uns dann hergeführt?« In Jaspers Stimme schwingt aufkeimende Panik.

Clue überlegt fieberhaft, den Blick fest auf den Vogel gerichtet. »Wir sind nicht im Team ROT. Ich schätze, wir dürfen die Würfel finden, aber nicht nehmen.«

Auch hinter Jaspers Stirn rasen die widerstreitenden Gedanken sichtbar hin und her. Wieder späht er zum Eichelhäher hinauf, der jetzt wie ein Raubvogel auf warmen Luftströmen drohend und beinahe reglos über ihnen schwebt.

»Komm besser da runter«, drängt Clue. Nach Jaspers Miene zu urteilen, könnte er jeden Augenblick eine ziemliche Dummheit begehen. »Wir sollten ...«

In diesem Moment verzieht Jasper entschlossen das Gesicht und reckt sich erneut nach dem Würfel.

Mit einem ohrenzerfetzenden Schrei stößt der Eichelhäher herab.

»Jasper!«, schreit Clue, aber zu spät – Jasper fällt. Gerade als seine Finger sich um den Würfel schließen, rutscht er ab. Endlose Sekunden baumelt er mit einem Arm an dem bizarr gewundenen Ast. Doch als der Metallvogel mit aufgerissenem Schnabel auf sein Gesicht zurast, lässt er los. Und Clue kann nichts tun, außer ihn stürzen zu sehen.

Mit einem seltsam dumpfen Laut kommt er mit den Füßen voran auf dem Betonboden auf. Ein erstickter Schmerzensschrei rutscht über seine Lippen, er stolpert kurz und sackt dann in sich zusammen. Aber der Eichelhäher lässt nicht locker. Er krallt sich in Jaspers Haare und hackt nach seinem Gesicht, während Jasper sich zusammenrollt und sich mit den Armen zu schützen versucht.

Clue fackelt nicht lange. Sie zerrt sich einen Stiefel vom Fuß, stürzt zu Jasper hinüber und schlägt nach dem Vogel. Die schwere Sohle trifft die Metallflügel, der Eichelhäher taumelt und flattert, aber so leicht gibt er seine Beute nicht frei; unerbittlich krallt er sich fest und hackt weiter auf Jasper ein. Noch einmal holt Clue aus und schlägt mit aller Kraft zu. Diesmal trifft sie den Vogel vor die Brust; er wird von Jasper fortgeschleudert und kracht gegen den stählernen Baumstamm. Funken sprühen, und kleine Blitze zucken über das Metallgefieder. Das warnende Krächzen verklingt in einem schrägen Pfeifen und verstummt schließlich ganz.

»Jasper!« Clue lässt den Stiefel fallen und geht neben ihm auf die Knie. »Verdammt, bist du okay?«

Ein klägliches Stöhnen ist die Antwort. Jasper hat sich eng auf dem Boden zusammengekauert. Noch immer vergräbt er sein Gesicht in den Armen, die mit zahlreichen blutenden Wunden bedeckt sind. Aber seine Finger umklammern eisern den Würfel, den er nicht hätte nehmen dürfen.

Behutsam berührt Clue ihn an der Schulter. »Jasper? Hey, es ist alles gut ... Der Vogel ... ist kaputt.«

Sehr zögerlich lässt Jasper die Hände sinken. Auch sein Gesicht hat Blutspritzer abbekommen, scheint aber ansonsten unversehrt zu sein. »Mein Fuß ...«, wispert er heiser. »Ich glaub, ich kann nicht mehr laufen.«

Sein schmerzverzerrtes Gesicht und die Tränen in seinen Augenwinkeln nehmen Clue jeden Gedanken an die Vorwürfe, die sie ihm hätte machen können. »Zeig her.« Sie hilft ihm, sich aufzusetzen und vorsichtig Schuh und Strumpf auszuziehen, unter denen das Gelenk bereits anschwillt. »Das müssen wir kühlen und bandagieren. Am Eingang des Areals habe ich einen Erste-Hilfe-Schrank gesehen. Komm.« Sie richtet sich auf und streckt Jasper die Hand entgegen. »Ich trage dich.«

Jasper sieht sie mit etwas leerem Blick an, als könne er noch gar nicht richtig verarbeiten, was sie da vorschlägt. »Was? Aber du ... ich ... wir müssen doch ...«

»Ich trage dich«, wiederholt Clue mit Nachdruck, »und du hältst die Ohren offen. Ob du noch mehr ungewöhnlich echte Tiergeräusche hörst.« Sie lächelt ermutigend. »Deine Gesundheit geht vor, Jasper. Und du kannst immer noch helfen. Mach dir keinen Kopf, okay?«

Endlich gelingt auch Jasper wieder ein Lächeln. »Okay«, murmelt er und schließt seine Finger um Clues Hand, um sich von ihr aufhelfen zu lassen. »Danke, Clue.«

»Gern geschehen.« Clue beugt die Knie und hilft Jasper, auf ihren Rücken zu klettern. Im ersten Moment ist er so leicht, wie er aussieht. Aber ihr ist klar, dass sie diese Einschätzung auf dem Weg vermutlich noch einmal wird überdenken müssen. »Also dann wollen wir mal.«

Zentraleuropäische Union (ZEU)
Zentralballungsraum Berlin
Neu-Friedrichshain

Der Treffpunkt, den Dr. Álvarez vorgeschlagen hatte, war ein cleanes Restaurant im Erdgeschoss eines Motelkomplexes in Neu-Friedrichshain. Die unzähligen Hotels und Motels, die sich im Herzen des Viertels drängten, waren so etwas wie eine Auffangstation für Berlins Neuankömmlinge – für Gäste und Touristen ebenso wie für die, die vorhatten zu bleiben und in den halbwegs bezahlbaren Unterkünften darauf warteten, dass die Wohnraumverwaltung sie ihren Kompartments zuwies. Auch Yezmin hatte zu Beginn des Studiums hier gewohnt, ehe der Antrag auf ein Wohnheimzimmer endlich freigegeben worden war. Tatsächlich hätte es sogar genau dieses Motel sein können, so zum Verwechseln ähnlich sah es dem, an das sey sich erinnerte. Aber wahrscheinlich war es das nicht. Sehr viel wahrscheinlicher sahen diese Motels einfach alle exakt gleich aus.

Yez hatte bereits geglaubt, nervös zu sein, als sey mit Hathi in die Magnetschwebebahn gestiegen war, um nach Neu-Friedrichshain hinauszufahren. Jetzt aber, wo sie das Foyer mit dem riesigen, in die Wand augmentierten Aquarium betraten, musste Yez zugeben, dass sey bisher einfach keine Ahnung von echter Nervosität gehabt hatte. Auf dem Sitzplatz in der Bahn hatte sey noch Hathis schweißfeuchte Hand halten können, die *insight* abblenden und sich Surfpunk-Musikvideos reinziehen, bis sey keinen Gedanken mehr hörte. Hier drin mussten sie einen professionellen Eindruck machen. Nur war das gar nicht so leicht, wenn man am ganzen Körper zitterte. Oder, wie Hathi, glühend rote Ohren hatte.

Es war noch etwas zu früh für Mittagessen und das Restaurant, dessen Eingang ein wenig versteckt hinter dem Registrierungsterminal für die Wohneinheiten lag, hatte gerade erst geöffnet. Die zwei Bedienungen, die die Mittagsschicht betreuen würden, huschten noch auf weichen Hausschuhen umher und deckten die Plätze mit Besteck ein. An einem der Tische allerdings saß bereits eine einzelne Person, neben sich einen großen Becher Kaffee. Das *dEEp.profile*, das im Display von Yezmins *insight* aufleuchtete, verriet nicht viel, aber es genügte, um seren Puls noch weiter in die Höhe zu treiben.

DR. RAFAEL ÁLVAREZ MUÑOZ|ER/IHM|BITTE NICHT STÖREN!

Der Doktor hatte sich mit tief gerunzelter Stirn über ein Notizbuch gebeugt und eine Hand in den kurzen dunkelgrauen Haaren vergraben, die diese Behandlung in jüngerer Vergangenheit offenbar schon mehrfach über sich hatten ergehen lassen müssen. Er trug schmal geschnittene Jeans, schwarze Stoffschuhe und einen grauen Strickpullover mit asymmetrisch geknöpftem Kragen – alles sehr offensichtlich Firsthand-Klamotten trotz des stilistischen Understatements, genau wie seine *insight* vom neuesten Modell. Yez hatte ein Auge für solche Dinge, weil sey sie sich selbst zu gern geleistet hätte. Aber neben der teuren Wohnheimmiete blieb einfach nie Geld übrig. Die abgegriffene Segeltuchtasche hingegen, die am Bein des Doktors lehnte, konnte gut und gern noch aus seiner eigenen Studienzeit stammen.

Yez versetzte Hathi einen kleinen Stoß. Immerhin hatte Dr. Álvarez *sie* angeschrieben. Nach Yez hatte er nur indirekt gefragt.

... wenn möglich, bringen Sie Ihre_n Mitbewohner_in aus dem Forschungszweig Bioware Engineering mit zu dem Gespräch.

Das hatte er geschrieben. Es ging hier also gar nicht um Yez, sondern um das, was sey wusste und konnte, und das war beruhigend. Oder doch wenigstens ein Grund, Hathi den Vortritt aufzudrängen.

Gerade in diesem Moment hob Dr. Álvarez den Kopf und sah direkt zu ihnen herüber. Keine Chance mehr, wegzulaufen.

Yez hörte Hathi neben sich etwas zittrig einatmen. Dann machte sie den ersten Schritt in den Raum hinein, und Yez folgte ihr.

Dr. Álvarez klappte das Notizbuch zu, als sie sich näherten, setzte die *insight* ab und griff stattdessen nach seinem Kaffee. Echter Kaffee, wie der Geruch verriet. Seine Haltung entspannte sich ein wenig, aber die dichten dunklen Brauen standen immer noch eng beieinander, und seine markanten Kieferknochen traten deutlich unter der glatt rasierten Haut hervor, während er sie mit unverhohlen kritischem Blick musterte.

»Hathaichanok Nikolajew. Yezmin Zervakis. Danke, dass Sie so schnell kommen konnten.« Er wies auf die zwei Stühle ihm gegenüber. »Ich habe leider nicht viel Zeit, ich bin heute allein im GAME SHIP, und meine Mittagspause ist … knapp. Daher hoffe ich, Sie sind einverstanden, gleich zum Thema zu kommen.« Er räusperte sich. »Wie darf ich Sie ansprechen? Wünschen Sie eine andere Anrede als die allgemeine inklusive Form?«

Yez schüttelte den Kopf, während Hathi mit ungewohnt unsicherer Stimme »Frau, bitte«, murmelte.

Dr. Álvarez nickte, schlug das Notizbuch wieder auf und machte sich eine kurze Notiz. »Möchten Sie etwas trinken? Bestellen Sie, was Sie möchten, ich lade Sie ein.« Er wies mit einer kurzen Handbewegung auf die in den Tisch eingelassenen Displays.

Yezmin und Hathi wechselten einen weiteren nervösen Blick, und diesmal war es Hathi, die den Kopf schüttelte. »Für mich nichts, danke.«

Aber Yez fand die Vorstellung, sich während des Gesprächs an einem warmen Becher festhalten zu können, irgendwie tröstlich. Und wann würde sey wohl das nächste Mal die Chance auf einen echten Kaffee bekommen? Also lehnte sey sich vor und bestellte einen Soja Latte mit der größten Selbstverständlichkeit, die sey aufbringen konnte. Yezmin Zervakis würde ausgerechnet vor dem medizinischen Leiter von SUCCESSION GAME nicht wie ein verunsichertes Erstsemester auftreten, solange es sich irgendwie vermeiden ließ.

Dr. Álvarez hatte sich inzwischen an Hathi gewandt. »Also, Frau Nikolajew, in meinen Unterlagen steht, dass Sie im Rahmen eines Projektmoduls an der Asgard International Academy eine Default Persona für SUCCESSION GAME designt haben. Ist das richtig?«

Hathi nickte, die Lippen zusammengepresst, als wolle sie sich mit aller Macht daran hindern, die Frage zu stellen, die ihr auf der Zunge brannte. Aber Yez kannte sere Freundin lange genug, um zu wissen, dass es ihr nicht gelingen würde.

»Stimmt was nicht mit ihm? Habe ich einen Fehler gemacht?«, platzte es im nächsten Moment aus Hathi heraus, und Yez hörte die unterdrückten Tränen in ihrer Stimme. So unauffällig wie möglich legte sey unter dem Tisch tröstend eine Hand auf Hathis Bein.

Dr. Álvarez hob eine Braue. »Das wollte ich eigentlich von Ihnen wissen.« Er schüttelte den Kopf, wie um einen lästigen Gedanken loszuwerden. »Nehmen Sie's nicht persönlich. Ich bin ein wenig im Stress wegen dieser Sache. Ich …« Er unterbrach sich, als eine der Bedienungen Yezmins Soja Latte brachte.

Wortlos schob Yez das Getränk direkt zu Hathi hinüber, die mit einem winzigen dankbaren Lächeln danach griff und die Hälfte ihres Gesichts hinter einem ersten Schluck versteckte. Und zu serer Überraschung sah Yez in diesem Moment auch auf Dr. Álvarez' Lippen ein Lächeln erscheinen. Er hatte ein schönes Lächeln, dachte Yez und wunderte sich zugleich, warum sem das so verblüffte. Leider blieb es nicht lange, aber sein Ausdruck wirkte nun insgesamt ein wenig freundlicher.

»Also«, setzte Dr. Álvarez noch einmal an. »Sie würden mir sehr helfen, wenn Sie mir sagen könnten, in welchem Umfang Sie mit der Programmierung und Implementierung von Personas vertraut sind. Haben Sie das Programm für Ihren Entwurf komplett selbst geschrieben?«

Hathi setzte sich auf ihrem Stuhl zurecht und schob ein wenig fahrig die Armreifen an ihrem Handgelenk auseinander und wieder zusammen. Yezmin wusste, was diese Geste bedeutete. Hathi trug gern Schmuck – meist bastelte sie ihn sich selbst. Aber diese fein gearbeiteten Goldreifen hatte sie von ihrer Großmutter bekommen, und sie legte sie nur an, wenn sie etwas brauchte, das sie sich ihrer selbst besonders sicher fühlen ließ. Yez hätte auch gern so ein Artefakt gehabt. Weil es wirkte. Sie merkte es daran, wie Hathis Atem sich beruhigte.

»Die Personas sind alle auf dem gleichen Basiscode aufgebaut ... aber das wissen Sie ja sicher.« Sie warf Dr. Álvarez einen schnellen Blick zu, aber er bedeutete ihr nur knapp, weiterzusprechen. »Den habe ich benutzt, aber den Rest habe ich selbst geschrieben – mithilfe meiner Professorin natürlich. Ich habe auch wirklich sehr auf ausreichende Assoziationspunkte und Belohnungszyklen geachtet, also was die Synapsengewichtung und die Ansprechbarkeit durch die NfT angeht, sollte ...«

Dr. Álvarez schnitt ihr mit einer raschen Handbewegung das Wort ab. »Keine Details. Nicht jetzt und vor allem nicht hier.« Er sah sich kurz um. »Also schön. Wie gut kennen Sie Ihr Programm?«

Unter dem Tisch schloss Hathi ihre Hand fest um die Armreifen. »Jede Zeile. In- und auswendig.«

Dr. Álvarez nickte langsam. Dann wanderte sein Blick zu Yez. »Und Sie, Yezmin Zervakis ...« Er räusperte sich. »Ihr Universitätsprofil besagt, dass Sie im Tissue Engineering an der Fremdgewebeoptimierung und Transplantation mit *Endo-Symbs* arbeiten. Stimmt das?«

Nun hätte Yez den Kaffee gern wiedergehabt. Aber stattdessen straffte sey die Schultern und setzte sich aufrecht hin. »Ja, das stimmt.«

Dr. Álvarez verengte leicht die Augen. »Und sind Sie gut?«

Yez wünschte sich, sey hätte serer Stimme einen festeren

Klang geben können, wie es auch Hathi gelungen war. Aber sey wusste schon vorher, dass das auch im zweiten Anlauf nicht klappen würde, also setzte sey alles darauf, sich wenigstens überzeugt genug zu *fühlen.* »Dey beste in meinem Jahrgang.«

Denn auch das stimmte. Sey hatte es von verschiedenen Dozierenden immer wieder gehört. Trotzdem konnte Yez nicht anders, als sich zu fragen, warum ein Arzt in einer Position wie der von Dr. Álvarez mit zwei Studierenden wie ihnen sprechen wollte. Er hatte doch sicher Kontakte zu den versiertesten Forschenden des Fachgebiets. Vielleicht war es das, was sem an der ganzen Sache am meisten verunsicherte.

Dr. Álvarez verfiel eine Weile in nachdenkliches Schweigen. Dann ließ er seine Hand mit einem leisen Klatschen auf den Einband seines Notizbuchs fallen. »Gut. Dann hoffe ich, dass Sie beide mir helfen möchten.« Er beugte sich zu der Segeltuchtasche zu seinen Füßen, zog eine Mappe heraus und schob sie über den Tisch.

»Ich weiß, das kommt alles sehr plötzlich. Aber ich bin in dieser Sache auf Ihrer beider Expertise angewiesen. Auf Sie, Frau Nikolajew, weil Sie diese Persona so genau kennen, die mir aktuell Probleme bereitet. Und auf Sie, Yezmin Zervakis, weil Sie hoffentlich über das Fachwissen verfügen, das mir fehlt, und weil die Informationen, die ich mit Ihnen beiden teilen werde, unter Ihnen als Mitbewohnende in einem möglichst kleinen Kreis verbleiben. Außerdem ...«, wieder verengten sich seine Augen leicht, »... habe ich noch ein anderes interessantes Detail über Sie gelesen, Yezmin Zervakis. Sie haben ein neuronales Verarbeitungsdefizit, was Augmentationen angeht.«

Diesmal wartete er nicht einmal auf sere Bestätigung. Er legte bloß einen Kugelschreiber oben auf die Mappe. »Ich weiß noch nicht, ob und wie uns das weiterhilft, aber ich würde es darauf ankommen lassen. Also wenn Sie etwas Zeit erübrigen können und bereit wären, diese Verschwiegenheitsvereinbarung zu unterzeichnen, würde ich Sie beide bitten, mich morgen im GAME SHIP zu treffen. Ich schicke Ihnen einen Wagen, der Sie im Lauf des Vormittags abholt.« Er lehnte sich mit einem tiefen Atemzug in seinem Stuhl zurück. »Also, was sagen Sie?«

1stPersonCam: CLUE
Location: CENTER CUBE

Tatsächlich werden Clue schon ziemlich bald die Arme lahm, während sie Jasper durch den Stahlwald schleppt. Der feinknochige Teenager ist ein Leichtgewicht, er hat ihr sogar verraten, *wie* leicht – aber 55 Kilogramm bleiben 55 Kilogramm, egal, wie man es dreht und wendet.

»Lass mich runter, wenn es nicht mehr geht.« Jaspers Stimme hat einen verlegenen Ton angenommen. »Ich kann ein Stück auf einem Bein hüpfen, dann kannst du dich ausruhen.«

»Später«, schnauft Clue. »Ein bisschen geht noch. Und so sind wir schneller.«

»Mhm«, macht Jasper. Sonst erwidert er nichts, und Clue vermutet, dass er in Wahrheit nicht besonders scharf darauf ist, auf einem Bein durch den Wald zu hüpfen.

Eine Weile stapfen sie weiter schweigend zwischen den Stahlgewächsen hindurch. Bis Jasper sich unvermittelt ein Stück aufrichtet. »Warte mal. Hast du das gehört?«

Clue bleibt stehen. Über ihrem eigenen schweren Atem ist es nicht leicht, überhaupt etwas anderes zu hören. »Nein. Was hörst du? Wieder ein Tier?«

»Nein. Da ruft jemand.« Jasper lauscht erneut. »Ich glaube, es ist Théo!«

Clue hält den Atem an. Jetzt dröhnt ihr stattdessen der eigene Herzschlag in den Ohren, aber sie hört es trotzdem: eilige Schritte und eine Stimme, die sie kennt.

»Clue?! Jasper!«

O ja. Das ist Théo, kein Zweifel.

»Théo!«, ruft Jasper. »Wir sind hier!«

Die Schritte nähern sich. Und nur Sekunden später taucht er zwischen den Bäumen auf, die Mütze in der Hand und die wirren Haare leicht verschwitzt in die Stirn geklebt.

Als Théo Clue und Jasper sieht, bleibt er stehen und atmet sichtlich auf. »*Hier* seid ihr. Was macht ihr denn? Jasper, bist du okay? Clue, du hast geschrien, als ob er *gestorben* wäre.«

Seine Worte klingen leicht dahingesagt. Aber der Blick in seinen Augen und die Art, wie sein Atem noch immer ein wenig flach und schnell geht, verrät, dass er tatsächlich genau das befürchtet hat. Kein Wunder. Nach allem, was sie an diesem Morgen schon erleben mussten.

»Er hat sich bloß den Fuß verstaucht«, erklärt Clue schnell. »Alles in Ordnung.«

Wieder atmet Théo sichtlich auf. Dann legt er den Kopf schief und lächelt verschmitzt. »Und jetzt trägst du ihn? Das ist süß. Aber warum musstest du deshalb so schreien?«

»Ich bin vom Baum gefallen«, murmelt Jasper betreten. »Es sah wohl gefährlich aus.«

»Vom ... Baum ...?« Théos Blick huscht in die stählernen Wipfel. Dann wedelt er mit der Hand und lacht. »Ah, nein. Es gibt bestimmt eine Erklärung dafür, die nicht dämlich ist. Oder?«

Jasper zuckt die Schultern. »Ich weiß nicht. Aber wir haben ...« Er bewegt sich auf Clues Rücken, sodass es ihr schwerfällt, ihn zu halten. Sie will gerade protestieren, da streckt sich Jaspers Arm über ihre Schulter nach vorn. »Wir haben das hier.« In seiner Hand liegt der rote Würfel.

»Ja, ihr seid doch ...« Théos Mimik fällt ihm regelrecht aus dem Gesicht bei dem Anblick. »Nein. Nein, nein, nein. Pack das sofort weg! Zeke darf ihn auf keinen Fall sehen, ich bin ihn gerade erst losge...«

»Ich will ihn aber nicht behalten!«, fährt ihm Jasper ungewohnt energisch dazwischen. »Ich bin seinetwegen von einem Robo-Vogel vom Baum geworfen und halb zerhackt worden, wer weiß, was als

Nächstes passiert, also nimm ihn oder ich lasse ihn einfach hier fallen.«

Ein paar Sekunden lang ist es sehr still. »Gut ...«, sagt Théo endlich gedehnt. »Dir ist also *all das* mit diesem Würfel passiert, und du hast ihn trotzdem nicht einfach da liegen lassen, weil ... *warum?* Oh, ich hatte *so* sehr gehofft, dass es nichts Dämliches ist!« Er zieht sich die Mütze wieder über die Haare und so weit in sein Gesicht, dass sie seine Augen verdeckt. Dabei macht er ein komisches, gequältes Geräusch, und auch ohne Jasper sehen zu können, weiß Clue, dass seine Wangen gerade in Flammen aufgehen.

»Also gut, was machen wir jetzt?« Théo schiebt die Mütze wieder zurück und starrt auf den Würfel, als könne er ihn so in Luft auflösen. Clue sieht es förmlich hinter seiner Stirn rumoren, wie er Möglichkeiten hin und her wendet und wieder verwirft. Er denkt so lange nach, dass es anfängt, sie zu ärgern.

»Jasper hat das übrigens für dich gemacht«, bemerkt sie spitz. »Ein Danke wäre nett.«

Théo schießt ihr einen scharfen Blick zu. »Bei mir gibt es kein Danke für Dummheit. Und es ist mir egal, was er sich dabei gedacht hat – es war falsch gedacht.«

»Oh, wow.« Clue lacht trocken auf. »Also wenn du es wirklich nötig hast, Menschen auf diese Art abzuwerten, hörst du besser ganz auf, mit mir zu sprechen.« Sie nimmt Jasper den Würfel aus der immer noch ausgestreckten Hand. »*Wir* kommen auch ohne dich klar. Also frag dich vielleicht lieber, wie du ohne uns klarkommst, wenn Dummheit etwas so Unerträgliches für dich ist.« Damit stopft sie den Würfel demonstrativ in ihre Tasche und wendet sich ab.

»Hey ... Clue, jetzt warte doch mal.«

Im ersten Moment will Clue ihn einfach ignorieren. Es reicht ihr, wirklich, sie hat die Nase gestrichen voll von seiner Show.

Aber da spürt sie Jaspers Hand mit leichtem Druck an ihrer Schulter und bleibt doch noch einmal stehen. Langsam dreht sie sich um. »Was denn noch?«

Théo holt tief Luft. »Also schön. Ich meine ... ist ja nicht mehr zu ändern. Gib her, ich nehme ihn. Auch wenn das bestimmt eine furchtbare Idee ist.«

Er sieht sehr unzufrieden aus, kläglich geradezu. Clue gönnt ihm das. Und am liebsten würde sie einfach Nein sagen. Aus Prinzip. Aber sie weiß, dass Jasper das anders sieht. Und er ist derjenige, der für diesen Würfel seinen Hals riskiert hat. Darum überlässt Clue die Entscheidung schweren Herzens ihm.

Als Théo die Hand nach dem Würfel ausstreckt, verzieht er das Gesicht, als hätte er Schmerzen. Je näher seine Finger dem roten Holz kommen, desto langsamer wird seine Bewegung, bis seine Hand fast reglos darüber schwebt. Dann greift er zu.

Beinahe im gleichen Augenblick, in dem er den Würfel berührt, erzittern die metallenen Wipfel der Bäume unter einem tiefen Gongschlag. Théo stößt einen bitteren Fluch aus und schleudert den Würfel zu Boden. »Ah, *merde!* Ich wusste es!«

»Team ROT hat einen Würfel gefunden«, schallt die Stimme der KI durch den Center Cube. *»THÉO befindet sich nun im Besitz von -1- Würfel.«*

Mit einem weiteren Fluch klaubt Théo den Würfel vom Boden auf und vergräbt ihn tief in seiner eigenen Tasche. »Versteht ihr jetzt, warum das däm… ach, warum es einfach nicht gut durchdacht war? Ich wusste, sie würden es verraten. Und jetzt weiß *er* es auch.« Er stöhnt resigniert. »Na egal. Wir bleiben besser nicht hier stehen und warten, bis er auftaucht. Los, Clue, gib mir mal das Wunderkind. Du musst ihn ja nicht den ganzen Weg allein tragen, wenn er schon getragen werden muss.«

Auch diesmal möchte Clue am liebsten Nein zu ihm sagen. Nein zu einfach allem. Weil er so ein Arsch ist und weil sie ihn trotzdem irgendwie mag und sich selbst dafür schütteln möchte. Das Problem daran ist, ihr fällt kein *rationales* Argument gegen seinen Vorschlag ein. Sie kann Jasper leider wirklich nicht den ganzen Weg bis zum Eingang schleppen. Also setzt sie ihn ab, lockert ihre erschöpften Arme und sieht zu, wie er auf Théos Rücken klettert.

»Es tut mir leid«, sagt Théo.

Die Worte treffen Clue so unerwartet, dass ihr der Mund aufklappt. Sie weiß nicht, womit sie gerechnet hat. Aber damit nicht. Schon gar nicht jetzt.

Ein schiefes Lächeln zuckt in Théos Mundwinkeln, und Clue ahnt, dass er sich einen Kommentar über ihr Gesicht verkneift. Aber seine Stimme bleibt ernst. »Wirklich«, setzt er noch einmal an. »Das gerade, aber ... nicht nur. Auch heute Morgen. Es war nicht persönlich, es war ... einfach die beste Lösung.« Er zögert, und eine steile Falte erscheint zwischen seinen Brauen. »Ich meine, ich weiß, ich bin manchmal schwer zu ertragen. Okay, immer.« Er lacht leise. »Aber es steht so viel auf dem Spiel, und ich fürchte in Wahrheit ... habe ich einfach Angst. Vor dem Verlieren.« Sein Blick gleitet an Clue vorbei, bleibt an einem der Graffitis hängen, die hier draußen nicht so zahlreich sind, aber doch immer wieder auftauchen. »Eine Scheißangst.«

Für einen viel zu langen Moment weiß Clue nicht, was sie sagen soll. Was antwortet man auf so ein Geständnis? Jasper scheint genau so erstaunt und ratlos zu sein – immerhin das findet Clue ein bisschen beruhigend.

»Arschloch«, sagt sie schließlich und ist selbst verblüfft, wie freundlich es klingt. Eher wie »Entschuldigung angenommen«. Auch Théo scheint das bemerkt zu haben, denn das Lächeln kehrt zögerlich auf sein Gesicht zurück.

»Danke«, sagt er ohne jede Spur von Ironie. »Also dann ...«, er räuspert sich, als wäre er tatsächlich verlegen, »wollen wir?«

Clue seufzt leise, als sich auch auf ihre Lippen ein widerstrebendes Lächeln schleicht. »Ja, wir wollen wohl.«

Und obwohl ein Teil von ihr sie noch immer warnt, dass sie es vielleicht bereuen wird – als sie Théo zwischen die Stahlbäume folgt, spürt sie tatsächlich keinen Widerstand mehr.

Ein ganzes Stück des weiteren Weges bringen sie schweigend hinter sich. Hin und wieder lässt Jasper ein leises Wimmern hören, wenn Théo ihn auf seinem Rücken zurechtrückt und sein Fuß dabei in Bewegung gerät. Aber er sagt nichts.

Je näher sie dem Eingangsbereich kommen, desto lichter wird der Stahlwald und desto mehr ähneln seine Formen wieder echten Maschinen, aus denen bizarre Pflanzen sprießen. Auch die Graffitis sind hier wieder zahlreicher – geradezu erdrückend viele sind es. Clue sieht zu Théo, der mit angespanntem Gesicht neben ihr herläuft, und fragt sich, ob er es ähnlich empfindet. »Théo?«

Überrascht erwidert er ihren Blick. »Hmm?«

»Ich wollte dich was fragen.«

Er zuckt die Schultern. »Klar, schieß los. Vielleicht antworte ich sogar.«

Clue ignoriert seinen spöttischen Kommentar. »Dieser Spruch. *RIEN NE VA PLUS*. In der Bar hat er ja noch irgendwie Sinn ergeben. Aber hier? Ich verstehe einfach nicht, was das soll. Hat er noch eine andere Bedeutung?«

Ein paar Schritte weit stapft Théo mit nachdenklicher Miene voran. Dann erscheint ein schiefes Lächeln auf seinem Gesicht. »Vor allem, dass ich es mag, wie du Französisch sprichst. Kannst du es noch mal sagen?«

Clue verdreht die Augen. »Holzkopf«, murmelt sie.

Théos Lächeln verschwindet. »Nein, im Ernst. Ich weiß es nicht.« Er lässt den Blick über die vielen Graffitis schweifen. »Nichts Gutes für mich, denke ich.«

Da ist eine ungewohnte Anspannung in seiner Stimme. Vielleicht ist es diese Angst, von der er vorhin gesprochen hat. Clue würde ihm in diesem Moment gern etwas Ermutigendes sagen. Aber ihr fällt einfach nichts ein.

Da sieht sie plötzlich aus dem Augenwinkel eine Bewegung. Etwas Kleines, Schwarzes, wie ein Schatten, der blitzschnell durch den freien Raum zwischen den Stahlgerippen huscht und zwischen den toten Kabeln verschwindet. Neben sich hört sie Jasper scharf einatmen. Und auch Théo ist stehen geblieben wie eingefroren.

»*Non*«, flüstert er.

Clue runzelt die Stirn. *Nein?* »Was ...«, setzt sie an, aber Théo kommt ihr zuvor.

»Halt mal kurz«, sagt er und lässt Jasper einfach von seinem Rücken in ihre Arme rutschen. Clue taumelt überrascht, und Jasper zischt vor Schmerz.

»Hey, was ... Verdammt, entschuldige.« Vorsichtig hilft Clue Jasper, sich halbwegs bequem auf den Betonboden zu setzen, ehe sie sich zu Théo umdreht. »Was soll denn das jetzt wieder?«

Aber Théo achtet gar nicht auf sie. Er hockt bereits vor dem stahlumrankten Maschinenkadaver, streckt die Hand aus und redet in leisem Französisch auf die Kabel ein.

Clue wechselt einen Blick mit Jasper, der ratlos die Schultern zuckt. »Vielleicht wieder ein Robotertier?«, flüstert er.

Vorsichtig richtet Clue sich auf und tritt näher an Théo und die tote Maschine heran. In der Dunkelheit des Kabelgewirrs sieht sie zwei grüne Augen leuchten.

Théo fährt inzwischen fort, das Tier mit sanfter Stimme zu locken. Clue versteht nicht, was er zu ihm sagt, aber *Non* hört sie immer wieder heraus. Sollte sie nicht allmählich damit aufhören, sich über Théo zu wundern? Erstaunlich, dass ihr das immer noch nicht gelingt. Aber als das Tier schließlich tatsächlich aus dem metallenen Gestrüpp krabbelt, begreift sie.

Es ist eine Katze. Aber kein Roboter. Dieses Tier ist echt.

»Non!« Théo klingt erleichtert. Mit einem raschen Griff packt er das schwarze Fellknäuel und nimmt es auf den Arm, streichelt es und drückt es an sich, während er weiter auf Französisch mit ihm redet. Clue kann nicht anders, als den Anblick irgendwie rührend zu finden. Die Katze scheint Théo zu kennen, denn sie beginnt laut zu schnurren, und als Théo sie sich schließlich in den Nacken legt wie einen Schal, reibt sie den schwarzpelzigen Kopf an seinem Hals und leckt an seiner Mütze.

Fassungslos schüttelt Clue den Kopf. »Wo kommt denn jetzt die Katze her?«

Erst jetzt scheint sich Théo daran zu erinnern, dass Clue überhaupt da ist. Er grinst, während er das Tier hinter den Ohren krault. »Das ist ein Kater. Er wohnt hier. Sein Name ist *Non*.«

Clue schenkt ihm den zweifelndsten Blick, zu dem sie fähig ist. So viel Französisch spricht sie auch außerhalb eines wilden Traums. »*Non*. Aber sicher. Dann ist *Oui* wohl weiß und klettert auch hier irgendwo herum?«

Théo lacht. »Fast. *Oui* ist eine Glückskatze. Damit Katzen Ja sagen, muss man nämlich enorm viel Glück haben, weißt du?« Er sieht sich um, während er weiter den Kater streichelt. »Aber sie ist viel schüchterner als er. Ich glaube nicht, dass wir sie zu sehen bekommen.«

»Warum zum Teufel nennst du deine Katzen Ja und Nein?«

Théo zuckt die Schultern. »Ist doch praktisch. So brauche ich meine Entscheidungen nicht mehr selbst zu treffen. Ich warte einfach, wer zuerst ankommt und gestreichelt werden will.«

»Lass mich raten, meistens ist das *Nein*.«

Wieder lacht Théo und sieht sie mit leicht schief gelegtem Kopf an. »Wie kommst du denn bloß darauf?«

Er hebt den Kater wieder von seinen Schultern und drückt ihn Clue in die Arme. »Hier. Er kann dir beim Suchen helfen. Nicht wahr, Non?«

Clue seufzt leise und versucht, das Lächeln zu unterdrücken, das sich beim Anblick des verdutzten Katers auf ihr Gesicht stehlen will. »Na gut. Warum nicht?«

Aber Non scheint anderer Ansicht zu sein. Noch ehe Clue das schwarze Fellbündel richtig zu fassen bekommt, hat es sich schon protestierend aus ihrem Griff gewunden und ist wieder im Kabelgewirr unter der Maschine verschwunden – nicht ohne einen langen blutigen Kratzer auf Clues Arm zu hinterlassen.

»Oh, verdammt.« Trotz allem kann sie nicht anders, als nun doch noch zu lachen. »Das heißt dann wohl Nein.«

Théo kratzt sich am Kopf. »Ah, du hast recht. Entschuldige. So war das nicht geplant. Tut's weh?«

Clue zuckt die Schultern. »Zum Glück sind wir ja auf dem Weg zum Erste-Hilfe-Schrank.«

»Ähm, hey, ihr beiden?«

Das ist Jasper. Überrascht drehen Clue und Théo sich zu ihm um. Er hat sich zur Seite gelehnt, bis er fast auf dem Boden liegt und blickt vielsagend zu ihnen herauf. »Ich weiß nicht, ob ihr das sehen könnt, aber ... ich glaube, der Kater jagt irgendwas.«

Théos Augen weiten sich kurz. »Er jagt ... Oh, warte!« Hastig dreht er sich um und krabbelt im nächsten Moment hinter dem Kater her.

»Non? Hast du etwas gefunden? ... Oh. Oh. Au! He, *galopin*, lass das! Na, komm schon her!«

Clues Herz klopft unwillkürlich schneller. »Was denn? Was ist?«

Théo kommt wieder hervor. Im Arm hat er den Kater. Seine Mütze ist verrutscht, seine Haare zerwühlt, als wäre er damit in verschiedenen Kabeln hängen geblieben.

»Nichts.« Er rappelt sich auf. Den Kater behält er diesmal auf dem Arm, wo er erstaunlicherweise schon kurz darauf wieder ganz ruhig wird. »Nur eine fette Ratte. Eine *echte* Ratte. Die gibt es hier leider. Richtig ekliges Vieh. *Beurk.*« Er verzieht das Gesicht. »Los, gehen wir weiter. Dieser Kratzer auf deinem Arm sollte wirklich desinfiziert werden, Clue.«

Clue runzelt die Stirn. Am liebsten hätte sie dem Impuls nachgegeben, sofort selbst unter die Maschine zu kriechen. Aber da hat Théo sie schon an der Hand gepackt und zieht sie zu Jasper hinüber. »Also ich denke, du bist jetzt wieder dran, den Kloß da zu tragen. Oh, übrigens: Wenn du mal eine Eidechse fangen willst, solltest du nicht versuchen, sie am Schwanz zu packen. Aber das nur nebenbei.«

In diesem Moment ertönt eine stahlglatte Stimme hinter ihnen. »Na, wenn das nicht mein Teampartner mit dem Würfel ist!«

Théo bleibt stehen wie eingefroren. »Oh, *sacre bleu*.« Sehr langsam dreht er sich zu Zeke um, der in diesem Moment hinter dem verrosteten Koloss hervortritt, neben dem sie eben noch gestanden haben. »Stahljunge, *wie schön,* dich zu sehen!«

Zeke durchbohrt Théo mit seinem ausdruckslosen Blick. »Kann ich leider nicht zurückgeben. Willst du mir vielleicht verraten, was du hier mit den gegnerischen Teams zu schaffen hast?«

Théo erwidert den Blick, ohne zu blinzeln. »Oh, nichts, gar nichts. Oder, wenn du unbedingt willst, nichts plus Katze in diesem Fall.«

»Hm«, macht Zeke und lässt seinen Blick lange und vielsagend auf Théos Fingern liegen, die immer noch Clues festhalten. »Ich denke, ich verstehe.« Er schnalzt verächtlich mit der Zunge. »Wie auch immer. Da du das Rätsel offenbar gelöst hast: Wie finde ich den zweiten Würfel?«

Théo lässt Clues Hand mit einem kleinen Seufzer los. »Woher soll ich das denn wissen?«

Zekes Gesicht verfinstert sich. »Ich warne dich, Théo. *Du* wirst diese Würfel finden, und zwar vor allen anderen. Dann werde *ich* sie öffnen. Du hast den ersten, jetzt sag mir, wo der zweite ist. Das war der Deal, *Partner.*«

Da lacht Théo ein leises trockenes Lachen. »Der Deal! Ach ja, der Deal ...« Für einen Moment ist es zwischen ihnen so still, dass selbst das Schnurren des Katers auf Théos Arm wie Motordröhnen klingt. Théo streichelt dem Tier über das glänzend schwarze Fell. Dreimal. Fünfmal. Zwanzigmal. Dann erst sieht er auf. Aber sein Gesichtsausdruck hat sich verändert. Der Schalk in seinen Augen ist verschwunden. »Also weißt du, ich glaube, ich habe keine Lust mehr auf den Deal. Such dir deinen Würfel allein.«

Zeke stößt ein bedrohliches Grollen aus. »Du kleines Stück Dreck!« Er macht einen Schritt nach vorn, um Théo am Kragen zu packen, doch der weicht behände zurück.

»Na, na, wer wird denn gleich handgreiflich werden?« Zum ersten Mal fällt Clue auf, wie viel deutlicher sein französischer Akzent ist, wenn er zynisch wird. Das macht er doch mit Absicht.

Théo schnalzt vorwurfsvoll mit der Zunge und drückt beruhigend den Kater an sich, der bei Zekes Ausfall die Krallen in seinen Pullover gegraben hat. »Weißt du, mein großer Stahljunge, ich glaube, du vergisst zwischendurch, dass auch wir beide Gegner sind. Und ich möchte wirklich nicht, dass du gewinnst. Da verliere ich lieber selbst. *Oups. C'est bête,* nicht wahr?«

Zekes Kiefer mahlt vor Wut.

Clue tauscht einen raschen Blick mit Jasper, der genauso hilflos aussieht, wie sie sich fühlt. So bitter es ist, Zeke nimmt es an Körperkraft vermutlich locker mit ihnen dreien gleichzeitig auf. Sie brauchen Hilfe, um gegen ihn anzukommen, und deshalb tut Clue das Beste, was ihr auf die Schnelle einfällt.

»HILFE!«, brüllt sie. »WIR BRAUCHEN HIER HILFE!«

Zum Glück begreift Jasper sofort, was sie vorhat, und stimmt mit ein. Ihre Stimmen hallen durch den Stahlwald und vermischen sich mit den Geräuschen der mechanischen Tiere und dem Pfeifen des Windes, der nichts bewegt. Clue ist es völlig egal, dass diese Dramatik übertrieben ist und dass sie damit Zekes Wut auf sich lenkt.

»Haltet die Klappe!«, fährt er sie an. »Das ist eine Sache zwischen mir und dieser linken Zecke hier.«

»Ouh«, murmelt Théo spöttisch. »Autsch.«

Zeke scheint ihn nicht mal zu hören. »Du willst also verlieren, ja?« Er macht einen weiteren Schritt auf Théo zu.

»Wenn es sein muss, *chéri*. Mit Freuden.«

»Das kannst du haben. Ich werde dich und deinen Würfel bewusstlos in den Escape Room schleifen, *wenn es sein muss*.«

Sekundenlang hängt der Nachklang der Worte zwischen ihnen, bedrohlich wie ein Gewitter.

»Versuch's doch«, flüstert Théo.

Da ertönt nicht weit von ihnen lautes Rufen.

»Clue?!«

»Jasper!«

»Wo seid ihr?!«

Das sind Nima, Piri und Onyx. Clue war noch nie so froh, ihre Stimmen zu hören. »Wir sind hier! Hier drüben!«

Für einen kostbaren Moment zögert Zeke. Théo nutzt die Gelegenheit, um rasch ein weiteres Stück zurückzuweichen, bis er wieder neben Clue und Jasper steht. Dann sind die anderen auch schon da, stürmen zwischen den Stahlbäumen hervor und lösen wenigstens einen Teil der Spannung, die die Luft auflädt und auf Clues Haut kribbelt.

»Was ist hier los?«, fragt Onyx. Selbst die sehnige Spinne ist ein wenig außer Atem, so schnell ist sie gerannt.

»Oh«, sagt Théo leichthin, ohne den Blick von Zeke zu nehmen. »Eigentlich nicht viel. Ich habe mich bloß entschieden, lieber doch mit euch zu spielen als gegen euch. In Frankreich sagen wir, ich habe mich gewendet wie einen Pfannkuchen.« Er lacht. »Ich glaube, Zeke mag das nicht so sehr.«

Er hat kaum ausgesprochen, als Zeke endgültig auf ihn losgeht, ernsthaft diesmal, als ob er spürt, dass dies die letzte Chance ist, seine Drohung wahr zu machen. Seine Miene hat sich zu einer Grimasse blanken Hasses verzerrt, als er Théo am Kragen packt und ihn einfach zwischen den anderen hindurch nach hinten drängt, bis er mit dem Rücken gegen den nächsten stählernen Baumstamm prallt. Zeke presst Théo gegen das stumpfe Metall, den Unterarm quer über seine Kehle gelegt und bereit, gnadenlos zuzudrücken. »Gib mir den Würfel, du betrügerisches Aas. Sofort oder ...«

Weiter kommt er nicht.

»Lass das«, sagt Piri und bohrt ihm mit beiden Händen eine angespitzte Metallstange in die Seite, als wäre sier Arm nie verletzt gewesen. »Hör auf oder ich tue dir weh.«

Und so klein und zart sier ist, so furchterregend ist sier auch. Schnell. Lautlos. Und niemand kann sagen, woher sier schon wieder die Waffe hat.

Zeke erstarrt an Ort und Stelle. Wie auf Kommando rücken die anderen näher. Und auch ohne dass irgendjemand noch ein weiteres Wort sagt oder auch nur einen Finger rührt, ist innerhalb von Sekunden klar, dass sich Zeke mit seinem letzten Zug auf einen sehr schweren Posten manövriert hat.

Langsam, widerwillig geradezu, weicht er von Théo zurück und lässt die Fäuste sinken. »Schon gut«, knurrt er. Es klingt, als würde er ihnen allen vor die Füße spucken. »War nicht so gemeint.« Ein tiefer Atemzug, ein letzter Versuch, zu retten, was er gerade verspielt hat. »Hey, er hat mich provoziert, okay? Kommt schon, ihr wisst, wie der Typ ist. Also ... vergessen wir's, ja? Meinetwegen spielen wir ... spielen wir alle zusammen.«

Eisiges Schweigen fällt über die Gruppe. Endlose Sekunden lang sagt niemand etwas, und für einen Moment denkt Clue, dass es nun dabei bleiben wird. Dass sie alle das so hinnehmen werden und gleich ihre Suche nach den Würfeln wieder aufnehmen.

Aber so leicht kommt Zeke nicht davon. Nicht bei Théo.

Denn auf dem Gesicht des Champions erscheint in diesem Augenblick ein neues Lächeln. Ein winziges und sehr feines Lächeln, das auf eine fast berechnende Art triumphierend wirkt.

»O nein, ich glaube nicht, dass wir das tun werden«, sagt er und lächelt dieses Lächeln mitten in Zekes verkniffenes Gesicht. »Das war nicht sehr schlau von dir, Stahljunge. Ich denke, das war's mit uns. Tut mir leid.«

Betont langsam geht er an Zeke vorbei, so dicht, dass er ihn ganz leicht an der Schulter streift. Dabei holt er mit geradezu aufreizender Ruhe den Würfel aus der Tasche, den er von Jasper bekommen hat, und gesellt sich zu den anderen, um ihn ausgiebig zu zeigen und weiterzureichen. Ohne auch nur einen einzigen weiteren Blick auf Zeke zu werfen, scherzt er mit Jasper, als wäre tatsächlich gar nichts passiert, und erlaubt Piri, den Kater auf seinem Arm zu kraulen.

Clue beobachtet das alles mit einer Faszination, die sich geradezu morbide anfühlt – und dabei beschleicht sie plötzlich die Ahnung, dass Théo womöglich schon seit dem Morgen auf genau so eine Situation gepokert hat. Eine Situation, in der Zeke, obwohl er doch geglaubt hat, mit dem Champion im Gewinnerteam zu sein, am Ende ganz allein dasteht. Weil Théo Zeke schon gestern nicht mochte. Und weil er darum vielleicht auch schon gestern entschieden hat, dass der Steelboy der Nächste sein sollte, der ausscheidet. Er kann den Ablauf dieser Stage unmöglich so sehr im Detail geplant haben, und doch … am Ende des Tages stehen sie nun hier, und er hat sie alle hinter sich gebracht. Die ganze Gruppe, bis auf einen. Und niemand hat irgendeinen Zweifel daran, welcher Contender als Nächstes fallen wird.

In diesem Augenblick ertönt ein weiterer Gong – aber es ist ein anderer diesmal. Er erinnert Clue an die Pausenglocke ihrer Schulzeit: *Ding-dong-dang-dong*, knisternd über die alten Lautsprecher.

»*Contenders*«, erklingt kurz darauf die Stimme der KI. »*Es ist jetzt -17:00- Uhr. Da kein Escape Room aktiviert wurde, wird die Spielzeit für heute beendet. Der Rest des Tages steht zu eurer freien Verfügung. STAGE 02. Phase 01: Cube Hacking wird morgen um -10:00- Uhr fortgesetzt. Alle Contenders müssen sich bis heute um -00:00- Uhr die Transit Capsules injizieren, um ein GAME OVER zu vermeiden. SUCCESSION GAME wünscht euch einen angenehmen Abend.*

ACHTUNG: Das Areal CENTER CUBE schließt in -15- Minuten.«

Im Anschluss wird das SUCCESSION GAME Outro gespielt. Das grüne Licht oben in den *insight* Displays erlischt. Offline.

Augenblicklich ist es, als würde eine Last von ihnen abfallen. Wie ein kollektives Aufatmen, obwohl durch das Wegschalten des Live-Publikums natürlich nichts geklärt und nicht einmal versteckt wird. Selbst ohne Livestream werden sie die ganze Zeit von Kameras und Mikrofonen erfasst, und niemand weiß, was die Menschen draußen davon am Ende im Best-of-Channel zu sehen bekommen werden. Trotzdem entspannt sich die Stimmung sofort. Vielleicht auch deshalb, weil heute nun niemand mehr etwas erreichen muss. Sie alle haben jetzt Zeit, zu überdenken, was geschehen ist. Und vielleicht zu neuen Schlüssen zu kommen.

»Also«, lässt sich Nima vernehmen. »Ich weiß ja nicht, wie es euch geht, aber ich bin völlig fertig. Wie wäre es, wenn wir alle zusammen essen gehen und ... na ja. Noch ein paar Informationen austauschen?«

»Ja«, pflichtet Onyx mit ihrer ruhigen Stimme bei. »Ich denke, das haben wir alle dringend nötig. Außerdem«, sie wirft einen Blick zu Jasper, der immer noch am Boden hockt, »sollten wir uns um deinen Fuß kümmern. Ich kann gute Verbände anlegen.«

»Das Areal wird ja auch gleich geschlossen«, ergänzt Piri und wirft mit beeindruckender Nonchalance die Stahlstange beiseite. »Dann sollten wir besser wieder draußen sein.«

Clue bemerkt erstaunt, wie anders der Ton in der Gruppe plötzlich ist. Sie könnte nicht sagen, was sich seit dem Morgen zwischen ihnen verschoben hat. Aber es ist da. Ein Miteinander, das stärker ist als das Gegeneinander, das sie vorher bestimmt hat. Vielleicht, weil sie einander heute geholfen haben, statt gegeneinander zu spielen?

Zeke allerdings schließt das natürlich aus, und Clue wird das nagende Gefühl nicht los, dass das noch ein ernstes Problem werden könnte. Er ist jetzt der Outsider unter ihnen. Vielleicht sollte ihnen das Sorgen machen.

Aber als Clue einen letzten Blick zu ihm hinüberwerfen will, ist der *Boy of Steel* bereits verschwunden.

INTERIM: FREE TIME.

1stPersonCam: CLUE
Location: CONTENDER CANTINE

Etwa zwei Stunden später sitzen sie alle in der Kantine von Stage 01. Der Geruch nach Kartoffelpfannkuchen und gedünstetem Spinat hängt in der Luft, die warm ist und schwer auf Wangen und Augenlidern liegt.

Clue sitzt bei der Tür neben dem Erste-Hilfe-Schrank und desinfiziert endlich den Kratzer auf ihrem Arm. Er ist tiefer, als sie zuerst dachte, heilt aber bereits und scheint sich nicht zu entzünden.

Mit halbem Ohr nur hört sie den Gesprächen zu, die die anderen drüben am Esstisch führen. Théo sitzt oben auf dem Tisch und zeichnet etwas auf die Platte: einen Grundriss des Center-Cube-Areals, wenn sie es richtig versteht. Er markiert darin die Orte, an denen er in vergangenen Staffeln wichtige Spielkomponenten gefunden hat. Clue ist zu müde für diese Dinge. Sie nimmt sich vor, Théo morgen noch einmal danach zu fragen, aber der Tag war so lang und die Nacht zuvor so wild und kurz, und eigentlich möchte sie am liebsten einfach ins Bett und nichts als schlafen, schlafen, schlafen.

Dass sie schon halb weggedöst ist, bemerkt sie erst, als ein Schatten auf sie fällt und ein spitzer Finger sie gegen die Schulter stupst. »Hey, Clue.«

Clue öffnet etwas schwerfällig die Augen. Vor ihr steht Théo, die Hände in den Hosentaschen und den Kater auf der Schulter. »Ich wollte Non nach Hause bringen, bevor ich ins Bett gehe. Kommst du mit?«

Überrascht sieht sie ihn an. »Nach Hause?«

»Mein Zuhause, wenn du so willst.« Er beugt sich ein Stück zu ihr hinunter und senkt die Stimme. »Eigentlich geschlossen während des GAMES. Aber ich bin dir doch noch ein Geheimnis schuldig. Von gestern. Weißt du noch?«

Oh. Richtig. Gestern, in der Kantine beim Capture-Spiel. Da hat er es ihr versprochen, falls ihr Plan funktioniert. Und das hat er wohl.

Irgendwie. Aber ... Clue muss ein bisschen lachen, auch wenn es vor Müdigkeit etwas holprig gerät. »Und du glaubst, dass ich da ausgerechnet dein Zimmer sehen will?«

Auch Théo lacht jetzt. »Das zu entscheiden, Clue, überlasse ich dir. Ich kann dir nur sagen: Es lohnt sich. Aber warum, das wirst du nur erfahren, wenn du mitkommst. Ich meine, es ist kein großes Ding. Du kannst auch später ein anderes Geheimnis bekommen – ich hab noch ein paar mehr. Bloß für ausgerechnet dieses ist jetzt vermutlich die letzte Gelegenheit.« Er überlegt kurz. »Die übrigen behalte ich aber natürlich für mich, falls du jetzt Ja sagst.«

Clue setzt sich auf und reibt sich über das Gesicht, um wach zu werden. »Du machst aus allem ein Spiel, oder?«

Théo zuckt leichthin die Schultern. »Tja, so bin ich wohl«, sagt er und blinzelt hinauf zu den Neonröhren unter der Decke. »So oder so ist vermutlich ein guter Zeitpunkt, sich in Richtung Bett zu bewegen. Wenigstens so ungefähr.«

»Hm«, macht Clue. »Das stimmt. Lass mir noch kurz Zeit zum Überlegen, okay?«

Théo wirft ihr einen amüsierten Blick zu. »Okay.« Er grinst spitzbübisch. »Aber nicht zu viel. Champ Time ist nicht unbegrenzt, musst du wissen. Nicht mal für dich.«

Clue seufzt, vor allem damit sie nicht schon wieder über seine Sprüche lachen muss – und entscheidet sich kurzerhand, zu nicken. Verdammt, sie kann es nicht ändern. Sie ist einfach zu neugierig. »Na schön. Ich denke, ich nehme Tor Nummer eins.«

Théos Lächeln wird breiter. Wieder neigt er sich ein Stück zu ihr. »Gute Entscheidung«, flüstert er. »Komm gleich zum Fahrstuhl. Wir gehen zurück nach Stage 02, aber du musst dich ein bisschen beeilen.« Dann dreht er sich zu den anderen um. »Also«, sagt er lauter. »Für mich ist heute Schluss. Gute Nacht!«

Und damit wendet er sich um und schlüpft durch die Tür hinaus in die Lobby.

1stPersonCam: THÉO
Location: UNDERGROUND LOBBY

Die Tür des Fahrstuhls steht sperrangelweit offen. Théo hat sich nicht weit davon entfernt gegen die Wand gelehnt und beobachtet ungeduldig die Uhr rechts oben in seinem Display. Gleich ist es so weit. 3 ... 2 ... 1 ...

20:15 Uhr. Nachtmodus.

Die Lampen im Fahrstuhl und auch in der Halle erlöschen. Nur noch die Notbeleuchtung taucht alles in ein dumpfes mattgrünes Licht, aus dem die Lampen über den Türen zu den Contender Kompartments grell hervorstechen. Der Fahrstuhl funktioniert bis morgen früh nicht mehr, aber Théo stört das nicht. Es gibt im SHIP unendlich viele verborgene Türen und ungenutzte Gänge, damit die Areale der einzelnen Staffeln niemals ganz vorhersehbar sind. Und er kennt sie alle. Jeden Durchschlupf. Jeden toten Kamerawinkel, sogar die in den Räumen, in denen er noch nie selbst gewesen ist. Deshalb hat er vor, dem Aufnahmeteam des GAMES noch einmal freundlich zuzuwinken, ehe er für heute unsichtbar wird. Aber noch nicht jetzt. Erst wenn Clue da ist.

Tatsächlich dauert es nicht lange, bis sich die Tür zur Kantine öffnet und ihre Silhouette in dem hell erleuchteten Rechteck erscheint. Théo reibt mit den Händen über den Stoff seiner Jeans. Sie fühlen sich ein bisschen schwitzig an, und Clue soll nicht merken, wie unruhig er ist. Er hat viel Zeit gehabt, um nachzudenken im Lauf des Tages, während er allein durch den Stahlwald mit all diesen Graffitis gewandert ist. Darüber, warum diesmal alles so anders ist. Was es bedeutet, dass er mitten im laufenden GAME für eine Weile in die zweite Reihe gedrängt wurde und dass das definitiv kein Versehen war, genau wie die finstere Botschaft, die überall auftaucht. *RIEN NE VA PLUS*.

Er hat Clue angelogen. Natürlich weiß er, was es bedeutet. »*Ich hab dir ein paar Gedächtnisstützen ins Setting gebaut*«, hat Arc in ihrem letzten Gespräch vor Staffelbeginn gesagt, und was sonst sollen diese Graffitis sein, das ist genau Arcs Humor. Und zusammengenommen mit Quentins Tod bedeutet das nichts anderes, als dass es Zeit ist für Plan B. Zeit für ein Feuerwerk, das niemand erwartet. Und leider weiß Théo sehr genau, was er dafür zu tun hat.

Vorher gibt es allerdings noch ein paar Dinge zu erledigen, ein paar Weichen zu stellen. Deshalb lächelt er Clue durch die schummrig grünen Schatten an, so unbekümmert es ihm gelingt, auch wenn es ihn innerlich fast zerreißt.

»Da bist du ja. Gerade rechtzeitig.« Er zwinkert ihr zu. »Komm, *Clue la Détective*. Jetzt werden wir unsichtbar!«

1stPersonCam: CLUE
Location: STAGE 02 HALLWAY

Bis zu den Räumen des Champion Successors ist es weiter, als Clue erwartet hat. Oder vielleicht fühlt es sich auch nur so an, weil Théo sie so eigenartige Wege führt, von denen Clue sich nicht immer sicher ist, ob sie tatsächlich zum Spielareal gehören. Die Flure von Stage 02 wirken sehr viel enger und bedrückender, wenn nur die Notbeleuchtung eingeschaltet ist. Selbst die Underground-Bunker-Augmentationen sind jetzt nur noch zu erahnen. Was bleibt, sind nackte Gänge, deren Dunkelheit nur von winzigen Lichtern in den Fußleisten durchbrochen wird.

Aber Théo scheint sich seiner Sache sicher zu sein, also folgt Clue ihm den Gang entlang. Geradeaus, um eine Ecke und um noch eine. Bis er endlich stehen bleibt.

»So, da wären wir. Perfektes Timing, würde ich sagen.«

Clue hebt eine Braue. »Das ist eine Wand, Théo.«

Théo lacht. »So gut solltest du mich inzwischen kennen. Ist gleich so weit, versprochen. Aber du musst jetzt kurz leise sein, okay?« Er legt den Finger auf die Lippen, die Stirn hat er konzentriert gefurcht und die andere Hand flach gegen die Wand gedrückt.

Clue seufzt tonlos und schüttelt den Kopf.

In diesem Moment klickt es plötzlich laut und deutlich in der Stille des leeren Gangs. Clue kennt dieses Geräusch, sie hat es in den letzten Tagen schon oft gehört. Es ist das Klicken eines Türschlosses, wie es sie hier im GAME SHIP zu Hunderten geben muss. Théo presst die Hand gegen den dreckigen Putz, als würde er einen Knopf betätigen. Ein Zischen folgt. Und dann fasst Théo Clue am Handgelenk und zieht sie einfach durch die Wand hindurch.

Grellweißes Licht sticht ihr in die Augen. Clue unterdrückt einen überraschten Laut und legt hastig die Hand vor ihr Gesicht – aber als sie durch ihre Finger hindurchblinzelt, erkennt sie, dass sie soeben durch eine durch Augmentationen verborgene Tür gegangen sind.

»*Mein Zuhause, wenn du so willst.*« Théos Worte, vorhin in der Kantine. Das ist also ... das hier?

Hinter der Tür öffnet sich ein Raum, von dem zwei weitere Türen abgehen. Nackt. Clean. Unaugmentiert. Aber es gibt ein großes Fenster an der gegenüberliegenden Wand. Ein Tisch mit zwei Hockern steht davor, und hinter der Scheibe sieht Clue ... den Maschinenwald. Center Cube. Und obwohl es auch dort draußen inzwischen fast vollständig dunkel ist, erkennt Clue sofort, dass es nicht irgendeine Stelle ist. Es ist der Ort, an dem sie und Jasper den Eichelhäher entdeckt haben. Der Ort, an dem sie die Wand berührt und das Glas hinter dem Graffiti gespürt hat.

Also habe ich mich doch nicht getäuscht!

Théo bückt sich inzwischen, um einen seiner roten Sneakers von seinem Fuß zu zerren und ihn in den Türspalt zu schieben.

»So«, sagt er dann. Der Kater auf seiner Schulter beginnt zu zappeln, und Théo nimmt ihn herunter, um ihn auf den Boden zu setzen. Das Tier saust augenblicklich durch eine der Türen davon, und im nächsten Moment ist das Geräusch von Trockenfutter zu hören, das zwischen kräftigen Katzenzähnen zermalmt wird. »Willkommen zu Hause, sozusagen.«

»Ich fasse es nicht«, murmelt Clue.

»Ja, das ist das Geheimnis, das ich dir verraten wollte. Dachte ich mir doch, dass es dir gefallen würde.« Théo mustert sie mit einem verschmitzten und zugleich ernsten Lächeln. »Jeden Tag um exakt 20 Uhr 37 und 13 Sekunden öffnen sich alle Türen im SHIP. Dann kannst du überall rein – wenn du es schaffst, zur richtigen Zeit am richtigen Ort zu sein. Das ist ein Sicherheitsmechanismus, der die Funktionalität sicherstellen soll. Dauert eigentlich nur 0,2 Sekunden. Aber es gab wohl eine Kommaverschiebung im Code, deshalb sind es jetzt 2.«

Clue starrt ihn verwirrt an. »Woher zur Hölle weißt du das?«

Théo zuckt die Schultern. »Hab ihn gehackt.«

»Jetzt hör aber auf. Man kann SUCCESSION GAME nicht hacken.«

»Nicht?« Théos Blick wirkt plötzlich seltsam eindringlich. Lauernd fast. »Na, wenn du das sagst. Und ich dachte, du hättest es selbst schon getan.«

Die Worte durchzucken Clue wie ein Blitz und hinterlassen ein seltsames Kribbeln in ihren Gedanken. Wie etwas, das sie greifen sollte und nicht kann, etwas, an das sie sich erinnert und doch …

Ihre Finger flogen über die Tasten. Es war nicht trivial. Genau genommen war es sogar relativ verzwickt. Mit angehaltenem Atem gab sie den Befehl in die Kommandozeile ein.

Weiße Schrift lief vor ihren Augen entlang.

DATEI GEFUNDEN: LIST OF PLAYERSHEETS
Players_Season12:

- #89
- #97
- #134
- ArcEnCiel
- …

Clue schnappt nach Luft, als hätte sie für eine ganze Weile den Atem angehalten. Schon wieder! Es ist wie gestern, nachdem sie den Alkohol getrunken hat, und das plötzlich wieder so unheimlich intensiv! Aber sie hat heute nichts getrunken, also was macht ihr Gehirn da?

»Ich … *was?*«

»Ach, gar nichts«, sagt Théo. Doch sein Blick sagt, dass er vielleicht noch nie so wenig »nichts« gemeint hat wie gerade jetzt. Und Clue ist ganz sicher nicht bereit, ihn *gerade jetzt* damit davonkommen zu lassen.

»Ich habe Informationen über ArcEnCiel.«

»Mein Name ist ArcEnCiel, und ich denke, du bist hier, um mich zu retten – oder um mich fertigzumachen.«

Es ist zu viel, was hier zusammenläuft.

»Wer ist ArcEnCiel?«, fragt Clue, etwas schärfer als beabsichtigt.

Théo zuckt die Schultern, aber es wirkt ungewohnt angespannt. Trotzdem weicht er ihrem Blick nicht aus. Er fragt nicht mal, warum sie das wissen will. Woher sie diesen Namen auch nur kennt. Denn natürlich weiß er es. Weil er es ihr selbst verraten hat und weil sein Besuch in ihrem Zimmer am Abend zuvor überhaupt kein Traum war. Dessen ist Clue sich mit einem Mal hundertprozentig sicher, und es jagt ihr einen Schauer die Wirbelsäule entlang, als sie Théo ansieht. Und sich an den anderen Menschen erinnert, der letzte Nacht bei ihr war. Wer ist er *jetzt?*

»Mein Host«, sagt Théo seltsam ausdruckslos. »Wer sonst?«

Lange Zeit erwidert Clue gar nichts darauf. Sie schweigt, obwohl ihr die nächste Frage fast unerträglich auf der Zunge brennt: *Und wer ist passepartout?*

Aber sie fragt es nicht, weil sie schon weiß, was er antworten wird: *Das müsstest du doch besser wissen als ich.*

Eine kleine Ewigkeit stehen sie so voreinander.

»Denk nicht so viel darüber nach«, sagt Théo schließlich leise. »Wir haben nicht viel Zeit. Die werden uns bald vermissen, weil sie uns hier nicht sehen können.«

Clue stößt langsam die Luft aus, als könnte sie so die Spannung loswerden, die immer noch schwer wie Blei auf ihr lastet. »Warum habe ich das Gefühl, dass du mit *die* nicht die anderen meinst?«

Théo lächelt schief. »Weil du schlau bist natürlich. Ich meine die da draußen. Die Referees. Die, die uns ins GAME gebracht haben.«

Clue runzelt die Stirn. »Sie können uns hier nicht sehen?«

Nun wendet sich Théo von ihr ab, durchquert den Raum und setzt sich auf den Tisch, der unter dem Fenster steht. »Nein, können sie nicht. Ist immerhin ein Hochsicherheitsgefängnis.« Er verzieht selbstironisch den Mund. »Es soll ja niemand rausfinden können, wie der Champion hier drin zwischen den Staffeln verrottet.«

Clue kann immer noch nicht aufhören, ihn anzustarren – wie er dort sitzt und mit den Beinen baumelt. Es fühlt sich so surreal an, hier zu sein. Mit ihm. An diesem Ort, der für das Spiel eigentlich nicht existieren sollte.

»Wenn du es genau wissen willst«, erklärt Théo jetzt weiter, »habe ich das mit dem Türschloss auch bloß rausgefunden, weil ich ...« Er hält kurz inne und zieht die Brauen zusammen. »Okay, er ... nein. Okay, also wir. Entschuldige, manchmal ist das wirklich nicht so einfach. Jedenfalls, Arc und ich. Wenn wir hier allein sind, liegen wir manchmal stundenlang auf dem Boden und katalogisieren die Geräusche. So haben wir es irgendwann erkannt. *Clic-clac*, verstehst du? Immer exakt zur gleichen Zeit. Aber das ist es gar nicht, worüber ich mit dir reden wollte.«

»Ich hoffe, es ist, was du mir eigentlich für eine Rolle in deinem großen Successor-Plan zugedacht hast«, bemerkt Clue ein wenig sarkastisch. »Damit ich endlich selbst entscheiden kann, ob ich dabei mitspielen will.«

Théo lacht leise. »So in der Art, tatsächlich.«

Clue seufzt. »Ich versteh dich echt nicht, das weißt du, oder?«

Théo hebt leicht die Schultern. »Ach, woher auch? Ich verstehe mich ja oft genug selbst nicht. Weißt du, ich denke, meistens tue ich Dinge einfach ... um zu wissen, dass ich lebe.«

Er klingt plötzlich so traurig. So einsam, während sein Blick aus dem Fenster gleitet, hinaus in den Maschinenwald. »Ich hätte gern den Himmel wiedergesehen«, murmelt er wie zu sich selbst. »Das ist nicht fair.«

Ein wenig zögernd tritt Clue näher und stellt sich neben ihn, um ebenfalls hinauszusehen. Für einen Moment versucht sie sich vorzustellen, wie es wohl aussieht, wenn dort nichts augmentiert ist. Nur eine riesige kahle Halle, die genauso weiß und nackt ist wie dieser Raum hier. Tagelang. Monatelang. Jahrelang. Eine Gänsehaut überzieht kribbelnd ihren Nacken.

»Wie hältst du das nur aus?« Sie hört ihre Stimme seltsam belegt klingen. »Warum hörst du nicht einfach auf?«

Eine ganze Weile schweigt Théo. Nur seine Finger klopfen einen leisen Rhythmus auf die Tischplatte. Und dann, als Clue schon glaubt, dass er gar nicht mehr antworten wird, wendet er sich ihr wieder zu. »Weil ich dann verschwinde.«

Clue runzelt verblüfft die Stirn. »Was?«

Aber Théo hebt nur seine Hand und mustert sie aufmerksam, streckt und krümmt die Finger, als könne ihm das eine Antwort geben auf die Fragen, die er sich selbst stellt.

»Ich bin eine Spielfigur«, erklärt er schließlich langsam. »Ich wurde gemacht, um dieses GAME zu gewinnen. Immer wieder, für nichts sonst. Und siehst du, Clue, das ist der Unterschied zwischen uns, zwischen mir und dir und all den anderen. Ihr seid auch SUCCESSION GAME Personas, ja. Aber ihr seid zu einem großen Teil immer noch der Mensch, der sie spielt. Du ganz besonders. Du bist von oben bis unten echt. Das mag ich so an dir, weißt du?« Er lächelt schief. »Jedenfalls: Du und die anderen, ihr werdet bleiben. Irgendwo, irgendwie, auch wenn das Spiel für euch vorbei ist. Aber ich ...« Er lässt die Hand wieder sinken und zuckt die Schultern. »Ich bin nur ich, und ich bin es nur hier. Wenn ich GAME OVER gehe, werde ich nicht mehr da sein. Deshalb ... habe ich immer wieder gewonnen und weitergemacht. Also, bisher zumindest.«

Clue fühlt seine Worte seltsam kalt in sich hineinsickern. *»Du bist von oben bis unten echt.«* Nein, denkt sie, nein, das stimmt nicht. Es kann nicht stimmen. Sie hat es doch selbst vor Kurzem erst begriffen.

»Ich bin nicht ... ich«, murmelt sie und denkt im gleichen Moment, dass sich das wirklich unsinnig anhört. Auch Théos rechter Mundwinkel hebt sich leicht. Seine Augen aber bleiben unverändert ernst.

»Doch, das bist du, und du weißt es. Lass diesen ganzen False-Memory-Quatsch mal beiseite, das ist völlig irrelevant. Du bist immer noch du, die denkt, dass sie nicht sie selbst ist. Aber du hast dir tausend Hinweise gelegt. Dein Aussehen, dein Name, deine Geschichte.

Und das hier …« Unvermittelt greift er nach ihrer Hand, der linken. Streicht behutsam mit seinem Daumen über die Wunde unter dem Sensorhandschuh, wie sie selbst es schon so oft getan hat. »Was ist das überhaupt? Weißt du es?« Eine Spur dieses fürchterlichen Grinsens huscht über sein Gesicht, und nun endlich ist er wieder ein bisschen mehr der unerträgliche Théo, den Clue kennt. »Na los, Clue, denk nach. Streng deinen schlauen kleinen CORE mal ein bisschen an.«

Das Atmen fällt Clue plötzlich seltsam schwer, weil das Herz ihr bis zum Hals schlägt. »Was hast du gerade gesagt?«

Das Grinsen bekommt etwas milde Triumphierendes. »Dass du deinen Kopf anstrengen sollst?«

»Nein, du hast CORE gesagt.«

Jetzt lehnt Théo sich vor, so weit, dass Clue erneut das lauernde Funkeln in seinen Augen sehen kann, über das nicht einmal mehr das Grinsen hinwegtäuscht. »Aber Lu«, flüstert er, und seine Stimme kitzelt nicht nur ihre Haut, sondern auch ihre Nervenenden, bis ihr ganzer Körper unter Strom steht, »das ergibt doch überhaupt keinen Sinn.«

Er lässt ihr keine Gelegenheit, noch einmal zu widersprechen oder auch nur darüber nachzudenken, woher er das alles eigentlich wissen kann – denn im nächsten Moment liegen seine Lippen plötzlich auf ihren. Ein erstickter Laut entfährt ihr, als seine Finger sich in den Locken in ihrem Nacken verfangen und seine andere Hand über ihr Schlüsselbein streift, ehe sie sanft und zugleich fest an der Seite ihres Halses zum Liegen kommt. Sein Daumen fährt die Linie ihres Kiefers nach, während er sie küsst, und Clue wird ein wenig schwindelig vom Gefühl seiner Haut an ihrer, wie ihre Lippen sich wie von selbst ein wenig öffnen; von der Wärme, der knisternden Energie, die sich zwischen ihnen aufstaut. Auch sie lässt nun die Hand in seinen Nacken gleiten und macht noch einen letzten Schritt auf ihn zu. Wie weich seine Haare sind! Wie um alles in der Welt sind sie sich nur so nahegekommen? Der Kuss ist lang und innig und er schmeckt nach Verlorenheit, nach Hoffnung, nach der Sehnsucht nach Nähe und ein wenig nach Salz.

»Warum?«, flüstert Clue, als sie endlich wieder Gedanken in sich findet und Worte und Raum, um sie auszusprechen. »Warum erzählst du mir das alles? Warum ... *machst* du das?«

Sein Gesicht ist ihrem immer noch so nah. Sie spürt seinen Atem auf ihren Lippen, als er ihr antwortet. Zögernd, als sei er sich selbst nicht sicher, was die richtige Antwort hierauf ist. »Weil er ... also Arc ... Er will, dass diesmal du gewinnst.« Ein weiterer Atemzug, dann noch einer. »Und ich denke, ich will das auch.«

Seine Hand verschwindet aus ihrem Nacken, und nur kurz darauf spürt Clue sie an ihrem Bauch, wie sie etwas in die Tasche ihres Hoodies hineinschiebt.

»Ich weiß, es ist schwer, aber bitte. Versuch, dich zu erinnern.« Eine letzte, flüchtige Berührung seiner Lippen an ihren, ehe Théo sich ein Stück von ihr zurückzieht, um ihr eindringlich in die Augen sehen zu können. »Dann wirst du wissen, was zu tun ist.«

Er rutscht vom Tisch, und für einen Moment stehen sie so dicht voreinander, dass nur der Stoff ihrer Kleidung sie trennt. Théo legt die Arme um Clues Schultern und drückt sie kurz und fest an sich. »Jetzt müssen wir gehen.« Täuscht sie sich, oder klingt seine Stimme seltsam rau? »Es gibt noch etwas, das ich erledigen muss. Es tut mir leid, Clue.«

Und ohne noch eine Antwort abzuwarten, lässt er sie los und schiebt sich an ihr vorbei, greift nach seinem Schuh und schlüpft aus der Tür, sodass Clue sich beeilen muss, ihm nachzulaufen und den Raum ebenfalls zu verlassen, ehe sie vielleicht bis morgen um 20 Uhr 37 und 13 Sekunden hier eingeschlossen wird.

Als sie durch die augmentierte Wand hindurch auf den Gang tritt, ist Théo bereits verschwunden. Vielleicht ist er durch eine weitere Wand gegangen, durch eine weitere unsichtbare Tür. Wer weiß das bei ihm schon so genau? Was Clue jedoch sehr genau weiß, ist, dass ihr das Herz in diesem Moment eigenartig schwer wird von dem Gefühl, das sich immer nachdrücklicher in ihr durchsetzt und alle anderen schließlich verstummen lässt:

Das Gefühl, dass sie an diesem Abend, in diesem verborgenen Raum, zum ersten Mal den echten, ganz und gar ungespielten Théo gesehen hat. Und dass es zugleich vielleicht für immer das letzte Mal gewesen ist.

1stPersonCam: THÉO
Location: THÉOS CONTENDER KOMPARTMENT

Théo starrt auf die Kapseln, die er aus dem Safe genommen hat. Klein, durchscheinend blau, nichtssagend liegen sie in seiner Hand – wie er sie schon so viele Male in der Hand gehalten hat, um sie ins *Eira* zu legen und die Transition durchzuführen. Heute sind es Personality Former, keine Eraser, da ist er sich sicher. Das hier ist keine Elimination. Niemand wird heute ausscheiden. Es sei denn ...

Théos Finger zittern, als er zwischen ihnen hindurch in das Abflussrohr der Toilette starrt, über das er den Arm ausgestreckt hält. Er muss die Hand nur umdrehen. Sich nur überwinden. Es ist alles vorbereitet. Es fehlt nur noch dieser eine, letzte Schritt.

Wie lange steht er hier nun schon? Lange genug vermutlich, dass irgendjemand ihn bemerkt hat, obwohl er sich doch bisher solche Mühe gegeben hat, sich aus dem Sichtfeld der Kameras herauszuhalten. Also wissen sie es vielleicht schon: Dass der Champion Successor beabsichtigt, sich selbst aus dem Spiel zu nehmen.

Sollen sie doch.

Wenn die Kapseln erst weg sind, gibt es kein Zurück. Um Mitternacht wird die GAME-KI checken, ob er an diesem Abend sein *Eira* aktiviert hat. Théo kennt das Programm, Arc hat ihm alles erklärt. Wenn die Antwort *Nein* lautet, wird eine Befehlskette aktiviert, die dafür sorgt, dass in seinem Gehirn eine kleine Bombe hochgeht. Eine genau berechnete Dosis Eraser-NfT direkt in den frontalen Cortex und von dort aus ... überallhin. Und alles, was von Théo bleibt, ist eine File in der Kartei ehemaliger GAME Personas.

Etwas zuckt in Théos Brust, ein trockenes Schluchzen oder vielleicht auch bloß ein Schluckauf, und seine Hand mit den Kapseln schließt sich krampfhaft zur Faust. Wer hätte gedacht, dass es so schwierig ist? Sollte verlieren nicht viel leichter sein als gewinnen?

On with the show.

Langsam öffnet er die Hand wieder. Einen Finger nach dem anderen.

»Tu das nicht«, sagt eine tiefe Stimme hinter ihm.

Théo zuckt zusammen. Er ist nicht direkt überrascht, dass jemand hier auftaucht, nachdem er so lange getrödelt hat. Womit er nicht gerechnet hat, ist – dass ausgerechnet *er* es ist. Weil es doch eigentlich nicht wahr sein kann. Alles in Théo drängt danach, sich umzudrehen, mit allen Sinnen herauszufinden, ob sein Gehirn ihm einen Streich spielt. Aber er tut es nicht.

»Du hier?«, murmelt er bloß. »Na, so was!«

Hinter ihm bleibt es still.

»Was willst du denn von mir?«, fragt Théo, noch immer, ohne sich umzusehen.

»Dich aufhalten natürlich«, sagt Quentin, und Théo hört das leise Klicken der Wolfskrallen auf dem Boden, als er näher tritt.

Die Absurdität der Situation bringt Théo unerwartet zum Lachen. Einer geht. Einer kehrt zurück. Es ergibt so unheimlich viel Sinn, auf eine verdrehte Art und Weise. Und wenn es auch sonst nichts geschafft hätte, diese Worte geben ihm den letzten Stoß, den er noch gebraucht hat.

»Zu spät«, sagt er und lässt die Kapseln fallen. Sie versinken mit einem leisen Plitsch. Unwiederbringlich.

Théo dreht sich zu Quentin um, der ihn ausdruckslos anstarrt – Quentin, der tot war und es jetzt nicht mehr ist –, und lächelt ihm herausfordernd ins Gesicht. »Also, was wirst du jetzt tun?«

Quentin mustert ihn eindringlich aus seinen gelben Wolfsaugen. Ein pelziges Ohr zuckt. Der Schlitz, den Sam ihm dort verpasst hat, ist verschwunden. Jemand hat ihn sehr gründlich repariert. »Gibt es denn etwas, was ich tun könnte?«

Théo zuckt die Schultern und betätigt die Spülung, während er hofft, dass Quentin das Zittern seiner Hand nicht sieht. »Nein. Gar nichts.«

Quentin nickt düster. »Dann versuche ich es gar nicht erst. Verstehen werd ich's ja sowieso nicht.«

Auf etwas wackligen Beinen tritt Théo näher an ihn heran, bis sie dicht voreinander stehen. Einen langen Moment sehen sie sich bloß in die Augen, und Théo seufzt innerlich. Wer immer sich das mit Quentin ausgedacht hat, hat ihn gut designt, um ihn in sein Team zu schmuggeln. Er steht einfach auf diese großen rauen Typen, er kann es nicht ändern. Vielleicht besser, wenn Quentin davon nichts weiß. Und jetzt spielt es ja ohnehin keine Rolle mehr.

»Weißt du, ich würde wirklich gern noch mal mit dir was trinken gehen«, sagt er leise und spürt, wie heiser sich seine Stimme anfühlt. Als müsste er gleich heulen. Vielleicht muss er das wirklich. »Aber ich hab Clue den Schlüssel zur Bar gegeben. Also musst du das wohl mit ihr tun, denn ich muss jetzt leider los.« Er schluckt und schmeckt das erste Salz, als er ihm ein letztes Lächeln schenkt. »Schade. Es wurde hier gerade so kuschelig.«

Quentin sagt nichts. Er sieht Théo nur an aus diesen gelben eindringlichen Augen.

Und dann, endlich, tritt er einen Schritt zur Seite und gibt den Weg durch die offenstehende Tür frei.

»Lauf, Théo. Viel Glück.«

CUT SCENE.

Zentraleuropäische Union (ZEU)
Zentralballungsraum Berlin
Neu-Charlottenburg

Lynn hockte unter einer Decke vergraben auf dem Sofa, drückte sich das Wärmekissen auf den Bauch und starrte auf das handheld Display ihrer *insight*. Die Brille hatte sie abgesetzt. Seit heute Morgen wurde ihr schwindelig davon, das Display direkt vor den Augen zu haben, und wenn ihr schwindelig war, musste sie kurz darauf meistens heulen. Üblicherweise aus einem völlig nichtigen Grund – zum Beispiel, weil die Teekanne auf dem Beistelltisch leer war. Weil ihr der Weg in die Küche so endlos weit erschien und das Kompartment so furchtbar leer und still. Sie war so einsam hier und würde das von jetzt an noch sehr lange sein.

Da waren die Tränen schon wieder. Lynn wischte sie weg, und vor Ärger über sich selbst kamen sofort noch mehr. Lynn wusste natürlich, dass jede Schwangerschaft individuell verlief, aber dass so viele Klischees über Frühschwangerschaften auf sie zutrafen, war schon fast wieder zum Lachen. Und dann zum Heulen. Sie hätte eigentlich gar keinen Test mehr gebraucht, um zu wissen, dass er positiv sein würde. Trotzdem hatte sie heute schon drei gemacht, weil sie immer wieder darauf hoffte, dass sich beim nächsten Versuch endlich die berechtigte Freude einstellen würde, weil sich ihr Wunsch so schnell erfüllt hatte. Stattdessen dröhnte jedes Mal wieder nur ein einziger zermürbender Gedanke in ihrem Kopf:

Ich will das noch nicht! Nicht jetzt schon.

Zum vermutlich hundertsten Mal loggte sie sich in das Monitoring System des GAME SHIP ein. Ihr Account hatte seit jeher dieselben Admin-Berechtigungen wie der von Eduard. Daher konnte sie auch von hier aus alles sehen, was im GAME SHIP geschah – mit Ausnahme des Successor Interim Kompartments und der Prep Rooms ganz unten im SHIP. Dort gab es keine Kameras. Keine Mikrofone. Nur Störsender, die jedes Signal zuverlässig abschirmten. Nichts ging hinein, nichts kam heraus. Von dem, was in diesen Räumen geschah, durfte es keine Aufzeichnungen geben, keine digitalen Datensätze, nichts, was irgendjemand irgendwie nach außen senden konnte. Schon gar nicht, wenn sich ein Mensch wie Théo Laroux im GAME SHIP aufhielt. Oder vielmehr: ArcEnCiel. Der vielleicht gefährlichste und vor allem unberechenbarste Hacker des letzten Jahrzehnts. Eduards wertvollstes Versuchsobjekt.

Und jetzt auch noch passepartout.

Lynn schob den Gedanken beiseite. Sie war vorerst nicht mehr beteiligt an dem, was im SHIP geschah. *Konnte* es nicht einmal mehr sein, denn Eduard hatte alle dienstlichen Kanäle und sogar Lynns private Kommunikationsmodule für sämtliche In- und Outbound-Calls abgesehen von Notrufen und Eduards persönlichen Devices gesperrt. Zudem war die Wohnungstür verschlossen. Lynns einziges Fenster zur Außenwelt war nun ihr handheld Display, mit dem sie zusehen, aber nicht länger eingreifen konnte. So hatte sie die Auseinandersetzung zwischen Rafael und Eduard verfolgt, und sie hatte gesehen, wie Rafael kurz danach in die Prep Rooms im zweiten Untergeschoss gegangen war, wo der tote Wolfsmensch lag. Seither war er nicht wieder aufgetaucht. Auch jetzt war der Überwachungsraum im GAME SHIP leer.

Lynn starrte noch einige Sekunden auf das Handheld. Dann warf sie es neben sich in die Kissen und presste die Stirn auf die angezogenen Knie. Zwecklos. Sie war eine Gefangene, nicht nur Eduards, sondern auch ihrer selbst.

Hol mich hier raus. Bitte, bitte hol mich doch hier raus!

Als es im Schloss der Wohnungstür klickte und der Slider zur Seite glitt, fuhr Lynn auf, als wäre sie bei etwas Verbotenem ertappt worden. Weil sie diese Gedanken gedacht hatte. Und weil sie sich über die Jahre einfach viel zu sehr daran gewöhnt hatte, dass Eduard immer alles wusste.

Sie hörte ihn in ihr Schlafzimmer gehen, hörte die Dusche laufen und roch herben Seifenduft, der auf den fein kondensierten Tröpfchen heißen Wassers durch ihr Kompartment zog. Er befreite sich von den Rückständen des Tabakrauchs, ehe er zu ihr kam – wie er es ihr versprochen hatte für den Fall, dass sie schwanger wurde.

Einem plötzlichen Impuls folgend stand Lynn auf und huschte zur Wohnungstür, um ihre Hand auf den Öffner zu legen. Nichts rührte sich. Natürlich hatte er wieder abgeschlossen, obwohl er nun selbst hier drin war. Damit sie nicht fliehen und zu Rafael laufen konnte. Auch das hatte er ihr versprochen. Und Eduard hielt seine Versprechen immer.

Lynns Brust zog sich schmerzhaft zusammen, und hastig

kehrte sie aufs Sofa zurück, um sich unter der Decke zusammenzukauern. Wieder zog sie das Handheld zwischen den Kissen hervor. Wieder loggte sie sich in das Monitoring System ein. Ein letzter, vergeblicher Versuch, bevor ...

Rafael war jetzt wieder an seinem Platz.

Lynns Atem stockte kurz, als sie ihn sah. Wo kam er so plötzlich her? Die Spielzeit für heute war doch schon vorbei. War er wirklich seit dem Mittag in der Prep gewesen? Mit klopfendem Herzen beobachtete sie, wie er vor den Displays stand und auf die Vorgänge in den Spielräumen starrte. In der Hand hielt er ihr Notizbuch.

Das Prasseln der Dusche war inzwischen verstummt. Kurz darauf hörte Lynn Eduards leise Schritte auf dem Flur und wie sie schließlich direkt hinter dem Sofa verhielten. Eine Hand legte sich auf ihre Schulter. »Hallo, meine Liebste.«

Lynn drehte sich zu Eduard um, ohne sich die Mühe zu machen, die Spuren ihrer Tränen zu verbergen. Es würden ja sowieso bald wieder neue kommen.

Ein bitter nachsichtiges Lächeln erschien auf Eduards Gesicht, und sein Blick zuckte kurz zu dem Display in Lynns Hand. »Quält er dich schon wieder?« Er beugte sich zu ihr, um ihr einen Kuss auf die Stirn zu geben, und strich dabei mit dem Daumen die Tränen von ihrer Wange. Wie so oft überraschte es Lynn beinahe, wie sanft und tröstlich sich seine Berührung anfühlen konnte, wo er doch sonst so fahrig und abgehackt war. Kurz schloss sie die Augen und gab sich dem Gefühl hin.

»Ich vermisse ihn«, gab sie flüsternd zu.

Eduard seufzte leise, kam um das Sofa herum und setzte sich neben sie. »Ich weiß. Ich weiß.«

Er warf einen raschen Blick auf sein eigenes Handheld, wischte hier, tippte da, sah dann auf seine *dEEp.watch*. Lynn erkannte, dass auch er das Monitoring System eingeschaltet hatte. Allerdings zeigte es ein anderes Bild. Einen dunklen Gang. Warum beobachtete er einen dunklen Gang?

Aber da legte Eduard das Gerät auch schon beiseite und

stattdessen seine Hand über ihre. »Du vermisst ihn seit zwanzig Jahren, Lynn«, sagte er, als hätte es nie einen Bruch in seiner Aufmerksamkeit gegeben. »Und hat es ihn je geschert?« Nun nahm er Lynn auch ihr Display aus den Fingern und legte es zu seinem eigenen auf den Tisch. »Rafael hat uns beide sehr verletzt. Und er würde es wieder tun, weil das in seinem Wesen liegt. Vergiss das nicht.«

Lynn sah ihn an, sah in das hagere, verbitterte Gesicht, das ihr nach all den Jahren inzwischen so tröstlich vertraut und verlässlich erschien.

»Eben deswegen verstehe ich nicht, warum du ausgerechnet ihn herholen musstest.« Die Worte verstopften ihr beinahe die Kehle. »Du wusstest doch, was passieren würde.«

Denn die Wahrheit war, sie wollte Rafael sehen. Ihn sprechen. Sich von ihm halten lassen. Sie wollte es so sehr, dass es wehtat, nur daran zu denken. Wie es schon immer gewesen war, sobald er in ihrer Nähe auftauchte, egal wie sehr er sie immer und immer wieder verletzte.

Eduards Blick verdunkelte sich, als seien seine düsteren Gedanken wie Regenwolken in das helle Blau seiner Iriden gezogen. »Du kennst die Rechnung, Lynn. Weil er seine Schuld kennt. Und weil er deshalb alles für uns tun würde. Von welchem anderen Arzt auf der Welt können wir so etwas behaupten?« Ein schmales Lächeln verzerrte seine Lippen. »Du weißt, er würde auf der Stelle mit dir und diesem Kind durchbrennen, wenn du ihn darum bittest.«

Ein ersticktes Schluchzen rüttelte an Lynns Brustkorb. »Ich weiß.«

Und noch viel schlimmer war, dass ein Teil von ihr sich nichts mehr wünschte, als Rafael genau darum zu bitten.

»Aber er wird auch für euch bleiben«, sagte Eduard, »und alles tun, was wir verlangen. Der Unterschied ist: Hier bei mir bist du sicher. Und das Kind auch.«

Lynn presste die Lippen zusammen und nickte. Versuchte, die Tränen zurückzudrängen, und wusste schon vorher, dass sie scheitern würde. Warum konnte sie nur diese alten, grässlichen Gefühle nicht loslassen? Sie war doch, wo sie sein wollte. Nach allem, was damals geschehen war – als Ivana starb und Rafael nicht nur Berlin, sondern auch Lynn verließ, um in Paris neu anzufangen –, hatten Lynn und Eduard einander gefunden und gerettet. Gemeinsam hatten sie seitdem so viel erreicht. Sie waren ein perfektes Team. All die Jahre war Lynn das glasklar gewesen. Doch seit Rafael zurück war, fiel es ihr wieder genauso schwer wie früher, sich daran zu erinnern.

Eduard zog sie in seine Arme, und sie klammerte sich an ihn wie eine Ertrinkende. »Lass mich nicht gehen«, flüsterte sie. »Bitte lass mich auf keinen Fall hier raus.«

Sanft strichen seine Finger über ihr Haar, ihre Schultern, ihre Wangen. Hoben ihr Kinn, bis er sie ebenso sanft küssen konnte. »Keine Angst, meine Liebste«, raunte er. »Ich lasse nicht zu, dass er dich mir wegnimmt. Niemals.« Erneut drückte er sie an sich und strich beruhigend über ihren Rücken, während Lynn den Tränen endlich erlaubte, hemmungslos zu fließen.

»Alles wird gut«, murmelte Eduard dicht an ihrem Ohr. »Hab nur Geduld. Du wirst ein Kind haben. Und wir werden eine Familie sein. Wie wir es immer wollten.«

Lynn nickte und drückte ihr Gesicht in sein sauber duftendes Shirt. Ja, sie würden ein Kind haben. Sie beide. Ein Kind, das sie liebevoll und sicher aufziehen würden in dieser zerfallenden, brennenden Welt. Hier, bei ihr und Eduard, würde es sicher sein, das war alles, was zählte.

Und das für immer.

TEIL II.

GAMING THE GAME.

RENDERING: FLASHBACK.

17/04/2049

snake_deep_under: Willkommen, ArcEnCiel. Dein Weg endet hier. (00:37)
snake_deep_under: Zwecklos. Ich habe deine Systeme eingefroren. Dieser Crystal war schneller als deiner. (00:38)
snake_deep_under: Gib auf. Du kommst hier nicht mehr raus. Dafür bin ich jetzt bei dir. Übrigens habe ich auch deine Wohnungstür verriegelt. (00:40)
ArcEnCiel: ü0uwpiet9afj<skö°!!!
snake_deep_under: War das dein Kopf auf der Tastatur?
ArcEnCiel: Mein Mittelfinger. (00:41)
snake_deep_under: Ich weiß, wo und wer du bist. Meine Leute sind schon auf dem Weg zu dir. Und ich bin nur einen Klick entfernt von einer Liveschaltung zum Präsidenten der ZEU. Für so eine Nachricht lässt er sich sicher gern wecken. (00:42)
snake_deep_under: Ich habe es dir schon einmal gesagt: Gib auf. Ich habe dich eingefroren, ArcEnCiel. Aber ich muss sagen, es gefällt mir, dich zappeln zu sehen. (00:45)
ArcEnCiel: nlnn
snake_deep_under: Ich habe ein Angebot für dich. Aber ich mache es dir nur einmal. (00:47)
snake_deep_under: Arbeite für mich. Ich hätte da einen Spezialauftrag, der perfekt für dich wäre. Interessiert? (00:48)
ArcEnCiel: Steck's dir. (00:49)
snake_deep_under: Hat es da gerade an deiner Tür geklingelt?
snake_deep_under: Oh. Schon wieder. (00:50)

snake_deep_under: Du weißt, wer das ist. Soll ich die Tür öffnen?
snake_deep_under: Ich brauche deine Antwort. Jetzt.
ArcEnCiel: Okay. Wir reden. (00:51)
snake_deep_under: Mit Vergnügen. Dann leiste besser keinen Widerstand.
snake_deep_under: Ich denke, wir haben den Topf mit Gold gefunden, ArcEnCiel. (00:52)

Zentraleuropäische Union (ZEU)
Zentralballungsraum Berlin
GAME SHIP (Location: Top Secret)

Sie führten ihn in Handschellen wie einen Verbrecher. Als erwarteten sie ernsthaft, dass ein schmächtiger Zwanzigjähriger irgendetwas gegen vier bewaffnete Securitys ausrichten könnte. Arc hätte sie ausgelacht, wenn er dazu in der Stimmung gewesen wäre. War er aber nicht.

Immerhin hatten sie ihm die Sichtschutzbrille abgenommen, sobald sie das Gebäude betreten hatten. Nicht, dass ihm das irgendwie geholfen hätte. Sie führten ihn durch einen langen fensterlosen Gang in einen Fahrstuhl, dann durch noch einen Gang, der genauso aussah wie der erste, und durch mehrere Sicherheitsschleusen.

Und hinter der letzten Tür saß er. Wie ein König auf seinem Thron. Nur dass die Lakaien, die ihn flankierten, unzählige Displays, Handhelds und andere Devices waren. Eduard Engel. Der wahre Herrscher von dEEp Inc. und SUCCESSION GAME. Arc hasste alles an ihm. Selbst die Art, wie er in seinem Stuhl saß und sich nicht mal zu ihm umdrehte, als die Securitys ihn unsanft in den Raum hineinschoben.

»Hier ist er, Herr Engel«, sagte eine von ihnen, eine bullige Person mit kleinen, eng zusammenstehenden Augen.

Jetzt endlich wandte Eduard sich ihm zu. Und in seinem

Blick sah Arc sofort, dass er ihn ebenfalls abgrundtief verabscheute.

»Nehmt ihm die Handschellen ab und lasst uns allein.«

Kurz darauf schloss sich mit leisem Zischen die Tür hinter den Securitys. Arc rieb sich die Handgelenke und rollte die Schultern, während er weiter in den Raum hineintrat.

»Also nochmals willkommen, ArcEnCiel.« Eduards Stimme klang ebenso schmal und potthässlich, wie er selbst es war. »Ich sollte mich wohl geehrt fühlen, einen solchen Star im Haus zu haben.«

Arc erlaubte sich ein geringschätziges Zischen. »Kannst du dir sparen«, erklärte er. »Ich rege mich nicht über dich auf. Sag mir lieber, was dieser Deal ist, damit wir nicht länger miteinander reden müssen. Soll ich die Daten löschen, die ich aus deinem Intranet gezogen habe, damit du mich laufen lässt? Die Antwort ist Nein.«

Eduard zog eine kleine Pappschachtel aus der Brusttasche seines Hemdes, fingerte eine Zigarette aus dem Päckchen und zündete sie an. »Denkst du wirklich, dafür würde ich mir die Mühe machen, dich persönlich herzuholen?« Durch den Rauch musterte er Arc aus schmalen, kalten Augen. »Mir geht es um etwas ganz anderes. Ich will dich für einen Job, den nur jemand wie du für mich erledigen kann.«

Arc fluchte innerlich. Verdammt, er wollte nicht interessiert sein. Nichts, was diese Type zu sagen oder vorzuschlagen hatte, sollte ihm näher gehen als knapp an seinem Arsch vorbei. »Und was sollte das sein?«

Eduard nahm einen weiteren tiefen Zug. »Was weißt du über SUCCESSION GAME?«

Arc lachte kurz und trocken auf. »Spätestens seit heute mehr, als ich jemals wissen wollte.«

Ein geringschätziges Lächeln zuckte in Eduards Mundwinkeln. »Wunderbar! Dann brennst du sicher darauf, selbst einmal mitzuspielen.«

»Sicher. *Nicht.*«

»Abwarten. Vielleicht änderst du deine Meinung, wenn du hörst, was ich von dir will.« Noch ein Zug von der Zigarette und noch immer dieser kalte starre Blick. *Snake_deep_under*. Ein passenderer Deckname wäre selbst Arc nicht für ihn eingefallen.

»Du sollst etwas für mich coden«, erklärte Eduard. »Eine neue Art SUCCESSION GAME Persona. Eine Variante des bisherigen Programms, die so autark designt ist, dass sie komplett userunabhängig agiert, lernt und sich entwickelt wie ein echter Mensch. Denkst du, dass du das könntest?«

Arc zuckte betont gleichgültig die Schultern. »Klingt ziemlich easy, ehrlich gesagt.« Das war gelogen. Er hatte keine Ahnung. Aber es war Code. Also konnte er es lernen. Ob er es wollte, stand allerdings auf einem anderen Blatt.

Eduard lächelte schmal. »Hervorragend! Also, das ist der Deal: Du wirst diese Persona coden, und du wirst sie selbst testen. Im SUCCESSION GAME. Live. So lange, bis du GAME OVER gehst. Wenn an dem Tag, an dem du das Spiel verlierst, die Persona in meinem Sinne voll funktionsfähig ist, bist du frei. Dann kannst du tun und lassen, was immer du willst, und niemand erfährt von unserem kleinen Zwischenspiel auch nur ein einziges Sterbenswort – unter der Auflage, dass du meinen Code niemals wieder anrührst.«

Arc runzelte die Stirn. Zugegeben, damit hatte er nicht gerechnet. Und eigentlich gab es nur zwei Möglichkeiten, es zu interpretieren: Entweder war Eduard wirklich so naiv, wie es gerade klang. Oder dermaßen schlau, dass Arc seinen Plan nicht durchschaute. Leider hielt Arc die zweite Möglichkeit für deutlich wahrscheinlicher.

»Frei also«, wiederholte er misstrauisch. »Und wieso solltest du so was Leichtsinniges tun? Ich könnte mich dann immer noch entscheiden, alles zu leaken, was ich über dich herausgefunden habe. Schätze, bis dahin ist das noch eine ganze Menge mehr als jetzt. Aber selbst was ich jetzt habe, sollte reichen, um dein Spiel für immer abzusetzen. Obwohl es mir natürlich noch lieber wäre, wenn deine superkapitalistische menschenverachtende Scheißfirma komplett abfackelt. Könnte ich dann ja vielleicht machen.«

Wieder dieses Lächeln. So siegessicher. Arc wollte brechen.

»Das könntest du«, stimmte Eduard gelassen zu. »Wirst du aber nicht.«

»Und warum sollte ich nicht?«

»Weil du dann selbst längst viel zu tief mit drinsteckst. Weil wir der Persona deinen Namen geben werden.« Eduards Augen verengten sich ein wenig. »Deinen echten Namen, Théo Laroux. Den ich übrigens auch an die ZEU weiterleiten werde, mitsamt all deinen persönlichen Daten und den letzten großen Hacks, die du durchgezogen hast, wenn du nicht auf meinen Deal eingehst. Dann wird die ganze Welt wissen, wer ArcEnCiel ist. Weil aktuell nur ein Mensch auf der Welt ein solches Wunder schaffen kann, nicht wahr?«

Arc ballte in den Hosentaschen die Fäuste. So war das also. Kein Bluff. Nur bitterer, gnadenloser Ernst.

Aber so schnell würde er nicht klein beigeben. Arc hatte keine Zweifel, dass Eduard seine Drohung innerhalb von Sekunden wahr machen konnte. Dann würde alles, was er sich in den letzten Jahren aufgebaut hatte, einfach explodieren und vermutlich etliche andere CORE-Hacker_innen gleich mit. Der Deal war eine Chance. Seine einzige vermutlich.

»Wir werden sehen«, sagte er und verfluchte seine Stimme dafür, dass sie so heiser klang.

Eduards Lächeln wurde ein wenig breiter. »Oh, das werden wir.« Er griff nach einem *dEEp.ink* Display und stand auf, um es Arc zu reichen. Und als Arc es widerstrebend entgegennahm, erkannte er wenig überrascht, dass es sich um einen Vertrag handelte.

»Also, was ist, Théo? Spielst du mit?«

PHASE 01: CUBE SEARCHING.

1stPersonCam: CLUE
Location: CLUES CONTENDER KOMPARTMENT

Am nächsten Morgen ist Clue früh wach, was sie einerseits wundert und dann auch wieder nicht. Sie ist unglaublich müde gewesen am Abend zuvor, aber zugleich hat sie die Zeit in Théos geheimen Räumen so sehr umgetrieben, dass sie kaum entscheiden konnte, wo sie mit dem Denken anfangen sollte. So hat sie am Ende stundenlang hellwach auf ihrem Bett gelegen und mit sich gerungen, ob es eine gute Idee wäre, hinüber in Théos GAME-Kompartment zu gehen. Um ihn zu fragen, was er gemeint hat; woran sie sich erinnern soll. Aber besonders, um zu sehen, ob er überhaupt da ist, und endlich diese furchtbare Ahnung loszuwerden, die ihr den Magen so schmerzhaft verknotet: Dass ihr Kuss in Wahrheit ein Abschiedskuss war. Und sein Geschenk ein Abschiedsgeschenk. Bis sie doch darüber eingeschlafen ist.

Auch am Morgen führt der Weg ihrer Finger als Erstes in die Bauchtasche ihres Hoodies, in dem sie unfreiwillig die Nacht verbracht hat. Clue bildet sich ein, dass er immer noch ein wenig nach der intensiven Nähe riecht, die sie in diesem unsichtbaren Raum mit Théo geteilt hat. Dieser Moment hat so vieles in ihr auf den Kopf gestellt, dass sie es sich erst nach und nach wirklich eingestehen kann. Geschweige denn, dass sie gewusst hätte, was sie davon halten soll.

Geht es ihm auch so? Und wie soll sie ihm begegnen, wenn sie sich gleich in der Kantine beim Frühstück gegenüberstehen? Als wäre nichts passiert? Ist denn überhaupt – aus seiner Sicht – irgendetwas Außergewöhnliches passiert?

Nachdenklich fährt Clue in ihrer Bauchtasche die Kanten des Holzwürfels nach. Sie braucht ihn nicht herauszuziehen, um zu wissen, dass es der rote Würfel ist, den Jasper gestern vom Baum gepflückt hat. Er hat ihn Théo gegeben, und nun hat Théo ihn ihr zurückgegeben. Warum wohl? Vielleicht, damit Clue schon einmal beginnen kann, ihn zu lösen, falls ihre Würfel ähnlich gestaltet sind?

Ist das seine Art, ihr zu helfen? Sie hat es jedenfalls zumindest versucht und glaubt, einen ersten Hinweis gefunden zu haben. Drei kleine Schieber aus Holz, die sich auf Schienen auf die Zahlen 0–9 einstellen lassen. Nur welche sind die richtigen?

Clue seufzt und tastet nach den anderen Gegenständen, die Théo in ihre Tasche geschoben hat. Der eine ist die Schlüsselkarte zur Bar, in der sie ihren ersten Escape Room gelöst haben. Quentin hat sie zum Schluss gehabt, und Clue ist sich ziemlich sicher, dass Théo sie beim »Leichenfleddern« an sich genommen hat. Darum herumgewickelt war ein zerknittertes Stück Papier, und auf dem Papier hat Théo eine lange Reihe von Zahlen geschrieben. Darunter eine Notiz auf Französisch:

Allez! Suis mes traces, ils vont bien t'amener quelque part ... :)

Clue starrt auf die winzigen Buchstaben, mit raschem, unbekümmertem Schwung über die Zeilen verteilt, als wäre es dem Verfasser egal gewesen, ob man sie am Ende überhaupt entziffern kann. Es ist ein wirklich seltsames Gefühl, sie zu lesen – denn während Clues Verstand noch immer hartnäckig behauptet, kein Französisch zu verstehen, begreift ihr Unterbewusstsein die Nachricht sofort, wenn sie nur nicht zu lange über die einzelnen Worte nachdenkt.

Weiter geht's! Folge meinen Spuren, sie werden dich schon irgendwo hinführen ... :)

Clue seufzt und stopft das Papier zurück in die Tasche. So kommt sie nicht weiter. Hier im Bett wird sie sicher keines dieser Rätsel lösen.

Vielleicht ist ja schon jemand in der Kantine. Vielleicht sogar Théo. Vielleicht sind sie sogar allein. Bei dem Gedanken rieselt ein Kribbeln durch Clues Brust, und sie schüttelt ihn hastig ab. Lieber nicht. Oder doch?

So oder so, sie sollte wirklich aufstehen. Sonst bringt dieser Tag sie am Ende nirgendwo hin.

Als Clue kurz darauf die Tür öffnet und die Kantine betritt, sieht sie eines sofort: Théo ist nicht da. Stattdessen sind es Nima, Onyx und Jasper, die dort sitzen, Röstbrot mit Marmelade essen und Getreidekaffee trinken. Und Zeke. Der allerdings hält sich abseits an einem anderen Tisch, seine *insight* hat er abgeblendet, und seine Augen sind nicht zu sehen. Seltsam, denkt Clue, wie der Anblick fremder Menschen in so kurzer Zeit so vertraut werden kann.

Als sie sich der Gruppe nähert, erkennt sie, dass sie für ihr Frühstück den Tisch gewählt haben, auf dem Théo gestern Abend gesessen und seinen *Plan der reaktiven Punkte im Center Cube* gezeichnet hat. Jasper hat begonnen, ihn auf ein handheld Display zu übertragen.

»Oh, Clue. Guten Morgen!« Nimas Lächeln hat etwas Neckisches, als sie ihr einen Becher und die Kanne mit Getreidekaffee über den Tisch hinweg zuschiebt. »Lange Nacht gehabt?« Sie wackelt vielsagend mit den Brauen – doch Clue kann nicht umhin, den spitzen Unterton zu bemerken, der in ihren Worten mitschwingt.

Auch Onyx lacht leise und wissend. »Süß von euch, dass ihr trotzdem getrennt zum Frühstück geht. Oder schläft Théo noch?«

Clue schießt das Blut in die Wangen. Die Hitze breitet sich bis in ihre Nasenspitze aus. »Ähm. Ich glaube, ihr versteht da was falsch.«

Und das stimmt – obwohl es zugleich eine ziemlich fette Lüge ist, wenn sie bedenkt, wie deutlich sie plötzlich wieder Théos Lippen auf ihren spürt. Seine Hand an ihrem Hals. Seine Haare unter ihren Fingern. Ein Kribbeln flutet durch sie hindurch, und jetzt erreicht die Hitze auch ihre Ohren und ihr Kinn.

»Ach komm schon, Clue.« Jetzt klingt Nima ein wenig ärgerlich. »Es ist lächerlich offensichtlich, dass da was zwischen euch läuft. Wir haben *alle* gesehen, dass ihr gestern fast gleichzeitig *schlafen gegangen* seid. Und mal ehrlich, Théo ist berüchtigt dafür, dass er in jeder Staffel mit irgendwem was anfängt. Alle wissen, dass er nur deshalb beim Publikum so beliebt ist.«

»Ist doch auch total okay«, wirft Jasper mit seiner schüchternen Stimme ein. Für einen Moment sieht er sogar von seiner Arbeit an Théos Plan auf. »Ich meine, gestern im Wald, zwischen euch, das war schon …«

»Wir haben die Nacht in unseren Kompartments verbracht. Allein«, widerspricht Clue energisch und fragt sich im gleichen Moment, warum sie sich eigentlich rechtfertigt. Als hätte sie nicht jedes Recht darauf, Théo zu küssen, wenn ihr danach ist.

Worauf sie hier im SUCCESSION GAME allerdings kein Recht hat – und das wird ihr in diesem Moment wieder allzu deutlich bewusst –, ist Privatsphäre. Oder darauf, solche Dinge wie das mit Théo für sich zu behalten.

Gleichzeitig drücken ihr Nimas Worte seltsam schwer auf die Brust. Ist das wahr? Hat Théo wirklich in jeder Staffel eine Affäre mit anderen Contenders? Für niemanden hier scheint das eine überraschende oder auch nur neue Information zu sein. Außer für sie. Warum fehlt ihr so viel von dem, was die anderen über das Leben da draußen wissen?

»Habt ihr nicht«, lässt sich in diesem Moment eine stahlglatte Stimme aus unerwarteter Richtung vernehmen.

Clue fährt herum. Zeke hat den Abblendmodus der *insight* ausgeschaltet und starrt sie aus seinen stahlgrauen Augen an. »Ich war vorhin bei ihm, um unsere Teamstrategie für heute zu besprechen. Sein Kompartment war leer. Er hat sein Bett heute Nacht nicht benutzt.«

Clue hat das Gefühl, dass ihr Herz bei diesen Worten ein Stockwerk tiefer rutscht. »Was?«

Zeke richtet sich ein Stück auf. Sein Blick ist so scharf, als würde er sie damit aufspießen wollen. »Willst du mir ernsthaft sagen, dass er nicht bei dir gewesen ist?« Er gibt seinen Worten einen höhnischen Ton. Aber Clue hört die Unruhe darunter. Weil sie sie selbst spürt.

Auch die anderen sind jetzt still. Erschreckend still.

»Nein«, flüstert Clue in diese Stille hinein. »War er nicht. Ehrlich nicht.«

Und diesmal, das spürt sie deutlich, glauben sie ihr. Zu deutlich haben sie alle noch vor Augen, wie sie gestern Quentin gefunden haben.

»Piri ist auch nicht hier«, sagt Jasper. Er klingt nun sehr nervös, fast fahrig.

»Piri schläft noch«, erklärt Onyx rasch. »Ich habe heute früh nach sierem Arm gesehen, und die Schmerzmittel sind recht stark. Um sien müssen wir uns keine Sorgen machen, aber …«

Clue springt auf. »Lasst uns in der Bar nachsehen.« Es ist ein Impuls, ein wilder Verdacht, nichts weiter. Aber irgendwas muss es doch zu bedeuten haben, dass Théo ihr den Schlüssel …

»Ich denke nicht, dass er dort ist.«

Die Stimme von der Tür her lässt sie alle erstarren. Tief und grob und rau. Wie ein Wolfsknurren.

Quentin!?

Hastig dreht Clue sich um, und da steht er. Seine riesige, breitschultrige Gestalt füllt den Türrahmen fast vollständig aus. Und niemand, wirklich niemand im Raum ist in diesem Moment imstande zu begreifen, wie das möglich sein soll.

»Quentin …?« Sein Name ist bloß ein heiseres Flüstern an Clues Gaumen.

Mit federndem Schritt betritt der Wolfsmensch den Raum und sieht sie nacheinander mit seinen gelben Augen an. »Bevor ihr fragt: Ich habe keine Ahnung. Ich weiß, dass ich mir die Kapseln für die Elimination gedrückt habe und danach noch mal in die Bar zurückgegangen bin, weil ich die Schlüsselkarte dort hab liegen lassen. Und da hat's mich umgehauen. Mehr, als es sollte, denke ich … Irgendwann bin ich in meinem Bett wieder aufgewacht und wollte noch mal nach dem besoffenen Vogel sehen.« Ein Knurren grollt in Quentins Brust, das sich zugleich besorgt und ratlos anhört. »Aber er war … unterwegs. Wohin auch immer.«

»Unterwegs?« Es platzt aus Clue hervor, ehe sie es verhindern kann. »Wohin soll er denn hier *unterwegs* sein?«

Quentin seufzt, lässt sich schwer auf einen Stuhl fallen und greift nach der Kaffeekanne. »Weiß ich doch nicht, verflucht. Sagt mir lieber, was ich verpasst habe.«

»Oh, nur einen ganzen Tag.« Das ist Nima. Sie hat als Erste die Fassung wiedergefunden, obwohl ihre Stimme verdächtig zittert.

Quentins Kopf ruckt zu ihr herum. »Einen *Tag?*«

Nima nickt. Und auch die anderen bestätigen Quentins fragenden Blick. »Ich vermute, es dauert jetzt zu lange, dir alles zu erzählen. Es ist bald zehn.«

»So oder so«, lässt Onyx sich leise vernehmen, und ein schwaches Lächeln erscheint auf ihrem achtäugigen Gesicht. »Es ist gut, dich wieder hier zu haben. Wenn auch ... unerwartet.«

Damit spricht sie aus, was vermutlich alle in diesem Moment denken. Clue sieht die Verwirrung, die sie selbst spürt, auf ihren Gesichtern. Liest die Fragen in ihren Augen, die auch sie umtreiben: Sollten sie es ihm sagen – dass er tot war? Weiß er es wirklich nicht, oder überspielt er es nur? Wie ein fernes Echo und zugleich überdeutlich hat Clue plötzlich wieder Quentins Worte im Ohr, die er zugleich mit Théos Stimme ausspricht:

Ich will noch nicht sterben. Und dann ist er gestorben.

In diesem Augenblick ertönt ein Gong. Derselbe Gong, der am Abend zuvor das Spiel unterbrochen hat. Eine Nachricht erscheint auf den Displays.

CONTENDERS. STAGE 02. PHASE 01: CUBE SEARCHING
WIRD IN -15- MINUTEN FORTGESETZT. DER FAHRSTUHL
IM AREAL **UNDERGROUND LOBBY** IST AB SOFORT AKTIV.
VERSAMMELT EUCH BIS UM -10:00- UHR IM **CENTER CUBE**
FÜR WEITERE INFORMATIONEN.

»Ich hole Piri. Das hab ich versprochen«, sagt Onyx und verschwindet allen voran durch die Tür.

Clues Herz pocht unruhig in ihrer Brust, während sie etwas langsamer aufsteht und sich mit den anderen in Richtung Fahrstuhl in Bewegung setzt. Also geht es jetzt weiter. Und immer noch keine Spur von Théo. In der Bauchtasche ihres Hoodies schließt Clue fest die Hand um seinen Würfel und sieht rasch hinüber zu Zeke, der ein wenig grau im Gesicht wirkt. Was ist hier nur los? Und was soll sie tun, wenn Théo wirklich nicht kommt? Immer wieder sieht sie sich um. Erwartet, dass er jeden Moment aus irgendeiner Ecke auftaucht. Dass sich klärt oder vielleicht auch nicht, wo er gesteckt hat – Clue ist es eigentlich egal, solange er am Ende nur wieder da ist.

Aber weder auf dem Weg in den Fahrstuhl noch auf dem Gang im zweiten Stock oder im Eingangsbereich des Center-Cube-Areals ist eine Spur von ihm zu sehen. Und spätestens, als die letzten Töne des SUCCESSION GAME Intros verklingen und die Contender Cards eingeblendet werden, gibt es keinen Zweifel mehr: Auf Théos Karte liegt ein grauer Schleier.

Und ein dicker grüner Stempel: MISS A TURN.

Zentraleuropäische Union (ZEU)
Zentralballungsraum Berlin
GAME SHIP (Location: Top Secret)

Rafael hatte die ganze Nacht kein Auge zugemacht. Zuerst war er noch viel zu lange im SHIP gewesen, nachdem er den Nachmittag mit der »Beaufsichtigung« des medizintechnischen Teams verbracht hatte. Eine Farce, wenn er bedachte, mit welcher geradezu erschreckenden Routine Lynns Team die Anweisungen umsetzte, die Rafael in ihrem Notizbuch gefunden hatte. Anweisungen, die es möglich machten, den Wolfsmenschen zurück ins Spiel zu schicken. Rafael dröhnte der Kopf, wenn er nur daran dachte, was er dort gesehen hatte.

Selbst als er spätabends endlich in seinem Motelkompartment angekommen war, hatten ihn die Gedanken bis zur völligen Rastlosigkeit wachgehalten. Rafael machte sich nichts vor. Die eigentliche Arbeit begann erst. Denn jetzt musste er begreifen, was er – oder besser das medizintechnische Team – getan hatte, um den Wolfsmenschen wiederzubeleben. Er musste endlich verstehen, was Eduard unter der schillernden Trash-Entertainment-Oberfläche mit SUCCESSION GAME vorhatte, um den Anweisungen in Lynns Buch nicht nur folgen, sondern eigene Entscheidungen treffen zu können. Vernünftige, menschliche Entscheidungen. Sonst würde er sich morgens im Spiegel schon bald nicht mehr in die Augen sehen können.

Die Aufgabe schien nahezu unmöglich, aber so schnell gab Rafael nicht klein bei. Immerhin, und das war vermutlich sein größtes Glück in dieser Sache, war er gestern dermaßen nutzlos gewesen, dass niemand bemerkt hatte, als er über Mittag fort gewesen war, um sich mit diesen zwei Studierenden zu treffen. Hathaichanok Nikolajew und Yezmin Zervakis zu rekrutieren, war eine Verzweiflungstat gewesen, eine nicht ganz unkritische noch dazu. Aber die beiden waren derzeit seine größte Hoffnung, wenn es darum ging, von möglichst unvoreingenommener Seite zu lernen, was er wissen musste.

Über all dem hatte Rafael am Ende keine Minute auch nur in die Nähe von Schlaf gefunden, und nachdem er den Gedanken gegen sechs Uhr am Morgen endgültig aufgegeben hatte, war er aufgestanden und wieder zurück zum SHIP gelaufen. Jetzt war er hier. Viel zu früh für seinen Schichtbeginn. Und wusste immer noch nicht, was er tun sollte.

Mit schweren Beinen schleppte Rafael sich die Nottreppe im hinteren Teil des Gebäudes hinauf. Er hatte sich angewöhnt, diesen Weg zu nehmen, weil sich hier praktisch nie jemand aufhielt. Weil es still war bis auf seine Schritte, nur spärlich beleuchtet und unaugmentiert. Kaum Kameras, und wenn er seine *insight* absetzte, war er mit sich und seinen Gedanken fast allein.

Doch als er an diesem Morgen den Absatz im dritten Stock erreichte, nur noch eine Treppe vom zentral gelegenen Observation Center entfernt, erwartete ihn eine weitere Überraschung.

Auf dem Absatz lag eine reglose Gestalt.

Mit einem Schlag war die Schwere aus Rafaels Beinen wie weggeblasen. Er sprintete die letzten Stufen hinauf, um neben der Gestalt auf die Knie zu gehen und in das bleiche Gesicht zu starren. Jung, vermutlich Mitte zwanzig, mit deutlichen Schatten unter den Augen und auf den fahlen Wangen.

»He!« Rafael packte die sehnige Schulter im übergroßen Kapuzenpullover. »Können Sie mich hören?«

Keine Reaktion. Flache, aber regelmäßige Atmung. Der Schweiß auf der auffallend blassen Stirn gab Rafael allerdings zu denken.

Rafaels Hand zuckte zu seiner Umhängetasche, zu dem Brillenetui mit seiner *insight* darin. Im letzten Moment erst hielt er sich zurück. Sehr viel langsamer klappte er das Etui wieder zu, während sich eine unbestimmte, aber nichtsdestotrotz sehr nachdrückliche Ahnung in seiner Brust ausbreitete. Was immer das hier zu bedeuten hatte, es war sicher besser, wenn Eduard es vorerst nicht zu sehen bekam.

Rafael strich der Gestalt die Haare aus dem schmalen, kantigen Gesicht und musterte es noch einmal genauer.

Und dann erkannte er ihn. Auch ohne digitales Feedback war sich Rafael plötzlich ohne jeden Zweifel sicher. Sie waren sich schon einmal begegnet, unten in der Prep, gemeinsam mit Lynn. Auch zu jenem Zeitpunkt waren seine Haare dunkel gewesen, mit einem Stich ins Rötliche unter dem weißen Deckenlicht. Rafael hatte das fast vergessen, weil er sich im laufenden GAME so sehr an das helle Blond gewöhnt hatte. Auch die Piercings fehlten hier draußen, und die Gesichtszüge waren ein wenig anders – die Nase markanter, die Wangenknochen weniger ebenmäßig. Aber in Verbindung mit dem schwarzen Kapuzenpullover, der löchrigen grauen Jeans und vor allem der roten Wollmütze, die er fest zwischen den verkrampften Fingern hielt, war kaum ein Zweifel möglich.

Der Bewusstlose auf dem Treppenabsatz war der Champion Successor. Théo. An einem Ort, an dem er ganz bestimmt nicht sein sollte.

In diesem Augenblick gab Théo einen seltsamen Laut von sich, halb Stöhnen, halb Seufzen, und wäre es nicht so unsinnig gewesen, hätte Rafael sogar geglaubt, ein trockenes Lachen darin zu hören. Er blinzelte gegen das schummrige Licht im Treppenhaus.

»Hey, Doktor«, flüsterte er heiser. »Ich glaub, ich könnte ein bisschen Hilfe gebrauchen.«

Rafael starrte ihn mit einer an puren Unglauben grenzenden Fassungslosigkeit an, in die sich rasant wachsender Stress mischte. Wie war das möglich? Wie hatte er das Spielareal verlassen, ohne Alarm auszulösen? Wie ...

Nun zog er doch die *insight* heraus, schaltete sie auf Offline-Augmentationsmodus und setzte sie auf. Nur zwei Sekunden, die hoffentlich niemandem auffallen würden.

Blonde Haare. Graugrüne Augen. Ein anderes Gesicht, nicht viel anders, aber dennoch ... er trug immer noch seine Persona. Obwohl sie ein wenig unstet wirkte, wie von Flimmern durchsetzt.

Rafael riss die Brille wieder von der Nase. Griff stattdessen nach Théos Handgelenk und ließ die Fassung seines *Eira* aufspringen. Zwei leere Kapseln.

»Psychopharmaka«, flüsterte Théo, und jetzt lachte er sehr eindeutig – ein leises, heiseres Lachen. »Hatte noch ein paar übrig von euren Sedierungsversuchen. Ich hab mich schon immer gefragt, ob man das System damit austricksen kann. Man kann, wie's scheint.«

Mit einem Ächzen versuchte er sich aufzusetzen, aber sein Arm knickte unter ihm weg, und hätte Rafael ihn nicht aufgefangen, er wäre einfach wieder auf den Boden gefallen.

»He, langsam, ja?« Rafaels Ton geriet unter dem Stress recht schroff, aber er bemühte sich kaum, etwas daran zu ändern. »Du hast dir Psychopharmaka zu NfT gedrückt? Nachdem du vorgestern erst einen Totalausfall durch Alkohol hattest?« Tatsächlich hätte er am liebsten gleich noch gefragt, ob vielleicht auch jemand in Théos Hirn uriniert hatte, denn einen großen Unterschied hätte das vermutlich nicht mehr gemacht. Aber das verkniff er sich im letzten Moment. »Dir geht's wohl zu gut«, grollte er stattdessen und half Théo, sich halbwegs aufrecht an der Wand hinzusetzen.

Théo schwieg einen Moment und starrte auf die Mütze in seinen Händen, die er immer noch fest umklammert hielt, obwohl seine Finger nun sichtlich zitterten. Der spöttische Triumph war aus seiner Miene verschwunden.

»Hör mal, Doktor. Ich dachte, ich könnte von dir vielleicht einen Fix bekommen«, flüsterte er endlich. Auch seine Stimme war nun zittrig und kaum noch hörbar. »Nur noch ... nur noch dieses eine Mal. Bis wir den Himmel gesehen haben.« Eine weitere Pause. Mehrere mühsame Atemzüge. »Aber ich fürchte ... der Plan sieht etwas anderes vor, nicht wahr?«

Mit einer seltsam abgehackten Bewegung stülpte er die Mütze über seine Haare und zog sie herunter, bis sie seine Augen und Nase fast vollständig verdeckte. Dann lehnte er den Kopf gegen die Wand hinter ihm, während seine Finger die spitzen Knie umklammerten, die bleich aus den Löchern in seiner Hose stakten. Rafael sah ihn deutlich schlucken. Dann schob Théo die Mütze wieder zurück und sah Rafael mit einer eigentümlich bitteren Entschlossenheit an. »Kannst du auf mich aufpassen, Doktor?« Er streckte ihm die Hand entgegen. »Während ich verschwinde?«

Es war einer dieser Momente, in denen Rafael seltsam distanziert darüber staunte, wie schnell sein Gehirn arbeiten konnte, wenn er es ließ. In was für einer unglaublichen Frequenz es Möglichkeiten verwarf, austauschte, abwog und schließlich zu einem Schluss kam: Dem, dass er Théo nicht in die Prep bringen würde, wo er hingehörte, zumindest nicht gleich. Dass er ihn nicht fixen würde und auch nach Möglichkeit nicht zulassen, dass jemand aus dem medizintechnischen Assistenzteam ihn sah.

»Das wirst du mir noch erklären müssen«, murmelte er grimmig, während er Théos Hand ergriff und ihm aufhalf, und wusste nicht, ob er Théo damit meinte oder doch sich selbst.

Théo stützte sich schwer auf Rafaels Arm und sackte ein wenig gegen ihn, als seine Beine nachgaben. »Das macht Arc«, ächzte er, während er sichtlich damit rang, das Gleichgewicht wiederzufinden. »Erst mal sag ich dir, wo wir langgehen, damit uns niemand sieht. Das kann ich nämlich ziemlich gut, musst du wissen.«

Rafael stemmte sich gegen Théos Gewicht, um nicht selbst die Balance zu verlieren. »So, kannst du das?«, schnaufte er.

Théo lachte kurz. Es klang ein wenig hohl. »Ich hatte fünf Jahre Zeit, diesen Kasten auswendig zu lernen, okay? Sag mir nur, wo wir hinwollen.«

Rafael runzelte die Stirn. »Ins Observation Center. Ärzt_innenzimmer. In der Umkleide und der Toilette sind keine Kameras.«

Théo presste Daumen und Zeigefinger der freien Hand an seine Nasenwurzel, als müsste er angestrengt nachdenken. Dann holte er tief Luft. »Alles klar. Zwei Schritte weiter und dann links an der Wand entlang.«

Asgard International Academy (AIA), Berlin
Wohnkompartments der Studierenden
Kompartment 503

Yez klopfte nervös an die Tür zu Hathis Schlafkompartment. »Hathi, wo bleibst du? Es ist 9:53 Uhr!«

»Er hat 10:00 Uhr gesagt«, erklang Hathis hektische Stimme auf der anderen Seite. »Wir brauchen bloß zwei Minuten bis nach unten!«

Yezmin verdrehte die Augen. Sey hatte sich selbst so einige Gedanken über ser Outfit gemacht, hatte ser schönstes Wollkleid gewaschen und definitiv zu viele Minuten damit zugebracht, dessen Kapuze möglichst locker und zugleich stilsicher über den Kragen serer Jeansjacke zu drapieren. Aber irgendwo siegte dann doch der Pragmatismus – und die Notwendigkeit, zu so einem wichtigen Termin unbedingt pünktlich zu erscheinen. »Ich möchte aber unten *sein*, wenn der Wagen kommt!«

Noch bevor sey ausgesprochen hatte, wurde die Tür zur Seite gerissen.

»Wow.« Yez starrte Hathi an. »Du siehst aus, als ob du zu einem Vorstellungsgespräch gehst.«

Hathis Ohren wurden rot. »Findest du's zu viel?« Sie zupfte an dem fein bestickten cremefarbenen Blusenshirt, das natürlich keine Falte zu viel über den Rock aus dunkelblauem Webstoff warf. Das dezente Make-up passte genauso perfekt dazu wie die kleinen Creolen in ihren Ohren – und natürlich die besonderen Armreifen. Die glatten dunkelblonden Haare hatte sie heute streng zurückgebunden.

Yez lachte. »Du sagst das, als hättest du Zeit, dich noch mal umzuziehen. Keine Sorge, du siehst toll aus«, fügte sey schnell hinzu, als sey hörte, wie gestresst der Unterton in serer Stimme klang. »Ich mache mir nur Sorgen um deine Füße. Was, wenn wir Laborarbeit machen sollen?«

Hathi verzog das Gesicht und sah auf ihre Ballerinas mit Pfennigabsatz hinunter. »Du hast recht. Also ... die blauen Sneakers dann? Passen die zu meiner Tasche?«

In einem plötzlichen Anflug von Liebe drückte ihr Yez einen Kuss auf die Wange. »Ja. Absolut perfekt.« Sey klaubte die Schuhe unter der Garderobe hervor und stopfte sie kurzerhand in das Bodenfach seres Rucksacks. »So. Auf alles vorbereitet. Jetzt gehen wir aber runter!« Sey warf Hathi ihren Wollmantel zu und öffnete schon die Wohnungstür.

Nun endlich lachte auch Hathi wieder. »Ach, Yezzi. Was würde ich nur ohne dich machen?«

Yez zuckte die Schultern und grinste. »Im Chaos versinken und dabei fabelhaft sein. Also genau wie jetzt. Los, komm.«

Unten auf der Straße war von dem Wagen, den Dr. Álvarez angekündigt hatte, noch nichts zu sehen. Yez trat nervös von einem Bein auf das andere und zog schließlich ser handheld Display aus der Gürteltasche, um einen Blick in den gerade gestarteten SUCCESSION GAME Livestream zu werfen.

Es war wirklich merkwürdig, wie anders sich das plötzlich anfühlte. Jetzt, da sie Dr. Álvarez getroffen hatten. Wo sie *ins*

GAME SHIP fahren würden. Yezmins Magen zog sich kribbelnd zusammen, als der Gedanke ein weiteres Mal vergeblich in seren Verstand vorzudringen versuchte.

Sey sah zu Hathi, die sich derweil an serer Schulter festklammerte und auf einem Bein hüpfend aus ihrem rechten Ballerina schlüpfte. »Sag mal, was machst du da eigentlich?«

»Ich brauche die Sneakers. Ich fühle mich total overdressed neben dir«, erklärte Hathi ein wenig kurzatmig und zerrte bereits einen himmelblauen Schnürschuh aus Yezmins Rucksack. »Wie kannst du bloß immer so lässig sein?«

Yez musste lachen. »Man kann dich einfach nur knutschen wollen, wirklich.«

»Du bist *nicht* hilfreich, hat dir das schon mal jemand gesagt?«

Bevor Yez etwas antworten konnte, wurde ser Blick davon angezogen, dass sich auf dem Display in serer Hand etwas veränderte. Das Intro war vorbei, und die Contender Cards wurden eingeblendet. Aber ...

»Hathi!« Yez packte sere Freundin so fest am Arm, dass sie ein verblüfftes Kieksen von sich gab. »Guck dir das an!«

»Was? Was ist denn?« Immer noch auf einem Bein, dem anderen diesmal, beugte Hathi sich ebenfalls über Yezmins Handheld. In der nächsten Sekunde wurden ihre Wangen selbst unter dem sorgfältig aufgetragenen Rouge sichtbar blass. »Quentin ist wieder da«, flüsterte sie.

Yez nickte. Das Herz hämmerte sem plötzlich gegen den Brustkorb, dass ser ganzer Körper darunter vibrierte.

»Ja«, murmelte sey fassungslos und starrte auf das Display, als würde sich dadurch irgendetwas an dem ändern, was sey gerade gesehen hatte. »Und Théo ist weg.«

In diesem Moment bog nur wenige Meter von ihnen entfernt der angekündigte Wagen um die Ecke. Yez und Hathi tauschten einen Blick. Sie mussten nichts sagen, um sich daran zu erinnern, was Dr. Álvarez ihnen mehrmals eingeschärft hatte: Ab dem Moment, in dem sie in den Wagen stiegen, mussten sie ihre *insights* absetzen und alle Mobilgeräte, die sie bei sich trugen, ausgeschaltet lassen, bis sie das GAME SHIP wieder verlassen hatten und nach Hause zurückgekehrt waren. Auch in der Vereinbarung, die sie unterschrieben hatten, stand dieser Passus in Fettschrift.

Also schaltete Yez sowohl das Handheld als auch die *insight* aus und verstaute beides tief in serem Rucksack, ebenso wie Hathis Geräte, während Hathi hastig in den zweiten Schuh schlüpfte. Das alles war rätselhaft und beklemmend. Aber Dr. Álvarez würde es ihnen vielleicht erklären können.

1stPersonCam: CLUE
Location: CENTER CUBE

MISS A TURN.

Clue kann es immer noch nicht richtig glauben. Ja, sie hat es die ganze Zeit geahnt, aber das bedeutet noch lange nicht, dass sie es auch versteht. Denn das tut sie nicht. Es ist nicht richtig, denkt sie nur immer wieder, er sollte hier sein und die Verkündung mit ihnen zusammen ansehen.

Théo sollte hier sein!

Sie hört kaum, wie die Stimme der KI sie und die Zuschauer zurück im Spiel begrüßt und die Zusammensetzung der Teams noch einmal vorliest. Wie von selbst finden Clues Finger die Wunde an ihrer Handkante, streichen nervös darüber, ohne dass es das Dröhnen in ihrem Inneren mildert.

»Du hast dir selbst tausend Hinweise gelegt«, sagt Théo in ihrem Kopf. *»Dein Aussehen, dein Name, deine Geschichte. Und das hier ... Was ist das überhaupt? Weißt du es?«*

Nein, verdammt. Sie weiß es nicht! Das Gefühl, dass hier etwas ganz und gar nicht so läuft, wie es sollte, ist zu stark. So stark, dass es alles andere übertönt ... Bis die Stimme der KI plötzlich ihren Namen nennt.

»Clue vs. Quentin.«

Clue zuckt heftig zusammen, noch ehe sie überhaupt versteht, was die KI gesagt hat. Aber dann erreicht es sie doch. Quentin! Stimmt ja – sie ist gar nicht mehr allein im Team. Stattdessen ...

Clues Blick huscht zu Zeke hinüber, der seltsam grau im Gesicht wirkt. *Er* ist jetzt derjenige, der allein ist.

»Achtung«, verkündet da die Stimme der KI. *»Die Spielregeln für den zweiten Teil von STAGE 02. Phase 01: Cube Searching wurden um einen Punkt erweitert.«*

Das lässt alle aufhorchen. Eine Regeländerung?

»Das erste Team, das einen Würfel in die Docking Stations setzt, erhält für die Lösung der Rätselwürfel in Phase 02 -15- Bonusminuten und -2- Hinweise.«

Überraschtes Murmeln und Raunen wird in der Gruppe laut. Bonuszeit *und* Hinweise! Das ist unglaublich wertvoll!

Vielleicht, denkt Clue, wollen sie damit den Druck erhöhen, damit bald jemand die Rätselphase einleitet. Nicht dass dem Publikum draußen noch langweilig wird. Langweilig! Dabei gibt es in dieser Staffel vermutlich so viele überraschende Wendungen wie nie zuvor.

»Unabhängig von dieser Anpassung«, fährt die KI derweil fort, *»wählt das Team, das den Escape Room als Erstes verlässt, aus den übrigen Teams das Mitglied aus, das in der Transition GAME OVER gesetzt wird. Viel Erfolg, Contenders!«*

Die seltsame Stille, die jedes Mal auf die Verkündungen folgt, wenn niemand zuerst etwas sagen will, ist Clue inzwischen längst nicht mehr so unangenehm wie zu Anfang. Irgendjemand wird sich durchringen, das Schweigen zu brechen.

Heute ist es Onyx.

»Wir dürfen uns nicht beirren lassen«, sagt die Spinne mit ihrer ruhigen Stimme und sieht sie der Reihe nach eindringlich an. »Gestern haben wir einen Plan gemacht und einander ein Versprechen gegeben. Wenn es nach mir geht, hat das auch heute noch Gültigkeit. Unabhängig von den Umständen.«

Zustimmendes Murmeln und Nicken von allen Seiten. Alle wissen, was sie meint – selbst Quentin, der doch gestern gar nicht dabei war, hat es begriffen. Sie wollen zusammenarbeiten, zumindest bis zu dem Punkt, an dem sie in ihre Escape Rooms gehen und die Allianz gezwungenermaßen auflösen müssen. So haben alle die gleichen Chancen, was eine gute Basis ist, wenn morgen neue Teams gebildet werden. Denn am Ende dieses Tages wird Stage 02 vorbei sein. Irgendjemand wird ausscheiden. Und dann werden alle Karten neu gemischt.

Onyx wendet sich an Jasper. »Bist du mit dem Plan fertig geworden?«

Jasper nickt. »Hab ihn vorhin hochgeladen. Ihr müsstet über das *dEEp.touch* darauf zugreifen können.«

Wieder murmeln alle zustimmend und überprüfen die Displays im Handrücken ihrer Sensorhandschuhe. Tatsächlich. Eine zugegebenermaßen sehr grobe Karte des Center-Cube-Areals ist nun unter *Files* aufzurufen.

Ein leiser Fluch zieht Clues Aufmerksamkeit auf sich. Sie dreht sich um, und da steht Zeke, der jetzt nicht mehr nur grau im Gesicht wirkt, sondern regelrecht grün um die Nase. Und in diesem Moment begreift sie es endlich. Bisher hat sie gedacht, er würde sich vor allem Sorgen wegen Théos Verschwinden machen. Weil es so unerklärlich und deshalb bedrohlich ist – und weil er nun solo spielen muss.

Aber das ist es nicht, nicht nur. Zekes Sorge ist konkreter. Denn es ist ja nicht bloß Théo verschwunden, sondern mit ihm auch der Würfel, in dem der Schlüssel zum roten Escape Room sein könnte. Zumindest muss Zeke das denken, denn er weiß ja nicht, dass der Würfel inzwischen bei Clue ist. Und erst jetzt begreift sie wirklich, welche Macht Théo ihr damit gegeben hat. Wenn sie wollte ...

Nein. O nein, dieses Spiel spiele ich ganz sicher nicht. Denn egal, was Théos Hintergedanke dabei war, es ist nicht ihr Stil. Es ist nicht *fair* – und deshalb wendet sie sich mit einem leisen Räuspern an den Steelboy.

»Was ist eigentlich mit dir? Bleibst du auch bei deinem Entschluss von gestern? Oder hast du es dir anders überlegt?«

Für fast eine volle Sekunde ist die Überraschung auf Zekes Gesicht zu sehen, ehe er sie hinter der üblichen glatten Maske verbirgt. »Warum willst du das wissen?«

Clue schüttelt den Kopf. »Sag es einfach. Spielst du mit uns? Oder gegen uns?«

Zeke furcht die Stirn. Für einen Moment huschen seine Augen prüfend über Clues Gesicht. »Mit euch«, sagt er dann, auch wenn es sehr widerwillig klingt.

Ein Seufzer entwischt Clue, und für einen Moment fragt sie sich, ob dieser Typ ihre Fairness überhaupt verdient hat. Aber dann gibt sie sich einen Ruck. »Na gut. Ich nehme dich beim Wort.« Und ehe sie es sich doch noch anders überlegen kann, zieht sie den Würfel aus der Tasche und hält ihn Zeke hin.

Diesmal ist nicht nur er überrascht, sondern alle.

»Clue!«, stößt Jasper aus. Er klingt regelrecht entsetzt. »Warum machst du das?«

Clue zuckt ein wenig verkrampft die Schultern. »Er ist heute allein im Team«, sagt sie und wünscht sich, es würde nicht so sehr nach Rechtfertigung klingen. »Und ihr habt es gehört, er spielt mit uns. Warum soll ich das Ding also behalten?«

Für eine kurze Weile sieht Jasper sie nur schweigend an. Dann erscheint ein kleines, mitfühlendes Lächeln auf seinem Gesicht. »Ist schon gut, Clue«, sagt er leise. »Ich will auch nicht, dass er GAME OVER geht.«

Clue öffnet den Mund und schließt ihn wieder. Natürlich weiß sie sofort, dass mit *er* nicht länger Zeke gemeint ist. Und damit trifft Jasper so sehr ins Schwarze, dass es Clue die Sprache verschlägt, obwohl es ihr bis zu diesem Moment überhaupt nicht bewusst war. Dabei ist es leider viel zu wahr: Wenn Zeke im Escape Room gefangen bleibt; wenn Team ROT also GAME OVER geht – würde auch Théo endgültig aus dem Spiel ausscheiden, bevor Clue auch nur versuchen konnte, das Rätsel zu lösen, das er ihr hinterlassen hat. Bevor sie versuchen konnte, ihn *wiederzufinden*.

In diesem Moment tritt Quentin neben sie und sieht aus seinen gelben Augen auf sie herunter. »Also wir zwei mal wieder«, brummt er. »Interessanter Zufall, findest du nicht?«

Clue schüttelt den Kopf. »Nein, das war Théo. Ich erklär's dir unterwegs«, fügt sie hinzu, als sie Quentins verblüfften Blick sieht. »Es ist viel passiert gestern.«

»Scheint so«, knurrt Quentin. »Euch darf man echt nicht aus den Augen lassen.«

Das bringt Clue ein wenig zum Lächeln. Onyx hatte recht: So unwahrscheinlich und unbegreiflich es auch ist, es ist gut, Quentin wiederzuhaben. Seine große, finstere Gestalt bringt eine ganz besondere Art der Ruhe in die Gruppe – auch wenn sie nicht die Lücke füllen kann, die Théo hinterlassen hat. Clues Kehle wird eng bei dem Gedanken, und sie tastet unwillkürlich nach dem Zettel in ihrer Tasche.

Folge meinen Spuren …

Sie muss dieses Rätsel einfach lösen. Sobald sie endlich diese Stage hinter sich gebracht hat.

Aber gerade als sie sich abwenden will, um sich einmal mehr auf den Weg in den Stahlwald zu machen, sieht sie, wie Piri das Gespräch mit Nima unterbricht und zu ihnen hinüberwinkt. »Clue! Warte kurz.«

Clue hält inne. Es ist immer noch komisch für sie, sich mit Piri zu unterhalten, als hätte es ihre Begegnung in Théos Geheimloch nie gegeben. Aber der Ernst in Piris Augen, als sier jetzt auf Clue zukommt, lässt sie ahnen, dass es diesmal vielleicht anders sein wird.

»Lass uns noch schnell über etwas reden«, sagt Piri, als sier vor Clue stehen bleibt. Sier Blick huscht zu Quentin, und kurz fällt ein Schatten darüber. »Eigentlich besser ohne dich. Aber du hörst es sowieso, egal wie weit du entfernt bist, nicht wahr? Na ja, spielt auch keine Rolle. Also, Clue.« Sier dreht sich noch einmal rasch zu den anderen um und senkt die Stimme. »Wirst du ihnen von dem Chip erzählen? Die Wahrheit?«

Clue fährt innerlich zusammen. Der Chip. An den hat sie gar nicht mehr gedacht. Reflexartig legt sie die Hand auf ihren Bauch und schaut zu Quentin.

Der Wolfsmensch hat die Stirn tief gefurcht. »Was meint sier damit?«

»Ich … erklär ich dir auch später«, murmelt Clue.

Aber Piri lacht bloß. »Er kriegt es auch so raus, keine Sorge.« Das Lachen verklingt. »Hör mal, Clue. Ich werde ihnen nichts verraten. Aber *du* solltest es vielleicht tun, ehe sie selbst herausfinden, dass Théo gelogen hat. Ich glaube, noch haben sie nicht so weit gedacht, aber bald wird ihnen einfallen, dass der Chip angeblich bei Quentin war.« Piri kommt einen weiteren Schritt näher. Siere Augen sind immer noch so ernst und eindringlich. »Vertrauen ist eine fragile Sache, Clue. Meins hast du dir erspielt. Aber was ist mit den anderen? Wenn sie erst anfangen zu denken, dass einer von euch beiden unehrlich ist, dass ihr vor dem Rest der Gruppe etwas versteckt …? Es könnte verdächtig wirken, dass all die außergewöhnlichen Dinge ausgerechnet in eurem Team passieren. Vielleicht denken sie sogar, Théo hätte *gewusst*, dass Quentin wiederkommt, als er die Teammitglieder auswechselte. Nicht wahr?«

Clue weiß nicht, was sie darauf sagen soll. Piri hat so recht, dass es sich wie ein Schlag ins Gesicht anfühlt. Langsam lässt sie ihren Blick hinüber zu Quentin wandern, der scheinbar ebenso überrumpelt ist wie sie.

»Ich glaube das übrigens nicht«, erklärt Piri leichthin. Mit einem Mal ist sier wieder ganz herzlich, fröhlich und unbeschwert, als hätte sier gerade nicht eine Möglichkeit aufgeworfen, die das ganze GAME in einem völlig anderen Licht erscheinen lässt. »Ich glaube, alle spielen einfach, so gut sie können. Aber denk trotzdem mal darüber nach. Vor allem über Zeke. Den solltest du vielleicht besonders im Auge behalten.« Sier lacht, als hätte sier diesmal einfach bloß einen Witz gemacht. »Also dann bis später, ihr zwei! Und viel Erfolg beim Suchen!«

Clue und Quentin sehen Piri nach, wie sier zu Nima zurückschlendert und die beiden gemeinsam im Stahlwald verschwinden.

»Wir sollten auch gehen«, knurrt Quentin. Sein Blick wandert zu Zeke, der sich ebenfalls in Richtung der Bäume aufgemacht hat. »Und den da nehmen wir am besten mit.«

Zentraleuropäische Union (ZEU)
Zentralballungsraum Berlin
GAME SHIP (Location: Top Secret)

Als Arc aus seinem Dämmerzustand erwachte, dauerte es einen Moment, bis er realisierte, dass er selbst es war, der durch seine Augen sah. Hinter seiner Stirn kribbelte und stach es, und als er den Kopf vorsichtig zur Seite wandte, fühlte es sich an, als würde sein Gehirn von innen gegen seine Schädeldecke klatschen. Arc wusste genug über Gehirne, um sich darüber klar zu sein, dass das völliger Bullshit war. An dem Gefühl änderte das allerdings nichts.

Er blinzelte ein paarmal, bis er nicht mehr den Eindruck hatte, mit jedem Augapfel in eine andere Richtung zu schielen, während allmählich die Erkenntnis zu ihm durchdrang, dass er sich in einem sehr engen Raum mit Holzwänden befand. Auch die Bank, auf der er lag, war aus Holz oder zumindest aus etwas, das so aussah, und vermutlich eher zum Sitzen als zum Liegen gemacht.

Umkleidekabine.

Arc schloss die Augen wieder und klaubte seine Erinnerungen zusammen. Ach ja, richtig. Théo war mit dem Arzt hergekommen, dem neuen, und dann hier eingeschlafen.

Deshalb tut das alles so weh.

Mühsam setzte Arc sich auf und rieb sich über das Gesicht, das sich noch platt gequetscht anfühlte von den dünnen fliederfarbenen Sitzkissen und feucht von Schweiß und bestimmt auch Sabber, so bleiern, wie er geschlafen hatte. Er brummte unwillig, ließ die Füße von der Bank rutschen und stützte das Gesicht in die Handflächen.

»Hey, Théo. Bist du da?«

Keine Antwort.

Eine seltsame Kälte zog durch Arcs Brust. Er richtete sich wieder ein Stück auf und schlug sich zweimal mit dem Handballen gegen die Schläfe. »Ob du noch da bist, will ich wissen!«

Wieder vergingen etliche Sekunden.

»Wo soll ich denn sonst sein?«

Arc stieß zischend den Atem aus. Es war einfach absurd, wie sehr es ihn erleichterte, diese blöde Stimme zu hören, die immer wie eine spöttische Imitation seiner eigenen klang.

Vielleicht schon weg.

Er sprach die Antwort nicht aus, weil allein der Gedanke dazu führte, dass sich die Kälte in seiner Brust weiter ausbreitete. Stattdessen stand er ruckartig auf und taumelte auf noch viel zu wackeligen Beinen hinüber zu dem Spiegel, der an der Wand der Kabine angebracht war, klammerte sich an die Stange des Kleiderständers daneben und starrte in das reflektierende Glas.

Und da ist er. Nur noch ein blasses Zerrbild seiner selbst, aber er ist es.

»Hey, *Clochard*«, murmelte Arc.

Selbst das Grinsen bekommt Théo nur noch zur Hälfte hin und es wirkt ungewohnt müde. »Du schon wieder.«

Arc presste die Lippen zusammen. Es dauerte eine ganze Weile, bis er sich überwinden konnte, die Worte auszusprechen, die viel zu laut in seinem Kopf widerhallten. Weil er nicht wusste, was er fühlen sollte, wenn er sie dachte. Alles? Oder eher gar nichts?

»Jetzt bin ich also draußen.«

Théo seufzt nachsichtig. »Natürlich bist du draußen. Zeit für Plan B, oder wirst du jetzt vergesslich?«

»*Clochard*«, wiederholte Arc.

Théo lacht so leise, dass es fast tonlos ist. »Ich nehm das als Danke, okay?«

Arcs Hand verkrampfte sich ein wenig fester um die Kleiderstange. »Du weißt, was das bedeutet.«

Ein langes Schweigen. Ein sehr langes. »Es bedeutet, dass das Spiel vorbei ist.«

»Hm«, machte Arc und nickte bloß. Es gab nichts dazu zu sagen, oder? Nur der Druck auf seiner Brust wurde stärker.

»Los, komm«, sagte er schließlich doch und kam sich sofort lächerlich dabei vor, denn natürlich würde Théo da hingehen, wo auch er hinging. Zumindest jetzt noch.

Zum letzten Mal.

Etwas zu schroff wandte Arc sich vom Spiegel ab und wankte zur Tür der Umkleidekabine hinüber.

»Da draußen sind Kameras, Arc.«

»Nicht da, wo wir hingehen.« Entschlossen schob Arc die Tür ein Stück auf und quetschte sich durch den Spalt hinaus. Er hielt sich dicht an der hölzernen Wand, Rücken und Schultern dagegen gepresst, schob er sich vorwärts. Sein Herz hämmerte, als wollte es ihm gleich aus der Brust springen.

Und dann war er beim Fenster, drückte den Schalter, der die Jalousien nach oben gleiten ließ, und öffnete es weit.

Eisige Winterluft blies ihm ins Gesicht. Sie brachte winzig feine Schneeflocken mit, die sich in seinen Wimpern verfingen und auf seinen Wangen schmolzen. Arcs Augen begannen zu brennen, und er stemmte die Hände fest auf das Fensterbrett, als er sich ein Stück hinauslehnte.

»Da, schau«, flüsterte er. »Da hast du deinen Himmel.«

Aber Théo antwortete nicht mehr.

Und während er dort stand und auf die Stadt starrte, die er vor fünf Jahren zum letzten Mal mit eigenen Augen gesehen hatte, während der Wind ihm die Haare zerwühlte und das weite Meer der Häuser dort unten ihm schier die Brust zerriss – da spürte Arc, wie die Kälte in ihm immer eisiger und der Druck hinter seinen Augen immer heißer wurde. Aber in diesem Moment war es ihm egal, ob er weinte. Weil es das Begreifen war, das zählte; ein Begreifen, das ihn immer weiter ausfüllte, in jede Faser und jede Zelle drang, bis es kaum noch zu ertragen war.

Das Spiel. Es war vorbei.

Und Théos Zeit war es auch.

Zentraleuropäische Union (ZEU)
Zentralballungsraum Berlin
GAME SHIP (Location: Top Secret)
Contender Prep Section

Rafael brachte Hathaichanok Nikolajew und Yezmin Zervakis über den Hinterausgang ins GAME SHIP, nachdem er sie persönlich am Wagen in Empfang genommen hatte. Während er sie in die sicher abgeschirmten Prep Rooms im zweiten Untergeschoss führte, gab er sich alle Mühe zu verdrängen, was für eine riskante Unternehmung das war. Ganz sicher war er nicht befugt, Außenstehende ins SHIP zu schleusen oder sich auch nur einen Rat einzuholen – Verschwiegenheitsvereinbarung hin oder her.

Aber was blieb ihm für eine Wahl? Lynn war noch weniger erreichbar als zuvor, und nach allem, was er gestern hier unten gesehen hatte ... Er konnte dem medizinischen Team des GAME SHIP nicht vertrauen. Das waren alles Eduards Leute. Oder Lynns. Rafael war sich mittlerweile gar nicht mehr so sicher, ob es dazwischen einen nennenswerten Unterschied gab. Fest stand nur: Wenn er wirklich verstehen wollte, was hier vor sich ging, musste er es selbst herausfinden. Genau genommen war das inzwischen sogar seine einzige Option – vor allem, da er nun einen gewissen außer Gefecht gesetzten Champion in der Umkleide des Ärzt_innenzimmers versteckte. Und so kam er am Ende immer wieder zu dem gleichen Schluss, zu dem er auch in seiner durchwachten Nacht immer wieder gelangt war: Diese zwei jungen Menschen waren derzeit seine größte Hoffnung, endlich etwas Klarheit zu gewinnen.

»Also, die Sache ist die«, sagte er zu ihnen, als sie den Prep-Trakt erreicht hatten und er sich zumindest glaubhaft einreden konnte, dass Eduard oder seine Spitzel nicht würden verfolgen können, was hier getan oder gesagt wurde. »Tatsächlich wurde ich erst vor wenigen Wochen auf diesen Posten eingesetzt. Meine Vorgängerin musste die Einarbeitung aus persönlichen Gründen frühzeitig abbrechen, und mir fehlt ein wenig die ... Routine im Umgang mit Personas. Um ganz ehrlich mit Ihnen zu sein: Ich bin kein Neuroinformatiker. Von Programmieren verstehe ich so gut wie überhaupt nichts.« Er unterbrach sich kurz – zum einen, weil ihm der verblüffte Blick auffiel, mit dem die beiden ihn jetzt bedachten. Und zum anderen, weil er selbst merkte, wie zynisch sich das anhörte. Kein sehr professionelles Licht, in dem er sich hier darstellte. Aber vorzugeben, Ahnung von etwas zu haben, das ihn in Wahrheit völlig ratlos zurückließ, würde nun mal niemanden weiterbringen.

Er räusperte sich und wandte sich Hathaichanok Nikolajew zu. »Jedenfalls, so wie ich es verstehe, basiert die Persona, die Sie designt haben, auf einer optimierten Version des Ausgangsprogramms und ist daher nicht ohne Weiteres mit den Daten der übrigen Contenders vergleichbar. Außerdem wurden sehr wahrscheinlich auch an dem von Ihnen eingereichten Modell nachträgliche Änderungen durch die Spielleitung vorgenommen. Ich möchte nun gern verstehen, welche das sind und was sie bewirken. Können Sie das für mich überprüfen?«

»Ich denke schon.« Frau Nikolajews Stimme klang erstaunlich fest, aber im kaltweißen Licht auf dem Gang zwischen den Prep Rooms wirkte sie blass. Vermutlich ahnte sie spätestens jetzt die Tragweite dessen, was Rafael von ihr erwartete.

»Fabelhaft. Dann bringe ich Sie gleich in den IT-Raum, sobald wir uns den ... das Subjekt angesehen haben. Es ist nicht mehr weit.«

Frau Nikolajew schwieg. Es war ein sichtlich nervöses Schweigen, und Rafael hätte ihr gern etwas Nettes, Beruhigendes gesagt. Aber ihm blieb bei all dem Druck einfach nicht viel Kraft für Freundlichkeit.

Stattdessen räusperte sich nun Yezmin Zervakis, dey angehende Bioware Engineer. »Entschuldigen Sie, Dr. Álvarez ...«

Sey war forscher als sere Freundin, das war Rafael schon tags zuvor im Restaurant aufgefallen. Yezmin Zervakis war der Typ Mensch, der das Herz auf der Zunge trug und das Lebensmotto »Let's do this!« mit Leuchtfarbe auf die Stirn geschrieben. Rafael mochte das an sem – es war der Typ Mensch, mit dem er am liebsten zusammenarbeitete.

»Sie haben uns immer noch nicht gesagt, was eigentlich los ist. Warum hat Quentin gestern eine Runde ausgesetzt und warum heute Théo? Was stimmt mit den beiden nicht?«

Rafael blieb vor einer Tür am Ende des Ganges stehen. *Bioware Prep III* stand auf einem Letterboard daneben.

»Dazu kommen wir gleich. Ich denke, es ist einfacher, wenn Sie das Subjekt sehen«, erklärte er. »Um ehrlich zu sein: Sie vor allem, Yezmin Zervakis. Und dann hoffe ich – für uns alle –, dass wir vielleicht gemeinsam dieses Rätsel entschlüsseln können.«

Mit diesen Worten öffnete er die Tür und wappnete sich ein weiteres Mal für das, was ihn dort drin erwartete.

Der Raum namens *Contender Prep III* erinnerte Yez auf den ersten Blick überraschend stark an den Vorraum zu serem Labor an der Akademie. Eine Reihe von Spinden, eine Bank und ein Schuhregal und dahinter die Dekontaminationsschleuse, durch deren gläserne Doppeltür das eigentliche Labor zu sehen war. Eine Arbeitszeile an der linken Wand war komplett eingerichtet, wie Yez es für Tissue Modelling und Transplantationsvorbereitungen kannte, mit Binokular und Mikroskop, Kulturgefäßen, Wärmeschränken, Chemikalienlager und Zentrifuge, Digitaler Verarbeitungseinheit und 3-D-Drucker. An der hinteren Wand des Labors gab es außerdem eine weitere dicke Tür aus Metall, die mit einem großen Hebel verschlossen war. Eine Kühlkammer vielleicht?

Dr. Álvarez ließ Yez und Hathi an sich vorbei in den Raum hineintreten und verschloss die Tür hinter ihnen mit seiner

Schlüsselkarte. Dann deutete er auf die Bank und zog sich selbst einen Hocker heran.

»So«, sagte er und zog das Notizbuch aus seiner Tasche, das er schon am Vortag im Restaurant bei sich gehabt hatte. »Ich denke, jetzt sollten wir uns etwas Zeit für Ihre Fragen nehmen. Bitte setzen Sie sich einen Moment.«

Zögernd kamen Yez und Hathi der Aufforderung nach.

»Also.« Dr. Álvarez' Brauen standen wie so oft dicht beieinander, und ein angespannter Zug lag um seinen Mund. Yez hätte sich gewünscht, noch einmal das Lächeln zu sehen, das er ihnen am Vortag kurz gezeigt hatte. Aber davon war heute keine Spur zu entdecken.

»Da Sie vorhin gefragt haben, Yezmin Zervakis: Ich kann Ihnen aktuell nicht sagen, warum der amtierende Successor heute nicht am Spiel teilnimmt oder wo er sich aufhält. Was den Wolf betrifft ...« Dr. Álvarez atmete sichtlich angestrengt ein und wieder aus. »Ich mache es kurz. Der Mensch, der die Wolfspersona gespielt hat, ist tot. Und ich hoffe, dass Sie beide mir heute helfen können, aufzuklären, woran er gestorben ist.«

Für etliche quälende Sekunden hatte Yez das Gefühl, als hätten Dr. Álvarez' Worte mit einem Schlag sämtliche Gedanken aus serem Kopf gefegt.

Tot. Moment. Tot?!

»Aber ...«, hörte sey Hathi neben sich flüstern, und genau das war es, was auch Yez als Erstes wieder in den leeren Kopf sprang: Aber. *Aber!!*

»Aber wir haben ihn doch gesehen!«, platzte sey heraus. »Heute Morgen im Intro! Er nimmt wieder am Spiel teil!«

Dr. Álvarez schüttelte langsam den Kopf. »Nein. Und ja. Die Persona ist wieder im Spiel, das ist richtig. Aber der Host ist ein anderer.«

»Nein!« Die Bank wackelte heftig, als Hathi auf die Füße sprang. »Das ist unmöglich!«

Dr. Álvarez rührte sich nicht. Yez sah seine Kiefermuskeln

angespannt hervortreten, während er Hathi eindringlich musterte. »Ist es das, Frau Nikolajew? Warum glauben Sie das?«

Hathi ballte die Fäuste. Ihre Armreifen klirrten leise. »Personas werden mit dem Bewusstsein ihrer Hosts verknüpft und temporär in die schon vorhandenen neuronalen Assoziationsnetzwerke integriert. Um das voneinander abzukoppeln, müsste mit viel stärkeren Neuroformern eine Art künstliche dissoziative Identitätsstörung erzeugt werden. Diese Sekundär-NfT sind noch längst nicht ausreichend erforscht, um sie am Menschen einzusetzen. Die Nebenwirkungen sind viel zu stark und ... das Programm ist dafür gar nicht ausgelegt!«

Dr. Álvarez hatte während Hathis Ausbruch sein Notizbuch aufgeschlagen, um mit tief gerunzelter Stirn darin zu blättern und mehrere Seiten mit Eselsohren zu markieren. Nun klappte er es wieder zu und starrte mit finsterer Miene noch einige Sekunden darauf, ehe er den Blick wieder hob.

»Ich fürchte, das ist es, was man Ihnen an der Universität beibringt. Aber leider nicht die Realität. Jedenfalls nicht hier.« Er ließ das Buch in seiner Tasche verschwinden. »Ich habe Ihnen schon gesagt, dass das Programm, das Sie geschrieben haben, nachträglich geändert wurde. Und glauben Sie mir, wenn ich könnte, würde ich Ihnen etwas anderes erzählen. Aber der erste Wolfsmensch ist tot. Seine Leiche liegt dort drüben in der Kühlkammer, und wir werden sie uns gleich ansehen. Zumindest ...«, nun wanderte sein Blick kurz zu Yez, »Yezmin Zervakis und ich. Sie können uns begleiten, Frau Nikolajew, oder ich bringe Sie direkt hinüber in die IT, damit Sie sich währenddessen mit dem Code auseinandersetzen können. Das überlasse ich Ihnen.« Noch einmal sah er zu Yez. »Ihnen kann ich das leider nicht ersparen, wenn Sie mir helfen wollen. Und ich hoffe wirklich, das wollen Sie.«

Yez presste die Lippen zusammen und schluckte mühsam. Sey sollte sich eine Leiche ansehen? Einen toten Menschen? Allein bei dem Gedanken daran brach sem kalter Schweiß aus.

Wie würde das wohl sein? Die einzigen Leichen, die Yez bisher gesehen hatte, waren Insekten gewesen. Ein einziges Mal ein toter Fuchs, der ausgerechnet dann über die Straße hatte laufen müssen, als eines der wenigen Fahrzeuge vorbeigekommen war. Aber ein Mensch …?

Sey sah auf und begegnete Dr. Álvarez' dunklen Augen. Ihm machte der Gedanke offenbar nichts aus. Aber als Arzt war er tote Menschen vielleicht von Berufs wegen gewöhnt. Ob das so ähnlich war, wie ein Stück aus einem Tier herauszuschneiden? War es nur beim ersten Mal wirklich schlimm?

Yez spürte Hathis Blick auf sich und wandte sich serer Freundin zu. Sie war ziemlich blass um die Nase, und ihre Miene flehte stumm, Yez möge nicht von ihr wollen, dass auch sie sich diese Leiche ansah.

Yez zwang sich ein Lächeln auf die Lippen und tätschelte Hathi leicht die Hand. »Schon okay«, sagte sey, und obwohl es nur als heiseres Wispern herauskam, meinte sey es ernst. »Geh ruhig.«

Hathis Augen glänzten feucht, als sie Yezmins Finger drückte. »Danke, Yezzi.«

»Gut.« Dr. Álvarez stand auf, und nun endlich sah Yez auf seinem Gesicht wieder dieses kleine Lächeln. Ein Lächeln, das besagte, dass er sere Entschlossenheit und sere Hilfe tatsächlich zu schätzen wusste. »Wenn Sie wollen, ziehen Sie sich gern schon um und gehen rüber ins Labor. Mit der Dekontamination kennen Sie sich ja aus. Ich zeige Frau Nikolajew den IT-Raum und das Programm und bin so schnell wie möglich wieder bei Ihnen.«

»Ist gut«, murmelte Yez. »Bis gleich.«

Tatsächlich wäre sey in diesem Moment zu gern einfach in serem Labor gewesen und hätte Alexios endlich seine Elektromembran transplantiert. Sey fühlte sich wie erschlagen, und sem war zum Heulen zumute. Aber nun war sey hier, nun würde sey es auch durchziehen. Selbst wenn sey, als sich die Tür hinter Hathi und Dr. Álvarez schloss und das Lämpchen über dem Schloss wieder auf Rot sprang, eher das Gefühl hatte, in einem Gefängnis gelandet zu sein.

Es dauerte eine ganze Weile, bis Dr. Álvarez zurückkam. Oder vielleicht kam es Yez auch bloß so vor. Ohne *insight* hatte sey keine Uhr, und das Gefühl für Zeit kam sem schnell abhanden, während sey auf einem der Laborhocker saß und die Tür zur Kühlkammer anstarrte. Yezmin fröstelte, aber sey war sich nicht sicher, ob das von außen oder von innen kam. Da drin also war Hathis Wolfspersona? Oder zumindest der Körper eines Menschen, der einmal Hathis Wolfspersona gewesen war?

Yez wollte sich nicht vorstellen, wie eine Leiche aussah, sich anfühlte oder roch. Ser Kopf tat es trotzdem. Obwohl sey in der Hinsicht ja gar keine Erfahrungswerte hatte und deshalb alles völlig falsch sein musste, egal was sey sich vorstellte.

Als sich endlich die Tür zum Vorraum öffnete, fühlte es sich an wie eine Erlösung. Mit klopfendem Herzen beobachtete Yez, wie Dr. Álvarez die Dekontaminationsschleuse betrat, die Schutzkleidung überstreifte und schließlich zu sem ins Labor kam.

»So«, sagte er, obwohl es mehr wie ein Seufzen klang. »Tut mir leid, dass Sie warten mussten. Geht es Ihnen gut?«

Er musterte sem aufmerksam, und Yez fragte sich, ob sey wohl besonders käsig im Gesicht war von all den Gedanken und Vorstellungen. Aber auch bei näherem Hinsehen erkannte sey in Dr. Álvarez' Blick nur aufrichtig besorgtes Interesse.

»Es wird schon«, erwiderte sey, und wahrscheinlich war das tatsächlich die Antwort, die sere Verfassung am treffendsten beschrieb. »Irgendwie.«

Dr. Álvarez lächelte, matt und ein wenig resigniert. »Das Gefühl kenne ich, glauben Sie mir. Also, wollen wir dann?«

Yez nickte. Es hatte ja keinen Sinn, es noch weiter hinauszuzögern.

»Dann kommen Sie. Und keine Sorge.« Dr. Álvarez legte die Hand an den Türgriff zur Kühlkammer. »Er ist nicht verstümmelt oder so etwas. Es ist im Großen und Ganzen nur ein toter Mensch.«

Und noch bevor Yezmin fragen konnte, was er mit *im Großen und Ganzen* meinte, hatte er schon die Tür geöffnet und den Weg und den Blick in den Raum dahinter freigegeben.

Auf einer Bahre in der Mitte der Kühlkammer lag ein regloser Körper. Sehr groß. Sehr muskulös, sehr breitschultrig. Und trotzdem. Sein Gesicht, reglos und gräulich bleich, erinnerte in nichts an den Wolfsmenschen, den Yez noch am Morgen im Spiel gesehen hatte. Eigentlich sah er auf den ersten Blick mehr wie eine Puppe aus, dachte sey und bemerkte vage, dass sey den Atem anhielt, während sey einen ersten vorsichtigen Schritt in den Raum hinein machte. Eine sehr fremde Puppe mit Wolfsohren.

Wolfsohren?

Yezmins Gedanken stockten, und unwillkürlich zuckten sere Finger zu serer Nase. Nein. Sey trug immer noch keine *insight*. Aber wieso sah sey dann ...

Nur sehr langsam sickerte das Begreifen in seren Verstand, als hätte die Kälte in der Kühlkammer sere Gedanken betäubt. Aber auch mit *insight* hätte sey es spätestens jetzt erkannt. Nichts an diesen Ohren war papierflach, nichts glitchte oder franste an der Rändern aus, wie Yezmin es sonst von Augmentationen gewöhnt war.

Denn es waren keine.

Auf plötzlich zittrigen Beinen trat sey näher an den Tisch heran. Sah die Ohren. Die Krallen an seinen Händen und Füßen, die Reißzähne in seinem Kiefer. Und ahnte, ahnte noch so viel mehr.

»Dr. Álvarez«, flüsterte Yez heiser und wagte doch nicht, den medizinischen Leiter von SUCCESSION GAME anzusehen, der gegenüber an die andere Seite der Bahre getreten war und den Leichnam ebenfalls eingehend musterte. Ihrer beider

Atem kondensierte in blassen Wolken in der Luft über dem reglosen Körper. »Ist das Enhanced Tissue Modelling am Menschen? Haben Sie ihn … *wirklich* zu einem Wolf gemacht?«

»Nicht ich«, murmelte Dr. Álvarez.

Mit einem Mal fühlte Yezmin sehr deutlich, was auch Hathi eben noch gefühlt haben musste. Es war nicht möglich. Es *sollte* nicht möglich sein oder zumindest nicht erlaubt. Ganz bestimmt war es nicht reversibel. Die Anwendung der *Asgard EndoSymbs* am Menschen, der Schritt vom Tierversuch auf die nächste, klinische Ebene … seit Beginn des Studiums hörte Yezmin jeden Tag, in welch weiter Ferne das noch lag.

Aber nicht hier. Hier war die Forschung daran längst Realität. Und sie kostete offensichtlich Menschenleben.

Yez spürte Dr. Álvarez' düster besorgten Blick auf sich, und endlich gelang es sem, den Kopf zu heben. In seinen Augen las sey die gleiche Erschütterung, die auch sey selbst von oben bis unten durchrüttelte. Dabei sah er diese Leiche nicht zum ersten Mal.

»Ich werde jetzt mit der Obduktion beginnen und dabei Gewebeproben der Organe nehmen, von denen ich glaube, dass sie durch das Modelling betroffen sind«, erklärte er. Seine Stimme klang auf eine seltsame Art nüchtern. »Dabei müssen Sie nicht zusehen, keine Angst. Aber wenn Sie die Proben, die ich Ihnen bringe, mit den Ihnen bekannten Analyseverfahren untersuchen – glauben Sie, Sie könnten einen Hinweis darauf finden, was genau zum Tod geführt hat?«

Yez nickte, aber es fühlte sich mechanisch an, als wäre sey außerhalb seres Körpers und würde ihn vom anderen Ende des Raums aus mit einer Fernbedienung steuern. Selbst sere Stimme klang künstlich in seren Ohren. »Vielleicht gab es Abstoßungsreaktionen auf die Bioware oder die Symbionten. Das kommt vor. Nicht jeder Organismus ist kompatibel. Bisher … jedenfalls nicht. Habe ich zumindest gelernt … im Falle von Insekten …« Sey stockte. Alles war plötzlich weg. Jedes Wort. Jeder Gedanke. Yez spürte förmlich, wie das Blut aus serem Kopf bis hinunter in den Magen sackte. Sey fühlte noch, wie sey schwankte. Kribbelnde Schwärze stieg in seren Kopf, machte ihn ganz leicht – und dann fühlte sey nichts mehr.

Als sey das nächste Mal einen klaren Gedanken zu fassen bekam, lag Yez auf dem backsteinrot gefliesten Boden des Labors. Sere Füße waren auf einem der Sitzhocker hochgelagert, unter serem Kopf fühlte sey das weiche Vlies eines Handtuchs und über sich eine leicht knisternde Decke. Neben sem kniete Dr. Álvarez und musterte sem besorgt. In der Hand hielt er einen Becher Wasser.

»Geht es Ihnen besser?«

Yez nickte, obwohl sey sich immer noch so blass und zittrig fühlte wie selten zuvor in serem Leben.

»Es ist nicht einfach«, murmelte Dr. Álvarez, »ich weiß.« Er hielt einen Finger vor Yez' Gesicht. »Können Sie den Finger klar erkennen?«

Yez nickte erneut.

»Gut. Bleiben Sie ruhig liegen, bis Sie sich kräftiger fühlen, und trinken Sie etwas. Ich würde gern hier bei Ihnen bleiben, aber ...« Er zog eine Uhr aus der Tasche seines Kittels. »Der Körper wird heute Abend um 20 Uhr abgeholt. Bis dahin muss ich ...« Er unterbrach sich und schüttelte den Kopf. »Ich muss Sie für einen Moment allein lassen, einverstanden? Rufen Sie, wenn etwas ist. Und unbedingt, falls Ihnen übel werden sollte. Ich bin gleich nebenan. Ist das in Ordnung für Sie? Bitte sagen Sie es ehrlich, wenn ich lieber bei Ihnen bleiben soll.«

Yezmin nickte bloß erneut. Sey fühlte sich sogar zu schwach, um zu entscheiden, ob es sem peinlich sein sollte, vor Dr. Álvarez beim Anblick einer Leiche einfach umgefallen zu sein. »Es geht schon«, murmelte sey. »Ich bin bald wieder am Start.«

Ein halbes Lächeln erschien auf Dr. Álvarez' Gesicht. »Das glaube ich Ihnen aufs Wort. Aber jetzt erholen Sie sich bitte noch einen Moment. Zumindest, bis ich Ihnen Gewebeproben besorgt habe, die Sie untersuchen können. Ich muss gleich noch einmal nach Frau Nikolajew sehen, und zwischendurch sollte ich vermutlich nach oben gehen und einen Blick ins GAME werfen, ob dort alles in Ordnung ist. Aber erst, wenn Sie wieder auf den Beinen sind.«

Er zog die Decke noch ein Stück höher über Yezmins Brust und stand auf. Obwohl seine Bewegungen langsam und bedacht waren, bemerkte Yez die schwelende Unruhe darin. Doch als er noch einmal auf sie herunterblickte, war sein Lächeln immer noch da. »Sie waren mir schon eine große Hilfe, Yezmin Zervakis. Für alles andere können Sie sich Zeit nehmen. Das ist mein Ernst. Gehen Sie es langsam an, und überlassen Sie mir den Stress. Ich kann ihn nicht ausstehen, aber ich bin ihn gewöhnt.«

Das brachte endlich auch Yez wieder zum Lächeln. »Okay«, murmelte sey.

»Denken Sie daran, zu rufen, wenn etwas ist«, sagte Dr. Álvarez. Dann wandte er sich endgültig ab und verschwand in der Kühlkammer. Die Tür aber ließ er einen Spalt breit offen stehen.

Zentraleuropäische Union (ZEU)
Zentralballungsraum Berlin
GAME SHIP (Location: Top Secret)
Observation Center

Beim nächsten Mal, als Arc blinzelnd den Kampf gegen seine schweren Lider gewann, lag er wieder auf der Holzbank in der Umkleide, als wäre er nie aufgestanden. Das bleierne Gefühl im Kopf war das gleiche, die Druckstellen und die schwitzige Feuchtigkeit an seiner Wange auch. Aber das Kribbeln hinter seiner Stirn war verschwunden. Und das Licht hatte sich verändert. Es war vorher schon gräulich blass gewesen. Aber jetzt wurde es allmählich dunkel.

Langsam setzte sich Arc auf. Eine Weile starrte er mit trübem Blick auf die Schwingtür, die aus der Kabine herausführte. Diesmal fragte er nicht nach Théo. Stand nicht auf, um im Spiegel nachzusehen. Musste er auch nicht, weil er es ohnehin wusste.

Théo war weg.

Endlich, verdammt. Arc zog die Füße auf die Bank und schlang die Arme um die Knie. *Also was jetzt?*

In diesem Moment näherten sich draußen auf dem Flur rasche Schritte. Arc erstarrte innerlich und rutschte hastig noch ein Stück zurück und dann zur Seite, bis er in der hintersten Ecke der Kabine kauerte. Mit angehaltenem Atem lauschte er, hoffte, dass wer immer dort auf dem Gang entlangging, einfach vorbeigehen würde.

Stattdessen öffnete sich im nächsten Moment die Tür zum Zimmer jenseits der Umkleidekabine. Und nun erkannte Arc die Schritte auch. Vage glaubte er, sich zu erinnern, sie heute schon mal gehört zu haben. Es war dieser neue Arzt. Wie hatte Lynn ihn genannt?

Rafael. Dieser Typ, auf den sie so dermaßen scharf war, dass Arc es sogar an der Art erkannt hatte, wie sie ihm den Rücken zudrehte, als sie ihn zusammen unten in seinem Zimmer besucht hatten. Darüber hätte Arc gern gelacht, aber da Rafael in diesem Augenblick durch die hölzerne Schwingtür in die Umkleide trat, ließ er es lieber sein.

Es fiel ihm leichter, ernst zu bleiben, als er den Medizinkoffer in Rafaels Hand bemerkte.

Rafael blieb kurz hinter der Tür stehen. Für einen Moment wirkte er tatsächlich überrascht. »Wach und an deinem Platz«, bemerkte er. »Mal was Neues.«

Arc runzelte die Stirn. Unwillkürlich huschte sein Blick zum Fenster, obwohl er es durch die Holzwände der Umkleidekabine natürlich nicht sehen konnte. »Hast du mich wieder hier reingetragen?«

»Erst zweimal.« Rafael stellte den Medizinkoffer ab und

setzte sich zu Arc auf die Bank. »Du scheinst einen Hang zu fatalen Ideen zu haben.«

Dazu sagte Arc nichts. Eine ganze Weile saßen sie nur voreinander auf der Bank, und Arc hatte das Gefühl, dass sie beide in diesem Moment an ihre erste Begegnung unten im Successor's Quarter dachten; abwogen, erinnerten, die Gedanken von damals mit den Gedanken von jetzt abglichen.

»Ich würde dich gern untersuchen«, sagte Rafael schließlich. »Wenn das für dich in Ordnung ist.«

Arc sah ihn verblüfft an. »Ob das für mich ... Ja. Okay, klar.«

Rafael zog die Brauen zusammen. »Warum so überrascht?«

Arc zuckte die Schultern, ließ die Füße von der Bank rutschen und rückte ein Stück aus seiner Ecke heraus. »Ehrlich gesagt bin ich hier noch nie gefragt worden, ob ich untersucht werden *will.*«

Rafael runzelte leicht die Stirn, ehe er sich bückte, um ein Stethoskop aus dem Koffer zu ziehen. »Darüber lässt sich sicher streiten, aber ich halte das nicht für korrekt. Ich muss dich schließlich anfassen dabei.« Er richtete sich wieder auf und musterte Arc aus jetzt sehr ruhigen, aufmerksamen Augen. »Du müsstest deinen Pullover ausziehen. Das Shirt kannst du anlassen, wenn dir kalt ist.«

Okay, Lynn, dachte Arc und hätte über seinem Erstaunen fast ein kleines Lächeln auf sein Gesicht gelassen. *Vielleicht verstehe ich doch irgendwie, was du an ihm findest.*

Als er aufstand, um sich den Pullover über den Kopf zu zerren, bemerkte er mit einiger Erleichterung, dass seine Knie sich bereits viel weniger weich anfühlten als beim letzten Aufstehen, an das er sich erinnerte. Aufatmend setzte er sich zurück auf die Bank und ließ die Untersuchung über sich ergehen. Es war im Grunde dieselbe Prozedur wie mit Lynn. Aber Arc stellte mit anhaltendem Erstaunen fest, dass es sich anders anfühlte, nun, da er zuerst seine Zustimmung gegeben hatte.

»Was ist eigentlich mit Lynn?«, fragte er, als Rafael die Blutdruckmanschette um seinen Arm legte. »Ist sie gar nicht hier?«

Rafael warf ihm einen kurzen Blick zu. Dann schloss er den Klettverschluss mit ebenso ruhigen Bewegungen wie vorher und begann, die Manschette aufzupumpen. »Nein, ist sie nicht.«

»Oh. Ist sie schon schwanger?« *Das ging schnell.*

Ein Muskel zuckte in Rafaels Kiefer. Diesmal sah er nicht auf. Er las nur den Blutdruck ab, als die Luft aus der Manschette entwich, und schrieb ihn in das Notizbuch, das er neben sich auf der Bank abgelegt hatte.

»Ja«, sagte er dann, »ist sie.«

»Oh«, machte Arc noch einmal. Und damit, dachte er, war vermutlich auch alles gesagt. Weil er verstand, was das bedeutete. Aber Arcs Zunge war in den falschen Momenten schon immer schneller gewesen als sein Taktgefühl.

»Der alte Ede lässt dich jetzt nicht mehr an sie ran, stimmt's?«

Rafael legte den Stift ein wenig energischer als nötig zur Seite. »Nein«, sagte er ebenso nachdrücklich, »tut er nicht.«

»Sorry«, murmelte Arc.

Sie schwiegen nun beide, abgesehen von Rafaels gelegentlichen knappen Anweisungen, während er die Untersuchung fortsetzte. Erst als er mit einer kleinen Lampe in Arcs Augen leuchtete und sich etwas näher zu ihm hin beugte, um seinen Pupillenreflex zu überprüfen, runzelte Rafael erneut die Stirn. »Sag mal, hast du dir schon wieder Psychopharmaka gedrückt?«

Arc zuckte die Schultern und blinzelte. »Keine Ahnung. Kann mich nicht erinnern.« Er tastete in seiner Hosentasche nach den Kapseln, die Théo bei seinem Besuch mit Clue im Successor's Quarter so hastig dort hineingeschoben hatte. »Da sie nicht mehr da sind ... vermutlich ja.«

Rafael schnaubte und schaltete die Lampe aus. »Also du bist doch ... Nicht dein Ernst. Warum machst du so einen Scheiß?«

Arc zuckte erneut die Schultern. Natürlich war es aus medizinischer Sicht keine gute Idee. Aber wenn er es in einer dieser verschwundenen Wachphasen für richtig gehalten hatte, eine weitere Dosis zu nehmen, hatte er vermutlich seine Gründe gehabt. »Irgendwie muss ich ja die Signalstörung zur Bioware aufrechterhalten. Sonst finden die mich, und ich glaub auch nicht, dass es das ist, was du willst, oder?«

Rafael kniff die Augen zusammen und presste beide Mittelfinger gegen seine Nasenwurzel. »Okay«, sagte er dann, und es klang wie ein sehr, sehr tiefes Seufzen. »Okay, du hast also Bioware. Wo und welche? Und *kannst* du vielleicht mal mit dem verdammten Schulterzucken aufhören? Das ist kein Spiel, okay?«

Darüber musste Arc nun wirklich lachen. Wenn es auch nur ein kurzes, trockenes Lachen war. »Doch«, sagte er. »Das ist es leider.«

Rafael knurrte unwillig. »Du kannst dich wieder anziehen. Also noch mal: Bioware. Wo und welche?«

Arc bückte sich rasch nach seinem Pullover, um nicht doch wieder die Schultern zu zucken. Verdammt! Er würde einfach nie wieder die Schultern zucken können, ohne zu lachen.

Neben seinem Pullover auf dem Boden lag die Mütze. Théos Mütze. Arc starrte sie an, endlos, wie ihm schien, dabei war es in Wahrheit vermutlich nicht mal eine volle Sekunde. Seine Finger schwebten darüber, zuckten ... und schlossen sich zu einer leeren Faust.

»Alles, was man fürs Spiel so braucht«, antwortete er stattdessen auf Rafaels Frage und richtete sich wieder auf, streifte den Pullover über und zog sich die Kapuze über den Kopf. Erst jetzt, da der warme Stoff sich wieder an seine Haut schmiegte, wurde ihm bewusst, wie kühl die Luft im Ärzt_innenzimmer war. »Displaylinsen in den Augen, Audiochip im linken Ohr, Sensormodule in den Fingerspitzen ... oh, und natürlich das hier.« Er hielt seine linke Hand hoch und drehte sie so, dass Rafael den Handrücken sehen konnte. Jetzt, da er offline war,

war das kleine Display zwischen Knöcheln und Handgelenk kaum von der umliegenden Haut zu unterscheiden. Trotzdem leuchtete es folgsam auf, als Arc mit dem Zeigefinger der rechten Hand darauf tippte. CONNECTION FAILED, stand in schwarzer Schrift auf weißem Grund. »Es heißt *dEEp.skin*«, erklärte Arc. »Den ganzen Kram bekommen natürlich nicht alle Contenders. Nur die mit *special treatment*.« Er zuckte die Schultern, lachte beinahe und verschränkte die Arme vor der Brust.

Rafael sagte nichts. Nicht mal seine Augen sprachen. Er saß einfach nur da und starrte mit finster nachdenklicher Miene vor sich hin. Irgendwann seufzte er. Sehr tief.

»Hör mal, Théo ...«

»Arc«, korrigierte Arc.

Rafael hielt inne. »Was?«

»Nenn mich Arc. Théo ist der da.« Arc schnipste sich mit dem Finger gegen die Schläfe. Stockte. Ein dumpfer Schmerz rumpelte kurz in seiner Brust. »War. Also. Ach, egal.« Ein wenig fahrig rieb er sich mit den Händen über das Gesicht. Sah zu der Mütze auf dem Fußboden und konnte sich immer noch nicht überwinden, sie aufzuheben. »Nenn mich, wie du willst.«

Rafael schüttelte leicht den Kopf. »Meinetwegen. Arc. Gibt es noch eine andere Möglichkeit, die ›Signalstörung aufrechtzuerhalten‹? Außer dir regelmäßig mit antagonistischen Transmittern das Bewusstsein wegzuschießen oder dich halb ins Koma zu saufen, meine ich.«

Arc dachte vage, dass er das an einem anderen Tag vielleicht hätte witzig finden können. Aber irgendwie war heute nicht so ein Tag.

»Klar«, sagte er und fröstelte jetzt trotz des Pullovers. Trotzdem wich er Rafaels Blick nicht aus. »Raus aus dem SHIP. Das Signal reicht ja nicht ewig weit.«

Rafael musterte ihn nachdenklich. »Raus«, murmelte er fast wie zu sich selbst. »Ja, aber wohin wohl?« Dann gab er sich offenbar einen Ruck und begann, seinen Medizinkoffer wieder einzuräumen. »Hör mal, ich muss jetzt wieder los«, sagte er, als er den Verschluss zuschnappen ließ. »Das Spiel läuft noch, und ich muss mal nach den Monitoren sehen. Aber ich bin bald zurück. Bis dahin lasse ich mir was einfallen.«

Das Spiel.

Natürlich, dachte Arc, es ging weiter. Auch ohne ihn. Wie konnte er die ganze Zeit nicht daran gedacht haben?

Etwas flatterte in seiner Brust. Etwas Ungewohntes und zugleich Vertrautes: Angst. Aber seit sehr, sehr langer Zeit zum ersten Mal um einen anderen Menschen als sich selbst.

»Hat ... Geht es Clue gut?«

Rafael, schon fast an der Tür, blieb noch einmal stehen und sah zu ihm zurück. »Weiß ich nicht. Aber ich sage dir Bescheid, sobald ich kann.« Er zögerte kurz. Dann lächelte er ein wenig schief. »Ich denke aber, du musst dir um sie nicht allzu viele Sorgen machen.«

Arc lehnte sich mit einem leisen Aufatmen zurück. »Mach ich nicht«, sagte er und spürte, wie sich auch auf sein Gesicht ein kleines Lächeln schleichen wollte. »Mach ich wirklich nicht.«

Rafael nickte. »Also dann. Es dauert vermutlich eine Weile. Verhalt dich ruhig. Versuch, nicht wieder einzuschlafen, und halt dich bereit. Nach Feierabend hole ich dich ab und bringe dich hier raus. Und lass um Himmels willen die Finger von den Psychopharmaka, okay?«

»Hab sowieso keine mehr.«

»Gut.« Rafael klang erleichtert. »Also bis später.«

Die Tür schloss sich leise hinter ihm. Doch erst als auch seine Schritte auf dem Gang endgültig verklungen waren, bückte Arc sich und griff endlich doch nach der Mütze. Die verfilzte, abgegriffene Wolle fühlte sich so vertraut an, dass es wehtat. Arc schob die Mütze in die Bauchtasche seines Hoodies und grub die Finger tief hinein, während er sich mit der anderen Hand die Kapuze über die Augen zog.

Raus. Hörst du das, Théo? Wir gehen nach draußen. In die Freiheit.

1stPersonCam: CLUE
Location: CENTER CUBE

»Siehst du ihn? Kommst du jetzt ran?«

Mit vor Anstrengung verzerrtem Gesicht steckt Quentin mit dem rechten Arm bis zur Schulter in dem Haufen aus dünnen, wie zufällig in alle Richtungen gebogenen Metallstangen, die wohl einen Biberdamm darstellen sollen. Dafür spricht auch das langsam dahinströmende knöcheltiefe Wasser, das sich dahinter leicht aufstaut. Nun ja, und der Biber aus Metall, der auf einem langen Stahlträger nahe dem Damm sitzt und mit seinem Schwanz leicht aufs Wasser schlägt. Seine Nagezähne aus Stahl sehen ziemlich scharf und kräftig aus. Clue und Quentin allerdings haben von ihm vermutlich nichts zu befürchten, denn es ist ein gelber Würfel, der im Biberdamm versteckt ist. Ihr eigener. Deshalb ist Clues deutlich größere Sorge ihre klatschnasse Hose, in der sie schon jetzt erbärmlich friert, und die Tatsache, dass sie einfach nicht weit genug mit ihrem Arm in den Bau hineingreifen kann, obwohl Quentin den Würfel bereits von oben mit einem Stab ein gutes Stück weit in ihre Richtung geschoben hat.

Clue seufzt. Eigentlich ist es ja nun auch egal. Also zerrt sie nur rasch Théos Zettel aus ihrer Bauchtasche, klemmt ihn stattdessen in ihr Haargummi und legt sich dann flach auf den Bauch, der Länge nach ins eisige Wasser. Für einen Moment nimmt es ihr den Atem, als die Kälte durch den dicken Stoff bis auf ihre Haut dringt. Aber so kann sie ihren Arm wenigstens deutlich weiter in den Bau hineinstrecken.

Und dann hat sie ihn. Mit klammen Fingern packt Clue den Würfel, zieht ihn heraus und ist so schnell wieder auf den Beinen wie selten zuvor in ihrem Leben. »Verdammt, ist das *kalt*!«

Fast im gleichen Augenblick erklingt der Gong und danach die Durchsage, die sie in den vergangenen Stunden so und ähnlich schon mehrfach gehört haben. Vor wenigen Minuten erst hat die Stimme der KI vermeldet, dass Onyx und Jasper bei ihrer Suche zum zweiten Mal erfolgreich waren. Nima und Piri sind sogar schon seit einer ganzen Weile fertig. Die KI hat daher den Sieg in dieser Phase für Team GRÜN verkündet. Aber weil es keine direkten Auswirkungen zu haben scheint, haben Clue und Quentin sich davon nicht besonders aus der Ruhe bringen lassen.

»Team GELB hat einen Würfel gefunden«, sagt die KI jetzt. *»CLUE befindet sich nun im Besitz von -1- Würfel.«*

»Das war's dann wohl«, knurrt Quentin. »Haben wir alle?«

»Ich glaub schon.« Clue versucht, wenigstens einen Teil des eisigen Wassers aus ihren Klamotten zu wringen. Aber der Erfolg ist so geringfügig, dass sie es schnell wieder aufgibt. »Wir müssen nur noch seinen holen.« Vielsagend sieht sie hinüber zum Rand der Lichtung, wo jenseits des Baches wieder der Stahlwald beginnt. Eine muskulöse Gestalt mit metallisch schimmernder Haut lehnt dort an einem Baum, als wäre sie selbst ein Teil des bizarren Waldes. Zeke.

Quentin brummt unwillig. Genau wie Clue ist er vermutlich längst nicht mehr sicher, dass es wirklich eine gute Idee war, den Steelboy mitzuschleifen – obwohl es natürlich vernünftig ist, ihn im Auge zu behalten, genau wie Piri gesagt hat. Zeke hat sich nicht mal dagegen gewehrt, und er hat ja auch davon profitiert: Seinen zweiten Würfel haben sie als Erstes gefunden. Quentin hat ihn im Kessel einer mechanischen Wildschweinfamilie aufgespürt. Allerdings haben sie ihn vorerst dort zurückgelassen, damit Zeke nicht doch noch allen Versprechungen zum Trotz einen Alleingang versuchen kann.

Das Problem an der Sache ist nur, dass Clue und Quentin keine Möglichkeit haben, ungestört Informationen auszutauschen, so lange er in der Nähe ist. Clue hat ihren Bericht über den vorigen Tag daher auf eine sehr reduzierte, unpersönliche Fassung beschränken müssen. Aber auch Quentin hat ihr ganz sicher etwas zu erzählen – und Clue möchte wirklich dringend wissen, was das ist. So dringend, dass sie es am liebsten aus ihm rausschütteln möchte, Zeke hin oder her. Denn Quentin ist der Letzte, der Théo gestern Abend gesehen hat.

Aber dieses Gespräch wird warten müssen, egal wie sehr es sie nervt. Immer wieder muss Clue an Théos Worte denken, wie schwer der Stahljunge loszuwerden sei. Jetzt hat sie ihn sich selbst ans Bein gebunden. Théo hätte das sicher lustig gefunden. Oder *schlecht durchdacht*. Oder beides.

»Gehen wir zurück«, schlägt Quentin jetzt vor und sieht ebenfalls zu Zeke hinüber, der so tut, als würde er ihnen keine Aufmerksamkeit schenken. Aber er hört alles, da ist Clue sich sicher. So laut ist das Plätschern des künstlichen Baches nicht.

Sie nickt. »Zekes Würfel liegt ja auf dem Weg.«

Jetzt endlich sieht der Steelboy zu ihnen hin und verrät damit, dass er tatsächlich alles versteht, was sie miteinander reden. Betont langsam richtet er sich auf und kommt zu ihnen herübergeschlendert. Dabei durchwatet er den Bach mit einer Ruhe, als würde er die Kälte nicht mal spüren. In seiner Hand hält er schon die ganze Zeit den Würfel, den er von Clue bekommen hat. Théos Würfel. Ihn anzusehen, sticht ein wenig in Clues Brust.

»Na, das ging ja nun schnell«, bemerkt Zeke, als er bei ihnen stehen bleibt. Er wirft einen Blick auf das *touch* in seinem Sensorhandschuh und Clue erkennt, dass er Théos Karte aufgerufen hat. »Dieser Successor kann schon ziemlich nützlich sein, das muss ich zugeben. Wenn er nicht gerade ein Verräter ist.« Er zischt abschätzig.

Clue wird bei seinen Worten heiß vor Ärger, so heiß, dass ihre Handflächen in den Sensorhandschuhen zu schwitzen anfangen.

Da hält Zeke inne. Für einen Moment scheint er mit sich zu ringen. »Du bist ziemlich nass. Willst du meine Jacke? Du wirst sonst wahrscheinlich krank.«

Das trifft Clue wiederum völlig unvorbereitet. Tatsächlich ist ihr so kalt, dass sie das Zähneklappern kaum unterdrücken kann. Aber deshalb Hilfe von Zeke annehmen? Alles in ihr sträubt sich dagegen.

Zum Glück scheint Quentin das auch so zu sehen, denn er tritt prompt zwischen sie und Zeke. »Sie ist in meinem Team. Sie kann meine Jacke haben«, grollt er und schält sich bereits aus seiner Jeansjacke mit dem eingenähten Baumwollfutter.

Für sie wird das mehr ein sehr schweres Kleid sein, denkt Clue und muss fast darüber lachen. Der dicke Stoff riecht nach Wolf. Aber dafür ist er angenehm warm. Rasch zerrt sie sich ihren Hoodie über den Kopf und wickelt sich in die riesige Jacke. »Danke.« Sie lächelt Quentin an.

Zeke schnalzt derweil verächtlich mit der Zunge. »Na meinetwegen. Gehen wir also? Ich brauche noch meinen Würfel.«

Als sie den Eingangsbereich erreichen, sind die anderen schon vollzählig dort. Sie haben sich um die schmale Stele versammelt, auf der immer noch der Beispielwürfel liegt, den ihnen das Spiel gestern gezeigt hat. Der, über den sie den goldenen Chip hätten auslesen können. Am Fuß der Stele liegen jetzt außerdem vier weitere Würfel: Zwei in Blau, zwei in Grün. Fehlen nur noch die gelben und die roten.

»Da seid ihr ja endlich«, bemerkt Nima, als die drei sich zu der Gruppe gesellen und ihre Würfel zu den anderen legen.

Piri sieht Clue an und lacht. »Du siehst ja drollig aus mit der Jacke.«

»Soll sie sich den Tod holen?« Quentin scheint über den freundlichen Spott verlegener zu sein als Clue.

»Habt ihr schon was rausgefunden?«, springt sie ihm bei und hockt sich vor die nebeneinander aufgereihten Würfel. Eines zumindest ist auf den ersten Blick zu sehen: Die zwei Würfel jedes Teams unterscheiden sich in der Art der Verzierungen, die außen darauf angebracht sind. Bei einem bestehen sie jeweils aus geraden, winklig verlaufenden Linien, beim anderen aus runden Schwüngen. Aber welcher beinhaltet den Schlüssel? Und sind die Linien überhaupt der Hinweis, der ihnen das verrät?

Der Chip hätte hier vermutlich geholfen.

Clues Mund ist unangenehm trocken, als sie wieder aufschaut und Piris Blick begegnet. Jetzt ist es so weit. Jetzt sollte sie es ihnen besser sagen.

»Sagt mal«, beginnt in diesem Moment Nima. »Jetzt, da Quentin wieder da ist, haben wir da nicht eigentlich ...«

»Ich habe den Chip verschluckt.« Entschlossen steht Clue auf und sieht in die Runde. »Quentin hatte ihn nie. Ich hab ihn runtergeschluckt, weil ich Angst hatte, dass ihr ihn sonst kriegt. Ich habe unterschätzt, wie wichtig er sein wird.«

In der Stille, die auf ihre Worte folgt, klingen die künstlichen Vogelstimmen aus dem Stahlwald mit einem Mal sehr laut.

»Und ich habe keine Ahnung, warum Théo gestern gelogen hat«, fügt Clue leise hinzu, als auch nach mehreren Sekunden niemand etwas sagt.

Da erscheint ein kleines Lächeln auf Onyx' Gesicht. »Nicht? Ich schon.«

»Wow«, murmelt Jasper. »Das hab ich nicht kommen sehen.«

Nima hat einen Finger nachdenklich an ihr rundes Kinn gelegt und zwirbelt mit der anderen Hand eine ihrer Korkenzieherlocken. »Hm. Das ist natürlich schlecht«, grübelt sie laut. »Aber können wir nicht einfach warten? Er ... na ja, er kommt doch vermutlich demnächst wieder raus.«

Onyx schüttelt den Kopf. »Das kann Tage dauern. Ich denke nicht, dass die Referees das mitmachen.«

Clue räuspert sich unbehaglich. »Außerdem meinte Théo, dass der Chip sicher kaputt sein wird.«

»Ach, so ein Mist.« Jasper seufzt schwer. »Wir hätten die Hilfe wirklich gut gebrauchen können. Ich jedenfalls habe keine Ahnung, wie wir dieses Rätsel lösen sollen.«

Ratloses Schweigen antwortet ihm. Niemand scheint eine Antwort zu wissen. Doch zugleich kann Clue kaum fassen, dass sie ihr überhaupt keine Vorwürfe machen. Darf sie schon aufatmen? Sind die anderen wirklich nicht wütend?

»Ach«, lässt sich da unvermittelt Zeke vernehmen. »Was soll's. Die Rätsel sind ohne die Hilfe vielleicht schwerer, aber bestimmt nicht unlösbar.« Er tritt neben Clue und geht ebenfalls in die Hocke, um die Würfel eingehend zu mustern. »Wir sollten besser darüber sprechen, wer den Bonus bekommt, den sie uns heute Morgen versprochen haben. Da das hier offenbar neuerdings ein Teamspiel ist, entscheiden wir das am besten zusammen, oder?«

Clue wirft ihm einen überrumpelten Blick zu. Wie er dort hockt, einen der Würfel in der Hand, um ihn eingehend zu betrachten, seine Worte und sein Tonfall, wie er plötzlich die Kontrolle über die Situation übernehmen will ... All das ist so wenig Zeke, wie sie ihn bisher kennengelernt hat, dass sie im ersten Moment nicht weiß, wie sie es einsortieren soll. Den anderen scheint es ähnlich zu gehen, nach ihren perplexen Mienen zu urteilen.

»Zeke ...« Piri zieht den Namen etwas zu sehr in die Länge. »Du kannst nicht Théo sein. Versuch es erst gar nicht. Niemand hier mag das.«

Rein äußerlich scheint Zeke gar nicht zu reagieren. Aber aus ihrer Position sieht Clue das Zucken in seinen Fingern. Und die Wut, die in seinem Blick aufflackert, während er weiter auf den Würfel starrt.

»Aber er hat recht«, wirft Onyx ein. »Wir müssen darüber reden.«

»Wir können es auch den Zufallsgenerator entscheiden lassen«, schlägt Nima vor und hält ihre linke Hand hoch. »Das *touch* hat eine App dafür. Nicht ohne Grund, vermute ich mal.«

»Hm«, knurrt Quentin. »Klingt ziemlich fair für mich.«

Auch Onyx und Jasper nicken.

»Es kann aber keine Teams auswählen«, knurrt Zeke, nachdem er einige Sekunden auf seinen Handrücken gestarrt hat. »Nur einzelne Contenders.«

»Na ja, das ist Pech für dich«, sagt Piri fröhlich. »Aber vielleicht wählt es ja Théo. Dich hasst es vermutlich, weil das alle tun.«

»Du kleines ...« Zeke lässt den Würfel fallen, den er in der Hand gehalten hat, ballt die Faust und kommt mit einer seltsam steifen Bewegung auf die Beine. Aber er macht keinen Schritt auf Piri zu, bedroht sien nicht, wie er es gestern bei Théo getan hat. Es ist faszinierend zu sehen, wie Piri ihn allein mit einem Lächeln zurückhält.

»Also«, verkündet Nima entschlossen. »Dann starte ich jetzt den Generator. Oder hat noch jemand was dagegen?«

Niemand rührt sich, also tippt Nima zweimal auf ihren Handrücken. »Na schön, und den Bonus erhält ...!«

Nur eine Sekunde später weiten sich ihre Augen. Ein bisschen zu langsam, widerstrebend fast, dreht sie ihre Hand so, dass alle den Bildschirm in ihrem Sensorhandschuh sehen können.

Ein einzelner Name steht darauf, und Clue weiß sofort, warum Nima davon so erschüttert ist.

Es ist Zeke.

Zentraleuropäische Union (ZEU)
Zentralballungsraum Berlin
GAME SHIP (Location: Top Secret)

Rafael starrte mit leerem Blick auf den Kaffee, der dampfend aus dem Vollautomaten in den Keramikbecher plätscherte. Er war müde. So unendlich müde. Aber bald war dieser unfassbare Marathon endlich vorbei. Für heute zumindest.

Es war das zweite Mal an diesem Tag, dass er ein Tablett mit Kaffee, Wasser und Essen aus der Personalküche im medizinisch-analytischen Trakt des GAME SHIP belud. Glücklicherweise tat er das auch an anderen Tagen, um es mit hinauf ins Observation Center zu nehmen, sodass es niemandem auffiel und offensichtlich auch niemand auf den Gedanken kam, dass er das Tablett stattdessen nach unten in den Prep Trakt bringen könnte.

Er trank seinen Kaffee im Stehen neben der Maschine und wich nur einen Schritt zur Seite, als zwei der medizinisch-technischen Assistent_innen des Supportteams den Raum betraten.

Sie grüßten kurz und ein wenig verlegen – weil er immer noch ein Fremder mit nicht restlos geklärter Kompetenz, aber nichtsdestotrotz formell ihr Vorgesetzter war. Dann unterhielten sie sich weiter über die täglichen routinemäßigen Blutanalysen der Contenders oder vielmehr über die anstrengend langen Messzeiten des Photodetektors und den nervigen Wackelkontakt irgendeines Steckers.

Rafael ließ das Gespräch mit halbem Ohr lauschend an sich vorbeiziehen. Er hatte all das und noch mehr schon in genauester Ausführlichkeit in der Teambesprechung und

Schichtübergabe nach dem Mittagessen gehört. Ganz abgesehen davon, dass er seine letzten Reserven für klare Gedanken und aufmerksames Zuhören heute ganz sicher noch an anderer Stelle brauchen würde.

Als die Assistent_innen mit ihren Bechern wieder verschwunden waren, gab sich Rafael einen Ruck und stürzte den Rest seines Kaffees hinunter. Es war jetzt fast 16 Uhr. Zeit, sein eigenes kleines Team in den Feierabend zu schicken. Aber nicht ohne Dank und Stärkung und eine letzte Abschlussbesprechung. Also füllte er seinen Kaffeebecher erneut, nahm das Tablett und machte sich auf den Weg nach unten.

Die beiden Studierenden warteten bereits im Pausenraum der Prep auf ihn. Bevor er zu ihnen ging, hatte Rafael noch einen Blick auf ihre Arbeitsplätze geworfen, die beide aussahen, als wären sie an diesem Tag nicht mit einem einzigen Finger angetastet worden. Nur noch ein leichter Hauch von Desinfektionsmittel schwebte in der Luft. Rafael war beeindruckt, aber nach diesem Tag, den er mit diesen zwei erstaunlichen jungen Menschen zusammengearbeitet hatte, auch nicht besonders überrascht.

Er stellte das Tablett auf den Tisch und setzte sich ihnen gegenüber auf einen Stuhl. »Also«, sagte er und erinnerte sich daran, vor lauter Müdigkeit das Lächeln nicht zu vergessen. Diese beiden hatten Besseres verdient, als finster angestarrt zu werden. »Da wären wir dann. Feierabend. Zeit fürs Abschlussgespräch.«

Frau Nikolajew und Yezmin Zervakis lächelten ebenfalls, obwohl ihnen die Erschöpfung wie die Erleichterung gleichermaßen deutlich von den Gesichtern abzulesen war. Rafael konnte es ihnen nicht übel nehmen. Den ganzen Tag in einem unterirdischen Labortrakt eingeschlossen zu sein – zu ihrem Schutz natürlich, damit niemand unerwartet hereinkommen konnte, aber dennoch –, war eine Belastung, die er ihnen lieber nicht zugemutet hätte. Aber nun hatten sie es ja hinter sich.

Er deutete auf das Tablett, das er mit Birkensirup-Croissants, Puddingbrezeln und Dattelbrownies beladen hatte. »Bedienen Sie sich. Der Zucker-Koffein-Kick ist vielleicht nicht gesund, aber nötig, wenn Sie mich fragen.«

»Das kann man wohl sagen«, murmelte Yezmin Zervakis und griff ohne Zögern erst nach einem der Kaffeebecher und dann nach einem Brownie. Auch Frau Nikolajew griff zu, und diesmal musste sich Rafael nicht ans Lächeln erinnern. Es war einfach ein gutes Gefühl, wieder mit einem echten Team zu arbeiten. Und diese beiden hätte er ohne einen zweiten Gedanken jederzeit fest eingestellt. Sie hatten nur einen einzigen Tag miteinander verbracht, aber es fühlte sich an, als würden sie seit Monaten zusammenarbeiten.

Er stellte seinen eigenen Kaffeebecher ab und schlug Lynns Notizbuch auf einer leeren Seite auf. »Gut, also, Frau Nikolajew. Wären Sie einverstanden, wenn wir bei Ihnen beginnen? Ich möchte sicher sein, dass ich alles verstanden habe, ehe ich Sie entlasse.«

Frau Nikolajew nickte. Sie hatte im Lauf des Tages ihre Fassung und auch ihre Selbstsicherheit zurückgewonnen. Rafael rechnete ihr hoch an, mit welcher Geduld und welchem Zeitaufwand sie ihm die Grundlagen der neuroinformatischen Persönlichkeitstranskription und -traduktion erklärt hatte, ehe sie auch nur ein einziges Wort über das eigentliche Programm hatten sprechen können. Bei all seinem Fachwissen über Neuroanatomie und Sinnesphysiologie hatte es ihn einen guten Teil seiner Nerven gekostet, auch nur halbwegs zu begreifen, wie die neuropsychologischen Basisdaten einer GAME-Persona mithilfe eines Computerprogramms und eines Cocktails aus neuroreaktiven Chemikalien als assoziatives Netzwerk in ein menschliches Gehirn übertragen werden konnten. Und zwar dermaßen gründlich, dass die ursprüngliche Persönlichkeit zu großen Teilen unterdrückt wurde, solange die Wirkung der Chemikalien anhielt – immerhin rund 24 Stunden lang. Rafael war Frau Nikolajew sehr dankbar, dass sie die Ruhe behalten und all das immer wieder in so klaren Worten beschrieben hatte, bis er ihr hatte folgen können.

Lynn, dachte er und fühlte eine gewisse Bitterkeit in sich aufsteigen, als er an seine sehr knappe offizielle Einarbeitung zurückdachte, war das nicht annähernd so gut gelungen.

»Also.« Er tippte leicht mit der Spitze seines Kugelschreibers auf die leere Seite. »Welche spezifischen Modifikationen haben Sie finden können?«

Frau Nikolajew räusperte sich und tupfte sich einen Croissantkrümel aus dem Mundwinkel. »Ehrlich gesagt weiß ich kaum, wo ich anfangen soll.« Eine leichte Röte überzog ihre Wangen. »Von dem ursprünglichen Programm ist auf den ersten Blick kaum noch etwas zu sehen. Ich meine, ich habe meine Codezeilen schon wiedergefunden, aber sie sind eingebettet in ein sehr viel größeres Programm. So was Komplexes habe ich in meinem ganzen Studium noch nicht gesehen. Ich habe nicht alles verstanden, aber es scheint mit Fraktalstruktur-Programmen für die Gedächtnis- und Persönlichkeitscodierung zu arbeiten ... Wissen Sie, was das ist?«

Rafael runzelte die Stirn und sah von seinem Notizbuch auf. »Ich kenne den Begriff ›Fraktal‹ aus der kognitiven Neuroanatomie. Er beschreibt, wie synaptische Netzwerke sich selbst in ähnlicher Form immer wieder reproduzieren, um sich weiter verzweigen zu können, ohne signifikant an Stabilität zu verlieren. Wie ein Baum oder eine Schneeflocke. Meinen Sie das?«

Frau Nikolajew nickte. »Genau. Von so einem Prinzip geht das Programm auch aus. Es presst die Basisdaten der Persona in ein winziges Fraktal, das sich nach seiner Aktivierung immer weiter reproduziert und deshalb kaum Anknüpfungspunkte an die Assoziationsnetzwerke des Hosts braucht. Im Grunde würde der Code dieselben Daten bloß immer wieder kopieren, sodass alle Fraktale exakt gleich sind. Da das System in der Anwendung – also wenn die Persona tatsächlich gespielt wird – aber nicht mehr geschlossen ist, werden die neuen Fraktale von äußeren Reizen aus der Spielumwelt beeinflusst, was wiederum die virtuellen Synapsengewichte im Code verändert. Statt des Ursprungsfraktals wird dann das angepasste Fraktal kopiert. So ist die Persona in der Lage, zu lernen und sich zu entwickeln, und zwar unabhängig von dem Menschen, der sie anwendet. Wie gesagt, ich steige noch nicht völlig durch, aber das Konzept ist genial. Zumindest theoretisch.«

Rafael rieb sich mit der freien Hand über die Schläfe. »Theoretisch? Was meinen Sie?«

»Na ja.« Frau Nikolajew zuckte ein wenig zweifelnd die Schultern. »Ein Gehirn ist nun mal kein Computer. Also wer immer das Programm geschrieben hat, hat bestimmt keinen neurobiologischen Hintergrund. Oder es war ihnen egal. Jedenfalls vermute ich, dass diese strikte Trennung von Host und Persona nicht dauerhaft aufrechterhalten werden kann. Und ich habe ja schon gesagt, dass ... also wahrscheinlich braucht es spezielle NfT, die zusätzlich zu dem ohnehin recht starken Impact aufs Gehirn eine Form der dissoziativen Störung erzeugen. Vor allem, wenn es so schnell gehen soll wie in diesem Fall.« Nun klang ihre Stimme belegt, und sie räusperte sich erneut. »Ethisch ist das ... na ja. Das brauche ich Ihnen wohl nicht zu erklären. Offiziell zugelassen sind solche Medikamente jedenfalls noch nicht.«

Rafael atmete langsam und bewusst ein und wieder aus, während er auf die hastig hingekritzelten Stichworte starrte, die er sich gerade notiert hatte. Sein Schädel pochte, und hinter seinen Augen sammelte sich ein scharfer Druck. Es war nicht so, dass er nicht verstand, was er gerade gehört hatte. Was Eduard und Lynn dort versuchten. Was er nicht verstand, war ... *warum?* Und ob es in irgendeiner Weise mit den Ereignissen vor zwanzig Jahren zu tun hatte.

Mit Ivana und ihrem Tod.

Aber das würde ihm auch Frau Nikolajew nicht erklären können. Und erst recht konnte sie ihm den Schmerz nicht nehmen, der sich bei dem Gedanken mit dumpfer Kälte in seinem Magen ausbreitete.

»Gut«, murmelte er schließlich. »Danke. Darüber muss ich nachdenken.« Er hob den Blick. »Kommen wir erst mal zu Ihren Ergebnissen, Yezmin Zervakis. Konnten Sie noch etwas über die transplantierte Bioware herausfinden?«

Yezmin Zervakis nahm einen großen Schluck von serem Kaffee, ehe sey antwortete. »Leider ziemlich viel. Und nichts davon ist gut.«

Wie abgeklärt sich das anhörte, dachte Rafael. Und wie weit entfernt von der verstörten jungen Person, die neben der Leiche des Wolfsmenschen in Ohnmacht gefallen war. Wo nahmen diese zwei nur ihre Kraftreserven her?

Er nickte sem ermutigend zu. »Legen Sie los.«

»Also«, erklärte Yezmin Zervakis, »das Prinzip ist auf den ersten Blick ganz einfach: Der Organismus, der modelliert werden soll, wird mit den Alpha-Proteosymbionten geimpft, die wir *EndoSymbs* nennen. Je nach Tierart dauert die Inkubationszeit einige Tage, bis sich die Symbionten im ganzen Körper eingenistet haben. Dort können sie dann – im optimalen Fall – von den Zellnährstoffen leben. Der besondere Kniff daran ist, dass durch bestimmte Stoffwechselprozesse dieser Bakterien jedes ebenfalls mit *EndoSymbs* geimpfte Gewebe als körpereigen erkannt wird. Selbst wenn es ein künstliches oder sogar artfremdes Gewebe ist. So kann im Prinzip jedes geimpfte Gewebestück oder sogar ein ganzes Organ ohne Abstoßungsreaktionen in einen geimpften Körper transplantiert werden ...« Sey unterbrach sich. »Ich erzähle Ihnen gerade lauter Sachen, die Sie schon wissen, oder?«

Rafael winkte ab. »Theoretisch ja, aber ich bin immer noch fachfremd. Wiederholung schadet mir nicht. Erzählen Sie, wie Sie es am besten erklären können.«

»Okay, also ... Im optimalen Fall läuft es so, wie ich gerade gesagt habe. Allerdings funktioniert das längst nicht für jeden Organismus. Ich nehme an, bei Säugetieren ist es wegen der hohen Organdifferenzierung noch schwieriger als bei Insekten oder Wirbellosen …« Eine erneute Pause entstand, während sey die Browniekrümel auf dem Tisch zu einem ordentlichen kleinen Haufen zusammenschob, als könne sey so auch sere Gedanken zusammenschieben. Rafael fiel auf, dass sere Finger dabei leicht zitterten.

»Jedenfalls ist es so, dass das zellinterne Milieu auch suboptimal bis lebensfeindlich für die Symbionten sein kann«, fuhr sey schließlich fort. »Dann vermehren sie sich nicht oder sterben sogar ab – und dann war es das natürlich mit der Gewebekompatibilität. Deshalb muss vor einer Transplantation *immer* ein Kompatibilitätstest durchgeführt werden, am besten sogar zwei, und der Wert sollte dabei nicht unter 60 % liegen – besser 70 % oder noch mehr. Bei den Proben, die Sie mir heute gegeben haben … Also, die Kompatibilität lag bei keiner einzigen über 40 %, bei den meisten noch deutlich drunter. Und selbst wenn wir einberechnen, dass dieser Mensch gestern schon gestorben ist …« Sey schluckte sichtbar, und als sey diesmal nach dem Kaffeebecher griff, zitterte sere Hand so sehr, dass sey die zweite zu Hilfe nehmen musste, um nichts zu verschütten. »Man hätte ihm niemals diese Organe transplantieren dürfen, Dr. Álvarez. Und erst recht nicht so viele auf einmal. Die Abstoßungsreaktionen müssen unglaublich stark gewesen sein. Wer immer das getan hat, muss das gewusst haben. Es ist, als hätten sie ihn … sehenden Auges in den Tod geschickt.«

Rafael wusste nicht, was er darauf sagen sollte. Sein Kopf war wie leer gefegt, bis auf einen einzigen quälenden Gedanken, der sich immer und immer wiederholte: *Warum, Lynn? Warum?!*

»Dr. Álvarez?« Yezmin Zervakis' Stimme war dünn. Brüchig geradezu. Von serer Abgeklärtheit war jetzt nichts mehr übrig. »Wissen Sie, ob bei dem neuen Wolfsmenschen ein Kompatibilitätstest gemacht worden ist?«

Rafael spürte den Klang serer Worte unangenehm hinter

seiner Stirn kribbeln. Ihm war danach, mit der Faust auf den Tisch zu schlagen, um wenigstens einen Teil der Anspannung loszuwerden. Aber er musste ruhig bleiben. Wenn schon nicht für sich, dann wenigstens für sein Team.

»Nein«, sagte er so beherrscht er konnte. »Weiß ich nicht.«

Nun sagte auch Yezmin Zervakis nichts mehr. Niemand von ihnen sagte etwas. Sie aßen auch nicht mehr. Sie saßen einfach nur da und lauschten der angespannten Stille, die plötzlich zwischen ihnen hing.

Schließlich seufzte Rafael und zog zwei fest verklebte Umschläge aus seiner Hosentasche. »Ich denke, wir sollten die Dinge erst einmal ruhen lassen. Es gibt viel zu durchdenken. Aber nicht mehr heute. Sie haben genug für mich getan.« Er schob die Umschläge über den Tisch. »Das ist für Sie. Es tut mir leid, dass ich Sie nicht offiziell entlohnen kann, aber ich denke, dies ist das Mindeste, was Sie bekommen sollten. Auch wenn es Ihren Einsatz nicht einmal ansatzweise aufwiegt.« Er sah sie nacheinander eindringlich an. »Es ist mir ernst: Sie haben mich heute gerettet. In den Umschlägen finden Sie auch meine private Nummer. Wenn ich in Zukunft je irgendetwas für Sie tun kann, melden Sie sich bitte bei mir. Für Sie habe ich von heute an immer Zeit.«

Yezmin Zervakis und Frau Nikolajew tauschten einen Blick.

»Oh. Vielen Dank«, sagte Frau Nikolajew. »Wir ... also, wir haben das nicht getan, weil wir ...« Sie verstummte verlegen.

Rafael hob einen Mundwinkel. »Ich weiß. Aber Sie haben es sich trotzdem verdient.« Sein Lächeln verblasste. »Außerdem habe ich noch eine letzte Bitte an Sie. Ich möchte allerdings, dass Sie wissen, dass Sie unbedingt ablehnen dürfen, wenn Ihnen nicht wohl dabei ist.«

Erneut tauschten die beiden Studierenden einen Blick.

»Und ... das wäre?« Yezmin Zervakis hatte die Stirn in skeptische Falten gelegt. Mittlerweile, dachte Rafael mit etwas zynischer Belustigung, erwarteten sie von ihm vermutlich nur noch das Schlimmste. Und vielleicht traf das, was er ihnen jetzt vorschlagen wollte, sogar auf diese Beschreibung zu.

»Sie haben mich doch heute früh gefragt, was mit dem Successor passiert ist«, begann er zögernd. »Sagen Sie … denken Sie, Sie könnten vorübergehend einen weiteren Bewohner in Ihrer WG aufnehmen? Wenigstens für eine Nacht?«

Zentraleuropäische Union (ZEU)
Zentralballungsraum Berlin
GAME SHIP (Location: Top Secret)

»Ich bin wirklich nicht sicher, ob das eine gute Idee ist, Yezzi.«

»Ich weiß. Ist mir egal.« Yez starrte durch die getönte Scheibe des Kastenwagens auf den Hinterausgang des GAME SHIPs, wo Dr. Álvarez jeden Moment auftauchen musste. Zusammen mit dem Champion Successor. Mit Théo.

Hathi, die neben sem auf der Rückbank saß, warf Yez einen vorwurfsvollen Blick zu. »Das ist eine echt riskante Nummer, Sweetheart, das weißt du aber auch.«

»Ist doch nur für heute Nacht.« Yez lauschte serem eigenen Herzschlag, der sich bei dem Gedanken flattrig pochend beschleunigte. Théo. *Der* Théo. In *serer* WG!

»Ja, natürlich. Als ob du zulassen würdest, dass wir ihn vor die Tür setzen, wenn Dr. Álvarez auf die Schnelle keine andere Lösung findet.« Hathi seufzte und griff nach Yezmins Hand. »Ich versteh dich doch. Es ist nur … nach allem, was wir heute gesehen haben … Ich möchte da nicht *noch* tiefer drinstecken. Ich … Ach, am liebsten würde ich alles wieder vergessen, Yezzi!«

Yez drehte sich zu Hathi um. Serer Freundin standen Tränen in den Augen. Tränen, die Yez bei aller Aufregung sehr gut nachfühlen konnte. Wie oft hatte sey heute gedacht, ser Kopf müsste explodieren? Wie oft hatte sey sich in eine Ecke verkriechen und sich ganz klein machen wollen in der absurden

Hoffnung, dass das endgültige Begreifen sem dort nicht finden würde?

Sey warf einen raschen Blick nach vorn. Hathi und sey saßen ganz hinten, und die Armaturen der Navigations-KI mit ihren Mikrofonen und Kameras waren durch eine weitere Rückbank und eine – hoffentlich – schalldichte Glasscheibe von ihnen getrennt. Trotzdem. Es war vermutlich klüger, hier drin nicht über Details zu sprechen. Also umarmte sey Hathi bloß und drückte sie fest an sich. Hathi legte ihren Kopf an Yez' Schulter, und für ein paar Sekunden saßen sie einfach so da, weil sich die Nähe zwischen ihnen so tröstlich anfühlte.

Bis Hathi sich plötzlich anspannte und ein Stück aufrichtete. »Sie kommen!«

Yez fuhr augenblicklich herum. Tatsächlich. Die Tür zum SHIP hatte sich geöffnet, und dort waren sie. Dr. Álvarez' inzwischen vertraute Gestalt – und eine andere, die Yez im Grunde noch viel besser kannte, weil sey seit fünf Jahren in jeder Staffel jede seiner Bewegungen verfolgte. Schmal, sehnig, in löchrigen Jeans. Die übergroße schwarze Kapuze hatte er so weit über den Kopf gezogen, dass sein Gesicht nicht zu sehen war. Kurz hinter dem Ausgang blieb er stehen. Er stand einfach nur da, reglos, die Hände in den Taschen vergraben, und Yez dachte, dass von allen Dingen, die sey heute erlebt hatte, dieser Moment der unwirklichste war.

Endlich drehte sich Théo zu Dr. Álvarez um, und die beiden sprachen eine Weile miteinander. Es schien ein intensives, aufwühlendes Gespräch zu sein, denn Dr. Álvarez' Miene verfinsterte sich sekündlich. Schließlich aber nickte er, und Théo wandte sich ab, um das kurze Stück zum Wagen hinüberzukommen.

Yez umklammerte Hathis Hand so fest, dass es sem selbst wehtat – oder zumindest dachte sey das, bis sey begriff, dass sere Freundin ebenso gewaltsam zudrückte.

Und dann öffnete Théo die Schiebetür an der Seite des

Wagens und rutschte auf die vordere Sitzbank. Als er sich umdrehte, sah Yez als Erstes wirre dunkle Haare, die tief in ein schmales Gesicht hingen – ein Gesicht, das sey kannte und doch wieder nicht. Und dahinter ebenso dunkle Augen, die sem und Hathi eindringlich musterten.

»Yo«, sagte er, ohne zu lächeln. »Ihr seid also meine neuen Mitbewohnenden?«

Yez konnte nichts sagen. Ser Mund war wie ausgetrocknet, und die Zunge lag wie ein dicker, nutzloser Klumpen in serem Mund. Dafür hörte sey Hathi neben sich ein wenig zittrig Atem holen.

»Ja«, sagte sie leise. »Ich bin Hathaichanok, und das ist Yezmin. Und du ... bist wohl Théo?«

Théos Augen verengten sich leicht. »Nein.« In seiner Stimme schwang eine gewisse Schärfe mit bei dem Wort.

»Mein Name ist Arc.«

Asgard International Academy (AIA), Berlin
Wohnkompartments der Studierenden
Kompartment 503

Arc hatte die ganze Fahrt über aus dem Fenster gestarrt und Berlin an sich vorbeiziehen lassen. Die Häuserschluchten, die den Himmel verschluckten; die Straßen, die trotz aller Fassadenbegrünung immer irgendwie grau waren; die dicht gedrängten Menschen überall. Es war, als wäre er nie und doch zugleich ein ganzes Leben fort gewesen. Fünf Jahre. So lange war das ja auch gar nicht. Vermutlich war die Stadt also tatsächlich immer noch die gleiche, in der er sich vor einem Jahrzehnt vorerst zu bleiben entschieden hatte. Nur er selbst war ein anderer. Oder vielleicht auch nicht.

Der Campus der Asgard International Academy jedenfalls war ein Ort in Berlin, an dem Arc ganz sicher noch nie gewesen war. Schon als er hinter den beiden jungen Menschen namens Yezmin und Hathaichanok aus dem H⁺-Taxi gestiegen war, hatte es ihn erstaunt, dass es mitten in diesem hässlichsten aller Zentralballungsräume irgendwem gelungen war, eine Art Oase zu schaffen. Der Eindruck verstärkte sich umso mehr, je weiter er auf das Gelände vordrang. Verglichen mit dem Rest der Stadt war der AIA Campus regelrecht idyllisch mit den Platanen, den Bänken und Kiesbeeten und den sanft geschwungenen Schotterwegen zwischen den supermodernen Universitätsgebäuden. Die Wohnheime bildeten da keine Ausnahme. Arc kam definitiv nur schwer damit klar, wie schick und sauber hier alles war. Schon die verdammte Eingangstür des Wohnheims war schick. Und *sauber*, sogar von außen. Drinnen gab es ein Foyer mit einem Empfangsterminal, vor dem der Boden von einem *Wischroboter* gereinigt wurde, und der Fahrstuhl konnte nur mit einer Studierenden-ID benutzt werden.

Arc hatte die meiste Zeit seines Lebens in einem ranzigen Loch nach dem anderen gewohnt – gut, und die letzten Jahre im GAME SHIP, aber das zählte irgendwie nicht. Auf das hier hatte es ihn jedenfalls auch nicht vorbereitet. Das Wohnheim erinnerte ihn auf unangenehme Weise an das altehrwürdige Bonzeninternat in Paris, auf das ihn seine Mutter gezwungen hatte, als er mit dreizehn zum zweiten Mal eine Klasse übersprang. Genau wie damals fühlte er sich wie ein von Flöhen zerfressener Straßenköter, kaum dass er einen Fuß über die Schwelle gesetzt hatte. Dabei musste er einfach bloß duschen. Das dafür aber sehr dringend.

Sie verließen den Fahrstuhl im fünften Stock. Arc zählte auf die Schnelle drei Türen, die von dem Korridor abgingen. Schätzungsweise je zehn Schritte voneinander entfernt – gehend. Rennend: Sechs. Arc seufzte innerlich. Diese Angewohnheit würde er vermutlich nie wieder loswerden.

Die Tür mit der Nummer 503 lag ganz rechts. Yezmin und Hathaichanok blieben in diesem Augenblick davor stehen. Im Taxi hatten sie klugerweise genauso geschwiegen wie er. Auf dem kurzen Weg über den Campus aber hatten sie unentwegt leise und eindringlich miteinander diskutiert.

»Baş ist schon da«, sagte Hathaichanok jetzt mit einem Blick auf das Kartenschloss neben der Tür. Drei Namen standen dort untereinander: Mutlu-Meyer, Nikolajew und Zervakis. Neben dem Namen *Mutlu-Meyer* leuchtete eine grüne Diode, die anderen beiden waren rot.

Arc wurde direkt ein bisschen flau in der Magengegend. Hier wohnte also noch jemand. Und diese Person wusste, anders als Yezmin und Hathaichanok, nicht über ihn Bescheid. Okay, das war ein Problem. Vielleicht sollte er sich doch besser woanders verstecken.

»Hör mal«, sagte Yezmin in diesem Augenblick und drehte sich zu ihm um. Auch sey wirkte jetzt ein wenig nervös. »Du brauchst dir wegen Baş keine Sorgen zu machen. Wir verraten ihm auf keinen Fall, wer du bist, aber irgendwas müssen wir natürlich sagen. Deshalb dachten wir, dass du ... na ja, dass wir so tun könnten, als wärst du ein Kommilitone aus meinem Fachbereich, der ... also, den ich gerade näher kennenlerne, verstehst du?«

Arc starrte sem wortlos an. Natürlich verstand er das, er hatte schließlich auch mal eine Weile auf dieser Erde gelebt. Aber was war das bloß für eine katastrophale Idee? Das konnte ja nur schiefgehen.

Endlich entschied er sich für ein trockenes Lachen. »Welches Stück Brot soll das denn glauben? Oder stehst du im normalen Leben auch auf abgewrackte Punks, die riechen, als hättest du sie aus der Gosse aufgegabelt? Seltsamer Kink, ehrlich gesagt.«

Im ersten Moment schien Yezmin das sprachlos zu machen. Aber sey fing sich bemerkenswert schnell. Sere Wangen waren noch ein wenig röter geworden, und sere Augen funkelten. »Also erstens: Ja, ich mag Punks. Das ist kein Kink, sondern eine Lebenseinstellung, und selbst wenn es ein Kink wäre, hättest du kein Recht, mich dafür zu shamen. Zweitens:

So schlimm stinkst du auch wieder nicht. Und drittens: Lass das meine Sorge sein. Es reicht, wenn du wenigstens versuchst, mitzuspielen. Du könntest zum Beispiel mal die Kapuze abnehmen, damit du nur noch halb so shady bist. Deal?«

Diesmal musste Arc sich nicht einmal bewusst für das Lachen entscheiden, es kam einfach so. Es überraschte ihn regelrecht, und noch mehr überraschte es ihn, dass es von einem kichernden Echo aus Hathaichanoks Richtung begleitet wurde.

»Na schön«, sagte er und streifte die Kapuze zurück. »Wenn du meinst, dass das besser ist.«

Ein zufriedenes Lächeln erschien auf Yezmins Gesicht, als sey ihn eingehend musterte. »Viel besser.«

Arc seufzte, als ihm wieder einfiel, was das Problem an der Sache war. »Und du meinst nicht, dass er mich erkennt?«

»Baş? Nein, wahrscheinlich nicht. Oder?« Yezmin wechselte einen Blick mit serer Freundin. Die aber schüttelte entschieden den Kopf.

»Er hasst SUCCESSION GAME«, erklärte Hathaichanok. »Und, äh, Théo besonders. Nichts für ungut. Aber soweit ich weiß, hat er sich noch nicht eine einzige Folge wirklich angesehen. Und solange du nicht dieses ... also, dieses Théo-Lächeln machst, erkennt er dich bestimmt nicht. Darüber regt er sich nämlich immer furchtbar auf.« Sie lachte verlegen. »Wow, ist das weird, mit dir darüber zu reden. Sorry.«

Arc starrte sie einen Moment lang perplex an. Wie von selbst schob sich seine Hand in die Tasche seines Hoodies. Ertastete vertraute filzige Wolle. Seine Kehle wurde eng. »Schon okay«, murmelte er. »Théo ist halt ein ätzender Typ. Ich mag ihn auch nicht so.«

Er wartete. Sekundenlang.

Aber kein Protest. In seinem Kopf blieb es still. Zu still.

Hathaichanok räusperte sich. Ihr Lächeln sollte wohl ermutigend sein, vermutete Arc. Für ihn und für sie selbst und Yezmin genauso. »Na schau. Dann bekommen wir das doch hin.«

Damit drehte sie sich um und schloss endlich die Wohnungstür auf.

Auch auf der anderen Seite war es sauber und ordentlich, aber zum Glück längst nicht so steril wie das, was Arc bisher vom Wohnheim gesehen hatte. Aus dem hinteren Teil des Kompartments war das Klappern von Töpfen und Geschirr zu hören, und es roch nach gebratenen Zwiebeln, frischem Brot und geschmorten Pilzen. Arc spürte, wie sein Magen sich verknotete. Wie lange hatte er schon nichts mehr gegessen? Den ganzen Tag hatte er nichts von dem runterbekommen, was ihm Rafael gebracht hatte, außer ein paar Schlucke Tee und eine Handvoll Erdnüsse. Jetzt hätte er ein ganzes Krokodil essen können. Dabei aß er kein Fleisch mehr, seit er fünfzehn war.

»Schaaatziiii!«, rief Hathaichanok in diesem Moment. »Wir sind zu Hause!«

Am Ende des Flurs öffnete sich eine Tür. Arc war drauf und dran, seine Kapuze sofort wieder ins Gesicht zu ziehen. Manche Reflexe verloren sich eben nie. Aber der Mensch, der nun den Kopf in den Flur streckte, hatte seine *insight* ohnehin nach oben geschoben und sah nicht so aus, als wolle er sie in den nächsten Minuten für etwas anderes verwenden, als sich die Haare aus dem Gesicht zu halten.

»Da seid ihr ja endlich. Wo habt ihr denn gesteckt? Ich hab den ganzen Tag versucht, euch zu erreichen.« Er hielt inne, als sein Blick auf Arc fiel. »Oh. Hi.«

Das klang mehr wie eine Frage als wie eine Begrüßung, und nun hob sich seine Hand doch zu seiner *insight*, um Arcs *dEEp.profile* aufzurufen. Nicht, dass er da irgendwas hätte sehen können. Aber Yezmin kam ihm ohnehin zuvor.

»Das ist ... Arc«, erklärte sey schnell. »Er ist ... äh, mein Betreuer für das Projektmodul. Mit den Heuschrecken, du weißt schon. Wir haben uns ... in letzter Zeit öfter auch privat getroffen, also hab ich ihn heute mal spontan zum Essen eingeladen. Arc, das ist Başar. Unser Mitbewohner.«

»Yo«, murmelte Arc und fühlte sich unangenehm linkisch, als er sich einen Schritt näher zu Yezmin stellte und seine Schuhe von den Füßen streifte. Es war doch eigentlich gar nicht so schwer, dachte er, er musste nur überlegen, was Théo jetzt getan hätte. Das Problem an dieser Strategie war, er wusste *ganz genau*, was Théo getan hätte. Aber es tatsächlich zu *tun*, kostete mehr Überwindung, als Arc mit leerem Magen aufbringen konnte. Mit vollem vermutlich auch. Plus wenn dieser Başar dann anfing, ihn zu hassen, war das vermutlich auch eher ungünstig.

»Ach so. Hi«, sagte Baş jetzt noch einmal und musterte ihn mit unverhohlener Skepsis. »Das erklärt aber nicht, warum ihr beiden den ganzen Tag eure *insights* ausgeschaltet hattet. Ich hätte schon gern vor dem Einkaufen gewusst, ob und wie viele Personen heute Abend hier mitessen wollen.«

Hathaichanok trat entschlossen auf ihn zu und gab ihm einen innigen Kuss. »Du kochst doch sowieso immer für zwanzig, egal was wir sagen. Sei nicht knurrig. Zeig mir lieber, was es zu essen gibt, ich sterbe vor Hunger.« Damit packte sie ihn bei der Hand und zog ihn in die Küche.

Arc war nun mit Yezmin allein im Flur. Für einige endlose Sekunden hing beklommenes, ratloses Schweigen zwischen ihnen. Dann aber lächelte Yezmin. »Na, das lief doch ganz gut, oder? Komm. Wir gehen in mein Zimmer. Da kannst du wieder shady sein, so viel du willst.«

Arc seufzte innerlich. Er fand überhaupt nicht, dass es gut lief. Nun ja ... er sah keinen Grund, sem auch noch sere Illusion zu zerstören.

»Okay«, sagte er deshalb bloß. Und dann, mit etwas Verzögerung: »Du hast doch bestimmt ein exo-Display, oder? Ich würde gern ins GAME reinschauen. Wie es läuft.«

Wie es Clue geht. Ob sie den Weg schon gefunden hat.

Yezmin blinzelte ihn verwirrt an. »Exo...? Du meinst extern, richtig? Klar. Machen wir.« Sey öffnete die Tür, die gegenüber dem Eingang zur Wohnküche lag. Hinter dem milchigen Glas konnte Arc die schemenhaften Gestalten von Hathaichanok und Baş sehen. Neben sich hörte er Yezmin einmal tief durchatmen, und als er sem ansah, lächelte sey wieder dieses tapfere Lächeln.

»Also. Willkommen zu Hause.«

PHASE 02: CUBE HACKING.

1stPersonCam: CLUE
Location: CENTER CUBE

»Eine Nachricht an alle Contenders: Team ROT hat -2- Würfel in den Docking Stations platziert. STAGE 02. Phase 02: Cube Hacking ist damit eröffnet. Die Zeit für alle Teams beträgt ab jetzt -60- Minuten.«

Clue starrt auf den Würfel in ihrer Hand. Jetzt ist es also so weit. Jetzt zählt jede Sekunde. Hastig legt sie den Würfel ebenfalls auf der säulenförmigen Docking Station ab. Quentin neben ihr tut dasselbe, und die schmalen Stelen leuchten gelb auf. Im gleichen Moment schließt sich hinter ihnen mit einem hohlen Dröhnen die Tür zum Inneren des Maschinenkolosses, der nun ihr Escape Room ist.

Die nächste Nachricht erscheint als Text auf ihrem Display.

TEAM GELB: ICH HABE ZWEI WÜRFEL ERKANNT.
VERBLEIBENDE ZEIT: -59- MINUTEN UND -37- SEKUNDEN.

»Okay.« Clue nimmt ihren Würfel wieder von der Stele und bemüht sich nach Kräften, sich von dem Geräusch des einrastenden Türschlosses und dem unaufhaltsam rückwärtszählenden Counter in ihrem Display nicht aus der Ruhe bringen zu lassen. »Das hier ist nicht unmöglich. Wir müssen nur rausfinden ... Was machst du?«

Quentin wirft ihr über die Schulter einen Blick zu. Statt seinen Würfel aus der Docking Station zu nehmen, sucht er mit gespitzten Wolfsohren das Innere der Maschine ab, späht hinter die Rohre und Kabel und betätigt die verschiedenen Hebel und Knöpfe der rostigen Schalttafel, die rechts von den Docking Stations angebracht ist.

»Es heißt immer noch Escape Room, nicht Escape Cube«, knurrt er. »Vielleicht gibt es hier also Hinweise für die Lösung. Ich suche sie, denk du so lange weiter nach.«

Er hat recht. Tatsächlich ergibt es ja nur Sinn, wenn die Rätsel nur im Inneren des Raums zu lösen sind. Wenn sie *beides* brauchen.

Clue schließt die Augen und konzentriert sich auf den Würfel in ihrer Hand; zwingt sich, sich Zeit dafür zu nehmen, ihn ganz bewusst zu drehen und zu betasten, ob der Timer nun tickt oder nicht. Manche Dinge fühlt man besser, als dass man sie sieht. Zuerst ertastet sie die gezackten Linien, dann die drei kleinen Schieber, die sich auf die Zahlen von 0–9 einstellen lassen ... Aber da! Da ist auch eine Vertiefung, die nicht auf den ersten Blick zu sehen ist, etwa so groß wie ihre Daumenkuppe. Da, noch eine ...

In diesem Augenblick lässt ein lautes Krachen von draußen sie heftig zusammenfahren. Das klang doch wie ...!

Und dann ertönt der Gong. Derselbe Gong, der auch das Finden eines Würfels und den Beginn von Phase 02 angekündigt hat. Der Lautsprecher über ihnen knistert.

»Eine Nachricht an alle Contenders: Team ROT hat beide Würfel geöffnet und den Escape Room verlassen. STAGE 02. Phase 02: Cube Hacking gewinnt: Team ROT.«

Für kostbare Sekunden kann Clue kaum einen klaren Gedanken fassen. Team ROT. Zeke! Aber ...

»Verflucht«, grollt Quentin. »Wie hat er das gemacht?«

Fuck, ja, denkt Clue. *Wie?!*

Sabotage, vermutlich. Etwas anderes als rohe Gewalt kann sie sich bei Zeke kaum vorstellen. Und der Mistkerl muss das die ganze Zeit so geplant haben.

Es bleibt keine Zeit, sich über die verschenkte Bonuszeit zu ärgern oder über die Hinweise, die er gar nicht gebraucht und trotzdem genommen hat. Keine Zeit, sich selbst dafür zu verfluchen, dass sie ihm auch noch Théos Würfel gegeben hat, obwohl sie das nicht hätte tun müssen; dass sie versucht hat, fair zu spielen, und er ihr dafür nun genüsslich den Mittelfinger ins Gesicht streckt. Der Countdown oben rechts in ihrem Display läuft unerbittlich weiter. Noch 53 Minuten.

»Mach einfach weiter«, knirscht sie zwischen zusammengebissenen Zähnen und sieht Quentin aus dem Augenwinkel grimmig nicken. »Wir finden die Lösung, auch ohne zu betrügen.«

Erneut betastet Clue die Vertiefungen, versucht ein Muster darin zu erkennen. Eine in der Mitte der Fläche. Eine in jeder Ecke. Sie kennt diese Form, das ist doch ...

Da donnert eine schwere Faust von außen gegen die Tür ihres Escape Rooms. Der Gedanke entwischt ihr. »Hey, Clue!«

Zeke.

Ein tiefes Grollen dringt aus Quentins Kehle. »Verpiss dich!«

Ein kaltes Lachen ist die Antwort. »Na, schau einer an! Seid ihr etwa nervös? Angst, GAME OVER zu gehen?«

Clue kneift die Augen zusammen. Nicht hinhören. Sie muss dieses Rätsel lösen. Dieses Muster, was ist es ...?

Eine Fünf! Natürlich! Dies ist ein Würfel, und die Vertiefungen bilden die Fünf! Hastig tasten Clues Finger nun auch die anderen Seiten ab. Kurz darauf hat sie die Vier und die Sechs gefunden. Aber die anderen Seiten sind leer. Ganz glatt bis auf die gezackten Linien. Rasch legt Clue den Würfel beiseite und greift nach dem anderen, dem von Quentin, den mit den geschwungenen Linien. Vielleicht ist er das Gegenstück?

Nein. Dasselbe Muster. Vier, Fünf und Sechs. Was bedeutet das?

»Ich könnte euch ja die Hinweise verraten, die ich bekommen habe«, tönt nun wieder Zekes Stimme durch die Tür. Die Frage ist, was ihr mir im Austausch dafür bieten könnt ... jetzt, da ich diese Runde safe bin.«

»Verpiss dich!« Diesmal stoßen es Clue und Quentin gleichzeitig hervor, und so wütend ist Clue wirklich selten im Leben auf jemanden gewesen. Wie soll sie so denken, wie soll sie irgendwas erreichen, wenn er sie so vollquatscht? Vielleicht ist ja genau das sein Ziel, zutrauen würde sie es ihm. Clue will seine Hinweise jedenfalls nicht. Auf gar keinen Fall wird sie so in seiner Schuld stehen.

Noch 45 Minuten.

»Clue«, zischt Quentin in diesem Moment. »Ignorier das Arschloch, ich glaub, ich hab hier was. Komm rüber!«

Clue zögert nicht eine Sekunde. Quentin steht neben einer Art Heizkessel, an dem er gerade die Luke geöffnet hat. Aber statt einer Öffnung ist dahinter ein quadratisches Feld, das in vier mal vier kleinere Kacheln aufgeteilt ist. Eine fehlt. Und die anderen sehen aus, als könne man sie verschieben. Ein Puzzle!

Clue verengt leicht die Augen. »Ich glaube, es ergibt mehrere Buchstaben. Aber ich erkenne noch keinen Sinn ...«

Es klopft schon wieder von draußen. »Na gut. Wie ihr wollt. Ich habe euch zuerst gefragt, weil du mit dem Würfel so fair warst, Clue. Aber ich seh dich auch gern verlieren, *Successorflittchen*. Geschieht dir recht, dass er jetzt weg ist. Du hattest deine Chance.«

»Antworte ihm nicht«, grollt Quentin, aber Clue sieht, dass er selbst kurz davorsteht, durch die geschlossene Tür zu springen.

Clue presst die Lippen zusammen und nickt. »Ich mach das hier«, sagt sie mit erzwungener Ruhe. »Such du weiter.«

Quentin erwidert ihr Nicken ebenso angespannt, und während er sich erneut auf seinen Streifzug durch den engen Raum macht, beginnt Clue, die quadratischen Plättchen zu verschieben – in der Hoffnung, schnell die Logik dahinter zu verstehen.

Draußen vor der Tür ist es endlich still. Fast schon zu still. »Er ist weg«, sagt Quentin, und in seiner Stimme schwingt Erleichterung mit. »Ich höre seine Schritte. Schätze, er geht rüber zu den anderen.«

Noch 42 Minuten. Clues Hände sind schwitzig, und ihr Herz rast. Es läuft doch gar nicht so schlecht, versucht sie sich selbst zu beruhigen. Sie können das definitiv schaffen.

Als sie endlich glaubt, die Plättchen richtig angeordnet zu haben, sind auf dem Timer noch etwas mehr als 38 Minuten übrig. Und es ergibt immer noch keinen Sinn.

A			T	F
		S	A	
	C		L	
L	E			H
		T		

Dieser Buchstabensalat muss sich zu einem Wort zusammensetzen lassen, das ihnen weiterhilft. Aber was Clues Kopf sonst immer so leichtfällt – Muster und logische Folgen erkennen, Anagramme lösen –, versagt er ihr in diesem Moment. Zu abgelenkt ist sie durch ihr wummerndes Herz, das sie bis unter ihre Schädeldecke spürt, und den Schweiß, der ihre Finger klamm werden lässt. Verzweifelt lässt Clue den Blick durch den Raum schweifen, auf der Suche nach einem Anhaltspunkt, an dem sie ihre Assoziationskette aufhängen kann. Irgendetwas muss es hier geben, bei all diesen nutzlosen Rohren, Leitungen, Knöpfen, Drähten. Oder vielleicht an der …

SCHALTTAFEL.

Das ist es!

»Quentin!« Noch während sie nach ihm ruft, springt Clue zur Schalttafel hinüber. Als Quentin vorhin die Hebel und Knöpfe ausprobiert hat, ist nichts passiert. Rein gar nichts, als wäre das Ding nur tote Dekoration. Und nun weiß Clue auch, warum: Es gibt eine Reihenfolge, die unmöglich zu erraten oder durch Zufall herauszubekommen ist. Erst das gelöste Puzzle zeigt es eindeutig. Die Knöpfe und Hebel auf der Tafel haben exakt die gleiche Anzahl und Anordnung wie die Buchstaben.

Nachdem sie den letzten Hebel umgelegt hat, klickt es in der Schaltkonsole, und Clue spürt, wie sich das Bedienelement lockert, sodass sie es abheben und umdrehen kann. Auf der Rückseite sind drei Symbole aufgemalt.

»Ich will verdammt sein«, murmelt Quentin, der näher getreten ist und ihr über die Schulter sieht. »Die gleichen Linien wie auf dem Würfel.«

Er hat recht. Die gezackten Linien sind eindeutig wiederzuerkennen, obwohl es auf der Tafel viel weniger sind. Von den geschwungenen Linien allerdings ist hier nichts zu sehen.

Noch 29 Minuten.

Quentin knurrt, leise und frustriert. »Na schön, ich schätze, das ist ein Anfang. Aber was bedeuten sie? Und wo sind die drei übrigen? Ich meine, ich vermute mal, dass es für den zweiten Würfel auch welche gibt.«

Clue greift nach dem Würfel mit den gezackten Linien, dreht ihn hin und her, um ihn von allen Seiten betrachten zu können. Ja, da sind die Zeichen tatsächlich. Jedes auf einer anderen Würfelfläche, versteckt zwischen den übrigen Linien. Aber was bedeuten sie? Oder anders gefragt, welche Information könnten sie liefern, um das Rätsel zu lösen?

Da bleibt Clue mit Blick, Gedanken und Fingern an den Schiebereglern hängen. *Oh, natürlich!*

»Zahlen. Wir brauchen auf jeden Fall Zahlen.« Sie beginnt, unruhig im Raum auf und ab zu laufen. Ihr Gehirn scheint besser und schneller zu funktionieren, wenn sie das tut. »Drei Zahlen, drei Symbole. Vielleicht müssen wir die Striche zählen. Oder es hat etwas mit diesen Vertiefungen zu tun …«

Quentin runzelt die Stirn. »Vertiefungen?«

»Hier.« Clue hält ihm den Würfel hin. »Ich habe vier, fünf und sechs gefunden. Die übrigen Zahlen fehlen.«

Quentin nimmt den Würfel in die Hand. »Aber wenn wir diese drei kennen, wissen wir doch auch, wo die übrigen sein müssten. Die Gegenseiten eines Würfels ergeben immer sieben, oder?«

Clue hält inne und schlägt sich die Hand vor die Stirn. »Verdammt, ja! Sind die Zeichen von der Tafel auf den glatten Flächen? Bitte sag mir, dass sie auf den glatten Flächen sind.«

Ohne eine Antwort abzuwarten, nimmt sie Quentin den Würfel wieder weg und tastet selbst danach. *Bingo!* Das muss es sein! Sie sind auf dem richtigen Weg!

»Okay. Also wir haben drei Symbole auf den Würfelseiten eins, zwei und drei – und drei Schieberegler. Das heißt, in den Symbolen müssen die Zahlen versteckt sein, die wir für den ersten, zweiten und dritten Schieberegler brauchen. Siehst du das auch so, Quen?« Auch diesmal rennen ihre Gedanken viel zu schnell, um auf seine Bestätigung zu warten. »Pass auf, um die Zahlen kümmere ich mich. Such du solange nach den Symbolen für den zweiten Würfel, okay? Wir wissen immer noch nicht, in welchem der Schlüssel ist. Aber wir lösen sie einfach *beide!*«

Und das ohne Zekes Hilfe. Der Gedanke hat etwas ungemein Befriedigendes. Und verdammt – trotz des Stresses und allem, was auf dem Spiel steht, fängt dieser Raum allmählich an, ihr Spaß zu machen. Weil sie ihn besiegen werden. Sie sind ganz nah dran.

Noch 23 Minuten.

Angestrengt starrt Clue auf die Symbole. Also, wie können darin Zahlen versteckt sein? Die Striche zu zählen, scheint ihr die naheliegendste Lösung. Dann wären es vier, drei und … wieder vier? Aber als sie die Schieberegler auf diese Zahlen einstellt, passiert nichts. Zu einfach gedacht, vermutlich. *Denk um die Ecke, Clue! Du kannst das!*

Noch 19 Minuten.

»Clue?« Das ist wieder Quentin. Hastig unterbricht Clue ihre Grübelei und dreht sich zu ihm um. »Was gibt's?«

»Schau mal hier.« Quentin steht vor einem Stromkasten nahe dem Eingang. Der dicke Riegel ist verrostet und sieht nicht so aus, als wäre er ohne Weiteres zu öffnen. Aber in der unteren Hälfte des Kastens gibt es ein kleines Fenster, durch das die Sicherungen zu sehen sind. »Denkst du, das könnte es sein?«

Clue geht rasch zu ihm hinüber und wirft einen Blick durch das zerkratzte Glas. Tatsächlich. Drei der Sicherungen sind statt mit Zahlen mit Symbolen beschriftet.

»Und ich habe das hier gefunden. Steckte in der Ritze da.« Quentin tippt auf einen kleinen Spalt am Rand des Kastens und hält Clue ein rechteckiges Plättchen hin. Ein kleiner Spiegel. Und über dem Fenster entdeckt Clue jetzt ein weiteres Symbol, das neben dem gelben Warnschild mit dem Hinweis auf Hochspannung im ersten Moment gar nicht auffällt. Ein stilisiertes Auge, das von schräg oben auf einen geraden Strich schaut.

Ein Spiegel! Die Lösung des Rätsels entfaltet sich so rasant in Clues Kopf, dass sie kaum schnell genug Worte dafür findet. »Quentin! Das ist es!« Sie reißt dem Wolfsmenschen das Plättchen aus der Hand und drückt es mit der Kante gegen das Glas, sodass die spiegelnde Fläche nach oben zeigt. »Da sind unsere Zahlen! Siehst du?«

Quentin äugt über ihre Schulter – auf die Symbole, die sich im Spiegel verdoppeln. »Donnerwetter«, murmelt er. »Du hast recht. Drei, acht und null.«

»Genau!« Hastig springt Clue zurück zu den Würfeln in ihren Docking Stations, greift nach dem mit den winkligen Linien. »Und der hier funktioniert genauso – nur umgekehrt! Die Zahlen sind nicht halbiert, sondern verdoppelt. Nicht horizontal gespiegelt, sondern vertikal!« Mit unwillkürlich zittrigen Fingern tastet sie nach den Vertiefungen, die die Vier, Fünf und Sechs bilden.

Gerade in diesem Moment ertönt erneut der Gong, gefolgt vom Knistern der Lautsprecher.

»Achtung, Contenders: Team GRÜN hat beide Würfel geöffnet und den Escape Room verlassen.«

»Das sind Piri und Nima«, grollt Quentin. »Ganz schön schnell.«

Und tatsächlich zeigt der Countdown in Clues Display, das von den 60 Minuten noch knapp 14 übrig sind.

»Spielt keine Rolle. Beeilen wir uns. Ich suche die Zahlen an diesem Würfel, nimm du den anderen!«

Als Erstes ertastet Clue die Vier. Auf der anderen Seite muss also die Drei sein – und damit auch das Symbol, das ihr die Zahl für den dritten Schieberegler verrät.

Da lässt Quentin neben ihr ein gereiztes Knurren hören. »Es geht nicht.« Frustriert starrt er auf seine gekrümmten Wolfsklauen. »Ich fühle gar nichts.«

Clue wirft einen Blick auf den Timer und atmet bewusst tief durch. Noch 11 Minuten. »Macht nichts. Wir schaffen es auch so.«

Wenn bloß kein weiteres Rätsel mehr dahintersteckt.

Mit fliegenden Fingern stellt sie an ihrem Würfel die Sieben ein, dann die Vier und schließlich die Eins. Nachdem auch der letzte Schieber an seinem Platz ist, löst sich an der Unterseite des Würfels ein dünner Holzstab und springt, wie von einer schwachen Feder geschoben, ein Stück heraus. Als Clue ihn ganz herauszieht, klappen die Seitenwände des Würfels auseinander, und das Innere wird sichtbar.

Und dort liegt sie. Eine Karte, auf der ein Schlüssel zu sehen ist. Im gleichen Moment leuchtet das kleine grüne A am oberen Rand ihres Displays auf, das auf verborgene Augmentationen im Raum hinweist.

Clue stößt einen Jubelschrei aus. Fast gleichzeitig schlägt ihr Quentin mit grober Freude die Pranke auf die Schulter. »Gut gemacht, Clue. Verdammt gut.«

Clue spürt Erleichterung und Triumph wie einen Sturzbach durch sich hindurchrauschen. Sie haben es geschafft! Und es bleiben noch fast 9 Minuten, um den Bonuswürfel zu öffnen. Die letzten drei Symbole ertastet sie geradezu genüsslich, und nur kurz darauf fällt ein Säckchen aus weichem goldgelben Stoff aus dem zweiten Würfel in ihre Hände. Clue lässt es in die Tasche von Quentins Jacke gleiten und grinst den Wolfsmenschen triumphierend an. »Tja – das war's, würde ich sagen.«

»Und ob.« Auch Quentin sieht grimmig zufrieden aus. Er hält ihr die Karte mit dem Schlüsselsymbol hin. »Hier. Mach du das. Hat ja beim letzten Mal auch gut geklappt.«

Clue nickt. Diesmal muss sie nicht überlegen, wie es geht. Im schummrigen Licht des Maschinenraums schillern die Augmentationslinien auf dem Kärtchen dunkelviolett, und kurz hat sie wieder Théos Grinsen vor Augen. *»Erweist du uns die Ehre?«*

Entschlossen tippt Clue auf das *dEEp.touch* auf ihrem Handrücken und dann auf die App mit dem Titel *dEEp.layers*, mit der sich in den Escape Rooms verborgene Augmentationen aktivieren lassen.

Wie schon beim letzten Mal färbt sich die Welt durch ihre *insight* anthrazitgrau. Ein klingelndes Geräusch ertönt im Audio Modul und das Kärtchen leuchtet auf.

PORTAL ENTDECKT. EINTRETEN?

»Ja«, sagt Clue mit fester Stimme. »Lass uns rein.«

Und genau wie im ersten Escape Room beginnt der leuchtende Fleck über den Augmentationslinien, sich zu dehnen und zu einem glühenden Torbogen anzuwachsen. Dahinter erscheint ein Korridor, der zu einer verborgenen Nische in der Wand führt – wo an einem rostigen Nagel ein uralter Schlüssel hängt.

HERZLICHEN GLÜCKWUNSCH, TEAM GELB.
IHR HABT DEN AUSGANG GEFUNDEN.

Im Eingangsbereich des Center-Cube-Areals warten bereits Zeke, Piri und Nima. Als Clue und Quentin, begleitet von dem Gong und der Durchsage der KI, ihren Escape Room verlassen, unterbrechen die drei kurz ihr Gespräch und sehen zu ihnen herüber. Offenbar haben sie gestritten oder tun es noch, denn ihre Mienen wirken angespannt und – zumindest in Nimas Fall – ziemlich wütend.

»Jedenfalls«, erklärt die Geisterseherin bissig. »*Ich* danke dir für deine Hilfe, Zeke. Auch wenn Piri das nicht zu schätzen weiß.«

Piri starrt sie aus sieren großen Augen böse an. »Ich wollte diese Hinweise nicht, Nima! Du hast sie angenommen, ohne mich zu fragen. Dabei waren wir ein Team!«

»Und du hast sie abgelehnt, ohne *mich* zu fragen. Dabei hätten wir diese Rätsel ohne Hilfe niemals lösen können! Wolltest du vielleicht lieber GAME OVER gehen?«

»Und jetzt sind wir ihm was schuldig!«

Zekes kaltes Lachen bringt beide zum Schweigen. »Keine Sorge. Euer Team bezahlt seine Schulden schon bald.«

In diesem Moment ertönt zum vierten Mal der Gong. Die Tür mit dem blauen Rahmen öffnet sich, und Jasper und Onyx stolpern heraus. In der allerletzten Minute.

»Achtung, Contenders: Team BLAU hat den Schlüsselwürfel geöffnet und den Escape Room verlassen. Der Bonuswürfel wurde nicht geöffnet.«

»Uh. Das war knapp«, keucht Jasper, als er und Onyx die Gruppe erreichen.

»Wir haben versucht, den anderen Würfel mitzunehmen.« Auch Onyx sieht ungewohnt gestresst aus. »Für später. Aber sie haben mir einen Elektroschock verpasst.«

»Holz mit Elektroschocks?« Quentin schüttelt den Kopf. »Klingt nicht sehr wahrscheinlich.«

»Aber ich habe ihn gespürt.« Onyx' sonst so ruhige Stimme klingt scharf.

»Vielleicht war es keins«, sagt Clue. »Also, kein Holz.« Sie erinnert sich an die Situation in der Bar, als Team CHALLENGER versucht hat, die Tür einzuschlagen. An Théos Worte: *»Sieht aus wie Stahl, ist aber keiner.«* Und dann an die Betonwand, die in Wahrheit aus Glas war.

Aber sie kommen nicht dazu, das Thema weiterzuverfolgen. Denn in diesem Augenblick ertönt ein weiterer Gong.

»Contenders«, tönt die entspannte Stimme der KI durch die Halle.

»Ihr habt STAGE 02. Phase 02: Cube Hacking erfolgreich abgeschlossen. Das Spiel gewinnt Team ROT. Team ROT: Bestimmt jetzt, wer beim Transit zu Stage 03 GAME OVER gesetzt werden soll. Euer Zeitlimit für die Entscheidung beträgt -60- Sekunden.«

Sofort richten sich alle Blicke auf Zeke. Er allein entscheidet jetzt, wer das Spiel heute noch verlassen muss. Aber er braucht keine 60 Sekunden dafür. Nicht mal drei.

»Ich wähle Théo.«

Clue stockt der Atem.

»Fehler«, ertönt da prompt die Antwort der KI. *»THÉO spielt in Team ROT. Contenders, die Team ROT angehören, sind von dieser Auswahl ausgeschlossen.«*

Langsam lässt Clue den Atem wieder ausströmen.

Zeke grinst nur. »Dachte ich mir. Schade. Aber den Versuch war's wert. Dann wähle ich ...« Seine Augen blitzen hasserfüllt auf. »Piri. Das ist fast genauso gut.«

Es ist geradezu ekelhaft, denkt Clue, und ihr Magen zieht sich zusammen, wie zufrieden er aussieht. Als hätte er die ganze Stage über nur auf diesen Moment gewartet.

»Verstanden, Team ROT. PIRI wurde für die nächste Elimination ausgewählt. Die Elimination Capsules werden jetzt in die Safes der Contender Kompartments transferiert. Damit ist STAGE 02 abgeschlossen. STAGE 03 beginnt -morgen- um -10:00- Uhr. Bis dahin steht euch eure Zeit zur freien Verfügung.

ACHTUNG: Alle Elimination Capsules müssen bis -00:00- Uhr injiziert werden. Contenders, die ihre Kapseln nicht injizieren, werden mit sofortiger Wirkung GAME OVER gesetzt.«

Piri bleibt erstaunlich ruhig, als sier Name fällt. Und natürlich ist die Entscheidung im Grunde nicht überraschend. Seit dem ersten Escape Room schon ist eine feindselige Spannung zwischen siem, Zeke und Sam zu spüren gewesen, selbst als sie noch im gleichen Team waren.

Aber Piri macht nicht nur den Eindruck, als wäre es siem egal, gewählt worden zu sein. Es sieht sogar so aus, als würde sier sich darüber *freuen*.

»Okay«, sagt sier und hebt den Blick zur Decke des Maschinenraums. Wie beiläufig greift sier in die Hosentasche und zieht eine Münze heraus. Eine Münze mit einem Loch in der Mitte, die an einem Lederband baumelt. Und dann erscheint jenes Furcht einflößende Lächeln auf sierem Gesicht, als hätte sier wieder die Stahlstange in der Hand. Oder das Küchenmesser.

»REFEREES«, sagt Piri laut und deutlich. »Ich möchte einen Successor Perk einsetzen. Codewort: YOU GO DOWN WITH ME.«

Asgard International Academy (AIA), Berlin
Wohnkompartments der Studierenden
Kompartment 503

»Ja, verdammt! Ich *wusste* es!«

Arc warf Yez' *dEEp.touch* mit einer Kraft aufs Bett, dass es ein Stück in die Höhe hüpfte und gefährlich nah am Rand der Matratze zu liegen kam. Arc fischte es halb aus der Luft, ehe es endgültig abstürzen konnte, und ließ sich stattdessen selbst aufs Bett fallen, zog die langen Beine im Schneidersitz an und starrte erneut auf das Display. Seine Finger umklammerten den Rahmen so fest, als würde er das *touch* im nächsten Moment einfach in der Mitte durchbrechen.

»Ich wusste, ich kann mich auf dich verlassen! Gutes Spiel, Piri. Gutes Spiel.« Er warf einen Blick hinüber zu Yez, dey ebenfalls auf dem Bett saß, den Rücken gegen die kühle Wand gelehnt. »Sorry. Aber das ist genial.« Ein kurzes Grinsen. »Okay, ich bin genial.«

Yez lächelte matt und winkte ab. Seit einer ganzen Weile beobachtete sey Arc jetzt, wie er in serem Zimmer auf und ab streunte, das *touch* in der Hand, immer hin und her, hin und her, und dabei ununterbrochen vor sich hin murmelte. Die meiste Zeit über wirkte es, als hätte er völlig vergessen, wo er war und dass er nicht allein im Zimmer war – und vor allem, dass er vor einer knappen Stunde erst noch nachdrücklich darauf bestanden hatte, *nicht* Théo zu sein. Das schien aktuell zumindest kein dringliches Problem mehr. Irgendwann im Lauf seiner Wanderung durchs Zimmer hatte er sogar die rote Mütze aus der Tasche gezerrt und aufgesetzt, vermutlich, ohne es überhaupt richtig zu merken.

Und jetzt ... Yez konnte nicht sehen, was da gerade im Spiel passiert war, weil er die ganze Zeit das Display festhielt. Aber die Show konnte eigentlich gar nicht besser sein als die, die sey hier geboten bekam.

Dieser *Typ*. Er war so anders, als sey es sich immer vorgestellt hatte. Und dann wieder ... nicht.

»Bist du sicher, dass du nichts essen willst?«, fragte Yez zum etwa zehnten Mal in der letzten halben Stunde – seit Hathi aus der Küche gerufen hatte, dass die Pilzsuppe fertig war. Natürlich hätte sey Théo – Arc – auch einfach hier im Zimmer lassen und selbst essen gehen können. Aber wer wusste denn, ob er sich dann nicht sofort in ein enttäuschendes Nichts auflösen würde wie ein wilder Sextraum?

»Gleich«, sagte Arc, den Blick schon wieder auf den Bildschirm geheftet. Seine Finger zwirbelten unruhig an einer der dunklen Haarsträhnen, die wirr unter der Mütze hervorquollen. »Nur noch eine Minute, okay?«

Yez seufzte leise und lehnte den Hinterkopf schwer gegen die Wand. »Sicher«, murmelte sey. »Eine Minute.«

Es war ja auch eigentlich egal, dachte sey matt. Tatsächlich hatte sey selbst inzwischen nicht mal mehr Hunger. Sey war einfach bloß noch müde. Also konnte sey Arc vermutlich einfach in Ruhe lassen und kurz die Augen zumachen, bis der SUCCESSION GAME-Livestream für heute vorbei war.

INTERIM: FREE TIME.

1stPersonCam: CLUE
Location: CENTER CUBE

Piri hat kaum ausgesprochen, da ertönt hoch unter der Decke des Maschinenraums das dumpfe Klingeln, das gestern an genau dieser Stelle auch schon Théo geantwortet hat.

»Token erkannt«, verkündet die KI. *»Codewort: YOU GO DOWN WITH ME. Ein Contender wird mit dir gemeinsam GAME OVER gesetzt. Nenne mir jetzt -1- Namen.«*

Piri lacht leise. »Zeke natürlich.«

»Verstanden. ZEKE wird in der Elimination gemeinsam mit PIRI GAME OVER gesetzt.«

Zekes Gesicht ist während der Verkündung steingrau geworden. Vor lauter Entsetzen scheint er sogar seine Wut verloren zu haben. »Wie ...«, fragt er mit rauer Stimme. »Wie kannst du das? Woher hast du den Perk?«

Piri lächelt immer noch. So gelassen. So zufrieden. »Von Théo. Er hat ihn mir gestern Abend geschenkt. Ich glaube, ich habe ihn in seinem Sinne eingesetzt. Na ja. Das war's dann wohl. Ich denke, ich ziehe diese Elimination jetzt gleich durch.« Sier Blick richtet sich auf Clue, und nun wirkt sier Ausdruck doch ein wenig traurig. »Clue ... würdest du mir vielleicht Gesellschaft leisten? Ich möchte dabei nicht gern allein sein.«

»Oh. Klar.« Clue hätte gern etwas Klügeres gesagt. Aber es ist, als hätte Zekes graue Starre sich bis zu ihr hin ausgebreitet. Piri wird weg sein. Clue hätte niemals damit gerechnet, dass ausgerechnet dieses GAME OVER sie so treffen könnte. Dass die Aussicht, sich heute noch von Piri zu verabschieden, ihr Tränen in die Augen treiben würde.

Aber es ist ja nicht nur das. Was Clue vielleicht sogar noch mehr in Schockstarre versetzt, ist die Erkenntnis, dass Théo – und das ganz ohne auch nur anwesend zu sein – den Lauf des Spiels wieder einmal gewendet hat. Wie einen Pfannkuchen, wie er gestern so treffend sagte, sodass plötzlich die fast verkohlte Unterseite zu sehen ist. Und dass sie offenbar nicht die Einzige ist, die ein Abschiedsgeschenk von ihm bekommen hat. Was ist gestern Abend wohl noch zwischen Théo und Piri geschehen? Clue spürt einen kleinen Stich, den sie als Eifersucht erkennt. Obwohl das ja wirklich Unsinn ist.

Stumm sieht sie zu, wie Piri die anderen nacheinander umarmt – Onyx, Jasper und Quentin, sogar Nima, aber Zeke natürlich nicht. Dann kehrt sier zu Clue zurück und zeigt ein Lächeln, das nun wieder völlig unbekümmert scheint.

»Komm«, sagt sier. »Es wird schon nicht so schlimm.«

Und das hofft Clue auch, als sie Piri aus dem Center Cube in Richtung der Kompartments folgt. Das hofft sie wirklich.

Piris Kompartment sieht – wenig überraschend – haargenau so aus wie das von Clue, wie das von Théo und vermutlich auch wie die aller anderen. Dieselbe heruntergekommene braun gemusterte Augment-Tapete mit den Stockflecken. Das schmale Bett. Der rudimentäre Kleiderschrank und der Safe in der Wand, zu dem Piri ohne Umschweife hinübergeht, die Kapseln für die Elimination herausnimmt und sie ins *Eira* einlegt, als wären es bloß ganz normale Endorphine aus dem Med-Automaten an der Straßenecke.

Clue hingegen bleibt mitten im Raum stehen. Es ist ein seltsam beklemmendes Gefühl, dass Piri überhaupt nicht zögert. Ja, dass Clue von der Tatsache, dass sier sich gleich GAME OVER setzen muss, offenbar betroffener ist als Piri selbst. Erst im letzten Moment, ehe sier die Fassung des *Eira* wieder schließt, hält sier noch einmal inne. Sieht lange, lange auf die Kapseln, und nun bemerkt Clue doch ein leichtes Zittern in den kleinen Fingern.

»War das ein Spiel, oder?«, sagt Piri, und sier Lächeln ist jetzt ganz anders als sonst. Zerbrechlicher. Trauriger. »Ich hätte wirklich nicht gedacht, dass ich es so sehr mögen würde. Schade, dass es vorbei ist.« Sier hebt den Blick und sieht Clue fest in die Augen. »Du weißt doch, warum du in Wirklichkeit mitkommen solltest, oder? Ich wollte noch mit dir über Théo reden.«

Clue zuckt ein wenig zusammen. Ihr Mund ist plötzlich trocken.

Nein, das hat sie nicht gewusst. Aber gehofft hat sie es. Und zumindest hat sie geahnt, dass jemand wie Piri eigentlich keine emotionale Unterstützung braucht. Oder doch? *Wissen* kann man natürlich gar nichts in diesem Spiel, in dem niemand sagen kann, wo das wahre Ich aufhört und die Persona beginnt. Oder vielmehr: Niemand außer Théo, wenn es stimmt, was er gestern gesagt hat.

»Ich soll dir etwas ausrichten«, fährt Piri fort. »Und zwar drei Dinge: Erstens: Vergiss nicht, dass Théo schon vier Staffeln gewonnen hat, nicht nur zwei. Zweitens: Denk dran, wenn man Eidechsen fangen will, sollte man sie nicht beim Schwanz anfassen. Und drittens: Seine *Fußspuren* beginnen dort, wo der Schlüssel passt, falls du noch nicht selbst darauf gekommen sein solltest.« Sier seufzt und wirft erneut einen Blick auf das *Eira* mit den Kapseln. »Ach, Clue. Ich wäre so gern mitgekommen. Es wäre so spannend gewesen. Aber ich denke, es in die Länge zu ziehen, ergibt keinen Sinn, also ...«

»Nein«, murmelt Clue und spürt, wie ihr ein wenig die Kehle eng wird. »Vermutlich nicht.«

Verdammt, Théo. Hast du sogar das hier geplant?

Die Schlüsselkarte zur Bar glüht förmlich in ihrer Hosentasche. Clue muss daran denken, wie Théo hinter den Sesseln in der Bar auf dem Boden gelegen und sich geweigert hat zu verraten, wie er es dorthin geschafft hat. Théo, der durch Wände gehen kann. Das hat sie inzwischen mehrmals gesehen. Clues Herz schlägt schneller. Ist er dort noch irgendwo? In den Wänden? In diesen geheimen Gängen und Winkeln, die in dieser Staffel niemand sehen, niemand kennen sollte?

»Clue«, flüstert Piri und reißt ihre Aufmerksamkeit zurück ins Jetzt. »Ich ... hab übrigens nicht gelogen. Ich möchte wirklich nicht allein sein. Bleibst du bei mir, bis es vorbei ist?«

Clue sieht in Piris Augen, die nun, zum ersten Mal seit Beginn des GAMES, unverkennbar Angst zeigen. Angst vor dem, was passieren wird, wenn sier gleich auf diese Knöpfe drückt. Wie es sich anfühlen wird. Ob es wehtut. Und als Clue nickt und Piri sie plötzlich und impulsiv umarmt, spürt sie die schmale Gestalt tief drinnen beben wie ein Blatt, das im Wind zittert.

Clue fühlt sich etwas linkisch, als sie die Arme um Piri legt und sien an sich drückt. Gemeinsam setzen sie sich auf die Kante des schmalen Betts, und Clue hört Piri ein paarmal etwas schwerfällig durchatmen.

»Okay«, sagt sier dann und richtet sich auf. »Ich denke, ich bin bereit für ein bisschen Heroismus! Sag, was hältst du davon, wenn wir ein Zeichen ausmachen, an dem wir uns erkennen können, falls wir uns mal draußen begegnen? Ich meine, kann sein, dass wir uns gar nicht erinnern, aber versuchen kann man es doch mal, oder?«

Clue nickt und lächelt. »Gute Idee. Woran hattest du gedacht?«

Piri grinst. »Ein Tattoo.« Sier deutet auf sieren linken Wangenknochen. »Genau hier. Nicht zu übersehen. Vier Buchstaben. SGWG. Dick unterstrichen.«

Clue mustert Piri zweifelnd. »Tut's vielleicht auch ein Aufnäher auf der Jacke? Und was bedeutet SGWG?«

Piris Grinsen wirkt mit einem Mal seltsam ernst. »**S**UCCESSION **G**AME **W**INNER **G**ANG natürlich. Und ja, natürlich kannst du es dir auch auf die Brust sticken oder eine Armbinde tragen. Aber ich wollte schon immer ein Tattoo im Gesicht.« Sier überlegt kurz und lacht dann. »Théo fand die Idee auch gut.«

Clue seufzt. »Natürlich fand er das.«

Piri kichert. Aber selbst das klingt ungewohnt ernst. »Ich werde nach dir Ausschau halten, ja?«

»Ja, natürlich. Und ich nach dir.«

»Na gut.« Noch einmal atmet Piri tief durch. »Dann mal los. Wie gesagt, wird schon nicht so schlimm, nicht wahr?«

Und ehe Clue noch etwas sagen kann, hat sier schon die zwei Knöpfe am *Eira* gedrückt.

Zuerst passiert nichts.

»Es tut überhaupt nicht weh«, sagt Piri. »Eigentlich merke ich gar nichts. Vielleicht wirkt es erst später.«

Aber schon in diesem Moment sieht Clue siere Lider schwer werden. Wie sie flattern bei dem mühsamen Versuch, sie offen zu halten. »Oh«, murmelt Piri mit träger Zunge, »aber ich bin plötzlich so …«

Sier bringt den Satz nicht zu Ende. Stattdessen sackt sier schwer gegen Clue, als hätte jemand einen Schalter umgelegt und auf einen Schlag alle Spannung aus sieren Gliedern gelassen.

GAME OVER.

Eine Weile noch bleibt Clue so sitzen. Spürt Piris Gewicht und den gleichmäßigen Atem, der siere Brust hebt und senkt. Als würde sier bloß schlafen, und vielleicht ist das ja auch so. Vielleicht ist in den Eraser-Kapseln nichts anderes als ein starkes Schlafmittel, damit man nicht merkt, wie man zurückgebracht wird … ins Leben draußen. Ins Leben davor.

Wo Piri wohl hingeht? Wie sier wohl ist – *draußen*?

Bei dem Gedanken durchzieht Clues Brust ein inzwischen geradezu vertrautes Kribbeln. Diese eindrückliche Ahnung, dass *draußen* in Wahrheit viel mehr bedeutet, als in ein Leben zurückzukehren, an das sie sich für eine Weile nicht erinnern kann. Und vielleicht trifft das umgekehrt auch für *hier drinnen* zu.

Sie muss jetzt gehen, denkt Clue. Sie muss essen und sich ausruhen und Quentin die Jacke zurückgeben. Und sich dann auf den Weg machen, um herauszufinden, was diese Ahnung bedeutet. Was hinter Théos Rätsel steckt. Der Abend ist zu kurz, um auch nur eine Minute davon zu verschwenden.

Aber Piri loszulassen; sien hier zurückzulassen, ohne zu wissen, ob und wann sie einander je wiedersehen, ist gar nicht so leicht.

Schließlich lässt Clue den kleinen Körper behutsam zur Seite rutschen, bis Piris Kopf auf dem Kissen liegt. Jetzt sieht es wirklich so aus, als würde sier schlafen.

»Ich hätte mich gern noch bei dir bedankt«, murmelt Clue, als sie aufsteht und auf die schmale Gestalt hinuntersieht. »Und dich irgendwie besser verstanden. Wahrscheinlich hättest du mir niemals wirklich was getan, oder?«

Sie zieht die Bettdecke über Piri. Wer weiß schon, wie lange sier hier liegen muss, ehe sier abgeholt wird. Bis zur offiziellen Deadline für die Injektion bleiben immerhin noch ein paar Stunden Zeit. Zeit, die auch Clue dringend nutzen muss.

»Ich weiß, es ist schwer, aber versuch, dich zu erinnern.« Das waren

Théos Worte, direkt nachdem er sie geküsst hat. *»Dann wirst du wissen, was zu tun ist.«*

Clue seufzt tonlos und wendet sich ab. Wissen, was zu tun ist. Sich erinnern. Das sagt sich so leicht.

Als sie Piris Kompartment verlässt, zieht sie erneut die Karte zur Bar aus der Tasche. Und Théos Notiz. Seine Spur beginnt genau dort: in der Bar. Und Clue hat jetzt immerhin eine ziemlich genaue Vorstellung davon, wie sie zu verfolgen ist. Sie muss nur versuchen, genau so lange Beine zu haben wie er.

Asgard International Academy (AIA), Berlin
Wohnkompartments der Studierenden
Kompartment 503

»He. Du. Yezmin?«

Beim Klang von Arcs Stimme schreckte Yez auf und unterdrückte gleich darauf einen Schrei, als sey sein Gesicht unerwartet dicht vor sich sah. Offenbar war er aufgestanden und hatte sich über das Bett zu sem gebeugt, um sem mit dem Finger gegen die Schulter zu stupsen.

Ein kleines Grinsen erschien auf seinem Gesicht, als er sich wieder aufrichtete. »Sorry. Du warst eingeschlafen. Aber ich habe jetzt Hunger. Und ich wollte dich fragen, ob du noch mehr Displays oder *insights* oder so hast, die du nicht mehr brauchst. Können ruhig alte sein.«

»Wow, das war creepy.« Yezmin rieb sich fahrig über das Gesicht und rutschte an Arc vorbei vom Bett. Ser Herzschlag beruhigte sich nur langsam wieder. »Warte kurz hier, okay?«

»Klar.« Arc hockte sich zurück aufs Bett. »Wo sollte ich auch hingehen.« Er zuckte die Schultern, und wieder flog ein Grinsen über sein Gesicht, das Yez nicht verstand. Aber sey entschied, sich gerade jetzt keinen Kopf darum zu machen.

Das Licht in der Wohnküche war bereits gelöscht, als sey die Zimmertür einen Spalt breit öffnete und in den Flur schlüpfte. Auch hinter dem Milchglasfenster ganz am Ende des Ganges war es inzwischen nachtdunkel. Doch als hätte Hathi dahinter gestanden und nur darauf gewartet, dass sich draußen etwas regte, öffnete sich auch die Tür zu ihrem Zimmer, kaum dass Yez sere eigene hinter sich geschlossen hatte.

»Hey«, flüsterte Hathi und huschte auf ihren dicken Socken zu Yez herüber. Sie trug jetzt eine Trainingshose und ein weites Shirt; sie hatte sich schon abgeschminkt und geduscht und die feuchten Haare in einem losen Knoten am Hinterkopf zusammengebunden. Insgesamt sah sie genauso erschöpft aus, wie Yez sich fühlte.

»Wie ist die Lage?« Sie hielt Yez einen kleinen Stapel sauber gefalteter Klamotten hin. »Hier. Ich hab ein paar Sachen von Baş aus dem Trockner geschummelt. Falls Arc ... na ja ... seine mal waschen will.«

Yez sah auf das weiche Bündel in seren Händen hinunter und hätte fast gelacht, weil ser Kopf sich so absolut leer dabei anfühlte. Dieser Tag! Er machte sem völlig fertig. »Gute Idee«, sagte sey und öffnete sere Tür noch einmal einen Spalt breit, um die Klamotten auf die Kommode neben dem Eingang zu legen. »Arc? Die sind für dich.«

Aber Arc hatte sich bereits wieder ganz hinten aufs Bett an die Wand gekauert und tippte mit konzentrierter Miene auf dem Display von Yezmins *touch* herum. Er sah nicht mal auf und hob nur kurz einen Daumen in ihre Richtung.

Yez schüttelte den Kopf und machte die Tür wieder zu. Dann nahm sey Hathi, die mit langem Hals an sem vorbeizuspähen versucht hatte, bei der Hand und zog sie mit sich in die Küche. Dort drin, so hoffte sey, würde Arc sie beide zwar vielleicht noch hören, aber zumindest nicht mehr verstehen – *falls* ihn das Gespräch überhaupt interessierte. Erst hinter der geschlossenen Tür erlaubte sey sich einen sehr tiefen Seufzer. »Uff. Also ... der ist schon eine Nummer für sich.«

Hathi musterte sem mit einem mitleidigen Lächeln, das

zum Glück nichts von ›Ich hab's dir ja gesagt!‹ hatte. »Kein so einfacher Gast?«

»Er hat jetzt Hunger.« Fast hätte Yez hilflos gelacht. »Ansonsten ... ist er immer noch mehr im GAME als hier draußen, glaube ich.«

»Hm«, machte Hathi bloß und beobachtete, wie Yez zwei Thermobowls mit Pilzsuppe füllte und sie mit der Brotbox auf dem Küchentablett zu einem Turm aufstapelte.

»Oh, und er hat gefragt, ob wir eine alte *insight* oder ein *touch* oder so für ihn haben. Ich dachte, ich gebe ihm unsere Altgeräte-Kiste für die Wertstoffsammlung, damit er sich was raussuchen kann. Okay?«

»Hm«, machte Hathi wieder. »Ist ja nicht so, als ob wir das Zeug noch benutzen wollten.«

»Okay, gut ...« Yez atmete ein letztes Mal tief durch und legte noch eine Flasche Wasser mit auf das Tablett, obwohl sem persönlich gerade eher nach Schnaps zumute war. »Dann war es das für heute ... glaub ich. Ehrlich gesagt will ich bloß noch schlafen.«

»Geht mir auch so«, murmelte Hathi. »Weißt du, ich ...« Sie brach ab und biss sich auf die Lippe. Das tat sie immer, wenn ihr etwas auf der Seele brannte, von dem sie nicht recht wusste, wie sie es ansprechen sollte. Das Tablett schon in der Hand, blieb Yezmin stehen und wartete.

»Hör mal, Yezzi«, setzte Hathi noch einmal an. »Ich wollte dir was vorschlagen. Eigentlich war es Baş' Idee, also ... Ach, nun schau nicht so, irgendwas musste ich ihm doch erzählen, warum ich ihm heute auf keine einzige Nachricht geantwortet habe. Von dir kennt er das ja, dass du im Lab nicht erreichbar bist, aber von mir? Keine Chance. Also hab ich gesagt, es hätte Probleme mit meiner SUCCESSION GAME Persona gegeben – was ja auch stimmt – und nun hätten wir sie gefixt, aber wir müssten sie für eine Weile genau überwachen, am besten Tag und Nacht. Ich dachte, so schaffe ich uns Raum für alle möglichen Aktionen in den nächsten Tagen, falls noch welche kommen.« Sie verzog ein wenig hilflos das Gesicht. »Baş hat das ganz gut aufgenommen, aber du weißt, wie pragmatisch er ist, also ... Na ja. Er hat vorgeschlagen, ich könnte so lange in die Lab-Kompartments rüberziehen. Du weißt schon, die fürs Schlaflabor oder für Gastforschende – ich hab schon mal dort gewohnt, weißt du noch? Als ich drei Tage lang alle zwei Stunden die NfT ins Testgewebe impfen musste. Und Baş ... würde dann mit mir mitkommen. Damit ich nicht zu einsam bin. Verstehst du?«

»Oh. Wow.« Yez ließ Hathis Worte auf sich wirken. Es überwältigte sem geradezu, wie vernünftig dieser Vorschlag war. Sey war sich nur nicht sicher, ob er sem gefiel.

»Ich will dich nicht damit allein lassen, Yezzi!« Hathi knetete ihre Hände. »Also ... mit Arc und ... allem. Ehrlich nicht. Denk nicht, dass ich weglaufe. Aber vielleicht ist es sinnvoll, verstehst du? Ich meine, so könnte ich wirklich am besten weiter das Programm analysieren und ... also, wenn Dr. Álvarez nicht so schnell eine Bleibe für Arc findet, müsste er ja länger bleiben, und Baş würde ...«

»Ja, macht das«, fiel Yez ihr ins Wort, ehe sey es sich anders überlegen konnte. »Das ist perfekt. Wirklich.« Sey lächelte entschlossen, obwohl sem der Kopf rauschte und sey ahnte, dass die Bedeutung dessen, was sie da gerade planten, sem später noch mit voller Wucht treffen würde.

Sey.

Und Théo.

Hier.

Allein.

Es war ja nicht so, dass sey sich das noch nie vorgestellt hätte. Im Gegenteil. Jedes verdammte Mal, wenn sey die neue oder eine der älteren SUCCESSION GAME-Staffeln mit ihm durchsuchtete, spukte diese Idee in serem Kopf herum. Aber nicht auf *diese* Art. Definitiv nicht. Und was sey sich tatsächlich vorgestellt hatte ... Nun ja. Yez war sich ziemlich sicher, dass *das* nicht passieren würde.

»Meinst du das ehrlich?« Hathis Stimme war jetzt so leise und zugleich so hoffnungsvoll, dass sie fast beschämt wirkte.

»Na, und ob!« Yez lächelte, so lässig sey konnte, während sere Finger sich um das Tablett mit dem Essen für Théo verkrampften. Oder nein, Arc. Er war *Arc* und nicht Théo. Das musste Yez nur klarkriegen, dann würde es bestimmt viel einfacher sein.

Wenn Arc bloß nicht ... auf seine Art ... auch irgendwie hot gewesen wäre.

Verdammt, nein! Völlig ausgeschlossen. Hoffentlich schlief sey wieder ein, ehe sey zu lange darüber nachgrübeln konnte.

»Die Idee ist wirklich gut. Mach dir keine Gedanken.« Sey beugte sich zu Hathi und drückte ihr einen Kuss auf die Wange. »Aber jetzt ab ins Bett, okay? Mit uns beiden. Ich lieb dich, das weißt du. Was auch immer du mir antust.«

Auch Hathi lächelte, obwohl es immer noch schuldbewusst wirkte. »Ich lieb dich auch. Und ich bin bei dir. Jederzeit, mindestens per Call.«

Yez nickte und straffte die Schultern. »Ja, ich weiß. Keine Sorge. Und gerade jetzt ist das perfekt, weil du mir die Türen aufhalten kannst.« Sey grinste entschlossen. »Also dann. Auf in die nächste Stage.«

1stPersonCam: CLUE
Location: GRUNGE BAR

Die Bar ist dunkel. Nur die Notbeleuchtung über der Tür spendet ein wenig Licht, und Clue hat das Display im Handrücken ihres Sensorhandschuhs auf maximale Helligkeit eingestellt. Es reicht gerade so, um wenigstens notdürftig ihre Umgebung zu erkennen.

Seit dem letzten Mal, als sie hier war, scheint sich im Raum nichts verändert zu haben. Unter ihren Füßen knirschen die Scherben, der Teppich ist verklebt vom verschütteten Schnaps, den Quentin doch gar nicht getrunken haben kann.

Quentin. Richtig. Sein Körper ist natürlich nicht mehr da. Clue bleibt stehen. Hier war es. Hier hat sie sich neben ihn gehockt, und dort, ihr gegenüber ... war Théo. Fast exakt an derselben Stelle, an der sie ihn einen Tag früher gefunden haben, nach seiner Flucht vor Team CHALLENGER, die ihn so zerschunden haben, dass er mehr oder weniger auf allen vieren herbeigekrochen sein muss.

Wie ist er an jenem Nachmittag in die Bar gekommen? Nicht durch die Vordertür, dann hätten sie und Quentin ihm begegnen müssen. *Betriebsgeheimnis*, hat Théo gesagt, und Clue weiß ja inzwischen, was das ist. Also gibt es vielleicht auch in diesem Raum eine verborgene Tür?

Clue geht zur Wand hinter den Sesseln, schließt die Augen und beginnt, sie abzutasten. Sie kann sich nicht auf das verlassen, was sie durch ihre *insight* sieht, so viel ist klar. Wobei das ja eigentlich genauso für ihre Hände gelten sollte. Die Sensorhandschuhe lassen sie nur fühlen, was sie fühlen soll, theoretisch zumindest. Doch seit sie sich hier in der Bar mit Théo und Quentin so sehr betrunken hat, gab es immer wieder diese Momente, in denen sie Gedanken gedacht hat, die die Persona CLUE|PRIVATDETEKTIVIN nicht hätte denken sollen. Oder Strukturen ertastet hat, die nicht zum Spiel gehören. Vielleicht ...

Da. Da ist etwas.

Clue spürt es ganz deutlich. Eine kleine Erhebung unter ihrer Hand. Und als sie zudrückt, ertönt ein leises Zischen. Wie ein Slider, der zur Seite gleitet. Clue reißt die Augen auf. Vor sich sieht sie immer noch nichts anderes als die schmutzige Wand der Bar im matten Licht des *dEEp.touch*. Aber als Clue den Arm ausstreckt, gleitet er in die Wand hinein und durch sie hindurch.

Sie hat Théos Tür gefunden.

»Folge meinen Spuren, sie werden dich schon irgendwo hinführen ...«

Clue hält den Atem an, als sie einen entschlossenen Schritt auf die Wand zumacht. Die augmentierte Tapete rauscht und flimmert auf ihrem Display – sie steht jetzt mitten darin. Noch ein Schritt, und sie ist auf der anderen Seite. In einem dunklen, nur matt von der

Notbeleuchtung erhellten Gang. Hinter ihr schließt sich mit einem weiteren leisen Zischen die Tür.

Clue atmet tief durch und zieht den Zettel mit Théos Notiz aus der Tasche. Die erste Zahl in der Reihe ist 42. 42 Schritte. Théo-Schritte.

»Na schön«, murmelt Clue und hockt sich hin, um ihre Schuhe auszuziehen. Besser, sie markiert ihren Startpunkt, falls sie die Schrittlänge nicht trifft und noch mal neu zählen muss. Aber dass dies die richtige Methode ist, dessen ist sie sich jetzt ganz sicher. Es kann nur so sein. »Dann zeig mir mal den Weg.«

Tatsächlich ist es ein ziemlich langer Weg, den Théo für Clue aufgeschrieben hat und der sie durch düstere Gänge, leere Räume und irgendwann sogar eine Treppe hinaufführt. Manchmal sind die Türen und Abzweigungen hinter augmentierten Wänden verborgen, oft genug auch nicht, manchmal führen die Schrittzahlen nur zu einem Knick im Gang. Clue vermutet, dass Théo damit versucht, ihr ein besseres Gefühl für seine Schrittlänge zu geben. Oder es einfach der Vollständigkeit halber aufgeschrieben hat.

Aber Clue hat keine Zeit, das System bis ins letzte Detail durchschauen zu wollen. Bei den ersten Etappen muss sie oft zurücklaufen und ihre Schrittlänge variieren, bis sie die richtige Stelle in Théos Plan gefunden hat. Drei-, fünf-, zehnmal, manchmal sogar öfter. Erst bei der siebten oder achten Zahl hat Clue es endlich halbwegs im Gefühl. Trotzdem bleibt es anstrengend. Denn Théos Beine, das weiß sie jetzt sicher, unterscheiden sich in ihrer Länge noch deutlich mehr von ihren, als sie zuerst geschätzt hat. Das Zeitgefühl kommt ihr völlig abhanden, während sie die Gänge hinauf- und wieder hinunterläuft, Schuhe einsammelt und wieder neu auslegt. Ohne die Uhr im Display ihrer *insight* hätte sie vermutet, dass es schon bald auf Mitternacht zugehen muss und sie sich besser allmählich auf den Rückweg machen sollte, um nicht versehentlich GAME OVER gesetzt zu werden. So aber weiß sie, dass sie in Wahrheit erst seit einer guten Stunde in den verlassenen Gängen abseits der offiziellen Spielareale dieser Staffel unterwegs ist.

Genau gesagt ist es 20:29:17 Uhr, als Clue erneut durch eine in der Wand verborgene Tür tritt und zum ersten Mal seit Langem wieder einen der heruntergekommenen Stahlbetongänge des *Underground Bunker* Settings vor sich sieht. Auch hier ist es inzwischen dunkel. Nur die Notbeleuchtung schimmert dumpf.

Clue bleibt stehen und ruft sich den Weg bis hierher noch einmal ins Gedächtnis. Sie ist nur eine Treppe nach oben gestiegen, also muss sie im Bereich von Stage 02 sein. Irgendwo außerhalb des Center Cube. Nur zwei Zahlen sind in der Reihe noch übrig. Und nun beginnt Clue endlich zu ahnen, wohin Théos Spur sie führt: Zu einem Ort, den sie gestern erst zum ersten Mal gesehen hat. Ein Ort, der sich nur einmal am Tag für zwei winzige Sekunden lang öffnet.

Clue schließt die Hand fest um Théos Zettel. Das Papier knistert zwischen ihren Fingern. 34 Schritte hat die nächste Etappe. Dann noch einmal 51. Bis 20 Uhr 37 und 13 Sekunden bleibt nicht viel Zeit, aber es ist zu schaffen. Sie muss die richtige Stelle finden. Sie muss einfach.

Die Uhr in Clues Display zeigt 20:35:07 Uhr, als sie schließlich an der Stelle stehenbleibt, die sie für die richtige hält. Ja, sie ist sich sogar ziemlich sicher. Hier hat sie gestern auch gestanden, genau zwischen zwei der Notlampen, die in regelmäßigen Abständen in die Fußleisten eingelassen sind. Eine Lampe ein Stück weiter vorn ist kaputt und lässt so einen ungewöhnlich weiten Abstand zwischen zwei Lichtern entstehen. Clue weiß noch, dass es ihr gestern schon aufgefallen ist. Aber erst jetzt kommt ihr der Gedanke, dass diese Lampe vielleicht gar nicht zufällig defekt ist.

Mit fliegenden Fingern tastet sie die Wand ab. Irgendwo hier hat auch Théo seine Hand an den Beton gelegt. Inzwischen hat Clue immerhin ein wenig Übung darin, die flachen Erhebungen zu finden, die sich unter den Augmentationen verbergen. Und tatsächlich: Da ist der Knopf.

»Du musst jetzt kurz leise sein, okay?«

Clue schließt die Augen und lauscht angestrengt. Wartet. Wartet. Wartet. Eine gefühlte Ewigkeit lang.

Klick.

Clue schlägt so heftig und hastig auf den Knopf, als wolle sie ihn in die Wand hineinhämmern. Und im nächsten Moment steht sie wieder mitten in diesem grellweißen Neonlicht, das die Räume der Successor's Quarters flutet. Gerade rechtzeitig denkt Clue noch daran, einen ihrer Schuhe auf die Schwelle zu werfen, ehe die Tür sich hinter ihr wieder schließen kann. Dann tritt sie auf Strümpfen vorsichtig weiter in Théos Zimmer hinein.

»Théo?«, flüstert sie.

Etwas raschelt, ein dumpfer Laut erklingt. Clues Herz macht einen Satz, und für einen Moment überfällt sie die wilde Hoffnung, er könnte tatsächlich hier sein. Aber stattdessen lugt ein kleines weißpelziges Köpfchen mit einer roten Nase, einem schwarzen Ohr und großen, bernsteinfarbenen Augen um die Ecke.

Eine Glückskatze. Oui heißt sie – die schüchterne Schwester des schwarzen Katers Non. Théos Katze. Aber er selbst ist nicht hier. Wie sollte er auch? Die Tür hat sich seit gestern ja gerade zum ersten Mal wieder geöffnet.

Clue lässt langsam den Atem ausströmen und mit ihm die Enttäuschung. »Hallo«, sagt sie leise zu der Katze. Aber Oui huscht nur quer durch den Raum davon wie ein kleiner dreifarbiger Blitz und verschwindet durch die nächste Tür.

Clue seufzt. Sie sollte besser nicht zu lange bleiben. Sie ist sowieso schon viel zu lange verschwunden. Ob die Referees inzwischen nach ihr suchen?

Auf den ersten Blick scheint in den Successor's Quarters alles genau so wie am Vorabend. Da ist der Tisch mit den zwei Hockern unter dem Fenster, durch das der düstere Stahlwald des Center-Cube-Areals zu sehen ist. Wo sie auch Théo zum letzten Mal gesehen hat. Wo ...

Clue unterbricht ihre Gedanken, die Bilder und Gefühle, die sie in ihren Kopf rufen wollen. Dafür ist sie nicht hier. Sie ist hier, weil sie etwas finden soll, von dem sie nicht weiß, was es ist. Also setzt sie sich auf die Tischkante, genauso wie Théo dort gestern gesessen hat. Baumelt mit den Beinen wie er. Legt die Finger um die Kante der Tischplatte wie er, tastet ein wenig hierhin und dorthin, während sie den Blick aufmerksam durch den Raum schweifen lässt.

Und da spürt sie etwas. Einen kleinen Haken aus Metall.

Clue rutscht vom Tisch und geht in die Hocke, um unter die Platte zu spähen. Der Haken ist der Griff einer kleinen Schublade, deren Front kaum höher ist als Clues Handkante. Sie liegt so gut versteckt unter der Tischplatte, dass sie glatt als Geheimfach durchgehen könnte. Tatsächlich sieht es so aus, als wäre sie nachträglich darunter geschraubt worden. Trotzdem gleitet sie leicht und völlig geräuschlos nach vorn, als Clue am Griff zieht.

Verwirrt runzelt sie die Stirn, als der Inhalt mit leisem Kullern durch die Lade rollt. Das Geheimfach, wenn es tatsächlich eines ist, ist voller Kapseln. Medizinische Kapseln, wie man sie für Injektionen über das *Eira* verwendet. Bernsteinfarben getönt. Aber was ist drin? Sie sind nicht beschriftet.

Moment mal. Da ist noch was.

Clue zieht die Schublade weiter heraus bis zum Anschlag. Ganz an den hinteren Rand gedrückt klemmt ein kleiner Beutel aus hellem Stoff.

Neugierig zieht sie das Bändchen auf. Noch mehr *Eira*-Kapseln? Das hier sind allerdings andere – und diese blaue Tönung erkennt Clue. Sie hat sie hier im Spiel schon oft genug gesehen: Elimination Capsules. Jene Kapseln, die entweder Personality Former oder Eraser enthalten. Aber was machen sie hier? Wo hat Théo sie her, und warum hat er sie hier versteckt? Einen Moment lang sieht Clue ratlos auf das Säckchen in ihrer Hand. Dann steckt sie ein paar der bernsteinfarbenen Kapseln mit hinein und lässt es in der Bauchtasche ihres Hoodies verschwinden. Ob es das ist, was sie hier hat entdecken sollen? Spannend ist es in jedem Fall. Aber wie passt es mit den Hinweisen zusammen, die Piri ihr übermittelt hat?

Mit einem tiefen Atemzug schließt Clue die Schublade wieder und ruft sich Piris Worte noch einmal ins Gedächtnis: »*Erstens: Vergiss nicht, dass Théo schon vier Staffeln gewonnen hat, nicht nur zwei. Zweitens: Denk dran, wenn man Eidechsen fangen will, sollte man sie nicht beim Schwanz anfassen. Und drittens: Seine Fußspuren begin-*

nen dort, wo der Schlüssel passt, falls du noch nicht selbst darauf gekommen sein solltest.«

Nein, sie sieht einfach keine Verbindung zu den Kapseln, in keinem dieser Rätsel. Aber es kann auch nicht schaden, sie mitzunehmen. Und was den Rest betrifft ... es gibt ja noch zwei weitere Räume.

Entschlossen tritt Clue zur ersten Tür, um sie zu öffnen. Dahinter verbirgt sich ein winziges Badezimmer, das schnell durchsucht ist. Eine Dusche, eine Toilette und ein kleines Regal voller Handtücher. Clue öffnet den Spiegelschrank und den Waschbeckenunterschrank, aber auch dort findet sie nur Putzmittel und die üblichen Toilettenartikel. Clue beschließt also, keine weitere Zeit zu verschwenden und sich stattdessen dem dritten Zimmer zu widmen, das dem Bad direkt gegenüberliegt. Sie tritt durch den schmalen Flur, schiebt die Tür auf – und bleibt verblüfft auf der Schwelle stehen.

Der Raum ist groß, deutlich größer als das zentrale Zimmer. Aber während das bis auf den Tisch mit den zwei Hockern komplett leer ist, wirkt dieser Raum heillos vollgestopft. Fast als hätte Théo einfach alle Möbel in dieses Zimmer verschoben, auch die, die eigentlich gar nicht hierhergehören. Nun drängen sich hier drin eine Küchenzeile, ein Bett, ein Wandschrank, ein Laufband und andere Fitnessgeräte und ein Schreibtisch, der geradezu überquillt von Platinen, Displays, externen Eingabegeräten, Kabeln, Werkzeug und Lötkolben, Steckern und Schrauben.

Clue hat mit vielem gerechnet, aber nicht mit dieser plötzlichen Lebendigkeit. Der Raum drüben und auch das Bad sind so unpersönlich. Regelrecht steril. Aber dieses Zimmer atmet. Hier lebt jemand, und das seit Jahren.

Théo.

In diesem Zimmer zu stehen, denkt Clue unwillkürlich, ist beinahe, wie in seinen Kopf zu schauen. In seine Seele, wenn es so was gibt. In das, was den echten Théo ausmacht. Mit einem Mal ist sie seltsam beklommen. Es fühlt sich so ... privat an, hier zu sein. Als würde sie das Tagebuch eines Fremden lesen.

Aber Théo hat gewollt, dass sie herkommt! Er wollte, dass sie hier etwas findet. Langsam tritt sie an den Schreibtisch heran. Der Stuhl, der davor steht, bewegt sich plötzlich, als die Katze von vorhin herunterspringt und erneut davonhuscht. Im gleichen Moment leuchten die Displays all der Geräte auf dem Tisch auf. Aber bis auf eine Fläche verschwommener Farbkleckse ist nichts zu sehen. Auf keinem davon. Nur ein Eingabefeld.

L'ArcEnCiel steht darüber. Und klein darunter: *Enter Keycode.*

Langsam lässt Clue sich auf den Stuhl vor dem Tisch sinken. ArcEnCiel. Immer wieder dieser Name. Und jedes Mal hat Clue das unbestimmte Gefühl, er müsse ihr etwas sagen, eine besondere Bedeutung für sie haben. Und nicht nur das: Sie hat außerdem den sehr bestimmten Eindruck, auch Théo hat das so gesehen. Und ArcEnCiel ist Théos Spieler.

»Versuch, dich zu erinnern! Dann wirst du wissen, was zu tun ist.«

Clue stöhnt und lässt sich schwer gegen die Rückenlehne des Stuhls fallen. »Geht's vielleicht auch ein bisschen konkreter?!«

In diesem Moment fällt ihr Blick auf eine abgegriffene rote Kladde, die neben dem Mousepad liegt, halb vergraben unter einem wilden Haufen aus Platinen und Kabeln. *Lab Journal* steht auf das Etikett gedruckt, aber das ist es nicht, was Clues Blick auf sich zieht. Es sind die handschriftlichen Buchstaben darunter. Eine etwas ungelenke, kantige Druckschrift in harten Strichen.

Je suis Théo.

Clue richtet sich auf und zieht die Kladde aus ihrem Nest hervor. Echtes Papier. Nicht passwortgeschützt. Clues Mund wird ein wenig trocken, als sie das schmale Buch aufschlägt und mit dem Daumen durch die Seiten blättert. Es ist beinahe bis zur letzten Seite vollgeschrieben, dicht an dicht. Alles auf Französisch. Und wie schon bei Théos Zettel macht Clue die seltsame Erfahrung, dass sie tatsächlich verstehen kann, was dort steht, solange sie sich nicht auf die einzelnen Wörter konzentriert. Als würde ein unterbewusster Teil von ihr decodieren, was ihr Verstand nicht kann.

Aber noch etwas ist auffällig an den Notizen: Sie sind in zwei verschiedenen Handschriften geschrieben.

Clue blättert zurück zur allerersten Seite. Dorthin, wo die Notizen beginnen.

Wer bist du?
Ich bin Théo.
Ich bin Théo.
Ich bin Théo.
ICH BIN THÉO.
Aber ich bin Théo!!
Schön. Okay. Ich bin NICHT Théo.
Wer bist du denn dann?
Ich bin Arc.
~~Hm. Ich bin Théo.~~
Oy. Lass das!
Nein.

Clue lässt die Kladde sinken. Wie von selbst findet ihre Hand den Weg in ihre Bauchtasche und tastet nach dem Beutel, den sie in der Schublade nebenan gefunden hat. Die blauen Kapseln mit den Personality Formern. Hat dieser Spieler namens Arc etwa auch zwischen den Staffeln Personality Former benutzt, während er hier drinsaß? Und dann mithilfe dieses Buchs mit seiner Persona … *gesprochen*?

Er hat. Kein Zweifel. Und nicht nur das. Als Clue hastig weiterblättert, Seite um Seite um Seite überfliegt, begreift sie, dass dieser Arc mit seiner Persona *Théo* nicht nur gesprochen, gestritten und sich wirklich, *wirklich* schlechte Witze erzählt hat. Sie haben auch Spiele gegeneinander gespielt, wie Blindschach und Hangman, und allen voran immer wieder eines, das offenbar »Guess What I've Done While U Were Gone« heißt.

Sie haben trainiert. Trainiert, sich zu erinnern, was der jeweils andere weiß und erfährt. Dafür haben sie Trigger benutzt wie die rote Mütze. Bestimmte Symbole und Keywords.

Und Alkohol. Denn eines der Labore im Erdgeschoss hat offenbar eine geheime Minibar, wie eines der Gespräche zwischen Arc und Théo verrät. Arc hat sie bei einem seiner nächtlichen Streifzüge durchs SHIP entdeckt. Voll mit irischem Single-Malt-Whiskey, der – so vermutet er – einer Person namens Lynn gehört.

Nach und nach fallen so viele Puzzlestücke in Clues Kopf an ihren

Platz, dass ihr ganz schwindelig wird. Die Dinge, die Théo manchmal gesagt hat. Warum er das Gebäude so unfassbar gut kennt.

Clic-Clac.

Nachdem Arc erst einen Weg aus diesen Räumen gefunden hat, hat er sich äußerst gewissenhaft darangemacht, das GAME SHIP zu erkunden und per Schrittlänge zu kartografieren. Und irgendwann, irgendwo hat er auf diese Weise die Labore erreicht. Und die IT-Räume. So konnte er Personality Former stehlen. Das Spiel hacken, in winzigen Schritten. Und wer weiß, was sonst noch alles.

»Ich weiß, es ist schwer. Aber versuch, dich zu erinnern.« Das hat Théo gesagt, und dieses Buch ist der Schlüssel, um zu verstehen, wie. *»Du bist immer noch du, die denkt, dass sie gerade nicht sie selbst ist.«*

Er hatte recht. Die ganze Zeit. Clue weiß es jetzt wieder. Als sie ihre Persona erstellt hat, hat sie sich eine andere Geschichte gegeben. Eine andere Vergangenheit. Aber an sich selbst wirklich verändert hat sie ... nichts.

Die Erinnerung ist ganz nah. Sie kann sie fast greifen, sie muss nur ...

Ein metallisches Klappern reißt sie zurück in die Gegenwart. Clue fährt heftig zusammen und springt vom Schreibtischstuhl auf.

»Théo?«

Keine Antwort. Kein weiterer Laut.

Dann öffnet sich die Tür ein Stück weiter, und ein schwarzes Köpfchen schiebt sich herein. Auf lautlosen Pfoten huscht der Kater Non ins Zimmer, dicht gefolgt von seiner Schwester Oui. Zielstrebig und ohne Clue auch nur die geringste Beachtung zu schenken, steuern sie eine Ecke in der Küche an. Als Clue ein wenig den Hals reckt, erkennt sie, dass der automatische Feeder Trockenfutter in die beiden Katzennäpfe hat fallen lassen. Das muss das Geräusch gewesen sein.

Aber wie spät ist es denn? Wie lange ist sie schon hier? Für einen Moment überfällt Clue die Panik, dass bald schon Mitternacht sein könnte und sie das Limit für die Elimination verpasst. Aber nein. 21:30:46 zeigt die Uhr in ihrem Display. Trotzdem. Langsam sollte sie sich wirklich auf den Rückweg machen.

Hastig schiebt sie Théos Kladde unter ihrem Pullover in den Hosenbund und wirft einen letzten Blick auf den vollgestopften Schreibtisch und durch das nicht weniger vollgestopfte Zimmer. Sie hat das Gefühl, höchstens die Hälfte der Rätsel gelöst zu haben, die es hier gibt. Ganz sicher jedenfalls nicht alle, da noch immer keine Eidechse in all dem aufgetaucht ist.

Aber darum wird sie sich nicht mehr heute kümmern. Bis morgen wird sie es vielleicht schaffen, ein paar Erinnerungen wiederzufinden.

Und dann wissen, was zu tun ist.

CUT SCENE.

Zentraleuropäische Union (ZEU)
Zentralballungsraum Berlin
Neu-Charlottenburg

Als Eduard an diesem Abend nach Hause kam, spürte Lynn seine Anspannung wie eine Welle durch das Kompartment rollen, kaum dass er die Wohnungstür geöffnet hatte. Vielleicht empfand sie das aber auch nur so, weil sie selbst bereits den ganzen Tag höchst nervös verfolgte, was im GAME SHIP geschah. Oder besser: Nicht geschah, denn noch nie hatte sie über das Monitoring-System so viele leere Räume gesehen wie heute.

Théo war weg. Das war ohne Zweifel eine Katastrophe. Eine so große Katastrophe, dass Lynn nicht einmal das Bedürfnis verspürte, Eduard ein *»Ich hab es dir ja immer gesagt!«* oder Ähnliches an den Kopf zu werfen. Obwohl es stimmte. Sie hatte es ihm gesagt. Sehr oft. Théo – ArcEnCiel – würde irgendwann außer Kontrolle geraten. Jetzt war es also so weit.

Lynn hörte die Wut in Eduards Schritten, als er durch den Flur ins Bad marschierte. Selbst das Prasseln des Duschwassers klang heute wütend. Als versuchte Eduard sich nicht nur den Tabakrauch, sondern auch den Zorn von der Haut zu waschen. Eduard hasste es, zu verlieren. Und Théos jüngster Zug musste sich furchtbar nach Niederlage anfühlen.

Sie hatten alles abgesucht. Jeden Raum des Spielareals und auch die nackten Gänge und ungenutzten Räume. Hatten die Lichter angeschaltet und auch den letzten Winkel ausgeleuchtet. Er war nicht mehr da. Und das bedeutete, Lynn würde heute auch die Nacht über allein sein. Denn Eduard würde nicht hierbleiben und es auf sich beruhen lassen.

Sie stand auf, ging zur Hausbar neben dem großen Wanddisplay hinüber und schenkte drei Finger breit irischen Whiskey in ein Glas. Eduard mochte einen guten Schluck, wenn ihm die Gedanken davonrannten. Das scharfe Aroma, das Lynn selbst immer so geliebt hatte, drehte ihr den Magen um, aber es gelang ihr, die Augen zuzukneifen und es wegzuatmen.

Auf dem Weg ins Schlafzimmer streifte sie mit der freien Hand wie beiläufig den Türöffner der Wohnungstür. Verschlossen. Sie tat das inzwischen jedes Mal, wenn sie hier vorbeikam. Und jedes Mal wurde ihre Brust ein bisschen enger.

Noch 254 Tage bis zum Entbindungstermin, kleine Alastríona. Sie legte die Hand auf ihren Bauch. *Dann sind wir wieder frei.*

Lynn wusste nicht, warum sie sich so sicher war, dass das Kind in ihrem Bauch ein Mädchen sein würde. Die Gewissheit war einfach da gewesen, seit sie zum ersten Mal schwindelig vor Übelkeit über der Toilettenschüssel gehangen und verzweifelt versucht hatte, sich die roten Locken aus dem Gesicht zu halten. Es war ein Mädchen, und sie würde viel stärker sein als Lynn selbst. So stark, wie man es sein musste in dieser kaputten Welt. Deshalb auch der Name: Alastríona. Die Beschützerin.

Als Lynn die Schlafzimmertür öffnete, war das Prasseln der Dusche bereits verstummt. Kurz darauf betrat Eduard den Raum, nackt bis auf ein Handtuch, das er sich um die Hüfte geschlungen hatte. Er schien nicht überrascht, sie zu sehen. Er bemühte sich sogar um ein Lächeln. Lynn konnte ihm nicht verübeln, dass er scheiterte. Dieser Tag war weit entfernt von jedem Lächeln.

»Willkommen daheim«, sagte sie leise und hob leicht das Glas in seine Richtung.

Da kam Eduard ohne weitere Umschweife zu ihr hinüber, presste sie an sich und küsste sie mit fast schon verzweifelter Härte, ehe er den Kopf an ihrer Schulter barg, wo er tief und rau ein- und ausatmete.

Der Whiskey war aus dem Glas geschwappt, als Lynn die Umarmung erwiderte. Er rann in bernsteinfarbenen Tropfen über Eduards nackten Arm und tränkte ihren Pullover. Die beißende Schärfe breitete sich im Raum aus wie würziger Rauch, mischte sich mit dem Wasserdampf, der aus dem Badezimmer drang.

Weiteratmen. Weiteratmen.

Endlich ließen sie einander los.

»Entschuldige«, murmelte Eduard und strich ihr flüchtig über die Wange, ehe er sich abwandte, um zum Kleiderschrank zu gehen. Lynn beobachtete seinen hageren Rücken, die scharf hervortretenden Schulterblätter und verhärteten Muskelstränge, die sich unter der Haut bewegten, als er in seine Unterhose stieg und ein frisches Shirt über den Kopf streifte.

»Du musst gleich wieder gehen.« Mit leicht bebenden Fingern drehte Lynn das Glas in ihrer Hand. Sie wollte ihm nicht zeigen, wie sehr der Gedanke an weitere Stunden der Einsamkeit ihr zusetzte. Aber ganz verhindern konnte sie es nicht.

Eduard hielt kurz inne, ehe er eine Jeans aus dem Schrank zog und sich wieder zu ihr umwandte. »Ja. Aber ich wollte vorher kurz nach dir sehen.« Seine Stimme klang jetzt sanft. Sein Blick aber war schon wieder weit fort, einem anderen Gedanken gefolgt. Lynn wusste, welchem.

»Du könntest ihn auch einfach gehen lassen«, sagte sie behutsam. »Wir haben doch, was wir von ihm wollten. War es nicht sowieso der Plan, ihn in dieser Staffel loszuwerden?«

Endlich *loszuwerden, wie du es schon viel früher hättest tun sollen?*

Eduard schloss mit einem Seufzer den Knopf seiner Hose. »Ja, aber nicht ohne eine dreifache Dosis Eraser zum Abschied. Wir reden hier immer noch von ArcEnCiel, Lynn. Er hätte SUCCESSION GAME fast von innen heraus zerstört, und er hört von draußen sicher nicht damit auf.« Er nahm ihr das Glas aus der Hand. »Dieser Junge ist noch längst nicht kaputt genug, um harmlos zu sein. Wie auch immer er das über all die Jahre gemacht hat.«

Lynn biss sich auf die Unterlippe. Für einen Moment stand ihr Théos Bild vor Augen. Ganz allein in seinen Räumen unten im SHIP, gefangen und isoliert, mit Ausnahme ihrer monatlichen Kontrolluntersuchungen und dieser einzigen Woche des Spiels in jedem Jahr. Ja, wie? Wie hatte er es geschafft, daran nicht zu zerbrechen?

Ein kleiner Teil von Lynn gönnte ihm insgeheim die Freiheit. Sie verstand sogar seinen Hass auf das Spiel in gewisser Weise. Aber Eduard hatte recht. Er war immer noch gefährlich, und SUCCESSION GAME musste vor ihm geschützt werden. Für sie, für Eduard, für ihr Kind – und irgendwann vielleicht für alle Menschen auf der Welt.

»Aber haben wir denn nicht auch so genug gegen ihn in der Hand, um ihn ruhig zu halten?« Sie trat einen Schritt auf Eduard zu, strich ihm durch das nasse Haar und legte ihre Hand an seine Wange, bis sein unsteter Blick endlich ganz bei ihr war. »Die unabhängige Persona funktioniert. Wir haben es heute bei dem Wolfsmenschen gesehen. Es gab kaum Verluste in der Abrufbarkeit von Erinnerungen von Host zu Host. Verstehst du, was das bedeutet?« Sie sah ihm fest in die Augen. »ArcEnCiel ist vielleicht nicht mehr da. Aber Théo ist es noch, wenn du das willst.«

Lange Zeit war Eduard still. Er sah Lynn nur an, sein Blick geradezu erstaunt, als das Begreifen und die Möglichkeiten, die in ihren Worten lagen, langsam zu ihm durchdrangen.

»Du hast recht. Er würde das Spiel vermutlich nicht zerstören, solange Théo dort drin ist«, murmelte er und trank einen tiefen Schluck aus seinem Whiskeyglas. »Lynn, meine Liebste. Du bist ein echtes Wunder.«

Als er sie diesmal küsste, war die Härte aus seiner Berührung verschwunden. Stattdessen spürte Lynn ehrliche Bewunderung – und eine Dankbarkeit, die sie von innen wärmte.

»Ich werde trotzdem noch einmal gehen«, sagte Eduard, als er sich schließlich von ihr löste. »Ich will so schnell wie möglich mit dem medizinischen Team sprechen.«

Lynn nickte. »Ja, tu das. Es wird das Beste sein.«

Und das glaubte sie wirklich. Trotzdem konnte sie sich eines seltsam klammen Gefühls in der Brust nicht erwehren, während sie beobachtete, wie Eduard das Glas auf dem Nachttisch abstellte und sich einen Pullover überstreifte. Für einen Moment war es plötzlich fast unmöglich zu verdrängen, dass sie Théo – und Arc – damit vermutlich etwas wirklich Schlimmes antat.

Aber das Spiel muss beschützt werden. Um jeden Preis.

»Warte nicht auf mich«, sagte Eduard und gab ihr einen letzten Kuss. »Es wird sicher spät.«

Schon war er aus dem Raum. Sekunden später hörte Lynn, wie die Wohnungstür sich öffnete und wieder schloss. Und das feine Piepen, mit dem die Leuchtdiode über dem Türöffner ihre Farbe auf Rot wechselte. Lynn schluckte die Tränen hinunter, die in ihr aufsteigen wollten, und legte schützend die Hand über ihren Bauch.

Es ist das Beste so.

Für uns alle.

– STAGE 03 –

RENDERING: FLASHBACK.

05/12/2053

snake_deep_under: Willst du SUCCESSION GAME gewinnen? Lass uns reden. (22:51)

Zentraleuropäische Union (ZEU)
Zentralballungsraum Berlin
GAME SHIP (Location: Top Secret)

Noch bevor sie die Augen öffnete, wusste Lucille, dass sie sich an keinem Ort befand, den sie kannte.

Zögernd trieben vage Erinnerungen an die Oberfläche ihres Bewusstseins. Erinnerungen daran, wie sie hierhergekommen war. Flackernde bunte Lichter, lebhafte Menschenmengen, eine fremde Stadt hinter den getönten Scheiben eines H^{+}-Mobils. Lautlos rollten sie durch die grelle Nacht.

Berlin ...? Wieso bin ich so sicher, dass das Berlin ist?

Die Antwort folgte der Frage auf dem Fuß. Weil es auf dem Flugticket gestanden hatte: Beirut – Berlin. Das Ticket aus dem Päckchen vor ihrer Tür. Sie hatte es dort gefunden, nachdem sie von dem gescheiterten Hack bei Aabid und Perla zurückgekehrt war. Nachdem sie die Nachrichten von diesem mysteriösen *snake_deep_under* bekommen hatte.

Danach fehlte ein nicht unerheblicher Teil von Lucilles Erinnerung. Sie wusste noch, was für ein überwältigendes Erlebnis der Flug mit dem Megajet gewesen war und wie ihr der Luftdruck beim Landeanflug fast die Trommelfelle gesprengt hatte. Was allerdings zwischen der Ankunft am Zentralflughafen Berlin-Brandenburg, der Fahrt durch die Häuserschluchten und ihrem Erwachen hier passiert war, verschwand in schwarzgrau flimmerndem Rauschen, das stärker wurde, je dringender sie sich Details ins Gedächtnis zu rufen versuchte. Dazu kam ein vager Schmerz, der so dumpf und schwach war, dass er sich mehr wie der Gedanke an einen vergangenen Schmerz anfühlte als wie einer, den sie tatsächlich spürte.

Lucille atmete dreimal tief aus und ein, um sich von dem Flimmern und dem Geisterschmerz zu lösen. Was auch immer in der Zwischenzeit geschehen war, auf die Frage, wo sie sich *jetzt* befand, gab es nur eine einzige Antwort:

Sie war tatsächlich drin. Im SUCCESSION GAME.

Vorsichtig setzte sie sich auf und blinzelte gegen das grelle Licht an. Sie saß auf einer Art Polsterliege in einem Raum, der mit seinen nackten, glattweißen Wänden verdächtig an ein *NeoEco*-Wohnkompartment erinnerte. Karg eingerichtet mit ebendieser Liege, die ebenso gut als Bett wie als Sofa dienen konnte, einem kleinen Schrank und einem Tisch mit einem Computer. Lucille blinzelte. Ein Computer? Nein, das passte nicht ins Bild. Das Gerät sah geradezu antik aus, und vielleicht hätte jemand anderes als Lucille, die ihr Leben mit Hardware in allen Formen und aus allen denkbaren Epochen verbrachte, nicht einmal erkannt, was es überhaupt war, so fern von moderner Cyberware war dieses Ding. Davon abgesehen schien der Rechner komplett zu fehlen – nur ein monströs großer Röhrenbildschirm, eine Tastatur mit Mouse und zwei kleine Lautsprecher standen auf dem Tischchen. Andererseits, dachte Lucille, konnte der Rechner ja auch sonst wo sein. Dass das Zeug alt aussah, hieß ja nicht, dass auch alte Technik drinsteckte, die nicht wenigstens wireless-kompatibel war.

Neben dem Tisch gab es eine Tür ohne Griff. An dessen Stelle war ein solide aussehendes Metallkästchen in den lackierten Stahl eingelassen, mit einem Schlitz an der Seite – vermutlich ein Kartenleser. Darüber leuchtete ein kleines rotes Licht.

Lucille hatte gerade ihre kribbelnden, vom tiefen Schlaf noch halb tauben Beine vorsichtig von der Liege rutschen lassen, als plötzlich ihr Sichtfeld flackerte. Und dann erschien Buchstabe für Buchstabe ein Text in eckiger weißer Schrift vor ihren Augen.

WILLKOMMEN IM **SUCCESSION GAME**, LUCILLE.
DIES IST DER PREGAME-ROOM.
ENTKOMME IN 60 MINUTEN, UM DEINE
TEILNAHME-EIGNUNG ZU VERIFIZIEREN UND
DAS PERSONA-SET-UP FREIZUSCHALTEN.

Lucille blinzelte verblüfft. Sie hatte sich im Verlauf der letzten Jahre so sehr an die *insight* auf ihrer Nase gewöhnt, die ihr Sichtfeld mit zusätzlichen visuellen Reizen flutete, dass es einen Moment dauerte, bis ihr klar wurde, warum sich das Erscheinen der Nachricht so seltsam anfühlte.

Sie trug keine Cyberbrille.

Lucille tastete nach ihrem Gesicht, um sich zu vergewissern – und griff ins Leere. Da war nichts. Kein Gestell, kein Display, nichts.

Lucille kniff die Augen zusammen. Die Schrift war immer noch da. Mit scharfen weißen Linien direkt in die Schwärze hinter ihren Lidern geschrieben. Sie öffnete die Augen wieder. Der Kontrast passte sich an, aber die Schrift verschwand nicht. Lucille rieb sich mit etwas zittrigen Fingern erneut übers Gesicht. Immer noch keine *insight*. Aber das Menü war da. *In* ihren Augen. Und oben in der Ecke begann nun ein roter Counter von 60 Minuten rückwärtszuzählen.

DEINE ZEIT STARTET JETZT. ÖFFNE DAS SCHLOSS
AN DER TÜR IN 60 MINUTEN, ODER DU WIRST VORZEITIG
VOM SPIEL AUSGESCHLOSSEN. BENUTZE *DEEP.SKIN*,
UM AUGMENTATIONEN ZU VERWENDEN.

dEEp.skin …? Unwillkürlich ließ Lucille den Blick an sich hinuntergleiten. An ihrem linken Handrücken blieb sie hängen. Ein etwa 5 × 5 cm großer Fleck sah anders aus als sonst. Heller, fast reinweiß und dadurch scharf abgegrenzt von dem einige Nuancen dunkleren Ton ihrer Haut. Wie eine Pigmentstörung. Oder ein …

Lucille strich mit dem Finger über das Feld. Augenblicklich leuchtete es auf, und verschiedene Symbole erschienen. *Ein Touchscreen?*

Lucille starrte auf ihre Hand. Ein Touchscreen in ihrer Haut. Ein Display in ihren Augen. Schweiß brach ihr aus, und ein eisiges Prickeln wuchs in ihrer Brust. Bilder von Manschetten und Kanülen blitzten in ihrer Erinnerung auf. *Was haben die mit mir gemacht? Wieso weiß ich nichts davon?!*

Der Gedanke trieb sie auf die Füße. Beim Aufstehen schürfte sie sich die Handkante an einer schlecht versäuberten Stelle am Metallgestell der Liege auf. Ein paar winzige Blutstropfen quollen hervor, und Lucille fluchte. Immerhin half der Schmerz ein wenig, zurück ins Jetzt zu kommen. Aber das Flattern in ihrer Brust legte sich nicht.

Beruhig dich, Lucille! Es gibt eine Erklärung dafür. Du erinnerst dich nur nicht. Aber du hast jetzt Wichtigeres zu tun, also konzentrier dich!

Denn die Zeit lief. Und Erinnerungslücken und implantierte Cyberware hin oder her, eines wusste sie noch: Nämlich, dass es definitiv keine Option war, einen Rückzieher aus dem GAME zu machen. Das hier war *die* Chance, einen Fuß in die Tür eines der mächtigsten Konzerne des zentraleuropäischen Superkapitalismus zu bekommen. Und außerdem … *außerdem …*

Fuck.

Da war noch etwas anderes gewesen, etwas sogar noch viel Wichtigeres, auch *das* wusste sie noch. Aber es war weg.

Lucille ächzte frustriert. Später. Zuallererst musste sie einen Weg hier raus finden, um nicht schon vor Staffelstart GAME OVER zu gehen. Sie hatte schon vier Minuten an sinnlose Grübelei verschwendet.

Noch einmal sah Lucille sich im Raum um. Wieder blieb ihr Blick an dem veralteten Monitor auf dem Tisch gegenüber hängen. Der schrie ja geradezu »HINWEIS!«.

Na gut. Dann mal los.

Auf noch etwas wackeligen Beinen wankte Lucille zum Tisch. Neben der Tastatur lag ein schmales, farbig bedrucktes Heft mit dem SUCCESSION GAME-Logo. Als Lucille es in die Hand nahm, fiel ein Kärtchen heraus, das zwischen den Seiten gelegen hatte und ebenfalls das Logo zeigte. Darunter stand in kleinen Buchstaben:

STAGE 00. Enter.

Eine Werbekarte. Also wer immer sich das alles ausgedacht hatte, hatte entweder einen wirklich schrägen Humor – oder gar keinen. Lucille drehte das Kärtchen hin und her, aber es schien weiter keine Informationen zu enthalten. Sie legte es zur Seite und nahm stattdessen das Heft zur Hand. Auch das war eher schlicht, und auch hier stand etwas in kleinen Buchstaben unter das Logo geschrieben:

STAGE 00. Die Regeln.

Lucille schüttelte den Kopf. Erst antike Monitore und jetzt eine geradezu verschwenderische Menge Papier? Galt so was wie Ressourcen-Responsibilität für ein Spiel wie SUCCESSION GAME nicht? Oder …? Ihre Gedanken stockten. Das kleine A für »Augmented« am Rand ihres Sichtfelds leuchtete grün. Natürlich, es gab sicher Dutzende Augmentationen im Raum. Aber wie sollte sie mit implantierter Hardware den Unterschied erkennen?

Keine Zeit für Grübeleien. Mach weiter!

Das Heft war schnell gelesen. Links auf jeder Doppelseite stand eine Regel, rechts das Kleingedruckte. Und selbst das war dürftig. Vor allem aber half es überhaupt nicht weiter, was die Lösung des Escape Rooms betraf. Die letzte Seite allerdings war leer, als hätte jemand vergessen, das Impressum an den dafür vorgesehenen Platz zu drucken. Stattdessen waren dort von Hand, wie hastig hingekritzelt, einige scheinbar sinnlose Buchstabenfolgen notiert worden.

FWEEV – SDWIC – EAZLM – OVMIL
REMXC – YKVZP – NOFLH – MLASB
PDGBS – SDNKK – HUHVY – IRUFX

Lucille überflog die Buchstabenfolgen wieder und wieder, las sie sich murmelnd vor. Was konnte das sein? Seriennummern für ein Programm? Der Code für das Schloss der Tür? Nein. Zu naheliegend. Zumal das Türschloss keine Eingabemöglichkeit für Zahlen oder Buchstaben besaß. Die Zeilen waren in drei verschiedenen Farben geschrieben, auch das musste etwas bedeuten. Rot, Grün und Blau. RGB-Farben?

Verstehe ich hoffentlich später.

Ihr nächster Blick galt dem ungewöhnlichen Display auf ihrem Handrücken, das sich erneut augenblicklich einschaltete, als Lucille mit dem Finger darüberstrich. Zwei Icons waren darauf zu sehen. Das erste hieß *dEEp.layers*, und es schien sich dabei um einen manuell aktivierbaren Skill zu handeln, der für wenige Sekunden die Interaktion mit Augmentations-Markern ermöglichte. Aber wenn es so war, dann war keine der Augmentationen im Raum für eine solche Interaktion freigegeben – obwohl ein melodisches Klingeln direkt in Lucilles linkem Ohr ertönte, sobald sie die Funktion aktivierte.

Hinter dem zweiten Icon verbarg sich ein Datenblatt, ähnlich einem *dEEp.profile*, mit Feldern für Name, Geschlecht, Alter, Größe, Gewicht, Augen- und Haarfarbe und so weiter. Aber die Felder waren noch alle leer und ließen sich nicht anwählen. Oben rechts gab es eine Schaltfläche, die mit *Stream* beschriftet war. Die Schrift darauf war allerdings ausgegraut. Als Lucille sie trotzdem anwählte, erschien ein Hinweis:

DU KANNST DEINEN EIGENEN STREAM NICHT ANSEHEN.

Lucille war sich recht sicher, dass sie ihr Display mit etwas Zeit doch dazu bringen konnte – aber genau davon hatte sie gerade nicht viel übrig. Von den beiden Icons abgesehen war das *dEEp.skin*-Interface nämlich übersichtlich blank und bot keine weiteren Informationen. Und von der Stunde, die sie für die Lösung Zeit hatte, blieben nur noch 34 Minuten.

»Auf, auf«, murmelte Lucille und rieb sich die Schläfen. »Jetzt streng dieses Gehirn mal an, auf das du immer so übertrieben stolz bist.«

Fast schon automatisch drückte sie den Einschaltknopf des Monitors, der sofort aufleuchtete. Offenbar stimmte ihre Annahme, dass der Rechner anderswo stand und die verbaute Technik nicht ganz so antik war, wie es den Anschein haben sollte. Das Betriebssystem war schon hochgefahren und ein einzelnes Programm im Vollbildmodus geöffnet: Ein Eingabefeld in den Farben Rot, Grün und Blau. RGB. Also doch. Rasch gab Lucille die Codes aus dem Notizbuch ein.

KEIN SAFE IN REICHWEITE. ÖFFNEN NICHT ERFOLGREICH.

Lucille seufzte. Wenig überraschend, leider. Wahrscheinlich war der Safe wegaugmentiert und musste erst freigeschaltet werden. Aber wie? Sie hatte wenig Lust, ziellos unter dem Bett oder im Schrank herumzukriechen und nach weiteren Hinweisen zu suchen.

Ob die anderen potenziellen Contenders wohl auch gerade in ihren Pregame-Rooms saßen und die gleichen Rätsel zu lösen versuchten? Wie gingen sie wohl vor? Wenn sie Zugriff aufs *dEEp.net* hätte ...

Lucille setzte sich wie elektrisiert auf. Das *dEEp.net*! Natürlich! Wer sagte denn überhaupt, dass sie keinen Zugriff hatte? SUCCESSION GAME war ein *dEEp.net*-basiertes Social Game. Alles, was sie tat, würde ab dem offiziellen Staffelstart aufgezeichnet und zum Teil sogar in einer Onlinesendung live übertragen werden. Also war sie garantiert schon jetzt mit dieser abgefahrenen Implant-Cyberware ans *dEEp.net* angeschlossen – und nicht nur sie. Die anderen Teilnehmenden auch. Das ganze verdammte SHIP. Lucille jedenfalls hätte ihren Hintern darauf verwettet, dass die Hardware in diesem Raum über das *dEEp.net* kommunizierte. Was also, wenn es ihr darüber gelang, die Streams der anderen Contenders live zu verfolgen, wie es die Leute draußen tun würden?

Lucille zog die Tastatur zu sich heran und begann zu tippen. Ihre Finger flogen über die Tasten, und für einen surrealen Moment vergaß sie beinahe, dass sie nicht in ihrem Kompartment, sondern in einem Escape Room saß, wo die Zeit unaufhörlich davontickte. Dies war ihr Element. Wo Quellcode war, war sie zu Hause.

Es war nicht trivial, die Informationen abzurufen, die sie wollte. Genau genommen war es sogar relativ verzwickt, denn obwohl sie schon bald über ihr *dEEp.skin*-Display die Eingabegeräte und Lautsprecher auf dem Tisch ansteuern konnte, war zumindest der Monitor nicht darauf ausgelegt, Daten von außerhalb des Raums zu empfangen und wiederzugeben.

Ihr visuelles Display, das sonst ihre *insight* dargestellt hatte, war allerdings nicht auf diese Art geschützt. Lucille hielt den Atem an, als sie den Befehl in die Kommandozeile eingab. Einen Versuch war es wert.

DATEI GEFUNDEN: LIST OF PLAYERSHEETS

Lucille stieß einen leisen Jubelschrei aus. Rasch warf sie einen Blick auf ihren Handrücken. Tatsächlich. Da war sie. Lucille öffnete die Datei mit einem Fingertippen.

PLAYERS_SEASON12:

- #89 (ALIAS: QUENTIN
- #134 (ALIAS: NIMA)
- A-PR43 (ALIAS: T.B.A.)
- ARCENCIEL (ALIAS: THÉO)
- A-TB67 (ALIAS: ONYX)
- META ZELONI (ALIAS: T. B. A)
- LEELOU SPERLING (ALIAS: T. B. A)
- PASSEPARTOUT (ALIAS: T. B. A)
- RYE ABERNATHY (ALIAS: T. B. A)
- SABIN POPESCU (ALIAS: T. B. A)

Lucille starrte ungläubig auf die Liste. Sie konnte die Namen kaum lesen, weil ihr Blick am vierten Eintrag hing wie festgenagelt: ArcEnCiel.

»Ich habe Informationen über ArcEnCiel.«

Verdammt, das war es. *Das* hatte sie vergessen. *Deswegen* war es so wichtig, dass sie mitspielte! Mit so einem Köder hätte dieser *snake_deep_under* ausnahmslos alle CORE-Hacker_innen an die Angel bekommen. Aber konnte das wirklich sein? ArcEnCiel, jenes legendäre Genie, das die größte neolinke Hacking-Society der Welt gegründet hatte und seit Jahren als verschollen galt, *spielte* im SUCCESSION GAME? Wie? Warum?

Mit unwillkürlich bebenden Fingern öffnete Lucille das Datenblatt. Wie erwartet, war es genauso aufgebaut wie ihr eigenes – mit einem entscheidenden Unterschied. Die Felder waren bereits ausgefüllt.

NAME: THÉO, stand dort. Darunter Details zu Aussehen und anderen Features. Und die Profession: CHAMPION SUCCESSOR (4 x).

Lucille starrte darauf und konnte es immer noch nicht glauben. ArcEnCiel war *Théo.*

Das musste sie sich merken. Unter gar keinen Umständen durfte sie das wieder vergessen, wenn sie im Spiel war …

Stopp. Eins nach dem anderen. Erst mal musst du es überhaupt ins Spiel schaffen.

Ein Blick auf den Counter verriet ihr, dass noch 23 Minuten übrig blieben. Lucille kniff die Augen zusammen, riss sie wieder auf und zwang sich, mit halbwegs neutralem Blick auf das Sheet zu sehen. Es gab noch einen Unterschied zu ihrem. Einen enorm wichtigen: Das Streaming-Icon war nicht ausgegraut. Ihr Hack hatte funktioniert! Sie konnte jetzt … durch Arcs Augen sehen.

Als sie auf die Schaltfläche tippte, blendete ihre *insight* sich ab und der Escape Room um sie verschwand im Dunkel. Nur der Countdown zählte unbeirrt die Sekunden rückwärts. »Okay«, flüsterte Lucille. »Lass mal sehen, was du hast.«

Der Stream, der sich jetzt aus dem Dunkel schälte, war in 1stPerson-Perspektive, das Icon für den Wechsel in die 3rdPerson ausgegraut.

KEINE EXTERNE CAM IN REICHWEITE,

meldete das Programm, als Lucille es trotzdem versuchte. Dafür sah sie jetzt ein Paar fremde Hände, die – scheinbar ebenso ratlos wie ihre – durch ein Regelheft blätterten, das dem in ihrem Raum zum Verwechseln ähnlich sah. Mit angehaltenem Atem beobachtete Lucille die Finger, wie sie das Heftchen wieder zuschlugen. Es drehten und wendeten, über das glänzende Papier strichen.

Lucille wartete. Fast eine Minute. Nichts.

Verdammt! Also hast nicht mal du eine Idee? Na schön. Dann denken wir halt wieder selbst nach.

Aber sie konnte nicht. Sie konnte nicht aufhören, ArcEnCiel zu stalken. Beim verdammten Nichtstun.

Noch 14 Minuten.

Lucille fluchte. Schluss damit! Wenn ihr eigenes Spiel nicht schon jetzt vorbei sein sollte, musste sie langsam in die Gänge kommen.

Ausgerechnet in diesem Moment legten Arcs Hände das Regelheft entschlossen beiseite und griffen nach etwas anderem. Etwas Flachem. Schmalem. Lucille richtete sich unwillkürlich auf und sah genauer hin. Das Kärtchen? Verdammt! Das hatte sie schon wieder ganz vergessen.

»Was bist du?«

Die tiefe Stimme drang zugleich aus dem Audiochip in Lucilles Ohr und den Lautsprechern auf dem Tisch und ließ sie für Sekundenbruchteile in die Illusion stürzen, sie stünden direkt voreinander. Arc hob das Kärtchen in die Höhe – dicht vor die Augen, die in diesem Moment auch Lucilles Augen waren. »Du kennst das Geheimnis, nicht wahr? Du bist *passepartout.*«

Die Worte gingen Lucille durch Mark und Bein. Passepartout! Das war einer ihrer ältesten Decknamen im Darknet. Wusste Arc etwa, dass sie da war? Oder …?

In diesem Moment schillerte die Oberfläche des Kärtchens violett auf. Lucille schnappte nach Luft. Nein. Natürlich ging es nicht um sie. *Passepartout* bedeutete Generalschlüssel oder Dietrich. Ein *Schlüssel!* Adrenalin rauschte durch Lucilles Adern und trieb sie wie von Ameisen gebissen auf die Füße. Ihre Hände waren feucht, als sie hastig den Stream beendete und das Kärtchen vom Tisch griff.

Danke, Arc. Ich bin wirklich so was von langsam.

»Was bist du?«, flüsterte sie, hob die Karte vor die Augen und drehte sie hin und her, wie Arc es getan hatte.

Und als das Deckenlicht in flachem Winkel auf das Kärtchen traf, sah sie es: ein Geflecht aus feinen Kontaktlinien, das unter der glänzenden Oberfläche verlief. Mikroskopisch feine Adern, die eine ganze Welt codieren konnten, getarnt durch eine dicke Schicht spiegelnder Glanzlackfolie. Ein interaktiver Augmentations-Marker. Und plötzlich ergab das zweite Icon auf Lucilles Handrücken so viel mehr Sinn.

BENUTZE *DEEP.SKIN*, UM AUGMENTATIONEN ZU VERWENDEN.

Geduld war nicht unbedingt Lucilles größte Stärke. Aber wenn sie eine Folie von einer Karte abknibbeln musste, um den vermutlich kompliziertesten Augmentationsmarker aufzudecken, der ihr je unter die Augen gekommen war, dann gab sie nicht eher auf, bis sie es geschafft hatte.

Als sie die Folie endlich in der Hand hielt, zeigte der Timer noch 6 Minuten. Langsam atmete Lucille aus und wieder ein. Dann tippte sie auf das Icon mit dem Titel *dEEp.layers*.

Die Welt hinter ihrer *insight* färbte sich anthrazitgrau. Wieder ertönte das klingelnde Geräusch. Ein Korridor aus schillerndem Violett wuchs aus dem Kärtchen und wies den Weg zu einer Stelle an der Wand, an der jetzt in flimmerndem Rauschen eine quadratische Stahltür erschien. Und quer über Lucilles Sichtfeld erschien erneut die weiße Schrift:

HERZLICHEN GLÜCKWUNSCH, LUCILLE.
DU HAST DEN SAFE GEFUNDEN. UM IHN ZU ÖFFNEN,
GIB DIE CODES IN DER RICHTIGEN REIHENFOLGE EIN.

Lucille atmete auf. Die Codes. RGB-Farben. Das Eingabefeld auf dem Monitor. Jetzt ergab das alles Sinn.

Vielleicht hatte sie in ihrem Leben noch nie so schnell irgendetwas in eine Eingabemaske eingegeben. Ein feines Piepen, gefolgt von einem Klicken, verriet ihr, dass die Tür des Safes aufgesprungen war.

Der Countdown stoppte bei 2:42.

Mit einem schweren Seufzer ließ sich Lucille auf den Stuhl vor dem Rechner fallen. Ihr Herz raste, als hätte sie gerade einen 200-Meter-Sprint hinter sich gebracht.

HERZLICHEN GLÜCKWUNSCH, LUCILLE. DU HAST DEN
PREGAME-ROOM GELÖST. ENTNEHME DIE ITEMS AUS DEM
SAFE, UM ZUGRIFF AUF DEIN PERSONA-SET-UP ZU ERHALTEN.

Lucille schloss kurz die Augen. Aber da die Schrift dadurch nicht aus ihrem Sichtfeld verschwand, half ihr das nur bedingt, sich zu fokussieren.

Als sie sich umdrehte, war der augmentierte Korridor verschwunden. Das Fach in der Wand aber war noch da. Und darin entdeckte Lucille, als sie sich endlich aufraffen konnte, wieder aus dem Stuhl aufzustehen, eine Chipkarte – und zwei blau getönte Kapseln.

DIES IST DEINE ERSTE AUFGABE, LUCILLE:
GESTALTE DEINE PERSONA, INDEM DU DIE EINGABEGERÄTE IN DEINEM KOMPARTMENT BENUTZT. BEACHTE, DASS ES KEIN PRIVATES PROFIL IST UND DU DAHER **ALLE** FELDER AUSFÜLLEN MUSST. INJIZIERE ANSCHLIESSEND ÜBER DEIN *EIRA* DIE PERSONALITY FORMER, UM DIE VERWANDLUNG ZU BEGINNEN.

Lucille sah zurück zu dem Monitor auf dem Tischchen. Ein neues Programm war dort geöffnet worden und zeigte das Datenblatt ihres Profils, das sie bereits über ihr *dEEp.skin* gesehen hatte. Aber anders als zuvor waren die Felder nun interaktiv anwählbar. Ein Cursor blinkte im ersten Eingabefeld. Langsam ließ sich Lucille wieder auf den Stuhl vor dem Monitor sinken und starrte mit blankem Blick auf das Datenblatt. Eine halbe Ewigkeit, so schien es ihr, schwebten ihre Finger unschlüssig über der Tastatur. Sie musste sich das gut überlegen. Sie musste dafür sorgen, dass sie sich selbst wiedererkennen würde, wenn sie erst im Spiel war. Und sich an die wichtigen Dinge erinnern.

Lucille atmete noch einmal tief aus und wieder ein. Dann füllte sie die ersten beiden Felder aus, die Namen und Beruf ihrer Persona beschrieben.

CLUE.

Privatdetektivin.

PHASE 01: PUZZLE RACE.

04/01/2054

the.fractal.brain_: Klopf klopf (00:21)
TRYING TO RECEIVE DATA ... ...
CONNECTION FAILED.
the.fractal.brain_: Klopf klopf (00:37)
TRYING TO RECEIVE DATA ... ...
CONNECTION FAILED.
the.fractal.brain_: Klopf klopf (00:58)
TRYING TO RECEIVE DATA ... ...
CONNECTION FAILED.
the.fractal.brain_: fck u Ed (00:59)
TRYING TO RECEIVE DATA ... ...
CONNECTION FAILED.

Asgard International Academy (AIA), Berlin
Wohnkompartments der Studierenden
Kompartment 503

Als Yez am nächsten Morgen die Augen öffnete, war das Erste, was sey sah, Arc. Er saß in einer Ecke des Zimmers, den Rücken gegen die Heizelemente in der Wand gelehnt, als hätte er sich nicht einen Zentimeter vom Fleck bewegt, seit Yez am Abend zuvor irgendwann einfach die Augen zugefallen waren. Aber er musste sich bewegt haben, denn seine Haare waren noch feucht von der Dusche. Außerdem hatte er die Klamotten gewechselt und trug jetzt Baş' enge Röhrenjeans und die Strickjacke mit eingenähtem Hemdkragen – und dazu bunt geringelte Wollsocken, die er aus dem unausgeräumten Wäschekorb vor Yezmins Schrank gezogen haben musste.

Vor allem aber hatte er eine Art Bannkreis aus alten Displays, Kabeln und *insights* um sich gezogen, die alle aktiv und offenbar irgendwie miteinander verbunden waren. Hinter

Arcs linkem Ohr klemmte ein Feinmechanik-Schraubenzieher aus dem Werkzeugkästchen auf Yez' Schreibtisch. Während er auf einem der Displays etwas eingab, kaute er mit konzentriert gefurchter Stirn auf einem Zipfel der roten Mütze.

»Guten Morgen«, nuschelte Yez mit noch von Müdigkeit belegter Stimme und setzte sich auf. Sofort spürte sey wieder, wie zerschlagen der vorangegangene Tag sem zurückgelassen hatte. Sey war völlig erschöpft, innerlich wie äußerlich. »Sag mal, hast du überhaupt geschlafen?«

Arc hob den Kopf. Für einen Moment sah er verwirrt aus, als könne er nicht gleich zuordnen, wer ihn ansprach. Warum man ihn ansprach. *Dass* man ihn überhaupt ansprach.

»Ich hab gegessen«, erklärte er schließlich in seltsam resigniertem Ton.

Tatsächlich entdeckte Yez auf den zweiten Blick eine Packung Dinkel-Sesam-Cracker neben seinem Knie, in der nur noch ein paar traurige Krümel übrig geblieben waren, und eine fast leere Flasche Cola.

»Deine Mitbewohnenden sind übrigens schon weg«, fuhr Arc fort. »Hab sie gehen hören, vor ... einer Stunde ungefähr.«

»Eine Stunde?!« Nun war Yez auf einen Schlag hellwach. »Wie spät ist es denn?«

»8:02.«

»Oh, verdammt, ich muss ins Labor.« Yez schlug die Decke zurück und schwang die Beine aus dem Bett.

»Was hast du denn die ganze Nacht gemacht?«, fragte sey über die Schulter, während sey hastig frische Klamotten aus dem Wäschekorb und dem Schrank fischte.

Arcs erste Antwort war ein tiefes Seufzen. »Eigentlich wollte ich Kontakt zu einer bestimmten Person herstellen«, sagte er. »Aber dann habe ich festgestellt, dass ihr in der ganzen Wohnung *dEEp.home* verwanzt seid. Und weil ich zufällig sehr ungern gefilmt und abgehört werde und *noch zufälliger* lieber unentdeckt bleiben möchte, solange ich hier bin, habe ich mich erst mal darum gekümmert.« Ein Grinsen zuckte um seine Mundwinkel. »Übrigens mag ich die Fledermäuse.«

Yez sah an sich herunter. Richtig – sey trug heute seren Lieblingspyjama. Er war orange und sey hatte ihn selbst mit einem Textilstift mit kleinen Fledermäusen bemalt. Das Beste waren allerdings die Applikationen, die sey auf den Rücken genäht hatte und die aussahen wie zwei große zusammengefaltete Flügel. Sey erwiderte das Grinsen. »Danke. Betont meinen Hintern, nicht wahr?« Sey hielt inne. »Moment mal, wie meinst du das – du hast dich gekümmert? Du hast nichts verstellt oder kaputt gemacht, oder?«

Arc stieß ein trockenes Lachen aus. »Ich habe eine Festung gebaut. Auf dein Profil kann jetzt übrigens auch niemand mehr von außen zugreifen. Gern geschehen.«

Nun wären Yez fast sere Sachen aus der Hand gefallen. »Du warst in meinem Profil?!«

Arc zuckte die Schultern. »Dass außer dir jetzt nur noch ich das kann, ist Grund genug, mir dankbar zu sein, oder?«

»Whoa, das ist *creepy*, okay?«

»Nenn es, wie du willst, aber ich lasse mich bestimmt nicht hierher tracken, nur weil *du* unbedingt willst, dass deine *insight* aus lauter Bequemlichkeit jederzeit hackbar ist.«

Yez schnaubte. »Jetzt mach aber mal halblang! Ich weiß, dass *dEEp.home* ein paar Sicherheitslücken hat, aber …«

Arc warf sem einen tödlich gereizten Blick zu. »*dEEp.home* ist eine *einzige* Sicherheitslücke. Jeder Depp kann sich da in ein paar Minuten reinhacken und alles sehen und hören, was ihr hier macht. Bist du gern aus Glas? Oder warte, ich weiß: Du bist exhibitionistisch veranlagt. Die Kontrolleinheit im Bad hat nämlich eine *Kamera*, falls dir das noch nicht aufgefallen ist …«

Yez riss die Augen auf und trat rasch neben ihn, um einen Blick auf das Display in seinem Schoß zu werfen. Tatsächlich zeigte es sehr eindeutig und in erstaunlich guter Qualität das WG-Badezimmer. »*Creep!*«

Arc schnaufte geringschätzig. »Sei doch froh. Ich hätte dir das auch durch den Lautsprecher sagen können, während du duschst.« Er hielt sich beide Hände vor den Mund und imitierte eine flüsternd verzerrte Lautsprecherstimme. »*Ich kann dich sehen, Yezmin!* Besser? Nein? Na, siehst du mal.«

Yez starrte ihn sekundenlang entgeistert an. Dann stapfte sey zu serem Schreibtisch, fischte eine Rolle Isolier-Tape aus dem Werkzeugkästchen und verließ das Zimmer, ohne Arc noch eines Blickes zu würdigen. Doch als sey mit einer – zugegebenermaßen ziemlich trotzigen – Bewegung die Kamera an der Kontrolleinheit im Bad überklebte, hörte sey ihn am anderen Ende der Wohnung sein trockenes Lachen lachen.

Yez grollte ärgerlich und drehte die Musik laut auf, ehe sey in die Dusche stieg und sich eiskaltes Wasser auf den Kopf prasseln ließ, bis sey wirklich, endgültig und absolut wach war.

Arc dachte also, er wäre krass drauf? Yez würde ihm zeigen, wer hier krass war. Das fehlte gerade noch, dass sey sich von ihm aus dem Konzept bringen ließ. Als Erstes würde sey darauf bestehen, dass er mitsamt seinem ganzen Krempel ins Wohnzimmer umzog. Ganz sicher würde sey sich nicht noch eine Nacht von ihm beim Schlafen beobachten lassen.

Aber als sey schließlich geduscht, angezogen und bereit für den Tag in ser Zimmer zurückkehrte, war Arc verschwunden. Er hatte allerdings eine Botschaft hinterlassen – mit schwarzem Boardmarker auf das Heizelement geschrieben, neben dem er gesessen hatte. Eine Reihe von Zahlen: die Profilnummer eines *dEEp.profiles*. Und darunter eine kurze Notiz:

Ruf mich nur an, wenn es nötig ist.
Bald wieder da. (Burn after reading)

Zentraleuropäische Union (ZEU)
Zentralballungsraum Berlin
Berlin Mitte
MyGarage Self Storage System

Die Diode über dem Codeschloss wechselte ihre Farbe mit einem freundlichen Piepen auf Grün. Das Garagentor hob sich mit leise zischender Hydraulik.

Arc atmete auf. Er hatte schon immer eine besondere Schwäche dafür gehabt, die Zeichenbegrenzung bei Passwörtern maximal auszureizen. Natürlich verwendete er auch keinen einzigen Schlüssel zweimal, und erst recht schrieb er sie nirgendwo auf oder versteckte Hinweise, wenn er nicht gerade *wollte*, dass sie geknackt wurden. Früher hatte es ihm allerdings auch nie Schwierigkeiten bereitet, sich einen Haufen zwanzig- bis dreißigstelliger Codes fehlerfrei zu merken und zuzuordnen, aber die Schlösser der Selfstorage Boxen am Berliner Zentralbahnhof erlaubten sogar bis zu 35 Stellen inklusive numerische und sonstige Sonderzeichen. Und nach fünf Jahren, die er sein Gehirn mit SUCCESSION GAME, Théo-Coding, Schrittlängen und diversen neurochemischen Substanzen vollgestopft hatte, war Arc sich nicht hundertprozentig sicher gewesen, ob er den kompletten String auf Anhieb fehlerfrei auf die Reihe bekommen würde. Aber er hatte. Es war erstaunlich, wie zufrieden ihn das machte. Er war und blieb ein Genie. Daran bestand jetzt wohl kein Zweifel mehr.

Drinnen empfing ihn das leise Klicken und Summen des Klimaregulators – und der vertraute Geruch nach Holz und dem verschlissenen Stoff seiner uralten Möbel, die sich zwischen Kisten voller Klamotten und zerlegter Hardware, Kabel und Werkzeug quetschten. Das alte Cordsofa seiner Mutter mit den ausgefransten Wollfilzdecken und der niedrige Tisch aus Buchenholz, in den er und Alexandre zwischen Essensflecken und Kaffeerändern zum ersten Mal mit dem Lötkolben ihre CORE-Hackernamen verewigt hatten. Damals, nachdem sie mit zwei Flaschen Rotwein auf Arcs fünfzehnten Geburtstag angestoßen und beschlossen hatten, die Welt zu verändern. Dass die Konzernlobby brennen musste und dass sie diejenigen sein würden, die sie anzündeten.

le_cerveau_prismatique
(PRISM_01100010011100100110000101101001011011110)
L'ArcEnCiel

Ein winziges Lächeln stahl sich auf Arcs Gesicht, als er daran dachte, wie hitzig sie darüber diskutiert hatten, ob Alex' Name zu lang und hochgestochen war, und wie vehement Alex sich dagegen gesträubt hatte, ihn in die kürzere Variante *PRISMATIC BRAIN* zu übersetzen.

»Schreib es halt binär, dann erkennt man nicht, dass es Englisch ist.«

»Das ist noch *länger, du Baum.«*

»Sieht aber wenigstens schlau aus.«

»Als ob du auch nur wüsstest, was das Wort ›schlau‹ bedeutet.«

»Dann PRISM_B. Mein letztes Wort.«

»Das hast du gar nicht zu entscheiden, du kleine Pest. Es ist mein Name.«

»Aber mein *Name funktioniert nur mit deinem. Also mach ihn richtig.«*

Arcs Lächeln verschwand.

Das Prisma war inzwischen zerbrochen. Arcs bester Freund, sein Seelenbruder und mehr Familie, als vielleicht je ein Mensch für ihn gewesen war, war längst aus seinem Leben verschwunden. Hatte CORE verlassen und Arc und alles, woran sie je zusammen geglaubt hatten. Alex arbeitete jetzt *für* die Konzerne statt gegen sie. Arc wollte sein beschissenes Gesicht einfach nie wieder sehen.

Die Erinnerungen allerdings hatte er mitgeschleppt. Von Loch zu Loch. Nur ins SHIP nicht. Und jetzt war er wieder hier.

Arc ließ sich langsam auf das Sofa sinken und starrte auf die dunklen Buchstaben im vergilbten Holz. Im Bezug der Armlehne gab es ein Loch, in das sein kleiner Finger genau hineinpasste. Er fand es, ohne hinzusehen. Und für einen schwachen Moment wäre Arc am liebsten einfach für immer hier sitzen geblieben. Vielleicht eingeschlafen und sehr lange nicht mehr aufgewacht. Er war so müde. Von allem.

Aber dann fiel sein Blick auf seine Schuhe. Die roten, fast bis auf den Grund ausgelatschten Sneakers, deren Sohle an der Seite schon einriss und deren Leinenstoff sich an mehreren Stellen von der Naht löste. Théos Schuhe. Und darin Yezmins Socken, beinahe bis zum Knie hochgezerrt über die Hose dieser Baş-Person. Die *viel zu enge und hässliche* Hose dieser Baş-Person.

Arc seufzte und stand wieder auf. Nein. So würde er sein Leben definitiv nicht ausklingen lassen.

Er riss eine der Kisten auf, in denen er den Großteil seiner alten Klamotten – und einen guten Teil seines Bargeldvermögens – verstaut hatte. Ins SHIP hatte er damals nicht mehr mitgenommen als eine große Reisetasche seiner liebsten Sachen. Sachen, die in den letzten Jahren sowieso zu sehr zu *Théos* Sachen geworden waren.

Arc war es ganz recht, sie los zu sein. Er war noch nicht so weit, darüber nachzudenken, was die Trennung von Théo überhaupt für ihn bedeutete. Dazu würde er kommen, wenn er sich sicher war, dass sein Plan trotz allem funktioniert hatte. Dass Clue Théos Hinweise gefunden und verstanden hatte und das Spiel für ihn zu Ende spielen würde. Aber dafür musste Arc sich mit Rafael treffen, und das würde er nicht als Personen-Patchwork tun. Es war Zeit für eine neue Tasche. Und wenn er schon dabei war ... wenn ihn nicht alles täuschte, hatte er auf dem Weg hierher einen Streetstyle-Salon gesehen.

Vielleicht, dachte Arc, während er sich einen übergroßen

Hoodie mit gestreifter Kapuze über den Kopf zog, war es an der Zeit, zu ein paar Dingen zurückzukehren, die ursprünglich ihm gehört hatten. Zeit, wieder mehr er selbst zu sein.

Und als er selbst zu beenden, was er angefangen hatte.

Zentraleuropäische Union (ZEU)
Zentralballungsraum Berlin
Berlin-Mitte
Park am Präservatorium

Der Park am Präservatorium – direkt am Spreeufer gelegen und nicht weit entfernt vom neuen Zentralbahnhof – war einer dieser Orte, die es noch nicht gegeben hatte, als Rafael Berlin vor zwanzig Jahren verließ. Er war auch nicht das, was man sich damals noch unter einem Park vorgestellt hatte – und was in Rafaels bisweilen zu nostalgisch assoziierendem Gehirn immer noch recht fest in diesem Sinn verankert war. Stattdessen war es eine an *NeoEco*-Maßstäben gemessen geradezu verschwenderisch angelegte Fläche rings um das Zentraleuropäische Naturpräservatorium, die eher die Funktion eines Freilichtmuseums erfüllte. Der »Korridor der Klimazonen« erlaubte es, durch einen Tunnel aus Projektionsflächen um das Präservatorium herum zu spazieren und sich via *dEEp. insight* eine virtuelle Führung durch die Klimazonen im Wandel der vergangenen Jahrzehnte präsentieren zu lassen. Links und rechts davon waren begehbare Modellbauten der *NeoEco*-Architektur errichtet, an denen die Errungenschaften der aktuellen Klimaschutzmaßnahmen erläutert wurden. Und über allem ragten die mächtigen Glaskuppeln des Präservatoriums auf, unter denen sich eine ganz andere Form von grünem, feucht atmendem Leben drängte als draußen auf den wintergrauen Straßen des Zentralballungsraums.

Während er mit zügigem Schritt am Spreeufer entlanglief, hatte Rafael allerdings wenig Gedanken für den Park übrig.

Stattdessen wurde sein Blick immer wieder von dem riesigen Gebäudekomplex angezogen, der jenseits des trübbraunen Wassers lag und beinahe ebenso imposant wirkte wie das Präservatorium: Das Firmengelände von dEEp Inc. Seit seinem katastrophalen Einstellungsgespräch vor fast vier Wochen war Rafael nicht mehr dort gewesen, und er konnte nicht behaupten, dass er es je wieder hätte betreten wollen. Allein der Anblick löste dumpf nagenden Zorn in ihm aus.

Allerdings hatte er das vage Gefühl, dass er mit diesen Empfindungen nicht allein war. Und dass Arc, der bereits wie vereinbart auf der Bank am Glasflaschenhaus auf ihn wartete, ebendeshalb ausgerechnet diesen Treffpunkt für ihre Verabredung vorgeschlagen hatte.

Der amtierende viermalige Champion Successor von Eduards erfolgreichstem Spiel hockte auf der Lehne der Bank, die Kapuze seines Hoodies tief in die Stirn gezogen und die Nase in einem mehrfarbig gestreiften Oversize-Schal vergraben. Sein Atem kondensierte in der frostigen Kälte, die sich in der Nacht über die Stadt gelegt hatte. Allerdings offenbar nicht frostig genug, dass sich Arc – Schal, Winterjacke und Wollstulpen über den Fingern zum Trotz – an diesem Tag für eine Hose ohne Löcher entschieden hätte. Auch die alten roten Sneakers waren die gleichen wie tags zuvor im GAME SHIP. Als Rafael sich näherte, wandte Arc den Blick vom dEEp-Inc.-Verwaltungsgebäude ab und schob die Kapuze ein Stück zurück, sodass der Rand der roten Mütze darunter sichtbar wurde. Und die Haarsträhnen, die fransig und wirr darunter hervorquollen. Nicht mehr dunkelbraun wie gestern. Sondern leuchtend blau.

»Hey, Doktor.« Als er grinste, schimmerte der Ring in seiner Unterlippe matt auf.

Rafael hob eine Braue. »Ich sehe, du gewöhnst dich schon an das Leben draußen.«

Arcs Grinsen verblasste augenblicklich. »Kein Stück. Sieh's als eine Rüstung, wenn du willst.« Er klopfte neben sich auf die Lehne der Bank. Aber Rafael war noch nie der Typ gewesen, der sich auf Banklehnen hockte und die Füße dort abstellte, wo der Hintern hingehörte, also setzte er sich bloß schweigend auf die Sitzfläche neben die roten Sneakers und starrte auf die Spree hinaus. Und auf das dEEp-Inc.-Hauptgebäude. Von hier aus hatte man definitiv den besten Blick darauf. Ganz sicher kein Zufall.

»Und?«, fragte Arc nach einer Weile. »Was gibt's Neues?«

Rafael runzelte die Stirn und sah zu ihm hoch. »Sollte ich das nicht dich fragen?«

Arc zuckte die Schultern in dieser für ihn typischen, nervenaufreibenden »Mir doch egal«-Art. »Hast du aber nicht. Also?«

Rafael entschied sich gegen ein schweres Seufzen. »Im GAME? Nichts bisher. Nicht dass ich wüsste, jedenfalls.« Er ließ den Verschluss an seinem *Eira* aufspringen, um die leeren Nikotinkapseln zu wechseln. »Hast du dir den Livestream nicht angesehen? Der läuft doch seit einer halben Stunde.«

Arc schnaubte. »Ganz sicher gehe ich *nicht* über ein offenes Netzwerk online, solange Ede nach mir sucht.«

Rafael schwieg. Arc hatte recht: Er dachte über diese Dinge zu wenig nach.

»Apropos«, sagte Arc und kramte in der Sporttasche, die auf der anderen Seite seiner Sneakers auf der Sitzfläche der Bank stand. »Ich hab dir was mitgebracht.« Er zog ein *insight*-Etui heraus und reichte es Rafael. »Heute Nacht hab ich uns ein Netzwerk erstellt, über das wir mehr oder weniger unsichtbar kommunizieren können. Meine Profilnummer steht schon drin und die von Yezmin und Hathaichanok auch. Da kannst du uns tappen, wenn was ist. Oh, und falls du es irgendwann mal bei Lynn versuchst, nimmst du besser auch die.« Er zögerte kurz und verzog finster das Gesicht, als sei ihm etwas Unangenehmes eingefallen. »Aber bei ihr noch nicht *jetzt*, okay? Nur dass das ganz klar ist. Ich bin noch nicht so weit.«

Rafael öffnete das Etui und warf einen Blick hinein. Eine *insight*, das vorletzte oder vorvorletzte Modell. Vielleicht auch noch etwas älter. Davon abgesehen war das Gerät unauffällig. Äußerlich. »Tappen also«, brummte er.

Arc grinste flüchtig. »Anhauen. Durchklingeln. Pingen. Texten. Keine Ahnung, wie man das zu deiner Zeit genannt hat. Such dir was aus.«

Rafael sah nachdenklich auf die *insight* hinunter. Er hatte keine Ahnung, was Arc genau konnte. Aber Eduard hatte es für nötig gehalten, diesen jungen Menschen über Jahre hinweg konsequent unter Verschluss zu halten. Also hielt Rafael es wiederum für durchaus wahrscheinlich, dass er in der Lage war, eine Kommunikationsverbindung zu öffnen, die für normale Menschen blockiert sein sollte. *Sogar zu Lynn.*

Rafael spürte Arcs aufmerksamen Blick auf sich, während er das Etui wieder zuklappte und in seine Manteltasche schob. »Keine Sorge«, sagte er und bemühte sich, die Enge in seiner Brust zu ignorieren. »Ich warte auf dein Zeichen.«

Arc nickte. Er sah leidlich beruhigt aus. Gedankenverloren schob er die Hand in die Bauchtasche seines Hoodies und zog eine Salzstange heraus, um sie sich zwischen die Lippen zu klemmen. Eine Weile starrte er auf das braune Wasser jenseits der Böschung hinaus, während er an der Stange kaute.

»Ehrlich gesagt brauch ich noch was von dir«, sagte er schließlich.

Rafael hob skeptisch eine Braue. »Von mir?«

Arc nickte, ohne ihn anzusehen. »Jap.«

»Und was wäre das?«

Arc wandte sich wieder zu ihm um. »Clue muss ihre Persona loswerden. Am besten noch heute Nacht.«

Rafael runzelte verblüfft die Stirn. »Bittest du mich gerade, dafür zu sorgen, dass sie GAME OVER ...«

»Nein!«, fiel Arc ihm ins Wort. »Auf gar keinen Fall. Clue muss im Spiel bleiben. Sie *muss* diese Staffel gewinnen – zumindest ist das der Plan. Aber sie muss dafür sie selbst sein. Ohne Théo ... schafft sie es sonst vielleicht nicht.«

Rafael presste zwei Finger gegen seine Nasenwurzel, um

den beginnenden Kopfschmerz zurückzudrängen. »Ich schätze, es würde zu lange dauern, mir zu erklären, was genau du damit meinst. Aber nehmen wir mal an, das würde – wie auch immer – funktionieren. Du glaubst doch nicht, dass Eduard und seine Referees sie im Spiel lassen, wenn sie plötzlich nicht mehr mit ihrer Persona verknüpft ist.«

Arc stieß ein verächtliches Zischen aus, und sein Blick glitt hinüber zum Gebäudekomplex. »Der alte Ede ist lange nicht so schlau, wie er denkt. Und schon gar nicht so schlau wie Clue.«

Rafael warf ihm einen überraschten Blick zu und unterdrückte im letzten Moment ein schiefes Lächeln.

Das klingt ja fast, als hättest du sie gern. Sieh an.

»Es würde überhaupt niemand merken«, erklärte Arc inzwischen weiter und zog eine neue Salzstange aus seiner Bauchtasche. »Weil Clue nämlich nichts an sich augmentiert hat, außer ihrer Erinnerung. Aber genau die braucht sie jetzt, und zwar vollständig. Dann wird sie wissen, dass sie sich unauffällig verhalten muss. Und was sie für mich machen soll.« Er klemmte die neue Salzstange zwischen die Lippen und starrte weiter mit düsterem Blick über den Fluss.

Rafael sagte nichts. Er wartete bloß. Arc war kurz davor, ihm etwas sehr wichtiges zu erklären, das spürte er – auch für die Entscheidung, die er selbst schon bald in dieser Angelegenheit würde treffen müssen.

»Ich hab ein Programm geschrieben.« Als Arc endlich sprach, klang seine Stimme ebenso angespannt, wie sein Körper es war. »Um SUCCESSION GAME kaputt zu machen. So was wie ein Virus, verstehst du? Aber … nicht ganz. Also, genauer gesagt: Ich schätze, niemand kann ein Programm schreiben, das SUCCESSION GAME wirklich richtig kaputt macht. Dafür ist Ede zu gut und zu paranoid. Aber jedes große System hat einen Kill Switch. Einen Sicherheitsbefehl, mit dem man es abschalten oder einfrieren kann, wenn was schiefgeht. Und ich habe einen Code geschrieben, der diesen Kill Switch triggert, wenn Théo gewinnt. Oder zumindest ... gehe ich ziemlich sicher davon aus, dass es so funktioniert. Ich hab es ja noch nicht probiert.« Er zuckte die Schultern. »Im Grunde ist das Programm fertig, aber den Kill Switch zu triggern bringt uns ja nichts, wenn Ede das GAME fünf Minuten später einfach wieder anschaltet. Also müssen wir ihn gleichzeitig aussperren. Aus seinem *eigenen* System. Und ich ... ach, *verdammt*, ich weiß nicht, wie ich es machen soll.« Er zerbrach die Salzstange in zwei Hälften und ließ sie auf den Boden fallen, bloß um umgehend eine neue aus der Tasche zu ziehen. »Jedenfalls ... jetzt ist da passepartout.«

»Passe... was?«

Ein Grinsen huschte über Arcs Gesicht. »Clue. Sie ist im echten Leben eine Hackerin bei CORE. CORE ist ...«

»Ich kenne CORE. Jeder kennt CORE.« Und das stimmte. Das neolinke Syndikat war regelmäßig in den Nachrichten, weil sie die Server großer Firmen gehackt oder ganze Produktionsketten lahmgelegt hatten. »Also bist ... oder warst du auch bei denen?«

Arc zuckte die Schultern. »Lange her«, murmelte er. »Jedenfalls. Wer mal bei CORE drin war, der kennt auch *passepartout*. Weil sie die verdammt noch mal genialste Crystalizerin der Welt ist. Und ich wette, sie hätte eine Lösung für das Problem.« Er seufzte. »Natürlich weiß ich nicht, ob sie wirklich *meinetwegen* da ist, weil CORE sie auf irgend so eine verballerte Rettungsmission geschickt hat. Könnte genauso gut sein, dass sie in Edes Auftrag kommt, um mich loszuwerden. Aber ...« Noch ein Grinsen, aber diesmal wirkte es weicher. Traurig beinahe. »Ich glaube, Théo hat es ganz gut hinbekommen, dass sie ihn mag. Punkt für uns.«

Rafael musterte ihn nachdenklich. »Schlau geplant«, murmelte er. *Leider mag er sie auch, hm? Und das war nicht geplant.* Aber diesen Teil seiner Gedanken behielt er lieber für sich.

»Jedenfalls«, fuhr Arc fort, »denke ich, wenn sie sich erinnert, wird sie uns helfen. Sie könnte meinen Zugang hacken, das Programm fertigschreiben und auf ihren Namen umcoden. Und wenn sie dann gewinnt: BOOM.«

Rafael lehnte sich vor, verschränkte die Hände über den Knien und starrte ebenfalls aufs Wasser. »Du pokerst ziemlich hoch, oder?«

Arc schwieg und nuckelte an seiner Salzstange. Aber Rafael wusste auch so, was er dachte:

Was bleibt mir noch anderes übrig?

Rafael seufzte und schüttelte den Kopf. »Also schön. Nehmen wir noch mal an, du hast recht und es würde tatsächlich *niemand* merken, wenn wir Clue wieder zu passe... ihrer Originalpersönlichkeit zurückführen. Dann glaube ich immer noch nicht, dass ich das tun kann. Zumindest wüsste ich nicht, wie.«

Arc zog die Salzstange aus dem Mund, sah kurz darauf und warf sie dann in hohem Bogen ins Wasser. »Oh, und ob du kannst. Du bist sogar perfekt für den Job, glaub mir. Weil Ede nämlich denkt, er hätte dich wegen Lynn und dem Baby voll unter Kontrolle, und weil er denkt, du hättest von nichts einen Plan. Tja, Pech für ihn, dass du doch einen hast. Oder zumindest wirst du bald einen haben.« Ein grimmiges Lächeln erschien in seinen Mundwinkeln, als er von der Bank sprang, den Rücken durchdrückte und seine Sporttasche über die Schulter schwang. »Und den verrate ich dir jetzt. Komm mit. Ich muss mich noch ein bisschen bewegen, bevor ich in meinen neuen Käfig zurückgehe.«

»Deinen Optimismus möchte ich haben«, murmelte Rafael und stand ebenfalls auf. Er versuchte wirklich, Arcs Worte und die Wahrheit, die sie enthielten, nicht zu nah an sich heranzulassen – und vor allem nicht die Nonchalance und nüchterne Berechnung, mit der sie vorgetragen wurden. Aber leicht war das nicht.

Arc grinste und schob die Hände in die Jackentaschen. »Weißt du übrigens, was ich noch von dir möchte?«

»Was?«

»Bring mir spanische Flüche bei. Die wollte ich schon immer können.«

Rafael hob überrascht die Brauen. »Dein Ernst?«

»Mein voller Ernst. Es klingt, als würde man kotzen, ich mag das.«

Für einen Moment fühlte sich Rafael, als sollte er lachen, hätte aber vergessen, wie es ging. »Bumsfreudiges Milchbrötchen«, sagte er dann.

Arc blinzelte. Einmal. Zweimal. Dann lachte er ungläubig. »Was?«

Rafael zuckte die Schultern und spürte mit einiger Verwunderung, wie sich ein schiefes Grinsen auf seinem Gesicht ausbreitete. »Üb das. Wenn du es fehlerfrei sagen kannst, sehen wir weiter. Und nein, ich will nichts Französisches dafür wissen. Das ist keine echte Sprache.«

Arc lachte noch einmal und sah für seine Verhältnisse ungewöhnlich zufrieden dabei aus. »Du bist schon in Ordnung, Doktor.«

Rafael seufzte schwer. »Darüber reden wir besser später noch mal. Und jetzt erzähl mir von diesem Plan.«

1stPersonCam: ???
Location: ???

Luft.

Er bekommt keine Luft.

Es ist heiß.

Und eiskalt.

Ein Pochen, dumpf und unregelmäßig. Von überall her. Aus ihm heraus.

Atme. Atme!

Gedanken, Empfindungen, wie Blitzlichtgewitter in seinem Gehirn.

ATME, THÉO!

1stPersonCam: CLUE
Location: CONTENDER CANTINE

Der Geruch nach Apfeltee und frischen Pfannkuchen hängt noch in der stillen Luft der Kantine, als Clue durch die Tür schlüpft. Es ist niemand mehr hier, sie hat absichtlich gewartet, bis die anderen gegangen sind, ehe sie sich in die Eingangshalle geschlichen hat. Sie will allein sein bei dem, was sie vorhat. Und sie hat es eilig.

Clue ist spät aufgewacht an diesem Morgen. Sehr spät. Selbst jetzt noch fühlt sie sich, als hätte sie die Nacht in einer Waschmaschine im Schleudergang verbracht. Wirre Traumbilder spuken durch ihren Kopf, aber keins davon will recht zum anderen passen. Vor allem nicht, da das SUCCESSION GAME-Intro sie sehr unsanft mitten aus diesen beunruhigenden Träumen gerissen hat. Das *Intro*. Nicht etwa die Ankündigung, dass es bald losgeht und sie sich versammeln sollen.

Zuerst hat Clue panisch gedacht, sie hätte es verpasst, hätte einfach über die Ankündigung hinweg geschlafen und niemand wäre gekommen, um sie zu holen. Aber dann hat die Stimme der KI zu sprechen begonnen.

»Guten Morgen, Contenders. Willkommen zu STAGE 03. Phase 01: Puzzle Race. Auf dieser Stage wartet eine ganz neue Art der Herausforderung auf euch: Die einzelnen Phasen müssen nacheinander ohne zwischenzeitliche Rückkehr in die Kompartments abgeschlossen werden. Vor euren Kompartment-Türen findet ihr je einen Rucksack. Packt ein, was ihr für drei Tage und drei Nächte benötigt. Für Nahrung und Wasser wird gesorgt sein. Alles Weitere unterliegt euren eigenen Abwägungen. Versammelt euch um -11- Uhr in der UNDERGROUND LOBBY, um weitere Informationen zu erhalten.

ACHTUNG: Contenders, die sich um -11- Uhr nicht in der Lobby aufhalten, werden GAME OVER gesetzt.«

Die Ansage hat Clue sehr wirksam aus dem Bett getrieben. Und tatsächlich hat sie vor ihrer Tür einen Rucksack gefunden. Er ist ziemlich klein, also hat Clue nur das Allernötigste an Wechselkleidung und Toilettenartikeln hineingestopft, um Platz für die anderen Dinge zu lassen, die vielleicht nützlich sein könnten oder die sie einfach nicht unbewacht hier zurücklassen will: Théos Buch und einen Stift. Das kleine Näh- und Flickset aus dem Nachttisch und ein elektrisches Feuerzeug. Den Beutel mit den *Eira*-Kapseln.

Und dann ist ihr Piri wieder eingefallen. Was sier gesagt hat: *»Vergiss nicht, dass Théo schon vier Staffeln gewonnen hat und nicht nur zwei.«*

In diesem Moment hat es in Clues Kopf endlich *klick* gemacht. Endlich hat sie begriffen, was die Lösung dieses Rätsels sein könnte. Und deshalb hockt sie nun vor dem Schrank in der Küchenzeile, in dem sie sich am ersten Tag – in ihrem zweiten Spiel in Théos Team – versteckt hat, kramt Snacks heraus und stopft ihren Rucksack damit voll, damit es weniger verdächtig wirkt, wenn doch jemand von denen in die Kantine zurückkommt, die von dem Geheimloch nichts wissen. Und schließlich schiebt sie so behutsam wie möglich die Rückwand des Schranks zur Seite.

Der Gang ist noch genau so dunkel, eng und schmutzig wie vor drei Tagen. Und auch heute hat Clue ernsthafte Zweifel, dass sie wirklich dort hindurchpassen kann. Bis ans andere Ende. In Théos Zimmer. Aber einen anderen Weg gibt es derzeit vermutlich nicht. Vorsichtig beginnt sie sich in den Gang zu schieben. Auf dem Rücken heute, mit den Füßen voran. Denn was immer sie auf der anderen Seite erwartet, ihre Arme sollen frei bleiben, so lange es nur irgendwie möglich ist.

Sie ist gerade bis zur Brust ins Loch gerutscht, als sie hört, wie sich die Tür zur Kantine mit einem leisen Zischen öffnet. Clue fährt heftig zusammen. Hastig packt sie ihren Rucksack am Riemen, zerrt ihn zu sich in den Schrank und schließt die Tür.

Atemlos liegt sie in der Dunkelheit und lauscht den Schritten, die sich durch die Kantine bewegen. Es ist nur eine Person. Clue kann nicht erkennen, wer es ist, aber sie nähert sich. Näher. Noch näher. Dann verhalten die Schritte direkt vor Clues Versteck. Durch den Spalt zwischen den Schranktüren sieht sie einen Schatten, der kurz verharrt, als müsse er überlegen, was als Nächstes zu tun ist. Dann bewegt er sich wieder, und Sekunden später öffnet sich die Schranktür.

»Hab ich doch richtig gehört.« Das kühle Neonlicht der Kantine fällt herein und umrahmt eine schmale Gestalt, verwandelt den wirren hellen Haarschopf in einen Heiligenschein – oder eine Geisteraura.

»Clue«, sagt Théo und lacht, leise und sanft spöttisch. »Was machst du denn da?«

Clue bleibt liegen, die Hände noch immer um den Riemen des Rucksacks verkrampft, und starrt ihn an. Sie starrt und starrt und versucht vergeblich, zu verarbeiten, dass er hier ist, direkt vor ihr – dass *Théo* verdammt noch mal dort hockt und sein Théo-Lächeln lächelt und sie gerade dabei erwischt hat, wie sie versucht, sich in sein verlassenes Kompartment zu stehlen.

Er ist zurückgekommen. Genau wie Quentin. Genau wie Clue es so *unglaublich sehr* gehofft hat. Warum nur fällt es ihr dann bei ihm so viel schwerer, es zu begreifen?

»Na komm«, sagt er jetzt und streckt ihr die Hand entgegen. »Ich helf dir raus.«

»Geht schon«, murmelt Clue und beginnt, sich wieder aus dem Geheimloch herauszuwinden.

Théo zuckt die Schultern und rückt ein Stück vom Schrank ab, um ihr Raum zu geben. Im Schneidersitz hockt er sich vor den Unterbau des Küchentresens und beobachtet mit stiller Belustigung, wie sich Clue abmüht.

»Was ... zum Teufel ... machst du hier?«, gelingt es Clue zwischen zwei angestrengten Atemzügen zu fragen, während sie ihre Hüfte zurückschiebt und ihren ersten Fuß aus dem Loch befreit.

»Die Frage aller Fragen, hm? Meinst du, wenn ich es dir sage, würde es dir helfen zu verstehen, was *du* da gerade tust? Besonders geschickt sieht das nämlich nicht aus. Außerdem hab ich zuerst gefragt.« Wieder dieses Lachen. Aber als Clue sich zu Théo umdreht, ist es bereits verschwunden – und der Blick, mit dem er sie eingehend mustert, geradezu unheimlich ernst.

»Na ja, lass mal sehen.« Er legt leicht den Kopf schief. »Ich denke ... ich denke, ich bin hier, weil es der Ort ist, an dem ich sein soll. Und ... weil ich noch etwas zu erledigen habe.«

Clue zieht auch den zweiten Fuß aus dem Loch und dreht sich ganz zu ihm um. Etliche Sekunden sitzen sie so voreinander und sehen sich bloß an.

»Erledigen? Was denn?«, fragt Clue endlich leise.

Aber Théo schüttelt den Kopf. »Da bin ich überfragt«, murmelt er ebenso leise. »Gewinnen, dachte ich immer. Aber jetzt ... weiß ich auch nicht mehr so recht.« Er atmet einmal tief ein. »Jedenfalls ... bin ich wieder da. Mal sehen, was daraus wird.«

Etwas ist anders an ihm, denkt Clue. Und es liegt nicht bloß daran, dass von seiner Mütze weit und breit nichts zu sehen ist und seine Haare wie ein wirres Vogelnest von seinem Kopf abstehen. Seine Haut wirkt im Neonlicht ungewöhnlich fahl, und er scheint zu schwitzen, obwohl es in der Kantine nicht besonders warm ist. Aber auch das ist es nicht, was Clue so fremd an ihm vorkommt.

Nein, es ist die Unsicherheit. Diese tiefen nagenden Zweifel, die sie in seinem Blick liest, und die fahrigen Bewegungen, mit denen seine Finger den Saum seines verwaschenen flaschengrünen Shirts zerknüllen und wieder freigeben. Diese Art von Zweifel hat sie an Théo noch nie gesehen.

»Was wolltest du denn bei mir drin?«, fragt er schließlich, und auch das ist ungewöhnlich: Seine Stimme ist dabei völlig frei von Belustigung oder Spott. Deswegen kann auch Clue nicht anders, als ihm eine schlichtweg ehrliche Antwort zu geben.

»Deine Perks holen. Ich dachte, es müssten noch zwei da sein. Nachdem du einen benutzt hast und Piri einen und du doch aber schon vier Staffeln gewonnen hast.«

Ein kleines Lächeln huscht über Théos Gesicht. »Das hast du also verstanden, ja? Dachte ich mir.«

Auch Clue lächelt. »Hat aber ein bisschen gedauert.«

»Nicht zu lange, das zählt. Aber keine Sorge, ich hab sie dabei.« Er denkt kurz nach. »Hast du auch die Eidechse gefunden?«

Clue schüttelt den Kopf. »Nein.«

Théo seufzt. »Ah, verdammt. Dann hat er sie versteckt. Ich frage mich, wo.«

»Versteckt? Wer?«

Théo wirft ihr einen überraschten Blick zu. »Non natürlich. Oh, hast du im Futternapf nachgesehen? Er legt *alles* dort ab.«

Erneut schüttelt Clue den Kopf. »Ehrlich gesagt nein.«

»Hmmm. Na, macht nichts. Vielleicht taucht er noch auf. Er ...«

In diesem Moment erklingt ein leises Klingeln aus den Lautsprechern über der Decke und zugleich in Clues Audiomodul.

»Eine Erinnerung an alle Contenders: Es ist jetzt -10- Uhr und -50- Minuten. Alle Contenders, die sich um -11- Uhr nicht in der UNDERGROUND LOBBY aufhalten, werden GAME OVER gesetzt.«

Clue und Théo wechseln einen Blick. Keine Zeit mehr, zu reden. Keine Zeit mehr, zu verstehen oder es wenigstens zu versuchen. Zumindest nicht jetzt. Das Spiel geht weiter.

»Tja.« Théos Miene wirkt ein wenig gequält, als er aufsteht. »Dann wollen wir mal. Tun wir, was wir am besten können, und gewinnen ein bisschen, nicht wahr? Wir ... hm ... sprechen einfach später weiter. Denke ich. Hoffe ich.«

Als er Clue diesmal die Hand hinstreckt, ergreift sie sie. Auch das fühlt sich fremd an. Aber nur im ersten Moment, bis seine Finger sich fester um ihre schließen und sie behutsam drücken. Théo zieht Clue auf die Füße, mit ein wenig zu viel Kraft vielleicht – und mit einem Mal sind sie sich wieder sehr nah. Überraschend nah. Es ist fast wie ...

Clue wagt kaum, den Blick zu heben. Aber als sie es doch tut, ist da wieder dieser Zweifel auf seinem Gesicht. Diese Unsicherheit, versteckt in einem hilflosen Lächeln.

»Seltsam, oder?«, flüstert Théo, und Clue spürt seinen Daumen, wie er über ihren Handrücken streicht. Über die Fingerwurzeln, über jeden einzelnen Knöchel. Und dann über die Wunde an der Seite. Einmal. Zweimal. Ganz behutsam. »Es ist alles so verworren in meinem Kopf. Aber an deine Hand erinnere ich mich. Ergibt das irgendeinen Sinn?«

Clue antwortet nicht. Sie weiß ja nicht mal, ob Théo die Frage an sie richtet oder an sich selbst. Aber ein einzelner Gedanke vibriert und pocht in ihrem Schädel, füllt ihn ganz aus, bis für nichts anderes mehr Raum darin ist. Surreal. Seltsam, ja, das auch. Und zerbrechlich.

Woran erinnerst du dich denn sonst noch? Und ... woran nicht?

Da zieht Théo sie unvermittelt an sich, drückt seine Wange gegen ihr Haar, und Clue spürt, wie er zittrig ein- und wieder ausatmet. Und wie an jenem ersten Abend, als er sie in ihrem Kompartment besucht hat, legt sich seine Hand fest über ihr linkes Ohr, während er an ihrem anderen flüstert.

»Hör zu, Clue. Du weißt, sie können uns jetzt sehen. Sie können *alles* sehen, die ganze Welt da draußen, und ich weiß nicht, was hier vor sich geht oder was als Nächstes passiert. Darum können wir nicht viel reden. Aber vergiss nie, dass ich auf deiner Seite bin, verstehst du? Egal, was ich sage oder tue. Erinnere mich daran, wenn es sein muss. Ich ... *Ich* bin auf deiner Seite.«

Erneut ringt Clue um Worte, und auch diesmal findet sie ihre Stimme nicht. Sie hebt den Kopf und sieht Théo ins Gesicht, in seine Augen, die so seltsam fiebrig glänzen und unstet hin und her huschen, als ob er in ihrem Blick zu lesen versucht, was er in sich selbst nicht findet.

Verloren.

Zerrissen.

Beschädigt, wie ein Bild, das jemand in Stücke gefetzt und ein wenig schief wieder zusammengeklebt hat.

Clue weiß nicht, was sie sagen oder was sie tun soll, um ihm zu helfen. Um ihm wenigstens etwas von der Hoffnung zurückzugeben, von der Sicherheit und Entschlossenheit, die ihm seit seinem Verschwinden so offensichtlich fehlt. Also tut sie, was ihr Bauch und ihr Herz ihr sagen, selbst wenn es unüberlegt und vielleicht sogar leichtfertig ist; sie legt die freie Hand in Théos Nacken, zieht ihn zu sich und drückt ihre Lippen auf seine, während die andere Hand seine noch immer festhält. Fester sogar als zuvor, weil sie ihn wirklich nicht so bald wieder gehen lassen will – obwohl er unter der Berührung zusammenzuckt und sich für einen Moment versteift.

»Ich weiß doch, ich weiß«, murmelt Clue an seinem Mund. »Und ich auf deiner.«

In diesem Augenblick ist sie sich sicher, dass das die einzig richtige Antwort ist, und sie spürt, wie sich kurz darauf in ihm eine Spannung löst. Wie er nachgibt und sie noch enger an sich zieht, und dann küsst er sie auch. Innig und sanft und verzweifelt zugleich, als würde ihnen eben nicht die ganze Welt zusehen. Als gäbe es für diesen Moment, diesen einzigen Moment nur sie zwei. Kein Spiel. Keine Kameras. Keine Augen.

Als wären sie beide wirklich echt.

Clue spürt Théos Lippen, seine Zunge, seinen Atem, seine Finger in ihrem Nacken, seine Hand, die sich unter ihren Pullover schiebt und sich warm auf ihrem Rücken spreizt, als er sie noch fester an sich drückt, und es fühlt sich so richtig, so verdammt richtig an. Clue vergräbt die Finger in seinem weichen Haar und greift mit der anderen Hand in sein Shirt, fühlt die glatte Haut seiner Brust unter dem dünnen Stoff. Warm. Zu warm.

»Ich hab das ernst gemeint«, wispert Théo, als sie sich kurz darauf atemlos voneinander lösen, umfasst mit beiden Händen ihre Wangen und sieht ihr eindringlich in die Augen. Immer noch blass. Immer noch fiebrig. Aber nicht mehr ganz so zittrig. Nur seine Stimme bebt noch. »Alles. Diesmal. Nur weiß ich nicht, was passieren wird, also pass auf dich auf und nimm dich in Acht. Vor mir. *Vor allem* vor mir. Versprichst du's?«

Clue nickt. Statt seiner ist sie es jetzt, die sich zittrig fühlt. Was ist in den letzten Stunden bloß mit ihm geschehen? Sie möchte ihn so viel fragen. Auch wenn sie fürchtet, dass er auf die meisten dieser Fragen selbst keine Antworten hat.

»Ich versprech's.« Sie wirft einen Blick auf die Uhr in ihrem Display. 10:54. Wer nicht in der Lobby ist, wird GAME OVER gesetzt. Daran können sie nichts ändern.

Und auch Théo hat es gesehen. »Ich nehme einen anderen Weg«, sagt er und lässt sie los. »Ich glaube, das ist besser so. Wir sehen uns gleich.«

Mit einem letzten Lächeln wendet er sich ab und verschwindet durch die Tür in der Vorratskammer.

Als wäre er nie da gewesen.

Zentraleuropäische Union (ZEU)
Zentralballungsraum Berlin
GAME SHIP (Location: Top Secret)

Es war erst 11:07 Uhr, als Rafael an diesem Tag den Observation-Center-Bereich aufsperrte. Dabei begann seine Schicht an diesem Tag erst um 13 Uhr. Dass er um mehrere Stunden zu früh am Platz war, entwickelte sich zu einer unschönen Gewohnheit. Gesund war das sicher nicht.

Das Gespräch mit Arc hing ihm immer noch nach, während er sich auf den Weg ins Ärzt_innenzimmer machte – besonders die Vorschläge, wie in den nächsten Tagen mit der Contender namens Clue umzugehen war.

»Sorg dafür, dass sie in der nächsten Transition Eraser bekommt statt Personality Former«, hatte Arc gesagt. *»Wenn ihre Persona gelöscht wird, obwohl sie nicht GAME OVER ist, meldet das Spiel einen Fehler. Dann muss sie gefixt werden – und das wirst heute Nacht du tun. Oder besser: Nicht tun. Kapiert?«*

Natürlich hatte Rafael es kapiert. Der Plan war so simpel, dass es fast verstörend war. Die Sache hatte nur zwei Haken. Erstens: Er war sich sehr sicher, dass das alles medizinisch nicht so unbedenklich war, wie Arc behauptete – tatsächlich war Arc der Allerletzte, auf dessen Urteil Rafael in dieser Hinsicht etwas geben wollte. Rafael hätte lieber noch einmal mit Frau Nikolajew darüber gesprochen. Oder noch besser mit Lynn. Aber Lynn ... war das zweite Problem an der ganzen Sache.

Er hatte immer noch keinen Kontakt zu ihr. Dass er sie nicht erreichte, hatte Rafael nicht im Geringsten davon abgehalten, es immer wieder zu versuchen, aber natürlich war es vergeblich. Nicht einmal Arc war ja bisher an sie herangekommen. Aber Rafael musste es einfach wissen. Wie es ihr ging. Ob sie seine Hilfe brauchte. Und zwar bevor er entschied, ob er es sich leisten konnte, sich ernsthaft auf diese Weise mit Eduard anzulegen. Verdammt, sie erwartete *sein Kind!*

Rafael seufzte schwer und entschied, einen Abstecher zum Kaffeeautomaten zu machen, ehe er Dr. Gellrich, der heute die erste Observationsschicht übernahm, in den frühen Feierabend schickte.

Aber als er an der Tür zum Monitorraum vorbeikam, hielt er inne. Die Milchglastür war geschlossen, das Kartenschloss verriegelt. Der Livestream unten im GAME hatte bereits begonnen, und vor dem bläulich weißen Licht der Monitore zeichnete sich eine verschwommene Silhouette ab.

Aber es war nicht Dr. Gellrich. Rafael hätte den Geruch nach Tabakrauch, der unter der Schwelle hindurchdrang, nicht gebraucht, um das sofort zu erkennen. Zorn glühte dumpf in seiner Brust auf. Vielleicht bekam er ja nun doch noch eine Gelegenheit, den Mülleimer zu werfen.

Er zog seine Schlüsselkarte aus der Tasche und öffnete die Tür. »Guten Morgen.«

Langsam, gemächlich fast, drehte sich Eduard zu ihm um, und es war geradezu lächerlich offensichtlich, dass er damit versuchte, seine Überraschung zu verbergen. Er hatte, dachte Rafael mit grimmiger Genugtuung, ihn nicht kommen sehen, weil er sich aus einem Impuls heraus an die Wege gehalten hatte, die er am Morgen zuvor mit Arc genommen hatte, als der noch Théo gewesen war. Wege, auf denen die Kameras ihn nicht erfassten. Eduard hatte es schon immer gehasst, wenn Dinge geschahen, die er nicht vorausgeplant hatte. Rafael empfand das heute als sehr befriedigend.

»Rafael.« Eduard verengte die Augen und zog an seiner Zigarette. »Du bist früh dran für deine Schicht.«

»Du kennst mich.« Rafael ging an ihm vorbei zum Hauptterminal, legte seine Karte auf den Scanner und gab seinen dreistufigen Authentifizierungscode ein, damit die Monitore auch für ihn mehr als weißblaues Flimmern zeigten. Dann klemmte er seine *insight* in die Docking Station neben dem Kartenleser. Während er darauf wartete, dass das Terminal die Verbindung herstellte und die Monitoring-Daten der vergangenen Stunden in sein Profil lud, drehte er sich wieder zu Eduard um. »Keine halben Sachen.«

Eduard hatte sich nicht gerührt. Unverwandt starrte er Rafael an. Nicht einmal an seiner Zigarette zog er noch. »Hörst du deshalb nicht auf, meine Frau zu belästigen? Denkst du, weil du ihr ein Kind gemacht hast, hättest du irgendein Anrecht auf sie?«

Rafael schloss kurz die Augen und zwang sich zur Ruhe. Er hätte *wirklich* gern den Mülleimer geworfen. Andererseits hatte er sich fest vorgenommen, vor Eduard nicht mehr auszurasten. »Ich will nur sicher sein, dass es ihr gut geht. Die Einzige, die ein *Anrecht* auf Lynn hat, ist sie selbst – und ich hoffe sehr, dass du ihr die Möglichkeit lässt, für sich zu entscheiden, ob sie mich sprechen will oder nicht.« Nun wäre er beinahe doch laut geworden. Aber nur beinahe.

Eduards rechtes Augenlid zuckte. »Sie hat mich gebeten, dich von ihr fernzuhalten.«

»Du lügst.«

»Als ob ich das nötig hätte! Ich würde dir ja empfehlen, sie selbst zu fragen, aber ...« Ein schmales Lächeln verzog Eduards Lippen. Er breitete die Hände aus und hob vielsagend die Schultern.

Rafael spürte, wie es in ihm zu brodeln begann. Er wollte in diesem Moment nichts lieber, als Eduard packen, ihn schütteln und anschreien. Aber er würde nicht. Die Genugtuung, diesen Sieg, würde er Eduard nicht gönnen.

»Tu uns beiden einen Gefallen und verschwinde.« Er brachte die Worte kaum heraus, so sehr verstopfte die Wut ihm die Kehle. »Ich bin zum Arbeiten hier.«

Endlose Sekunden stand Eduard da und starrte ihn aus seinen kalten Augen an. Dann schnippte er seine Zigarette auf den Boden und trat sie aus. »Lass sie in Ruhe, Rafael. Ich rate es dir im Guten.« Damit wandte er sich um und verließ den Raum.

Rafael brauchte ein paar Minuten, bis sein Inneres nicht mehr kochte und seine Gedanken wieder klarere Bahnen einschlagen konnten. Erst nachdem er sich so weit gefangen hatte, konnte er seine inzwischen vollständig upgedatete *insight* vom Terminal nehmen.

Was hatte Eduard überhaupt hier getan? Was hatte er auf den Monitoren sehen wollen? Rafael schaltete die *insight* ein und trat vor die Displaywand.

Doch schon im nächsten Moment riss er sich die Brille wieder von der Nase, schaltete sie ab und warf sie von sich, zurück auf das Zentralterminal. Dann rannte er aus dem Raum und den Flur hinunter ins Ärzt_innenzimmer, wo er seinen Mantel aufgehängt hatte. Er zerrte das Etui mit Arcs *insight* aus der Tasche und setzte sie auf.

Es dauerte keine fünf Sekunden, bis sich Arc meldete.

»Das ging schnell. Was gibt's, Doktor?«

»Arc? Wo bist du?«

Ein kurzes misstrauisches Schweigen folgte. »Auf dem Weg zurück zur Basis?«

»Dann bist du nicht zurückgegangen ins GAME SHIP?«

»Ähm. *Nein* …?!«

Es klang mehr wie »Hältst du mich für bescheuert?!«, und Rafael konnte es ihm nicht verdenken. Er atmete einmal tief durch. »Dachte ich mir. Aber dann sag mir doch mal bitte, wer gerade dort drin ist und Théo spielt.«

»*Was?!*« Eine kurze Pause folgte. Etwas raschelte. »Warte.«

Wieder eine Pause. Länger diesmal. Als Arc das nächste Mal sprach, klang er gehetzt, als würde er sehr schnell laufen, vielleicht sogar rennen. »Doktor? Bist du noch da?«

»Bin ich. Was machst du?«

»Der Plan hat sich geändert. Hol sie raus, Rafael. Hol Clue so schnell wie möglich da raus!«

Rafael furchte die Stirn und sah nervös zur Tür des Ärzt_innenzimmers. Wenn Arc sagte, ihr Kanal wäre mehr oder weniger abhörsicher, musste er darauf vertrauen. Aber Rafael kannte nun einmal auch Eduard schon sehr lange. »Und wie hast du dir das vorgestellt?«

»Ich hab dir die Optionen doch schon erklärt. Benutz dein Gehirn, dir fällt schon was ein. Wir müssen jetzt Schluss machen. Ich melde mich.«

Weg war er. Die Verbindung war tot. Und Rafael wusste es besser, als es ausgerechnet jetzt noch einmal zu versuchen.

Mit einem tief empfundenen Fluch schaltete er die *insight* aus und ließ sich schwer auf einen Stuhl sinken.

Vermutlich, dachte er, war seine Entscheidung damit endgültig gefallen. Er würde Clue aus dem Spiel holen müssen. Noch heute Nacht. Auch wenn es ihm nicht gefiel.

Es gefiel ihm ganz und gar nicht.

1stPersonCam: CLUE
Location: UNDERGROUND LOBBY

Die Eingangshalle, in der sich die Contenders der 12. Staffel vor inzwischen vier Tagen zum ersten Mal begegnet sind, wirkt geradezu überwältigend riesig und leer, jetzt, da nur noch vier andere Menschen darin auf Clue warten.

Quentin. Onyx. Nima. Und Jasper. Das ist alles, was von der Gruppe übrig ist.

Onyx kommt direkt auf sie zu, als Clue aus der Tür zur Kantine tritt. »Clue, da bist du ja. Wo hast du gestern Abend gesteckt? Wir hätten deine Hilfe bei diesem Puzzle gut brauchen können.«

Es dauert einen Moment, bis Clue ihre Gedanken so weit beisammenhat, dass sie weiß, was Onyx meint. In dem gelben Säckchen aus dem zweiten Rätselwürfel ist ein kleiner Haufen Puzzleteile gewesen. Clue hat sie beim Abendessen Quentin gegeben, ehe sie sich auf den Weg gemacht hat, um Théos Rätsel zu lösen. »Tut mir leid. Habt ihr es hinbekommen?«

Die Spinne mustert sie ein paar lange Sekunden, die zwei zentralen Augen aufmerksam auf Clues Gesicht gerichtet. »Na schön«, sagt sie schließlich gedehnt. »Du musst es mir natürlich nicht sagen. Aber denkst du nicht, wir sind inzwischen auf einem Level, wo wir uns zumindest aufeinander verlassen können müssen? Selbst wenn wir einander vielleicht nicht vertrauen?«

Trotz Onyx' wie immer ruhigen Tons ist da eine Spur Schärfe in ihrer Stimme, unter der Clue sich sofort schlecht fühlt. Aber Onyx gibt ihr keine Zeit, darauf zu reagieren. Stattdessen hält sie Clue ihren linken Handrücken mit dem in den Handschuh eingelassenen *dEEp.touch* hin. »Hier. Es war eine Karte vom nächsten Stockwerk. Es fehlten die Puzzleteile von Jasper und mir, also ist sie nicht ganz vollständig, aber brauchbar. Ich lade sie dir hoch.« Sie tippt zweimal auf ihren Handrücken.

»Danke«, murmelt Clue, als mit leisem Klingeln eine Anfrage für einen Dateitransfer bei ihr eingeht. Während der Ladebalken für den Empfang sich rasch füllt, wirft Clue einen unruhigen Blick auf die Uhr in ihrem Display. 10:58. Wo bleibt Théo? Wenn er nicht bald hier ist, wird er ...

Im gleichen Moment, als die Uhr auf 10:59 springt, springt auch die ganz linke Tür in der Reihe der Contender Doors auf und schlägt mit einem Krachen gegen die Wand.

»*Bonjour, mes ami.e.s!* Habt ihr mich vermisst?«

Und dort auf der Schwelle steht er. Théo. Immer noch ohne die rote Mütze, noch immer ohne die ausgetretenen roten Schuhe, aber davon abgesehen zweifelsfrei ganz und gar er selbst. Quentin ist als Erster bei ihm, aber auch die anderen folgen schnell, umringen ihn und reden auf ihn ein. Warum und wie er zurückgekommen sei und, verdammt noch mal, von wo eigentlich? Théo aber schiebt nur die Hände in die Taschen seiner ausgebeulten Jeans und lacht, antwortet, vermutlich ohne zu antworten, wie er es so gut kann – aber er muss sie auch nicht lange auf Distanz halten.

Denn in diesem Moment ist es 11 Uhr. Und der Gong ertönt.

»Contenders. Noch einmal willkommen zu STAGE 03. Phase 01: Puzzle Race. Dies ist eure Aufgabe: Erreicht ASSEMBLY ROOM #1 so schnell wie möglich. Wer den Assembly Room zuletzt erreicht, wird am Ende des Tages GAME OVER gesetzt.

Um ASSEMBLY ROOM #1 zu erreichen, beantwortet die in den Räumen gestellten Fragen innerhalb des Zeitlimits. Die richtige Antwort öffnet die richtige Tür. Die falsche Antwort öffnet die falsche Tür. Wird innerhalb des Zeitlimits keine Antwort eingeloggt, öffnet sich automatisch die falsche Tür, was einen Umweg oder Zeitverlust durch eine Sackgasse zur Folge haben kann.

Das heutige Spiel findet im SINGLE PLAYER-Modus statt. Die Startreihenfolge ergibt sich daraus, wie oft ihr bisher eines der Spiele gewonnen habt:

1. Théo
2. Clue/Quentin
3. Nima
4. Jasper/Onyx

Allerdings haben QUENTIN und THÉO je eine Runde ausgesetzt. Sie werden daher um einen Platz zurückgesetzt, und es ergeben sich folgende Startpositionen:

1. Clue
2. Théo
3. Quentin
4. Nima
5. Jasper/Onyx

CLUE: Begib dich jetzt in den Fahrstuhl. Er wird dich zur ersten Tür bringen. Viel Erfolg, Contenders!«

Clue ist noch völlig überrumpelt davon, wie schnell plötzlich alles geht. Ein wenig ratlos wechselt sie Blicke mit den anderen, aber die scheinen noch genauso sehr damit beschäftigt zu sein, das gerade Gehörte zu verarbeiten.

»Ja dann«, sagt Clue also und zurrt ihren Rucksack fest, denn es hilft ja alles nichts. »Wir sehen uns im Assembly Room.«

Mit einem beherzten Schritt steigt sie in den klapprigen Gitteraufzug. An der Schalttafel leuchtet heute nur der Knopf mit der 03. Die anderen sind dunkel. Kein Zugang zu Stage 02, wie es scheint. Clue drückt den Knopf, und ein Ruck geht durch den rostigen Käfig. Während die Türen sich schließen, dreht sie sich noch einmal um und schaut nach draußen zu den Menschen, die ihr in so wenigen Tagen so verblüffend vertraut geworden sind.

Quentin. Onyx. Nima. Jasper.

Und Théo. Jetzt auch wieder Théo.

Sein Blick ist das Letzte, was sie sieht, ehe die Fahrstuhltür ihr endgültig die Sicht versperrt.

Und das Rennen beginnt.

1stPersonCam: THÉO
Location: UNDERGROUND LOBBY

Das Licht ist zu hell für Théo. Es sticht ihn in die Augen, gräbt sich förmlich in seinen Kopf hinein, als wolle es auch die letzten Winkel seines Gehirns erbarmungslos ausleuchten, während er zusieht, wie sich die Fahrstuhltür hinter Clue schließt.

Wenn es doch nur etwas auszuleuchten gäbe. Etwas, das mehr ist als Schwitzen und Zittern und diese furchtbare Leere. Und das Gefühl, dass er gar nicht hier sein sollte. Alles ist seltsam weit weg. Und wann immer er es wagt, die Augen für einen Moment zu schließen, und sei es nur, um sich vor diesem Licht zu schützen, spürt er es wieder:

Eisigen Winterwind auf seinen Wangen. Winzige Schneeflocken, die auf seiner Haut schmelzen, und heiße Tränen, die hinter seinen Lidern brennen. Aber wenn er die Augen dann wieder aufreißt, sieht er nicht die weite Stadt zu seinen Füßen, sondern den Stahlbeton des *Underground Bunker*. Und dahinter die nackten Wände des GAME SHIP.

Er ist zurück.

Théo wagt kaum, es auszusprechen. Es in Worte zu fassen ist schlimm genug, aber noch schlimmer ist das Gefühl seiner Stimme, die plötzlich so seltsam fremd ist. Überhaupt dieser Körper. Hände, Finger, die sich öffnen und schließen, wie er es will, und doch nichts fühlen. Ein Herz, das einen anderen Takt schlägt als sonst. Etwas fehlt. Jemand.

»*Arc*«, möchte Théo flüstern. »*Arc, bist du da?*«

Aber er tut es nicht. Weil er weiß, dass nichts als quälende Stille folgen wird. Eine schreckliche, unumstößliche Gewissheit.

Es gibt hier keinen Arc. Da ist niemand. Théo ist zurück, und er ist ganz allein.

Jemand tritt neben ihn. Eine große breitschultrige Gestalt. Théo spürt den Blick der gelben Wolfsaugen auf sich, aber er sieht Quentin nicht an. Er starrt bloß weiter auf die Fahrstuhltür. Gleich wird sie sich wieder öffnen. Dann ist er an der Reihe.

»Wo bist du gewesen?«, fragt Quentin leise, und Théo weiß, es steckt viel mehr in dieser Frage als die Sorge, die darin zu hören ist. Weil es Quentin auch betrifft. Weil er es auch nicht versteht. Und ja, vielleicht wäre es auch klug, darüber zu sprechen, was *ihm* geschehen ist. Woran *Quentin* sich erinnert, aus der Zeit dazwischen.

Trotzdem schüttelt Théo den Kopf. »Ich muss jetzt spielen«, sagt er und schiebt die Hände in die Hosentaschen, damit Quentin das Zittern nicht sieht. »*Au revoir*, Quen.«

Damit tritt er entschlossen auf den Fahrstuhl zu, dessen Tür sich in diesem Moment mit hässlichem Knarzen wieder öffnet. Denn spielen, das kann er noch, trotz allem.

Hoffentlich.

Asgard International Academy (AIA), Berlin
Institute for Bioware Engineering
Workgroup: Enhanced Artificial Tissue Modeling and Integration

Yez starrte mit leerem Blick auf das hauchfeine Netz aus Hydrogel, das sey aus dem Drucker genommen hatte. Sey musste endlich anfangen mit der Zellimpfung. Schon jetzt war sey zwei Tage hinter dem Laborplan – dem korrigierten Laborplan wohlgemerkt.

Yez hasste es, Zeitpläne nicht einzuhalten. Sey mochte sere Arbeit durchgeplant und strukturiert und vor allem pünktlich abgegeben. Aber es war schwer – nein, nahezu unmöglich –, sich auf Heuschreckenflügel und Zitteraal-Elektrozyten zu konzentrieren, nachdem sey gesehen hatte, was diese Technik aus einem Menschen machen konnte. Immer wieder wanderte ser Blick zu serem eigenen Finger. Zu den Gedanken, die sey noch vor zwei Tagen gedacht hatte.

Elektrizität mit einem Fingerschnippen erzeugen. Wäre das nicht unglaublich cool?

Nach allem, was Yez neuerdings wusste, war es das nicht. Ganz und gar nicht cool.

Als das Voicemodul serer *insight* einen eingehenden Call ankündigte, fuhr sey heftig zusammen.

Arc.

Hastig nahm Yez den Call an. »Hey, was gibt's?«

»Falls du nackt bist, zieh dir was an. Ich komm jetzt rein.«

Für einen Moment war Yez völlig perplex. »Ich bin noch im Labor«, erklärte sey mit etwas zu viel Nachdruck, als ser Kopf endlich alle Informationen und Fragen verarbeitet hatte, die in diesem einen bescheuerten Satz steckten. Na gut, zwei. Es waren zwei. Trotzdem.

Sekundenlang war es auf der anderen Seite still.

»Okay«, sagte Arc dann. »Wann kannst du zurückkommen? Wir müssen was besprechen.«

Yez warf einen Blick auf seren Versuchsaufbau. Auf das Hydrogel und den armen Alexios. »Geht das nicht per ...«

»Nein.«

Yez seufzte. »Dauert es lange?«

Arc schien kurz zu überlegen. Yez hörte das leise Piepen, mit dem sich das Codeschloss des Eingangs zum Wohnheim entriegelte. Vage fragte sey sich, warum Arc es überhaupt öffnen konnte. Aber der Gedanke verflüchtigte sich, als er antwortete.

»Wahrscheinlich nicht.«

Yez seufzte noch einmal. »Gib mir eine Stunde. Ich mach die Impfung noch fertig, und dann komme ich schnell rüber. Ich kann hier jetzt wirklich nicht unterbrechen, okay?«

»Okay«, sagte Arc bloß. »Bis dann.«

Und schon hatte er aufgelegt. Auch Yez trennte die Verbindung. Dann wandte sey sich wieder der Matrize zu. »Keine

Sorge, Lexi«, sagte sey zu dem Heuschreckenbock in seinem Glaskasten und legte ein extra Salatblatt hinein. »Davon lassen wir uns nicht aufhalten. Diesmal nicht. Heute Abend hast du deinen Flügel wieder. Versprochen.«

Als sey etwas mehr als eine Stunde später das WG-Kompartment betrat, war die Wohnung so still, als wäre überhaupt niemand hier. Nichts hatte sich verändert, seit sey gegangen war.

Aber in serem Zimmer hockte Arc in seinem Nest aus Displays, Werkzeug und Kabeln und tippte auf einer externen Tastatur. Er hatte jetzt blaue Haare. Trug andere Klamotten. Und es waren mehr Geräte dazugekommen. Geräte, die ganz sicher nicht in der Kiste gewesen waren.

»Hey«, sagte Yez und ließ seren Rucksack neben dem Schreibtisch zu Boden rutschen.

»Hm«, machte Arc. Es war ein denkbar indifferentes Hm, das von »Hallo« über »Ja« oder »Nein« bis hin zu »Ich interessiere mich gerade wirklich nicht dafür, worüber du redest« alles bedeuten konnte.

»Hast du schon was gegessen?«

Statt einer Antwort hielt Arc die linke Hand mit der offenen Handfläche nach oben in die Höhe, während die rechte weitertippte und sein Blick konzentriert auf den Bildschirm gerichtet blieb. Für einen Moment war Yez sehr versucht, seren Antistress-Knautschball oder ein Paar Socken hineinzulegen, nur um zu sehen, ob Arc sie dann zu essen versuchen würde. Aber dann zog sey doch die Tüte mit dem Brötchen aus dem Rucksack, das sey auf dem Heimweg aus der Cafeteria mitgenommen hatte. »Ich wusste nicht, was du magst, also hab ich …«

»Nichts vom Tier.«

»… Hummus mit Gurke genommen«, beendete Yez seren Satz. »Jeder Mensch mag Hummus.«

Jetzt endlich warf Arc sem einen eindeutig belustigten Blick zu. »Bold call. Aber danke.«

Während er in das Brötchen biss und sich dabei schon wieder auf sein Display konzentrierte, setzte Yez sich rittlings auf den Schreibtischstuhl und überkreuzte die Arme auf der Lehne. »Was machst du da?«

Arc hob eine Braue, ohne aufzusehen. »Hast du Ahnung von Crystalizing?«

Yez schüttelte den Kopf. »Ich weiß nicht mal, was das ist.«

»Dann erkläre ich es dir nicht.«

»Hast du gerade gesagt, ich bin schwer von Begriff?«

Arc furchte die Stirn, starrte noch intensiver auf sein Display und tippte mit etwas mehr Nachdruck als zuvor auf der Tastatur. »Hm.«

Jetzt nahm Yez doch den Antistress-Ball vom Tisch, allerdings, um ihn gut gezielt gegen Arcs Kopf zu werfen.

»Oy!« Er schoss sem einen ärgerlichen Blick zu.

Yez schnaubte. »Hör mal, so wird das nichts mit uns beiden, okay? Ich bin weder deine Mutter, die dir Essen bringt und dafür sorgt, dass du dich anziehst und wäschst. Und du bist auch nicht mein Haustier. Dafür schnurrst du nämlich nicht genug.«

Arc blinzelte. Einmal. Zweimal. Dann lachte er. Vielleicht war es das entspannteste, freundlichste Lachen, das Yez je von ihm gehört hatte. »Okay«, sagte er. »Ich erklär's dir trotzdem nicht.«

Yez stöhnte – vor allem, um selbst ein widerwilliges Lachen zu unterdrücken. »Für den Anfang würd's mir ja schon reichen, zu erfahren, worüber du so dringend mit mir reden wolltest.«

Das Tippen von Arcs Fingern verstummte, und er warf Yez einen Blick zu, als sei ihm erst gerade wieder eingefallen, dass er selbst es war, der sem herbestellt hatte. Dann griff er blind hinter sich nach einem weiteren *touch*, warf einen raschen Blick aufs Display und hielt es Yez entgegen. Seine Miene war jetzt sehr finster. »Darüber.«

Als Yez auf das *touch* sah, blieb sem für einen Moment der

Atem weg. Der Bildschirm zeigte den SUCCESSION GAME Livestream aus einer 3rdPersonCam. Aber nicht irgendeinen.

»Théo!«, flüsterte Yez ungläubig, und ser Blick flog kurz zu Arc, ehe er wie magisch wieder von dem Bild auf dem *touch* angezogen wurde. »Sie haben ihn wieder reingeholt?«

Aus dem Augenwinkel nahm sey wahr, wie Arc seine Tastatur beiseitelegte, aufstand und sich neben sem stellte.

»Sieht so aus«, murmelte er. »Mir tut das arme Schwein leid, das sich jetzt mit ihm rumschlagen muss.«

Überrascht sah Yez zu ihm auf. Arcs Kieferlinie war angespannt, er hatte die Brauen dicht zusammengezogen und wirkte überhaupt nicht, als würde er irgendwen bemitleiden. Eher irgendwie … eifersüchtig?

»Was hast du jetzt vor?«, fragte sey vorsichtig. »Und wie kann ich dabei helfen?«

Arc rieb sich mit einem schmerzhaften Seufzen die Schläfen. »Ich hab's noch nicht ganz zu Ende gedacht. Aber ich kann nicht riskieren, dass er da drin rumläuft und alles hochgehen lässt, was ich in den letzten fünf Jahren … oder auch nur in den letzten fünf Wochen geplant habe. Daher wollte ich …« Er räusperte sich und klang jetzt fast verlegen. »Meinst du, hier könnte noch jemand vorübergehend wohnen? Nur bis das GAME vorbei ist?«

Yez starrte ihn an. »Du meinst, du willst den neuen Théo auch rausholen?«

»Quatsch.« Arc schnaubte. »Was sollte sie denn daran hindern, ihn direkt auf den nächsten Host zu laden?« Er schüttelte den Kopf. »Weißt du, nachdem die Sache mit Quentin passiert ist, bin ich davon ausgegangen, dass sie auf diese Weise auch versuchen werden, Théo auszuschalten. Dass das ein Testlauf war oder so was. Deshalb hab ich alles vorbereitet, damit Clue an meiner Stelle gewinnen kann, und bin rausgegangen, bevor sie ihn … also uns erwischen. Aber der Plan scheint ja doch ein anderer zu sein, und …« Er atmete angestrengt durch, als müsse er sich sammeln. »Ich habe Théo gemacht, um zu gewinnen, verstehst du? Um jeden Preis. Und jetzt kann ich ihn nicht mehr steuern. Ich weiß nicht mehr, was in diesem verballerten Dickschädel vorgeht. Darum muss ich das Spiel von hier draußen zu Ende spielen. Aber dabei brauche ich Hilfe. Clues Hilfe.«

Yez antwortete nicht sofort. Sey starrte nur weiter auf das *touch*, auf den Théo, der nicht mehr Théo war ... oder doch?

Dann schaltete sey um auf Clues Kanal. Sie stand gerade in einer engen Kammer aus Stahlbeton und verschob rostige Perlen auf einem riesigen Feld, das aussah wie eine altertümliche Rechenmaschine. Yez versuchte, sich vorzustellen, wie diese Person, die sey vor wenigen Tagen noch darum beneidet hatte, mit Théo und Quentin in einer Bar sitzen zu dürfen, stattdessen hier in serer Wohnung hockte.

Genau wie Arc, der irgendwie auch Théo war.

Yez hatte das unangenehme Gefühl, dass sem allmählich das Gespür dafür abhandenkam, was echt war und was nicht. Und sey fragte sich, ob es je wieder möglich sein würde, ein normales Leben zu leben.

»Ich muss mit Hathi sprechen«, murmelte sey schließlich und reichte Arc das *touch* zurück. »Und ich will, dass ihr mit all eurem Zeug in die Wohnküche zieht. Davon abgesehen ... macht eine Person mehr oder weniger jetzt wohl auch keinen Unterschied mehr. Immerhin sitzen wir hier in einer Festung, hab ich gehört.« Sey bemühte sich um ein Lächeln, und obwohl es ein wenig schief geriet, entdeckte sey kurz darauf auch auf Arcs Gesicht eine blasse Spiegelung davon.

»Danke«, sagte er leise und sehr ernst. Dann räusperte er sich noch einmal. »Soll ich ... dir dann vielleicht jetzt erklären, was Crystals sind?«

1stPersonCam: CLUE
Location: THE LABYRINTH

Clue wirft einen letzten Blick auf den überdimensionierten Abakus an der Wand – und dann einen auf den Countdown, der in ihrem Display rückwärtszählt. Noch 45 Sekunden. Sie kann es sich erlauben, das Ergebnis ein letztes Mal zu überprüfen. Mit einem tiefen Atemzug legt sie den rostigen Hebel, der aus der Schaltkonsole in der Mitte des Raums ragt, nach rechts. Das elektrische Schloss der Tür ihr gegenüber öffnet sich mit feinem Piepen, und die Diode wechselt ihre Farbe auf Grün.

WILLST DU -279113- ALS ENDGÜLTIGE ANTWORT
EINLOGGEN? DU KANNST DEINE ENTSCHEIDUNG DANACH
NICHT MEHR ÄNDERN.

Rasch vergleicht Clue den Weg mit der Karte in ihrem *dEEp.touch*. Und zum wiederholten Mal in der letzten Stunde fällt ihr auf, dass das Spiel sie offenbar nicht auf dem kürzesten Weg zum Ziel führt, obwohl sie sich sicher ist, bisher alle Rätsel richtig gelöst zu haben. »Ja«, sagt sie trotzdem. »Einloggen.«

Noch einmal sieht sie auf die Karte im *touch*. Also vorausgesetzt, dass ihre Aufzeichnung stimmt, und vorausgesetzt, dass sie auf der Karte den ASSEMBLY ROOM #1 richtig identifiziert hat, scheint das GAME sie definitiv verwirren zu wollen, indem es sie unnötige Schleifen und Wendungen von Raum zu Raum nehmen lässt. Es lässt ihr allerdings auch kaum Zeit, um darüber nachzugrübeln. Oder abzuwägen, ob es möglich wäre, mithilfe gezielt falscher Antworten eine Abkürzung zu nehmen. Das Puzzle-Labyrinth ist eine schier unendliche Aneinanderreihung quadratischer Zellen aus Stahlbeton, jede mit drei Türen versehen: Dem Eingang und zwei Ausgängen, von denen sich immer nur einer öffnen lässt. Seit mehr als eineinhalb Stunden hetzt Clue nun schon von Raum zu Raum, von Rätsel zu Rätsel, und vermutlich liegt noch mindestens eine weitere solche Stunde vor ihr. Wahrscheinlich mehr, vor allem, wenn sie anfängt,

Fehler zu machen. An dem Spiel mit dem Abakus wäre sie fast gescheitert, dabei war es gar nicht so schwer. Aber die Zahlen verschwimmen bereits in ihren Gedanken.

Als sie die Hand auf die Klinke der entsperrten Tür legt, klickt es im Schloss, die Diode schaltet um auf gelbes Licht, und vor Clues Augen erscheint erneut die weiße Schrift.

ACHTUNG, CLUE: DER RAUM, DEN DU BETRETEN
MÖCHTEST, ENTHÄLT DIE OPTION *PAUSENRAUM*.
MÖCHTEST DU EINE PAUSE MACHEN?

Clue stutzt. Das ist neu. Eine Pause ... O ja, sie braucht sehr dringend eine. *Als hätte das Spiel meine Gedanken gelesen. Gruselig.*

»Ja«, sagt sie dennoch entschieden. »Das möchte ich.«

WIE LANG SOLL DEINE PAUSE SEIN?
WÄHLE: -5- MINUTEN. -10- MINUTEN. -20- MINUTEN.

Clue überlegt. Das hier ist ein Rennen auf Zeit. Aber sie kennt ihren Kopf und weiß: Wenn sie ihm jetzt keine echte Erholung gönnt, wird sie schon sehr bald an einem oder mehreren Rätseln scheitern. »Zwanzig.«

Erneut klickt es im Schloss. Die Diode wechselt ihr Licht auf Grün.

DEINE PAUSE VON -20- MINUTEN BEGINNT JETZT. SOBALD
DIE ZEIT UM IST, ÖFFNET SICH DIE TÜR ZUM NÄCHSTEN RAUM
AUF DEM KORREKTEN PFAD. GUTE ERHOLUNG!

Hinter der Tür ist dieses Mal nichts als ein kahler Raum. Aber in eine der Wände ist ein kleiner Schrank eingelassen, und in diesem Schrank findet Clue eine Flasche Wasser und eine Schale mit Nüssen und Trockenfrüchten. Aufatmend lässt sie sich an der Wand unter dem Schrank zu Boden sinken und lehnt den Rücken mit dem Rucksack gegen den Beton. Während sie trinkt und isst, lässt sie die Gedanken schweifen in der Hoffnung, dass sie dadurch ein wenig zur

Ruhe kommen. Wo die anderen wohl gerade sind? Wie kommen sie zurecht? Bekommen sie die gleichen Pfade zugewiesen? Könnten sie theoretisch sogar im gleichen Raum landen? Ist vielleicht jemand gerade jetzt ... genau hinter dieser Wand? Es ist ein seltsames Gefühl, so abgeschnitten von allen zu sein. Wenn sie bloß sehen könnte ...

Etwas zuckt in Clues Gedächtnis. Wie ein Déjà-vu. Als hätte sie diesen Gedanken schon einmal gedacht.

Im Traum vielleicht?

Nein. Das ist kein Traum gewesen. Clue schiebt rasch die Hand in ihren Rucksack und tastet nach Théos Buch. *Guess What I've Done While U Were Gone!* Sie hat es mehrfach gelesen. Und sich dann, auf der Schwelle zwischen Wachsein und Traum, erinnert. Was sie gesehen hat. Wer sie jenseits ihrer Persona wirklich ist.

»Man kann SUCCESSION GAME nicht hacken.«

»Wenn du das sagst. Ich dachte, du hättest es selbst schon getan.«

Théo hat es gewusst. Sie hat SUCCESSION GAME gehackt, in jenem Pregame-Room – als sie noch Lucille war und nicht Clue. Mit unwillkürlich bebenden Fingern greift Clue nach dem Saum ihres linken Handschuhs. Schiebt ihn vorsichtig zurück, bis sie den Rand des Displays *in ihrer Haut* sieht.

Es ist da. Es ist wirklich da. Und auch das Icon, auf das sie sich in diesem ersten Raum Zugriff erzwungen hat. Clues Herz rast, als sie darauf tippt und den Handschuh wieder zurück an Ort und Stelle zieht. Aber die Liste erscheint jetzt auch auf dem *touch* in ihrem Handschuh.

Es funktioniert noch. Sie kann sie sehen. Die Streams der anderen. Jeden. Auch ...

Théo.

Ja. Da ist er. 1stPersonCam. 3rdPersonCam. Alles, was sie will. Clue kann ihre Hand kaum ruhig genug halten, um das Icon anzutippen.

Doch der 1stPerson-Stream ist dunkel.

Zuerst denkt Clue, sie hätte sich zu früh gefreut und die Verbindung würde doch nicht mehr funktionieren. Aber dann hört sie Théo atmen. Schwer und mühsam. Und sie hört ihn flüstern. Gedämpft in den dünnen Stoff seines Langarmshirts.

»Arc? Arc, bist du da? Bist du ... irgendwo?«

Clues Brust zieht sich zusammen. Rasch wechselt sie in den 3rdPerson-Stream. Und jetzt sieht sie ihn auch. Wie er an der Wand eines winzigen kahlen Raums hockt, ähnlich wie sie selbst. In sich zusammengekauert, das Gesicht erschöpft in den Armen vergraben. Ein Häuflein Elend.

Aber als hätte er ihre Blicke gespürt, hebt Théo in diesem Moment den Kopf. Fast wirkt es, als würde er sie direkt ansehen.

»Ich weiß nicht weiter.« Seine Stimme ist rau, wackelig, als könne sie jederzeit brechen. »Arc, wenn du das siehst ... wenn du irgendwie kannst ... hilf mir!« Er öffnet die Hand und sieht hinein, etwas blitzt im Licht auf, aber Clue kann nicht erkennen, was es ist. Dann starrt er wieder in die Kamera. »Ich ... finde den Weg nicht mehr.« Théos Stimme verklingt in einem heiseren Flüstern. Sekundenlang sitzt er so da. Reglos. Stumm.

Dann aber geht plötzlich ein Ruck durch seinen Körper. Théo richtet sich auf, und seine Augen weiten sich, als hätte er etwas gehört. Oder gesehen.

»Was? *Non!*« Er springt auf, von seiner Erschöpfung scheint von einer Sekunde zur nächsten nichts mehr übrig zu sein, und auch Clue richtet sich unwillkürlich auf.

Ausgerechnet in diesem Moment aber flackert das Bild. Rauscht, trübt sich ein und wird abgelöst von der vertrauten weißen Schrift.

ACHTUNG, CLUE: DEINE PAUSE ENDET IN -30- SEKUNDEN.
MACH DICH BEREIT FÜR DEN NÄCHSTEN RAUM.

Verdammt! Warum ausgerechnet jetzt?! Waren das wirklich schon zwanzig Minuten?

Aber alles Fluchen hilft nichts – der Stream ist weg. Unterbrochen von der Nachricht. Und sosehr Clue auch dorthin zurück möchte, sosehr sie alle Türen dieser Stage aufreißen will, bis sie die findet, hinter der Théo sitzt ... sie weiß, dass es keinen Sinn hat. Sie muss weiter. Weil das Spiel nicht auf sie warten wird und auf Théo auch nicht.

Clue rappelt sich auf. Steckt hastig die letzten Nüsse und die

Wasserflasche in ihren Rucksack. Und macht sich bereit für den nächsten Raum.

Asgard International Academy (AIA), Berlin
Wohnkompartments der Studierenden
Kompartment 503

Nachdem sich Yezmin wieder auf den Weg ins Labor gemacht hatte, begann Arc, seine Hardware und die übrigen Sachen aus seiner Sporttasche hinüber in die Wohnküche zu schaffen. Er hatte kein Problem damit, ein Zimmer für sich allein zu haben, und noch weniger damit, dass es die Küche war. So war der Weg zum Kühlschrank weniger weit, und er verlor weniger Arbeitszeit, wenn er Hunger oder Durst bekam.

Womit er allerdings ein Problem hatte, war, dass er sich nicht konzentrieren konnte. Vor dem Gespräch mit Yezmin war es ihm immerhin noch halbwegs passabel gelungen, an der versteckten Chatverbindung zwischen ihm und Lynn zu arbeiten. Er hatte ihr Profil im *dEEp.net* lokalisiert und auch das Homesystem, mit dem es verknüpft war. Aber er hängte sich immer an derselben Stelle auf, und Arc wusste, wenn er sich nicht ernsthaft darauf fokussierte, würde er Eduards Verschlüsselung definitiv nicht knacken.

Aber er fokussierte sich nicht. Inzwischen nicht mal mehr halb.

Stattdessen beobachtete er Théo. Nicht nur im aktuellen Livestream, auch in den Aufzeichnungen, die es von ihm gab – und das waren viele. Aus dieser Staffel und Best-ofs der vergangenen, alle parallel, jede Staffel ein eigenes Display. Mit fast schon morbider Faszination verfolgte Arc, wie Théo sprach und lachte. Sich bewegte. Lief. Kletterte. *Spielte*. Und gewann. Ein ums andere Mal.

Arc erinnerte sich an all das, und zugleich erinnerte er sich nicht. Sein Kopf fühlte sich an, als müsste er gleich explodieren, und trotzdem schaltete er die Videos nicht aus. Er konnte einfach nicht aufhören.

Er hatte Théo noch nie zuvor spielen sehen.

»Arc? Arc, bist du da?«

Arc fuhr heftig zusammen. Diese *Stimme* …

Hastig griff er nach dem *touch*, auf dem er den aktuellen Livestream hatte laufen lassen. Und da war es: das blasse Abbild dessen, was Théo gewesen war. Für *ihn* gewesen war. Wie er dort kauerte, in der Betonzelle. Jämmerlich. Hilflos.

Am Ende.

Ein eigentümlich reißender und zugleich dumpfer Schmerz breitete sich in Arcs Brust aus. Das war nicht richtig. Es sollte so nicht sein. Théo sollte nicht mal *dort* sein! Nicht ohne Arc.

Aber er war es. Und er sah ihn an, direkt durch die Kamera hindurch.

»Arc, wenn du das siehst … wenn du irgendwie kannst … hilf mir!«

Arc schloss die Augen. Atmete ein. Atmete aus. Das war wirklich schwerer, als er gedacht hatte.

»Tut mir leid, alter Junge.«

»Ich … finde den Weg nicht mehr.«

Arc kniff die Augen noch fester zusammen. Ballte die Fäuste und schluckte den scharfkantigen Klumpen in seiner Kehle hinunter. Er wollte. Oh, wie er helfen *wollte*.

»Aber du musst jetzt allein zurechtkommen.«

Arc öffnete die Augen. Sah Théo ein letztes Mal ins Gesicht.

Und schaltete den Bildschirm aus.

1stPersonCam: CLUE
Location: THE LABYRINTH

Es dauert noch geschlagene zwei Stunden, bis Clue schließlich völlig ausgebrannt aus der letzten Rätselkammer hinausstolpert und sich in einem lang gestreckten Korridor wiederfindet, an dessen Ende eine einzelne Tür liegt. Eine Metallplakette mit der Aufschrift

ASSEMBLY ROOM #1 ist darauf angebracht. Vor Erleichterung muss Clue beinahe lachen, aber sie ist zu erschöpft. Sie hat es geschafft!

Hinter der Tür verbirgt sich ein größerer Raum, vielleicht in etwa so groß wie die Kantine unten in Stage 01. Er wird dominiert von einem Tisch, auf dem eine unfassbare Menge Essen angerichtet ist. Brot, Gemüse und Obst, Aufstriche und kalte Suppen, Bratlinge, Nüsse und Müsli, Sojaquark und Marmeladen. Clue wird allein beim Anblick schwindelig vor Hunger. Nach fast vier Stunden im Rätsellabyrinth ist ihr Magen ein winziges schrumpeliges Loch und ihr Gehirn ein gründlich ausgewrungener Schwamm.

HERZLICHEN GLÜCKWUNSCH, CLUE.
DU HAST STAGE 03. PHASE 01: PUZZLE RACE
ABGESCHLOSSEN. DU DARFST JETZT ESSEN,
TRINKEN UND DICH ERHOLEN. DER REST DES
TAGES STEHT ZU DEINER FREIEN VERFÜGUNG.
DU DARFST DAS AREAL VON STAGE 03
ALLERDINGS NICHT VERLASSEN.

Großartig, denkt Clue. Sie will heute eigentlich auch nirgendwo mehr hingehen. Stattdessen gießt sie sich einen großen Becher Tee ein und trinkt, als würde ihr Leben davon abhängen.

»Hey, Clue«, sagt in diesem Moment eine hohe Stimme. »Nicht erschrecken, ich bin hier drüben.«

Clue zuckt unwillkürlich zusammen. »Nima?«

Tatsächlich. Die Geisterseherin kauert zwei Plätze von ihr entfernt auf einem der Korbstühle, die um den Tisch herum angeordnet sind. Trotz ihres voluminösen Rocks verschwindet sie beinahe in den dicken Polstern. Vor ihr steht ein voll beladener, aber noch unangetasteter Teller. Als ihr Blick Clues trifft, lächelt sie matt. »Ich dachte mir, dass du überrascht sein würdest.«

Clue erwidert das Lächeln ein wenig ertappt. »Du allerdings gar nicht.«

Nima zuckt die Schultern. Einer der Träger ihres dunkelvioletten Rüschenkleides rutscht dabei ein Stück ihren rundlichen Arm herunter. »Du bist als Erste losgegangen. Und wir wissen doch inzwischen alle, wer in dieser Staffel die Favoritin ist.« Sie klingt ein wenig resigniert, fast bitter.

Clue sagt nichts dazu. Stattdessen greift sie ebenfalls nach einem Teller und fragt sich, ob es stimmt, was Nima sagt. Was auch Zeke vor zwei Tagen behauptet hat. Sie? Die Favoritin?

Als sich hinter ihnen erneut die Tür öffnet, dreht sie sich rasch um, und auch Nima späht um ihre Korbstuhllehne herum. Onyx steht auf der Schwelle und sieht ähnlich erschöpft aus wie sie beide. Ihr Blick huscht hastig durch den Raum. Als sie nur Nima und Clue entdeckt, erscheint ein erleichtertes Lächeln auf den dünnen Lippen, und Clue kann ihre Gedanken förmlich von der Stirn ablesen: *Nicht die Letzte. Nicht GAME OVER.*

»Na, ihr zwei«, sagt sie, während sie die Tür hinter sich schließt. »Das war ein Ritt, nicht wahr?« Sie tritt zu Clue und Nima an den Tisch und trinkt erst einmal einen großen Becher Wasser, ehe sie sich an Nima wendet. »Du bist schon hier. Also hat es funktioniert?«

Nima lacht kurz auf. Besonders fröhlich klingt es allerdings nicht. »Besser als erwartet, ehrlich gesagt.«

Clue runzelt die Stirn. »Funktioniert?«

Nima schnaubt spöttisch. »Hast du dich echt noch nicht gefragt, wie es sein kann, dass ich sogar *vor dir* hier war?«

Onyx mustert Clue aus allen acht Augen mit undeutbarem Blick. »Du wüsstest davon, wenn du gestern Abend bei uns gewesen wärst.«

Clue presst die Lippen zusammen und schweigt. Natürlich hat Onyx recht mit ihrem Vorwurf. Dem *erneuten* Vorwurf. Sie hat schon heute Morgen recht damit gehabt. Aber jetzt, da Théo wieder da ist, hat Clue erst recht das Gefühl, dass es falsch wäre, den anderen von seinen Geheimnissen zu erzählen.

»Wir haben uns gefragt, ob sich die Wege durchs Labyrinth an die optimalen Pfade halten werden«, erklärt Nima großzügig. »In der Vergangenheit war das schon einmal nicht so. Deshalb habe ich mich als Versuchskaninchen zur Verfügung gestellt und mich nur nach der Karte gerichtet – und nicht nach den Wegen, die das Spiel vorgibt. Um zu sehen, ob man es optimieren kann, indem man auf die Sicherheit verzichtet. Und es hat geklappt.«

»Hm«, macht Clue nachdenklich. Das klingt logisch. Sie hat diese Idee während des Spiels ja sogar selbst gehabt. Aber irgendwas an Nimas Worten ist komisch. Irgendwas ...

In diesem Augenblick öffnet sich hinter ihr ein weiteres Mal die Tür, und im Rahmen steht Quentin. »Falls wir morgen wieder da reinmüssen, fehlt uns aber ein ziemlich großer Teil der Karte«, knurrt er, als hätte er schon die ganze Zeit bei ihnen im Raum gestanden, und tritt mit federndem Schritt über die Schwelle. »Ich bin auf meiner Route heute zweimal in einer Sackgasse gelandet.«

Nima hebt die Brauen. »Sackgasse?«

»Ja«, bestätigt Onyx an Quentins Stelle und greift nach einer Traube Weinbeeren, um sie auf ihren Teller zu legen. »Hast du keine erwischt? Ich bin auch in einer gelandet. Ich musste zwanzig Strafsekunden dort warten und kam dann in den Raum von vorher zurück.«

Nima schüttelt den Kopf. »Keine. Glück gehabt, schätze ich.« Dann tippt sie an den Bügel ihrer *insight*. »Schon nach 15:30. Wo stecken denn die anderen beiden? Ich sitze jetzt seit fast zwei Stunden hier. Ich möchte ja gern mit allen gemeinsam essen, aber langsam habe ich wirklich Hunger. Und hinlegen möchte ich mich auch. Wird Zeit, dass die Türen aufgehen.«

Türen aufgehen? Hinlegen? Clue kann nicht leugnen, dass ihre Verwirrung immer weiter wächst. Sie hat zunehmend das Gefühl, dass sie am Vorabend einige wirklich wichtige Dinge verpasst hat. Türen sieht sie hier jedenfalls keine, abgesehen von der, durch die sie hereingekommen sind. Möglich, dass sie erst erscheinen, wenn das Spiel entschieden ist. Bloß, woher sollte Nima das wissen?

Ein anderer Teil von Nimas Worten nagt allerdings noch deutlich stärker an ihr. Ja, wo stecken Jasper und Théo? Jasper ist nach eigener Aussage nicht gut in Rätseln, und dass er und Onyx die Letzten waren, die aus dem Escape Room im Center Cube entkommen sind, spricht ebenfalls für sich. Aber Théo ... Der Théo, den Clue vor ein paar Tagen kennengelernt hat, wäre längst hier gewesen, da ist sie sich sicher.

Wieder sieht sie ihn vor sich. Wie er dort im Labyrinth hockt, so erschöpft und verzweifelt. Sie ist an keinem Pausenraum mehr vorbeigekommen, hatte keine Gelegenheit, noch einmal nach ihm zu sehen. Geht es ihm gut? Hat er ...

Quentins Brummen unterbricht ihre Gedanken. »Ich sage, lasst uns anfangen. Und wenn sie nach dem Essen noch nicht hier sind, gehen wir sie suchen.«

Clue sieht Onyx und Nima einen verblüfften Blick tauschen.

»Zurück ins Labyrinth?«, fragt Nima entgeistert.

Quentin knurrt leise. Es klingt, als wolle er sie davor warnen, ihm zu vehement zu widersprechen. Und als Clue seinem Blick begegnet, sieht sie in seinen Augen die gleiche Sorge, die sie selbst spürt. »Steht doch nirgends, dass das verboten ist. Oder?«

Niemand widerspricht. Stattdessen beginnen sie, schweigend zu essen. Eine ganze Weile ist es geradezu unheimlich ruhig im Raum, bis auf das Klappern von Besteck und gelegentliches Rascheln der Polster.

Da ertönen draußen auf dem Gang gehetzte Schritte. Wie auf Kommando hören alle auf zu essen und starren zur Tür, als hätte das Geräusch die Szene eingefroren – bis die Tür sich schließlich öffnet und eine schmale zerzauste Gestalt auf der Schwelle erscheint.

»Bin ich der Letzte?«, keucht Jasper atemlos, hält sich die Seite und stützt sich mit der freien Hand am Türrahmen ab.

Jasper. Es ist Jasper.

Etwas in Clue sackt in sich zusammen, als hätte jemand ihrem Inneren die Luft herausgelassen.

»Nein«, sagt Nima. »Théo fehlt noch.«

Sie klingt, als wäre sie froh über diesen Ausgang des Rennens, und ihr erleichterter Ton, gepaart mit Jaspers Art, die Augen aufzureißen und ein ungläubiges »Théo?« zu flüstern, bringt etwas in Clue zum Zucken – so heftig, dass ihr der Löffel aus der Hand fällt und in die fast leere Suppenschale klappert.

»Quentin hat recht. Ich finde das auch merkwürdig. Wir sollten ihn suchen gehen«, platzt sie heraus und steht auf. »Was, wenn er Hilfe braucht?«

Onyx mustert sie milde überrascht. »Denkst du? Bisher hatte ich das Gefühl, Théo kann ganz gut auf sich selbst aufpassen.« Ihr Tonfall ist ruhig wie immer, doch mehr denn je hört Clue die leise mahnende Schärfe darin. »Was weißt du, was wir nicht wissen, Clue?«

Clue beißt sich auf die Lippe. Sie kann unmöglich von dem gehackten Stream erzählen, vor laufenden Kameras schon gar nicht. Aber zum Glück muss sie das auch nicht, denn Quentin antwortet an ihrer statt.

»Dafür muss man keine Geheimnisse wissen«, knurrt er schroff. »Er sah ungesund aus heute Morgen. Als hätte er Fieber. Habt ihr das denn nicht bemerkt?«

Onyx und Nima wechseln einen erneuten Blick.

»Hm, nein. Habe ich nicht. So gesehen ... Was weißt *du*, was wir nicht wissen, Quentin?« Nima sieht ihn unverwandt an. Ihr Lächeln ist so freundlich wie das einer Puppe.

Quentins Miene verfinstert sich, aber er weicht ihrem Blick nicht aus. »Nichts«, brummt er. »Ehrlich gesagt hatte ich gehofft, ich könnte ihn danach fragen.«

»Aber wenn er jetzt nicht hier ist«, sagt Onyx langsam, »wird daraus vielleicht nichts mehr.«

Sekundenlang hängen ihre Worte zwischen ihnen in der Luft. Bis wirklich alle ihre Bedeutung begriffen haben.

Théo hat diese Runde verloren. Théo wird heute GAME OVER gehen.

Und als hätte die KI ihre Unterhaltung belauscht, ertönt in diesem Moment der Gong, der eine Benachrichtigung einleitet.

»*Glückwunsch, Contenders*«, beginnt die KI in ihrem gewohnt leichten Ton. »*Ihr habt STAGE 03. Phase 01: Puzzle Race abgeschlossen. Auf dem letzten Platz und damit für das GAME OVER vorgesehen ist THÉO. Alle Pfade zum ASSEMBLY ROOM #1 sind jetzt freigegeben. Da auf dieser Stage keine Rückkehr in die Kompartments gestattet ist, erfolgt die Elimination augenblicklich und automatisiert. Es werden keine Kapseln benötigt. Die übrigen Contenders finden ihre Personality Former in den Schlafkammern. Die Türen zu den Schlafkammern beim ASSEMBLY ROOM #1 werden in Kürze geöffnet. Ich wiederhole: Das GAME OVER für THÉO wird jetzt ausgeführt.«*

Es knackt im Lautsprecher, die Stimme verstummt. Bleierne Stille senkt sich auf die kleine Gruppe im Assembly Room.

Also ist es wahr. GAME OVER. Für Théo. Clues Knie sind plötzlich weich wie Pudding. Angespannt lauscht sie in das Schweigen des Labyrinths. Als müsste dort draußen jeden Moment ein Schrei ertönen, ein Knall oder sonst irgendein Zeichen, dass es tatsächlich geschehen ist: dass Théo, der viermalige Champion Successor, wirklich GAME OVER gesetzt wurde. Einfach so.

Aber nichts dergleichen geschieht. Es ist einfach nur still. Totenstill.

Und dann ertönt ein weiterer Gong.

»Eine weitere Mitteilung für alle Contenders.« Der Lautsprecher knackt und knistert erneut. *»Ein Successor Perk wurde eingesetzt. Der Code für den Perk ist: NOT TODAY. Das GAME OVER für THÉO wurde hiermit aufgehoben und wird zufällig neu vergeben. Ich wiederhole: Das GAME OVER wird in Kürze neu vergeben. Haltet euch so lange auf Stand-by.«*

Zentraleuropäische Union (ZEU)
Zentralballungsraum Berlin
GAME SHIP (Location: Top Secret)

Rafael starrte auf die Nachricht, die zeitgleich auf dem Hauptmonitor des zentralen Terminals und im Display seiner *insight* erschienen war.

PLEASE ENTER RANDOM GAME OVER: _

Random. Rafael wollte lachen, aber ihm war immer noch nicht wieder eingefallen, wie das eigentlich ging. *Zufällig* erschien diese Entscheidung nur den Menschen draußen. In der schmutzigen Realität war *er* es, der sie treffen musste. Und wieder – *schon* wieder – sollte er dafür eine Person wählen, die auf Basis der medizinischen Indikation definitiv nicht diejenige war, die als Erste von dem belastenden Einfluss der NfT und *EndoSymbs* befreit werden sollte.

Rafael fragte sich zum bestimmt hundertsten Mal, ob der erste Host des Wolfsmenschen noch am Leben wäre, wenn er sich an jenem ersten Tag irgendwie gegen Lynn durchsetzen und ihn statt der Erfinderin aus dem Spiel hätte nehmen können. Es war natürlich müßig, sich diese Frage zu stellen. Aber sie quälte ihn trotzdem. Vor allem in Anbetracht der Tatsache, dass es da unten Menschen gab, um deren körperliche Verfassung es definitiv schlechter bestellt war als um Clues. Ganz vorneweg derjenige, der mit seinem Perk überhaupt dafür gesorgt hatte, dass Rafael nun eine andere Person aus dem Spiel nehmen musste als ihn.

Der Spielplan in Lynns Buch jedenfalls listete Clue für ein RANDOM GAME OVER an allerletzter Stelle. Was würde Eduard wohl denken, wenn Rafael begann, dermaßen eigenmächtige Entscheidungen zu treffen? Er musste zumindest vermuten, dass Rafael Clues Ausscheiden auf Anweisung einer ganz bestimmten Person angeordnet hatte. Einer, die rein zufällig seit gestern verschollen war.

Rafael machte das im Grunde nichts aus, er war gut darin, sich stur und unwissend zu stellen. Aber Eduard hatte immer noch Lynn. Und das ungeborene Kind. Würde Eduard seine Drohung wahr machen, dem Kind etwas anzutun? Vor zwanzig Jahren hätte Rafael die Frage entschieden verneint. Aber der Eduard, der ihm hier begegnet war ... er wusste es nicht.

Rafael schloss die Augen. Ließ die vergangenen Tage und Wochen an sich vorbeiziehen. Die Gespräche, die er geführt, die Dinge, die er gesehen, und die Entscheidungen, die er bis hierher getroffen hatte. Und er wusste, für eine Umkehr war es längst zu spät. Er musste Lynn vertrauen, im Zweifel sich selbst schützen zu können. Und er musste sich sicher sein, dass er seine Entscheidung nicht allein aus einem wütenden Racheimpuls Eduard gegenüber traf.

Aber dem war nicht so. Definitiv nicht. So viel immerhin wusste er inzwischen. Darum öffnete er die Augen und gab die entscheidenden vier Buchstaben in das Textfeld ein.

CLUE.

1stPersonCam: THÉO
Location: THE LABYRINTH

»Contenders. Die Auswahl für das zufällige GAME OVER wurde getroffen. Anstelle von THÉO wird die Elimination für CLUE ausgeführt. Ich wiederhole: Das GAME OVER für CLUE wird jetzt ausgeführt.«

Théo rennt. Er rennt, so schnell er kann, von Kammer zu Kammer, von Tür zu Tür, immer den winzigen grün leuchtenden Dioden nach, die nun den Weg kennzeichnen. Es kümmert ihn nicht, dass seine Knie bei jedem Schritt unter ihm wegknicken wollen und sich sein Sichtfeld an den Rändern bedenklich trübschwarz einzufärben beginnt.

Nicht Clue. Nicht ausgerechnet Clue!

Es ist kein Zufall. Es kann keiner sein. Oder doch? Wer hat das getan? Und warum? Und wie? Was auch immer die Antworten sind – er muss Clue sehen. Wenigstens noch ein letztes Mal, bevor sie ...

... weg ist. Endgültig weg.

Als er endlich durch die letzte Tür in den ASSEMBLY ROOM #1 taumelt, sind die anderen bereits versammelt und starren ihm entgegen. Abweisend. Feindselig geradezu. Alle. Außer Clue. Denn die liegt bereits bewusstlos auf Quentins Armen. Er ist zu spät. Sie ist schon fort.

Nein. Nein, nein, nein. Ich will das nicht!!

»Na schau«, sagt Nima mit einem herablassenden Lächeln. »Der Champion Successor. Nicht kleinzukriegen, wie es scheint.«

Théo hat das Gefühl, als würde all seine verbleibende Energie aus ihm herausfließen. Als wäre er plötzlich zu einem Sieb geworden.

Fort.

Zu spät.

Und trotzdem bleibt er aufrecht. Stellt sich dem, was er angerichtet hat, wie er es immer tut. Denn am Ende zählt doch, dass er gewinnt, und dann wäre sie ja ohnehin fort gewesen, oder etwa nicht? Nur eine einzige Person gewinnt das SUCCESSION GAME. Das war schon immer so. Aber das Lächeln, das ihm sonst so leicht gelingt, fällt ihm diesmal schwer. Unglaublich schwer.

»Wo denkst du hin? Es geht doch nichts über einen dramatischen Auftritt«, sagt er. Will er sagen. Aber schon auf halbem Weg bricht seine Stimme. Verklingt und verstummt.

Weil ich doch wollte, dass du gewinnst, Clue.

Stille fällt über den Raum. Taucht alles in Schweigen, quälende Herzschläge lang.

Dann öffnet sich hinter Quentin eine der fünf Türen, die in die Wand eingelassen sind, und Onyx tritt heraus. Auch ihr Gesicht ist undurchdringlich, als sie Théo mustert. Aber sie sagt nichts und nickt Quentin nur zu. Der Wolfsmensch sieht auf Clues schlaffe Gestalt auf seinen Armen und dann wieder zu Théo.

»Komm mit.« Mit einem scharfen Ruck seines Kopfes deutet er auf die Tür, durch die Onyx eben gekommen ist. Dann geht er voran in den Raum hinein. Théo folgt ihm und zwingt sich, nicht zurückzusehen. Zu den Augen der anderen, die ihn nicht loslassen. Ihn abstrafen. Verurteilen.

Vielleicht fühlt es sich aber auch nur so an. Denn in all den Jahren hat er sich selbst noch nie so sehr wie ein Verräter gefühlt.

Die Kammer hinter der Tür sieht genauso aus wie die, von denen Théo heute schon so viele betreten hat. Aber jemand, Onyx wahrscheinlich, hat in einer Ecke ein paar dicke Polster ausgebreitet. Darauf legt Quentin nun Clues bewusstlosen Körper ab und richtet sich langsam wieder auf.

»Das hattest du nicht geplant, wie?«, brummt er.

Théo schüttelt den Kopf. »Ich hab gar nichts geplant«, flüstert er, und es ist die bittere Wahrheit. »Ich weiß nicht mal mehr, wie das geht.«

Sekundenlang spürt er Quentins Blick auf sich. »Also weißt du auch nicht, wo du gewesen bist? In der Zwischenzeit?«

Théo schweigt. Dann schüttelt er erneut den Kopf. Diesmal ist es allerdings eine Lüge. Denn er weiß sehr wohl noch, wo er war und wie es sich angefühlt hat. Die Schneeflocken auf seinen Wangen. Der Wind in seinen Haaren. Dort am offenen Fenster, weit über Berlin.

»Da hast du deinen Himmel.«

»Nichts«, sagt er trotzdem. »Ich weiß gar nichts.« Er zwingt sich, den Blick zu heben und Quentin direkt anzusehen. »Darf ich mich von ihr verabschieden? Allein?«

Wieder mustert ihn Quentin auf diese undeutsame Art. Dann klopft er Théo kurz auf die Schulter und wendet sich ab. Mit leisem Zischen schließt sich die Tür hinter ihm.

Théo geht neben Clue auf die Knie. Starrt ihr ins Gesicht und zwingt ein Lächeln auf seine Lippen, als könne das irgendetwas an der Gesamtsituation ändern.

»Hey, Clue.« Er verschränkt die Finger im Schoß, knetet sie unruhig, aber gegen die Kälte hilft das nicht. Wie kann ihm gleichzeitig so heiß und so kalt sein? »Ich weiß nicht, ob du das hören kannst ... vermutlich nicht. Aber nur für den Fall, dass doch ...« Er wirft einen raschen Blick zur Tür, aber da ist niemand mehr. »Es ist so, ich hab ein bisschen geflunkert. Ich wollte mich gar nicht von dir verabschieden. Ich wollte dir bloß was auf die Reise mitgeben.«

Er tastet in seiner Hosentasche und beugt sich vor, bis er mit seinem Mund nah an Clues Ohr ist. »Wer Eidechsen fängt, sollte sie nicht am Schwanz packen, weißt du noch?« Während er sich wieder aufrichtet, zieht er einen kleinen, reglosen Körper aus seiner Jeans. Einen mechanischen Eidechsenkörper ohne Schwanz. »Non hat ihn mir gebracht, vorhin im Labyrinth. Es hat sich doch gelohnt, ihm Apportieren beizubringen. Von wegen, Katzen können das nicht.« Die letzten Worte spricht er wieder deutlich lauter, mehr an den leeren Raum gerichtet als an Clue. Nein. An *ihn*.

»Natürlich können sie. Nicht wahr, Arc? Jetzt gibst du zu, dass ich recht hatte. Katzen können alles, und sie können *überall hin*.«

Théo lacht leise. Dann schiebt er behutsam die Eidechse in Clues Bauchtasche. Für einen Moment noch lässt er die Finger dort drin. Spürt die Wärme und wie sich Clues Bauch unter seiner Hand leicht hebt und senkt. »Ich hoffe, ihr begegnet euch. Ich hoffe, du hast einen Plan. Denn ich habe keinen, und ich glaube … ich glaube, ich werde diesmal verlieren.«

Er lässt den Atem in einem langen zittrigen Zug entweichen und lächelt ein Lächeln, von dem er nicht recht weiß, woher es kommt. »Hör dir das an, Clue, ich hab schon wieder geflunkert. Schätze, manche Dinge ändern sich nie.«

Er wischt sich über die Augen, die plötzlich feucht sind. Blinzelt und spürt eine Träne im rechten Augenwinkel. »Ich wollte mich nämlich wohl von dir verabschieden. Denn weißt du … von allen Gegner_innen und Allys, die ich hier drin bisher hatte … hab ich mit dir am liebsten gespielt. Bei Weitem. Meilenweit.« Wieder beugt er sich vor – diesmal, um Clue einen Kuss auf die Stirn zu geben. Um noch einmal ihre warme Haut an seiner zu spüren, während er innerlich noch ein bisschen weiter zerbricht. Es ist ein Prozess, der nicht aufzuhalten ist, das spürt Théo deutlich. Er wird zerbrechen, und er wird verlieren. Aber für sie, für Clue und für Arc, wird er durchhalten, so lange er eben kann.

»Gute Reise«, flüstert er, als er endlich aufsteht und ein letztes Mal auf Clues friedlich entspanntes Gesicht hinuntersieht. »Und vergiss mich nicht.«

CUT SCENE.

Zentraleuropäische Union (ZEU)
Zentralballungsraum Berlin
GAME SHIP (Location: Top Secret)

Lucille hatte das Gefühl, dass ihr Körper nur langsam zu ihr zurückkehrte. Um sie herum war es dunkel, aber sie konnte nicht einmal sagen, ob sie die Augen geöffnet oder geschlossen hatte. Hinter ihrer Stirn pochte ein dumpfer Nachhall bereits abgeebbter Schmerzen, und …

Stopp!

Irgendetwas stimmte nicht. Sie hatte diese Gedanken schon einmal gedacht. Genau diese. War das ein Déjà-vu? Ein wiederkehrender Traum? Lucille konnte spüren, wie sich unter ihrer Schädeldecke die Realitäten verschoben.

Wo war sie? Was passierte hier?

Sie riss die Augen auf. Immer noch dunkel. Hastig versuchte sie, sich aufzusetzen, und rechnete fest damit, von Gurten und Manschetten daran gehindert zu werden.

Stattdessen waren da Hände. Und eine Stimme. Fremd. Tief und ruhig.

»Bleib liegen. Es ist alles gut. Ich bin hier. Du wurdest GAME OVER gesetzt. Die Neutralizer brauchen vermutlich noch einen Moment, aber ich passe auf dich auf.«

Lucilles Bewusstsein flimmerte. Rauschte.

GAME OVER …

»Contenders. Die Auswahl für das zufällige GAME OVER wurde getroffen. Anstelle von THÉO wird die Elimination für CLUE ausgeführt. Ich wiederhole: Das GAME OVER für CLUE wird jetzt ausgeführt.«

GAME OVER. Es hat sie getroffen. Théo hat sie GAME OVER gesetzt. Einfach so.

Clue kneift die Lider zusammen. Reißt sie wieder auf. Immer noch dunkel. So absolut dunkel. Und da ist er. Der Schmerz, auf den sie gewartet hat.

Verdammt, es tut weh!

Ihr ganzer Körper krampft. Zuckt. Ihr Mund öffnet sich, aber der Schrei steckt fest, und plötzlich hat sie Angst, zu ersticken. Zu zerreißen. Zu sterben …

Ich will noch nicht sterben!

Wieder die Hände. Wieder die Stimme. Fest und beruhigend, obwohl sie kaum durch das Rauschen in Lucilles Ohren drang. »Es hört bald auf. Halt noch ein bisschen durch. Versuch, ruhig zu atmen. Es geht vorbei.«

Die Stimme wurde leiser. Oder das Rauschen lauter? Es

schwoll an und ab, übertönte alles, selbst den Schmerz. Selbst das Flimmern hinter ihren Lidern. Selbst die Erinnerung …

Noch mehr Dunkelheit.

Dann nichts mehr.

Als sie das nächste Mal zu sich kam, war die Dunkelheit eine andere. Eine matte, von kühlbunten Lichtern durchsetzte Dunkelheit. Ein leichtes Vibrieren durchdrang die Polster, auf denen sie lag. Lucilles Zunge klebte schwer und dick in ihrem Mund, und ihre Augen brannten hinter geschwollenen Lidern. Sie war so erschöpft, dass sie kaum ihre Gedanken festhalten konnte. Von den Bildern, die wahllos in ihrem Kopf aufblitzten und gleich wieder verschwanden, ganz zu schweigen. Bilder aus dem GAME. Bilder, die Lucille gesehen hatte und doch nicht. Gedanken, die sie gedacht hatte und doch … nicht. Ihr Kopf wollte es sortieren, durchdenken, analysieren. Aber vermutlich hätte sie in diesem Moment nicht einmal ihren eigenen Namen buchstabieren können.

Die Lichter bewegten sich. Oder bewegte sie sich?

Berlin … Warum bin ich mir sicher, dass das Berlin ist?

Weil es auf dem Flugticket stand. Beirut – Berlin.

Die Erinnerungen an ihre eigenen Gedanken – aus einer anderen Zeit, einem anderen Leben, einer anderen *Persona* – bohrten sich wie stumpfe Nadeln in ihr Gehirn.

Fuck …

Jemand atmete ganz in ihrer Nähe. Lucille kannte diesen Atem. Als sie das letzte Mal wach gewesen war, hatte sie ihn auch gehört. Die Person, wer immer es war, saß dicht neben ihr. Lucille konnte die Silhouette gegen den leidlich helleren Fleck eines Autofensters sehen. Den eindringlichen Blick aber spürte sie nur, weil das Gesicht im Schatten fast unsichtbar war.

»Wer bist du? Wo fahren wir hin?«, wollte Lucille fragen. Aber die Worte entglitten ihr, bevor sie den Weg auf ihre Zunge fanden. Alles entglitt ihr.

Dann wieder Schwärze.

TEIL III.

WINNING THE GAME.

RENDERING: FLASHBACK.

06/11/2053

passepartout: Okay, noch mal: Wer bist du? Und warum weißt du diese Dinge über mich? (00:07)
snake_deep_under: Ich weiß alles, passepartout. Ich beobachte dich schon lange. (00:07)
passepartout: Was hast du jetzt vor? (00:08)
snake_deep_under: Versteh mich nicht falsch. Ich werde dich nicht ausliefern, wenn ich es nicht muss. Ich bin beeindruckt von deinen Fähigkeiten und möchte, dass du für mich arbeitest. Im Gegenzug verrate ich dir, wo ArcEnCiel sich aufhält. (00:08)
passepartout: Nur fürs Protokoll: Was passiert, wenn ich Nein sage? (00:11)
snake_deep_under: Ich veröffentliche alles, was ich über dich weiß. (00:11)
snake_deep_under: Deine Antwort? (00:13)
snake_deep_under: ? (00:15)
passepartout: Okay. Was soll ich für dich tun? (00:16)
snake_deep_under: Nicht viel. Nur SUCCESSION GAME gewinnen. (00:16)

PHASE 02: DARKNESS RISING.

Asgard International Academy (AIA), Berlin
Wohnkompartments der Studierenden
Kompartment 503

Lucille wusste nicht, wie viel Zeit vergangen war, bis sie das nächste Mal zu Bewusstsein kam. Es musste allerdings eine ganze Weile gewesen sein, denn als sie blinzelnd die Lider hob, war die Nacht vor dem Fenster verschwunden. Sie lag auf einem Sofa, das sie nicht kannte, und blasses Wintersonnenlicht kitzelte ihr Gesicht. Ein Kribbeln stieg ihre Nase hinauf, und im nächsten Moment krümmte sie sich unter einem unaufhaltsamen Niesen. Lucille schaffte es gerade noch, den Arm vors Gesicht zu reißen, und stellte bei der Gelegenheit fest, dass ihr ganzer Körper aus dumpf schmerzenden Muskeln zu bestehen schien. Stöhnend sackte sie zurück in die Polster.

Da erklang links von ihr ein leises, etwas sprödes Lachen. *»À tes souhaits.«*

Lucille fuhr herum. Diese Stimme!

Und dort saß er, auf einem Stuhl ein kleines Stück vom Sofa entfernt, in löchriger Jeans und Oversize-Hoodie, ein *touch* auf dem Schoß, und beobachtete sie.

»Théo ...?«, flüsterte Lucille, und für eine Sekunde hatte sie das Gefühl, in Tränen ausbrechen zu müssen, weil es so gut war, ihn zu sehen. Aber sie tat es nicht. Erst recht nicht, als er den Kopf schüttelte.

»Arc.« Ein bitterer Zug erschien um seinen Mund. Vielleicht war es auch ein schmerzliches Lächeln. »Aber Théo tut's zur Not auch.«

Arc. ArcEnCiel!

Mit einem Ruck setzte Lucille sich auf. »*Du* bist ...?!«

Für einen kurzen, seltsam schwebenden Moment sah sie alles glasklar. Das ganze Bild. Was, wer, warum ... *wie.*

Aber schon in der nächsten Sekunde glitt ihr das Puzzle einfach aus den Fingern und zerfiel wieder in seine Einzelteile. Es war zu schnell. Zu viel. Und ihr tat immer noch alles weh.

»Hey. Mach langsam«, murmelte Arc. Er hatte den Blick wieder auf sein *touch* gerichtet. »Wir reden gleich, okay? Ich muss als Erstes deine Hardware safelinken, damit Ede dich nicht findet. … Uns.«

Seine Haare waren blau. Lucille wusste nicht, warum ausgerechnet das sie so verwirrte. Auch sonst fiel ihr auf den zweiten Blick einiges auf, was an ihm nicht wie bei Théo war. Und doch kannte sie es schon. Dies war nicht ihre erste Begegnung. *Clue* war ihm schon begegnet.

»Mein Name ist ArcEnCiel. Deiner ist passepartout, und ich denke, du bist entweder hier, um mich zu retten, oder um mich fertigzumachen.«

Warum war er hier? Er war doch … *Théo* war …

»Contenders. Die Auswahl für das zufällige GAME OVER wurde getroffen. Anstelle von THÉO wird nun die Elimination für CLUE ausgeführt. Ich wiederhole: Das GAME OVER für CLUE wird jetzt ausgeführt.«

Lucille schloss die Augen und ließ sich – sehr viel vorsichtiger diesmal – in die Polster zurücksinken. Langsam machen … ja, das war sicher keine schlechte Idee. Sortieren. Durchdenken. Vielleicht war das jetzt möglich, hier in der Sonne auf den weichen Polstern, wo sie ihren Körper wieder vollständig spürte – vielleicht sogar etwas zu deutlich. Es gab so vieles, was sie nicht verstand. Wenn Théo Arc war, wie konnte er hier sein und zugleich …

»Man kann sehen, wie du denkst.« Trockene Belustigung schwang in Arcs Stimme mit.

Lucille öffnete die Augen wieder. »Ist ja auch ganz schön anstrengend …«, murmelte sie, »… so schlau zu sein.«

Kurz trat ein verblüffter Ausdruck auf Arcs Gesicht. Dann war da wieder dieses winzige Lachen. »Schätze, wir haben uns viel zu erzählen.«

»Mhm«, machte Lucille. Das hatten sie ohne Zweifel. Und doch fiel nun wieder Schweigen zwischen sie. Ein Schweigen, in dem Lucille vor Erschöpfung beinahe erneut weggedämmert wäre. Nur kurz ... nur noch ein bisschen ausruhen ...

»Ich möchte dich was fragen.« Arcs Stimme riss sie zurück – leise und zugleich seltsam scharf. »Okay?«

»Mhm«, machte Lucille noch einmal und atmete konzentriert aus und ein. Ihre Zunge war immer noch schwer, aber nicht so schwer wie ihre Gedanken. »Ich denke schon.«

Der Stuhl knarzte leise, als Arc sich vorlehnte. »Weißt du es jetzt wieder? Warum du im GAME warst?«

Lucille blinzelte mühsam gegen das Herabsinken ihrer Lider an. Beobachtete den Staub, der in den Lichtfingern der Sonne tanzte, und dachte an die letzten Momente vor dem Einstieg ins GAME, an die sie sich erinnerte. Ja, sie wusste es jetzt wieder. Wie sie entschieden hatte, ein aberwitziges Risiko einzugehen, um den Stray Dog Superhero der neolinken Hackingszene aufzuspüren. Aber war das alles? War das wirklich alles?

»Ich wurde eingeladen«, erklärte sie zögernd. »Sie sagten, sie hätten Informationen ... über dich.«

Kurz blieb es neben ihr still. Dann schnaubte Arc leise und spöttisch. »Lass mich raten: Und du dachtest, es wäre eine gute Sache, den verschollenen Helden zu retten und die Rebellion wieder in Schwung zu bringen? Ihr Leute von CORE seid echt so schräg in eurem idealisierten Optimismus.«

Lucille furchte die Stirn. »Hey, mal langsam. *Du* hast CORE gegründet. *Die Leute* machen da mit, weil sie denken, dass *du* so tickst.«

Arc schnalzte verächtlich mit der Zunge. »Tja, tu ich aber nicht. Ich zünde nur gern Sachen an. Vorzugsweise den patriarchalischen Kapitalismus und vorzugsweise *allein*.«

Lucille hob spöttisch eine Braue. »Ach so? Wie schade. Ich hätte ein bisschen zwischenmenschlichen Idealismus an dir gemocht.« *Ich habe bei CORE mitgemacht, weil ich das über dich gedacht habe, wenn du es genau wissen willst.*

Arc ließ erneut ein leises Schnauben hören und widmete sich wieder seinem *touch*.

Lucille ließ den Kopf mit einem Seufzer zurück ins Polster sinken. »Ist ja auch egal. So war es jedenfalls nicht.«

»Wie dann?«

Lucille antwortete nicht sofort. Stattdessen sah sie hinüber zum Fenster, wo die Morgensonne offenbar erstaunlich schnell stieg, denn das Licht verließ bereits ihr Gesicht und wanderte weiter. Hinüber zu Arcs Fußspitzen in den ausgelatschten roten Schuhen. Théos Schuhen. Schuhe, die er nicht getragen hatte, als sie sich zum letzten Mal begegnet waren. Lucille spürte plötzlich einen seltsamen Druck in ihrer Brust. Théo. Das GAME. Egal, wie oder warum sie eigentlich dort reingeraten war, was sie in diesem Moment fühlte, war ... Trennungsschmerz.

Aus dem Augenwinkel sah sie, wie Arc den Kopf hob, um sie erneut zu beobachten. Unruhig. Ungeduldig. Abwartend.

Lucille wandte ihm den Blick zu. »Er hat mir Nachrichten geschickt«, erklärte sie. »Mitten in einen Hack. Das hätte er nicht können dürfen. Ich meine, es ging ja nicht mal um dEEp. Wir waren dabei, das Kommunikationsnetzwerk am Hauptgüterhafen Helsinki lahmzulegen. Das Ding war wochenlang geplant. Und wir hatten alles crystalized, gründlich. Aber er hat es trotzdem getan, und er wusste so viel über mich ... und angeblich eben über dich.« Sie seufzte resigniert. »Ich war selbst schuld. Sich kurz vor so einem großen Ding noch irgendwo anders reinzuhacken ist halt ’ne richtig blöde Idee. Erst recht, wenn es die Liste potenzieller SUCCESSION GAME-Contenders ist, um sich selbst draufzusetzen.« Ein selbstironisches Lachen stieg rau ihre Kehle hinauf. »Aber wenn du diese Lücke im System entdeckst – im fucking dEEp Inc.-GAME-System! –, kannst du da Nein sagen? Also ich jedenfalls nicht. Und natürlich war das eine Falle, aber ich wollte es nun mal nicht wahrhaben. Scheiße, ich hab seine Ware nicht mal bemerkt, bis er mir diese Nachrichten geschickt hat. Ich hab sofort alles dichtgemacht, aber du kannst es dir vermutlich denken: Es hat gar nichts genützt.«

Arc sagte nun eine Weile nichts. Er sah nur auf die Sonnenflecken, die inzwischen seine löchrige Hose hinaufkrochen. »Du meinst *snake_deep_under*, richtig?«, sagte er schließlich. »Eduard. Was wollte er von dir?«

»Dass ich das Spiel gewinne. Und danach ein Programm weiterschreibe, das du entwickelt hast, aber nun nicht selbst fortführen kannst. Und weißt du, als er das gesagt hat, dachte ich ... dass du vielleicht in Schwierigkeiten steckst. *Deshalb* hab ich Ja gesagt, in all meinem *idealisierten Optimismus.*« Lucille schnaubte. »Ich hab bloß nicht damit gerechnet, dass er dermaßen gezielt Erinnerungen blockieren kann.«

Überraschenderweise lachte Arc. Es war ein denkbar unfröhliches Lachen, aber trotzdem das letzte, was Lucille als Antwort erwartet hätte. »Also hast du Ede gleich zweimal hintereinander völlig unterschätzt.« Noch ein Lachen. »Willkommen in meinem Leben.«

In Lucilles Kopf begann ein unerträgliches Summen immer lauter zu werden. Wahrscheinlich sollte sie an dieser Stelle wirklich erst mal einen Gang runterschalten. Aber nun, da sie einmal angefangen hatte, war es unmöglich, mit dem Denken wieder aufzuhören. Wieder starrte sie auf die Théo-Schuhe. Dann in dieses Gesicht, das so vertraut war und trotzdem fremd. In die Augen, die sie nicht kannten und die sie nicht kannte. Es ergab immer noch alles keinen Sinn.

»Ich hab auch eine Frage.«

»Hm«, machte Arc und schaltete das *touch* in den Stand-by-Modus. »Dachte ich mir schon. Also?«

Noch einmal versuchte Lucille sich zu sammeln. Ihre Gedanken in die Reihe zu bringen. »Bist du Théo?«, brachte sie zustande und war sich bewusst, dass das nicht annähernd beschrieb, was sie sich wirklich fragte.

Es war schwer, in Arcs Gesicht zu lesen. Sein Blick war immer noch ruhig, aber es lag ein angespannter Zug um seinen Mund. »Nein. Bin ich nicht. War ich nie.«

Lucille ließ die Antwort einen Moment auf sich wirken und wünschte sich, sie hätte sie besser mit dem verknüpfen können, was ihr Kopf zu wissen glaubte. »Aber Théo hat gesagt, du bist sein Spieler. Und du hast ihn gecodet.«

Arc schob eine Hand in die Tasche seines Hoodies, und Lucille sah, wie er darin nach etwas tastete. »Stimmt«, sagte er. »Oder zumindest war's so. Jetzt nicht mehr, wie du siehst.«

Lucilles Hals fühlte sich plötzlich seltsam trocken an. »Also warst du dort drin. Mit mir?«

»Ja«, sagte Arc. »So gesehen schon.«

»Aber ... Wie? Wer ...?«

Jetzt bewegte sich doch etwas in Arcs Gesicht. Etwas Bitteres. Wütendes. Etwas, das ihn für einen winzigen Moment trotz allem fast zu sehr wie Théo wirken ließ. »Du meinst, *wer* gerade im GAME rumläuft und *meine* Persona benutzt? Keine Ahnung. Ist wahrscheinlich auch egal, denn ich kann von hier aus nichts dagegen tun.« Mit einem Schnauben legte er das *touch* endgültig zur Seite. Seine Miene wurde wieder weicher. »Ich erklär es dir, so gut ich kann, okay? Was passiert ist ... seit Théo verschwunden ist.« Ein schiefes Lächeln. »Versuch, nicht drüber einzuschlafen.«

Auch Lucille musste lächeln, obwohl ihr gar nicht danach zumute war. »Kann ich nicht versprechen. Aber ich geb mein Bestes.«

Arc seufzte. Leise und schwer zugleich. »Ich würd's dir sonst wohl auch noch mal erzählen. Weil du's bist.«

Wieder griff er in seine Tasche und zog etwas heraus – und jetzt sah Lucille, dass es die rote Mütze war, an deren Wolle er eine Weile gedankenverloren herumzupfte. Dann lehnte er sich ein Stück vor, stützte die Unterarme auf die Oberschenkel, bis die wandernde Sonne halb auf sein Gesicht fiel. Und begann zu erzählen.

1stPersonCam: THÉO
Location: ASSEMBLY ROOM #1 SLEEPING CHAMBER

»Hey, Théo. Théo! *Théo!*«

Théo weigert sich, zu blinzeln. Er weiß genau, dass das Licht immer noch zu hell ist, obwohl er etliche Minuten damit zugebracht hat, seinen Körper einem innerlichen Check-up zu unterziehen. Er kann immerhin sagen, dass er sich besser fühlt als gestern. Aber immer noch so fremd. Und leer.

Auch das Polster neben ihm ist leer. Es war schon leer, als er in der Nacht zuvor wieder hergekommen ist, nachdem sie sich alle gemeinsam brav ihre Personality Former gedrückt haben und dann schlafen gegangen sind.

Clue ist weg. Seinetwegen. Und Théo würde wirklich gern einfach hier liegen bleiben. Aber das würde bedeuten, dass das Opfer umsonst war. Also dreht er sich um und öffnet widerstrebend die Augen für das zu grelle Licht.

»Es geht gleich weiter«, knurrt Quentin. »Steh auf.«

Und so grob und schroff seine Worte sind, so warm und fest ist die Hand, die er Théo reicht, um ihm auf die Beine zu helfen.

Théo wirft einen Blick auf die Uhr. 09:43. Es geht tatsächlich gleich weiter. Er fühlt sich nichts als hohl bei dem Gedanken. »Hat das GAME sich schon gemeldet?«

»Nein. Aber du könntest vorher Frühstück vertragen. Du siehst echt scheiße aus.«

Théo lacht leise. »Ich hab eben ein ehrliches Gesicht.«

Damit folgt er Quentin in den Assembly Room, wo die anderen schon sitzen. Wieder ist der Tisch gedeckt. Wieder fällt angespanntes Schweigen über die kleine Gruppe, als Théo den Raum betritt. So angespannt, dass er es nicht mal fertigbringt, Guten Morgen zu sagen. Auch ihm wünscht niemand einen. Er hat ihnen Angst gemacht gestern. Denn spätestens jetzt wissen sie, dass er vor nichts zurückschreckt, um doch noch zu gewinnen. Und vermutlich haben sie auch mitgezählt und ahnen, dass er noch einen letzten Perk übrig hat.

Bis zum Tisch braucht Théo fünf Schritte. Dabei sollten es nur vier sein. Das ist definitiv nicht gut. Schweigend beginnt er, zu essen und zu trinken, denn Quentin hat recht, wenn er sein Versprechen einlösen und so lange wie möglich durchhalten will, muss er zumindest dafür sorgen, dass von irgendwoher Energie kommt. Auch wenn der Reiskuchen genauso nach Pappe schmeckt wie der Apfel und die Sonnenblumenkerne und er jeden Bissen durch seinen Hals zwingen muss. Eigentlich hätte er lieber ein paar Dinge an die Wand geworfen. Am liebsten die, die mit besonders viel Krach kaputtgehen. Aber er isst nur weiter, mit grimmiger Entschlossenheit. Bis endlich – fast erlösend – das Signal ertönt, das den Beginn der Onlinephase ankündigt. Im Audiochip beginnt es zu rauschen und zu knistern, Théos Display blendet sich automatisch ab, und die flackernden Zahlen zählen den Countdown zum Intro. Das Intro, in dem an diesem furchtbaren Morgen Clues Contender Card mit einem GAME OVER-Stempel gezeichnet wird.

»Guten Morgen, Contenders«, verkündet die gut gelaunte Stimme der KI, nachdem die schrägen Gitarren verklungen sind. *»Und willkommen zu STAGE 03. Phase 02: Darkness Rising. Heute besteigt ihr in zwei weiteren Phasen den Dunklen Turm, um STAGE 04 zu erreichen. Hier ist eure erste Aufgabe: Teilt euch in zwei neue Teams auf, eines mit zwei und eines mit drei Contenders. Das Zeitlimit für die Eingabe beträgt -15- Minuten.«* An dieser Stelle leuchtet in der Mitte des Tischs, zwischen Müsli, Obst und der Teekanne, ein helles Rechteck auf, das in die Platte eingelassen ist. Ein Display. *»Erfolgt keine Eingabe innerhalb des Zeitlimits, werden die Teams per Zufallsauswahl zusammengestellt.«*

Théo sieht von einer zum anderen. Noch immer weichen sie seinem Blick aus – mit Ausnahme von Quentin, der ihn fast zu intensiv erwidert. Und allmählich ist bei Théo der Punkt erreicht, an dem ihn das wirklich wütend macht. Warum muss er nun wieder alles klären? Warum muss er dafür sorgen, dass diese Gruppe funktioniert?! Schon klar: Weil er der Störfaktor ist, der sie überhaupt erst aus dem Tritt gebracht hat. Das begreift er wohl. Wütend ist er trotzdem.

Er steht auf und stützt die Hände rechts und links von seinem

Teller auf die Tischplatte, dass das Geschirr leise klirrt. »Okay, ihr Brotkäfer. Bevor ihr euch jetzt noch weiter in eure Schmollecke verkriecht, weil ich – Überraschung! – *meinen* Perk zu *meinem* Vorteil eingesetzt habe: Was machen wir? Fünfzehn Minuten sind nicht viel Zeit, und ich *wette* mit euch um alles, was euch einfällt, dass sie uns sanktionieren, wenn wir die Aufgabe nicht erfüllen und auf Zufallsauswahl setzen. Wir sollten also miteinander *reden*. Und zwar jetzt.«

Nun sehen sie ihn an. Alle. Immerhin etwas.

»Tut mir leid, Théo«, sagt Onyx. »*Wir* haben schon miteinander geredet. Aber nach dem, was gestern passiert ist, fällt es schwer, dir zu vertrauen. Das verstehst du, nicht wahr?«

Théo ballt auf dem Tisch die Fäuste. »Ihr sollt mir auch nicht *vertrauen*. Ihr sollt euren Grips einsetzen, um zu entscheiden, was eine sinnvolle Teamzusammensetzung ist. Ihr habt gehört, was sie gesagt haben: Wir besteigen heute einen Turm, und das heißt, dass wir vermutlich klettern müssen. Ich glaube also, eins der Teams solltest definitiv du übernehmen, stimmst du mir da zu, Spinne, ja?«

Onyx blinzelt. Ein Auge nach dem anderen. Träge. Kühl. »Ich stimme dir zu«, sagt sie endlich, als hätte sie die Schärfe in seinem Ton gar nicht bemerkt – oder einfach ignoriert. »Und du? Leitest du dann das andere Team? Ich meine dich sagen gehört zu haben, dass Klettern und Rennen deine besonderen Stärken sind.«

Darauf hat Théo im ersten Moment keine Antwort. Natürlich sind das seine Stärken, immer gewesen. Aber … *gewesen* ist das Stichwort.

»Bullshit«, grollt Quentin neben ihm. »Sieht er für dich so aus, als könnte er heute irgendwas reißen, Onyx?« Er schüttelt mit einem Schnaufen den Kopf. »Ich übernehme das andere Team. Und ich nehme Théo zu mir.« Er sagt das mit einer Bestimmtheit, die alle überrascht, Théo vielleicht am meisten.

Sekundenlang tragen der Wolfsmensch und die Spinne ein stummes Blickgefecht aus. Bis Onyx schließlich die hageren Schultern zuckt. »Gut. Wie du meinst.«

»Dann gehe ich in Onyx' Team«, lässt sich Nima vernehmen. »Wir arbeiten gut zusammen.« Sie lächelt, als sie das sagt. Aber Théo sieht in ihren Augen noch etwas anderes. Nämlich dass sie, anders als noch zu Beginn des Spiels, *auf gar keinen Fall* mit ihm in einem Team landen will. Und mit einem Mal überkommt ihn das vage Gefühl, dass das eben nicht nur mit seinen Handlungen vom Vortag zu tun hat. Ein kalter Schauer rieselt seine Wirbelsäule hinab.

Geisterseherin ... Was siehst du wirklich? Und wie viel davon hast du Onyx schon erzählt? Er sollte sie dringend danach fragen. Aber jetzt ist keine Zeit, darüber nachzudenken. Die Uhr läuft. Und nun bleibt nur noch einer übrig. Jasper sieht von Théo und Quentin zu Onyx und Nima und wieder zurück. Sein Blick bleibt an Théo hängen. Lange.

»Ich gehe in dein Team, Théo«, sagt er endlich. Er schluckt sichtbar, weil er natürlich weiß, dass Quentin eben noch offensiv die Leitung dieses Teams übernommen hat und dass seine Wortwahl allen aufgefallen sein muss. Aber es liegt kein Zweifel in seiner Stimme. »Ich vertraue dir. Immer noch.«

Ein Klumpen bildet sich in Théos Kehle. »Okay. Danke«, murmelt er rau und meint es wirklich so. Aber es ist ein anderer Gedanke, der in seinem Hinterkopf rumort, als er auf das Display im Tisch zutritt, um die Namen seines – *Quentins* – Teams in die Eingabemaske einzutragen. Worte, die er so ähnlich auch schon zu Clue gesagt hat und die sie trotzdem nicht gerettet haben.

Nein, tu das nicht. Vertrau mir nicht. Nimm dich in Acht vor mir. Denn ich weiß nicht, was ich tun werde.

Asgard International Academy (AIA), Berlin
Wohnkompartments der Studierenden
Kompartment 503

Natürlich war Lucille doch eingeschlafen. Arc war sich nicht sicher, wie viel von seinen Erklärungen sie noch mitbekommen hatte. Aber er konnte immerhin gut nachfühlen, wie müde sie war. Er selbst hatte Schlaf bitter nötig. Aber sein Gehirn war wach, und das vertrug sich nicht gut.

Leise stand er auf und ging hinüber zum Essbereich der Wohnküche, der aktuell so was wie sein Zimmer war. Yezmin saß dort vor einem der Displays und beobachtete den SUCCESSION GAME Livestream, der vor einigen Minuten begonnen hatte. Arc musste ein wenig grinsen, als er sah, dass sey eine Schüssel mit Gurkensticks, Apfelstücken, Rosinen und Walnusskernen auf den Tisch gestellt hatte. Direkt neben die leere Box Gemüsechips, die er heute gefrühstückt hatte.

»Hey. Wie ist die Lage?« Er setzte sich ums Eck neben Yez auf die Küchenbank und zog die Füße auf die Sitzfläche.

Yez sah auf. »Oh, hey. Hm. Na ja, wie soll ich sagen? Clue ist raus. Äh, offensichtlich. Théo ist … schräg drauf, aber ihm scheint's besser zu gehen als gestern. Er legt sich jetzt mit Onyx an.« Sey lachte ein bisschen ratlos. »Sie müssen heute einen Turm raufklettern. Willst du selbst sehen?«

Sey hielt Arc das *touch* entgegen. Arc sah einen Moment darauf. Dann streckte er sich über den Tisch und griff nach einem anderen Gerät. Dem, das er für die Kontaktversuche mit Lynn benutzte. »Nein. Hab Wichtigeres zu tun.«

Er aktivierte das Logprotokoll. Oder besser, das gescheiterte Logprotokoll. Augenblicklich stellte sich wieder der nagende Frust ein. Langsam gingen ihm wirklich die Ideen aus.

Neben ihm blieb es eine Weile still.

»Hm«, machte Yezmin dann noch einmal. »Na ja, musst du ja wissen.« Sey stand auf und legte das *touch* auf den Tisch. »Ich muss jetzt jedenfalls ins Labor. Im Kühlschrank ist Kartoffelauflauf. Für euch *beide*, okay?«

Arc hob eine Braue. »Ich dachte, du bist nicht meine Mutter.«

Yez schnaufte leise. »Zum Glück nicht. Aber ich möchte sicher sein, dass du dich um *sie* gut kümmerst, wenn's dir bei dir selbst schon so egal ist.«

Arc musterte sem verblüfft. Dann warf er über die Schulter einen Blick zu Lucille, die sich auf dem Sofa in der Sonne zusammengerollt hatte, und er spürte, wie es an einem kleinen

Fleck in seiner Brust ungewohnt warm wurde. »Keine Sorge«, murmelte er. »Werde ich.«

Als er sich wieder zu Yezmin umwandte, sah er, dass sey lächelte. »Na gut«, sagte sey. »Dann meld dich, wenn was ist. Sonst bin ich gegen 15 Uhr zurück.« Sey griff nach serem Rucksack, der an der Bank gelehnt hatte. »Oh, und ehe ich es vergesse: Dr. Álvarez hat mir geschrieben. Er kommt in der Mittagspause vorbei, um Lucille zu untersuchen. Ich hab ihm gesagt, dass ihr hier seid und nicht weggeht.«

»Alles klar. Ich mach ihm auf.«

»Gut. Dann bis später.« Yez nickte, dann grinste sey schief. »Und hier drin bitte nichts anzünden, wenn's irgendwie geht.«

Arc unterdrückte ein Lachen. »Schon klar. Bis später.«

Er sah Yezmin nach, wie sey durch die Wohnküchentür verschwand, und hörte kurz darauf das leise Piepen des Wohnungsschlosses. Nein, dachte er belustigt. Sey war nicht seine Mutter, und er fand auch, dass das ein Glück war. Aber sey kümmerte sich dennoch sehr unbeirrbar um ihn, und Arc konnte wenig dagegen tun, dass er begann, sem ernsthaft gern zu haben.

Mit einem Seufzen widmete er sich wieder seinem Kommunikationssystem. Besser, er nutzte die Zeit, solange Lucille noch schlief. Damit er Rafael gegenüber vielleicht bald endlich seinen Teil der Abmachung einhalten konnte.

Zwei Stunden später war Arcs Gehirn dermaßen matschig vom Denken, dass er am liebsten seinen Kopf auf die Tastatur gelegt und geschlafen hätte. Oder langsam und genüsslich ein Gerät nach dem anderen zerlegt und kurzgeschlossen, um nie wieder auch nur eine einzige Zeile Code zu schreiben. Arc hasste es, etwas nicht hinzubekommen. Und noch mehr hasste er es diesmal, weil es sich wie eine erneute Niederlage gegen Eduard anfühlte.

»Hey … Arc?«

Beim Klang von Lucilles Stimme direkt hinter ihm fuhr er

zusammen. Verdammt! Er hatte weder bemerkt, dass sie aufgewacht war, noch dass sie einmal den ganzen Raum durchquert hatte. Arc rieb sich über die brennenden Augen und drehte sich zu ihr um. »Oh, du … bist wach.«

»Mehr oder weniger.« Lucille lächelte selbstironisch. Tatsächlich waren die Ringe unter ihren Augen immer noch so dunkel, dass es auch Hämatome hätten sein können, ihre sonst olivbraune Haut hatte einen fahlgelben Stich, und die gekräuselten dunklen Locken klebten verschwitzt in ihrer Stirn. Aber davon abgesehen sah sie nicht schlecht aus, gemessen an dem chemischen Cocktail, der in den letzten Stunden durch sie hindurchgejagt worden war.

»Was machst du?«, fragte sie mit einem Blick auf den Hardware-Haufen auf dem Tisch.

Arc zögerte. »Ach, nur …« Er seufzte. »Ich soll für Rafael einen sicheren Channel zu seiner Freundin herstellen. Dummerweise ist sie aber gleichzeitig Edes Frau, und Ede will nicht, dass der Doktor oder sonst jemand mit ihr redet, also … ist es kompliziert.«

Man konnte wirklich sehen, wie sie nachdachte. Wie sich ihre Nase kräuselte und zwei kleine Falten über ihren Brauen entstanden und ihr Mund sich ein wenig spitzte. Arc fand das faszinierend und amüsant zugleich. Es lenkte ihn beinahe davon ab, worum es in ihrem Gespräch eigentlich ging.

»Und wo hängst du fest?«, fragte Lucille.

Na gut. Wirklich nur *beinahe*.

Arc rutschte ein Stück auf der Bank zur Seite und klopfte auf die frei gewordene Stelle neben sich. »Er hat alles doppelt und dreifach blockiert«, erklärte er, als Lucille sich setzte und auf das Tablet in seiner Docking Station spähte. »Hier, das ist seine Heimnetzwerk-Adresse, und das da ist Lynns Profil. Aber egal über welchen Kanal ich gehe, er schmeißt mich immer raus.«

Lucille neigte sich vor, verengte die Augen und scrollte ein wenig in Arcs Code auf und ab. »Hm. Speziell.« Sie rieb sich über die Nasenspitze. »Hast du mal versucht, deren *dEEp.home*

System mit unserem zu linken? Da gibt's doch tausend Türen.«

Arc warf ihr einen eindeutigen *Ja sicher doch*-Blick zu. »Warum hab ich mir gedacht, dass du so was vorschlagen würdest?«

Lucille hob belustigt eine Braue, ohne den Blick vom Code zu nehmen. »Keine Ahnung, weil es logisch ist?«

Arc sagte nichts mehr dazu. Er war von einer Sekunde auf die andere zu sehr damit beschäftigt, zu verarbeiten, wie surreal es war, dass sie so direkt neben ihm saß. Als hätte er es all die Stunden zuvor gar nicht wirklich begriffen und erst jetzt verstanden. Dass sie hier war – sie, die als Clue mit Théo im GAME gewesen war – und dass sie sich so gar nicht von Clue unterschied, mit der Ausnahme, dass sie sich plötzlich mit Code auskannte. Wie vertraut und unkompliziert ihre Gespräche sich deshalb anfühlten – und dass sie zugleich so anders war als die Person, die Arc sich immer vorgestellt hatte. Damals, als er noch nichts von ihr kannte als ihren Decknamen und ihre unfassbar furchtlosen Hacks. Zu der Zeit, als Arc mit dem Coden begonnen und CORE gegründet hatte, war passepartout schon längst aktiv gewesen und in der gesamten neolinken Hackingszene für ihre Kompromisslosigkeit berüchtigt. Der Tag, an dem sie sich CORE angeschlossen hatte, war für Arc bis heute einer der besten in seiner gesamten Laufbahn.

Aber jetzt? Sie. Er. Im GAME und hier. Théo und Clue. Arc und Lucille. Es war schwer zu verarbeiten.

»Lässt du es mich mal versuchen?« Lucille richtete sich wieder auf. »Ich hab solche Links schon oft gemacht.«

Arc riss sich von der Erinnerung los und zwang seine Gedanken zurück zum Thema. »Also ehrlich gesagt: Ich finde wirklich nicht, dass das eine gute Idee ist. Klar, ich hab drüber nachgedacht und wahrscheinlich kommen wir so rein, aber umgekehrt stehen wir dann ja genau so offen da. Ich hab nicht stundenlang alles abgesichert, nur damit Ede heute Abend doch wieder hier reincrasht, weißt du?«

Lucille machte erneut ihr Nachdenk-Gesicht, während sie ein Haargummi aus ihrer Hosentasche zerrte und sich die Locken zu einem nachlässigen Pferdeschwanz zusammenband. »Lass es mich versuchen«, wiederholte sie und zog das *touch* mitsamt der Docking Station zu sich. »Ich denke, ich kann es so hinkriegen, dass es halbwegs sicher ist.«

»Halbwegs.« Arc schnaufte spöttisch. »Ja, sicher werde ich mich darauf verlassen. Nicht.« Er zog ihr das *touch* wieder weg, um selbst noch einmal durch den Code zu scrollen.

Lucille ließ ihre Hände auf den jetzt wieder leeren Tisch vor sich fallen und drehte sich diesmal mit dem ganzen Oberkörper zu ihm um. *Echt jetzt?*, fragte ihr Blick, aber Arc entschied sich, darauf nicht zu antworten.

Lucille ließ ein gereiztes Grunzen hören und angelte sich stattdessen ein paar Walnüsse aus der Snackschale. »Ich versuche es trotzdem«, entschied sie und griff einfach nach einem der anderen Tablets. »Ob du den Zugang dann nutzen willst, kannst du ja immer noch selbst entscheiden. Außerdem ...«, sie schob erneut die Hand in ihre Tasche, »... solltest du dir so lange vielleicht das hier mal ansehen. Ich schätze, im Gegensatz zu mir weißt du, was das ist?«

Arc starrte auf die Hand, die ihm Lucille entgegenstreckte. Blinzelte und starrte noch einmal, aber was auf ihrer Handfläche lag, blieb dasselbe. Ein kleiner, mechanischer Körper ohne Schwanz.

Die Eidechse!

»Woher ... wie hast du ...?«

»Wenn ich das wüsste!« Lucille legte die Eidechse behutsam auf dem Tisch ab. »Théo, nehme ich an. Es war in meiner Tasche, und ich habe es nicht selbst dort hineingesteckt.«

Langsam streckte Arc die Hand nach dem Cybertier aus. Es rührte sich nicht. Sollte es auch nicht, immerhin hatte Arc es selbst darauf programmiert, in seiner Anwesenheit vollständig zu erstarren und nur bei anderen lebenden Organismen den Fluchtmechanismus zu aktivieren. Etwas, das – zugegeben – in Verbindung mit den Katzen ordentlich nach hinten losgegangen war. Offensichtlich waren die Bewegungsmechaniken inzwischen vollständig kaputt, unrettbar zerstört von gnadenlosen Katerzähnen. Aber solange die Platinen im Inneren intakt waren, spielte das eigentlich keine Rolle. Arc nahm den kleinen Körper in die Hand und tastete in seiner eigenen Tasche nach dem anderen Teil – dem, den er bei sich trug, seit Théo im Center Cube versucht hatte, Non die Eidechse abzunehmen: Den Eidechsenschwanz.

Zwei Teile. Zwei Back-ups seiner zwei allerwichtigsten Projekte. Jetzt hatte er beide wieder.

»Ja«, murmelte er. »Ja, du hast recht. Ich ... muss mir das ansehen.« *Ob es noch heil ist. Ob* Théo *noch heil ist.*

Ein zögerlich mitfühlendes Lächeln erschien auf Lucilles Gesicht – als spürte sie, wie sehr der Anblick der Eidechse ihn aufwühlte, ohne zu wissen, weshalb. Selbst ihr Spott war nur noch ganz leise. »Tu das. Und ... darf ich nun so lange deinen Code ansehen? Ich verspreche, ich connecte nichts nach draußen, ohne dich zu fragen.«

Arc seufzte tonlos. Er hielt das immer noch für keine gute Idee. Aber gerade war es ihm erstaunlich egal. »Mach, was du willst.«

Jetzt lachte Lucille, aber es war ein freundliches Lachen. »Na gut.« Sie zog das *touch* zurück auf ihre Seite des Tisches. »Dann rutsch mal noch ein Stück.«

1stPersonCam: THÉO
Location: ASSEMBLY ROOM #1

Nachdem die Teams eingetragen sind, dauert es nicht lange, bis sich die KI erneut meldet.

»Contenders. Ihr habt eure Teams gewählt. Ich erkläre euch jetzt das Spiel: Darkness Rising. Öffnet dazu die Tür zum Turm am anderen Ende des Ganges vor ASSEMBLY ROOM #1.«

Ohne viel Aufhebens schultern die Contenders ihre Rucksäcke und verlassen nacheinander den Assembly Room. Quentin geht voran, dann folgen die anderen und ganz zuletzt, mit einigem Abstand, Théo. Der jetzt, und das ist ihm schmerzhaft bewusst, ganz allein der Outsider ist. Keine leichte Position für einen Sieg.

Der Flur draußen ist noch genau so düster und schäbig wie am Tag zuvor. Die Türen, die in das Labyrinth der Rätselkammern geführt haben, sind allerdings verschwunden. Vermutlich, damit es keine Missverständnisse gibt, wo das Spiel weitergeht. Théo weiß natürlich trotzdem, wo sie sind. Er weiß auch, dass sie sich aktuell unterhalb von Stage 02 befinden, nicht oberhalb, wie ihnen der Fahrstuhl hat vorgaukeln wollen, und er weiß, wo die Nottreppe zurück in die anderen Stages ist. Aber was nützt ihm das jetzt noch?

Théo hat ein klares Ziel, das einzige, das ihm aktuell noch bleibt: Jetzt, da Clue nicht mehr da ist, muss er selbst diese Staffel noch einmal gewinnen – oder es zumindest bis zum Letzten versuchen. Und der Weg dorthin führt geradeaus.

Auf der Tür am anderen Ende des Ganges ist ein ähnliches Schild angebracht wie beim Assembly Room. *THE DARK TOWER*, steht darauf. Wieder ist es Quentin, der die Tür öffnet, und wieder ist Théo der Letzte, der die Schwelle überquert.

Dahinter führt eine schmale Treppe abwärts und öffnet sich schließlich in einen Schacht mit kreisrundem Grund, vielleicht fünf oder sechs Schritte im Durchmesser. Das ist er also, denkt Théo, während er den Kopf in den Nacken legt und die steilen Wände hinaufstarrt: der Dunkle Turm, der im Augenblick allerdings gar nicht dunkel ist. Kaltweißes Neonlicht beleuchtet verschiedene Kletterhilfen, die in den schmutzigen Stahlbeton eingelassen sind. Seile, Vorsprünge, Haken und Ösen, Tritt- und Griffelemente – und dazwischen große schwarze Knöpfe mit leuchtend grellroter Fassung. Alle fünf Meter markieren eine rostbraune Linie und eine riesige Zahl ein neues Level, und zweimal wird der Aufstieg von ringförmigen Plattformen unterbrochen, die wie eine Galerie an der Wand entlangführen. Die Mitte des Raums nimmt ein würfelförmiger Betonsockel ein, auf dem fünf Helme und Sicherungsseile bereitliegen.

Hinter Théo schließt sich die Tür, und das feine Piepen zeigt an, dass der Ausgang jetzt versperrt ist.

»Contenders! Willkommen im Dunklen Turm!«, ertönt im nächsten Moment die Stimme der KI. *»Hier ist eure nächste Aufgabe: Entflieht der Dunkelheit und erreicht das Ziel, bevor ihr verschlungen werdet.«* An dieser Stelle blenden sich die *insights* ab, und ein Video mit einer schematischen Darstellung des Turms erscheint. Fünf cartoonartige Figuren klettern darin die Innenwände hinauf – während unten am Grund ein schwarzer Fleck zu wachsen und sich auszudehnen beginnt, das Innere des Turms füllt und wie düsteres Wasser immer näher an die kletternden Figürchen heran steigt – bis es schließlich die unterste von ihnen verschluckt. Dramatisch zappelnd geht das Figürchen unter.

»Um die Spitze des Turms zu erreichen, gibt es sieben Routen, die von Violett: sehr leicht und sehr lang bis Rot: sehr schwer und sehr kurz gestaffelt sind.« Die *insight*-Displays klären sich, und am Boden leuchtet ein Ring aus sieben regenbogenfarbigen Lichtern auf, die offenbar die Startfelder markieren. *»Ihr dürft eure Route frei wählen und unterwegs zwischen den Routen wechseln. Beachtet, dass die Erholungsplattformen jeweils von maximal -2- Contenders gleichzeitig benutzt werden dürfen.*

Wer als Erstes die Turmspitze und damit ASSEMBLY ROOM #2 erreicht, erhält für ALLE Mitglieder des eigenen Teams einen Bonus für STAGE 03. Phase 03. Um den Bonus zu gewinnen, ist es NICHT erforderlich, dass das gesamte Team zuerst ins Ziel kommt. ACHTUNG: Sobald eines der Teams vollzählig die Turmspitze erreicht, endet das Spiel augenblicklich. Alle zu diesem Zeitpunkt noch im Turm verbleibenden Contenders werden von der Dunkelheit verschlungen. Das GAME OVER in dieser Phase wird nach Spielende teamunabhängig unter allen Contenders gewählt, die von der Dunkelheit verschlungen worden sind.«

Hier macht die KI eine ihrer besonders dramatischen Pausen, damit auch alle wirklich begreifen, worum es hier geht: Dass ein Team, selbst wenn es den Bonus gewinnt, am Ende trotzdem das Spiel verlieren kann. Dass dies ein Spiel um Zusammenhalt oder Verrat ist. Egoismus gegen Altruismus.

Théo sieht zu seinen Allys. Vor allem Jasper ist plötzlich sehr blass um die Nase, und in diesem Moment fällt es Théo wieder ein: Jasper ist ohnehin nicht der Athletischste von ihnen. Aber er hat darüber hinaus immer noch einen verletzten Fuß. Unmöglich, dass er heute nicht der Letzte wird. Ebenso unmöglich, dass ihr komplettes Team als Erstes das Ziel erreicht.

»Bevor das Spiel beginnt«, fährt in diesem Moment die Stimme der KI fort, *»erkläre ich die letzte Regel. Auf dem Weg nach oben habt ihr mehrfach die Möglichkeit, einen Darkness-Rising-Button zu drücken.«* Bei diesen Worten leuchten die roten Ringe um die schwarzen Knöpfe gleißend auf, sodass sie keinesfalls zu übersehen sind. *»Sie sind von allen Routen über einen kurzen Abweg zu erreichen. Durch das Drücken eines solchen Knopfes werden ALLE darunter liegenden Ebenen mit ALLEN darin befindlichen Contenders von der Dunkelheit verschlungen.*

Contenders! Ihr habt jetzt -15- Minuten Zeit, um eure Sicherheitsausrüstung anzulegen und eure Teamstrategie abzustimmen. Das Startsignal markiert den Beginn. Viel Erfolg.«

Stille fällt über den Raum. Jasper senkt den Blick auf seine Schuhspitzen. »Tut mir leid.« Seine Stimme klingt kläglich. »Ich bin euch ein Klotz am Bein.«

Théo würde ihm gern widersprechen. Etwas Positives sagen, nachdem sich Jasper vorhin auf seine Seite gestellt hat. Aber es stimmt leider. Obwohl sich natürlich die Frage stellt, ob es überhaupt einen Unterschied macht, da sie wie befürchtet gegen eine Spinne werden anklettern müssen.

Quentin hat indes den Kopf in den Nacken gelegt und späht mit verengten Augen die Turmwand hinauf, wie Théo es eben noch getan hat. Es ist wirklich hoch. Sehr hoch. Ein Sprint wird das nicht. Und zugleich werden sie es sich nicht leisten können, zu sparsam mit ihrer Kraft umzugehen.

»Wir bleiben als Team zusammen«, knurrt Quentin endlich – leise, damit Onyx und Nima ihn nicht verstehen, die auf der anderen Seite des Turms miteinander flüstern. »Ich schnalle mir den Invaliden auf den Rücken. Du suchst die Route aus und kletterst voraus. Dann sind wir hoffentlich wenigstens schneller als Nima.«

Théo dreht Quentins Vorschlag in seinem Kopf hin und her. Er ist so simpel. So schlicht. So geradeaus. Überhaupt nicht Théos Stil. Aber immerhin logisch. Also hofft er, dass Quentin die Grimasse auf seinem Gesicht als Lächeln erkennt. »Deine Entscheidung, Teamleader. Ich bin dabei.«

Und ehe Quentin sich zu sehr über so viel Kooperationsbereitschaft wundern kann, greift sich Théo die mit seinem Namen beschriftete Kletterausrüstung von dem Betonblock, um sie anzulegen. Dann stellt er sich auf die gelbe Lampe – und wartet auf das Startsignal.

Eine gute Viertelstunde später haben alle Contenders den Boden des Turms verlassen. Théo weiß natürlich, dass er die Challenge nicht gewinnen kann. Er weiß es im Prinzip schon seit dem Teambuilding – spätestens aber, seit das Startsignal erklungen ist und er Hand und Fuß an die Kletterwand gesetzt hat.

Route Gelb. Vor zwei Tagen noch hätte er Rot gewählt, ohne auch nur eine Sekunde zu zögern. Das schafft er heute nicht. Vielleicht ist sogar Gelb zu viel, und das denkt er schon jetzt, nachdem er kaum mehr als fünf Meter aufwärts geklettert ist. Gerade hat er die erste der rostbraunen Linien überquert, die den Turm ringförmig in Segmente unterteilen. Nein, er kann nicht gewinnen, und dazu bräuchte er nicht einmal zu Onyx hinüberzusehen, die natürlich die rote Route gewählt und schon fast die dritte Ebene erreicht hat.

Die Spinne steigt die steile Wand mit einer Eleganz und Leichtigkeit hinauf, als seien die Kletterhilfen gar nicht nötig. Im Gegenteil. Sie findet sogar noch die Zeit und Balance, zusätzliche Hilfen für Nima zu schaffen, die auf Route Violett klettert – der leichtesten, aber längsten Route, die direkt neben der roten beginnt und sich immer wieder mit ihr überschneidet.

Zum ersten Mal sieht Théo mit eigenen Augen, wie Onyx ihr enges Top hochrollt und spinnenseidene Fäden aus einer Drüse über ihrem Bauchnabel zieht, um daraus Netze und Seile zu weben und sie an den Wänden zu hinterlassen. Es ist unglaublich faszinierend.

»Théo!«, zischt Quentin unter ihm. »Schläfst du, verdammt?«

Théo fährt zusammen und wirft einen Blick zu dem Wolfsmenschen, der ein Stück unter ihm ausharrt, Jasper mit einem breiten Gurt fest auf den Rücken geschnallt. Wie lange hängt er hier schon, klammert sich fest und starrt zu Onyx hinüber?

Das läuft ja richtig gut.

Fast muss er lachen, aber die Kraft spart er sich lieber. Seine Arme brennen. Seine Fingerspitzen schmerzen, und Schweiß rinnt ihm über die Schläfen. Es ist frustrierend wenig übrig von der Leichtigkeit beim Klettern, die er und Arc sich in den Jahren zwischen den Staffeln so hartnäckig antrainiert haben. Die Technik ist noch da, aber die Kraft …?

Onyx hat inzwischen die erste Plattform erreicht. Und obwohl sie vermutlich überhaupt keine Pause braucht, hockt sie sich dorthin und beginnt umgehend, ein weiteres, langes Seil zu weben. Für Nima. Onyx will sie zu sich raufziehen und so den Weg für sie abkürzen. Théo flucht leise.

In diesem Moment erschüttert ein dröhnender Donner den Turm. Die Lautsprecher in den Wänden knistern.

»ACHTUNG! Alle Contenders haben die erste Ebene verlassen. Damit habt ihr die Dunkelheit geweckt. Eure Flucht beginnt!«

Als Théo einen Blick nach unten wirft, sieht er, wie der Block, auf dem ihre Kletterausrüstung gelegen hat, sich in den Boden hinein absenkt und sich noch währenddessen in tintendunkle Schwärze verwandelt – halb flüssig, halb finsterer Rauch, der über den Betonboden wabert. Langsam. Gemächlich. Als hätte er keine Eile, zu ihnen heraufzusteigen. Aber Théo weiß, er wird schneller näher kommen, als ihnen lieb ist.

»Théo!« Das ist wieder Quentin. Doch auch ohne die scharfe Ermahnung weiß Théo, dass er nun wirklich nicht länger hier rumhängen darf.

»Du musst die Plattform besetzen!«, blafft Quentin. Denn auch er hat natürlich verstanden, was die Spinne vorhat. »Jasper und ich klettern an dir vorbei, du kommst nach. Lass sie Nima nicht hochziehen, ehe wir genug Vorsprung haben.«

Théo sieht noch einmal zu Onyx hinauf, die jedes Wort gehört haben muss und sich nun sichtlich mit ihrem Seil beeilt, und dann wieder zu Quentin. Starrt in die grimmig entschlossenen Augen in dem rauen, finsteren Gesicht.

Ally oder Verrat. Darum geht es hier.

»Okay«, bringt er hervor und nickt. Dann macht er sich mit zusammengebissenen Zähnen erneut an den Aufstieg. Nein, diese Challenge kann er nicht gewinnen. Aber mit Quentins Hilfe kann er vermutlich zumindest verhindern, dass er verliert. Und genau das wird er jetzt tun.

Asgard International Academy (AIA), Berlin
Wohnkompartments der Studierenden
Kompartment 503

Lucille atmete tief durch und nahm die Finger von der Tastatur. Langsam. Vorsichtig. Als wäre der Code, den sie gerade geschrieben hatte, ein wackeliges Kartenhaus, das bei der leisesten Erschütterung in sich zusammenfallen würde.

Seit sicher drei Stunden saß sie nun an dieser Verbindung. Arc hatte recht: Es *war* kompliziert. Sogar deutlich komplizierter, als sie vermutet hatte. Und natürlich half es wenig, dass sich Lucilles Kopf immer noch dumpf anfühlte und zugleich kribbelte, als würden Ameisen in ihrem Gehirn herumlaufen. Oder dass sie immer wieder ungefragt in Flashbacks stürzte – ins GAME, in die Erinnerungen der *Privatdetektivin Clue aus Helsinki*, aber auch in eine andere Realität. In ihr *echtes* früheres Leben. Ihre CORE-Zelle in Beirut – Aabid und Perla. Brennende Zedernflaggen zwischen den Trümmern einer Stadt; im Schatten eines Energiekonzerns, der das ohnehin verwüstete Land und seine Menschen weiter ausbeutete. Raubzüge für Cyberware. Straßenbarrikaden. *Thawra* – Revolution. In arabischer Schrift hatte Lucille es auf ihren Unterarm tätowiert. Jetzt konnte sie es endlich wieder sehen.

Dann, zusammenhanglos, wieder der *Underground Bunker*. Das GAME. Quentin. Théo. Bilder, Sprachfetzen, Gerüche flackerten auf, verschwanden ohne Vorwarnung oder Kontext, brachten sie innerlich ins Taumeln und hinterließen schmerzhafte Leerstellen in ihren Gedanken und ihrer Brust. Manchmal entglitt ihr dabei beinahe die Gewissheit, wo sie sich befand und was sie gerade tat.

Aber es half, sich auf etwas Vertrautes zu konzentrieren. Etwas, das Lucille seit Jahrzehnten zu der Person machte, die sie war. Etwas, das ihr schon immer das Gefühl von Handlungsfähigkeit gegeben hatte in einer Welt, die alles tat, um Menschen wie sie machtlos und klein zu halten. Code war ihre Waffe gegen das unterdrückerische System. Jetzt. Hier. Immer. Überall. Und nun, da sich nach drei Stunden des Kampfs gegen Eduards Sicherheitsbarrieren der Frust mit einem einzigen Geistesblitz in das berauschende Gefühl des Triumphs verwandelte, fühlte sich Lucille tatsächlich fast vollständig wieder wie sie selbst.

»Also.« Sie räusperte sich, um Arc aus seiner Versunkenheit zu holen, der sich in den vergangenen Stunden mit ähnlicher Intensität den Daten auf der Eidechse gewidmet hatte. »Der Link steht. Ein bisschen instabil, aber er steht. Du könntest es jetzt versuchen.« Sie grinste. »Wenn du dich traust.«

Arc hob den Kopf. Für einen Moment sah er aus, als hätte er Schwierigkeiten, gedanklich den Weg zu ihr zurückzufinden. Dann ließ er sein Tablet sinken. »Du hast das echt durchgezogen?«

»Hab ich doch gesagt. War schon ziemlich tricky, aber es hat geklappt. Also wenn du diese Lynn jetzt tappen willst – bitte sehr.«

»Du bist doch ...« Arc unterbrach sich, legte sein Tablet endgültig zur Seite und kletterte kurzerhand quer über den Tisch, um auf seinen Platz auf der Bank neben Lucille zurückzukehren. Mit raschem Finger scrollte er durch die Zeilen, die sie in den letzten Stunden geschrieben hatte. Zwischen seinen Brauen stand eine steile Falte. »Sag mal: Ich dachte, wir wären uns einig, dass es sich nicht lohnt, all meine mühsam aufgebauten Walls und Crystals zu öffnen? Weil wir keine Lust darauf haben, dass Ede direkt hier reinplatzt, nachdem wir mit Lynn geredet haben?«

Lucille schnalzte mit der Zunge. »Nein. Du warst dir einig. *Ich* habe gesagt, ich kann es hinkriegen, und vielleicht schaust du einfach mal ein bisschen genauer hin.« Sie deutete auf eine Stelle im Code. »Hier. Denkst du wirklich, ich mache so einen Link ohne Absicherung? Klar wird der Call zurückverfolgbar sein, wenn wir über die offenen Homesystems gehen. Aber wir *sind* eben nicht ganz offen, das denkt das System nur. Wir haben zwar eine Lücke in der Crystal Wall, aber unser Netzwerk bleibt inkognito, und solange du keine Anrufe von unbekannten Nummern annimmst ... *ACCESS DENIED*. Zumindest für eine Weile. Irgendwann kriegt er den Kniff sicher raus, weil er immerhin Eduard Engel ist und leider was auf dem Kasten hat. Aber bis dahin haben wir die Walls schon wieder oben.«

Arc starrte sie sekundenlang an. Dann rieb er sich übers Gesicht und schüttelte den Kopf. »Gut. Okay. Schöner Trick. Ich mach's trotzdem nicht.«

Lucille runzelte ärgerlich die Stirn. »Und warum genau eigentlich nicht?«

Arc griff nach Yezmins inzwischen beinahe leerer Snackschale und ließ sich gegen die Lehne der Bank zurückfallen. »Warum campe ich nicht auf Bahnschienen? Warum klettere ich nicht in ein Wolfsgehege? Warum fahre ich nicht mit dem Fahrrad über ein Brückengeländer?« Er schob sich einen Gurkenstick in den Mund. »Spoiler: Nicht, weil ich es nicht könnte.«

»Ach so, na klar.« Lucille verdrehte die Augen. »Also sind wir jetzt an dem Punkt, an dem du mir erklärst, dass du das natürlich auch schon die ganze Zeit total easy hinbekommen hättest, es aber einfach für eine furchtbar *schlecht durchdachte* Idee hältst?« Sie stand auf. »Und jetzt erzähl mir noch mal, dass du nicht Théo bist. Ich geh solange was Richtiges essen.«

Sie sah, wie Arcs Schultern sich anspannten und seine Kieferlinie hart wurde. Dann stellte er die Snackschale mit einem kleinen Knall zurück auf den Tisch und begann, auf dem Display mit Lucilles Code herumzutippen, einzelne Zeilen anzuwählen und neue zu schreiben. Lucille hätte ihm das *touch* am liebsten weggerissen. Sie tat es nur nicht, weil ihr klar war, dass Arc wusste, was er da tat. Und weil sie ihre Version mehrfach gebackupped hatte. Stattdessen wandte sie sich ab, um sich tatsächlich nach einer Mahlzeit umzusehen. Ihr war schon ganz schlecht vor Hunger.

»Ich hasse Théo«, sagte Arc in diesem Moment. Seine Stimme klang spröde, und er nahm den Blick nicht vom Display.

Lucille, die Hand schon halb nach der Kühlschranktür ausgestreckt, hielt inne. »Ach, hör doch auf. Du *bist* Théo.«

»Zum letzten Mal: Bin ich nicht. Ich glaube, das hat sogar er dir schon mal ziemlich ausführlich erklärt.«

»Hat er, und es ist trotzdem absoluter Bullshit.« Lucille schnaubte. Sie wusste selbst nicht genau, warum sie seine Worte so sehr trafen. Warum es sie verletzte, dass er Théo dermaßen schroff von sich wies. »Hast du dir eigentlich je selbst zugehört oder dich im Spiegel angesehen? Und außerdem: Du kannst doch nichts aus dir selbst erschaffen, fünf Jahre damit rumlaufen und dann behaupten, es sei kein Teil von dir! So funktioniert das nicht, Arc.«

Das Klicken von Arcs Fingern auf der Tastatur wurde lauter. Wütender. Aber Lucille ließ sich davon nicht einschüchtern.

»Ich wette, du weißt in Wirklichkeit gar nicht, wo die Grenze ist zwischen dir und ihm. Wenn du mich fragst, gibt es überhaupt keine. Oh, und weißt du noch was? Ich halte es sogar für eine ziemlich beschissene Idee, ihn so massiv von dir abspalten zu wollen, weil er genau das hat, was dir fehlt: nämlich einen Arsch in der Hose und den Mut, auch mal auf Risiko zu gehen. Théo wäre nie zu feige, eine dermaßen offensichtliche Möglichkeit wie diesen Homesystem-Link einfach auszulassen. *Théo* würde zu den Wölfen klettern und Fahrradstunts machen und sich danach noch an den Bahnschienen festketten, wenn es nötig wäre. Überleg dir das vielleicht mal.«

Jetzt endlich drehte Arc sich mit einem Ruck wieder zu ihr um. »Théo *spielt*«, sagte er scharf. »In allem, was er tut. Er will gewinnen und sonst gar nichts, und es ist ihm *egal*, welche Kollateralschäden es dabei gibt, weil ich ihn so *gemacht* habe. Das funktioniert vielleicht da drinnen im GAME, aber hier draußen können wir das nicht brauchen. Weder ich noch du, und ich bin ganz bestimmt *nicht er*.«

Lucille öffnete den Mund, um etwas zu sagen, aber diesmal ließ er sie nicht. Stattdessen stand er mit einer abgehackten Bewegung auf, machte zwei Schritte auf sie zu und schnipste ihr mit dem Zeigefinger gegen die Stirn.

»Au!«

»Ich glaube, du hast das noch nicht verstanden«, sagte Arc und schnipste noch einmal, diesmal an ihre Wange. »Théo ist nichts weiter als ein rücksichtsloser Arsch, weil man das eben sein muss, wenn man das GAME gewinnen will. Du bist nicht sicher vor ihm, nur weil du *du* bist. Er mag dich übrigens auch nicht. Nicht wirklich. Er tut nur so, weil es ihm was bringt – und ehrlich, es wäre besser für dich, wenn du aufhören würdest, dir das schönzureden. Es ist diesem Typen einfach scheißegal, ob er dir wehtut, wenn du dann bloß aufhörst zu quatschen«, jetzt traf er wieder die Stirn, »oder aus dem Weg gehst«, an dieser Stelle stieß Lucille einen protestierenden Laut aus und machte einen Schritt rückwärts, wobei sie fast über ein Kabelnest stürzte, »oder sonst irgendwas tust, was er für nützlich hält.« Der letzte Schnipser traf ihre Nase, gerade als Lucille ihr Gleichgewicht wiedergefunden hatte.

»Hör auf!«, fauchte sie und schlug seine Hand weg. »Du Kotzbrocken, sag mal, geht's noch?!«

Arc schob die Hände in die Hosentaschen und starrte sie finster an. »Sorry, Lu – aber *genau das* ist Théo, also check endlich, dass ich nicht er bin und auch verdammt noch mal nicht sein will!«

Lucille zischte und kämpfte gegen die Tränen an, die ihr in die Augen steigen wollten. »Du lügst.« Sie starrte Arc herausfordernd in die Augen. »Und ich glaube, du weißt es auch besser. Ehrlich, ich habe keine Ahnung, warum du ihn nicht hier haben willst. Aber ich hoffe, du kapierst bald, dass es auch hier draußen verdammt nötig ist, zu gewinnen.«

Arc sagte nichts dazu. Er sah sie nur weiter an mit diesem undurchdringlichen Blick. Dann wandte er sich von ihr ab und setzte sich wieder hin, um weiter mit grimmiger Miene den Code zu zerlegen, den Lucille so mühsam zusammengebastelt hatte.

»Ich vermisse Théo«, sagte Lucille, und ihre Brust zog sich dumpf schmerzend zusammen. »Ich vermisse ihn wirklich.«

Das Klicken der Tasten verstummte. Für schier endlose Sekunden war das einzige Geräusch in der Wohnküche das Summen des Kühlschranks. Arcs Hände verharrten reglos über der Tastatur. Dann legte er sie langsam ab.

»Ich auch«, murmelte er fast unhörbar. Aber er sah Lucille dabei nicht an.

In diesem Moment klingelte es an der Wohnungstür. Fast zeitgleich ging offenbar eine Nachricht auf Arcs Profil ein, denn er tippte kurz auf seinen Handrücken.

»Das ist Rafael«, sagte er und stand erneut auf. »Der Arzt aus dem GAME. Er kommt, um deine Bioware zu checken.« Schon schob er sich an ihr vorbei und war im nächsten Moment aus dem Raum.

Lucille blieb in der Wohnküche zurück und setzte sich langsam wieder auf die Bank vor Arcs Hardware-Sammlung. Sie fühlte sich seltsam hohl und verloren. Als hätte sie erst jetzt begriffen, dass Théo wirklich nicht hier war. In diesem Moment hätte sie sich am liebsten in eine Ecke verkrochen und ein bisschen geweint, und wenn es nur war, um ein Stück der Wut loszulassen, die Arc in ihr aufgerüttelt hatte. Sie tat es aber nicht, weil sie sich in ihrem Leben noch nie einfach verkrochen hatte. Und weil sie nun draußen im Wohnungsflur Schritte und Stimmen hörte.

Kurz darauf kehrte Arc mit einem fremden Menschen zurück in die Wohnküche. Nein. Nicht völlig fremd. Es war der, der mit ihr im Auto gesessen hatte. Letzte Nacht. Die Erinnerung daran war seltsam unscharf. Aber Lucille hatte sie nicht vergessen. Und auch seine Stimme nicht, obwohl er in dem Moment verstummte, als er über die Schwelle trat und ihre Blicke sich trafen.

»So«, sagte Arc wieder in normaler Lautstärke, als die Tür sich hinter ihnen schloss. »Da ist deine Patientin, Doktor. Lucille – das ist Rafael. Rafael – Lucille. Clue. Passepartout. Wie auch immer.« Er trat wieder an den Tisch und griff an Lucille vorbei nach dem *touch* mit dem Link, an dem sie gearbeitet hatte. Die Bewegung wirkte schroff, fast trotzig. »Dann mal viel Spaß euch beiden. Ich geh so lange rüber in Yezmins Zimmer, ich brauch mal ein bisschen Ruhe.« Ein langer Blick traf Lucille. »Und ich muss Lynn anrufen.«

Und noch ehe sich Lucille entscheiden konnte, wie sie auf diesen plötzlichen Sinneswandel reagieren sollte, war er aus dem Raum verschwunden. Ein Seufzer entfuhr ihr, leise und ratlos. Auch der Arzt namens Rafael sah Arc mit irritiert gerunzelter Stirn nach. Seine Miene drückte ziemlich exakt das aus, was Lucille empfand, und das war auf eine seltsame Weise tröstlich und belustigend zugleich.

Rafael stellte seinen Medizinkoffer neben dem Tisch ab und setzte sich Lucille gegenüber auf die Bank. »Na schön«, sagte er und lächelte matt. Es sprach von Resignation, aber auch davon, dass er bereits an einem Punkt angelangt war, an dem er akzeptiert hatte, dass Arc nun mal war, wie er war. »Ich denke, wir fangen am besten noch mal von vorn an. Ich bin Rafael, leitender Arzt im SUCCESSION GAME, und ich würde dich gern untersuchen, um sicher zu sein, dass nach deinem Höllentrip von letzter Nacht alles in Ordnung mit dir ist. Einverstanden?«

Jetzt lächelte Lucille ebenso. Rafaels ruhige, direkte Art tat ihr gut. »Na klar«, sagte sie. »Was soll ich machen?«

05/01/2054

the.fractal.brain_: Klopf klopf (13:37)
TRYING TO RECEIVE DATA ... ...
one_tearful_appletree: ? (13:38)
the.fractal.brain_: Lynn? (13:38)
one_tearful_appletree: Wer bist du? Wie kommst du hier rein? (13:39)
the.fractal.brain_: Das hier muss schnell gehen. Es ist nicht sicher. Rafael will mit dir sprechen. (13:39)
one_tearful_appletree: Théo?? (13:39)
the.fractal.brain_: Ich habe dir eine Lücke im Sicherheitsprotokoll eures Homesystems geöffnet. Heute Nachmittag entriegelt sich die Wohnungstür um 15:15:15 Uhr für 2 Sekunden. Du weißt, wo du Rafael dann findest. (13:40)
one_tearful_appletree: Théo, das bist du, oder? (13:41)
the.fractal.brain_: Ich lösche jetzt den Chat und die Verbindung. Die Lücke bleibt für dich offen. 15:15:15, nicht vergessen. Überleg's dir. (13:41)
one_tearful_appletree: Théo! (13:41)
one_tearful_appletree: Warte!! (13:42)
the.fractal.brain_: g2g (13:42)
DELETING DATA ... ...
CONNECTION LOST

Asgard International Academy (AIA), Berlin
Wohnkompartments der Studierenden
Kompartment 503

Lucille und Rafael saßen auf dem Sofa, wo Lucille zuvor geschlafen hatte, und Rafael war gerade dabei, seinen Medizinkoffer wieder einzuräumen, als Arc in die Wohnküche zurückkehrte. Sie wandten sich ihm beide zu. Gespannt. Erwartungsvoll. Besorgt.

Arc blieb ein wenig unschlüssig an der Tür stehen. Er war mit Absicht länger als nötig in Yezmins Zimmer geblieben. Um darüber nachzudenken, was Lucille gesagt hatte. Und über das, was er selbst gesagt hatte. Getan hatte. Gedacht hatte. Ganz war er damit nicht fertig geworden. Aber er wusste, dass er Rafael nicht länger warten lassen konnte. Wie von selbst tastete seine Hand in seiner Tasche nach der Eidechse, die er in Théos Mütze geschoben hatte. Dann räusperte er sich und trat zum Sofa hinüber.

»Also. Ich hab sie erreicht.« Er bemühte sich, Lucilles Blick nicht zu begegnen, ohne ihr zu offensichtlich auszuweichen. »Jemand hatte eine ziemlich gute Idee.«

Er konnte die Hoffnung in Rafaels Augen aufflackern sehen. Und wie viel Kraft es ihn kostete, in diesem Moment ruhig zu bleiben. »Was hat sie gesagt? Geht es ihr gut?«

Arc hielt im letzten Moment ein Schulterzucken zurück und das unvermeidliche Lachen, das immer noch darauf folgte. »Weiß ich nicht. Das musst du sie selbst fragen. Falls sie zum Treffpunkt kommt. Ich musste die Verbindung schnell wieder löschen, also hab ich ihr nur gesagt, was wir besprochen haben. Der Rest ... liegt jetzt an ihr.«

Rafael blieb einen Moment stumm. Arc sah es in seinem Gesicht arbeiten. Dann nickte er, stand auf und nahm seinen Medizinkoffer in die Hand. »Gut. Dann ist es so. Ich muss jetzt wieder los.« Er räusperte sich. »Danke.«

Jetzt zuckte Arc doch die Schultern. Ohne zu lachen. »Dank

Lucille. Ich hab ihr bloß grundlos Steine in den Weg geworfen.«

Er spürte Lucilles überraschten Blick. Aber was er sah, war das Lächeln, das in Rafaels Mundwinkeln erschien. »Ach so? Na dann.« Als Rafael sich an Lucille wandte, wurde das Lächeln deutlicher, obwohl es die Anspannung nicht ganz von seinem Gesicht vertreiben konnte. »Dann danke ich dir. Hat mich gefreut, dich kennenzulernen.«

Lucille erwiderte das Lächeln. »Mich auch. Viel Glück für nachher.«

Rafael seufzte leise. »Ich wünschte, ich könnte behaupten, optimistisch zu sein. Trotzdem auch dafür danke.« Er nickte auch Arc noch einmal zu. »Wir bleiben in Kontakt. Passt auf euch auf.« Damit drehte er sich um und verließ die Wohnung.

Das Summen der Kühleinheit klang plötzlich wieder sehr laut in der Stille, die zurückblieb.

»*Jemand* hatte eine gute Idee?« Lucilles Spott, mit dem sie Arc von ihrem Platz auf dem Sofa aus musterte, war freundlich und nicht mehr so wütend wie vor Rafaels Besuch. Er traf trotzdem.

Arc gab sich einen Ruck. Mit einem Seufzer ließ er sich neben ihr in die Polster sinken. Eine Weile saßen sie dort nebeneinander, und Arc wünschte sich, auch dieses Sofa hätte ein Loch in der Armlehne, in das er seinen Finger hätte bohren können. Gegen die nervöse Unsicherheit, die hinter seiner Stirn und seinem Brustbein kribbelte. Er war einfach ein Versager in Entschuldigungen.

»Du hattest recht«, überwand er sich endlich, zu sagen. »Es *war* eine gute Lösung. Und wenn du es genau wissen willst, ich habe nichts an deinem Code verändert. Ich hab nur etwas dazugeschrieben. Eine erweiterte Lücke im Sicherheitssystem für das Türschloss. Wie im SHIP. Weißt du noch?«

Lucille nickte. »Clic-clac«, murmelte sie.

Arc lachte leise. »Ja.« Er hob den Kopf, um sie anzusehen. Weil er das Gefühl hatte, dass das, was er jetzt zu sagen hatte, für sie das Wichtigste war. »Und ... ich hasse Théo nicht. Das war gelogen. Ich hab mich in dem Moment nur aufgeregt. Aber ich bin auch nicht er, dabei bleibe ich. Und was ich über ihn gesagt habe, stimmt. Er ist kein guter Mensch. Er darf keiner sein. Weil er dann nicht gewinnen kann, und nur dafür war er von Anfang an da. Aber ... das eben. Mit deinem Gesicht. Ich hätte das nicht machen dürfen. Tut ... mir leid.«

Lucille strich sich die wirren Haare aus der Stirn. Sie sah nachdenklich aus und auch ein bisschen überrascht. Aber sie war nicht mehr wütend. Was Arc jetzt in ihren dunklen Augen sah, war vorsichtig. Sanft beinahe. Und traurig.

»Ich habe ihn da drin getroffen, weißt du«, sagte sie zögernd. »Ohne dich. Als du schon hier draußen warst. Und wenn es stimmt, was du sagst ... Wenn Théo *wirklich* nur so ist, wie du ihn für das GAME gemacht hast, und wenn wirklich nur du es bist, der so ganz anders ist ... dann ist wohl ein ziemlich großes Stück von dir da dringeblieben.«

Etwas an ihren Worten zog sich mit dumpfem Schmerz in Arc zusammen. Am liebsten hätte er sich weggedreht. Aber Lucilles Blick ließ ihn nicht los.

»Ist das denn wirklich so, Arc?«, fragte sie leise. »Oder ist er nicht vielleicht doch ... einfach ein Teil von dir? Und du von ihm?«

Arc presste die Lippen zusammen und sah zum Fenster, wo sich der blasse Winterhimmel licht und klar über den AIA-Campus spannte.

»Weiß ich nicht«, murmelte er. »Weiß ich wirklich nicht. Vielleicht ist er so was wie ... mein böser Zwilling?«

Er hatte noch nicht ausgesprochen, da wusste er, dass es ein Fehler gewesen war. Jetzt konnte er Théo beinahe wieder hören. Sein blödes Lachen, das sogar mitklang, wenn er eigentlich gar nicht lachte.

»Wer ist hier der böse Zwilling, hm? Ich bin von uns beiden nicht der mit dem Gewittergesicht, weißt du?«

»Halt die Klappe, *Clochard*«, flüsterte Arc und biss sich auf die Lippe, als ihm einfiel, dass Lucille immer noch neben ihm saß und jedes Wort mitbekam. Rasch räusperte er sich und blinzelte fort, was auch immer sich da in seinen Augen sammelte. Wenn er jetzt anfing, sich schlecht zu fühlen, weil er Théo im GAME im Stich ließ, war sowieso alles zu spät.

Eine Fußspitze stupste sanft gegen seine. Ein kleiner Fuß in einem schmutzig weißen Turnschuh gegen seinen großen in den ausgetretenen Théo-Sneakern.

»Hey.« Lucille lächelte. »Alles wird gut. Okay?«

Arc räusperte sich noch einmal. Und noch einmal. Für viel zu lange Sekunden wusste er nicht, wie er irgendwelche Worte an dem Klumpen in seiner Kehle vorbeiquetschen sollte.

»Ich ... wollte dich bei noch was um Hilfe bitten«, gelang es ihm endlich zu sagen. »Wenn ... also, wenn du dich schon gut genug dafür fühlst.«

»Hm.« Ein kleines Lächeln huschte über Lucilles Gesicht. »Brauchst du wieder *jemanden* mit guten Ideen?«

Arc nickte bloß. »Sehr dringend sogar.« Erneut griff er in seine Tasche und tastete nach der Eidechse, um sie herauszuziehen und sie Lucille auf der flachen Hand entgegenzuhalten. »Hierauf ist ein Hack für den Kill Switch von SUCCESSION GAME.« Er sah Lucille nun wieder direkt in die Augen, während er sprach. »Ich habe fast vier Jahre daran gearbeitet. Und ich hatte gehofft, dass du mir hilfst, das letzte Problem zu lösen.«

Für einen Moment weiteten sich Lucilles Augen. Sie nahm ihm die Eidechse behutsam aus der Hand, legte sie auf ihre eigene Handfläche und betrachtete sie von allen Seiten. »Und wenn es uns gelingt?«, fragte sie schließlich. Ihre Stimme klang ein wenig atemlos, und Arc sah ein Funkeln in ihrem Blick. Eine Ahnung der Möglichkeiten, die er ihr gerade andeutete. »Was passiert dann?«

Arc holte tief Luft. »Dann ...«, sagte er und spürte einen Schauer über sein Rückgrat rieseln. »... zerstören wir vielleicht SUCCESSION GAME.«

05/01/2054

one_tearful_appletree: Théo??? (13:42)

TRYING TO RECEIVE DATA ... ...

one_tearful_appletree: Théo, antworte!!!!! (13:43)

TRYING TO RECEIVE DATA ... ...

one_tearful_appletree: Ich kann dir helfen, deine Persona zu retten (13:44)

TRYING TO RECEIVE DATA ... ...

THE PROFILE YOU ARE CALLING DOES NOT EXIST

Asgard International Academy (AIA), Berlin
Wohnkompartments der Studierenden
Kompartment 503

»Aber meinst du nicht, wir könnten einen Gatekeeper so modden, dass kein Workaround möglich ist, ohne wichtige Datenblöcke zu löschen?«, fragte Lucille und schob sich einen Löffel Kartoffeln in den Mund. Sie saß auf der Arbeitsplatte der Küchenzeile, eine Schale Auflauf auf dem Schoß, und ging zum etwa siebentausendzweihundertdreiundfünfzigsten Mal den Trigger durch, der auf Arcs Eidechse gespeichert war. Der Trigger, der SUCCESSION GAME endgültig lahmlegen sollte – falls es ihnen gelang, ihn so zu schreiben, dass er die Tür nicht nur schloss, sondern auch den Schließmechanismus so zerstörte, dass er nie wieder geöffnet werden konnte. *Falls.* Arc hatte nicht übertrieben, es war wirklich eine harte Nuss. In Eduards Homesystem zu kommen, war ein Witz dagegen gewesen. Aber genau das machte es zugleich so faszinierend.

»Hmm«, machte Arc. Er lag auf der Küchenbank, das *touch* mit dem Code auf seinem Bauch, und starrte an die Decke, als stünde dort oben die Antwort auf ihr Problem. Jetzt aber schob er sich ein Stück rückwärts, bis er den Kopf nach hinten über die Kante der Sitzfläche kippen und Lucille ansehen konnte. »Klar. Könnte man vielleicht.«

Es war unmöglich, die Bilder aufzuhalten, die vor Lucilles innerem Auge erschienen. Théo in der Grunge Bar, rücklings im Sessel, wie er auf das Graffiti starrte.

RIEN NE VA PLUS.

Ach, Théo. Wie geht es dir wohl? Was machst du jetzt?

Lucille zwang einen weiteren Löffel Auflauf durch ihre Kehle, die sich plötzlich unangenehm eng anfühlte. »Du bist nicht überzeugt.«

»Hmm«, machte Arc noch einmal.

»Nicht mal überzeugt genug, um es zu versuchen?«

Jetzt setzte Arc sich auf und drehte sich ganz zu ihr um. »Das Problem daran ist, dass der GAME-Code so dezentralisiert ist. Okay, und die krassen Repair-Bots, die sich gegenseitig backuppen. Jeder Gatekeeper schützt nur ein oder maximal zwei Fragmente der Einzelprogramme. Wenn eins davon ausfällt, springt die Repair-KI ein und schreibt den Teil auf Basis der Daten aus den anderen Fragmenten neu. Wir müssten also nicht nur einen, sondern, schätze mal, mindestens 40 % der Gatekeeper modden, damit das klappt – oder die Datenverbindung zwischen den Repair-Bots lahmlegen. Aber so viel Zeit haben wir nicht. Schon gar nicht, weil wir uns den Code von hier aus nicht vorher ansehen können. Wenn wir live gehen, sind wir komplett nackt, und ich glaube nicht, dass Ede uns länger als zehn Minuten lässt, um *irgendwas* zu tun. Eher weniger.«

Lucille seufzte. Natürlich hatte Arc recht. Die technischen Probleme zu lösen, war nicht die einzige Schwierigkeit an ihrer Mission. Selbst wenn sie hier den perfekten Code schrieben, mussten sie ihn immer noch ins GAME bringen, und das, bevor die aktuelle Staffel endete.

Und das war voraussichtlich schon morgen.

Grundsätzlich, hatte Arc gesagt, machte er sich darum keine allzu großen Sorgen. Es war leicht genug, ihre Bioware wieder von einem pseudonormalen *dEEp.net*-Profil auf ein SUCCESSION GAME spezifisches Profil umzuschreiben, das sich mit den Prozessen im GAME linken würde, sobald sie in den Signalbereich des SHIPs zurückkehrten. Und von dort den Zugang zu öffnen, war offenbar leicht. Lucille glaubte ihm das, ohne Frage, immerhin *hatte* er diesen Weg jahrelang genutzt, um zwischen den Staffeln sein eigenes GAME zu schreiben. Die Zeit war das Problem.

»Das Einzige, was sich wirklich durch alles durchfrisst«, fuhr Arc derweil fort, »ist der Kill Switch. Und natürlich das Back-on. Also wenn wir irgendwo ansetzen wollen, dann ...«

»Warte!« Lucille ließ den Löffel in die Schale fallen und richtete sich ruckartig auf. »Warte, warte.« Sie kniff die Augen zusammen. Da war etwas in ihrem Kopf aufgeblitzt, eine Idee, ein Puzzleteil, das plötzlich passte, nachdem sie es einmal umgedreht hatte. Sie musste es nur greifen, nur in Worte fassen, in Reihe bringen ...

Nein. Keine Reihe. Eine Schleife.

»Ein Loop!« Sie riss die Augen wieder auf. »Das ist es! Wir könnten einen Loop erzeugen. Ich bin ziemlich sicher, dass das geht. Darf ich mal?« Sie rutschte von der Arbeitsplatte, um Arc das *touch* aus der Hand zu nehmen. »Wenn wir den Back-on Point auf, sagen wir, T-20sec modden, setzt das Reboot immer kurz vor der Stelle ein, an der Théo gewinnt. Und dann ...«

»... wird der Trigger erneut ausgelöst. Immer wieder.« Arcs Miene war seltsam reglos, seine Augen dunkel, hinter seiner Stirn arbeitete es sichtlich. Dann aber verfinsterte sich seine Miene. »Nein. Nein, das geht nicht.«

Lucille runzelte irritiert die Stirn. Es war so schwierig, mit seinen Stimmungsumschwüngen mitzuhalten! »Was hast du diesmal auszusetzen?«

Arc stand ruckartig auf. »Alles. Es ist einfach eine Scheißidee. Wir ...« Er stockte. »Yezmin ruft an. Warte.« Er tippte auf seinen Handrücken, um den Call anzunehmen. »Hey. Was gibt's?«

Lucille konnte Yezmins Antwort nicht hören, aber sie sah Arcs Gesichtszüge kurz entgleisen und wie er einen leicht gehetzten Blick zur Tür warf. »Alles klar. Danke für die Warnung. Bis später.« Er tippte erneut, um den Call zu beenden. Dann begann er, mit hastigen Griffen die Geräte auf dem Tisch einzusammeln. »Wir müssen umziehen. Hilf mir mal.«

»Was? Was ist los?« Lucille zögerte nicht lange und griff ebenfalls nach Displays und Kabeln, so viel sie tragen konnte. Arcs schroffe Reaktion auf ihren Vorschlag steckte unangenehm spitz in ihrem Magen, aber wenn ihr Leben sie eins gelehrt hatte, dann, dass man niemals zögern durfte, wenn es darum ging, einen Standort zu verlassen. Egal warum.

»Yez sagt, ser Mitbewohner kommt her, um was abzuholen. Er weiß nicht, dass wir noch hier sind, und das soll auch so bleiben. In fünf Minuten ist er da, also bringen wir alles rüber in Yezmins Zimmer und verstecken uns dort, bis er wieder weg ist.«

»Okay.« Lucille stapelte eine letzte Tastatur auf den Haufen auf ihren Armen. Erst jetzt wurde ihr wirklich bewusst, wie viel Zeug Arc auf dem Tisch ausgebreitet hatte. Unmöglich, alles auf einmal nach drüben zu tragen, selbst zu zweit. Ganz zu schweigen von der Auflaufform, dem schmutzigen Geschirr und den leeren Flaschen und Snackboxen, die er unter der Bank gesammelt hatte. Lucille unterdrückte ein Ächzen.

Drüben in Yezmins Zimmer warfen sie die Hardware aufs Bett und rannten zurück in die Küche. Während Arc die übrigen Elektrobauteile vom Tisch in die Sporttasche mit seinen Klamotten schob, begann Lucille hastig, Teller und Becher zum Geschirrspüler zu tragen und hineinzuräumen.

Arc hielt inne. »Was machst du denn da?«

»Deine Spuren verwischen?«

Er schüttelte den Kopf. »Dauert viel zu lange, nimm's einfach mit rüber.«

Lucille starrte ihn entgeistert an. »Ich trag doch keinen Müll von einem Zimmer ins nächste!«

Arc schnaufte. »Das ist kein Müll, das …«

»Es ist ekelig und Yezmin wird sich schön bedanken! Also hör auf zu quatschen und hilf mir lieber!«

»Dafür haben wir keine Zeit!«

»Weil du sie gerade mit Rumstehen und Nörgeln verschwendest!«

Arc stieß ein gereiztes Knurren aus. Dann warf er seine Sporttasche durch die zwei geöffneten Türen quer über den Flur in Yezmins Zimmer und kehrte zu Lucille zurück, um mit sichtbarem Unwillen mehr benutztes Geschirr unter der Bank hervorzukramen, während Lucille hastig mit einem Putzlappen über den Tisch und die Sitzflächen der Bänke wischte.

Kurz darauf schloss Arc mit einem Krachen die Klappe des Geschirrspülers. »So. Jetzt aber ...« Er stockte. »Fuck, das ist der Alarm. Er ist schon vor der Wohnungstür! Jetzt kommen wir nicht mehr rüber. *Bon travail*, Lu, wirklich.«

»Dann verstecken wir uns hier. Kannst du die Türen zumachen?« Lucille ignorierte seinen anklagenden Blick und sah sich hastig im Raum um. An der hohen schmalen Tür direkt hinter Arc blieb sie hängen. Der Putzmittelschrank.

»Da rein!« Sie griff an Arc vorbei, der gerade auf seinem Handrücken tippte, damit das Homesystem die Türen zu Yezmins Zimmer und der Wohnküche schloss, und riss den Schrank auf. Der Geruch nach Zitrus und Chlor drang ihr entgegen, als sie Arc hineinschob und hastig hinterherstieg. Es war eng. Beinahe zu eng für zwei Personen. Sie würden die Tür nicht ganz schließen können – hoffentlich immerhin weit genug, dass es nicht auffiel. Lucille hoffte trotzdem, dass dieser Mitbewohner sich nicht zu lange aufhalten und am besten gar nicht erst in die Küche kommen würde.

Sie konnten ihn jetzt hören, wie er die Wohnung betrat und an der Garderobe Mantel und Schuhe ablegte. Und er war nicht allein. Es waren zwei Stimmen.

Arc zog die Schranktür noch etwas weiter hinter ihnen zu, bis nur noch ein winziger Spalt offen blieb. Ein nadelfeiner Streifen Licht fiel hindurch. Lucille wagte kaum, sich zu rühren, während sie mit einem Fuß im Putzeimer und dem anderen auf einem Stapel Wischlappen einen halbwegs sicheren Stand zu finden versuchte. Für einen Moment geriet sie ins Schwanken und hielt sich reflexartig an Arcs Pullover fest, um nicht das Gleichgewicht zu verlieren.

Da spürte sie eine warme Hand an ihrem Rücken, die ihr Halt gab und sie noch ein Stück näher zu sich heranzog. So nah, dass sie mit einem Mal Brust an Brust standen. Körper an Körper.

»Okay«, murmelte Arc fast tonlos. Ein sprödes, ebenso leises Lachen folgte. »Das ist jetzt ... weird.«

Das war nicht ganz der Ausdruck, den Lucille benutzt hätte, aber völlig falsch war er auch nicht. Ein Kribbeln zog durch ihren Körper und sammelte sich in ihrem Bauch zu einem flattrigen Ziehen. Bilder stiegen in ihr auf. Gefühle. Erinnerungen an eine Nähe, die erst so wenige Stunden zurücklag. An das Gefühl zu heißer, fiebriger Haut an ihrer. An seinen unsteten Herzschlag unter ihren Fingern und daran, wie verzweifelt er ihren Kuss erwidert hatte.

Théo.

Aber dieser Théo war nicht Arc gewesen. Er konnte es nicht gewesen sein. Der andere, im Successor's Quarter hingegen, der sie geküsst hatte und nicht umgekehrt ... Lucilles Atem ging unwillkürlich flacher, und ihr Herzschlag pochte laut in ihren Ohren. Zögernd lockerte sie den Griff in Arcs Pullover, bis ihre Hände nur noch leicht auf seiner Brust lagen. Beklommenes Schweigen trat zwischen sie beide.

Draußen in der Wohnung schienen die Stimmen nun weiter entfernt, als seien sie in eines der Schlafzimmer gegangen.

»Erinnerst du dich, was im GAME passiert ist?« Lucille konnte die Frage nicht zurückhalten. »Zwischen uns?«

Arc antwortete nicht sofort. Nur seine Hand an ihrem Rücken spannte sich merklich an.

»Klar«, murmelte er endlich und räusperte sich unterdrückt. »Aber das war nicht ich, das weißt du doch. Das war Théo.

Théo hat schon ...« Er räusperte sich erneut. »Er hat viele Menschen geküsst, um zu bekommen, was er will.«

In der Enge ihres Verstecks war es unmöglich, seine Nähe zu ignorieren. Zu vertraut war die Wärme seiner Haut unter dem Wollstoff des Hoodies, die Bewegung seiner Brust bei jedem angespannten Atemzug und wie sich ihre Haare leicht kitzelnd unter dem Luftstrom seiner Worte bewegten. Lucille hob den Kopf, um ihm ins Gesicht zu sehen – oder das, was in den Schatten davon zu erkennen war. Théos Gesicht, aber zugleich ...

»Und was willst du, Arc?«

Jetzt spürte sie seinen Blick auf sich gerichtet. Einen Herzschlag. Zwei Herzschläge lang.

»Dich küssen.« Es klang wie ein Eingeständnis. Ein sehr schweres und bitteres Eingeständnis. »Ziemlich schräge Idee, ich weiß. So ... jetzt und hier.«

Lucille starrte auf die winzigen Lichtpunkte, die sich in seinen Augen spiegelten. Spürte, wie seine Worte durch sie hindurchrannen, wie ihr Mund trocken wurde und das Ziehen in ihrem Magen zu einem Glühen anwuchs. »Ist doch egal«, flüsterte sie. »Mach es einfach.«

Sie hörte ihn tief Luft holen. Selbst sein Atem klang jetzt heiser. Lucille fühlte ihn auf ihren Wangen und dann auf ihren Lippen.

In diesem Augenblick öffnete sich draußen die Tür zur Küche. »Arc?«

Lucille und Arc fuhren beide heftig zusammen, und für einen seltsam schwebenden Moment taumelten sie, unschlüssig, ob sie hastig auseinanderweichen oder sich noch fester aneinanderklammern sollten.

»Arc? Lucille? Es ist alles okay, ihr könnt rauskommen.«

Arc stieß in einem langen tiefen Zug den Atem aus. »Das ist Hathaichanok.« Zögerlich ließ er Lucille los, zog sich von ihr zurück, so gut es in der Enge möglich war, und schob die Schranktür auf. »Wir sind hier.«

Ein wenig unbeholfen zog Lucille ihren Fuß aus dem Putzeimer und stolperte aus dem Schrank. Sie fühlte sich benommen und etwas schwindelig, und hinter ihrer Stirn flatterte es dumpf, als hätten ihr Magen und ihr Herz nicht genug Blut und Sauerstoff für ihr Gehirn übrig gelassen. Hinter ihr stieg Arc über den Eimer und blieb neben ihr stehen. Seine Nähe, die zugleich so viel weiter entfernt war als noch Sekunden zuvor, kribbelte am ganzen Körper auf Lucilles Haut.

Hathaichanok stand jenseits des Tresens, der die Küchenzeile vom Wohnbereich trennte. Sie wirkte ein wenig abgespannt, aber auch erleichtert. »Oh, hi. Ihr seid okay, das ist gut. Ich wollte nur kurz sagen, Baş ist weg. Ich muss auch wieder los, aber ich wollte noch sichergehen, dass ... Habt ihr euch ernsthaft *zusammen* da reingequetscht?« Die Anspannung auf ihrem Gesicht löste sich, als sie lachte. Es war ja auch lustig, objektiv gesehen. Lucille musste selbst darüber lachen. Und Arc erstaunlicherweise auch.

»Jemand«, erklärte er mit einem verhaltenen Grinsen, für das ihm Lucille trotz allem gern auf den Fuß getreten hätte, »fand es wichtig, die Küche noch gründlich zu reinigen, ehe wir uns unsichtbar machen. Da blieb nicht viel anderes übrig.«

Hathaichanok schüttelte noch immer lachend den Kopf. »Das war aber ganz schön schlau, ehrlich gesagt. Da Baş und ich nicht hier sind, ist – rein theoretisch – niemand da, der Yezzis Ordnung stört. Baş wäre sofort misstrauisch geworden, wenn hier was rumgelegen hätte oder schmutzig gewesen wäre.«

Arc seufzte resigniert. »Prioritäten«, murmelte er, und jetzt wollte Lucille ihn erst recht treten. Und ihn noch einmal so fest umarmen. Noch einmal ...

Das Blut stieg ihr heiß in die Wangen. »Dann räumen wir wohl besser auch Yez' Zimmer auf, ehe sey nach Hause kommt.«

Hathaichanok lachte wieder. »Wenn ihr euch Stress ersparen wollt, gute Idee. Jedenfalls. Gut, dass alles in Ordnung ist. Dann mach ich mich wieder auf den Weg, okay?«

»Klar«, sagte Arc. »Wir kommen schon zurecht.«

Etwas an der Art, wie er »Klar« sagte, ging Lucille durch und durch. Weil es die gleiche Art war, der gleiche Ton, mit dem er es eben im Schrank gesagt hatte. Als er behauptete, Théos Kuss hätte nichts mit ihm zu tun gehabt, was ziemlich sicher gelogen gewesen war. Lucille spürte seinen Blick auf sich. Ihre Wangen wurden noch ein bisschen heißer.

Falls Hathaichanok etwas von dem bemerkte, was zwischen ihnen vorging, ließ sie es sich zumindest nicht anmerken. »Super. Dann ... sehen wir uns, denke ich. Macht's gut, ja?«

»Du auch«, murmelte Lucille reflexhaft und beobachtete, wie Hathaichanok die Küchentür hinter sich schloss. Kurz darauf signalisierte das Piepen des Schließmechanismus an der Wohnungstür, dass sie und Arc wieder allein waren.

Langsam drehte Lucille sich um. Arc musterte sie immer noch. So grüblerisch, dass es fast gequält wirkte.

»Also. Wollen wir reden ...?« Sie räusperte sich. »Oder so?«

Arc lachte sein trockenes Lachen. »*Oder so* am liebsten.«

Lucille seufzte und deutete auf die Sitzecke vor dem Riesendisplay im Wohnbereich. »Setzen wir uns da rüber.«

Arc widersprach nicht, was erstaunlich genug war. Er folgte ihr bloß und hockte sich zu ihr auf das Sofa, sodass sie sich gegenübersaßen. Nah. Aber nicht *so* nah.

»Also«, sagte Lucille noch einmal und zwang sich, ihm dabei ins Gesicht zu sehen statt auf seinen Pullover. »Was ist das mit dir und Théo und dem ... na ja.«

Küssen? Nahsein? Gernhaben?

All diese Wörter wären richtig gewesen. Aber keines davon traf es völlig, also ließ Lucille sie alle weg. Nervös zupfte sie an einem Faden, der sich neben ihrem Fuß aus dem Stickmuster des Sofas gelöst hatte.

»Ach, Théo.« Arc zog eine Grimasse. Er hatte beide Hände in die Bauchtasche seines Hoodies geschoben, und Lucille hätte das an einem anderen Tag vielleicht als abweisend empfunden. Aber nicht, seit sie wusste, dass dort drin die rote Mütze steckte. »Na ja, also weißt du ... Ich hab ihn so gemacht, dass er exakt das mag, was ich nicht mag. Und kann, was ich nicht kann.«

Lucille hob eine Braue. »Und das wäre?«

Arc zuckte die Schultern. »Ordnung halten und putzen vor allem. Richtiges Essen machen. Na ja, und Menschen.« Wieder verzog er das Gesicht, als müsste er auf etwas Ekliges beißen. Aber diesmal sah es zugleich fast aus wie ein Lächeln. Wenn auch ein sehr selbstironisches.

»Menschen«, wiederholte Lucille zweifelnd. »Théo *kann* Menschen?«

Arcs Blick huschte kurz zur Seite. »Mit ihnen umgehen«, erklärte er.

Wurde er rot? Tatsächlich, dachte Lucille. Bis an die Ohren. Sie unterdrückte den Spott, der sich wie eine Schutzmauer vor die emotionale Reaktion schieben wollte, die sie wirklich empfand. Der das Prickeln auslöschen wollte, das bei den Worten durch ihren Körper rieselte. Und dann verstand sie es. »Du bist eifersüchtig auf ihn.«

Arc ließ ein höhnisches Schnaufen hören. Aber seine Hände schoben sich etwas tiefer in die Hoodietasche. »Ja, sicher.«

Nun stahl sich doch ein kleines Grinsen auf Lucilles Gesicht. »Bist du wirklich.«

»Nein.« Jetzt brannten seine Wangen unübersehbar. »Hast du nicht zugehört? *Théo* mag Menschen. Ich hasse sie. Alle. Jeden einzelnen. Je weiter sie weg sind, desto besser.«

Lucille verdrehte die Augen. »Schon klar. Na ja, dann geh ich wohl mal, was?« Sie ließ demonstrativ die Beine vom Sofa rutschen und stand auf.

Da spürte sie unvermittelt warme Finger, die sich etwas zu fest um ihre schlossen. »Nein.«

Lucille war so verblüfft, dass sie ihre Hand beinahe reflexartig weggezogen hätte. Dann aber erwiderte sie stattdessen den Druck und spürte, wie die Wärme seiner Haut bis hinauf in ihre Brust zog.

»Also, ich meine, du bist …« Der Ausdruck in Arcs dunklen Augen war mindestens genauso überrascht, wie sie sich fühlte. Als hätte er selbst nicht damit gerechnet, dass er so einen Vorstoß machen würde. Aber auch er zog seine Hand nicht zurück. »Bei dir ist das was anderes.«

Ein kurzes Lachen platzte aus Lucille heraus. »Ach. Dann falle ich also nicht in die Kategorie Mensch?«

Arcs Finger schlossen sich noch etwas fester um ihre, als er ebenfalls aufstand. Sich ihr in den Weg stellte, mit einem Blick, als hätte er wirklich geglaubt, dass sie vorhatte, irgendwo hinzugehen. »Mir ganz egal, was du bist«, flüsterte er. »Bitte bleib.« Sein Daumen strich über die Wunde an ihrer Handkante. Gerade so fest, dass es beinahe wehtat. Nur beinahe. »Ich meine … hilf uns. Sonst kann es niemand.« Ein schwerer Atemzug. »Bitte.«

Eigentümlich aufgeladenes Schweigen breitete sich zwischen ihnen aus. Ein Schweigen, in dem Lucille unmöglich aussprechen konnte, was sie eigentlich hatte sagen wollen: Dass sie natürlich nirgendwo hingehen würde, weil es ja gar keinen Ort *gab*, an den sie gerade hätte gehen können. In diesem Moment war kein Raum für Zynismus. Weil die plötzliche Verzweiflung in Arcs Augen genau so echt wie überraschend war.

»Euch …?« Ihre Stimme, als sie sie schließlich wiederfand, war ebenso heiser wie seine. »Dir und …?«

»Théo. Wem sonst? Der kommt doch ohne Hilfe gar nicht klar.« Die Worte brachen, und etwas in Arc brach mit ihnen. Lucille konnte es hören.

»Hey …«, murmelte sie betroffen. »Das war doch nur ein Spruch.« Und nun zögerte sie nicht mehr, die letzte Distanz zwischen ihnen zu überbrücken, um ihn in den Arm zu nehmen und festzuhalten. Das Beben zu spüren, das ihn tief drinnen erzittern ließ. »Natürlich helfe ich euch. Euch beiden.«

Zögernd schlossen sich Arcs Arme um sie. Seine Hand lag auf ihrem Rücken, wie sie es eben in ihrem Versteck getan hatte. Warm und ein wenig angespannt. Sein Atem streifte ihre Haut, als er den Kopf senkte und seine freie Hand an ihre Wange legte. Sie noch etwas dichter an sich drückte, bis sie unter dem Pullover sein Herz in seiner Brust schlagen fühlte – oder war es ihr eigenes? Lucille schloss die Finger um seinen Oberarm, hob sich ein wenig auf die Zehenspitzen, während ihre andere Hand wie von selbst in seinen Nacken glitt, wo sie seine Haare ertastete. Diese weichen, weichen Haare. Ein Gefühl, das sie kannte, das sie mehr vermisst hatte, als ihr klar gewesen war, und doch ...

Théo. Ach, Théo.

Er war es nicht. Und war es doch. Und im gleichen Moment noch so viel mehr.

Ihre Lippen berührten sich. Zaghaft. Behutsam. Es war so anders, so viel vorsichtiger und zurückhaltender, als was sie mit Théo erlebt hatte, und doch ... Wie real. Wie tief. Wie schwer und voller Zweifel und zugleich unfassbar richtig war dieser Kuss.

Lucille spürte Arc am ganzen Körper erbeben, als sie die Hände unter seinen Pullover schob und mit den Fingern über die warme bloße Haut strich. Er seufzte, tief und rau, dann senkte er den Kopf und vergrub das Gesicht in ihrer Halsbeuge, während seine Arme sie noch fester an sich zogen.

»Ich weiß nicht, was aus ihm wird, verstehst du?«, flüsterte er an ihrem Hals. »Wenn wir das mit dem Loop wirklich durchziehen und das GAME crashen. Es ist genial, das ist es wirklich, nur ... Théo ...«

Lucille zog sich ein Stück von ihm zurück, um ihm in die Augen sehen zu können. »Ja«, sagte sie leise. »Ja, das verstehe ich.« Sie zögerte kurz. »Was willst du machen?«

Arc zuckte hilflos die Schultern. »Ich weiß nicht. Vielleicht gibt es keinen anderen Weg. Nicht in der kurzen Zeit. Und vielleicht ... muss es das auch gar nicht. Er war immer nur dafür da, das hab ich dir ja schon gesagt. Er ... versteht das bestimmt. Ich meine, für immer gewinnen ... das muss doch genau sein Ding sein, oder?«

Da waren Tränen in seiner Stimme. Ein furchtbares Gefühl von Trennung und Verrat, das Lucille die Kehle eng werden ließ. Sie legte die Hand an Arcs Wange und strich mit dem Daumen behutsam darüber. Küsste ihn noch einmal, weil es das war, was sich richtig anfühlte, nach Trost und nach Hoffnung, ehe sie ihre Stirn an seine lehnte.

»Wir finden einen Weg«, murmelte sie. »Für euch beide. Ganz bestimmt.«

Arc antwortete nicht mehr darauf. Aber er legte seine Hand über ihre und drückte sie.

»Los, komm. Versuchen wir's«, sagte Lucille. »Wenn wir es nicht schaffen, wer dann? Und wann, wenn nicht jetzt?«

Da endlich erschien ein winziges Lächeln in Arcs Mundwinkeln. »Okay«, sagte er leise. »Du hast ja recht.« Er räusperte sich belegt. »Morgen endet es. Egal wie. Dieses Spiel hat wirklich lange genug gedauert.«

Und in seinen Augen sah Lucille, wenn sie ihm auch sonst nichts geben konnte, dann doch wenigstens dieses bisschen Hoffnung. Vielleicht war das genug.

Und vielleicht sogar mehr als genug.

1stPersonCam: THÉO
Location: THE DARK TOWER

Es ist so hoch. So schwer. Und noch so unendlich weit bis zum Ziel. Mittlerweile hat Théo jedes Gefühl dafür verloren, wie lange er schon an dieser Wand hängt. Seine Arme und Beine brennen wie in Säure gebadet und scheinen mehrere Tonnen zu wiegen.

Es hat nicht viel gebracht, dass er sich auf der ersten Plattform hat ausruhen können. Quentin und Jasper sind dort an ihm vorbeigezogen, aber inzwischen hat Théo sie wieder überholt. Denn auch sie sind deutlich langsamer geworden. Quentin ist sogar auf Route Grün gewechselt. Von seiner Pause spürt Théo längst nichts mehr, und Onyx sitzt schon auf der nächsten Plattform. Diesmal braucht sie nicht mal ein Seil zu spinnen. Sie lässt es einfach erneut zu Nima hinunter, die nur noch sehr kurz hinter Quentin und Jasper zurückliegt.

Er wird es nicht schaffen. Diesmal wird ihre Taktik nicht aufgehen. Wenn Théo an ihrer bisherigen Strategie festhält, ist die Chance groß, dass Onyx nicht nur den Einzelsieg erklettert, sondern sie und Nima werden auch den Teamsieg einfahren. Und dann wird das GAME OVER zwischen ihm, Quentin und Jasper entschieden. Die Erkenntnis stresst Théo allerdings nicht so sehr, wie sie es vielleicht sollte. Er hat von Anfang an gewusst, dass er womöglich wird umplanen müssen.

Er sieht nach oben zur Plattform. Dann nach unten zu seinen Allys und an ihnen vorbei zu Nima und der wabernden Dunkelheit, die unaufhaltsam steigt. Quentin starrt zurück, und Théo weiß, was er von ihm erwartet. Er kann es ihm bloß nicht geben.

»Setz Jasper ab und renn«, flüstert Théo so leise, dass er es selbst kaum hört. Aber er erkennt daran, wie sich Quentins Augen weiten, dass die feinen Wolfsohren ihn doch verstanden haben.

Als er diesmal die Zähne zusammenbeißt und weiterklettert, den brennenden Muskeln und schmerzenden Fingern zum Trotz ein letztes Mal alles aus sich herausholt, spürt Théo die Erschöpfung kaum noch. Er weiß, was zu tun ist. Er muss safe vor dem GAME OVER bleiben. Um jeden Preis. Selbst um den der letzten Vertrauten, die ihm hier drin geblieben sind.

Gleißend rot leuchtet der Ring um den nächsten Darkness-Rising-Button schräg über ihm. Nur noch knapp drei Meter entfernt.

»Théo!« Quentins Stimme erreicht ihn wie von sehr weit weg. »Mach keinen Scheiß, verdammt!«

Théo ignoriert ihn. Er weiß, dass Quentin ihn unmöglich einholen oder aufhalten kann. Die Einzige, die das vielleicht noch könnte, wäre Onyx. Aber die wiederum kann Nima nicht loslassen, die sich gerade von der Wand abgestoßen hat, damit die Spinne sie hochzieht – nicht, ohne sie in die Dunkelheit stürzen zu lassen. So hängt

Nima dort, auf einer Höhe mit Quentin und Jasper. Auf Ebene 4, die Théo gerade hinter sich gebracht hat.

Théo packt den nächsten Griff. Streckt sich nach dem Knopf.

»*Théo!*« Das ist Jasper. Jetzt hat auch er begriffen, was Théo vorhat. Théo hört die Angst in seiner Stimme. Die fassungslose Bestürzung über den Verrat. Und er macht den Fehler, doch noch ein letztes Mal zurückzusehen. Sich denselben Anklagen auch in den Blicken seiner Allys zu stellen. Und der Hoffnung, dass er das nicht wirklich tun wird.

Zu spät.

»Théo, *nein!!*«

Doch. Es tut mir leid.

Entschlossen schlägt er mit der Faust auf den Knopf, ehe das Zögern ihn einholen kann.

Und dann geht alles sehr schnell. Mit einem donnernden Dröhnen bäumt sich die Dunkelheit auf und verschluckt sie. Nima. Jasper. Quentin. Ihre Blicke. Ihre Stimmen. Die Anklagen. Alles. Zurück bleibt nur Onyx, die fassungslos aussieht, aber zugleich keineswegs überrascht. Und Théo weiß: Das wird die Spinne nicht vergessen. Aber das spielt keine Rolle mehr.

Denn Théo spielt von hier an ohnehin allein.

PHASE 03: TRUST OR FALL.

1stPersonCam: THÉO
Location: THE DARK TOWER

»Warum, Théo? Warum?!« Jasper hat Tränen in den Augen, und er klammert sich mit schmerzverzerrtem Gesicht an Quentins Arm fest. Das GAME hat sie raufgezogen, nachdem die Dunkelheit wieder gefallen ist. Sie beide und Nima, denn natürlich hat Quentin nicht auf Théos Rat gehört und Jasper zurückgelassen. Der Turm ist jetzt wieder bleich, hell und leer. Aber die Dunkelheit ist in ihren Blicken zurückgeblieben.

Théo sieht nicht hin. Er starrt lieber in den Abgrund, den sie gerade hinter sich gelassen haben. Ein leichter Luftzug treibt herauf und zupft an seinen Haaren.

»So ist das Spiel nun mal. Am Ende spielen alle nur für sich«, sagt er. Oder er will es sagen. Die Worte, die seinen Mund tatsächlich verlassen, sind allerdings andere.

»Weil ich will, dass es endlich für immer aufhört.«

»Dann hättest du besser aufgeben und selbst zurückbleiben sollen!« Nimas Stimme ist giftig und hat einen schrillen Unterton. Sie tut Théo in den Ohren weh und macht ihn wütend.

»Immerhin«, bemerkt Onyx kühl, »brauchen wir uns jetzt nicht mehr zu fragen, ob du noch vertrauenswürdig bist. Schade.«

Das Schweigen der anderen gibt ihr recht. Und Théo denkt für einen Moment darüber nach, wie es wohl wäre, einfach in diesen Schacht hinunterzuspringen, bis auf den unendlich weit entfernten Betongrund hinunter. Nur um zu sehen, was passiert.

Da er immer noch am Sicherheitsseil hängt ... vermutlich nicht viel. Aber selbst wenn. Würden sie ihn auch diesmal einfach mit einem neuen Körper zurückbringen? Ihn zurück in dieses Loch stecken, bis er irgendwann – eines Tages – wirklich verliert? Théo weiß gar nicht mehr, welche Vorstellung er schlimmer findet. Zu verlieren ... oder für immer weiterzuspielen.

Das Knistern des Audiochips und der Lautsprecher reißt ihn aus seinen Gedanken.

»Contenders! Ihr habt den Dunklen Turm bezwungen. ONYX hat den Bonus für ONYX und NIMA erspielt. Von der Dunkelheit berührt wurden QUENTIN, JASPER und NIMA. Das zufällige GAME OVER wird jetzt zwischen ihnen ausgewählt.«

Kurz ist es still auf der Plattform, die den ASSEMBLY ROOM #2 darstellt. Théo weiß nicht, warum er sich überhaupt noch mal umdreht. Warum er es sich antut, den anderen noch mal ins Gesicht zu sehen.

»Achtung, Contenders. Die Auswahl für das zufällige GAME OVER wurde getroffen. Der Zufallsgenerator hat JASPER ausgewählt. Die Elimination wird sofort ausgeführt. Ich wiederhole: Das GAME OVER für JASPER wird jetzt ausgeführt.«

Jaspers Augen weiten sich entsetzt. »Tu was«, flüstert er und starrt Théo flehend an. »Tu was, Théo!«

Und Théo begreift, selbst jetzt noch – *immer noch* – will Jasper an ihn glauben. Denken, dass er einen letzten Trick auf Lager hat, um ihn noch einmal zu retten, und dass all der Verrat nur ein großer Bluff war. Es ist so naiv, dass es ihm Tränen in die Augen treibt.

Théo schließt in der Hosentasche die Hand um das glatte Metall einer Münze. Es stimmt sogar, einen letzten Trick hat er noch. Aber der ist nicht für Jasper.

»Ich kann nicht. Ich muss gewinnen, weil Clue es nicht mehr kann.« Er ringt mühsam um Atem. »Ich hab es dir gesagt. Du solltest mir besser nicht vertrauen.«

Jasper starrt ihn weiter an, die tränenfeuchten Augen verschleiern sich. Théo kennt diesen Blick. Die Eraser wurden aktiviert. Gleich ist es vorbei.

»Hast du nicht«, flüstert Jasper, und mit dem Bewusstsein schwindet auch die Hoffnung aus seinen Augen. »Du hast es ... nicht gesagt ...« In der nächsten Sekunde erschlaffen seine Glieder. Auch sein Gesicht. Hätte Quentin ihn nicht aufgefangen, er wäre einfach zu Boden gestürzt.

Und das war's. Jasper ist fort. Bleiben nur noch drei, die Théos Sieg im Weg stehen. Der Gedanke drückt wie Blei auf seine Brust. Da ist kein Triumph in ihm. Aber auch keine Reue.

»Contenders!«, erklingt in diesem Moment erneut die Stimme der KI. *»Herzlich willkommen in STAGE 03. Phase 03: Trust or fall! Ihr tretet in zwei Zweierteams gegeneinander an. Der Teammodus ist TOGETHER ALONE. Euer Ziel ist es, über die Crooked Bridges die andere Seite des Abgrunds und damit ASSEMBLY ROOM #3 zu erreichen.«* An dieser Stelle pausiert die KI, während sich aus der Turmwand vier rostige Stahlträger ausfahren. Wie starre, kantige Schlangen knicken und biegen sie sich mehrfach auf ihrem Weg und lassen vier bizarr verwinkelte Pfade über den Abgrund wachsen. Kaum zwei Fuß breit. Ohne Geländer. Ohne Netz. Nur der steile Sturz nach unten bei einem Fehltritt.

»In diesem Spiel«, fährt die KI fort, als die Stahlbrücken sich mit

dumpfem Beben in der gegenüberliegenden Wand verankert haben, *»ist Vertrauen besonders wichtig – denn ein Mitglied jedes Teams wird auf dem Weg über den Abgrund blind sein. Um die Aufgabe zu meistern, werdet ihr daher auf die Führung eurer Partner_innen vertrauen müssen. Ich nenne euch jetzt die Teamaufstellung:*

ONYX und THÉO vs. NIMA und QUENTIN

ACHTUNG! Die Elimination erfolgt in diesem Spiel teamunabhängig über eine Einzelwertung. Dies sind die Regeln: Wer als Erstes in den Abgrund stürzt, wird GAME OVER gesetzt. Erreichen alle Contenders ohne Sturz das Ziel, wird GAME OVER gesetzt, wer die Brücken zuletzt verlassen hat.

ONYX und NIMA. Ihr habt in Phase 02: Darkness Rising den Bonus erspielt. Wählt jetzt aus, wer aus eurem Team die Augenbinde tragen soll.«

»Théo natürlich.« Onyx trifft ihre Wahl, noch ehe die KI ganz ausgesprochen hat. Ihre acht Augen sind starr auf Théos Gesicht gerichtet. Gnadenlos. Wenig überraschend. Über Vertrauen zwischen ihnen beiden brauchen sie wirklich nicht mehr zu reden.

»Quentin«, sagt Nima nur kurz darauf.

Théo unterdrückt einen Seufzer. Er hatte sich das hier wirklich noch aufsparen wollen, aber ihm bleibt keine Wahl. Onyx wird ihn eiskalt ausschalten, sobald sie die Gelegenheit bekommt. Sie wird ihn stürzen lassen, wenn er blind ist. Mit Absicht. Zu Recht.

Théo wirft einen letzten Blick auf Jaspers reglose Gestalt, die Quentin behutsam auf dem Boden abgelegt hat. Dann greift er in seine Tasche.

»REFEREES: Ich möchte einen Successor Perk einsetzen. Codewort SKIP THIS ABYSS.« Es verschafft ihm ein seltsam dumpfes Gefühl der Befriedigung, zu sehen, wie Onyx erstarrt, als er ihr die Münze vor die Füße wirft. »Aus den erweiterten Regeln: Das Token SKIP THIS ABYSS berechtigt dich dazu, einmalig im Lauf einer Staffel eine beliebige Aufgabe zu überspringen.«

Das kurze Antwortklingeln erleichtert ihn und lässt ihn zugleich erschauern. *»Token erkannt. Codewort: SKIP THIS ABYSS. Der Abgrund kann dir nicht mehr schaden und du kannst ihn jetzt ohne Zeitdruck* *und Sturz-Penalty überqueren. Die Augenbinde wird an das verbleibende Teammitglied weitergereicht. Möchtest du ONYX dennoch Hilfestellung geben?«*

Théo sieht Onyx in die langsam blinzelnden Spinnenaugen. Ein, zwei atemlose Herzschläge lang. Dann gibt er die Antwort, die sie ohnehin schon kennt.

»Nein.«

Zentraleuropäische Union (ZEU)
Zentralballungsraum Berlin
Neu-Friedrichshain

Rafael fühlte sich wie in einer Fallgrube gefangen. Einer, die er auch noch selbst ausgehoben hatte. So lange hatte er darüber nachgedacht, wie dringend er Lynn sehen musste. Nun saß er in diesem verfluchten Motelzimmer, in dem er schon seine erste Nacht in Berlin – mit ihr – verbracht hatte, und hatte keine andere Wahl, als darauf zu warten, dass sie kam und ihn befreite. *Vielleicht.* Und das alles, während er mit einer mehr als fadenscheinigen Ausrede seiner Arbeit im GAME fernblieb.

Reflexartig drückte Rafael die Knöpfe an seinem *Eira*, obwohl ihm klar war, dass es nichts bringen würde. Die letzte Dosis seiner Tagesration Nikotin hatte er schon vor einer guten Stunde verbraucht. Er wusste natürlich, dass die Empfehlung für die Tagesdosis aus guten medizinischen Gründen so eingeschränkt war. Aber er wusste auch, dass es draußen vor dem Motel einen Med-Automaten gab, den er mit seinem Arztausweis sogar kostenfrei nutzen konnte. Und Rafael war zeit seines Lebens einfach viel zu gut darin gewesen, Dinge zu tun, die er besser hätte wissen müssen. Darum versuchte er gar nicht erst, sich vorzumachen, dass er in dieser Angelegenheit eine vernünftige Entscheidung treffen würde.

Während er mit dem Fahrstuhl ins Erdgeschoss fuhr, dachte

er daran, wie er früher regelmäßig mit Lynn zum Rauchen vor die Tür gegangen war. Sie hatten einander oft damit aufgezogen, dass zwei ambitionierte Medizinstudierende sich derart freiwillig die eigene Gesundheit zerstörten. Damals hätte er gar nicht erst darüber nachgedacht, ob sie in seinem Zimmer auftauchen würde, sondern er wäre einfach direkt nach draußen gegangen und hätte sie dort entweder gefunden oder so viele Zigaretten geraucht, bis sie eben da war. Rafael lachte trocken über sich selbst. Als ob sie damals in eine Situation wie diese hätten geraten können.

Vor dem Eingang zum Motel zog er sich eine 20er-Box Nikotinkapseln und lehnte sich gegen die Wand neben dem Med-Automaten, um zwei davon in sein *Eira* einzulegen. Ihm war nicht danach, wieder reinzugehen, obwohl es wieder einmal regnete. Im Gegenteil. Rafael spürte eine seltsame Erleichterung, als hätte oben im Zimmer die ganze Zeit ein Druck auf seiner Brust gelastet. Als wäre er erst hier draußen richtig frei und unbeobachtet. Und ganz von der Hand zu weisen war das wohl auch nicht. Natürlich wurden die Privaträume des Motels nicht offiziell überwacht. Aber es gab selbstverständlich Homesystem-Einheiten in jedem Kompartment. Zur Kommunikation. Zum Musikhören. Für Internetzugang und Entertainment-Kanäle. Das alles gehörte zur Komfortausstattung und wurde sogar separat auf der Rechnung aufgeführt. Wann zum Teufel hatte er, der nicht mal seine *insight* trug, wenn es sich vermeiden ließ, eigentlich angefangen, diese Dinge normal zu finden? Schlimmer noch: Es waren *dEEp.home*-Einheiten. Eduards Augen und Ohren. Überall.

»Rafi?«

Rafael hörte auf zu denken. *Lynn.*

Sie kam den Gehweg entlang auf ihn zu, den Kragen des moosgrünen Mantels gegen Wind und Regen hochgestellt, in der Hand einen gelben Schirm, von dem das Wasser perlte. Die kupferfarbenen Locken ringelten sich feucht um ihr Gesicht, ihre Wangen waren vom Wetter gerötet. Und während er sie so ansah, begriff Rafael, dass er nicht daran geglaubt hatte, sie heute hier zu sehen.

»Du bist gekommen«, murmelte er, als sie vor ihm stehen blieb. Er bildete sich ein, seinen Herzschlag unter der Zunge zu spüren, als er den leichten und zugleich satten Duft nach Sommerwiesen roch, den auch der Regen nicht ganz aus der Luft spülen konnte. So hatte sie schon früher gerochen. Es war ein Geruch gewesen, den er mit Sicherheit verbunden hatte. Mit Wärme und Vertrauen. Heute hingegen ...

»Ich musste dich sehen.« Lynns graue Augen waren unstet. Auch sie war nervös. Es drängte Rafael, nach ihrer Hand zu greifen, aber er tat es nicht.

»Eduard?«

»Den lass meine Sorge sein.« Ihre Worte waren fest. Und doch hörte Rafael darin eine Unterspannung. Einen Schmerz, der ihn augenblicklich in Alarmbereitschaft versetzte. »Ich habe beschlossen, mich nicht mehr von ihm einsperren zu lassen.«

Einsperren! Er schnappte nach Luft. »Geht es dir gut?!«

Lynn lächelte tapfer. »Ja, ich ...« Ihre Schultern sanken herab. Das Lächeln verschwand. »Nein. Überhaupt nicht.«

Altbekannte Wut breitete sich glühend in Rafaels Magen aus. Am liebsten wäre er auf der Stelle zu Eduard marschiert, um ihn zur Rede zu stellen. Ach, wem machte er etwas vor. Er wollte ihm endlich die Faust ins Gesicht verpassen, die er verdiente. Aber der Anblick von Lynns schmaler, angespannter Gestalt im Regen hielt ihn davon ab. Es ging hier um sie, nicht um ihn.

Er warf einen Blick über die Schulter zum Eingang des Motels. Mehr denn je widerstrebte es ihm, ins Innere zurückzukehren. »Gehen wir ein Stück?«

Lynn nickte bloß. Sie sagte kein Wort dazu, dass Rafael keinen Schirm bei sich hatte oder dass sein Wollfilzmantel ganz sicher nicht die beste Kleidung für einen Regenspaziergang war. So waren sie damals oft gemeinsam durch die Straßen gelaufen. Egal bei welchem Wetter. Meistens bis in die Nacht hinein. Meistens bis zu einem von ihnen nach Hause. Heute würde es vermutlich ein anderes Ende nehmen.

In zügigen Schritten entfernten sie sich vom Motel, als hätten sie es beide eilig, fortzukommen. Von den belebten Straßen gelangten sie tiefer hinein in die Häuserschluchten von Neu-Friedrichshain. Lynn sagte nichts, und auch Rafael schwieg. Nur der Regen rauschte, tropfte, plätscherte, und ihre Schuhsohlen knirschten leise auf dem nassen Asphalt.

»Lass uns zusammen weggehen.« Lynns Stimme war leise und wurde beinahe verschluckt vom Surren der Magnetschwebebahn, unter deren Trasse sie gerade hindurchliefen. Ganz in der Nähe drängten Menschen die Treppe zum Görlitzer Bahnhof hinauf und auf der anderen Seite wieder herunter.

»Was?« Rafael blieb stehen. Er war sich sicher, nicht richtig gehört zu haben. Er *wollte* es nicht gehört haben, aber als er Lynn in die Augen sah, sah er darin sturmgraue Entschlossenheit und ein Flehen, das ebenso bedrückend war wie der stete Winterregen.

»Ich halte es hier nicht mehr aus. Geh mit mir irgendwohin. Weit weg von hier. Mit mir und ... unserem Kind.«

Rafael rang um Worte. Mit einem Mal war es, als stünden sie in einer anderen Zeit. An einem anderen Ort. An einem Bahnhof, auf dessen Dach ein anderer Regen prasselte. An dem er sie mit gepackten Koffern hatte stehen lassen, um allein abzureisen. »Das kann ich nicht, Lynn, und das weißt du.«

»Und warum nicht?« Sie hob das Kinn, ihre Augen verengten sich, und in den Winkeln glitzerte es verräterisch.

»Lynn ... bitte.«

Aber sie ließ sich nicht aufhalten. Wie sie sich nie hatte aufhalten lassen. »Du hättest es für Ivana getan. Du hättest sie mit nach Paris genommen. Warum jetzt nicht mich? Warum jetzt immer noch nicht? Nach ... allem?« Ihre Stimme brach, und sie verstummte. Und Rafael begriff, auch an ihrem

Schmerz hatte sich in zwanzig Jahren nichts geändert. Stille folgte. Ein, zwei quälende Atemzüge lang. Und dann ...

»Dabei wäre sie doch sowieso gestorben.«

Rafael sah, dass Lynn die Worte bereute, noch ehe sie sie ganz ausgesprochen hatte. Hastig hob sie die Hand vor den Mund, und ihre Augen weiteten sich. Zu spät.

»Ich ... es ...« Sie brach ab, als brächte sie die Entschuldigung nicht über die Lippen. Aber es spielte auch keine Rolle. Nichts hätte die Wucht des Schlages abmildern können, den sie Rafael gerade versetzt hatte. Unmöglich, die Erinnerungen aufzuhalten, die über ihn hereinbrachen. An Ivana. An die Frau, die er geliebt hatte wie keine zuvor. An ein gemeinsames Leben, von dem sie immer gewusst hatten, dass es nicht lang sein konnte, selbst wenn sie ihre Zeit nicht von Eduard und Lynn hätten stehlen müssen. Niemand hätte je wissen können, wann die degenerative Erbkrankheit, die Ivana begleitete, ihren letzten Tribut fordern würde. Ob der nächste Schlaganfall sie das Leben kosten oder endgültig zum Pflegefall machen würde. Und doch ...

»Wir haben uns geliebt«, sagte Rafael und wunderte sich selbst darüber, wie ruhig seine Stimme klang. »Wir wollten glücklich sein, egal wie viel Zeit uns bleibt. Mit euch hatte das nichts zu tun. Weder mit Eduard noch mit dir. Sie wollte mit mir kommen, damit wir zusammen sein können ... so lange es eben möglich ist.«

Und dann musste sie gehen, bevor es dazu kam.

Der Gedanke schnürte ihm die Kehle zu. Er schaffte es kaum, Lynn anzusehen. Eine ganze Weile war es bis auf den Regen wieder still zwischen ihnen. Auch die Bahn war abgefahren. Hatte all die Menschen mitgenommen, und für endlose Sekunden war es, als wären sie ganz allein auf der Welt. Unter dieser Brücke. Und mit dem Regen.

»Dann nimm diesmal mich mit«, flüsterte Lynn. »Du wolltest das GAME doch sowieso verlassen. Ich werde leben, und ich kann dich glücklich machen. Ich verspreche es.«

Rafael sah sie an, wie sie vor ihm stand und auf ihre Schuhspitzen starrte. Und zum ersten Mal, seit sie sich vor dem Motel gegenübergestanden hatten, wurde ihm bewusst, wie sehr sie ihren Zauber verloren hatte. Sie war immer noch schön. Immer noch unfassbar anziehend. Aber wenn Rafael sie nun ansah, fühlte er ... nichts.

»Darum geht es doch gar nicht, Lynn.«

Sie sah auf. Tränen hingen in ihren Wimpern. »Worum dann?«

Rafael atmete tief durch. »Ich habe in den letzten Tagen zu viel gesehen. Und ich bin an einem Punkt angelangt, wo ich es für das Beste halte, wenn dieses Spiel für immer abgeschaltet würde. Ich kann jetzt nicht mehr gehen und so tun, als wüsste ich von nichts. Als würde ich immer noch glauben, dass es bloß eine viel zu teure, aber harmlose Show ist. Und da ich einen großen Teil dieser Erkenntnis aus *deinem* Notizbuch habe, denke ich, dass dir das eigentlich längst klar war.« Er machte einen Schritt auf sie zu, um ihr eindringlich ins Gesicht zu sehen. »Niemand sollte mehr dieses Spiel spielen müssen, Lynn. Niemand sollte mehr für eure *Menschenexperimente* herhalten müssen.«

Lynns Augen waren groß geworden. Wie schützend legte sie eine Hand über ihren Bauch. »Aber es sind Freiwillige, Rafi! Ich schwöre dir, du verstehst das völlig falsch! Neben den regulären Bewerbenden bieten wir auch Menschen eine Möglichkeit zur Rehabilitation, die sonst von der ZEU zu lebenslanger Haft verurteilt wären. Sie werden über alle Risiken aufgeklärt und können danach frei entscheiden, ob sie teilnehmen oder nicht. Es ist eine *Chance!*«

Rafael schüttelte langsam den Kopf. »Ehrlich gesagt, das macht es keinen Deut besser. Auch wenn ich dir zugutehalte, dass du wirklich glaubst, was du da sagst.«

Er sah sie schwer schlucken, und eine erste Träne fiel über ihre Wange. »Nein. Bitte, Rafi. Mach es nicht kaputt. Du kennst Eduard. Du kennst mich. Trotz allem, was passiert ist ... Wir sind doch keine schlechten Menschen! Es ... wir ... Es ist noch nicht perfekt, aber eines Tages wird es etwas unglaublich Großes und Gutes werden. Eine bessere, sichere Welt. Eines Tages kann es uns ... unsterblich machen. Dann passiert so etwas wie damals nie wieder.«

Unsterblichkeit.

Rafael zwang sich mit aller Gewalt zur Ruhe. Versuchte zu verarbeiten, was sie gerade gesagt hatte. Darum ging es also? All das ... das GAME, die Bioware, die neue Form von Personas ... Arc und Théo und der tote Wolfsmensch. Alles, damit Eduard und Lynn unsterblich werden konnten?

Er wollte es nicht glauben. Aber im Grunde wusste er, dass es die Wahrheit war, die er schon die ganze Zeit hätte sehen müssen. Seit jenem Tag, seit Ivana nach jenem fürchterlichen Streit mit Eduard auf dem Weg zu Rafael gestürzt und nie wieder aufgestanden war ... Wie oft hatte Rafael sich selbst gewünscht, diesen Tag ungeschehen machen zu können. Oder einen Weg zu kennen, wie Ivana frei von ihrer Krankheit hätte weiterleben können. Natürlich war es schwer gewesen, unfassbar schwer. Aber er hatte getrauert, es verarbeitet, sein Leben weitergelebt. Eduard und Lynn hingegen ... hatten *das* daraus gemacht?

»Es ist doch auch für unser Kind«, flüsterte Lynn. »Es darf nicht zerstört werden. Verstehst du das nicht? *Bitte.* Lass das Spiel in Ruhe und geh mit mir weg von hier.«

Rafael sah in ihre Augen, die sich in diesem Moment wieder mit Tränen füllten, obwohl sie sie krampfhaft wegzublinzeln versuchte. Sah, wie sich ihre Brust angestrengt hob und senkte, und den angespannten Zug um ihren Mund, der ihre Miene so ungewohnt verhärtete und einen unangenehmen Kontrast zu den Tränen zeichnete.

Und in diesem Moment wusste er es. Er begriff, was an all dem nicht stimmte, und nun flammte etwas ganz anderes in seinem Inneren auf: Wut. Schmerzhaft heiße Wut. »Was wird das hier, Lynn?«

Sie zuckte. Nur ganz kurz. »Was? Was meinst du?«

Aber Rafael ließ sich nicht noch einmal täuschen. »Er weiß es, habe ich recht? Eduard. Du bist gar nicht weggelaufen. Er hat dich herkommen lassen, damit du dafür sorgst, dass ich dem GAME fernbleibe, am besten für immer. Du hast ihm *gesagt*, dass du Arcs Nachrichten bekommen hast. Ist es nicht so?«

Lynn starrte ihn weiter an. Wieder zuckten ihre Lippen. Und dann gab sie auf. »Ja«, flüsterte sie kaum hörbar.

Nur mit Mühe konnte Rafael sich beherrschen, sie nicht anzubrüllen. Sie nicht bei den Schultern zu packen und zuzudrücken, bis es ihr genauso wehtat wie ihm.

»Warum?«, brachte er endlich heraus.

»Wir eliminieren die größte Gefahr für unser Projekt.« Lynns Stimme klang nun erstaunlich fest, gemessen daran, wie verzweifelt sie gerade noch gewesen war. Kühl geradezu. Sie hatte zwei Gesichter, die hatte sie die ganze Zeit schon gehabt. Rafael sah sie bloß erst jetzt.

»Wir haben Grund zu der Annahme, dass die Fraktalstruktur von Théos Programmierung zu stark von ArcEnCiel beeinflusst wurde«, fuhr Lynn fort. So sachlich. So trocken. Rafael schauderte. »Er könnte über kurz oder lang zu ArcEnCiel *werden*. Das können wir nicht zulassen. Wir können nicht zulassen, dass er das GAME zerstört.« Ein tiefer Atemzug. Aber sie wankte nicht. »Nicht er und auch nicht du. Deshalb geht Eduard heute selbst ins GAME. Und ich hindere dich daran, etwas dagegen zu unternehmen.«

Es überraschte Rafael nicht, das zu hören. Nichts davon überraschte ihn, und das war wohl das Bitterste daran.

Ein monotones Glockensignal kündigte die Einfahrt der nächsten Magnetschwebebahn an, und Lynn machte einen Schritt auf Rafael zu. Ihre Miene war jetzt wieder weicher. »Bitte, Rafi. Ich tue das doch auch für dich. Für uns. Das GAME, in seinem aktuellen Zustand, ist kein Ort für dich. Ich hätte dich niemals dort reinziehen dürfen. Du bist mir so viel wichtiger! Ich will dich als Vater für mein Kind, das habe ich immer gewollt. Lass das GAME los, dann tue ich es auch.«

Die Worte hallten dumpf in Rafael wider. Er glaubte kein einziges mehr davon, und es tat ihm mehr weh, als er erwartet hatte. Er schüttelte den Kopf. »Nein.«

Zischend fuhr die Bahn ein. Und Rafael wusste, wenn er etwas tun wollte, dann musste er es jetzt tun.

»Geh nicht.« Es war nicht viel mehr als ein Flüstern, aber es fuhr ihm durch Mark und Bein.

Ein letztes Mal drehte er sich zu ihr um. Zwang sich, ihre Tränen anzusehen. Ihr vertrautes Gesicht, das ihm seit jeher so viel bedeutet hatte, und ihre Hand, die auch jetzt wieder über ihrem Bauch lag, in dem ihr Kind wuchs. Sein Kind. Und er spürte mit jeder Faser, dass er nichts an der Entscheidung bereute, die er gerade getroffen hatte.

»Ich wünschte, du würdest aufhören, das zu sagen«, murmelte er heiser. Dann drehte er sich endgültig um und ging. Eilte mit großen Schritten die Treppe hinauf und schob sich in die Bahn, die gerade hielt.

Er hasste die Nähe fremder Menschen. Aber um Lynn und ihren furchtbaren Tränen zu entkommen, nahm er sie heute gern in Kauf.

05/01/2054

R/A/M: Treffen in der Küche. Alle. So schnell wie möglich. (15:57)

1stPersonCam: THÉO
Location: THE DARK TOWER

Théo steht auf der anderen Seite des Abgrunds und beobachtet, wie sich die übrigen Contenders für den Balanceakt über die Stahlbrücken bereit machen. Onyx und Quentin tragen breite schwarze Elastikbänder über den Augen. Nur Nima kann ihn jetzt noch ansehen, und das tut sie auch. Théo sieht Angst in ihrem Blick. Und Wut. Hass regelrecht. Dabei hat er *ihr* diesmal doch gar nichts getan. Abgesehen davon natürlich, dass er dort steht, wo sie gern stehen möchte. Auf der sicheren Seite. Dort, wo – ganz ähnlich wie im ASSEMBLY ROOM #1 – ein Tisch mit Bergen von Essen und Trinken gedeckt ist und wo drei Türen in die heutigen Schlafkompartments führen. Nur drei.

Natürlich könnte sich Théo jetzt hinsetzen, die Füße hochlegen und essen. Sogar schlafen, wenn ihm danach wäre. Aber das ist nicht sein Stil. Er nimmt nicht an dieser Aufgabe teil, aber das Spiel ist deshalb trotzdem noch nicht für ihn vorbei. Noch lange nicht.

In diesem Moment ertönt das Startsignal, und die drei auf der anderen Seite machen die ersten Schritte auf die Stahlträger hinaus, die unter der Erschütterung bedenklich vibrieren. Théo hat das selbst gespürt, als er vorhin hinübergelaufen ist. Es war schwer. Sogar ohne Konkurrenzdruck und Augenbinde. Es wundert ihn daher gar nicht, dass Nima schon nach zwei Schritten einen kleinen Schrei ausstößt und auf Hände und Knie geht.

»Nima!«, blafft Quentin. »Wo soll ich hingehen?« Er steht beruhigend fest auf seinen kräftigen Beinen. Und das, obwohl der Stahlträger unter dem Gewicht seiner Schritte sichtbar in Schwingung geraten ist. Das erste Stück hat er sich allein vorangetastet. Aber nun weiß er nicht, wann er in welche Richtung abbiegen muss.

»Äh, oh … links!«, presst Nima mit flacher, zu hoher Stimme heraus und rutscht zitternd ein paar Zentimeter auf ihrem eigenen Stahlträger nach vorn. Der Wind, der aus dem Turmschacht herauftreibt, zerrt an ihren Korkenzieherlocken. Er lässt den Stahlträger, auf dem sie sitzt, erneut erzittern, und Nima keucht auf und klammert sich fest, ehe sie noch ein Stück nach vorn robbt. »Sorry, Quentin! Ich kann dir nicht helfen. Ich muss auf mich selbst aufpassen!«

Quentin stößt ein Grollen aus, dessen Resignation Théo bis tief in seinen eigenen Bauch spürt. Das kann nur schiefgehen. Selbst wenn es beide auf wundersame Weise schaffen sollten, die andere Seite ohne Sturz zu erreichen ... ist da immer noch Onyx. Die Spinne, die – ganz wie Théo befürchtet hat – sich gar nicht nennenswert davon aus der Ruhe bringen lässt, dass sie nichts sieht und den Weg ohne Hilfestellung meistern muss.

Théo tritt an den Rand des Abgrunds. Nein, sein Spiel ist nicht vorbei. Er kann und wird nicht riskieren, dass er ausgerechnet mit Onyx und Nima im Finale steht.

»Quen!«, ruft er. »Dreh 60 Grad links und dann drei Schritte geradeaus. Nein, warte. Zweieinhalb für dich.«

Jetzt wenden sich ihm alle Gesichter zu. Théo muss fast lachen. Haben sie tatsächlich geglaubt, er würde sich nicht noch mal einmischen? Oh, und dabei ist er doch noch längst nicht fertig.

Auch ohne seine Augen zu sehen, erkennt Théo, wie es in Quentin arbeitet. Dann setzt der Wolfsmensch vorsichtig einen Fuß in die Richtung, die Théo ihm angegeben hat.

»Hey!«, kiekst Nima. »Das ist gegen die Regeln, oder?«

Jetzt lacht Théo wirklich. »Keine Ahnung, ehrlich gesagt. Aber vielleicht kümmerst du dich besser erst mal um dich selbst? Nicht dass du noch runterfällst.« Damit versetzt er Nimas Stahlträger einen kleinen Tritt. Wirklich nur einen kleinen, schließlich will er nicht, dass sie wirklich abstürzt. Sie soll ihn nur in Ruhe lassen. Nima keucht entsetzt auf und klammert sich noch fester an die Brücke.

Gut. Das muss reichen. Jetzt zu dir, Spinne.

»90 Grad rechts und dann vier Schritte!«, ruft Théo Quentin zu, während er schon auf dem Weg zum Tisch ist. Der Wolfsmensch folgt seinen Worten.

Théos Herzschlag beschleunigt sich, als er einen großen Korb Brötchen vom Tisch nimmt und wahllos Obst und Gemüse mit hineinwirft, bis er randvoll ist. Und das Brotmesser. Théos Hand, die sich um den Griff schließt, ist unangenehm schwitzig. Aber ihm bleibt keine Wahl und auch keine Zeit. Onyx hat schon mehr als die Hälfte des Weges hinter sich.

»20 Grad links, dreieinhalb Schritte!«

»Onyx, Vorsicht!«, kreischt Nima.

Die Spinne bleibt stehen wie zu Stein erstarrt. Das erste Brötchen trifft sie trotzdem voll ins Gesicht. Und sie schwankt.

Théo zögert nicht eine Sekunde. Entschlossen feuert er weiter seine Geschosse ab, versucht Onyx zu treffen, so oft und so fest er kann, während er Quentin weiter Anweisungen gibt. Die Spinne zischt wütend. Sie kommt jetzt deutlich langsamer voran. Aber sie kommt voran. Noch immer unbeirrbar. Und noch immer schneller als Quentin. Sie ist einfach nicht aus dem Gleichgewicht zu bringen. Sie wird dieses Spiel gewinnen.

Théo flucht aus tiefstem Herzen. Also wird es wohl doch Plan B. Es bleibt ihm ja nichts anderes übrig. *»Der Abgrund kann dir nichts mehr anhaben«*, hat die KI gesagt, und Théo hat in den letzten Jahren gelernt, dass man ihre Aussagen wörtlich nehmen darf. Hoffentlich auch diesmal.

Mit einem großen Satz ist er auf Onyx' Stahlträger, spürt ihn unter seinen Füßen vibrieren, als er auf die Spinne zurennt. Auch Onyx spürt es. Begreift, was er tun will. Théo sieht noch, wie sie hastig nach der Spinndrüse an ihrem Bauch tastet – dann springt er sie auch schon an. Umklammert sie mit beiden Armen und reißt sie mit sich. In den Abgrund.

Wie in Zeitlupe sieht er den silberhellen Spinnenfaden über sich, wie er sich nach dem Stahlträger streckt. Spürt den elastischen Ruck, mit dem er ihren Fall früher als erwartet abbremst. Schwerelose Sekunden baumeln sie eng aneinandergeklammert über dem Abgrund. Nur wenige Armlängen von der Brücke entfernt. Noch so nah.

»Der Abgrund kann dir nichts mehr anhaben.«

»Ist nichts Persönliches«, flüstert Théo atemlos. »Ich mochte dich wirklich.«

Damit zieht er das Brotmesser und schneidet den Faden durch. Die Spinne stürzt. Endgültig. Und Théo mit ihr.

GAME OVER.

Asgard International Academy (AIA), Berlin
Wohnkompartments der Studierenden
Kompartment 503

»Nein!« Arc sprang auf, noch ehe Rafael ganz ausgesprochen hatte. »Das kann er nicht machen!«

Sie hatten sich alle in der Wohnküche versammelt, wo Rafael sie zusammengerufen hatte, um von seinem Treffen mit Lynn zu berichten. Davon, was er erfahren hatte. Was Eduard plante. Dass er *Théo spielen* wollte. Denn wie sonst sollten Lynns Erläuterungen zu interpretieren sein?

Arc konnte es nicht fassen. Wollte er auch nicht. Er wollte gar nicht erst begreifen, was es bedeuten konnte, weil es verdammt noch mal nicht dazu kommen durfte.

»Kann er schon«, ließ sich Hathaichanok vorsichtig vernehmen. Sie hockte auf dem Sofa neben Yezmin und zupfte unruhig an ihren langen Ohrringen. »Streng genommen ist Théo eine SUCCESSION GAME Persona und damit sein Eigentum.«

»Menschen gehören *niemandem*«, fauchte Arc. Er wusste, dass er irrational war. Aber Rafaels Worte hatten einen Hass in ihm ausgelöst, von dem er ganz vergessen hatte, dass er dazu fähig war. Auf Eduard. Auf Lynn. Auf dieses ganze brutale Scheißspiel. Und mehr denn je war er entschlossen, dass es gründlich zerstört werden musste.

»Vielleicht nimmt er ja auch Quentin.« Lucille sah von ihrem Platz auf dem Boden vor dem Sofa zu ihm auf. Sie wirkte erstaunlich gefasst. Hätte Arc nicht gewusst, wie wichtig ihr Théo und auch Quentin waren, hätte er die nagende Sorge in ihren Augen und ihren Worten vielleicht gar nicht bemerkt. »Der ist doch auch eine Level-02-Persona.«

»Von dem hat er auch die Finger zu lassen!«

»Arc.« Rafaels Stimme klang düster. »Er kann und er wird. Es sei denn, dir fällt was ein, um das zu verhindern.«

»Quentin steht außer Frage«, ließ sich Yezmin vernehmen. Sey war ein wenig grau im Gesicht und hielt Hathaichanoks

Hand fest mit serer umschlossen. »Er müsste vorher all die Bioware implantiert bekommen, das dauert Tage. Oder hat er schon Wolfsohren?«

Rafael lachte hohl auf. »Nein.«

»Also doch Théo«, murmelte Lucille. Sie sah Arc immer noch an, als versuche sie, in seinem Gesicht zu lesen, was er in dieser Angelegenheit unternehmen wollte.

Arc wandte sich schroff ab und stapfte zum Fenster hinüber. Er fühlte sich, als würde er jeden Moment explodieren. Mit brennenden Augen starrte er in den bleigrauen Winterhimmel über Berlin. Théos Himmel. Es war nicht fair. Und es gab dafür nur eine verdammte Lösung. »Ich muss bloß schneller sein als er.«

Hinter ihm wurde es mit einem Schlag sehr still.

»Was?« Das war Lucille. Arc hörte den Unglauben in ihrer Stimme. Aber auch das beginnende Begreifen. Und wie wenig ihr das gefiel, was sie in seinen Worten erahnte. Er drehte sich wieder zu ihr um.

»Du hast mich schon richtig verstanden. Ich gehe zurück ins GAME. Ich spiele Théo, bevor er es tun kann. Und Théo und ich, wir werden gewinnen, weil wir *immer* gewinnen. Mission erfüllt. Oder denkst du, du kannst diesen Code nicht ohne mich dort reinbringen?«

Natürlich konnte sie. Vermutlich sogar besser, als wenn er ihr dazwischenpfuschte. Türen zu öffnen war passepartouts unangefochtene Paradedisziplin. Aber das brauchte sie nicht auszusprechen, weil die Frage ohnehin rhetorisch war. Und weil sie natürlich bessere Argumente hatte.

»Also, selbst wenn ich die Idee gut finden würde – wie willst du das machen?« Sie hatte sich aufrechter hingesetzt und hielt die Hand in seine Richtung, um an den Fingern ihre Punkte abzuzählen. »Erstens: Es ist schon ein Théo im Spiel. Der Code wird sich also nicht automatisch wieder auf deine Hardware laden, weil er jetzt mit einem anderen Profil verknüpft ist. Zweitens: Ich bezweifle, dass du im SHIP jemanden findest, der die Verknüpfung auf dich umschreibt – vor allem nicht, wenn fünf Minuten später Eduard um die Ecke kommt und das Gleiche für sich möchte. Drittens: Woher weißt du, dass er nicht schon da ist? Dass er nicht schon längst angefangen hat mit dem Transfer? Und viertens …«

»Völlig egal«, fuhr Arc ihr dazwischen. Er schob die Hand in die Bauchtasche seines Hoodies und schloss sie fest um die Eidechse in der Mütze. »Ich habe meinen eigenen Théo. Ist eine Version Prä-Season12, aber wird schon gehen. Der Rest …«, er tippte sich mit dem Finger an die Schläfe, »… ist hier. Denke ich.« Er sah zu Hathaichanok. »Ihr habt doch sicher Teststationen bei euch drüben im Lab? Kannst du den Upload bei mir machen?«

Hathaichanok zögerte, und Arc sah sie einen raschen Blick zu Lucille werfen. Aber die hatte die Arme vor der Brust verschränkt und die Lippen fest zusammengekniffen. Hathaichanok räusperte sich unbehaglich. »Theoretisch ja«, erklärte sie. »Yezzi könnte mir assistieren, das würde schon gehen. Nur … wir kommen nicht an die NfT ran. Die sind megateuer, und es ist ein riesiger Akt, welche ausgegeben zu bekommen. Ohne die Unterschrift meiner Prof läuft da gar nichts, und selbst damit dauert es mindestens zwei Tage.«

Arc schloss die Finger fester um die Eidechse in seiner Tasche. Er fühlte sich, als hätten Hathaichanok und Lucille ihn mit einer Nadel angepikst, sodass jetzt allmählich die Luft aus seinen zugegebenermaßen recht wilden Überlegungen entwich. Aber noch war er nicht bereit, aufzugeben. »Verdammt! Kannst du welche besorgen, Doktor? Am besten Stufe 01, nicht die ganz krassen, dann bleibe ich selbst ein bisschen besser am Start.«

Rafael furchte die Stirn. Aber noch bevor er antworten konnte, ließ Lucille einen seltsamen Laut vernehmen. Eine gequälte Mischung aus Räuspern und Seufzen. »Nicht nötig. Ich habe welche.«

Arc wandte sich ruckartig zu ihr um. Gerade aus *dieser* Richtung hätte er die Unterstützung nicht erwartet. »Du ...?« Und da begriff er. »Du hast *meine*. Aus meinem Zimmer.«

Lucille nickte widerstrebend. »Sie sind in meinem Rucksack. Aber ...« Sie rieb sich angestrengt über das Gesicht. Vergrub die Finger in den ohnehin wild zerzausten Locken und seufzte erneut auf diese seltsame Art. Dann sah sie ihn wieder an, und in ihrem Blick lagen Zweifel, die Arc auf gar keinen Fall fühlen wollte. »Bist du sicher, dass das keine richtig finstere Idee ist? Ich meine, selbst wenn du das durchziehst und als Théo da reingehst, bevor Eduard es tut, ist *immer noch* ein anderer Théo im GAME, und es ist ganz bestimmt nicht vorgesehen, dass es eine Persona zweimal dort gibt. Meinst du, das System hält das aus?«

Arc ballte die Fäuste und öffnete sie wieder. Natürlich war er sich nicht sicher. Sehr wahrscheinlich war die Idee noch finsterer, als er sich auch nur vorstellen konnte. Aber er wusste auch, dass ihn das nicht aufhalten würde.

Das Lächeln war da, ehe er es selbst richtig wusste. Dieses beschissene *Mir doch egal*-Théo-Lächeln. »Na und? Wenn wir mit einem Overload implodieren, haben wir auch gewonnen, oder?«

Lucille starrte ihn an. Blinzelte einmal. Zweimal. »Darf ich dir *bitte* eine scheuern?«

Das Théo-Lächeln verblasste. »Sorry. War nicht so gemeint. Also, ich denke, zumindest so lange wir im Offline-Modus sind, dürfte es kein Problem sein. Aber so oder so ... du weißt, dass ich es versuchen muss.«

Lucille senkte den Blick. Starrte auf seine Schuhe. Das tat sie oft. Arc verstand, warum.

»Ich weiß«, murmelte sie. »Deshalb gebe ich sie dir ja.«

Ein zweites Lächeln zupfte an Arcs Mundwinkeln. Sein eigenes diesmal. Er räusperte sich. »Gut, also dann verlieren wir keine Zeit. Rafael, kannst du ins SHIP vorgehen, solange wir im Labor beschäftigt sind? Je nachdem, wie weit Ede ist, fällt dir vielleicht was Schlaues ein, um ihn noch eine Weile aufzuhalten. Du musst mir auch einen Wagen schicken, der mich und Théo ins SHIP bringt. Lu, du bleibst hier und machst den Loop fertig. Meld dich bei Yezmin, wenn du so weit bist, irgendwer holt dich dann ab. Im Zweifelsfall hast du ja noch die ganze Nacht Zeit.«

Und verdammt. Ich wollte das mit dir zusammen machen. Der Gedanke zog Arcs Brust zusammen. Aber er schüttelte ihn entschlossen ab. »Morgen endet dieses GAME. Egal wie. Aber wir werden dafür sorgen, dass es auf *meine* Art endet.«

CUT SCENE.

Asgard International Academy (AIA), Berlin
Wohnkompartments der Studierenden
Kompartment 503

»Arc. Warte.« Lucilles Stimme hielt Arc zurück, kurz bevor die Tür sich hinter ihm schließen konnte. Er blieb stehen, einen Fuß noch auf der Schwelle, und sah sich zu Lucille um. Sie stand im Flur, sein *touch* in der Hand und den Hoodie fast bis auf die Knie ihrer Strumpfhose heruntergezogen. Die dunklen Locken hingen gewohnt wirr in ihre Stirn, und sie machte einen seltsam verlorenen Eindruck.

»Wir sehen uns vielleicht nicht mehr, bevor ihr ... implodiert.« Der Versuch eines Grinsens verzog ihre Lippen, aber es geriet mehr zu einem hilflosen Lächeln. »Ich dachte, wir könnten noch Auf Wiedersehen sagen oder so.«

Arc sah zu Rafael, Yezmin und Hathaichanok, die bereits am Fahrstuhl auf ihn warteten. Sie waren in Eile. So sehr in Eile, dass es Arc am ganzen Körper kribbelte. Und trotzdem ...

»Geht schon mal runter«, sagte er. »Ich komme gleich nach. Dauert nicht lang.« Dann ging er zurück in die Wohnung. Mit leisem Piepen schloss sich die Tür hinter ihm.

Das Lächeln schien Lucille ein bisschen leichter zu fallen,

als er vor ihr stehen blieb. »Also dann ... tja. Auf Wiedersehen? Leb wohl? Bis bald?« Sie seufzte. »Das klingt alles komisch und falsch.«

Arc zog halbherzig einen Mundwinkel nach oben. »Auf Wiedersehen finde ich ganz gut. Sagen wir in Frankreich auch. Egal ob es stimmt oder nicht.«

Lucille verdrehte die Augen. »Ein paar Worte Französisch spreche ich auch, du Depp.«

Darüber musste Arc ein wenig lachen, und zum ersten Mal fiel ihm auf, wie merkwürdig es eigentlich war, dass sie kaum Französisch miteinander sprachen, obwohl es ihrer beider Muttersprache war.

»Stimmt«, sagte er und meinte damit in Wahrheit gar nicht ihre Feststellung über Frankreich und Französisch. Sondern dass sie sich richtig voneinander verabschieden sollten. Dass er nicht einfach gehen sollte, ohne zu wissen, was heute Nacht aus ihm und Théo werden würde. Sie hatte so recht, und trotzdem hätte er es ohne sie einfach verpasst. Über den Neuigkeiten, die Rafael gebracht hatte, über der Wut und den Plänen war das, was so fremd und neu und warm zwischen ihnen gewachsen war, beinahe übertönt worden.

Jetzt, in der plötzlichen Stille, spürte er es wieder.

Arc machte noch einen Schritt auf Lucille zu. Streckte die Hand aus, um ihr eine verirrte Locke aus den Augen zu streichen, doch er brachte es nicht über sich, seine Finger danach wieder zurückzuziehen. Federleicht blieben sie an Lucilles Wange liegen. Die Wärme ihrer Haut war tröstlich und traurig zugleich, und Arc verspürte plötzlich das überwältigende Bedürfnis, dieses Gefühl festzuhalten. *Sie* festzuhalten. Aber genau das ging ja nun mal nicht. Der Widerspruch zerriss ihn beinahe.

»Also dann«, flüsterte er. »*Au revoir*, Lucille.«

Und damit beugte er sich vor und legte seine Lippen auf ihre. Nur ein bisschen ... wenigstens noch ein bisschen länger wollte er sie spüren, wenigstens diesen Augenblick wollte er mitnehmen, wenn es doch so viel unsicherer war, ob und wann sie sich wiedersehen würden, als er es wahrhaben wollte. Er wollte sich erinnern, wie es sich anfühlte; wie warm sie war, und wie ihr Atem klang, wie ihre Hände nach seinen tasteten, und auch wie sein eigenes Herz heftig pochte und Hitzewellen durch seinen ganzen Körper schickte.

»Du küsst übrigens nicht so, als ob du Menschen hasst«, sagte Lucille, als sie sich schließlich voneinander lösten – ein Stück weit, aber doch nicht ganz, weil ihre Hände ineinander verflochten blieben.

Arc seufzte. »Stimmungskiller. Ich hab's dir doch erklärt, dich hasse ich nicht. Wirklich nicht.«

Lucille lachte, leise und wehmütig zugleich. »Du hast eine interessante Art, ›Ich mag dich‹ zu sagen.«

Da küsste er sie noch einmal, weil er nicht wusste, was er sonst darauf antworten sollte. Er küsste sie und drückte sie dabei so behutsam an sich, als wäre sie etwas sehr Kostbares – und das war sie ja auch, mehr, als er sich jemals hätte vorstellen können. Wäre der Moment nicht so traurig gewesen, hätte er vielleicht gelacht, weil sie schon wieder recht hatte. Weil es ihm trotzdem so schwerfiel, diese lächerlich simplen Worte auszusprechen.

»Ich mag dich aber. Ich mag dich wirklich.« Er zog sie noch etwas fester in seine Arme. Spürte, wie sich ihre Hände warm auf seinen Rücken legten und wie sie an seinem Hals tief ein- und wieder ausatmete.

»Und das ist nicht das letzte Mal, das wir uns sehen.« Er legte seine Wange an ihr wirres Haar. »Ganz sicher nicht. Selbst wenn es schiefgeht ... ich finde einen Weg. Oder du findest einen. Vermutlich du, weil du passepartout bist. Aber ich geb mein Bestes, okay?«

Er spürte, wie sie nickte und noch etwas näher an ihn heranrückte – wenn das überhaupt möglich war.

Arc seufzte. »In all den Jahren, weißt du? In denen ich gegen das GAME gekämpft und gespielt habe und davor auch schon ... Es war nie geplant, dass mir jemand ernsthaft was bedeutet.« Er zögerte, horchte in sich hinein und spürte eine schmerzhaft vertraute Resonanz wie ein fernes Echo seiner Gedanken. »Keinem von uns. Ich ... Wir können deswegen jetzt nicht plötzlich einen anderen Weg nehmen.«

Lucille antwortete nicht gleich darauf. Nur ihr Griff um seine Hüfte wurde fester.

»Ich weiß«, murmelte sie endlich, und nun ließ sie ihn doch los, trat einen Schritt zurück und wischte sich über die Augen. »Ich weiß doch. Ich halte dich auch gar nicht auf. Grüßt du ... bitte Théo von mir?«

Arc sah sie lange an. Sehr lange, wie ihm schien. Dann nickte er. »Das mache ich. Versprochen.« Er räusperte sich, weil sich seine Kehle plötzlich unerträglich rau anfühlte. Verdammt, er wollte nicht gehen. Oder sie mitnehmen. Oder ...

Schluss jetzt. Wir haben einen Plan. Reiß dich zusammen.

»Oh, und eine Sache noch.« Seine Stimme fühlte sich immer noch belegt an, aber er kümmerte sich nicht länger darum. »Auf der Eidechse gibt es einen Ordner, er heißt PRISM BREAK. Da hab ich alles gespeichert, was ich an belastendem Zeug über dEEp und das GAME gesammelt habe. Ich wollte es veröffentlichen, nachdem ich das GAME gecrasht habe, aber ... vielleicht machst das besser du.« Er nahm einen Stift von der Schlüsselablage neben der Tür. »Ist natürlich geschützt. Doppelt. Gib mal deinen Arm, ich schreib's dir auf. Oder vielleicht brauche ich auch beide.«

Lucille lachte, auch wenn es ein bisschen gedämpft klang. »Depp.«

Arc griff nach ihrem rechten Handgelenk und schob den Ärmel ihres Pullovers zurück. Dann schrieb er den Keycode auf ihren Unterarm. Zwei siebenundzwanzigstellige Strings.

Lucille starrte sekundenlang darauf, ehe sie den Blick wieder hob, um Arc ins Gesicht zu sehen. Ihr Lachen war zu einem schwachen Lächeln verblasst. »Wird erledigt. Du kannst dich auf mich verlassen.«

Arc nickte. Nur widerstrebend ließ er ihr Handgelenk los.

»Na gut, also ... dann.« Lucille wischte sich über die Augen, etwas zu schroff. »*Au revoir*, Arc.« Er hörte Tränen in ihrer Stimme, aber als er zur Tür ging, lächelte sie immer noch.

»Und komm bald wieder.«

– STAGE 04 –

RENDERING: BACK-UP RECOVERY.

Zentraleuropäische Union (ZEU)
Zentralballungsraum Berlin
GAME SHIP (Location: Top Secret)

»Okay, wir sind dann so weit. Bereit, Arc?«

»Bereit. Was soll schon schiefgehen? Ist doch nur Théo.«

»Der Vorhang hebt sich. Schon wieder.«

Théo blinzelte und starrte den Gang hinab, der von seinem Kompartment in die Eingangshalle führte. Nackter Beton zwischen rostigen Stahlträgern. Kaltweiße Leuchtröhren unter der Decke, von denen eine leicht flackerte.

Schau an. Das ist ja richtig gemütlich diesmal.

Ein kleines Lachen gluckste in seiner Kehle, vermischt mit einem warmen Kribbeln in der Magengegend.

Willkommen zurück im GAME, hm?

Wie immer zu Staffelbeginn trieben vereinzelte Wortfetzen flimmernd durch sein Bewusstsein. Reste von Gesprächen, die Arc vor der Injektion mit ... wem geführt hatte? Lynn? Wahrscheinlich. Mit wem sonst? Aber war ja auch nicht wichtig. Arc hatte jetzt sowieso ein paar Tage Pause.

Das GAME war Théos Zeit. Seine ganz allein.

Er warf einen Blick zurück über die Schulter in den Raum, aus dem er gekommen war. Auf die kargen Wände mit der hässlichen Augment-Tapete und die löchrige Matratze auf dem klapprigen Bettgestell, passend zu dem Set-up hier draußen.

»Kein Neon Castle diesmal«, hatte Arc ihm erklärt, nachdem er sich eines Nachts den Code angesehen und mit Théo über den Einstieg in die neue Staffel gesprochen hatte – so weit, wie er in der kurzen Zeit hatte lesen können. *»Mehr Grunge.«*

Théo war damit sehr einverstanden. In einem Grunge-Setting fühlte er sich deutlich mehr zu Hause als in Neon, von Glitzer ganz zu schweigen. Und trotzdem. Etwas war komisch. Als hätte er all das schon mal gesehen. Diese Gedanken schon mal gedacht. Wie ein Déjà-vu.

Théo zupfte mit den Zähnen an dem Ring in seiner Unterlippe, während er das Notepad der Spielsoftware aufrief und einen schnellen Eintrag verfasste: *Stage 01, 05:43 min. Injizierte PF 2×. Status: offline.* Dann schloss er die Zimmertür hinter sich und begann, seine Schritte zu zählen. 64. Wie immer. Wenigstens das.

Vor der Tür zur Lobby blieb er noch einmal stehen, die Hand schon auf der angerosteten Klinke. Arc hatte noch etwas gesagt. Etwas über die neuen Contenders. Im Speziellen: Über eine ganz bestimmte von ihnen.

»Es ist vielleicht anders diesmal. Passepartout spielt mit, und ich habe keine Ahnung, was sie hier will. Ob Ede sie schickt oder CORE ... oder nichts davon. Aber es ist möglich, dass sie hier ist, um dich auszuschalten. Wir müssen sie im Auge behalten. Du *musst sie im Auge behalten, okay?«*

»Uh, Drama.«

»Nimm das ernst, Clochard.«

»Schon klar. Drama Lama.«

»Ich hasse dich so sehr, weißt du das?«

»Ich dich aber nicht, und was machst du jetzt?«

»Hör mir wenigstens zu, ja? Ich hab dir ein paar Gedächtnisstützen ins Setting gebaut. Viel Spaß damit.«

Ein Grinsen zuckte auf Théos Gesicht, als er an das Gespräch zurückdachte. Offenbar würde die neue Staffel in mehr als einer Hinsicht besonders werden. Passepartout also. Er war sehr gespannt, was sie zu bieten hatte.

Na dann, auf geht's. Drei. Zwei. Eins ...

Leise quietschend schwang die Tür nach innen.

Die Eingangshalle war leer.

Langsam und sehr verwirrt machte Théo ein paar Schritte in die Lobby hinein. Der riesige Raum war fast völlig dunkel, nur die Notbeleuchtung war eingeschaltet. Nachtmodus. Niemand hier außer ihm. *Was zur Hölle ist hier los?*

An der gegenüberliegenden Wand leuchteten zwei Türrahmen in Grün und Blau. Rechts gähnte die offene Tür eines Fahrstuhls. Ausgeschaltet.

Etwas in Théos Kopf rauschte. Flimmerte. Bilder flackerten auf. *Erinnerungen* an das, was hinter diesen Türen lag. Sogar jenseits des Fahrstuhlschachts. Aber ...

Ein massiger Körper, leblos ausgestreckt auf dem ranzigen Boden einer Bar. Eindringliche, kluge Augen, die ihn aufmerksam mustern. Eine flackernde Ahnung von Gesichtern, Gestalten, fremd und doch vertraut. Ein Spinnennetz. Das Brennen von Alkohol in seinem Rachen.

Eine Hand in seiner.

RIEN NE VA PLUS.

RIEN NE VA PLUS.

RIEN NE VA PLUS.

Théo keuchte auf und presste die Handballen auf die Augen. Es hörte nicht auf, natürlich hörte es nicht auf. Und plötzlich klang die Stimme in seinem Kopf nicht mehr nach seiner eigenen.

Hey, Clochard. Sorry, aber du hast das schon gespielt.

Théo riss die Augen auf. »Was?«

Immer noch dunkel. Immer noch nur er. Immer noch so furchtbar still bis auf den Klang seiner Schritte, als er entschlossen weiter in die Halle hineinmarschierte. Aber natürlich kannte er die Stimme. Fast so gut wie sich selbst.

Ich erklär's dir gleich. Lass mich raus.

»Alter, was redest du da für einen Quatsch? Ganz sicher *nicht*. Weil du nicht dran bist, okay?« So schroff war er selten zu Arc. Aber jetzt hatte er Angst. Er wusste nicht genau, warum. Nur, dass alles an dieser Situation verstörend und fremd war. Es sollte so nicht sein. *Arc* sollte verdammt noch mal nicht hier sein! »Das ist *mein* Spiel.«

Théo. Komm runter. Auch Arc klang jetzt nervös. Als hätte er wirklich Angst, Théo könnte sich entscheiden, ihn einfach abzucanceln. Als ob Théo darüber entscheiden *könnte!*

Ich sperr dich nicht aus, okay? Du bleibst. Aber du musst mich mitspielen lassen, weil du sonst nicht wissen kannst, was passiert ist. Und das musst du.

Was passiert war ... Théo blieb erneut stehen. »Na gut. Okay, okay, also ... Was *ist* passiert?«

Ein tonloses Seufzen, irgendwo in seinem Hinterkopf. *Du weißt genau, wie du das rausfinden kannst. Guess What I've Done While U Were Gone.*

Théo biss sich auf die Unterlippe. Zog an dem Piercing, bis es wehtat. Es tat anders weh als sonst. Als wäre da ... wirklich etwas.

Noch eine Welle von Bildern. Empfindungen. Wortfetzen. Schnee. Himmel. Eine Stadt. Eine Eidechse. Théos Kehle schnürte sich zusammen. Und dann verstand er.

Erinnerte sich.

»Wir haben es geschafft? Wir waren ... draußen?«

Ja.

»Und jetzt sind wir ... wieder ...«

Ja, verdammt. Weil du Megadepp es sonst verkackst. Hör zu, das ist unsere letzte Chance. Diesmal bringen wir es zu Ende, und zwar endgültig. Oder es ist vorbei für uns.

Théo lachte hohl. Er konnte nicht anders. Er verstand das nicht und verstand es zugleich doch, und vor allem hatte er in diesem Augenblick das Gefühl, dass die letzten Jahre und alles, wofür er und Arc gearbeitet hatten, jede Sekunde in einem absurden Sprengsatzspektakel über ihm zusammenbrechen konnte. Er musste nur den Knopf drücken. Und zugegeben: Seine Hand zuckte bereits.

Ein Schauer rann über sein Rückgrat, und seine Stimme bebte unwillkürlich. »Gut. Schön. Was machen wir also?«

Wir suchen dich. Also, den anderen, der hier immer noch rumläuft und versucht, dieses Spiel ohne mich zu spielen. Wir überzeugen ihn, dass wir zusammen den besseren Job machen. Und dann gewinnen wir. Hoffentlich.

Théo ließ die Worte einen Moment auf sich wirken. Dann lachte er erneut. »Das klingt, als hättest du überhaupt keine Ahnung, was wir machen sollen.«

Jetzt lachte auch Arc. Trocken und unfröhlich wie immer. *Korrekt.*

»Ah, *fantastique*. So mag ich dich. Bin dabei.« Théo atmete einmal tief durch und zog die rote Mütze ein Stück tiefer in die Stirn. »Also dann: Der Vorhang hebt sich.«

INTERIM: FREE TIME.

Zentraleuropäische Union (ZEU)
Zentralballungsraum Berlin
GAME SHIP (Location: Top Secret)

In den Prep Rooms im GAME SHIP herrschte außergewöhnliche Betriebsamkeit, als Rafael eintraf. So lebhaft wie heute hatte er die Bunker-Labore erst einmal gesehen: Als er dabei geholfen hatte, den toten Wolfsmenschen zu ersetzen.

Er hatte kaum die Schwelle zum Korridor bei den Prep Rooms überschritten, als ihm jemand entgegentrat. Dr. Kai Immer gehörte zu den zwei Postdocs, die in Rafaels Abwesenheit die stellvertretende Leitung des MedTeams übernahmen. Aus genau diesem Grund überschnitten sich ihre Schichten für gewöhnlich nicht stark; sie waren sich bisher vor allem in den Teammeetings und Übergabegesprächen begegnet. Aber

Rafael ahnte, dass Dr. Immer im Zweifelsfall vermutlich nicht ihm gegenüber loyal sein würde. Sier war von Lynn ausgebildet und eingestellt worden, genau wie Dr. Gellrich.

»Dr. Álvarez«, sagte Dr. Immer überrascht. Sier wirkte etwas gehetzt, auf sierer tiefen Stirn standen kleine Schweißperlen, und das lichte mausbraune Haar klebte feucht und strähnig an sieren Schläfen. »Wir wussten nicht, dass Sie auch kommen. Es hieß, Sie wären verhindert und wir sollten die Implementation ohne Sie durchführen.«

Verhindert. Rafael bemühte sich, keine Miene zu verziehen. Ja, Eduard und Lynn hatten sich wirklich alle Mühe gegeben, ihn zu *verhindern*. »Ich konnte ein paar Dinge umlegen. Bringen Sie mich rein, ich übernehme ab hier. Sie sind doch sicher eigentlich im Observation Center eingeteilt.«

Ein Muskel unter Dr. Immers wässrig blauen Augen zuckte. »Marten ... also, Dr. Gellrich ist oben. Das geht schon in Ordnung.«

»Dann entscheiden Sie bitte, wer von Ihnen beiden nach Hause gehen soll. Es ist nicht nötig, dass die Schicht doppelt besetzt ist, jetzt, da ich extra hergekommen bin.«

Für einen Moment sah Dr. Immer aus, als wolle sier widersprechen. Und natürlich: Rafael hatte sich gut überlegt, ob er so hoch pokern und wirklich vorgeben wollte, in offiziellem Auftrag hier zu sein. Aber wie befürchtet war Eduards Prep offenbar schon im Gange, und – wenn Rafael Dr. Immers Reaktion richtig deutete – sogar so weit fortgeschritten, dass Eduard nicht mehr selbst darüber Auskunft geben konnte, wie die Dinge tatsächlich lagen. Darum widersprach Dr. Immer am Ende nicht, sondern wandte sich nur um und ging voraus den Flur entlang.

»Wir sind in *Neuro Prep I*«, erklärte sier über die Schulter. »Da die optischen Features komplett ohne Bioware auskommen, ist der Transfer verhältnismäßig unkompliziert. Die präparativen NfT haben wir schon verabreicht. Sobald die Hirnaktivität stabil ist, können wir mit dem Upload anfangen und die aktivierenden NfT geben, schätzungsweise in ... etwa drei Stunden. Ich würde Ihnen dann das Monitoring überlassen. Sie wissen, worauf Sie achten müssen?«

Rafael zog die Brauen zusammen. »Und Sie wissen, dass die Frage unangemessen ist?«

Dr. Immers Ohren röteten sich, und sier wischte sich nervös den Schweiß von der Braue. »Bitte um Verzeihung. Aber Sie sind ja noch nicht lange hier und haben das erst ein einziges Mal ... beobachtet.«

Rafael dachte kurz darüber nach, eine weitere schroffe Antwort zu geben. Er tat es nicht, weil Dr. Immer schlicht recht hatte. Aber er konnte es sich in dieser Situation auch nicht leisten, sich seiner tatsächlichen Kompetenz entsprechend zurückzunehmen. Also entschied er sich für eine weitere Lüge. »Eduard Engel hat ausdrücklich darum gebeten, dass ich die Implementation begleite. Nun bin ich hier und werde diesem Wunsch nachkommen. Ich wurde von Dr. O'Leary umfassend eingewiesen, und das Team weiß auch, was es tut, nicht wahr? Wenn Ihnen damit wohler ist, dann bleiben Sie, Dr. Immer, aber Sie dürfen auch sehr gern nach Hause gehen und sich schlafen legen.«

»In Ordnung, Dr. Álvarez«, murmelte Dr. Immer. »Danke. Und entschuldigen Sie.«

Hinter der Tür von *Neuro Prep I* erwartete Rafael ein zugleich bekanntes und doch verstörendes Bild. Eduard lag auf einem Rolltisch, mit Elektroden und Infusionsnadeln an verschiedene Maschinen angeschlossen, wie Rafael es auch bei dem Wolfsmenschen gesehen hatte. Es war im Grunde dasselbe Set-up, nur etwas reduziert und mit weniger Personal. Als er näher trat, aktivierten sich in seiner *insight* die Gesundheitsmonitore, wie er sie aus dem GAME Monitoring kannte, und begannen ihm alle möglichen Parameter zu filtern. Natürlich wusste er inzwischen, worauf er achten musste. Die Frage war, welche Konsequenzen er daraus zog.

Die zwei neuromedizinischen Tech-Assistent_innen, die

sich bei ihrem Eintreten auf die Displays mit Eduards EEG-Aufzeichnungen konzentriert hatten, drehten sich zu ihnen um. Auf ihren Gesichtern spiegelte sich die gleiche Überraschung, die Rafael schon bei Dr. Immer gesehen hatte.

»Dr. Álvarez macht mit euch weiter«, erklärte Dr. Immer. »Ich ... gehe dann nach Hause.«

Rafael tat, als hätte er die leichte Bitterkeit in sierer Stimme nicht gehört. Dr. Immer war jung und ehrgeizig, und dies wäre natürlich eine besondere Gelegenheit gewesen, sich zu beweisen. Aber auf so etwas konnte Rafael nun wirklich keine Rücksicht nehmen.

»Schlafen Sie gut, Dr. Immer. Wir sehen uns morgen.« Er wandte sich an die Assistent_innen. »Also, wo stehen wir?«

Während er beobachtete, wie Dr. Immer den Prep Room verließ und nur vordergründig aufmerksam dem Bericht der Assistent_innen lauschte, tastete er zum wiederholten Mal in seiner Tasche nach den bernsteinfarbenen Kapseln, die er von Arc bekommen hatte. Es war fast zu leicht. Sobald der Upload abgeschlossen war, konnte er völlig problemlos den Part übernehmen, die Personality Former in Eduards *Eira* einzulegen. Niemand würde wissen, dass es stattdessen Psychopharmaka waren. Aber Rafael wusste nicht, ob er das konnte. Bei aller bitteren Wut auf Eduard und so falsch allein die Existenz des GAMES auch war ... Auch das hier war falsch. Widersprüchlich gegen alles, wofür Rafael seit Jahrzehnten als Mensch und Arzt einstand. Er hatte in diesen letzten Wochen schon zu oft gegen seine eigenen ethischen Maßstäbe handeln müssen.

Aber wenn Arc recht hatte und es jetzt und hier keinen anderen Weg gab?

Rafael atmete tief durch und zwang sich zur Konzentration. Diese Entscheidung konnte noch eine Weile warten. Jetzt musste er erst einmal überzeugend so tun, als würde er diesen Job, diese Transformation, wirklich machen wollen.

Und allein das war Herausforderung genug.

1stPersonCam: THÉO
Location: THE DARK TOWER

Es ist Nacht. Der Turm ist wieder dunkel, nur die roten Ringe um die Darkness-Rising-Buttons spenden ein wenig düsteres Licht. Am Rand des Abgrunds warnt ein Band aus Leuchtdioden davor, dass dort der ASSEMBLY ROOM #3 endet und das Nichts beginnt.

Théo sitzt gemeinsam mit Quentin auf dem Boden vor dem Tisch, auf dem immer noch eine verschwenderische Menge Essen übrig ist. Natürlich könnten sie auch auf den Stühlen sitzen, aber Quentin hat auf dem Boden gehockt, als Théo nach seinem Sturz mit Onyx wieder aus dem Schacht gekrabbelt ist, und Théo ist dann einfach neben ihm liegen geblieben. Inzwischen hat er es immerhin geschafft, sich aufzurichten, aber die Erschöpfung hat ihn so weit eingeholt, dass er in Erwägung zieht, sich bis morgen früh einfach nicht mehr vom Fleck zu bewegen.

Nima ist längst in der ihr zugewiesenen Schlafkammer verschwunden. Sie war bei seiner Rückkehr schon fort – mit ihr muss sich Théo heute also nicht mehr auseinandersetzen. Aber auch Quentin schweigt und rührt sich nicht. Vielleicht hat er ebenfalls keine Kraft mehr. Vielleicht muss er zu viel denken. Vielleicht hasst er Théo jetzt und behandelt ihn deshalb, als würde er nicht existieren. Alles möglich.

Théo seufzt, lehnt sich gegen ein Stuhlbein und tastet über sich auf dem Tisch nach dem Becher mit Malzbier, den er dort abgestellt hat. Dieser Move kann maximal drei- oder viermal gut gehen, ohne dass er sich das Bier über den Kopf schüttet. Aber er lässt es drauf ankommen.

»Onyx hatte recht«, sagt Quentin so unvermittelt, dass Théo zusammenfährt. Fast wäre ihm nun wirklich der Becher aus der Hand gefallen, dabei hatte er ihn diesmal gerade noch richtig erwischt. Der Wolfsmensch sieht ihn so intensiv an, dass es im Nacken kribbelt. »Ist nicht mehr leicht, dir zu trauen.«

Théo legt auch die zweite Hand um den Becher und trinkt einen sehr langsamen Schluck, während er über eine Erwiderung nachdenkt. Ob es überhaupt eine gibt, die nicht alles bloß noch schlimmer macht.

»Ich weiß«, sagt er schließlich. »Kann's aber leider nicht ändern.«

Quentin brummt leise. »Dachte ich mir schon.« Er schnauft, und es klingt zutiefst resigniert. »Du hattest aber auch recht. Am Ende spielen alle nur für sich. Man sollte das nicht zu persönlich nehmen. Also danke. Für deine Hilfe heute. Mir ist schon klar, dass ich sonst verloren hätte.«

Jetzt weiß Théo wirklich nicht mehr, was er sagen soll. Er hätte mit vielem gerechnet. Aber ein Dank von Quentin? Niemals.

»Gern geschehen«, murmelt er. Aber während er noch damit beschäftigt ist, zu verarbeiten, dass es Menschen mit dermaßen viel Verständnis auf der Welt gibt, richtet sich Quentin plötzlich auf und spitzt die Ohren. »Hey, Théo. Hörst du das?«

Théo kneift die Augen zusammen und lauscht angestrengt in die Dunkelheit. Ja, da ist etwas – oder? Ein Schaben und Kratzen aus der Tiefe, als ob ...

»Da klettert jemand zu uns rauf«, raunt Quentin.

Théo spürt, wie sich alles in ihm anspannt. Wer? Wer kann das sein? Wer könnte überhaupt hier sein außer ihnen?

Und dann hört er die Stimme. Ein gutes Stück unter dem Rand des Abgrunds. »Théo?«

Seine *eigene* Stimme.

Egal, wie müde Théo kurz zuvor noch gewesen ist, jetzt ist er es nicht mehr. Er tauscht einen überrumpelten Blick mit Quentin. Dann kriecht er bis zum Rand des Schachts vor und späht durch die trübrote Dunkelheit nach unten.

Und dort hängt er. An der Kletterwand. Er selbst. Mit der roten Mütze. Das kann nur bedeuten ...

»Arc«, flüstert Théo. Aber wie kann das möglich sein? Wie kann er ... was ... und warum ...? Ihm wird ein bisschen schwindelig von all den Gedanken, die sich plötzlich in seinem Kopf überschlagen, und zugleich spürt er vor allem ein einziges, überwältigend starkes Gefühl durch sich hindurchrauschen: Erleichterung. Und, daraus geboren, Hoffnung. Aberwitzige, irrationale Hoffnung.

Ein grimmiges Lächeln erscheint auf dem Gesicht des anderen Théo, und spätestens jetzt ist Théo sicher: Dieses Lächeln kennt er. Er hat es schon oft gefühlt, wenn auch noch nie gesehen.

»Überrascht?«, fragt Arc.

»Ziemlich«, murmelt Théo, und das ist der Moment, in dem er am liebsten anfangen möchte zu heulen, obwohl er gar nicht so genau weiß, weshalb eigentlich.

»Ich komm hier nicht hoch«, sagt Arc. »Die Kletterrouten enden alle auf der anderen Seite.«

Théo nickt. »Ich weiß. Kletter weiter, ich komme rüber.«

Das ist natürlich eine hochgradig unvernünftige Idee. Ungesichert in der Dunkelheit über eine der krummen Brücken zu balancieren könnte mit hoher Wahrscheinlichkeit dazu führen, dass er sich den Hals bricht. Aber Théo wäre nicht hier, wenn ihm solche Kleinlichkeiten nicht schon immer egal gewesen wären. Und auch Arc sagt nichts – *gar nichts* –, um ihn davon abzuhalten.

In diesem Moment legt sich eine schwere Hand auf Théos Schulter. »Brauchst du Hilfe?«, fragt Quentins raue Stimme gedämpft hinter ihm.

Théo dreht sich zu dem Wolfsmenschen um. Er kann nichts gegen das Grinsen tun, auch wenn er weiß, wie sehr Quentin es hasst. »Nur, wenn du mich bis nach drüben werfen kannst.«

Quentin schnaubt gereizt. Die Wolfsaugen glitzern matt im schwachen Licht der LED-Leiste. »Na, geh schon. Ich kann dich ja doch nicht aufhalten.«

Théo lacht leise. »Nein, kannst du nicht. Bin gleich wieder da.« Damit wendet er sich ab und setzt den ersten Fuß auf die Stahlbrücke, die unter seinen Schritten wie zur Antwort leicht zu vibrieren beginnt. In der Dunkelheit und der Stille kommt ihm der Weg unendlich viel länger vor als nur wenige Stunden zuvor. Théo versucht, nicht daran zu denken, dass er die gleiche Strecke auch auf dem Rückweg bewältigen muss. Ein Schritt und dann noch einer. Langsam, aber stetig voran. Balance. Balance ist alles.

Und dann ist er drüben. Gerade rechtzeitig, um zu sehen oder vielmehr zu ahnen, wie sich Arc an der Kante von ASSEMBLY ROOM

#2 hochzieht und schwer atmend sitzen bleibt. Mit den Beinen im Abgrund. Ebenso ungesichert wie er.

Théo setzt sich neben Arc und lässt ebenfalls die Füße über dieser düster roten Schwärze baumeln. Mit einem Mal ist ihm seltsam flau in Brust und Magen. Das Herz klopft ihm bis zum Hals, und seine Hände zittern. So sitzen sie nebeneinander in der Dunkelheit und sehen hinüber zu der matt erleuchteten Nische, wo Quentin noch immer steht und wartet.

»Was machst du denn hier?«, fragt Théo schließlich leise. Eigentlich hätte er lieber gewusst, warum Arc nicht eher zurückgekommen ist. Warum er zwei verfluchte Tage hier drin hat allein sein müssen und warum Arc, wenn er schon zurückkommt, das nicht wenigstens als Théos Spieler tut. Aber ihm das vorzuwerfen ist ungerecht und vor allem sinnlos, deswegen sagt er es nicht. Und eigentlich ist er sowieso zu froh, als dass er wirklich hätte wütend sein können. Er ist so froh, dass es ihn zerreißt, und er möchte Arc umarmen und heulen, aber Arc mag so was nicht, also lässt er auch das.

»Ist alles ziemlich schiefgelaufen«, sagt Arc ebenso leise. »Tut mir leid. Du weißt, dass es anders geplant war.«

»Mhm«, macht Théo.

Arc schweigt eine Weile. Théo kann förmlich hören, wie er nach Worten sucht. Aber es ist seltsam, die verschiedenen Prototypen dabei nicht ebenfalls Wort für Wort hören und kommentieren zu können.

»Du kannst jetzt aufhören«, sagt Arc endlich in die Stille. »Ich spiele das Spiel für uns zu Ende.«

Das trifft Théo wirklich unerwartet. Er möchte darüber lachen. Aber stattdessen rieselt ein Schauer von Kopf bis Fuß über seine Haut. Aufhören. *Aufhören?* »Ja, sicher. Wie willst du das denn schaffen ohne mich?«

Arc zuckt die Schultern. Es wirkt ein wenig verkrampft. »Will ich ja gar nicht.«

Théo blinzelt. Jetzt ist er wirklich verwirrt. »Wie?«

Arc seufzt. »Hast du mir mal ins Gesicht geguckt? Denkst du, ich sehe hier im SHIP zufällig und freiwillig aus wie du hässlicher Vogel?«

Théo weiß, dass sein Mund offen steht vor Verblüffung, aber ändern kann er es nicht. Perplex starrt er Arc ins Gesicht. In den Schatten des Turms haben seine Züge jetzt tatsächlich nur noch vage Ähnlichkeit mit dem, was Théo morgens im Spiegel erwartet. Und so absurd das auch sein mag, schleicht sich doch ein kleines Lächeln auf sein Gesicht, als ihm klar wird, wie gut es ist, dass er nun endlich weiß, wie Arc aussieht.

Vor allem, da Arc ebenfalls lächelt. Auf seine ganz eigene unerträglich halbherzige und immer zynische Art, und doch ist es vielleicht das Schönste, was Théo je gesehen hat.

»Selbst wenn du jetzt schlafen gehst«, sagt Arc, und Théo hört nun auch in seiner Stimme ein leichtes Beben. »Du bist noch da. Du bist immer da. Genau hier.« Er deutet auf seine Schläfe. »Hat ein bisschen gedauert, bis ich das begriffen habe. Ist aber so, das weiß ich jetzt. Deshalb ... Wenn du hier, an dieser Stelle, Pause machen möchtest, dann ...« Er greift in seine Tasche und streckt Théo die Hand entgegen. Zwei Kapseln glänzen darin, und obwohl Théo im gedämpften Licht keine Farben erkennen kann, weiß er, dass sie einen transparenten Bernsteinton haben. Psychopharmaka.

»Es ist okay, Théo.« Arc räuspert sich belegt. »Hörst du? Geh schlafen. Du kannst das hier nicht schaffen. Nicht so. Und du ... sollst das auch nicht mehr müssen. Es ... tut mir echt leid.«

Théos Kopf ist plötzlich sehr leer. Mit einem Mal erinnert er sich wieder nur zu deutlich daran, wie er in seinem Kompartment gestanden hat. Wie es sich angefühlt hat, die Personality Former in die Toilette zu werfen.

Sollte verlieren nicht viel leichter sein, als zu gewinnen?

Wenn er das noch mal durchzieht, sich noch mal Psychopharmaka drückt und sich selbst von dem Menschen trennt, der ihn spielt, ist es vorbei mit dieser Version von ihm. Diesmal wirklich. Die ganzen letzten Tage ohne Arc, für immer weg. Es gibt kein Back-up, weil die Person, in deren Körper er gerade steckt, keine Ahnung hat, wie sie Théos Erinnerungen abrufen kann. Sie hat nie mit ihm *Guess What I've Done While U Were Gone* gespielt. Es gibt keine Codes, keine Trigger.

Und so seltsam das ist – alles, was Théo bei diesem Gedanken spürt, ist unendliche Erleichterung.

»Okay«, flüstert er. »Okay.«

Als er die Kapseln aus Arcs Hand nimmt und sich erhebt, steht auch Arc auf. Gemeinsam treten sie ein Stück vom Abgrund fort, weil es ja wirklich schade wäre, wenn jetzt noch einer von ihnen dort runterfällt. Eine kleine Ewigkeit stehen sie so voreinander.

»Ich soll dich von Clue grüßen«, sagt Arc endlich, und ein weiteres Lächeln erscheint in seinen Mundwinkeln. »Sie vermisst dich, warum auch immer.«

Théos Kehle wird schon wieder eng. Seine Hände zittern, als er die Psychopharmaka in sein *Eira* einlegt. »Danke. Ich vermisse sie auch, sagst du ihr das?«

Arc zuckt die Schultern. »Ja, sicher ... Hoffentlich, meine ich. Du weißt schon. Ich geb mein Bestes.«

Théo sieht ihn ein letztes Mal an. Eindringlich. Und jetzt doch mit ein wenig Angst. Kann er das wirklich? Einfach loslassen?

»Wir gewinnen, oder?«, fragt er leise und hasst seine Stimme dafür, wie sehr sie zittert.

Arc denkt kurz nach. Eine steile Falte steht auf seiner Stirn, als würde er in sich hineinlauschen. Théo fragt sich, was er hört. Ob wirklich *er* dort drin ist. Wie es sein sollte.

»Das müssen wir«, sagt Arc endlich mit Nachdruck. »Werden wir.«

Théo nickt. Mehr, denkt er, kann er an diesem Punkt vermutlich einfach nicht verlangen. Und es ist okay. Es ist wirklich okay. Diese Höllentour, die die letzten Tage für ihn waren, wird er ganz bestimmt nicht vermissen. Also wischt er sich über die Augen und lächelt ein allerletztes Mal, als er die Finger auf die Injektionsknöpfe des *Eira* legt. »Na gut. Also dann ... Gute Nacht, Arc. Wir sehen uns. Denke ich.«

Arc nickt. Und auch in seinen Augen sieht Théo ein verräterisches Glitzern. »Gute Nacht, Théo. Schlaf gut.«

Und das ist das Letzte, was Théo hört.

»Wow. Das war krass.«

Das fand Arc allerdings auch. Er hatte nur keine Worte dafür, wie sehr. Er starrte auf Théo hinunter, den *anderen* Théo, der sich auf dem nackten Boden zusammengerollt hatte und einfach schlief. Genau, wie sie es abgemacht hatten.

»Wenn wir Pech haben, ist er bald wieder da.«

»Verstörende Vorstellung.«

»Mhm. Hoffen wir, dass Rafael seinen Job gut macht.« Langsam ging Arc in die Hocke und ließ die Fassung von Théos *Eira* aufspringen. Zwei leere Psychopharmaka-Kapseln. Arc wechselte sie gegen volle aus. Théo – oder was immer in diesem bedauernswerten Menschen von ihm übrig sein würde – würde hoffentlich schlau genug sein, sich eine weitere Dosis zu verpassen, falls er zu früh wieder zu sich kam. Dann richtete er sich wieder auf und sah hinüber zu der anderen Kammer. Die, aus der Théo eben gekommen war.

Er räusperte sich, aber das Kratzen in seiner Kehle verschwand nicht. »Also. Bereit?«

»So was von.« Théos Stimme klingt ebenso belegt, wie Arcs sich anfühlt. »Ich glaube, so bereit war ich noch nie.«

Arc lachte. Ein seltsam tröstliches Lachen in all der absurden Traurigkeit, die in seiner Brust wühlte. Er warf einen letzten Blick auf den schlafenden Théo. Dann wandte er sich endgültig ab und der Brücke über den Abgrund zu. »Ja, dann ... Gewinnen wir mal dieses Spiel.«

Er sagte das, als würde er wirklich glauben, dass er sich dessen sicher war. Als ob er überzeugt wäre, gerade das Richtige getan zu haben und dass es nicht das war, wonach es sich in Wahrheit anfühlte: Dass er gerade einen Teil von sich einfach getötet hatte für das größere Ziel.

Aber seine Beine, als er den ersten Fuß auf den Stahlträger setzte, zitterten. Der Schmerz in der Brust ließ sich nicht wegatmen. Und auch Théo, der Théo, der noch da war, schwieg.

Weil er es auch fühlte. Weil er vielleicht, vermutlich, sehr wahrscheinlich wusste, dass ihm womöglich dasselbe Schicksal bevorstand.

Und weil keiner von ihnen etwas dagegen tun konnte.

Auf der anderen Seite wartete immer noch Quentin. Reglos und wachsam. Mit einem letzten kleinen Sprung landete Arc direkt vor ihm. Der Wolfsmensch musterte ihn eindringlich, und Arc versuchte gar nicht erst, so zu tun, als sei er dieselbe Person, die kurz zuvor den Hinweg über die Stahlbrücke angetreten hatte. Es war zu offensichtlich.

»Willkommen zurück«, sagte Quentin schließlich, und an seiner Stimme hörte Arc, dass er verstand – oder zumindest hoffte, dass Arc ihm endlich helfen konnte, zu verstehen.

»Ist gut, dich zu sehen«, murmelte Arc und war überrascht, wie ehrlich er es meinte.

Quentin ließ ein zustimmendes Brummen hören. Dann spähte er mit verengten Augen hinüber zum anderen Assembly Room. »Was ist mit ihm?« Eine kurze Pause. »Geht es ihm gut?«

Arc folgte seinem Blick. »Ich hab ihn schlafen gelegt. Hier ist nur Platz für einen von uns.«

Ein kleines, spöttisches Lachen erklingt in seinem Kopf. »Du hast das mit dem Drama gesteigert, ich mag das.«

Halt die Klappe, Théo.

Quentin brummte erneut. Er klang nicht völlig überzeugt.

Arc seufzte. Zog die Kapuze über Théos Mütze und hockte sich auf einen der Stühle am Esstisch. »Lass mich das erklären, okay? Aber setz dich dafür hin. Das wird eine Weile dauern.«

Zentraleuropäische Union (ZEU)
Zentralballungsraum Berlin
GAME SHIP (Location: Top Secret)

Rafael saß neben Eduard auf einem Hocker und warf den gefühlt tausendsten Kontrollblick auf die Monitore, wo die Spikes der gewählten Parameter immer seltener und mit immer geringerer Amplitude von den fixierten Schwellenwerten abwichen. Im Grunde war das Ergebnis schon seit einer guten halben Stunde vertretbar, nach allem, was er wusste. Aber wenn man wirklich auf Nummer sicher gehen wollte ... oder Zeit schinden musste ...

Rafael fragte sich, auch das zum sicher tausendsten Mal, wie Arcs Théo-Implementation mit Hathaichanok und Yezmin wohl voranging. Aber so, wie er Arc inzwischen kannte, konnte er sich kaum vorstellen, dass der ebenso gewissenhaft darauf wartete, bis sein Körper und vor allem sein Gehirn für die aktivierenden Transmitter bereit waren, die den Code der upgeloadeten Persona in neurochemische Signale übersetzten. Ganz davon abgesehen, dass er sich ja offenbar über Jahre hinweg regelmäßig selbst mit NfT versorgt hatte, statt den Konsum auf den begrenzten Zeitraum des laufenden GAMES zu beschränken. Wenn ein Mensch auf der Welt an diese Substanzen gewöhnt war, dann war es Arc, und wahrscheinlich streunte er genau deshalb schon seit Stunden durchs SHIP, statt sich ans Protokoll zu halten. Daher würde es vermutlich auch nicht mehr lange dauern, bis sie herausfanden, ob mehr als ein Théo im Spiel sein durfte, ohne es kollabieren zu lassen.

Rafael sah zu seinen Assistent_innen, die inzwischen mehr schlecht als recht ihre Müdigkeit zu verbergen versuchten. Es war eine dieser seltenen Situationen, in denen Rafael wirklich froh über die automatisch abrufbaren Profilinformationen der *insights* war. Es wäre ihm sonst furchtbar unangenehm gewesen, dass er sich weder ihre Namen noch ihre Pronomen zuverlässig merken konnte. In Paris wäre ihm das niemals passiert, dabei war seine Abteilung dort sehr viel größer als der Personalstab des GAME SHIPS. Aber sein Kopf war derzeit einfach zu verstopft mit anderen Dingen. Dank der *insight* wusste er nun trotzdem, dass es CHARLOTTE MONIN|MTA|-SIE/IHR war, die seit zwanzig Minuten das Sektionsbesteck am anderen Ende des Raums sortierte, während MAEL BERNARD|-BIOLABTECH|THEY/THEM bloß mit leerem Blick auf die Monitore starrte. Das lange Warten war zermürbend. Zumal außerhalb von Eduards Gehirn im Grunde nichts geschah. Gar nichts. Und noch länger konnte Rafael es nun wirklich nicht glaubwürdig hinauszögern.

Er räusperte sich leise und stand auf. »So. Ich denke, wir können anfangen. Was meinen Sie?«

Sofort kehrte wieder etwas Leben in die Assistent_innen zurück. Zu dritt kontrollierten sie ein letztes Mal die Monitore. Dann atmete Charlotte Monin hörbar aus.

»Gut. Dann starte ich jetzt den Upload?«

In ihren Augen las Rafael Unsicherheit, und er verstand das. Immerhin ging es hier um *den* Eduard Engel. Den großen Chef. Das Mastermind von SUCCESSION GAME. Rafael wäre an ihrer Stelle vermutlich ähnlich ehrfürchtig gewesen. Aber weil es nun mal Eduard war und weil seine und Eduards Freundschaft unrettbar zerstört war ... war er es nicht.

»Ich sehe nichts, was dagegenspricht«, sagte er nur.

Die MTA erwiderte das Nicken – dankbar, weil er ihr zumindest die Verantwortung abnahm. Dann wandte sie sich einem großen *touch* mit externer Tastatur zu und tippte mit raschen Fingern darauf herum, während Mael Bernard begann, die finalen NfT-Infusionen vorzubereiten.

Rafael sah ihnen über die Schulter, mindestens ebenso erleichtert, dass es endlich wieder voranging ... und stutzte.

Über das Display liefen nun die ersten Daten der Upload-Persona in der direkten Gegenüberstellung zu den Basisdaten des designierten Hosts. Aber die Persona, deren Upload in diesem Moment startete ... war nicht Théo.

Rafael konnte es nicht glauben. Aber sosehr er auch auf den Bildschirm starrte, die Daten verschwanden nicht. Dort stand sogar der Name. In großen, nicht misszudeutenden Buchstaben.

Rafael nahm sich keine Zeit, um nachzudenken. »Ich muss noch mal ins Observation Center. Machen Sie hier solange weiter.« Und ohne noch eine Reaktion der verblüfften Assistent_innen abzuwarten, wandte er sich ab und verließ geradezu fluchtartig den Prep Room. Noch im Laufen zerrte er die *insight* aus der Tasche, die Arc für ihn präpariert hatte. Mehrere Nachrichten warteten im Chat auf ihn.

05/01/2054

YezZV: Arc ist fertig. Wir bringen ihn jetzt rein. Das mit dem Wagen hat gut funktioniert. (19:17)
lacléinvisible: Bin auch so weit. Jemand muss mich in Signalreichweite zum SHIP bringen und Bescheid geben, wenn Eduard nicht mehr eingreifen kann. Dann hab ich bessere Chancen. (22:47)
YezZV: Haben den Wagen zurückgehalten. Lassen dich jetzt holen. Pass auf dich auf. (22:48)
lacléinvisible: Rafael? Bei dir alles in Ordnung?
Wie ist die Lage im SHIP? Bin jetzt hier und bereit.
Gib mir ein Zeichen. (23:04)

Rafael blieb vor dem Fahrstuhl stehen. Während er wartete, tippte er rasch eine Antwort.

R/A/M: Upload gestartet. In 2 Stunden ist Eduard im GAME. (23:19)

Die Fahrstuhltüren öffneten sich. Rafael stieg ein und drückte zweimal auf den Knopf, als könne er die Kabine so dazu bringen, sich schneller in Bewegung zu setzen. Er musste Arc dringend eine Nachricht schicken – und zwar Ingame, so wie sich die Dinge entwickelten. Das Control Panel im Observation Center war die beste Möglichkeit, die ihm dafür einfiel. Er würde Dr. Gellrich an seiner Statt in die Prep schicken. Denn Rafael würde von jetzt an ganz sicher keine Minute des GAMES mehr verpassen. Reflexartig tastete er in seiner Tasche erneut nach den Kapseln mit den Psychopharmaka und spürte eine überraschend intensive Erleichterung darüber, dass er sie am Ende doch nicht eingesetzt hatte. Egal wie logisch und der Situation angemessen es war. Er konnte keinem wehrlosen Menschen Medikationen spritzen, die sein Leben gefährden konnten.

Als die Türen des Fahrstuhls sich erneut öffneten, schickte er eine letzte Nachricht in den Chat.

R/A/M: Wir haben uns geirrt. Eduard spielt nicht Théo. Er spielt Nima. (23:21)

ENDGAME: SHADOW BLAST.

Zentraleuropäische Union (ZEU)
Zentralballungsraum Berlin
GAME SHIP (Location: Top Secret)

Als Arc am nächsten Morgen aufwachte, fühlte er sich unerwartet erholt und ausgeschlafen, obwohl der Fußboden des ASSEMBLY ROOM #3 wirklich kein bequemer Ort war. Vielleicht lag es daran, dass Quentin auf ihn aufgepasst hatte. Arc musste ein wenig grinsen, als er zu dem Wolfsmenschen hinübersah. Quentin schlief noch, aber eines seiner Ohren war wachsam aufgestellt und zuckte hin und wieder.

Es geht doch nichts über einen guten Wachhund.

Ein wenig schwerfällig richtete Arc sich auf. »Kannst du nicht wenigstens frühmorgens still sein, du Kackvogel?«

»Hm? Hab nichts gesagt. Manchmal hast du die guten Ideen auch selbst, weißt du?«

Arc schnaufte. »War auch schön ohne dich. Ernsthaft.«

Darauf blieb Théo erstaunlich still. Aber Arc vermutete, dass es daran lag, dass er die Wahrheit kannte: Dass das, was Arc wirklich spürte, sobald er Théos Stimme in seinem Kopf hörte, nichts als Erleichterung war.

In diesem Moment trübte sich plötzlich sein Blickfeld ein, und weiße Buchstaben erschienen. *Eine Nachricht?*

E. IST NICHT THÉO.
NIMM DICH IN ACHT VOR NIMA!

Arc starrte auf die Schrift, die bereits wieder verschwand. Versuchte, zu verarbeiten, was sie bedeutete, obwohl sie doch nur eines bedeuten konnte. *Danke für die Warnung, Doktor.*

Er wandte sich um, um Quentin davon zu erzählen – als sich direkt neben ihm die Tür öffnete. »Na, sieh einer an! Der Successor. Aus dem Abgrund gekrochen. Überraschung!«

»Uh. Jetzt wird es spannend.«

Nima sah genau so aus, wie Arc sich durch Théos Augen an sie erinnerte. Klein, rund, in einem weinroten Rüschenkleid, das ihre viel zu weiße Haut betonte ...

»Plastikbaguette«, flüstert Théo.

... die Korkenzieherlocken unter dem Schleifenhaarreif hübsch drapiert. Aber etwas in ihrem Blick ... war anders als vorher. Es drehte Arc den Magen um, weil er es kannte – und so sehr hasste. Eduard. Arc war sich fast sicher, dass er ihn sogar ohne Rafaels Warnung bemerkt hätte.

Auch Quentin war jetzt wach. Hellwach, von einer Sekunde auf die andere. Mit gewohnt wölfischer Geschmeidigkeit kam er auf die Füße und stellte sich dicht neben Arc, das Gesicht finster verzogen. Auch er begriff, was hier vorging – kein Wunder, nach allem, worüber sie in der Nacht gesprochen hatten. Arc war nun froh, ihm die ganze Geschichte erzählt zu haben.

Und vor allem darüber, den Wolf immer noch, nach und trotz allem, an seiner Seite zu haben.

Rasch kontrollierte er, ob sie aktuell auch wirklich nicht öffentlich im *dEEp.net* online waren. Erst dann wagte er, einen Schritt auf Nima – und Eduard – zuzumachen. »So begegnen wir uns also wieder.«

Nima lächelte und trat ebenfalls einen Schritt vor. Sie waren einander jetzt so nah, dass sie ein wenig den Kopf heben musste, um Arc ins Gesicht sehen zu können – von Quentin ganz zu schweigen. Und trotzdem fühlte sich Arc plötzlich unangenehm klein.

»Dann weißt du es also«, sagte sie, während sie die Fingerspitzen über die Tischplatte neben sich gleiten ließ. »Aber das überrascht mich nicht. Du hast sicher nicht ernsthaft gedacht, ich würde dich einfach tun lassen, was du willst, oder? Schon gar nicht nach allem, was du Onyx angetan hast. O nein. Du wirst verlieren, Théo, und *ich* werde dafür sorgen. Denn ich habe jetzt die mächtigste Unterstützung, die du dir vorstellen kannst.«

Ihre Finger strichen weiter über einen Teller. Eine Gabel, einen Apfel, weiter über die Stuhllehne und dann durch die Falten ihres Kleides. Langsam, als müsse sie ihr Gehirn mit zusätzlichen Sinnesreizen füttern, um die Verbindung zwischen sich und ihrem Körper herzustellen. Ein Bedürfnis, das Arc nur zu gut kannte. Sie dabei zu beobachten war wie der beklemmende Blick in einen Zerrspiegel. Théo fühlte es auch, Arc merkte es daran, wie sich alles in ihm anspannte. Ja, das hier vor ihnen war Nima – aber zugleich war sie definitiv nicht länger sie selbst, zumindest nicht mehr, als Arc aktuell Théo war. Sie klang wie Nima und fühlte es vermutlich auch, aber in Wahrheit ... in Wahrheit war es Eduard, der durch sie sprach. Und darum war es auch Eduard, an den Arc seine Antwort richtete.

»Okay«, sagte er und zwang sich, die Stimme ruhig zu halten. »Doch, klar. Sehe ich ein, dass du mich dringend fertigmachen willst. Würde ich auch an deiner Stelle. Ich frage mich bloß ... wie? Und warum gerade mit ihr? Was *kann* sie denn?«

Nimas Lächeln wurde breiter, so breit, dass sich die Grübchen in ihren Wangen zeigten. »Ja, damit hast du nicht gerechnet, nicht wahr? Sie hat bisher keinen besonders starken Eindruck hinterlassen. Aber ich kann dir versichern: Nima ist die Persona, die dich heute zu Fall bringen wird. Euch *beide*.« Ihr Blick huschte zu Quentin. »Tatsächlich war Nima eine der ersten SUCCESSION GAME Personas überhaupt. Ich habe sie in der ersten Staffel für mich selbst gecodet – und gewonnen, nebenbei bemerkt. Vermutlich erinnerst du dich nicht, weil ich sie männlich gespielt habe. Aber schon damals hatte Nima einen unschlagbaren Skill: die Fähigkeit, hinter alle Augmentationen zu sehen. Gerade du, Théo, dürftest sehr gut begreifen, wie wertvoll das ist.« Sie zupfte an ihren kunstvoll gedrehten Locken. »Diese Nima-Version gefällt mir übrigens auch. Sie wurde nur bis hierher sehr schlecht gespielt. Oder besser: Gar nicht gespielt.«

»Théo«, raunte Quentin. »Was faselt sie da?«

So ganz sicher war Arc sich da auch nicht. Er wusste nur, dass es sich unfassbar falsch anfühlte, Nima so zu sehen. Und dass nichts von all dem die wichtigste seiner Fragen beantwortete.

»Nein, was ich wissen wollte, ist: *Wie* kannst du sie jetzt spielen und dabei gleichzeitig Nima *und* du sein? Du musst sie auf eine Level-02-Persona umgecodet haben, da sie offenbar noch ihre Erinnerungen hat. Aber sieh dir Quen an. Er ist einfach Quen, egal wer ihn spielt. Und der neue Théo war auch *nur* Théo. Aber du ...«

... du spielst sie, wie ich Théo spiele. Einfach so.

»Spannende Frage in der Tat.« Nima lächelte immer noch auf diese grässliche Art. »Zuerst einmal hast du natürlich recht, ich habe Nimas Persona auf Basis deines Programms neu gecodet – mit dem Zusatz, dass sie nicht nur hinter die Augmentationen, sondern auch alle früheren Code-Builds für das GAME-SHIP-Design sehen kann. Aber der eigentliche Twist ist: Ich habe dich in den letzten Jahren aufmerksam beobachtet. Dich und *Théo Laroux*. Ich bereite mich schon sehr lange auf genau diese Begegnung vor, ArcEnCiel. Und glaub mir, ich verstehe genau, wie meine Persona zu spielen ist. Besser, als du deine verstehst, vermute ich.«

Arc starrte die Geisterseherin überwältigt an. Das alles war so unglaublich, unfassbar *falsch*.

Was sagst du dazu, Théo?

Ein hohles Lachen antwortet ihm. »Hoffentlich wird das nicht in der Tageszusammenfassung gezeigt.«

Nima hob eine Braue. Dann lachte sie, leise und höhnisch, und Arc brauchte einen Moment, um zu begreifen, dass er Théo einfach laut hatte sprechen lassen.

»Das ist deine größte Sorge?« Nima trat noch einen Schritt näher. So nah, dass der Saum ihres weiten Rocks Arcs Knie streifte. Ihre Augen funkelten kalt. »Keine Angst, das da draußen sind alles meine Leute. Sie werden nichts tun, was mich schlecht dastehen lässt. Und deshalb kannst du auch nicht gewinnen. Sieh es ein. Deine Zeit ist vorbei, Théo.«

Théo öffnete den Mund, um einen weiteren Kommentar loszuwerden – so viel Herablassung ließ er sich nicht bieten, *natürlich* hatte er etwas zu dieser Herausforderung zu sagen. Aber Arc kam gar nicht mehr dazu, ihn davon abzuhalten. Denn in diesem Moment ertönte der Gong und das Knistern, das eine Nachricht der KI ankündigte. Im selben Augenblick sprang die Zeitanzeige in Arcs *insight* auf 10:00 Uhr. Das Display trübte sich ein und das GAME-Intro begann – und neben der Uhr leuchtete das grüne Licht auf. Online.

»THÉO. NIMA. QUENTIN«, tönte die Stimme der KI, kaum dass der letzte Ton verklungen und die Einblendung der Contender Cards vorüber war. *»Willkommen zu STAGE 04: Shadow Blast – und damit zu eurem letzten Tag im SUCCESSION GAME: Underground Bunker. Noch heute werden wir herausfinden, wer von euch die Turmspitze erreicht und den Titel CHAMPION*

SUCCESSOR erringt. Aber Vorsicht! Der Weg dorthin führt euch durch die gefährlichste eurer bisherigen Aufgaben: den Hort des Schattendrachen. Macht euch bereit, den Fahrstuhl zu besteigen und euch der Kreatur zu stellen.«

Während die KI sprach, hatten sich die Brücken über dem Abgrund zu verändern begonnen. Sie wichen auseinander und fanden an anderen Stellen wieder zusammen, knickten und falteten und verbanden sich neu, bis sie einen breiten Ring entlang der Turmwand bildeten, in dessen Mitte ein Loch blieb – groß genug, um einen freischwebenden Fahrstuhlkäfig aus rostigem Maschendraht hindurchzulassen, der vom Grund des Turmschachts zu ihnen heraufstieg. Mit einem grässlichen Quietschen sprang die Tür auf.

»Besteigt nun den Fahrstuhl für weitere Informationen.«

Nima warf einen Blick auf den Fahrstuhlkäfig, rümpfte kurz die Nase und wandte sich dann lächelnd wieder an Arc und Quentin. »Na dann ... wollen wir mal, nicht wahr?«

Damit ging sie voraus auf den Fahrstuhl zu – mit angemessen zaghaftem Schritt auf den bebenden Stahlträgern, und trotzdem fragte Arc sich unwillkürlich, ob irgendjemand aus dem Millionenpublikum des Livestreams da draußen sich wirklich davon täuschen lassen würde. Ob irgendjemand *nicht* sehen konnte, dass dies nicht mehr die Nima von gestern war.

»Das sagt der Richtige. Du könntest dich auch ein bisschen mehr anstrengen, damit sie dir abkaufen, dass du ich bist.«

Arc schnaubte gereizt, weil er leider wusste, dass da was Wahres dran war. Zum Glück beugte sich Quentin zu ihm, ehe er sich zu einer Erwiderung hinreißen lassen konnte.

»Also, ich hab keine Ahnung, was da gleich auf uns zukommt«, knurrte der Wolfsmensch gedämpft, während sie Nima zum Fahrstuhl folgten. »Aber lass uns zusammenbleiben. Schätze, wir sollten einander helfen ... gegen *das da*.«

Arc warf ihm einen raschen Blick zu. Für einen Moment verblüffte es ihn, wie groß die Erleichterung war, die er über Quentins offene Unterstützung empfand.

»Deal«, erwiderte er dann ebenso leise. Denn Quentin hatte recht: Sie mussten zusammenarbeiten, wenn sie gemeinsam im Finale stehen wollten und nicht mit Eduard. Sie brauchten einander, um gegen Nima zu gewinnen.

Und sehr wahrscheinlich auch gegen einen Drachen.

Der Fahrstuhl trug sie nach oben in den Turmschacht hinauf und durch seine Decke hindurch und entließ sie schließlich in einen riesigen kuppelförmigen Raum – so viel konnte Arc gerade noch aufnehmen, ehe die Käfigwände um sie herum zu den Seiten hin nutzlos auseinanderfielen und die Kuppel unter einem markerschütternden Brüllen erbebte. Dann sah er für endlose Sekunden nur noch den gigantischen Drachen aus Metall, Glas und funkensprühenden Kabeln. Das Monstrum schwebte über ihnen unter dem grauen Himmel aus Beton, und die gewaltigen Flügel wirbelten einen Wind auf, der Arc beinahe Théos Mütze vom Kopf riss.

Wieder brüllte der Drache. Er griff nicht an. Noch nicht. Doch als Arc zu Quentin und Nima sah, entdeckte er über ihren Köpfen einen schmalen grünen Balken, der zuvor nicht dort gewesen war: Eine Lebensenergie-Anzeige.

Der Drache hatte keine. Vielleicht war es das, was Arc an dem ganzen Szenario am meisten beunruhigte. Oder aber, dass dieses verdammte Vieh so *unglaublich groß* war.

In diesem Moment ertönte wieder der Gong, dicht gefolgt von der KI-Stimme. *»Contenders! Willkommen im Hort des Schattendrachen! Hier ist eure Aufgabe: Bändigt den Drachen, indem ihr ihn in einen Käfig aus Licht sperrt!«* An dieser Stelle blendeten sich die *insights* ab, und eine drollige Comicversion des Drachen erschien, die nach und nach von einem Gitter aus Lichtstrahlen eingeschlossen wurde. *»Bringt dazu die -6- Schalter in Wänden und Boden in die richtige Position und aktiviert das Licht, um den Käfig zu errichten. Nur wenn alle Schalter in der korrekten Position stehen, wird der Käfig den Drachen halten können.*

ACHTUNG! Der Drache wird euch angreifen, während ihr das Rätsel löst. Hütet euch vor dem mächtigen Shadow Blast und sucht rechtzeitig Schutz. Mit jedem Respawn wird eure Lebensleiste kürzer. Wessen Lebensleiste als Erstes vollständig verschwindet, wird GAME OVER gesetzt. Überstehen alle Contenders den Kampf, wird GAME OVER gesetzt, wer die kürzeste Lebensleiste hat. Viel Erfolg!«

Die Stimme der KI war kaum verklungen, da brüllte der Drache ein drittes Mal, reckte den Kopf und stieß einen Strahl schwarzer Flammen aus, die an der gewölbten Decke leckten und sie dunkel verfärbt zurückließen.

»Runter!«, brüllte Quentin. Im nächsten Moment spürte Arc einen Ruck an seinem Arm, als der Wolfsmensch ihn hinter einen niedrigen Pfeiler zerrte – nur wenige Sekunden bevor eine weitere Schattenstichflamme aus dem Maul des Drachen die Stelle traf, an der er eben noch gestanden hatte. Das dunkle Feuer brandete gegen den Beton des Pfeilers. Im nächsten Moment begann in ihren *insight* Displays ein Counter von 60 Sekunden rückwärtszuzählen.

»Danke«, keuchte Arc. »Wo ist Nima?«

»Keine Ahnung«, knurrte Quentin ebenso atemlos. »Sag mir lieber, wie wir das mit den Schaltern ausknobeln, du Genie.«

»Hey, Arc. Willst du mich das vielleicht machen lassen?« Théo klingt nervös. Er will unbedingt etwas *tun*.

Arc kniff die Augen zusammen und zwang sich, rational darüber nachzudenken. So ungern er die Kontrolle aus der Hand gab: War es nicht nur logisch, Théo an dieser Stelle das Feld zu überlassen? Dafür war er immerhin da, dafür war er gemacht: Sich von so einem popeligen Drachen nicht aus der Ruhe bringen zu lassen, während er an Wänden herumkletterte, vor Stichflammen flüchtete und Rätsel löste.

Kennst du dich hier aus?

»Nope. Nie gesehen. Ist sicher neu. Das muss die gesperrte Bauzone vom Sommer und Herbst sein, weißt du noch? Trotzdem: Das hier ist meine Homezone, okay? Lässt du mich jetzt raus?«

»Hey«, sagte Quentin in diesem Moment. »Ich glaube, hier ist einer dieser Schalter. Daneben ist ein Stern oder so was.«

Arc atmete tief durch.

Okay. Okay, Théo. Los geht's. Der Vorhang hebt sich.

1stPersonCam: THÉO
Location: THE DRAGON'S LAIR

Es ist ein krasser Kick, mitten im Spiel die Perspektive zu wechseln. Théo hat das Gefühl, als müsste sein Kopf jeden Moment explodieren, aber genau das fühlt sich irgendwie besonders gut an. Als könne er für wenige Hundertstelsekunden jeden Gedanken der Welt auf einmal denken.

»Keine Ahnung, was der macht, probieren wir's aus«, hört er sich selbst sagen, und dann hat er sich schon an Quentin vorbei gestreckt und den abgegriffenen Schalter umgelegt. Er ist rot. Natürlich ist er rot. Was soll da schon schiefgehen?

Im nächsten Moment öffnet sich mit einem rostigen Schaben schräg oben an der Kuppeldecke eine kleine Luke. Für einen winzigen Moment ist eine Linse dahinter zu sehen wie ein gläsernes Auge. Dann leuchtet es auf, so grell, dass Théo die Lider zusammenkneifen muss. Als er sie vorsichtig blinzelnd wieder öffnet, erkennt er, dass die Linse einen scharf umrissenen, weißlich goldenen Lichtstrahl in die Kuppel schickt, der von einem Spiegel in der gegenüberliegenden Wand reflektiert wird – nur um dann nutzlos auf dem Betonboden zu enden. Und Théo beginnt zu ahnen, wo diese Aufgabe hinführt.

Das Spiel lässt ihm allerdings keine Zeit, damit zufrieden zu sein.

»Die Position von -5- Schaltern ist noch nicht korrekt. Der Käfig kann den Drachen nicht halten. SHADOW BLAST.«

Mit den letzten Worten der KI fällt der Counter in Théos Display von 11 verbleibenden Sekunden einfach auf 0. Der Drache lässt ein besonders markerschütterndes Brüllen hören – und dann verschwindet sekundenlang alles in einer gewaltigen Druckwelle aus

Rauch und Schatten. Für endlose Momente ist Théo blind, und er spürt brennende Eiseskälte auf seiner Haut prickeln. Neben sich hört er Quentin keuchen und dann schmerzhaft aufstöhnen. Und als sich der Nebel wieder lichtet, begreift Théo, dass der Pfeiler nicht breit genug war, um sie beide komplett zu schützen. Quentins rechter Arm ist großflächig wund und rot, und seine Lebensleiste hat sich um mehr als ein Drittel geleert. Auch Théos eigene Anzeige ist ein sichtbares Stück kürzer, obwohl der Blast ihn doch gar nicht getroffen hat.

Im Display der *insight* beginnt derweil wieder der Counter zu zählen, und Théo weiß jetzt, was geschieht, wenn er auf 0 fällt.

»Was macht ihr denn?«, schreit in diesem Augenblick Nima quer durch die Kuppel. Offenbar ist sie auf der anderen Seite hinter einen weiteren Pfeiler geflüchtet.

»Versuch macht klug!«, brüllt Théo zurück. »Gibt es einen Schalter bei dir? Wenn ja, leg ihn mal um!«

Fünf solcher Pfeiler gibt es hier unten. Zwei weitere Schalter entdeckt Théo am Ende von zwei Kletterhilfen, sicherlich sieben Meter hoch in die Kuppelwand eingelassen. Da muss man fast über Kopf klettern. Und Théo muss zugeben, er mag diese Challenge. Wenn er auch noch nicht weiß, wie er es hoch und runter und zurück hinter einen schützenden Pfeiler schaffen soll, ohne vom Drachen erwischt zu werden. Versuch macht klug.

»Wir haben keine Zeit für Trial und Error. Denk gefälligst rational.«

Tu ich ja, tu ich ja. Mach dich locker, Sonnenschein.

»Ich mach dich gleich locker, *Clochard*.«

Théo antwortet nicht darauf.

»Was ist jetzt, Nima?«, brüllt er noch einmal. »Legst du den Schalter um oder nicht?« Er wendet sich an Quentin. »Zusammen sind wir hier nicht sicher. Ich geh rüber zum nächsten Pfeiler.« Und noch ehe Quentin etwas dafür oder dagegen einwenden kann, rennt Théo los. Noch 13 Sekunden bis zum nächsten Blast. Das ist mehr als genug.

Da brüllt der Drache schon wieder. Und als das Schattenfeuer aus seinem Maul Théo mit voller Wucht erwischt, wird ihm klar: Er hat die verdammte Stichflamme vergessen.

Es brennt. Und zugleich frisst ihn eisige Kälte auf.

»THÉO!«, brüllt Quentin, und Théo stürzt gerade noch hinter den Pfeiler, der sein Ziel gewesen ist. Keuchend bleibt er dort liegen – mit direktem Blick auf einen Schalter. Er ist mit einem waagerechten und einem senkrechten Strich gekennzeichnet. Ein Code wahrscheinlich. Ohne lange darüber nachzudenken, legt Théo ihn um und hört ein Quietschen und Schaben, als ob sich schwere Platten gegen Beton verschieben.

»Théo, bist du okay?!«

Nein. Ist er nicht. Seine Lebensleiste ist nach dem Volltreffer bedenklich weit ins untere Drittel gefallen und hat sich grellrot verfärbt. »Okay!«, will er trotzdem rufen.

Und dann kommt der nächste Blast.

Als er wieder zu sich kommt, steht er erneut am Ausgangspunkt, dort, wo der Fahrstuhl sie zu Beginn herausgelassen hat – wie auch immer das möglich sein soll. Seine Lebensleiste ist wieder voll, aber wie angekündigt ist sie jetzt deutlich kürzer als zuvor. Über ihm schwebt immer noch der Drache. Dieses Mal denkt Théo an die Stichflamme. Er wählt einen anderen Pfeiler als den, den er bei seinem letzten Fehlversuch angesteuert hat – und diesmal schafft er es unbeschadet.

»Théo!«

Nimas Stimme kommt aus unerwarteter Richtung. Sie hockt einen Pfeiler weiter und wirkt etwas derangiert. Ihre Lebensleiste liegt im orangen Bereich. Der Kampf muss in Théos Abwesenheit fortgesetzt worden sein.

»Die Schalter bewegen die Spiegel!«, ruft Nima. »Rühr auf keinen Fall den an, bei dem du gerade sitzt.«

»So weit war ich auch schon«, murmelt Théo. Wie er es hasst, mit ihr kooperieren zu müssen! Und mit wem spricht er da überhaupt? Mit Nima oder mit Eduard? Mit beiden zusammen? Was sieht sie mit ihrem Persona-Skill? Und warum verdammt noch mal ist sie plötzlich so viel besser? Théo weiß jetzt nämlich wieder ziemlich gut, wie unnütz Nima bis heute Morgen war. So langsam kommt die Erinnerung, sickert aus dem, was Arc durch den anderen Théo erfahren hat, zu ihm durch. Über das Spiel, das er gespielt hat, ohne es gespielt zu haben. Verwirrend und logisch zugleich.

Théo gönnt Nima einen matten Daumen nach oben und späht über den Pfeiler hinweg zum Drachen. Schon wieder nur noch 17 Sekunden bis zum nächsten Blast. Verdammtes Biest.

»Wir testen die aktuelle Einstellung jetzt«, ruft Nima. »Bleib in Deckung. Quentin!«

Wieder öffnet sich die Klappe über der Linse. Diesmal ist Théo klug genug, nicht direkt hineinzusehen. Der Lichtstrahl wird jetzt schon über mehrere Positionen quer durch die Kuppel reflektiert. Mehrmals trifft er sogar die gewaltigen Drachenflügel, brennt rauchende Löcher in die düster schillernde Membran und lässt das mechanische Untier aufjaulen. Aber am Ende trifft er wieder nur auf eine Wand.

»Die Position von -3- Schaltern ist noch nicht korrekt. Der Käfig kann den Drachen nicht halten. SHADOW BLAST.«

Der Blast kommt inzwischen deutlich weniger unerwartet, ist aber noch genau so unangenehm. Und ganz gleich, wie klein Théo sich hinter seinem Pfeiler zusammenkauert, es streift ihn doch. Ebenso wie Nima, deren Lebensleiste in den roten Bereich rutscht. Und ebenso wie Quentin.

»Drei noch!«, ruft Nima. »Das muss der dort drüben sein.« Sie deutet auf den Pfeiler eine Position weiter neben ihr. »Und ... die da oben.«

Théos Blick folgt ihrem Finger hinauf zu den Schaltern an den Wänden. Natürlich. *Natürlich* müssen die betätigt werden. Keine Chance, dass das Spiel ihnen das erlässt.

»Dann lauf rüber, und zwar jetzt. Den nächsten Blast überstehst du nicht. Ich lenke ihn von dir ab.«

Für einen Moment sieht Nima ernsthaft verblüfft aus. Als hätte sie nicht erwartet, dass Théo trotz allem mit ihr zusammenarbeiten würde, wenn die Umstände es erfordern. Aber das wird er. Oh, das wird er. Und deshalb rennt er los, quer durch die Kuppel und unter dem Drachen hindurch, der sich zu schwerfällig bewegt, um ihn auf diesem Weg mit seiner Stichflamme zu erwischen. Aus dem Augenwinkel sieht er Nima von Pfeiler zu Pfeiler hetzen. Im nächsten Moment hört er das Schaben von Spiegeln, die ihre Position ändern – ganz knapp, ehe der Drache den nächsten Blast über sie hinwegfegen lässt. Ein Blast, der sowohl Nima als auch Quentin plattmacht. Théo hört es an ihren Schreien. Und als er vorsichtig hinter seinem Pfeiler hervorspäht, sieht er, wie die Bodenplatten, auf denen Quentin und Nima liegen, sich knirschend in den Boden hineinsenken, um kurz darauf leer wieder aufzusteigen und einzurasten.

Théo ist jetzt allein in der Kuppel. Allein mit dem Drachen und den zwei Schaltern oben an der Wand, deren Einstellung er noch korrigieren muss. Aber wenn er dort hochklettert, wird der Drache ihn mit seiner Flamme erwischen. Und niemand ist da, um das Biest abzulenken. Er kann aber auch nicht zu lange warten, denn wer weiß, wann die anderen zurück sein werden – und mehr als drei, maximal vier Blasts in Deckung hält er selbst nicht aus, ehe er erneut k. o. geht. Das möchte Théo unbedingt vermeiden, denn dann verliert er dieses Spiel, selbst wenn sie es als Team gewinnen. *Also was jetzt?*

Die rettende Idee trifft ihn wie ein Blitz. Natürlich! Der Schalter, der den Lichtstrahl auslöst, ist ganz in der Nähe einer der Kletterwände. Wenn er ihn umlegt, hat er knapp 30 Sekunden Zeit, in denen der Drache nicht angreift, weil der Käfig versucht, sich aufzubauen, die KI ihren Fail-Spruch aufsagt und der Drache Energie für den Blast sammelt. 30 Sekunden, um hoch und wieder runter und in Deckung zu kommen. Das reicht sicher. Hoffentlich.

Versuch macht klug. Auf geht's!

Théo sprintet los. Knapp hinter ihm schlägt eine Stichflamme in den Boden, als er hinter den Pfeiler hechtet. Der Drache brüllt. Théo schließt die Augen und atmet tief aus und ein. Gönnt sich die kurze Pause bis ganz knapp vor dem nächsten Blast. Dann legt er den Schalter um und rennt geradewegs auf die Wand zu, springt daran hinauf, so hoch er kann, und beginnt zu klettern. Mit halbem Ohr nimmt er das Schaben der Klappe vor der Linse wahr. Der Schein des Lichtstrahls flackert auf seinen Händen, die ihn höher ziehen, noch höher. Und dann den Schalter umlegen.

»Die Position von -1- Schalter ist noch nicht korrekt. Der Käfig kann den Drachen nicht halten. SHADOW BLAST.«

Während die KI spricht, ist Théo bereits wieder auf dem Weg nach unten. Die letzten zwei Meter springt er einfach. Der Drache brüllt. Die Energie im Raum zieht sich zusammen – und Théo krabbelt hinter den Pfeiler. Aber nicht weit genug. Die Druckwelle trifft sein Bein und zieht ihm unangenehm viel Leben ab. Ihm bleibt jetzt nur noch eine Chance. Nur eine einzige.

Da hebt sich in der Mitte der Kuppel endlich die Plattform empor, die Quentin und Nima zurückbringt.

»Es fehlt nur noch einer!«, brüllt Théo ihnen über das Tosen des Flügelsturms hinweg zu. »Quen, lenk das Vieh ab, während ich rüberlaufe! Nima, wenn ich es sage, schalt den Lichtstrahl ein!«

Er wartet gar nicht auf ihre Bestätigung, sondern läuft einfach los. Jetzt kommt es auf jede Sekunde an. Er wird sich definitiv nicht noch mal grillen lassen. Auch wenn es ihm regelrecht wehtut, Quentin schon wieder schreien zu hören, weil der sich Théos Plan folgend dem Drachen ins Visier wirft. Immerhin – kein K.o.

Dann ist er hinter dem Pfeiler, der der zweiten Kletterwand am nächsten liegt. Atmet durch, ein letztes Mal. »Jetzt, Nima!«

Erneut setzt er zum Sprint an. Springt. Klettert. Zieht sich hoch in Richtung Schalter, so schnell er kann.

Aber etwas stimmt nicht. Er hört kein Schaben der Luke. Kein Lichtschein flackert auf seinen Händen. Stattdessen lässt der Drache noch eine Stichflamme los, und Quentin brüllt schon wieder.

Théo dreht sich hastig um, so gut er das ungesichert an einer Kletterwand kann. Quentin kauert hinter einem Pfeiler ganz in seiner Nähe. Aber seine Lebensleiste ist fast leer und leuchtend rot. Nima hingegen steht hinter dem Pfeiler mit dem Schalter, der den Lichtstrahl auslöst, und lächelt angespannt. Théo weiß, was sie da tut. Sie verschafft ihm mehr Zeit. Auf Kosten von Quentin.

»Nima!! Leg jetzt diesen verdammten Schalter um!!«

Sein Schrei lenkt die Aufmerksamkeit des Drachen auf ihn. Das Biest nimmt den metallenen Kopf zurück und öffnet das Maul für eine weitere Stichflamme. Und da endlich tut Nima, was er sagt. Denn sie kann vielleicht ohne Quentin gewinnen – aber nicht ohne Théo. Schabend beginnt die Luke, sich zu öffnen.

Jetzt hat Théo es eilig. Er kann nicht mehr so schnell klettern, wie er möchte, zu sehr brennen seine Muskeln inzwischen. Aber vielleicht kann er den Schalter erreichen, ehe die KI überprüft, wie viele falsche Einstellungen es noch gibt. Vielleicht kann er den letzten Fehler korrigieren, bevor ...

»Die Position von -1- Schalter ist noch nicht korrekt. Der Käfig kann den Drachen nicht halten. SHADOW BLAST.«

Mit einem wüsten Fluch schlägt Théo auf den Schalter – natürlich zu spät. Warum?! Warum muss er so langsam sein? Er ist außerdem noch viel zu hoch oben! Wie soll er ... wie kann er ... Keine Chance.

Der Blast wird ihn diesmal voll erwischen.

»Théo!«, bellt in diesem Moment eine vertraute raue Stimme unter ihm. »Lass los! *Jetzt!*«

Ihm bleibt keine Zeit zu denken. Keine Zeit zu überlegen. Théo lässt los und fällt fast vier Meter in die Tiefe. Der Aufprall ist verdammt schmerzhaft, obwohl er von einem kräftigen Wolfskörper abgefangen wird. Théo spürt noch, wie Quentin ihn halb hinter den Pfeiler zerrt und sich dann mit seiner ganzen riesigen Gestalt über ihn legt.

Als der Blast über sie beide hinwegfegt, brüllt der Wolfsmensch so dicht an Théos Ohr, dass er glaubt, ihm müsste das Trommelfell zerfetzen. Aber nur kurz. Das Brüllen wird zu einem Winseln, der schwere Körper zuckt noch einmal. Dann liegt er still. K.o. Schon wieder.

Nein. Nicht bloß k.o.

Das Begreifen trifft Théo wie ein Schlag in den Magen. Es fährt ihm so tief in die Knochen, dass er sich selbst nicht mehr rühren kann. So tief, dass es ihn überhaupt nicht erleichtert, dass von seiner eigenen Lebensleiste ein letzter haarfeiner Streifen Rot übrig ist. Oder dass Nima nur kurz darauf erneut den Lichtstrahl auslöst – und sich diesmal ein perfekter, strahlend leuchtender Käfig um den Drachen schließt. Denn was ihn in diesem Moment bis ins Innerste erschüttert, ist die Erkenntnis, dass Quentin mit diesem letzten Blast definitiv nicht nur k. o. gegangen ist ... sondern GAME OVER.

»Herzlichen Glückwunsch, THÉO und NIMA. Ihr habt das Rätsel gelöst und den Drachen bezwungen. Willkommen in STAGE 05: The Final Straight.«

Finale ohne Quentin. Weil er sich geopfert hat. Für ihn. Théo kneift die Augen fest zusammen. Nein, er kann das nicht. Nicht mehr, nicht schon wieder. Er will das nicht. Und als hätte jemand in ihm eine Schleuse geöffnet, sind sie plötzlich auf einen Schlag alle wieder da: Die Gesichter und Namen all jener, die in den letzten Jahren seinetwegen gefallen sind. Die er gelöscht hat, gekickt, gestürzt ... *getötet*.

Er hat nie gezweifelt, ob es richtig war. Nicht einmal. Bis jetzt. Und obwohl er den Drachenkampf entgegen aller Wahrscheinlichkeiten gewonnen hat, obwohl er immer noch hier ist, hier und auf dem Weg ins Finale, fühlt es sich an wie die härteste Niederlage seit Langem. Als hätte er das GAME bereits verloren.

»Arc!«, flüstert er. »Hilf mir! Du musst weitermachen, ich kann ... ich kann das nicht mehr. Der Vorhang ... hebt sich!«

– STAGE 05 –

ENDGAME: THE FINAL STRAIGHT.

Zentraleuropäische Union (ZEU)
Zentralballungsraum Berlin
GAME SHIP (Location: Top Secret)

Arc war mürbe. So mürbe und wund, dass er sich kaum noch daran erinnerte, welche Muskeln er benutzen musste, um Quentins reglosen Körper von sich herunterzuschieben und aufzustehen. Deshalb ließ er es für eine Weile einfach sein, blieb reglos auf dem Rücken liegen und starrte an die schwarz verkohlte Decke der Kuppel.

Théo. Théo, wo bist du? Bist du okay?

Keine Antwort. Aber Théo war da, Arc konnte ihn spüren. Bebend zusammengekauert in einer Ecke von Arcs Verstand, wo er versuchte, sich selbst zusammenzupuzzlen. Nachdem er unter diesen Zweifeln und Empfindungen gesplittert war, die er nicht kannte, nicht hätte kennen dürfen, weil Arc sie für Théos Profil nie vorgesehen hatte.

Da ertönten ganz in der Nähe leichte Schritte, und Nimas rundes, rußfleckiges Gesicht erschien über ihm. Nein, Eduard. Aber nun mal irgendwie auch Nima. Die gerade eben Quentin ausgeschaltet hatte.

»Warum unterschätzt du mich bloß immer?« Nima lächelte nachsichtig. »Gib doch einfach auf.«

Arc schnaufte höhnisch. »Als ob.«

Nima lachte trocken. »Meinetwegen. Dann tu mir wenigstens den Gefallen und lass es uns schnell zu Ende bringen, ja? Ich habe heute auch noch anderes vor.«

Jetzt wollte Arc doch aufstehen, und wenn es nur war, um Eduard zu zeigen, dass es noch nicht vorbei war, dass er immer noch beabsichtigte zu gewinnen und dass das hier *Eduards* Ende sein würde – nicht seines. Und hoffentlich auch nicht Théos. Während er sich mühsam aufrichtete, horchte er in sich hinein, aber Théo blieb immer noch still. Immer noch weit weg.

»Hey«, murmelte Arc. »Reiß dich zusammen. Ich brauch dich hier noch, okay?«

Endlich rührt sich Théo. »Sorry. Bin gleich wieder am Start, versprochen. Ich brauch ... nur 'ne Sekunde.«

Arc seufzte tonlos. *Schon gut. Lass dir Zeit. So viel wir eben noch haben.*

»Na schön«, sagte er laut, richtete sich auf und starrte herausfordernd in Nimas Puppengesicht. »Also was nun? Du weißt doch sicher, was jetzt kommt.«

Nima lächelte ihr füchsisch-überlegenes Lächeln, in das Arc seit Beginn der Staffel gern einen Grünkernbratling gedrückt hätte, hätte er je im passenden Moment einen zur Hand gehabt.

»Natürlich weiß ich das.« Sie deutete in Richtung des Drachenkäfigs, in dem die gefangene Bestie nur noch harmlos grollte und unwillig die eingepferchten Flügel bewegte. Jenseits des Käfigs war eine doppelflüglige Tür erschienen, auf der ein ausladendes Graffiti prangte.

RIEN NE VA PLUS.

»Eigentlich sollte dort THE FINAL STRAIGHT stehen.« Nima lächelte wieder süffisant. »Aber offenbar hat jemand am Code herumgepfuscht und den Inhalt aller Graffitis geändert. Na, was soll's. So finde ich es eigentlich auch ganz passend, was meinst du?«

Arc sagte dazu nichts. Was auch? Stattdessen drehte er sich um und hockte sich neben Quentin, als hätte er gar nicht gehört, was Nima gesagt hatte.

Na los, dachte er und starrte in das reglose graue Gesicht. *Sag es.*

Théo zuckt. »Was?«

Arc seufzte. *Danke. Du sollst danke zu ihm sagen. Oder was auch immer du ihm sagen möchtest.*

»Oh. Also weißt du, ich glaube, er ... weiß schon alles, was ich ihm sagen möchte.«

»Mhm«, machte Arc leise. Im Grunde, dachte er, stimmte das wohl. Quentin brauchte keine dramatischen Abschiedsworte. Ihm war es vermutlich der größte Dank, wenn sie das hier jetzt einfach durchzogen.

»Das glaub ich auch.« Théo scheint sich ein Stück weit wieder gefangen zu haben. Seine Stimme klingt immer noch brüchig. Aber auch grimmig. »Und ich denke, es ist Zeit.«

Arc atmete tief durch und stand auf. »Hast ja recht. Trotzdem danke«, sagte er zu Quentin. Dann wandte er sich um und durchquerte mit entschlossenen Schritten die Halle. Am Drachen vorbei zu der Tür, wo Nima bereits auf ihn wartete.

Die Geisterseherin öffnete den Mund, aber er ließ sie nicht aussprechen, was immer Eduard sie für giftigen Müll von sich geben lassen wollte. »Spar dir das Gequatsche«, schnappte er. »Das will doch niemand hören.« Mit beiden Händen riss er die Türflügel auf.

Ein langer nackter Korridor erstreckte sich vor ihnen, bleich beleuchtet von flackernden Neonröhren. Am Ende des Ganges befand sich eine weitere Tür, winzig klein in der Ferne und doch deutlich zu erkennen. Arcs Brust zog sich kribbelnd zusammen, aber er war sich nicht sicher, ob das sein Gefühl war oder Théos. Sie beide wussten, was dahinter lag. Das Ziel. So nah. Und doch noch so weit weg.

»Herzlichen Glückwunsch, NIMA und THÉO. Ihr habt STAGE 05. The Final Straight erreicht. Dies ist eure letzte Aufgabe: Erreicht die Tür am Ende des Korridors und durchquert sie als Erstes, um den Titel CHAMPION SUCCESSOR zu erringen. Legt dazu den Hebel vor der Tür auf euren Namen um. Alle Mittel sind er-

laubt. Sobald der Hebel umgelegt wurde, ist das GAME entschieden. Die Entscheidung beginnt, sobald das Startsignal ertönt.«

Fast hätte Arc laut aufgelacht. Ein Wettlauf. Ausgerechnet? Selbst wenn er sich zerschlagen und ausgebrannt wie noch nie in seinem Leben fühlte ... einen Wettlauf gegen Nima konnte er unmöglich verlieren.

Nur warum lächelte Eduard in Nimas Gestalt dann immer noch, als würde er über sich exakt dasselbe denken?

Er musste nicht lange auf die Antwort warten.

»Das Rennen können wir uns sparen.« In der Stimme der Geisterseherin klang unverkennbarer Triumph, als sie die Hand in die Falten ihres Rocks schob und eine Münze an einem Lederband hervorzog. »REFEREES: Ich möchte einen Successor Perk einsetzen. Codewort: RUSSIAN ROULETTE.«

Arc erstarrte. *Ein Successor Perk?! Unmöglich.*

Aber nein. Nicht unmöglich. Eduard hatte es ihm sogar gesagt. Nima hatte bereits einmal gewonnen – die allererste Staffel. Arc hatte bloß nicht richtig zugehört. Verflucht!

Das dumpfe Antwortklingeln der KI war wie Hohn in seinen Ohren. *»Token erkannt. Codewort: RUSSIAN ROULETTE. NIMA. Du kannst jetzt -2- Contenders wählen, zwischen denen das GAME OVER per Zufall ausgewählt wird. Nenne mir jetzt -2- Namen.«*

»Théo und Nima«, bestimmte Nima.

»Verstanden. Das GAME OVER zwischen THÉO und NIMA wird per Zufallsauswahl vergeben. Ich wiederhole: Das GAME OVER wird in Kürze vergeben.«

»Ja, jetzt verstehst du, nicht wahr, Théo?« Nima lächelte eiskalt weiter. »Ich habe es dir schon mal gesagt: Das da draußen sind alles meine Leute. Ich *kann nicht* verlieren.«

Nein. Das darf nicht wahr sein! Arc spürte seinen Herzschlag donnernd bis unter seine Schädeldecke.

Auch Théo, tief in Arcs Kopf, ist wie erstarrt. »Wir verlieren«, flüstert er fassungslos. »Arc, wir ...«

In diesem Moment kündigte das Knistern in den Lautsprechern über ihnen eine weitere Meldung der KI an. Arc hatte das Gefühl, nicht atmen zu können. Es war vorbei. Alles vorbei, alles sinnlos, alles ... Ihm wurde schwindelig.

Und Nima lächelte.

»Achtung, Contenders. Die Auswahl für das zufällige GAME OVER zwischen THÉO und NIMA wurde getroffen. Für das GAME OVER wurde NIMA gewählt. Die Elimination wird nun ausgeführt. Ich wiederhole: Das GAME OVER für NIMA wird jetzt ausgeführt.«

»Nein!«

Sie stießen es gleichzeitig aus, Nima als entsetztes Zischen, Arc als fassungsloses Keuchen.

»Das kann nicht ... wie ...?« Nimas Gesicht verzerrte sich in einer Mischung aus Überraschung und Entsetzen. Auch Arc gelang es nicht, die Gedanken und Empfindungen zu greifen, die ihn überrollten. Hatte er das gerade wirklich gehört? Wie konnte das sein? Es *war* doch Eduards Spiel, mit Eduards Leuten, die nach Eduards Regeln spielten, also wie um alles in der Welt konnte ... *wer* ...?!

Aber dann begriff er. Oh, und wie er es begriff! Das da draußen waren Eduards Leute, ja. Aber an einer einzigen Stelle – an der *wichtigsten* von allen – saß einer, der sich entschieden hatte, eben nicht zu diesen Leuten zu gehören. Der Arc schon einmal aus dem SHIP geschafft, Lucille gerettet und ihn zu Beginn des Tages vor Nima gewarnt hatte.

Arc spürte seine Mundwinkel zucken. Vor Erleichterung. Und endlich, endlich auch aus Siegesgewissheit.

Du bist schon in Ordnung, Doktor. Nein, wirklich, keine Widerrede.

Irgendwo in seinem Hinterkopf lachte Théo auf sehr boshafte Weise. Er hatte etwas zu dem Thema zu sagen, *natürlich* hatte er etwas dazu zu sagen. Und Arc ließ ihn, während er zusah, wie Nimas noch immer fassungsloser Blick sich verschleierte, wie das Bewusstsein daraus wich und für einen endlosen Moment nur Eduard übrig blieb.

»Die richtigen Tricks zur richtigen Zeit. Das ist das ganze Geheimnis.«

Er war sich allerdings nicht sicher, ob Eduard es überhaupt noch hörte. Denn der fiel bereits.

Arc und Théo stiegen über Nimas reglosen Körper hinweg und machten sich auf den Weg den letzten Korridor entlang. Ein allerletztes Mal. Es bestand jetzt kein Grund mehr zur Eile, und Arc war froh, dass er diesen Moment einfach spüren konnte. Ohne Zeitdruck, ohne Störung, mit allen Sinnen und Gedanken. Wie es näher kam, das *Draußen*, wie es in seiner Brust und auf seiner Haut und in seinem Hirn kribbelte. Diese Ahnung von Freiheit, von der er so lange nicht mehr gewusst hatte, wie sie sich wirklich anfühlte. In den letzten Tagen hatte er sie wiederentdeckt. Sie gelebt, geschmeckt ... den Himmel gesehen. Und Théo, durch ihn, wusste es nun auch. Sie wollten dorthin zurück, sie beide. Aber gab es diese Möglichkeit überhaupt? Was würde passieren, wenn er gleich ein allerletztes Mal diese Tür öffnete? Er hatte die finale Version von Lucilles Loop nie gesehen.

Arc blieb vor der Tür stehen. Legte den Hebel auf den Namen THÉO um und griff nach der Klinke.

»Meinst du, es wird wehtun?« Théos Stimme zittert ein bisschen.

Arc schnaubte leise. »Du bist so ein Jammerlappen, Théo.«

»Ich frag mich das ja bloß.«

»Hm.« Arc schwieg einen Moment. Sah auf seine Hand an der rostigen Klinke und konnte sich nicht überwinden, die Tür zu öffnen.

»Wir modden den Back-on auf, sagen wir, T-20sec. Dann schaltet sich das GAME immer wieder an der Stelle ein, kurz bevor Théo gewinnt.« So hatte Lucille ihren Plan erklärt, und wenn es ihr gelungen war, bestimmte Arc in genau diesem Moment Théos demnächst ewige zwanzig Sekunden. Indem sie einfach zusammen vor dieser Tür standen und schließlich

nach draußen gingen. Ehe der Kill Switch das Game einfror, der getriggert wurde, weil Théo gewonnen hatte.

Wie viel Zeit würde ihnen bleiben, ehe jemand versuchen würde, das Game neuzustarten, und dann der Loop einsetzte? Machte es einen Unterschied, dass er gerade spielte und nicht Théo? Wo und wer würde er sein ... wenn er aufwachte?

»Keine Ahnung, was passiert«, sagte er schließlich. »Vielleicht müssen wir einfach für immer so zusammenbleiben.«

»Hm«, macht jetzt auch Théo. Schweigt eine, zwei Sekunden lang, ehe er lacht – ein leises, unerwartetes Lachen. »Wär doch nicht schlimm, oder?«

Auch Arc lachte, obwohl es sich ein wenig rau anfühlte.

»Nein«, sagte er, so fest er konnte, und drückte endlich die Tür auf. Blasskalter Winterwind trieb ihm in einer Flut aus Licht entgegen und zerrte an seinen Haaren. Vor ihm lag das Dach des GAME SHIPs. Zu seinen Füßen Berlin, matt leuchtend in der Januarsonne. Arc hielt Théos Mütze fest, trat bis ganz an den Rand des Dachs, während die bombastische Siegesmusik durch den Audiochip in sein Ohr drang, und starrte hinauf in den strahlend klaren Himmel. »Wäre es nicht. Gar nicht schlimm.«

In diesem Moment brach die Musik mit einer krächzenden Rückkopplung ab. Ein rauschendes Flimmern wuchs von den Rändern des Displays herein und verschluckte Arcs Sichtfeld.

Und dann erschien Buchstabe für Buchstabe weiße Schrift in kantigen Lettern im düsteren Schneegestöber.

THIS GAME KILLS.
KILL THIS GAME.

Darunter begann ein roter Counter, sieben Sekunden rückwärtszuzählen. Die allerletzten.

Arc hatte das Gefühl, die Zeit würde sich endlos dehnen. Als würden sich die leuchtend roten Fragmente Ziffer für Ziffer in seine Netzhaut brennen.

00:07. 00:06. 00:05. 00:04. 00:03. 00:02. 00:01 …

00:00.

Das Display hinter der Schrift färbte sich in leuchtenden Regenbogenfarben, Strich für Strich, wie mit breitem Pinsel gemalt – um im nächsten Moment mit einem gewaltigen Krach in unzählige funkelnde Splitter zu zerspringen.

Arc wusste, dass er lachte, obwohl er es über dem Donner der Explosion in seinem Audiochip nicht hören konnte. Und er hätte darauf geschworen, dass er auch Théo lachen hörte.

Okay, Lu. Das war wirklich cool. Chapeau.

Langsam klärte sich seine Sicht. Das letzte leise Beben der virtuellen Explosion verebbte in seinem Inneren. Immer noch lag Berlin leuchtend zu seinen Füßen. Still und seltsam friedlich. Der Wind riss an seinen Haaren und ließ seine Augen tränen.

Etwas in Arcs Kopf zuckte. Wie ein Blitz unter seiner Schädeldecke. Er spürte seine Knie nachgeben. Wankte. Taumelte.

»Gewonnen«, murmelte er heiser, als er stürzte.

»Diesmal wirklich.«

Dann verschwand der Himmel in gleißendem Licht.

– THE END –

ENDING SEQUENCE.

Zentraleuropäische Union (ZEU)
Zentralballungsraum Berlin
Berlin Mitte
MyGarage Self Storage System

Das Tor der Storagebox hob sich mit leisem Zischen. Ein hellgoldener Streifen Frühlingsmorgen fiel herein und traf direkt auf Lucilles Augen.

»Uh.« Sie blinzelte und beschattete mit der Hand ihr Gesicht gegen die Sonne. »Lange nicht gesehen.«

Tatsächlich hatte sie keine ganz genaue Vorstellung davon, wie viel Zeit sie schon wieder in der Box verbracht hatte, weil sie gefühlt nur noch hier drin hockte – und das seit mehr als drei Monaten.

In Arcs Box. Arc, der seit dem Tag, an dem sie das GAME eingefroren hatten, verschwunden war.

Lucille hatte, was die Daten aus dem PRISM BREAK Ordner betraf, sehr gründlich gearbeitet. Sie hatte sie noch vor ihrem Aufbruch ins SHIP an alle großen Nachrichtenagenturen geleakt und einen Notruf an Polizei und Feuerwehr abgesetzt, sodass kaum nach Ende des letzten Countdowns ganze Scharen von Einsatzkräften das GAME SHIP gestürmt hatten. Im Inneren des Gebäudes hatten sie neben den medizinischen, technischen und neuroinformatischen Angestellten zehn bewusstlose Menschen gefunden, von denen vermutet wurde, dass es sich um die Hosts der zehn Contender-Personas aus Staffel 12 handelte. Unter ihnen: Eduard Engel höchstpersönlich sowie angeblich das berüchtigte CORE-Mastermind *L'ArcEnCiel*. Immerhin stand dieser Name auf der Liste. Deshalb versuchten die Kriminalpolizei und der Untersuchungsausschuss der ZEU seit Monaten herauszufinden, welche der Personen aus dem SHIP mit dem Namen zusammenhing.

Lucille hätte ihnen die Antwort geben können: Keine. Arc war weg. Genau wie Théo. Abgetaucht, wie es so seine Art war. Ohne Hinweis, wohin. *Ganz sicher* ohne *irgendeinen* Hinweis.

Mit einem Seufzer schloss Lucille das Tor hinter sich und gönnte sich ein paar Sekunden, in denen sie bloß das sanfte Kribbeln der Morgensonne auf ihren Wangen genoss. Weil es zumindest ein wenig von der Schwere in Kopf und Herz wegstreichelte, die sie in den letzten Monaten begleitete.

Es hatte eine Weile gedauert, bis sie in den Dingen, die Arc zurückgelassen hatte, die Hinweise auf die Box entdeckte. Danach war es ein wenig wie ein Escape Room gewesen – nur dass sie hinein wollte anstatt hinaus. Sobald sie den 35-stelligen Code geknackt hatte, war die Suche drinnen weitergegangen. Dabei wusste sie ja nicht mal, ob es überhaupt etwas zu finden gab. Sie hing dort eigentlich nur aus einem einzigen Grund herum: Weil sie hoffte, dass Arc eines Tages zu seinen Sachen zurückkehren würde. Na gut, und weil es eine Art kostenloser Wohnraum war, für den sie weder Yez und Hathi anschnorren, noch zu Rafael nach Paris gehen musste. Die hatten alle miteinander wirklich andere Sorgen.

Als hätte Lucille zu laut an sem gedacht, meldete ihre *insight* in diesem Augenblick einen eingehenden Call von Yezmin.

»Hey.« Lucille nahm den Call an und machte sich in einer Traube von Menschen auf den Weg hinunter ins Erdgeschoss der Mall. Die Sonne schien durch das pflanzenumrankte Glaskuppeldach direkt auf ihr Gesicht. Lucille schloss die Augen, während die leise vibrierenden Stufen der Rolltreppe sie abwärts trugen. »Yez, was gibt's?«

»Hey, Lucille. Sorry wegen der Störung.« Yezmin klang ein bisschen gehetzt, als sei sey gerade sehr eilig auf dem Weg irgendwohin. »Ich wollte wissen, ob du heute früher ins Lab kommen kannst für den Bioware-Checkup, so gegen 10:30? Diese Kommissarin hat angerufen, Hathi und ich sollen *schon wieder* befragt werden.«

Lucille musste unwillkürlich grinsen, weil sie Yezmins Augenrollen förmlich hören konnte. Dabei war es gar nicht besonders lustig. Die Ermittlungen gegen dEEp Inc. und Asgard Pharmaceutics zogen sich schon ewig hin, kreisten um die immer gleichen Fragen und kamen doch nirgendwo an, trotz all der belastenden Materialien, die Arc über Eduard und das GAME zusammengetragen hatte. Selbst aus der sicheren Distanz fand Lucille das frustrierend. Manchmal stellte sie sich vor, dass auch Arc irgendwo in einem seiner Geheimlöcher saß und sich die Haare deswegen raufte. Es war ein seltsam tröstlicher Gedanke.

»Klar«, sagte sie, verließ die Rolltreppe und schlängelte sich durch die schlendernden, plaudernden, shoppenden Menschenmengen in Richtung Westausgang. »Ich komm gleich vorbei. Muss nur noch was frühstücken. Und vielleicht bei euch zu Hause ...« Sie verstummte. *Duschen*, hatte sie sagen wollen. Aber vor der Bäckerei nahe dem Ausgang hatte sie etwas entdeckt, das ihr für einen Moment alle Worte aus dem Kopf fegte. *Jemanden*.

»Sorry, Yez. Muss Schluss machen. Bis um 10:30 dann!«

Es waren zwei. Zwei Gestalten, die ihr fast erschreckend bekannt vorkamen. Eine klein und drahtig. Eine hochgewachsen und sehnig, mit langen, feingliedrigen Armen und Beinen. Aber was Lucilles Blick besonders auf sich zog, waren die großen, in Blutrot aufgestickten Buchstaben auf dem Rücken der schwarzen Jeansjacke der großen Gestalt.

SGWG.

Wie vom Donner gerührt blieb Lucille stehen, nur noch knapp drei Schritte von den beiden entfernt.

»Piri?«, flüsterte sie. »Onyx?«

Und als die kleinere der beiden Personen sich zu ihr umdrehte und sie mit verwegenem Grinsen auf dem spitzen Gesicht anfunkelte; als Lucille die Tätowierung auf sierem Wangenknochen und den metallbeschlagenen Gehstock sah, auf den sier sich viel zu lässig stützte, begriff sie es.

»Hey, Clue.« Die große Person drehte sich ebenfalls um und lächelte still. »Wir haben dich schon gesucht.«

Sie hatte sich getäuscht. Das GAME war noch nicht vorbei.

Es fing gerade erst an.

ENDING CREDITS.

DANKSAGUNG

»It's a wrap! – Oh dear, what a ride!«

Oder: Wie gut, dass ich auf diesem Weg nicht allein war. Hier ist mein besonderer Dank an besondere Menschen. ❤

DANKE, Joh. Ich denke, du weißt das schon, aber ohne dich gäbe es diese Geschichte gar nicht – wie so viele andere davor, aber für diese stimmt das ganz besonders. Danke für jene urgemütliche Höhle voller großartiger Ideen, für fast 20 Jahre jederzeit Gut-aufgehoben-sein und Verstanden-werden (ob nun offline oder online), für notwendige Weirdness und Ehrlichkeit, für liebevolle Garstigkeit und unseren ganz speziellen Humor, für Science und Games und Kekse und überhaupt einfach für dich und dass du immer da bist.

DANKE, Miriam. Für die Küche, die überall ist. Für die WG am See, für Schokokuchen, Rosmarin und Zimt und französische Witze, für RomCom und (stellvertretend) den Kater im Regal. Dafür, dass du Théo die Mütze und die Eidechse geschenkt hast, lange ehe wir wussten, wozu sie gut sein würden. Für Zündhölzer und Benzin, für Musik und Wein und Tequila mit Mango und, alles in allem, Zu-Hause-sein.

DANKE, Sophie. Für jedes Detail und jede kleine Szene, für jede Figur, die du wiedererkennen wirst. Weil du die bist, die all das in meinem Kopf schon länger und besser kennt als jeder andere Mensch, und weil es zum Teil sogar in deinem Kopf seinen Ursprung hat. Gia tyn mej Glen!

DANKE, Family. Danke, Christa und Thomas, danke, Fred und Colette, dass ihr das liebevollste, unterstützendste Umfeld seid, das ich mir je wünschen könnte. Danke, dass ihr nicht nur Familie, sondern auch Freund_innen seid und immer sein werdet.

Und last, but not least, danke, Erik, dass du in meinem Leben bist und mir jeden Tag zeigst, was es heißt, über Grenzen hinaus zu denken. Ich hab dich unendlich mal unendlich lieb!

DANKE, Lisa. Für alles, was ich von dir lernen durfte und immer noch lerne. Für all die klugen Gedanken und Gespräche, für dein Vertrauen und Verständnis, für deine Geduld und deinen Humor, gerade wenn es um meine eigenen Ansprüche an mich selbst geht. Dafür, dass du vor keiner meiner wilden Ideen zurückschreckst und dass ich mit dir das Gefühl habe, etwas bewegen zu können, und wenn es nur ein Kiesel ist. Vielleicht bringt ausgerechnet dieser Kiesel andere ins Rollen. Let's keep doing this!

DANKE, Valo. Dafür, dass du einfach Ja gesagt hast. Für alles, was du in meinem Buch und auch in mir bewegt hast; für dein unglaubliches Engagement und deine Aufmerksamkeit in allen Dingen, selbst wenn es weit über die Inhalte des Romans hinausging. Dafür, dass du mich erinnert hast, wie wichtig es ist, einen Schritt nach dem anderen zu gehen, und nicht zuletzt dafür, dass du auch rote Sneakers magst. Wie wunderbar, dich kennengelernt zu haben!

DANKE, People of the Internet. Dieses Buch enthält viele Gedanken und Sichtweisen, die mir neu sind oder es zumindest waren. Die ich nicht oder kaum oder zumindest nicht genügend kannte, als ich mit dem Schreiben begann, und die mir über die vergangenen Monate trotzdem sehr wichtig und viel klarer geworden sind. Vieles davon hätte ich ohne die Internetmenschen, die ihr Wissen so bereitwillig und kostenlos teilen, gar nicht erfahren können. Manche habe ich gezielt angeschrieben, andere wissen gar nicht, wie sehr sie mir geholfen haben, indem sie mich ihre Gedanken und Diskurse haben mitlesen lassen. Dank euch allen! Besonders möchte ich an dieser Stelle @LukKruenDawang erwähnen, die mir so sehr geholfen hat, Hathi lebendiger und authentischer zu beschreiben. Aber auch Personen wie @AsurianCookie, @NoraBendzko, @novemberbeetle oder @DesasterTristan sind mir immer wieder eine Inspiration, um nur einige zu nennen.

DANKE, ihr Schlücklichen. Wo wäre ich ohne meine Agentur? Nicht hier, das ist sicher. Danke, Tanja und Bastian, für euren immer klugen, freundschaftlichen und bedachten Rat und dass meine Projekte bei euch so unglaublich gut aufgehoben sind. Danke, Sarah und Kathrin, dass ihr dafür sorgt, dass sich die Agentur noch mehr wie ein Zuhause anfühlt. Und ein wirklich fettes DANKE der schlücklichen Autor_innengang, für den Zusammenhalt und Austausch und die gegenseitige Unterstützung – ihr seid großartig!

DANKE, PIPER Fantasy. Vielleicht hätte ich dieses Projekt so bald gar nicht über die Leseprobe hinaus in Angriff genommen, wenn ihr nicht begeistert gesagt hättet: »Schreib uns dieses Buch! Wir wollen es!« Darum danke an das ganze Team, dass ihr an meine bisher wildeste Idee glaubt, und ganz besonders an Karin Pauluth, die immer ein offenes Ohr hat für alles, was sich das Autorinnenherz so wünscht.

DANKE, ihr Leser_innen. Danke, dass ihr mich bis hierher begleitet habt. Ich hoffe, ihr habt euer eigenes GAME gewonnen und eure eigene Persona gefunden. Ich bin wirklich dankbar für jede_n Einzelne_n von euch, die ihr zu diesem Buch gegriffen und mitgespielt habt. Ihr macht all das hier überhaupt erst möglich!

DANKE, Gehirn. Dafür, dass du mich all diese Sprünge machen lässt. Dass du so special bist und all diese Ideen wuchern lässt und mir immer neue Puzzleteile in den Schoß wirfst. Dass du mir Worte gibst, um Bilder zu malen, und Worte, um Figuren sprechen zu lassen. Wir sind ein gutes Team, du und ich. Doch, wirklich.

POST CREDIT SCENE.

05/12/2054

LostInDeepSpace: Willst du SUCCESSION GAME gewinnen? Lass uns reden. (00:39)
lacléinvisible: Wer bist du? (00:40)
LostInDeepSpace: Spannende Frage. Schwierige Antwort. Aber ich weiß zumindest, wer du bist.
LostInDeepSpace: … passepartout. (00:41)
lacléinvisible: Wer? Bist? Du? (00:41)
lacléinvisible: ?
lacléinvisible: ?? (00:42)
LostInDeepSpace: Schon gut. Bleib locker. (00:42)
lacléinvisible: WER??????????? (00:43)
LostInDeepSpace: Ich bin Théo. (00:43)

CONTENT NOTES.

- Experimente an Tieren
- Experimente an Menschen
- Erwähnung von Tod durch degenerative Krankheit
- Erwähnung degenerativer Krankheiten
- Obduktion eines menschlichen Körpers
- Konsum bewusstseinsverändernder Substanzen
- Alkohol
- Nikotin
- Psychopharmaka
- Physische Gewalt (würgen, schlagen, Androhung von Waffengewalt)
- Psychische Gewalt (emotionale Erpressung, Freiheitsberaubung)

PIPER
BESUCHE
FREMDE
WELTEN
Piper Science-Fiction.de